LUCINDA RILEY
Das Schmetterlingszimmer

Lucinda Riley

Das Schmetterlingszimmer

Roman

*Aus dem Englischen
von Ursula Wulfekamp*

GOLDMANN

Die englische Originalausgabe erschien 2019 unter dem Titel
»The Butterfly Room« bei Macmillan, London.

Sollte diese Publikation Links auf Webseiten Dritter enthalten, so übernehmen wir für deren Inhalte keine Haftung, da wir uns diese nicht zu eigen machen, sondern lediglich auf deren Stand zum Zeitpunkt der Erstveröffentlichung verweisen.

Dieses Buch ist auch als E-Book erhältlich.

Verlagsgruppe Random House FSC® N001967

1. Auflage
Deutsche Erstveröffentlichung September 2019
Copyright © der Originalausgabe 2019 by Lucinda Riley
Copyright © der deutschsprachigen Ausgabe 2019
by Wilhelm Goldmann Verlag, München,
in der Verlagsgruppe Random House GmbH,
Neumarkter Str. 28, 81673 München
Umschlaggestaltung: UNO Werbeagentur, München
Umschlagmotiv: andrew parker / Alamy Stock Photo
FinePic®, München
GettyImages / Barrett & MacKay
GettyImages / Martin Ruegner
GettyImages / Westend61
David Baker / Trevillion Images
Susan O'Connor / Trevillion Images
Redaktion: Claudia Alt
CN · Herstellung: kw
Satz: Buch-Werkstatt GmbH, Bad Aibling
Druck und Bindung: CPI books GmbH, Leck
Printed in Germany
ISBN: 978-3-442-48581-9
www.goldmann-verlag.de

Besuchen Sie den Goldmann Verlag im Netz

Für meine Schwiegermutter Valerie, in Liebe

Posy

Admiral
(Vanessa atalanta)

Admiral House, Southwold, Suffolk

Juni 1943

»Vergiss nicht, mein Schatz, du bist eine Fee, die mit zartesten Flügeln über das Gras schwebt, um deine Beute mit deinem seidenen Netz einzufangen. Schau!«, flüsterte er mir ins Ohr. »Da ist er, genau am Rand des Blatts. Jetzt flieg!«

Ein paar Sekunden schloss ich die Augen, wie er es mir beigebracht hatte, und stellte mir, auf Zehenspitzen stehend, vor, meine kleinen Füße würden vom Boden abheben. Dann versetzte Daddy mir mit der flachen Hand einen Schubs, ich öffnete die Augen, konzentrierte mich auf die beiden hyazinthblauen Flügel und flog die zwei kurzen Schritte nach vorne, um mein Netz über die zarte Rispe des Schmetterlingsflieders zu stülpen, auf der sich der Ameisenbläuling niedergelassen hatte.

Der Luftzug, den das Netz verursachte, schreckte den Bläuling auf, er öffnete die Flügel, um zu flüchten. Doch zu spät, denn ich, Posy, Prinzessin der Feen, hatte ihn gefangen. Natürlich würde ihm kein Leid geschehen, er würde von Lawrence, dem Feenkönig – der auch mein Vater war –, nur studiert werden, ehe er wieder in die Freiheit entlassen würde, und natürlich nicht, ohne zuvor ein Schälchen des besten Nektars vorgesetzt zu bekommen.

»Du bist wirklich ein kluges Mädchen, Posy!«, sagte mein Vater, als ich mich durch das Gestrüpp zurückzwängte und ihm stolz das Netz präsentierte. Er saß in der Hocke, sodass sich unsere Augen – die sich nach Aussage aller unglaublich ähnlich waren – in einem Blick geteilter Freude begegneten.

Er senkte den Kopf, um den Schmetterling zu untersuchen. Der Falter verharrte reglos, seine winzigen Beine umklammerten das weiße Netz seines Gefängnisses. Daddys Haar hatte die Farbe von Mahagoni, und durch das Öl, mit dem er es glättete, glänzte es wie der lange Esstisch, wenn Daisy ihn poliert hatte. Außerdem roch sein Haar wunderbar – nach ihm und nach Geborgenheit, weil er »Zuhause« bedeutete und ich ihn mehr liebte als alles andere in meinen Welten, ob der der Menschen oder der Feen. Natürlich liebte ich Maman auch, aber obwohl sie fast ständig zu Hause war, hatte ich das Gefühl, sie weniger zu kennen als Daddy. Sie verbrachte einen Großteil der Zeit mit etwas, das Migräne hieß, in ihrem Zimmer, und wenn sie nicht dort war, hatte sie zu viel zu tun, um etwas mit mir zu unternehmen.

»Er ist ein wahrer Prachtbursche, mein Liebling!«, sagte Daddy und sah zu mir. »Bei uns eine wahre Seltenheit und zweifellos adeliger Abstammung.«

»Könnte er ein Schmetterlingsprinz sein?«, fragte ich.

»Gut möglich«, antwortete Daddy. »Wir sollten ihn mit größtmöglichem Respekt behandeln, wie es seiner Herkunft gebührt.«

»Lawrence, Posy ... Lunch!«, rief eine Stimme von jenseits der Pflanzen. Daddy richtete sich auf, sodass er größer wurde als der Schmetterlingsflieder und über den Rasen zur Terrasse von Admiral House winken konnte.

»Wir kommen, mein Schatz!«, rief er ziemlich laut, weil wir doch in ziemlicher Entfernung vom Haus waren. Beim Anblick seiner Frau, meiner Mutter und der Königin der Feen, bildeten sich Fältchen um seine Augen, er lächelte; dass sie diese Königin war, wusste sie allerdings nichts, das war ein Geheimnis zwischen Daddy und mir.

Hand in Hand gingen wir über den Rasen zum Haus zurück. Es duftete nach frisch gemähtem Gras, was ich mit glücklichen Tagen im Garten verband: Mamans und Daddys Freunde, die, ein Champagnerglas in der einen, den Krockethammer in der anderen Hand, einen Schlag ausführten, und dann sauste ein Ball über die Cricket-Pitch, die Daddy zu solchen Anlässen mähte ...

Seit Kriegsanfang gab es diese glücklichen Tage seltener, wodurch die Erinnerungen, wenn es sie doch gab, umso kostbarer wurden. Der Krieg hatte Daddy auch ein Hinken beschert, sodass wir recht langsam gehen mussten. Das störte mich aber gar nicht, weil ich ihn dann länger für mich allein hatte. Mittlerweile ging es ihm sehr viel besser, denn als er aus dem Lazarett gekommen war, hatte er in einem Rollstuhl gesessen wie ein alter Mann, und seine Augen waren ganz grau gewesen. Aber Maman und Daisy hatten ihn gepflegt, und ich hatte mein Bestes getan, ihm Geschichten vorzulesen, und so war er bald wieder gesund geworden. Jetzt brauchte er nicht einmal mehr einen Gehstock, außer bei größeren Entfernungen.

»Jetzt lauf, Posy, und wasch dir Gesicht und Hände. Sag deiner Mutter, dass ich unserem neuen Gast helfe, sich einzuleben«, bat Daddy mich mit dem Netz in der Hand, als wir die Stufen zur Terrasse erreichten.

»Ja, Daddy«, sagte ich, als er über den Rasen davonging und durch einen Bogen in einer hohen Buchsbaumhecke verschwand. Er wollte zu seinem Turm, der mit seinen Zinnen aus gelbem Sandstein das perfekte Märchenschloss für das Feenvolk und seine Schmetterlingsfreunde darstellte. Dort verbrachte Daddy sehr viel Zeit, aber immer allein. Ich durfte nur dann in das kleine, runde Zimmer direkt hinter der Eingangstür spähen, wenn Maman mir auftrug, Daddy zum Lunch zu holen. Es war sehr dunkel dort und roch nach feuchten Socken.

Da bewahrte er seine »Außenausrüstung« auf, wie er sie nannte: Tennisschläger, Cricketstäbe, schlammverkrustete Gummistiefel. Nie forderte er mich auf, die Treppe hinaufzugehen, die immer weiter nach oben kreiselte, bis sie oben auf einem kleinen Absatz endete (das wusste ich nur, weil ich einmal heimlich hinaufgeschlichen war, als Daddy ins Haus ans Telefon gerufen wurde). Ich war sehr enttäuscht festzustellen, dass er die große Eichentür, die mich oben empfing, abgeschlossen hatte. Obwohl ich mit der ganzen Kraft meiner kleinen Hände am Knauf drehte, ließ sie sich nicht öffnen. Ich wusste, dass dieses Zimmer im Gegensatz zum unteren viele Fenster hatte, man konnte sie ja von außen sehen. Der Turm erinnerte mich ein bisschen an den Leuchtturm in Southwold, nur dass er auf seinem Kopf eine goldene Krone trug und kein strahlendes Licht.

Als ich die Terrassenstufen hinaufging und an den schönen, hell ziegelroten Mauern des Haupthauses hinaufschaute mit den Reihen hoher Schiebefenster umrahmt von lindgrünen Glyzinienranken, seufzte ich glücklich. Der alte gusseiserne Tisch, der jetzt eher grün als sein ursprüngliches Schwarz war, wurde gerade auf der Terrasse für den Lunch gedeckt, mit nur drei Platzdeckchen und Wassergläsern, was bedeutete, dass wir allein sein würden. Das war ungewöhnlich. Ich dachte mir, wie schön es sein würde, sowohl Maman als auch Daddy ganz für mich zu haben. Ich trat durch die breite Flügeltür in den Salon, umrundete die Seidendamastsofas vor dem riesigen, mit Marmor eingefassten Kamin – so groß war er, dass der Weihnachtsmann im Jahr zuvor ein glänzendes rotes Fahrrad hindurchgebracht hatte – und hüpfte das Gewirr der Korridore entlang, das zur unteren Toilette führte. Ich schloss die Tür hinter mir, drehte den schweren silbernen Hahn mit beiden Händen auf und wusch sie mir gründlich. Auf Zehenspitzen stehend, untersuchte ich dann mein Gesicht im Spiegel nach Dreckspuren. Maman war sehr genau, was das Äußere betraf – Daddy sagte, das sei ihr französisches Blut –, und wehe, einer von uns war nicht makellos sauber, wenn er sich an den Tisch setzte.

Doch selbst ihr gelang es nicht, die braunen Löckchen zu bändigen, die ständig meinen fest geflochtenen Zöpfen entwichen, sich im Nacken kringelten und den Klammern entkamen, die eigentlich das ganze Haar straff aus der Stirn zurückhalten sollten. Eines Abends, als Daddy zum Gute-Nacht-Sagen zu mir ans Bett kam, fragte ich ihn, ob ich vielleicht etwas von seinem Haaröl borgen könne, weil das womöglich helfen würde, aber er wand sich nur lachend ein Ringellöckchen um den Finger.

»Das wirst du schön bleiben lassen. Ich liebe deine Locken, mein Schatz, und wenn es nach mir ginge, würden sie dir den ganzen Tag um den Kopf fliegen.«

Auf dem Rückweg sehnte ich mich wieder einmal danach, Mamans glänzendes, glattes Haar zu haben. Es hatte die Farbe der weißen Pralinen, die sie nach dem Dinner zum Kaffee servierte. Meine Haare waren eher wie *Café au lait*, das behauptete zumindest Maman. Ich nannte sie mausbraun.

»Da bist du ja, Posy«, sagte Maman, als ich auf die Terrasse trat. »Wo ist dein Sonnenhut?«

»Ach, den muss ich im Garten liegen gelassen haben, als Daddy und ich Schmetterlinge fingen.«

»Wie oft habe ich dir schon gesagt, dass du dir ohne Hut das Gesicht verbrennst, und dann verschrumpelst du wie eine alte Dörrpflaume«, tadelte sie mich, als ich mich setzte. »Du wirst mit vierzig aussehen, als wärst du sechzig.«

»Ja, Maman«, antwortete ich und dachte, dass man mit vierzig sowieso so alt war, dass es nichts mehr ausmachen würde.

»Und wie geht's meinem anderen Lieblingsmädchen an diesem herrlichen Tag?«

Daddy erschien auf der Terrasse und schwang meine Mutter durch die Luft, sodass der Wasserkrug in ihrer Hand überschwappte und Tropfen auf den grauen Steinboden spritzten.

»Vorsicht, Lawrence!«, ermahnte sie ihn stirnrunzelnd, ehe sie sich aus seinen Armen befreite und den Krug absetzte.

»An einem so famosen Tag kann man sich doch nur des Lebens freuen.« Lächelnd nahm er mir gegenüber am Tisch Platz. »Und das Wetter hält offenbar fürs Wochenende und für unser Fest.«

»Gibt es bei uns ein Fest?«, fragte ich, als Maman sich neben ihn setzte.

»Ja, mein Schatz. Dein alter Herr wurde als so weit genesen erachtet, dass er in den Dienst zurückkehren kann, deswegen haben Maman und ich beschlossen, noch eine letzte Sause zu veranstalten.«

Mein Herz setzte einen Schlag aus. Daisy, unser Hausmädchen für alles, seitdem die anderen Bediensteten uns verlassen hatten, um irgendetwas für den Krieg zu tun, servierte Frühstücksfleisch und Radieschen. Ich konnte Radieschen nicht leiden, aber etwas anderes gab es aus dem Küchengarten diese Woche nicht mehr, weil das meiste, das dort wuchs, ebenfalls für den Krieg gebraucht wurde.

»Wie lange wirst du fort sein, Daddy?«, fragte ich mit einer leisen, angestrengten Stimme. Ich hatte einen Kloß im Hals, als säße dort ein Radieschen fest, und das bedeutete, dass ich jederzeit in Tränen ausbrechen könnte.

»Ach, zu lange sollte es nicht mehr dauern. Jeder weiß doch, dass es für die Deutschen langsam eng wird, aber am Ende muss ich noch mal mit anpacken. Ich kann doch meine Kumpel nicht im Stich lassen, oder?«

»Nein«, stimmte ich mit zittriger Stimme zu. »Aber du lässt dich auch nicht wieder verletzen, Daddy, oder?«

»Aber nein, *mon chérie*. Dein Papa ist unverwüstlich, nicht wahr, Lawrence?«

Dabei warf meine Mutter ihm ein angestrengtes Lächeln zu, und ich dachte mir, dass sie sich wohl genauso viele Sorgen um ihn machte wie ich.

»Das stimmt, mein Herz«, antwortete er, legte seine Hand auf ihre und drückte sie fest. »Ich bin unverwüstlich.«

»Daddy?«, fragte ich am nächsten Morgen beim Frühstück, als ich Brotstreifen in mein weichgekochtes Ei tauchte. »Heute ist es so heiß, können wir an den Strand fahren? Wir sind schon so lange nicht mehr am Meer gewesen.«

Daddy warf einen Blick zu Maman, doch sie las gerade bei einer Tasse *Café au lait* ihre Briefe und bemerkte es gar nicht. Maman bekam ganz viele Briefe aus Frankreich, immer auf ganz dünnem Papier geschrieben, dünner noch als ein Schmetterlingsflügel, was gut zu Maman passte, weil alles an ihr so zart war.

»Daddy? Zum Strand?«, fragte ich noch einmal.

»Mein Schatz, ich fürchte, am Strand kann man zurzeit nicht richtig spielen. Er ist voll Stacheldraht und Minen. Weißt du noch, als ich dir erklärte, was letzten Monat in Southwold passiert ist?«

»Doch, Daddy.« Ich schaute auf mein Ei und schauderte bei der Erinnerung, wie Daisy mich in den Anderson-Luftschutzunterstand getragen hatte (ich hatte gedacht, der heiße so, weil das unser Nachname ist, und war völlig durcheinander, als Mabel mir erzählte, ihre Familie habe auch einen Anderson-Unterstand, dabei hieß sie doch Price). Es hatte geklungen, als tobe ein Gewitter mit Donner und Blitzen, aber, hatte Daddy gesagt, das schicke nicht der liebe Gott, sondern Hitler. Im Unterstand hatten wir uns alle aneinandergeschmiegt, und Daddy hatte gemeint, wir sollten uns vorstellen, wir wären eine Igelfamilie, und ich solle mich wie ein kleines Igeljunges zusammenrollen. Maman war richtig wütend geworden, weil er mich ein Igelchen nannte. Aber so hatte ich mich gefühlt, tief unter der Erde eingegraben, während über uns die Menschen kämpften.

Irgendwann hatte der schreckliche Lärm aufgehört, und Daddy

hatte gesagt, wir könnten wieder ins Bett gehen, aber ich war ganz traurig, mich allein in mein Menschenbett legen zu müssen, anstatt mit allen anderen in unserem Bau zu bleiben.

Als ich am nächsten Morgen in die Küche gekommen war, hatte Daisy geweint, aber nicht sagen wollen, was passiert war. An dem Tag kam der Milchmann nicht, und Maman sagte, ich werde nicht zur Schule gehen, weil keine mehr da sei.

»Aber Maman, wie kann sie nicht mehr da sein?«

»Sie ist von einer Bombe getroffen worden, *mon chérie*«, hatte sie geantwortet und Zigarettenrauch ausgeatmet.

Mittlerweile rauchte Maman auch, und manchmal hatte ich Angst, sie würde ihre Briefe in Brand stecken, weil sie sie beim Lesen immer so dicht vor die Nase hielt.

»Aber was ist mit unserer Strandkabine?«, fragte ich Daddy. Ich liebte unsere kleine Hütte – sie war buttergelb gestrichen und stand als letzte in der Reihe. Wenn ich also in die eine Richtung schaute, konnte ich mir vorstellen, wir wären die Einzigen am Strand, aber wenn ich mich umdrehte, war es nicht weit zum netten Eismann am Pier. Daddy und ich bauten immer ganz prächtige Sandburgen mit Türmen und Wassergräben, groß genug, damit die kleinen Krebse dort einziehen konnten, wenn sie Lust dazu hatten. Maman wollte nie an den Strand mitfahren, sie sagte, es sei »zu sandig«. Ich fand, das war das Gleiche, als würde man sagen, das Meer sei zu nass.

Jedes Mal sahen wir dort einen alten Mann mit einem großen Hut, der langsam den Strand entlangging und im Sand mit einem langen Stock herumstocherte, aber einem anderen als den, auf den Daddy sich beim Gehen stützte. Der Mann hatte einen großen Sack dabei, und ab und zu blieb er stehen und begann zu graben.

»Was macht er denn da, Daddy?«, fragte ich einmal.

»Mein Schatz, er durchkämmt den Sand nach Strandgut. Das sind Gegenstände, die auf hoher See über Bord eines Schiffs gegangen sind oder von weit entfernten Ländern hier angespült werden.«

»Ach so«, hatte ich gesagt, obwohl der Mann gar keinen Kamm dabeihatte und schon gar keinen der Art, mit dem Daisy mich jeden Morgen quälte. »Meinst du, dass er nach einem verborgenen Schatz sucht?«

»Wenn er lange genug gräbt, wird er ganz bestimmt eines Tages etwas finden.«

Ich hatte mit wachsender Aufregung zugesehen, wie der alte Mann etwas aus dem Loch zog, das er gegraben hatte, und den Sand abwischte, nur um festzustellen, dass es eine alte Emailkanne war.

»Wie enttäuschend«, hatte ich geseufzt.

»Vergiss nicht, mein Schatz, der Müll des einen ist das Gold des anderen. Vielleicht durchkämmen wir auf die eine oder andere Art alle den Strand«, hatte Daddy gesagt und blinzelnd in die Sonne geblickt. »Wir suchen immer weiter, hoffen, den vergrabenen Schatz zu heben, der unser Leben bereichert, und wenn wir statt des funkelnden Edelsteins eine Teekanne ausgraben, müssen wir einfach weitersuchen.«

»Suchst du auch immer noch nach deinem Schatz, Daddy?«

»Nein, meine Feenprinzessin, den habe ich schon gefunden.« Er hatte zu mir hinabgelächelt und mir einen Kuss auf den Scheitel gegeben.

Nach langem Quengeln gab Daddy schließlich nach und fuhr mit mir zum Schwimmen an einen Fluss. Daisy half mir, meinen Badeanzug anzuziehen, setzte mir einen Hut auf die Locken, und ich stieg zu Daddy ins Auto. Maman hatte gesagt, sie habe zu viel mit den Vorbereitungen für das morgige Fest zu tun, aber das störte mich gar nicht, denn dann konnten der Feenkönig und ich alle Lebewesen des Flusses an unserem Hof empfangen.

»Gibt es da Otter?«, fragte ich, als wir vom Meer fort durch die sanften grünen Hügel fuhren.

»Um Otter zu sehen, muss man ganz leise sein«, antwortete er.
»Meinst du, das schaffst du, Posy?«
»Natürlich!«
Wir fuhren eine ganze lange Weile, bis ich das blaue Band des Flusses sah, das sich jenseits der Binsen dahinschlängelte. Daddy parkte, dann gingen wir zusammen zum Flussufer, mein Vater beladen mit unserer ganzen wissenschaftlichen Ausrüstung: Kamera, Schmetterlingsnetz, Glasgefäße, Limonade und Corned-Beef-Sandwiches.

Libellen schwirrten über dem Wasser, verschwanden aber, sobald ich hineinstapfte. Es war wunderbar kühl, doch mein Kopf und das Gesicht waren ganz heiß unter dem Hut, also warf ich ihn ans Ufer, wo Daddy mittlerweile auch seine Badehose angezogen hatte.

»Bei dem Lärm haben alle Otter längst das Weite gesucht«, sagte er, als er in den Fluss watete. Er reichte ihm nur bis knapp unters Knie, so groß war er. »Jetzt schau dir mal den vielen Wasserschlauch an. Sollen wir welchen für unsere Sammlung mitnehmen?«

Gemeinsam griffen wir ins Wasser und zogen eine der Pflanzen mit den gelben Blüten heraus, die unten in knolligen Wurzeln endeten. Darin lebten viele winzige Insekten, also füllten wir ein Glas mit Wasser und steckten unser Exemplar hinein.

»Mein Schatz, erinnerst du dich noch an den lateinischen Namen?«

»U-tri-cu-la-ria!«, antwortete ich stolz, während ich mich am Ufer neben ihn aufs Gras fallen ließ.

»Kluges Mädchen. Kannst du mir versprechen, dass du unsere wachsende Sammlung immer weiter vergrößerst? Wenn du eine interessante Pflanze siehst, dann presse sie, wie ich es dir gezeigt habe. Während ich weg bin, brauche ich doch Hilfe mit meinem Buch, Posy.« Ich nahm das Sandwich, das er mir aus dem Picknickkorb reichte, und bemühte mich, ernsthaft und wissenschaftlich dreinzublicken. Daddy sollte wissen, dass er mir mit seiner Arbeit vertrauen konnte. Vor dem Krieg war er Botaniker gewesen, so nannte sich das, und fast mein ganzes Leben lang schrieb er schon an seinem Buch. Oft schloss er sich in seinem Turm ein, um »zu denken und zu schreiben«. Manchmal brachte er Seiten daraus ins Haus mit und zeigte mir seine Zeichnungen.

Und sie waren großartig. Er erklärte mir, dass es im Buch um unseren Lebensraum ging, und dazu hatte er wunderschöne Zeichnungen und Gemälde von Schmetterlingen und Insekten und Pflanzen gemacht. Einmal hatte er mir gesagt, dass sich nur eine Sache zu ändern brauche, damit alles aus dem Gleichgewicht geriete.

»Schau dir zum Beispiel diese Mücken an.« Daddy hatte an einem heißen Sommerabend auf eine Wolke dieser Plagegeister gezeigt. »Sie sind für das Ökosystem überlebenswichtig.«

»Aber sie stechen uns«, hatte ich eingewendet und eine vertrieben.

»Das liegt in ihrer Natur, ja.« Er hatte leise gelacht. »Aber ohne sie hätten viele Vögel keine unerschöpfliche Nahrungsquelle, ihre Zahl würde rapide sinken. Und wenn der Vogelbestand abnimmt, hat das gravierende Folgen für die ganze Nahrungskette. Ohne Vögel hätten Insekten wie Grashüpfer viel weniger Jäger, sie würden sich stark vermehren und alle Pflanzen auffressen. Und ohne Pflanzen ...«

»... hätten die Pflanzenesser nichts zu essen.«

»Die Pflanzenfresser, genau. Du siehst also, dass alles auf einem fragilen Gleichgewicht beruht. Ein einziger Flügelschlag eines Schmetterlings kann große Folgen haben.«

Darüber dachte ich nach, während ich jetzt mein Sandwich kaute.

»Ich habe etwas für dich«, sagte Daddy und reichte mir eine glänzende Dose, die er aus seinem Rucksack holte.

Ich öffnete sie und sah Dutzende frisch gespitzter Buntstifte in allen Farben des Regenbogens.

»Zeichne immer weiter, und wenn ich zurückkomme, kannst du mir zeigen, wie viel besser du in der Zwischenzeit geworden bist.«

Ich nickte. Das Geschenk verschlug mir die Sprache.

»Als ich in Cambridge war, haben sie uns gelehrt, die Welt genau anzusehen«, fuhr er fort. »So viele Menschen gehen blind an all der Schönheit und dem Zauber um sie her vorbei. Aber du nicht, Posy. Du siehst alles jetzt schon viel besser als die meisten anderen. Wenn wir die Natur zeichnen, verstehen wir sie – dann erkennen wir die ganzen Einzelteile und wie sie zusammengesetzt sind. Indem du zeichnest, was du siehst, und es genau betrachtest, kannst du anderen Menschen helfen, das Wunder der Natur ebenfalls zu begreifen.«

Zu Hause schimpfte Daisy mich, weil mein Haar nass geworden war, und steckte mich in die Badewanne, was ich völlig unsinnig fand, weil es dann nur wieder ganz nass wurde. Nachdem sie mich ins Bett gebracht und die Tür hinter sich geschlossen hatte, stand ich noch mal auf und schaute mir meine neuen Buntstifte an. Ich fuhr mit den Fingern über die weichen und doch scharfen Spitzen und nahm mir vor, so fest zu üben, dass ich Daddy, wenn er vom Krieg heimkam, zeigen konnte, dass ich gut genug war für Cambridge – auch wenn ich ein Mädchen war.

Am nächsten Morgen verfolgte ich vom Fenster meines Zimmers aus, wie immer mehr Autos auf unserer Auffahrt erschienen. Jedes war gesteckt voll Menschen. Ich hatte Maman sagen hören, all ihre Freunde hätten für die Fahrt von London zu uns ihre Bezugsscheine für Benzin zusammengelegt. Eigentlich hatte sie sie *émigrés* genannt, aber da sie seit meiner Geburt französisch mit mir sprach, wusste ich, dass das so viel wie »Emigranten« bedeutete. Im Lexikon stand, das sei ein Mensch, der von seinem

Heimatland in ein anderes zog. Maman sagte, es käme ihr vor, als sei ganz Paris nach England emigriert, um dem Krieg zu entkommen. Ich wusste natürlich, dass das nicht stimmte, aber zu den Festen kamen irgendwie immer mehr von ihren französischen als von Daddys englischen Freunden. Das störte mich nicht, weil sie so bunt aussahen, die Männer mit ihren leuchtenden Schals und den juwelenfarbenen Hausröcken, die Damen mit ihren Satinkleidern und den knallroten Lippen. Das Schönste war, dass sie mir alle etwas mitbrachten, also kam es mir vor wie Weihnachten.

Daddy nannte sie »Mamans Bohemiens«, womit laut Lexikon kreative Menschen wie Künstler, Musiker und Maler gemeint waren. Maman war früher Sängerin in einem berühmten Nachtclub in Paris gewesen, und ich hörte so gern ihre Stimme, die tief und seidenweich war wie geschmolzene Schokolade. Natürlich wusste sie nicht, dass ich ihr zuhörte, weil ich eigentlich schlafen sollte, aber bei einem Fest im Haus war das sowieso unmöglich, deswegen schlich ich immer die Treppe hinunter und lauschte der Musik und dem Geplauder. Es kam mir vor, als würde Maman an solchen Abenden zum Leben erweckt und wäre zwischen den Festen bloß eine unbelebte Puppe. Dabei hörte ich sie so gern lachen, was sie nur selten tat, wenn wir allein waren.

Daddys Flieger-Freunde waren auch nett, obwohl sie alle ziemlich gleich in Marineblau oder Braun gekleidet waren, sodass ich sie nicht richtig auseinanderhalten konnte. Mein Taufpate Ralph, Daddys bester Freund, war mir der liebste. Ich fand, dass er mit seinem dunklen Haar und den großen braunen Augen sehr gut aussah. In einem meiner Bücher war ein Bild von dem Prinzen, der Schneewittchen mit einem Kuss aufweckt, und genau so sah Ralph aus. Außerdem spielte er wunderschön Klavier – vor dem Krieg war er Konzertpianist gewesen (vor dem Krieg war irgendwie jeder Erwachsene, den ich kannte, etwas anderes gewesen, außer Daisy, unser Hausmädchen). Onkel Ralph hatte eine Krankheit, wegen der er nicht kämpfen oder Flugzeuge fliegen konnte, deswegen hatte er das, was die Erwachsenen eine »Schreibtischtätigkeit« nannten, obwohl ich mir nicht vorstellen konnte, was man mit Schreibtischen anfangen konnte, außer dahinter zu sitzen. Wahrscheinlich tat er das. Wenn Daddy weg war, um seine Spitfire zu fliegen, kam Onkel Ralph Maman und mich besuchen, was uns beiden gut gefiel. Er kam am Sonntag zum Lunch und spielte mir und Maman hinterher auf dem Klavier etwas vor. Vor Kurzem hatte ich mir überlegt, dass Daddy vier meiner sieben Jahre auf dieser Welt im Krieg gewesen war, was für Maman sehr dröge sein musste, mit niemandem außer mir und Daisy zur Gesellschaft.

Ich saß auf meiner Fensterbank und reckte den Hals, um zu sehen, wie Maman ihre Gäste auf der breiten Treppe begrüßte, die zur Haustür direkt unter mir führte. Meine Mutter sah so hübsch aus in ihrem nachtblauen Kleid, das zu ihren schönen Augen passte, und als Daddy sich zu ihr stellte und ihr einen Arm um die Taille legte, fühlte ich mich richtig glücklich. Daisy kam, um mich in das neue Kleid zu stecken, das sie mir aus zwei grünen Vorhängen genäht hatte. Während sie mir die Haare bürstete und nur ein bisschen davon mit einer grünen Schleife aus dem Gesicht band, nahm ich mir vor, nicht daran zu denken, dass Daddy morgen wieder wegfahren und sich dann eine Stille wie vor einem Gewitter über Admiral House und uns, die Bewohner, legen würde.

»Bist du so weit, nach unten zu gehen, Posy?«, fragte Daisy. Ihr Gesicht war ganz rot, sie schwitzte und sah müde aus, wahrscheinlich, weil es wirklich sehr heiß war und sie das Essen für diese vielen Leute herrichten musste, ohne dass ihr jemand half. Ich warf ihr mein schönstes Lächeln zu.

»Ja, Daisy. Gehen wir.«

Eigentlich hieß ich gar nicht Posy, sondern Adriana, nach meiner Mutter. Aber da es viel zu schwierig gewesen wäre, wenn wir beide auf den Namen gehört hätten, hatten meine Eltern beschlossen, meinen zweiten Namen zu verwenden, Rose, nach meiner englischen Großmutter. Daisy hatte mir erzählt, dass Daddy schon, als ich ein Baby war, angefangen hatte, mich »Rosy Posy« zu nennen, und irgendwann war einfach der zweite Teil hängen geblieben. Was mir nichts ausmachte, schließlich fand ich, dass es sehr viel besser zu mir passte als meine richtigen Namen.

Einige von Daddys älteren Verwandten nannten mich trotzdem »Rose«, und natürlich hörte ich darauf, denn man hatte mir beigebracht, immer höflich zu Erwachsenen zu sein, aber bei dem Fest kannten mich alle als Posy. Ich wurde umarmt und geküsst, und kleine, mit Schleifen verpackte Netze voll Süßigkeiten wurden mir in die Hand gedrückt. Von Mamans französischen Freunden bekam ich meist Zuckermandeln, die ich eigentlich nicht besonders mochte, aber ich wusste, dass Schokolade wegen des Kriegs schwer zu finden war.

Als ich an dem langen Tapeziertisch saß, der auf der Terrasse aufgebaut worden war, damit wir alle Platz fanden, die Sonne auf meinen Hut herabbrannte (sodass mir noch heißer wurde) und ich die Unterhaltungen um mich herum hörte, wünschte ich mir, dass jeder Tag in Admiral House so sein könnte. Maman und Daddy saßen nebeneinander in der Mitte, wie das Königspaar, das Hof hielt, sein Arm um ihre weißen Schultern gelegt. Sie sahen beide so unendlich glücklich aus, dass ich am liebsten geweint hätte.

»Posy, mein Schatz, ist alles in Ordnung?«, fragte Onkel Ralph, der neben mir saß. »Verdammt heiß hier draußen«, sagte er noch und tupfte sich die Stirn mit einem makellos weißen Taschentuch ab, das er aus seinem Jackett gezogen hatte.

»Doch, Onkel Ralph. Ich habe mir gerade gedacht, wie glücklich Maman und Daddy heute aussehen. Und wie traurig es ist, dass er wieder in den Krieg muss.«

»Das stimmt.«

Ralph betrachtete meine Eltern, und plötzlich wirkte auch er traurig.

»Na ja, mit etwas Glück ist es bald vorbei«, sagte er schließlich. »Dann können wir uns alle daranmachen, unser altes Leben wiederaufzunehmen.«

Nach dem Lunch durfte ich ein bisschen Krocket spielen, was ich erstaunlich gut konnte, wahrscheinlich, weil die meisten Erwachsenen ziemlich viel Wein getrunken hatten und den Ball recht wacklig über den Rasen schlugen. Vorher hatte ich Daddy sagen hören, er leere zu diesem Anlass die Reste seines Weinkellers, und mir kam es vor, als wäre ein Großteil davon schon in die Gäste geleert worden. Eigentlich konnte ich nicht verstehen, weshalb Erwachsene betrunken werden wollten; nach meiner Ansicht wurden sie dann nur lauter und dümmer, aber vielleicht würde ich es besser verstehen, wenn ich selbst erwachsen war. Als ich über den Rasen Richtung Tennisplatz ging, sah ich einen Mann mit zwei Frauen im Arm unter einem Baum liegen. Alle drei schliefen. Irgendjemand spielte allein auf der Terrasse Saxofon, und ich dachte mir, wie gut es war, dass wir keine direkten Nachbarn hatten.

Ich wusste, dass ich Glück hatte, in Admiral House zu leben. Als ich in die Schule gekommen war und Mabel, meine neue Freundin, mich zum Tee zu sich nach Hause eingeladen hatte, war ich völlig verblüfft gewesen zu sehen, dass man bei ihnen von der Haustür direkt ins Wohnzimmer kam. Hinten gab es eine winzige Küche, und die Toilette war draußen hinter dem Haus! Mabel hatte vier Geschwister, und alle schliefen zusammen in einem klitzekleinen Zimmer oben im ersten Stock. Da war mir zum ersten Mal klar geworden, dass ich aus einer reichen Familie stammte und nicht alle in einem großen Haus mit einem Park als Garten lebten. Das war ein ziemlicher Schock. Als Daisy mich abholte und wir nach Hause gingen, fragte ich sie, warum das so war.

»Das Leben ist ein Würfelspiel, Posy«, hatte Daisy erwidert. »Manche Menschen haben Glück und andere nicht.«

Daisy hatte eine Vorliebe für Redensarten, von denen ich die Hälfte nicht richtig verstand, aber ich war sehr froh, dass das Leben mich zu den Glückskindern gewürfelt hatte, und ich beschloss, mehr zu beten für alle, die nicht dazugehörten.

Meine Lehrerin, Miss Dansart, mochte mich, glaube ich, nicht besonders. Sie forderte uns zwar immer auf, uns zu melden, wenn wir die Antwort auf eine Frage wussten, aber irgendwie war ich jedes Mal die Erste, und dann verdrehte sie die Augen, und ihr Mund spitzte sich komisch zu, bevor sie sagte: »Ja, Posy.« Dabei klang ihre Stimme sehr matt. Auf dem Pausenhof hörte ich sie einmal mit einer anderen Lehrerin reden, als ich ganz in der Nähe das eine Ende eines langen Hüpfseils hielt.

»Einzelkind … wächst nur in der Gesellschaft Erwachsener auf … altklug …«

Zu Hause hatte ich das Wort »altklug« im Lexikon nachgeschlagen. Danach hatte ich aufgehört, mich zu melden, selbst wenn mir die Antwort im Hals kitzelte, weil ich sie mir verkniff.

Gegen sechs Uhr wachten alle auf und zogen sich zurück, um sich zum Dinner umzuziehen. Ich ging in die Küche, wo Daisy auf mein Abendessen deutete.

»Für dich, Fräulein, gibt's heute Abend Brot und Marmelade. Ich habe zwei Lachse, die Mr. Ralph mitgebracht hat, und ich habe keine Ahnung, was ich mit ihnen anfangen soll.«

Sie lachte, und plötzlich tat sie mir leid, weil sie die ganze Zeit so schwer schuften musste.

»Brauchst du Hilfe?«

»Marjorys beiden Kleinen aus dem Dorf kommen, um den Tisch zu decken und beim Auftragen zu helfen, da schaffe ich das schon. Aber danke, dass du gefragt hast«, fügte sie hinzu und lächelte. »Du bist wirklich ein liebes Mädchen.«

Nachdem ich gegessen hatte, verschwand ich aus der Küche, bevor Daisy mir auftragen konnte, nach oben zu gehen und mich bettfertig zu machen. Der Abend war so wunderschön, ich wollte wieder nach draußen und ihn genießen. Als ich auf die Terrasse kam, schwebte die Sonne gerade oberhalb der Eichen und warf buttergoldene Strahlen auf den Rasen. Die Vögel sangen, als wäre es erst Mittagszeit, und es war noch so warm, dass ich keine Strickjacke brauchte. Ich setzte mich auf die Treppe, strich mir das Kleid über die Knie glatt und betrachtete einen Admiral, der sich in dem Beet, das zum Garten hin abfiel, auf einer Pflanze niedergelassen hatte. Ich hatte immer geglaubt, unser Haus wäre nach den Schmetterlingen benannt, die so hübsch zwischen den Büschen umherflatterten, und war sehr unglücklich gewesen, von Maman zu erfahren, dass es in Wirklichkeit nach meinem Ur-Ur-Ur- (ich glaube, es waren drei Urs, aber vielleicht auch vier) Großvater benannt war, der als Admiral in der Marine gedient hatte. Das fand ich nicht halb so romantisch.

Obwohl Daddy gesagt hatte, dass Admirale zu den Schmetterlingen gehörten, die in dieser Gegend gewöhnlich seien (wie Maman auch manche Kinder in meiner Schule nannte), waren sie mit den leuchtend rot-schwarzen Flügeln und den weißen Flecken an den Spitzen für mich die allerschönsten. Außerdem ließen sie mich an das Muster auf der Spitfire denken, die Daddy im Krieg flog. Aber der Gedanke stimmte mich traurig, weil er mich auch daran erinnerte, dass er am nächsten Tag wegfahren würde, um wieder eine zu fliegen.

»Guten Abend, mein Schatz. Was machst du denn ganz allein hier draußen?«

Bei seiner Stimme fuhr ich zusammen, weil ich gerade an ihn gedacht hatte. Ich schaute hoch, er kam über die Terrasse auf mich zu, eine Zigarette in der Hand. Die warf er zu Boden und trat sie aus. Er wusste, dass ich den Geruch nicht leiden konnte.

»Sag Daisy nicht, dass du mich hier gesehen hast, Daddy, ja? Sonst schickt sie mich sofort ins Bett«, sagte ich schnell, als er sich neben mich auf die Treppe setzte.

»Versprochen. Außerdem sollte an einem himmlischen Abend wie diesem niemand im Bett liegen. Für mich ist der Juni der schönste Monat, mit dem England aufwarten kann. Die ganze Natur hat sich von ihrem langen Winterschlaf erholt, hat sich gereckt und gestreckt und ihre Blätter und Blüten zur Freude von uns Menschen entfaltet. Im August ist ihre Energie in der Hitze verbrannt, und alles ist wieder bereit, sich schlafen zu legen.«

»So wie wir, Daddy. Im Winter freue ich mich immer aufs Bett.«

»Genau, mein Schatz. Vergiss nie, dass wir untrennbar mit der Natur verbunden sind.«

»In der Bibel heißt es, dass Gott alles auf Erden geschaffen hat«, sagte ich wichtigtuerisch. Das hatte ich im Religionsunterricht gelernt.

»Das stimmt, obwohl ich mir kaum vorstellen kann, dass ihm das in ganzen sieben Tagen gelungen ist.« Er lachte.

»Es ist ein Wunder, Daddy, oder? Genauso, wie der Weihnachtsmann es schafft, allen Kindern auf der Welt in einer Nacht Geschenke zu bringen.«

»Da hast du recht, Posy, es ist ein Wunder. Die Welt steckt voll von ihnen, und wir müssen uns glücklich schätzen, hier leben zu dürfen. Vergiss das nie, ja?«

»Nein, Daddy. Daddy?«

»Ja, Posy?«

»Wann fährst du morgen?«

»Ich muss den Zug nach dem Lunch erreichen.«

Ich starrte auf meine schwarzen Lacklederschuhe. »Ich habe Angst, dass du wieder verletzt werden könntest.«

»Du brauchst dir keine Sorgen zu machen, mein Schatz. Wie deine Maman sagt, ich bin unverwüstlich.«

»Wann kommst du wieder?«

»Sobald ich Heimaturlaub habe, was relativ bald sein sollte. Kümmre dich um deine Mutter, während ich weg bin, ja? Ich weiß, dass sie ganz unglücklich wird, wenn sie allein hier ist.«

»Das versuche ich auch immer, Daddy. Aber sie ist ja bloß traurig, weil du ihr fehlst und sie dich liebt, oder?«

»Ja, Posy, mein Schatz, und ich liebe sie auch. Der Gedanke an sie – und an dich – ist das Einzige, was mir beim Fliegen Mut gibt. Weißt du, als der dumme Krieg begann, waren wir noch gar nicht so lang verheiratet.«

»Nachdem du sie in dem Club in Paris singen gehört und dich auf der Stelle in sie verliebt hast und sie als deine Braut nach England entführt hast, bevor sie es sich anders überlegen konnte«, sagte ich verträumt. Die Liebesgeschichte meiner Eltern war viel schöner als alle Märchen in meinen Büchern.

»Ja, Posy, Zauber bekommt das Leben nur durch die Liebe. Selbst am grauesten Tag im tiefsten Winter kann Liebe die Welt zum Leuchten bringen, sodass sie so schön aussieht wie jetzt.«

Daddy seufzte tief und nahm meine Hand in seine große. »Versprich mir, Posy, wenn du die Liebe findest, dann halt sie fest und lass sie nie wieder los.«

»Das verspreche ich dir, Daddy«, sagte ich und sah ihn feierlich an.

»Braves Mädchen. So, und jetzt muss ich mich zum Dinner umziehen.«

Natürlich wusste ich es nicht, aber das war das letzte richtige Gespräch, das ich mit meinem Vater führen sollte.

Daddy fuhr am folgenden Nachmittag, ebenso wie die ganzen Gäste. An dem Abend war es sehr heiß, und die Luft kam einem beim Atmen dick und schwer vor, als wäre aller Sauerstoff aus ihr herausgesaugt. Im Haus war es ganz still – Daisy machte ihren wöchentlichen Ausflug zum Nachmittagstee mit ihrer Freundin

Edith, also war nicht einmal sie zu hören, wie sie beim Abspülen brummelte oder sang (mir war das Brummeln lieber). Und zum Abspülen gab es wahre Berge, sie stapelten sich in der Spülküche auf den Tabletts. Ich hatte angeboten, mit den Gläsern zu helfen, aber Daisy hatte gemeint, das würde ihr nur noch mehr Arbeit bereiten, was ich ziemlich ungerecht fand.

Maman hatte sich in ihr Zimmer zurückgezogen, sobald der letzte Wagen jenseits der Kastanienbäume verschwunden war. Offenbar hatte sie wieder einmal ihre Migräne, was laut Daisy ein vornehmes Wort für Kater war, obwohl wir doch gar keinen hatten. Ich setzte mich mit untergeschlagenen Beinen auf meine Fensterbank direkt über dem Vorbau zum Eingang von Admiral House. Wenn Besuch erwartet wurde, sah ich ihn als Erstes. Daddy nannte mich seine kleine Ausguckerin, und seitdem Frederick, der Butler, weggegangen war, um im Krieg zu kämpfen, öffnete meistens ich die Tür.

Von dort oben hatte ich die Auffahrt im Blick, die von sehr alten Kastanien und Eichen gesäumt war. Daddy hatte mir erzählt, dass einige von ihnen vor fast dreihundert Jahren gepflanzt worden waren, als der erste Admiral sich dieses Haus gebaut hatte. (Eine faszinierende Vorstellung, denn das bedeutete, dass Bäume fast fünfmal länger lebten als Menschen, wenn die Encyclopaedia Britannica recht hatte und die durchschnittliche Lebenserwartung für Männer einundsechzig und für Frauen siebenundsechzig Jahre betrug.) Mit zusammengekniffenen Augen konnte ich an klaren Tagen oberhalb der Bäume und unter dem Himmel eine dünne graublaue Linie ausmachen. Das war die Nordsee, keine acht Kilometer von Admiral House entfernt. Es machte mir richtig Angst, mir vorzustellen, dass Daddy ganz bald in seinem kleinen Flugzeug darüber hinwegfliegen würde.

»Komm heil und ganz wieder nach Hause, und komm bald«, flüsterte ich in die dunkelgrauen Wolken, die die Sonne beim Untergehen zusammenquetschten, als wollten sie sie wie eine saftige Orange auspressen (*die* hatte ich auch schon lange nicht mehr geschmeckt). Die Luft stand, keine Brise kam zu meinem geöffneten Fenster herein. In der Ferne grollte Donner, und ich hoffte nur, dass Daisy nicht recht hatte und Gott sich über uns ärgerte. Mir war nie klar, ob er nun Daisys zorniger Gott war oder der gütige Gott des Pfarrers. Vielleicht war er wie Eltern und konnte beides sein.

Als die ersten Regentropfen fielen, die bald zu Sturzbächen wurden, und Gottes Zorn über den Himmel zuckte, hoffte ich, dass Daddy mittlerweile sicher bei seinem Stützpunkt angekommen war, sonst würde er tropfnass werden, oder schlimmer noch, vom Blitz getroffen. Ich schloss das Fenster, weil das Sims nass wurde, und dann merkte ich, dass mein Magen fast genauso laut grummelte wie der Donner. Also machte ich mich auf den Weg nach unten zu dem Brot und der Marmelade, die Daisy mir zum Abendessen hingestellt hatte.

Während ich in der Dämmerung die breite Eichentreppe hinabging, fiel mir auf, wie leise es im Haus war im Vergleich zu gestern, als es schien, als wäre ein Schwarm summender redseliger Bienen eingeflogen, der genauso plötzlich wieder verschwunden war. Ein weiterer Donnerschlag über mir zerriss die Stille, und ich überlegte mir, wie gut es war, dass ich keine Angst vor der Dunkelheit und Gewittern und vorm Alleinsein hatte.

»Oh, Posy, bei dir zu Hause ist mir richtig unheimlich«, hatte Mabel gesagt, als ich sie zum Tee zu uns eingeladen hatte. »Schau dir doch bloß die ganzen Bilder von den toten Leuten in ihren altmodischen Kleidern an! Richtig Angst machen mir die«, hatte sie schaudernd gesagt und auf die Gemälde der Anderson-Vorfahren gedeutet, die zu beiden Seiten der Treppe hingen. »Aus Angst vor Gespenstern würde ich mich nachts gar nicht aufs Klo trauen.«

»Das sind meine Verwandten von vor langer Zeit, sie wären bestimmt richtig nett, wenn sie wirklich zurückkommen und mich begrüßen würden«, widersprach ich. Es kränkte mich, dass es ihr in Admiral House nicht so gut gefiel wie mir.

Als ich jetzt durch den Eingangsbereich und den widerhallenden Korridor entlang zur Küche ging, hatte ich überhaupt keine Angst, obwohl es mittlerweile ganz dunkel war und Maman, die oben in ihrem Zimmer vermutlich noch schlief, mich nie und nimmer hören würde, wenn ich schrie.

Ich wusste, dass ich hier sicher aufgehoben war, dass mir innerhalb der soliden Mauern des Hauses nichts passieren konnte.

Als ich die Küchenlampe einschalten wollte, wurde es nicht hell, also zündete ich stattdessen eine der Kerzen auf dem Regal an. Das konnte ich gut, weil der Strom in Admiral House nicht ganz zuverlässig war, zumal nicht seit dem Krieg. Mir gefiel der weiche, flackernde Schein, der nur den Bereich erleuchtete, in dem man war und bei dem selbst der Hässlichste schön aussah. Ich beschmierte die Brotscheiben, die Daisy mir vorgeschnitten hatte – ich durfte zwar Kerzen anzünden, aber keine scharfen Messer in die Hand nehmen –, dick mit Butter und Marmelade. Eine Scheibe steckte ich mir schon in den Mund und ging mit dem Teller, auf dem die anderen lagen, und der Kerze wieder in mein Zimmer hinauf, um dem Gewitter zuzusehen.

Dann saß ich auf meiner Fensterbank, aß meine Marmeladenbrote und dachte daran, dass Daisy sich immer Sorgen um mich machte, wenn sie ihren freien Abend hatte. Vor allem, wenn Daddy nicht da war.

»Es ist nicht richtig, dass ein kleines Mädchen ganz allein in einem so großen Haus ist«, brummte sie. Ich erklärte ihr dann immer, dass ich gar nicht allein war, weil Maman ja da war, und außerdem war ich mit meinen sieben Jahren nicht klein, sondern ziemlich groß.

»Hmp!«, machte sie dann immer nur, wenn sie ihre Schürze an den Haken hinten an der Küchentür hängte. »Egal, was sie sagt, weck sie auf, wenn du sie brauchst.«

»Das mache ich auch«, sagte ich immer, aber natürlich tat ich es nie, nicht einmal, als ich mich eines Abends auf dem Boden übergeben und richtig Bauchschmerzen gehabt hatte. Außerdem störte es mich gar nicht, allein zu sein; seit Daddy im Krieg war, hatte ich mich daran gewöhnt. Abgesehen davon hatte ich in der Bibliothek die ganze Encyclopaedia Britannica zu lesen. Die ersten beiden Bände hatte ich schon durch, aber noch zweiundzwanzig vor mir. Bis ich fertig war, würde ich wahrscheinlich erwachsen sein.

An diesem Abend, ohne Strom, war es zum Lesen zu dunkel, und von der Kerze war nur noch ein Stumpen übrig, also schaute ich stattdessen dem Himmel zu und versuchte, nicht daran zu denken, dass Daddy fort war, denn sonst würden die Tränen so schnell aus meinen Augen rinnen wie die Regentropfen, die gegen die Scheibe prasselten.

Und da bemerkte ich in der oberen Fensterecke plötzlich etwas Rotes.

»Ach! Ein Schmetterling! Ein Admiral!«

Ich stellte mich auf die Fensterbank und sah, dass der arme Schmetterling unter dem Fensterrahmen Zuflucht vor dem Gewitter suchte. Ich musste ihn retten. Ganz vorsichtig öffnete ich den Riegel vor der obersten Scheibe und streckte die Hand hinaus. Obwohl der Falter sich nicht bewegte, brauchte ich eine Weile, um ihn zwischen Zeigefinger und Daumen zu fassen zu bekommen, weil ich seine zarten Flügel nicht beschädigen wollte, die durchnässt und schmierig waren, aber fest geschlossen.

»Jetzt habe ich dich«, flüsterte ich, als ich meine patschnasse Hand zurückzog und das Fenster mit der trockenen wieder schloss.

»Mein Kleiner«, flüsterte ich, als ich ihn betrachtete, wie er da auf meinem Handteller saß. »Wie soll ich dir bloß die Flügel trocknen?«

Ich überlegte mir, wie sie in freier Natur trocken würden, denn sie müssten doch öfter nass werden.

»Ein warmer Wind«, sagte ich mir und hauchte vorsichtig darauf. Zuerst reagierte der Schmetterling nicht, aber gerade als ich dachte, ich würde vor lauter Pusten ohnmächtig werden, flatterte er mit den Flügeln, und schließlich öffnete er sie. Kein Schmetterling hatte je so still bei mir auf der Hand gesessen, also studierte ich die schöne Farbe und das kunstvolle Muster ganz genau.

»Du bist ein richtig Schöner«, sagte ich ihm. »Heute Abend kannst du nicht wieder hinaus, sonst ertrinkst du, also lasse ich dich hier auf dem Fenstersims, damit du deine Freunde draußen noch sehen kannst, und morgen früh entlasse ich dich wieder in die Freiheit, ja?«

Vorsichtig setzte ich ihn auf dem Fenstersims ab. Eine Weile beobachtete ich ihn und fragte mich, ob Schmetterlinge wohl mit geöffneten oder geschlossenen Flügeln schliefen. Aber mittlerweile fielen mir die Augen zu, also zog ich die Vorhänge zu, damit der kleine Admiral sich nicht verlockt fühlte, ins Zimmer zu fliegen und sich an die hohe Decke zu hängen, wo ich ihn nie erreichen würde. Dort könnte er vor Hunger oder Angst sterben.

Mit der Kerze in der Hand ging ich zu meinem Bett. Dort legte ich mich schlafen mit dem schönen Gefühl, ein Leben gerettet zu haben. Vielleicht war das ja ein gutes Omen, und Daddy würde dieses Mal nicht verletzt werden.

»Gute Nacht, Schmetterling. Schlaf gut bis morgen früh«, flüsterte ich, als ich die Kerze ausblies. Dann war ich auch schon eingeschlafen.

Als ich aufwachte, sah ich Lichtstrahlen an der Decke, die durch die Spalten in den Vorhängen fielen. Da sie golden waren, wusste ich, dass die Sonne schien. Da erinnerte ich mich an meinen

Schmetterling, ich stand auf und zog die Vorhänge vorsichtig zurück.

»Ach!«

Mir stockte der Atem. Mein Schmetterling lag mit geschlossenen Flügeln auf einer Seite, die Beinchen in die Luft gereckt. Und weil die Unterseite der Flügel dunkelbraun war, sah er aus wie eine große und sehr tote Motte. Tränen traten mir in die Augen, ich stupste ihn an, nur um sicherzugehen, aber er rührte sich nicht, deswegen wusste ich, dass seine Seele schon im Himmel war. Vielleicht hatte ich ihn getötet, weil ich ihn am vergangenen Abend nicht hinausgelassen hatte. Daddy sagte immer, man müsse sie sehr rasch wieder freisetzen, und der Falter war zwar nicht in einem Schraubglas gewesen, aber doch in einem geschlossenen Innenraum. Vielleicht war er aber auch an Lungenentzündung oder Bronchitis gestorben, weil er so nass geworden war.

Ich stand da, starrte ihn an und wusste einfach, dass das ein ganz schlechtes Omen war.

Herbst 1944

Ich mochte die Zeit, wenn der Sommer allmählich in den langen, toten Winter überging. Der Nebel breitete sich wie gigantische Spinnweben über die Baumwipfel, und in der Luft lag ein Geruch nach Holz und Fermentation (den Ausdruck hatte ich erst vor Kurzem kennengelernt, als wir auf einem Schulausflug eine lokale Brauerei besucht und zugesehen hatten, wie Hopfen zu Bier gemacht wurde). Maman fand das englische Wetter bedrückend und wollte lieber irgendwo leben, wo es das ganze Jahr sonnig und warm war. Ich persönlich stellte mir das ziemlich langweilig vor. Dem Kreislauf der Natur zu folgen, die unsichtbaren Zauberhände zu beobachten, wie sie das leuchtend grüne Laub der

Buchen zu glänzendem Messing färbten, war aufregend. Vielleicht war aber auch mein Leben nur recht eintönig.

In der Tat war es seit Daddys Abreise eintönig gewesen. Keine Feste mehr, keine Besucher außer Onkel Ralph, der ziemlich häufig kam und Blumen und französische Zigaretten für Maman und manchmal Schokolade für mich mitbrachte. Das Einerlei war zumindest im August durch den jährlichen Besuch bei Oma in Cornwall unterbrochen worden. Normalerweise begleitete mich Maman, und Daddy gesellte sich für ein paar Tage auch zu uns, wenn er Urlaub bekommen konnte, doch dieses Jahr, so erklärte Maman, sei ich alt genug, um allein zu fahren.

»Du bist diejenige, die sie sehen möchte, Posy, nicht mich. Sie hasst mich, das hat sie immer schon getan.«

Ich war überzeugt, dass das nicht stimmte, weil niemand Maman hassen konnte, sie war so schön und sang so zauberhaft, aber die Folge davon war, dass ich allein fuhr, auf der weiten Hin- und Rückreise begleitet von einer übellaunigen Daisy.

Oma lebte am Rand des kleinen Orts Blisland, östlich davon erstreckte sich das Bodmin Moor. Obwohl ihr Haus groß und prächtig war, kam es mir mit den grauen Wänden und den schweren, dunklen Möbeln nach den lichtdurchfluteten Räumen in Admiral House eher düster vor. Aber die Natur draußen zu erkunden machte mir Spaß. Wenn Daddy da war, wanderten wir ins Moor hinaus und pflückten Exemplare des Heidekrauts und der hübschen Blumen, die zwischen dem Ginster blühten.

Bei diesem Besuch kam Daddy leider nicht, und es regnete jeden Tag, was bedeutete, dass ich nicht nach draußen konnte. An den langen, nassen Nachmittagen brachte Oma mir das Patiencespielen bei, und wir aßen viel Kuchen, trotzdem war ich sehr froh, wieder nach Hause fahren zu dürfen. Als wir ankamen, stiegen Daisy und ich aus dem Einspänner, mit dem Benson, unser Teilzeitgärtner (der vermutlich hundert war), manchmal Gäste vom Bahnhof abholte. Ich überließ das Gepäck ihm und Daisy und lief ins Haus auf der Suche nach Maman. Aus dem Salon hörte ich »Blue Moon« auf dem Grammofon spielen, und dort tanzte Maman mit Onkel Ralph.

»Posy!«, rief sie, löste sich aus Onkel Ralphs Armen und zog mich an sich. »Wir haben dich gar nicht kommen hören.«

»Wahrscheinlich, weil die Musik so laut ist, Maman«, antwortete ich und dachte, wie hübsch und glücklich sie aussah mit den geröteten Wangen und dem wunderschönen langen Haar, das sich aus der Spange gelöst hatte und in einem hellgoldenen Sturzbach ihren Rücken hinabfiel.

»Wir haben gefeiert, Posy«, erklärte Onkel Ralph. »Es gibt noch mehr gute Nachrichten aus Frankreich. Es sieht aus, als würden die Deutschen bald kapitulieren, und dann ist der Krieg endlich vorbei.«

»Ach, schön«, antwortete ich. »Das heißt, dass Daddy bald nach Hause kommt.«

»Ja.«

Kurz herrschte Stille, dann sagte Maman, ich solle mich nach der langen Fahrt erst einmal ein bisschen frisch machen. Ich hoffte, dass Onkel Ralph wirklich recht hatte und Daddy bald nach Hause kommen würde. Seitdem das Radio uns in den Nachrichten vom großartigen Erfolg von D-Day berichtet hatte, hoffte ich jeden Tag, er werde kommen. Über drei Monate waren seitdem vergangen, und er war immer noch nicht wieder da, obwohl Maman ihn einmal besucht hatte, als er kurz Urlaub hatte, weil es einfacher gewesen sei. Auf meine Frage, warum er noch nicht zurückgekommen sei, obwohl wir den Krieg beinahe gewonnen hätten, zuckte sie mit den Schultern.

»Er hat sehr viel zu tun, Posy, und wenn er kommt, ist er da.«

»Aber woher weißt du, dass es ihm gut geht? Hat er dir geschrieben?«

»*Oui, chérie.* Hab Geduld. Es dauert sehr lange, bis ein Krieg zu Ende ist.«

Das Essen wurde immer knapper, und wir hatten nur noch zwei Hühner, denen der Hals nur deshalb noch nicht umgedreht worden war, weil sie am meisten Eier legten. Doch selbst sie wirkten niedergeschlagen, obwohl ich jeden Tag mit ihnen redete, weil Benson gesagt hatte, glückliche Hühner würden mehr Eier legen. Aber meine Unterhaltung nützte offenbar nichts, denn weder von Ethel noch von Ruby hatten wir in den vergangenen fünf Tagen auch nur ein Ei bekommen.

»Daddy, wo bist du?«, fragte ich den Himmel und stellte mir vor, wie wunderbar es wäre, wenn zwischen den Wolken plötzlich eine Spitfire erschien und Daddy herunterflog, um bei uns auf dem großen Rasen zu landen.

Es wurde November, und nach der Schule verbrachte ich die Nachmittage damit, im durchnässten, frostigen Gestrüpp nach Reisig für das Feuer zu suchen, das Maman und ich abends im Frühstückszimmer entzündeten. Der Raum war viel kleiner als der Salon und deswegen leichter zu heizen.

Eines Abends sagte Maman: »Posy, ich habe mir Gedanken über Weihnachten gemacht.«

»Vielleicht ist Daddy dann schon zu Hause, und wir können zusammen feiern.«

»Nein, er wird nicht kommen, und ich bin nach London eingeladen worden, um mit meinen Freunden zu feiern. Dir wäre es mit den ganzen Erwachsenen viel zu langweilig, und deswegen habe ich deiner Großmutter geschrieben, und sie ist bereit, dich über Weihnachten aufzunehmen.«

»Aber ich …«

»Posy, bitte sei vernünftig. Wir können nicht hierbleiben. Das Haus ist eisig, wir haben keine Kohle …«

»Aber wir haben Holz, und …«

»Wir haben nichts zu essen! Posy, deine Großmutter hat vor Kurzem ihr Dienstmädchen verloren und ist bereit, auch Daisy bei sich aufzunehmen, bis sie im Ort einen Ersatz gefunden hat.«

Ich biss mir auf die Lippen, ich war den Tränen nahe. »Aber was, wenn Daddy kommt und das Haus leer vorfindet?«

»Ich werde ihm schreiben.«

»Aber vielleicht bekommt er den Brief nicht, außerdem würde ich lieber hierbleiben und verhungern, als Weihnachten bei Oma zu verbringen! Ich liebe sie, aber sie ist alt, und ihr Haus ist nicht mein Zuhause, und …«

»Das genügt! Mein Entschluss steht fest. Vergiss nicht, Posy, wir müssen alle Opfer bringen, um die letzten Monate dieses grausamen Kriegs zu überleben. Zumindest wirst du es warm haben, du wirst in Sicherheit sein und genug zu essen bekommen. Das ist sehr viel mehr, als viele andere auf der Welt haben, die hungern oder gar vor Hunger sterben.«

Ich hatte Maman noch nie so wütend erlebt. Obwohl mir die Tränen in den Augen brannten, schluckte ich sie hinunter und nickte. »Ja, Maman.«

Danach wirkte zumindest Maman besserer Laune, auch wenn ich und Daisy wie Gespenster durchs Haus schlichen, die für den Rest ihres Daseins unter einem Fluch standen.

»Wenn ich eine andere Wahl hätte, würde ich nicht fahren«, brummte Daisy, als sie mir beim Kofferpacken half. »Aber Madam sagt, dass sie kein Geld hat, um mich zu bezahlen, was soll ich also tun? Von Knöpfen kann ich schließlich nicht leben.«

»Wenn der Krieg vorbei ist und Daddy wieder nach Hause kommt, wird alles besser«, sagte ich im Versuch, auch mich zu trösten.

»Schlechter kann es kaum werden. Hier ist es ganz schön weit gekommen, da beißt die Maus keinen Faden ab«, antwortete Daisy grimmig. »Fast glaube ich ja, dass sie uns beide aus dem Weg haben will, um …«

»Um was?«, fragte ich.

»Das geht dich nichts an, junge Dame. Aber je früher dein Dad nach Hause kommt, desto besser.«

Da das Haus für einen ganzen Monat geschlossen werden sollte, putzte Daisy jeden Quadratzentimeter.

»Aber warum putzt du es denn, wenn sowieso niemand hier ist?«, fragte ich.

»Das reicht mit deinen Fragen, Fräulein, hilf mir lieber«, sagte sie, nahm einen Stapel weißer Laken und schlug sie auf, sodass sie flatterten wie große Segel. Gemeinsam breiteten wir sie über die Betten und Möbel in den sechsundzwanzig Räumen des Hauses, bis es aussah, als hätte eine Gespenster-Großfamilie Einzug gehalten.

Als die Ferien begannen, machte ich mich mit meinen Buntstiften und einem Block weißem Papier auf, um alles zu zeichnen, was ich im Garten finden konnte. Das war nicht einfach, weil alles tot war. An einem frostigen Dezembertag ging ich mit meiner Lupe hinaus. Es hatte noch nicht geschneit, aber auf den Stechpalmen lag glänzender weißer Raureif, trotzdem zog ich meine Fäustlinge aus, damit ich die Lupe richtig halten konnte, um mir die Stiele genau anzusehen. Daddy hatte mir gezeigt, wo ich nach den Puppen des Faulbaum-Bläulings suchen musste.

Da sah ich, dass die Tür zum Turm aufging und Daisy herauskam, das Gesicht gerötet, die Arme voll Putzmittel.

»Posy, was machst du hier draußen ohne deine Fäustlinge?«, schimpfte sie. »Zieh sie sofort wieder an, sonst frierst du dir noch die Finger ab.« Damit marschierte sie zum Haus. Ich schaute zur Tür des Turms, die noch einen Spalt offen stand. Ehe ich michs versah, war ich hineingeschlüpft, und die Tür war knarzend hinter mir ins Schloss gefallen.

Es war sehr dunkel, aber meine Augen gewöhnten sich schnell daran, und ich konnte die Umrisse der Cricketstäbe und Krocketbügel erkennen, die Daddy hier aufbewahrte, ebenso wie den verschlossenen Waffenschrank, den zu öffnen er mir verboten hatte. Ich blickte zur Treppe, die zu Daddys Zimmer hinaufführte, und stand da, hin und her gerissen in meiner Unentschlossenheit.

Wenn Daisy die Eingangstür nicht abgesperrt hatte, dann war die zu Daddys Geheimzimmer vielleicht auch offen. Ich wollte doch so gerne einmal einen Blick hineinwerfen …

Schließlich siegte meine Neugier. Bevor Daisy zurückkam, lief ich die Treppe hinauf, die sich immer weiter im Kreis nach oben drehte. Oben angelangt, legte ich die Hand auf den Knauf der schweren Eichentür und drehte daran. Daisy hatte sie eindeutig nicht verschlossen, denn sie ging auf, und nach einem Schritt stand ich in Daddys geheimem Arbeitszimmer.

Es roch nach Politur, und Licht fiel auf die runden Wände mit ihren Fenstern, die Daisy gerade geputzt hatte. An der Wand mir gegenüber hing eine ganze Großfamilie von Admiralen, in Viererreihen hinter Glas angeordnet und umschlossen von einem goldenen Rahmen.

Ich trat näher und fragte mich verwundert, wie die Schmetterlinge so still halten und was sie in ihrem Glasgefängnis zu fressen gefunden haben konnten.

Dann sah ich die Köpfe der Nadeln, mit denen sie auf die Rückwand gesteckt waren. Ich schaute zu den anderen Wänden und stellte fest, dass auch dort lauter Rahmen mit den Schmetterlingen hingen, die wir im Lauf der Jahre gefangen hatten.

Mit einem Schrei des Grauens stürzte ich die Treppe hinunter und in den Garten hinaus. Als ich Daisy vom Haus herüberkommen sah, machte ich kehrt und lief in den Wald jenseits des Turms. Erst in sicherer Entfernung ließ ich mich auf die Wurzeln einer großen Eiche fallen und holte keuchend Luft.

»Sie sind tot! Sie sind tot! Tot! Wie konnte er mich nur so anlügen?«, schrie ich zwischen Schluchzern.

Ich blieb sehr lange dort im Wald, bis ich Daisy nach mir rufen hörte. Ich wünschte nur, ich könnte Daddy fragen, weshalb er sie getötet hatte, wo sie doch so schön waren, und sie wie Trophäen an die Wand hängte, damit er ihr Totsein bestaunen konnte.

Aber ich konnte ihn nicht fragen, weil er nicht hier war, also musste ich ihm vertrauen und glauben, dass es einen sehr guten Grund für die Morde in unserem Schmetterlingsreich gab.

Doch auf meinem langsamen Rückweg zum Haus fiel mir kein einziger Grund ein. Ich wusste nur, dass ich nie wieder einen Fuß in den Turm setzen wollte.

*Admiral House
September 2006*

*Schmetterlingsflieder
(Buddleja davidii)*

Kapitel 1

Posy erntete im Küchengarten gerade Karotten, als in den Tiefen ihrer Barbourjacke ihr Handy klingelte. Sie fischte es heraus und nahm das Gespräch an.

»Guten Morgen, Mum. Ich habe dich doch nicht geweckt, oder?«

»Guter Gott, nein, und selbst wenn, ich freue mich doch, von dir zu hören. Wie geht es dir, Nick?«

»Alles bestens, Mum.«

»Und wie sieht's in Perth aus?«, fragte sie, richtete sich auf und schlenderte durch den Garten zur Küche.

»Langsam wird es heiß, gerade wenn es bei euch wieder kühler wird. Wie sieht's bei dir aus?«

»Mir geht's gut. Wie du weißt, ändert sich hier herzlich wenig.«

»Ich rufe an, um dir zu sagen, dass ich gegen Ende des Monats nach England komme.«

»Ach, Nick! Wie schön. Nach all den Jahren.«

»Zehn, um genau zu sein«, bestätigte ihr Sohn. »Langsam ist es an der Zeit, dass ich nach Hause komme, findest du nicht?«

»Aber ja. Ich bin überglücklich, mein Schatz. Du weißt doch, wie sehr du mir fehlst.«

»Und du mir, Mum.«

»Wie lang wirst du bleiben? Vielleicht sogar lang genug, um beim Fest zu meinem siebzigsten Geburtstag kommenden Juni der Ehrengast zu sein?«, fragte Posy und lächelte.

»Sehen wir mal, wie alles läuft, aber selbst wenn ich beschließen sollte, wieder herzukommen, bin ich bei deinem Fest auf jeden Fall dabei.«

»Soll ich dich vom Flughafen abholen?«

»Nein, nicht nötig. Ich werde erst ein paar Tage in London bei meinen Freunden Paul und Jane bleiben. Es gibt einige Dinge, die ich erledigen muss. Ich rufe dich an, sobald ich weiß, wann ich nach Admiral House fahren und dich besuchen kann.«

»Ich kann es gar nicht erwarten, mein Schatz.«

»Ich auch nicht, Mum. Wir haben uns viel zu lang nicht gesehen. Jetzt sollte ich langsam Schluss machen, aber ich melde mich bald wieder.«

»Sehr gut. Ach, Nick ... Ich kann es gar nicht glauben, dass du nach Hause kommst.«

Er hörte die Rührung in ihrer Stimme. »Ich auch nicht. Lass dich drücken, und ich melde mich, sobald ich klarer sehe. Ciao.«

»Tschüss, mein Schatz.«

Von Gefühlen überwältigt sank Posy auf den alten Lederstuhl, der neben dem Kochherd stand.

Von ihren beiden Söhnen war Nick derjenige, an den sie die lebhaftesten Erinnerungen als Kleinkind hatte. Posy hatte immer das Gefühl, dass Nick ganz allein ihr Sohn war – vielleicht weil er so bald nach dem tragischen Tod seines Vaters zur Welt gekommen war.

Sicher war seine vorzeitige Geburt ausgelöst worden durch den entsetzlichen Schock, Jonny zu verlieren, mit dem sie dreizehn Jahre verheiratet gewesen war. Und da sie nun neben dem dreijährigen Sam noch das Baby Nick zu versorgen hatte, war ihr wenig Zeit zum Trauern geblieben.

Es hatte so viel zu organisieren und so viele schwerwiegende Entscheidungen zu treffen gegeben, und das zu einer Zeit, in der sie sich so schwach wie nie zuvor im Leben gefühlt hatte. Alle Zukunftspläne, die sie und Jonny gemacht hatten, mussten auf

Eis gelegt werden. Wenn sie zwei kleine Kinder allein großziehen wollte – Kinder, die ihre Liebe und Fürsorge mehr denn je brauchten –, würde es ihr unmöglich sein, Admiral House in das Unternehmen zu verwandeln, das sie gemeinsam geplant hatten.

Wenn es einen besonders schlechten Zeitpunkt gab, um seinen Mann zu verlieren, dachte Posy, dann war der es gewesen. Nachdem Jonny zwölf Jahre lang in aller Herren Länder stationiert worden war, hatte er beschlossen, den Armeedienst zu quittieren und den sehnsüchtigen Traum seiner Frau zu erfüllen, nach Admiral House zurückzukehren und ihrer kleinen Familie – und sich – ein richtiges Zuhause zu schaffen.

Posy stellte den Kessel an und erinnerte sich, wie heiß es in dem August vor vierunddreißig Jahren gewesen war, als Jonny mit ihr durch die goldene Landschaft Suffolks hergefahren war. Sie war gerade mit Nick schwanger geworden. Wegen Nervosität gepaart mit Schwangerschaftsübelkeit hatten sie unterwegs zweimal anhalten müssen, und als sie schließlich das gusseiserne Tor passierten, hatte Posy die Luft angehalten.

Sobald Admiral House aufgetaucht war, hatten Bilder von früher sie überflutet. Es sah genauso aus, wie sie es in Erinnerung hatte, vielleicht etwas älter und weniger glanzvoll, aber das war sie selbst ja auch. Jonny hatte die Wagentür geöffnet und ihr beim Aussteigen geholfen, Sam war zu ihr gelaufen und hatte sich an ihrer Hand festgehalten, während sie die Stufen zu der gewaltigen Eingangstür hinaufgingen.

»Willst du aufschließen?«, hatte sie ihren Sohn gefragt und ihm den schweren Schlüssel in die Patschhand gelegt.

Er hatte genickt, und sie hatte ihn hochgehoben, damit er den Schlüssel ins Schloss stecken konnte.

Gemeinsam hatten sie die schwere Tür aufgeschoben, und die Sonne hatte ihnen einen Weg in das dunkle, mit Fensterläden verschlossene Haus geleuchtet. Rein nach dem Gedächtnis hatte Posy den Lichtschalter gefunden. Plötzlich war die Halle von elektrischem Licht erfüllt, und alle hatten zu dem prachtvollen Leuchter hinaufgeblickt, der sechs Meter über ihnen hing.

Weiße Laken bedeckten die Möbel, der Boden verschwand unter einer dicken Staubschicht, die aufwirbelte, als Sam die hochherrschaftliche Freitreppe hinaufstürmte. Tränen waren Posy in die Augen getreten, sie hatte sie fest zusammengekniffen, überwältigt von den Anblicken und Gerüchen ihrer Kindheit – Maman, Daisy, Daddy ... Als sie sie wieder öffnete, hatte Sam von oben auf der Treppe zu ihr heruntergewunken, und sie war zu ihm hinaufgegangen, um die anderen Räume in Augenschein zu nehmen.

Auch Jonny verliebte sich sofort in das Haus, auch wenn er nachvollziehbare Bedenken wegen der Instandhaltung hatte.

»Es ist riesig, mein Schatz«, hatte er gesagt, als sie sich an den alten Eichentisch in der Küche setzten, wo Posy unwillkürlich Daisy beim Ausrollen von Teig vor sich sah. »Und es muss wieder in Schuss gebracht werden.«

»Nun ja, es hat ja seit über fünfundzwanzig Jahren niemand mehr hier gewohnt«, hatte sie geantwortet.

Nachdem sie sich häuslich eingerichtet hatten, waren sie diverse Möglichkeiten durchgegangen, wie Admiral House einen dringend notwendigen Zuschuss zu Jonnys Offizierspension liefern könnte. Sie hatten beschlossen, das Haus zu renovieren und es später als Bed-und Breakfast-Pension für zahlende Gäste zu eröffnen.

Nach all den Jahren bei der Armee war Jonny ein paar Monate später ironischerweise durch die Metallzähne eines Mähdreschers ums Leben gekommen, der ihn frontal erwischte, als er wenige Kilometer von Admiral House entfernt um eine enge Kurve fuhr.

Jonny hatte ihr seine Pension hinterlassen sowie zwei Lebensversicherungen. Darüber hinaus war sie zwei Jahre zuvor beim Tod ihrer Großmutter deren Alleinerbin gewesen und hatte das Geld vom Verkauf des Herrenhauses in Cornwall angelegt.

Außerdem hatte sie etwas Vermögen von ihrer Mutter geerbt, die im Alter von fünfundfünfzig Jahren an Lungenentzündung gestorben war (was Posy nach wie vor verwunderte, schließlich hatte sie viele Jahre in Italien gelebt).

Sie hatte erwogen, Admiral House zu verkaufen, aber wie der Makler sagte, den sie um eine Schätzung gebeten hatte, gab es kaum noch Leute, die ein Haus dieser Größe besitzen wollten. Selbst wenn sie einen Käufer fände, würde sie weit weniger dafür bekommen, als es tatsächlich wert war.

Abgesehen davon liebte sie das Haus, sie war ja gerade erst wieder eingezogen, und nach Jonnys Tod tat es ihr gut, die vertrauten, tröstlichen Hausmauern ihrer Kindheit um sich zu spüren.

Nach langem Rechnen war sie zu dem Schluss gekommen, dass ihnen das Geld zu dritt gerade genügen sollte, sofern sie, Posy, ihre Ansprüche nicht zu hoch schraubte und für größere Ausgaben bisweilen ihre Ersparnisse und Investitionen angriff.

In den einsamen, dunklen Tagen der ersten Monate ohne Jonny war Nicks sonniges, genügsames Wesen ihr ein großer Trost gewesen, und als er zu einem zufriedenen, fröhlichen Kleinkind heranwuchs, das sorglos durch den Küchengarten tapste, hatte sie Hoffnung für die Zukunft geschöpft.

Natürlich war es für Nick sehr viel einfacher gewesen – er konnte nicht vermissen, was er nie gekannt hatte. Sam hingegen war alt genug gewesen, um den kalten Hauch des Todes zu spüren, der sein Leben verändert hatte.

»Wann kommt Daddy wieder?«

Posy erinnerte sich, dass er diese Frage wochenlang jeden Abend gestellt hatte, und es brach ihr das Herz, das Unverständnis in seinen großen blauen Augen zu sehen, die denen seines Vaters so sehr ähnelten. Jeden Abend hatte sie sich gewappnet und gesagt, Daddy werde nie mehr wiederkommen, er sei in den Himmel gegangen und beschütze sie von dort oben. Irgendwann schließlich hatte Sam aufgehört zu fragen.

Das Wasser kochte. Posy rührte Instantkaffee in die Milch in ihrem Becher und füllte ihn mit heißem Wasser auf.

Damit stellte sie sich ans Fenster und sah auf den uralten Baum hinaus, der Generationen von Kindern zuverlässig eine üppige Kastanienernte beschert hatte. Die stachligen grünen Früchte hingen, wenn auch noch klein, bereits an den Zweigen, verkündeten das Ende des Sommers und läuteten den Herbst ein.

Der Gedanke an die Kastanien ließ sie an den Beginn des Schuljahres denken – vor dem ihr, als die Jungen kleiner gewesen waren, immer gegraut hatte, mussten dann doch neue Schuluniformen gekauft, mit Etiketten versehen und die großen Koffer aus dem Keller gewuchtet werden. Und dann, nach ihrer Abfahrt, die entsetzliche Stille.

Posy hatte lang mit sich gerungen, ob sie ihre geliebten Söhne tatsächlich aufs Internat schicken sollte. Auch wenn Generationen von Kindern sowohl in Jonnys als auch in ihrer Familie fortgeschickt worden waren – es war Ende der Siebzigerjahre, die Zeiten hatten sich geändert. Allerdings wusste sie aus eigener Erfahrung, dass sie durch das Internat nicht nur eine Ausbildung, sondern auch Unabhängigkeit und Disziplin erworben hatte. Jonny hätte sich gewünscht, dass seine Söhne aufs Internat gingen; er hatte oft davon gesprochen, sie auf seine Schule zu schicken. Also hatte Posy ihre Investitionen angetastet – und sich mit dem Gedanken beruhigt, dass auch ihre Großmutter das gutheißen würde – und zuerst Sam, dann auch Nick bei einem Internat in Norfolk angemeldet: nicht so weit entfernt, als dass sie nie zu einem ihrer Rugbyspiele oder einer Schultheateraufführung fahren konnte, aber zu weit, um sie bei jedem Anfall von Heimweh abzuholen.

Sam hatte sie häufig angerufen. Er hatte sich nur schwer eingelebt und sich ständig mit dem einen oder anderen Freund zerstritten. Von Nick allerdings, der seinem Bruder drei Jahre später gefolgt war, hatte sie nur selten gehört.

Anfangs, als die Jungen noch klein waren, hatte sie sich oft danach gesehnt, Zeit für sich zu haben, aber als ihre beiden Söhne dann auf dem Internat waren und sie diese Zeit schließlich hatte, hatte die Einsamkeit sie überwältigt und nicht mehr aus ihrem Griff entlassen.

Zum ersten Mal in ihrem Leben war Posy morgens beim Aufwachen kein einziger Grund eingefallen, weshalb sie aufstehen sollte. Ihr war klar geworden, dass ihr der Mittelpunkt ihres Lebens genommen worden war und dass alles, was darum herum existierte, letztlich bedeutungslos war. Als sie ihre Söhne fortschickte, kam es ihr vor, als müsse sie sich zum zweiten Mal mit einem Verlust abfinden.

Bei dem Gedanken hatte sie innerlich Abbitte geleistet: Bis zu dem Zeitpunkt hatte sie Depressionen weder gekannt noch verstanden und als Zeichen von Schwäche betrachtet. Doch in dem schrecklichen Monat, nachdem Nick zum ersten Mal ins Internat gefahren war, bekam sie ein schlechtes Gewissen, jemals geglaubt zu haben, man könne das einfach abstellen. Ihr war klar geworden, dass sie ein Projekt brauchte, um sich davon abzulenken, wie sehr ihre Söhne ihr fehlten.

Eines Vormittags im Herbst war sie im Arbeitszimmer ihres Vaters in seiner Schreibtischschublade auf einen Stapel alter Pläne für den Garten gestoßen. Offenbar hatte er vorgehabt, die parkähnlichen Anlagen in etwas Spektakuläres zu verwandeln. Die Tinte auf dem Pergamentpapier, das stets im Dunkeln gelegen hatte, war noch frisch wie am ersten Tag, und sie konnte die Linien und Abmessungen, die ihr Vater in seiner akkuraten Schrift eingetragen hatte, deutlich erkennen. Abgesehen vom Turm hatte er einen Bereich für einen Schmetterlingsgarten vorgesehen und mehrjährige Pflanzen aufgelistet, die viel Nektar produzierten und zu einer üppigen Farbenpracht erblühen würden. Ein Glyzinienweg führte zu einem Obstgarten mit ihren liebsten Früchten: Birnen, Äpfel, Pflaumen und selbst Feigen.

Neben dem Küchengarten hatte er auch ein großes Gewächshaus geplant sowie einen kleineren ummauerten Garten, aber laut einer Anmerkung auch einen »Weidenbogenweg für Posy zum Spielen«. Gewundene Gartenpfade verbanden die einzelnen Bereiche. Über seine Idee für einen Teich neben dem Kroketrasen (»um erhitzte Gemüter abzukühlen«) hatte sie gelacht. Es gab auch einen Rosengarten mit dem Vermerk »für Adriana«.

Und so war sie noch am selben Nachmittag, ausgestattet mit Schnur und Weidenstöcken, nach draußen gegangen und hatte einige Rabatten abgesteckt, die er geplant hatte und die sie mit Traubenhyazinthen, Winterlingen und Krokussen bepflanzen würde. Die brauchten wenig Pflege und boten den Bienen die erste Nahrung, wenn sie aus ihrem Winterschlaf erwachten.

Einige Tage später, als ihre Hände tief in der weichen Erde steckten, lächelte Posy zum ersten Mal seit Wochen. Der Geruch des Komposts, die milde Sonne auf ihrem Kopf und das Setzen der Zwiebeln, die im nächsten Frühjahr in bunter Herrlichkeit erblühen würden, erinnerten sie an ihre Zeit in Kew.

An diesem Tag hatte eine mittlerweile fünfundzwanzig Jahre währende Leidenschaft begonnen. Sie hatte das riesige Gelände in Bereiche unterteilt und sich jeweils im Frühjahr und im Herbst einen davon vorgenommen. Dabei hatte sie die Gestaltung ihres Vaters mit eigenen Entwürfen ergänzt, darunter ihr Schmuckstück – ein französischer Garten unterhalb der Terrasse, in dem verschlungene niedrige Buchsbaumhecken Beete mit süß duftendem Lavendel und Rosen umfassten. Sie instand zu halten war zwar eine höllische Arbeit, aber aus den Empfangsräumen und den Schlafzimmern boten sie einen traumhaften Anblick.

Kurz gesagt, der Garten war ihr Herr und Meister, ihr Freund und Geliebter geworden und hatte ihr wenig Zeit für anderes gelassen.

»Mum, das ist fantastisch«, sagte Nick, wann immer er in den Ferien nach Hause kam und sie ihm ihr neuestes Beet zeigte.

»Ja, aber was gibt's zum Essen?«, fragte Sam dann meist und kickte einen Ball quer über die Terrasse. Dreimal waren dabei die Fenster des Gewächshauses zu Bruch gegangen.

Als sie die Zutaten für den Kuchen zusammensuchte, den sie später ihren Enkelkindern vorbeibringen wollte, regte sich in Posy das vage Schuldgefühl, das sich bei jedem Gedanken an ihren älteren Sohn einstellte.

Sosehr sie Sam auch liebte, sie hatte ihn immer als weit schwieriger empfunden als Nick. Vielleicht, weil sie und ihr jüngster Sohn so viele Gemeinsamkeiten hatten. Seine Vorliebe für »alten Plunder« etwa, wie Sam es nannte, als er zusah, wie sein Bruder hingebungsvoll eine von Holzwürmern zerfressene Truhe restaurierte. Während Sam ständig voll Tatendrang steckte, ohne sich lange auf etwas konzentrieren zu können, und schnell in die Luft ging, war Nick viel ruhiger. Er hatte ein Auge für alles Schöne, was er, wie Posy gerne dachte, von ihr geerbt hatte.

Die erschreckende Wahrheit lautete, dachte sie, während sie die Eier unter die Backmischung rührte, dass man seine Kinder zwar lieben konnte, aber das bedeutete nicht, dass man sie deswegen unbedingt gleichermaßen gernhatte.

Was sie am meisten schmerzte, war, dass die beiden sich nicht nahestanden. Posy erinnerte sich noch, wie Nick als kleiner Junge seinem großen Bruder im Garten immer hinterhergewackelt war; es war unverkennbar, dass er ihn über alles verehrte. Doch als die Jahre vergingen, hatte sie mit ansehen müssen, dass Nick ihm in den Ferien zusehends aus dem Weg ging und lieber bei ihr in der Küche blieb oder in der Scheune seine Möbel restaurierte.

Sie waren natürlich grundverschieden – Sam extravertiert selbstbewusst, Nick nach innen gekehrt. Ihr Leben war zwar verbunden durch den Faden, den die Jahrzehnte seit ihrer Kindheit gesponnen hatten, doch es hatte sie in sehr unterschiedliche Richtungen geführt.

Nach dem Schulabschluss hatte Sam nach einem Intermezzo

an der Universität das Studium geschmissen und war nach London gezogen. Dort hatte er sein Glück mit IT, als Koch und als Immobilienmakler versucht, doch alle Vorhaben hatten sich nach wenigen Monaten sang- und klanglos in nichts aufgelöst. Vor zehn Jahren war er nach Southwold zurückgekehrt, hatte geheiratet und versuchte momentan, nach weiteren gescheiterten Unternehmensgründungen sein eigenes Maklerbüro auf die Beine zu stellen.

Und wann immer er mit seinem neuesten Vorhaben zu Posy gekommen war, hatte sie ihn nach Kräften unterstützt. Aber vor Kurzem hatte sie beschlossen, ihm kein Geld mehr zu leihen, sosehr er sie auch bedrängte. Allein schon, weil sie nur noch wenig zu verleihen hatte, da ihr geliebter Garten das Gros ihrer Investitionen aufgefressen hatte. Vor einem Jahr dann hatte sie eine ihrer kostbaren Staffordshire-Figuren verkauft, um Sams »wasserdichten« Geschäftsplan zu finanzieren, Filme für das Marketing lokaler Unternehmen zu machen. Der Erlös der Figur war für immer verloren gewesen, als die Firma nach neun Monaten Pleite gemacht hatte.

Die Schwierigkeit, die es ihr bereitete, Sam etwas abzuschlagen, hing auch damit zusammen, dass er einen richtigen Schatz zur Frau gefunden hatte. Amy war ein wahrer Engel und hatte sogar noch gelächelt, als Sam ihr kürzlich eröffnete, sie müssten zum x-ten Mal wegen Geldmangel aus ihrem gemieteten Haus in ein kleineres ziehen.

Amy hatte von Sam zwei gesunde Kinder bekommen – Jake, der mittlerweile sechs, und Sara, die vier war –, außerdem hatte sie eine feste Stelle als Rezeptionistin in einem Hotel in Southwold, womit sie ein zwar kleines, aber dringend benötigtes regelmäßiges Einkommen zum Haushalt beisteuerte. Zudem unterstützte sie ihren Mann vorbehaltlos, was sie in Posys Augen zu einer Heiligen machte.

Was Nick betraf, schlug Posy das Herz höher, wenn sie daran

dachte, dass ihr Sohn endlich nach England zurückkehren würde. Nach dem Schulabschluss hatte er die Angebote mehrerer erstklassiger Universitäten ausgeschlagen und stattdessen erklärt, er wolle ins Antiquitätengeschäft einsteigen. Zunächst hatte er Teilzeit bei einem Auktionshaus im Ort gearbeitet und mit etwas Glück schließlich eine Lehrstelle bei einem Antiquitätenhändler in Lavenham gefunden, zu dem er jeden Tag von Admiral House gependelt war.

Bereits mit einundzwanzig Jahren hatte er in Southwold sein eigenes Antiquitätengeschäft eröffnet und sich schon bald einen Ruf für interessante und ausgefallene Antiquitäten erworben. Posy war überglücklich gewesen, dass ihr Sohn sein Leben offenbar hier verbringen wollte. Zwei Jahre später hatte er die benachbarten Räumlichkeiten angemietet und sein florierendes Unternehmen erweitert. Wenn er unterwegs auf Einkaufstour war, verließ Posy ihren geliebten Garten, verbrachte den Tag im Geschäft und bediente die Kunden.

Einige Monate später berichtete er ihr, er habe eine Vollzeitkraft eingestellt, die den Laden führen solle, wenn er auf Auktionen unterwegs sei. Evie Newman war keine klassische Schönheit, denn durch ihre zierliche Gestalt und ihr elfengleiches Gesicht wirkte sie eher wie ein Kind als eine Frau. Aber ihre großen braunen, seelenvollen Augen hatten einen geradezu betörenden Reiz. Als Nick sie ihr vorstellte, hatte Posy gesehen, dass ihr Sohn nicht den Blick von Evie lassen konnte, und gewusst, dass er sich verliebt hatte.

Nicht, dass er seinem Herzen folgen konnte. Evie hatte einen langjährigen Freund, dem sie treu ergeben war. Posy war ihm einmal begegnet und überrascht gewesen, dass Evie sich zu diesem pinschergesichtigen pseudointellektuellen Brian hingezogen fühlen konnte. Als geschiedener Soziologiedozent am College in Southwold, der gut fünfzehn Jahre älter als Evie war, hatte er feste Überzeugungen, die er bei jeder passenden und unpassenden

Gelegenheit zum Besten gab. Posy war er auf Anhieb unsympathisch gewesen.

Als Nick zunehmend häufiger auf Einkaufstour unterwegs war, hatte Posy Evie geholfen, sich in die Finessen des Geschäfts einzuarbeiten, und trotz des Altersunterschieds waren sie gute Freundinnen geworden. Evie hatte ihre Eltern schon als kleines Kind verloren und lebte bei ihrer Großmutter in einem verwinkelten viktorianischen Haus in Southwold. Und Posy, die keine eigene Tochter hatte, freute sich an der Gesellschaft der jungen Frau.

Bisweilen begleitete Evie Nick auf seinen Reisen, und Posy blieb zurück, um im Geschäft die Stellung zu halten. Sie freute sich immer, wenn Evie dann mit funkelnden Augen von einer solchen Fahrt zurückkam und mit ihren ausdrucksvollen Händen etwa eine elegante Chiffoniere beschrieb, die sie für so gut wie nichts bei einer Auktion in einem prachtvollen Schloss in Südfrankreich erstanden hatten.

Trotz ihres Vorsatzes, sich nicht auf Nicks Anwesenheit in ihrem Leben zu verlassen, hatte es ihr doch einen Schock versetzt, als er nach den Jahren des einträchtigen Neben- und Miteinanders in Admiral House aus heiterem Himmel erklärte, er werde das Geschäft verkaufen und nach Australien gehen. Dazu kam, dass Evie wenig später verkündete, Brian habe an einem College in Leicester eine gute Stelle bekommen. Offenbar hatte er ihr einen Heiratsantrag gemacht, den sie angenommen hatte. Sie sollten Southwold sofort verlassen.

Posy hatte herauszufinden versucht, weshalb ihr Sohn glaubte, das erfolgreiche Geschäft, das er mit so großem Einsatz aufgebaut hatte, aufgeben und auf die andere Seite der Welt ziehen zu müssen, aber Nick hatte sich in Schweigen gehüllt. Sie hatte vermutet, dass es etwas mit Evie zu tun hatte, zumal auch sie fortzog; irgendetwas konnte nicht ganz stimmen.

Nick fand praktisch sofort einen Käufer für sein Geschäft und reiste wenig später nach Perth ab. Einen Teil seiner Lagerbestände verschiffte er als Starthilfe in seine neue Heimat. Posy hatte ihm gegenüber mit keiner Silbe erwähnt, wie verloren sie sich ohne ihn vorkommen würde.

Dass Evie nicht kam, um sich von ihr zu verabschieden, ehe sie Southwold verließ, hatte Posy tief getroffen, aber sie hatte sich gesagt, dass sie nun einmal eine ältere Frau im Leben eines jungen Menschen war, und nur weil sie Evie ins Herz geschlossen hatte, bedeutete das nicht, dass ihre Gefühle erwidert werden mussten.

Dann wurden die Tage kürzer, und die Einsamkeit hatte sich wieder in ihr Leben geschlichen, zumal sie in der Jahreszeit in ihrem geliebten Garten, der nun Winterschlaf hielt, nichts verrichten konnte. Ohne die Ablenkung, die er ihr bot, wusste Posy, dass sie sich dringend etwas suchen musste, um die Leere zu füllen. Also hatte sie sich in Southwold umgehört und eine Teilzeitstelle gefunden, in der sie drei Vormittage die Woche in einer Kunstgalerie arbeitete. Auch wenn moderne Gemälde nicht ganz ihre Sache waren, verdiente sie damit etwas Nadelgeld, abgesehen davon war sie beschäftigt. Sie hatte den Inhaber nie über ihr wahres Alter aufgeklärt, und so arbeitete sie zehn Jahre später immer noch dort.

»Fast siebzig«, murmelte Posy, als sie den Kuchen in den Herd schob und die Zeituhr zum Mitnehmen stellte. Auf dem Weg zur Treppe überlegte sie sich, dass Mutter zu sein eine Herkulesarbeit war. So erwachsen ihre beiden Söhne mittlerweile auch sein mochten, sie machte sich nach wie vor Sorgen um sie. Wenn überhaupt, sogar noch mehr, denn als sie klein gewesen waren, hatte sie zumindest in jedem Moment gewusst, wo sie waren und wie es ihnen ging. Sie hatte immer ein Auge auf sie gehabt, was jetzt, nachdem sie längst das Nest verlassen hatten, natürlich nicht mehr der Fall war.

Die Beine taten ihr beim Treppensteigen etwas weh, was sie an all die Dinge erinnerte, die sie am liebsten beiseiteschob. Auch wenn sie in ihrem Alter legitimerweise anfangen könnte, sich über Wehwehchen zu beschweren, wusste sie, dass sie sich glücklich schätzen musste, so fit zu sein.

»Aber«, sagte sie zu einem Vorfahren, dessen Porträt auf dem Treppenabsatz hing, »wie lange noch?«

In ihrem Zimmer trat sie ans Fenster und zog die schweren Vorhänge zurück. Nie war das Geld da gewesen, sie zu ersetzen, und das ursprüngliche Muster des Stoffs war völlig verblasst.

Von hier hatte sie den schönsten Blick auf den Garten, den sie geschaffen hatte. Bereits jetzt im Frühherbst bereitete sich die Natur auf den Winter vor. Die schräg einfallenden Strahlen der Nachmittagssonne färbten das Laub der Bäume allmählich zu einem satten Gold, die letzten Rosenblüten hingen betörend duftend an den Sträuchern. Im Küchengarten wuchsen die orangefarbenen Kürbisse zu immenser Größe heran, die Bäume im Obstgarten waren beladen mit rotwangigen Äpfeln. Und der französische Garten direkt unter ihrem Fenster sah schlichtweg atemberaubend aus.

Posy wandte sich von der Schönheit vor ihrem Fenster ab und betrachtete das geräumige Zimmer, in dem Generationen von Andersons geschlafen hatten. Ihr Blick wanderte von der ehemals erlesenen chinesisch gemusterten Tapete, die sich in den Ecken ablöste und hier und da Flecken aufwies, über den fadenscheinigen Teppich, auf dem allzu oft etwas verschüttet worden war, zu den verblichenen Mahagonimöbeln.

»Und das ist nur der eine Raum. Es gibt fünfundzwanzig weitere, die von Grund auf renoviert werden müssten, ganz zu schweigen von der Bausubstanz selbst«, murmelte sie vor sich hin.

Posy war sich bewusst, dass sie an dem Haus in den vergangenen Jahrzehnten nur das Allernötigste getan hatte, zum Teil aus finanziellen Gründen, aber vor allem, weil sie ihre ganze Aufmerksamkeit, wie einem Lieblingskind, dem Garten geschenkt hatte. Währenddessen aber war das Haus, wie jedes vernachlässigte Kind, unbemerkt etwas verlottert.

»Meine Zeit hier neigt sich allmählich dem Ende zu«, sagte sie seufzend und gestand sich ein, dass dieses wunderschöne alte Haus allmählich zu einer Last wurde. Selbst wenn sie für eine Frau von neunundsechzig Jahren fit und gesund war, konnte sie nicht wissen, wie lange das noch so blieb. Was sie allerdings wusste, war, dass das Haus bald nicht mehr renovierbar sein würde, wenn nicht in näherer Zukunft große Investitionen getätigt würden.

Der Gedanke, die Segel zu streichen und in etwas Kleineres zu ziehen, erschreckte sie, allerdings wusste sie auch, dass sie realistisch sein musste. Sie hatte weder mit Sam noch mit Nick über die Möglichkeit gesprochen, Admiral House zu verkaufen, aber das sollte sie jetzt angesichts von Nicks Rückkehr vielleicht tun.

Beim Entkleiden erhaschte Posy im kippbaren Standspiegel einen Blick auf sich. Das Grau in ihren Haaren, die Falten um ihre Augen und die Haut, die nicht mehr so straff war wie früher, bedrückten sie, und sie wandte den Kopf ab. Es war einfacher, nicht hinzusehen, denn innerlich war sie noch eine Frau voll jugendlichem Schwung, dieselbe Posy, die getanzt und gelacht und geliebt hatte.

»Himmel, mir fehlt Sex!«, erklärte sie der Kommode, als sie nach frischer Unterwäsche suchte. Vierunddreißig Jahre waren eine sehr lange Zeit, um nicht von einem Mann berührt zu werden, seine Haut nicht an ihrer zu spüren, nicht liebkost zu werden, während er sich in ihr bewegte ...

Nach Jonnys Tod hatte es durchaus Männer gegeben, die Interesse an ihr bekundet hatten, vor allem in den ersten Jahren. Vielleicht aus dem Grund, weil ihre Aufmerksamkeit allein den Jungen galt und später dem Garten, aber nach ein oder zwei »Dates«, wie ihre Söhne sie bezeichneten, hatte Posy nie das Bedürfnis verspürt, die Beziehung zu vertiefen.

»Und jetzt ist es zu spät«, sagte sie ihrem Spiegelbild, als sie sich an die Frisierkommode setzte und die billige Hautcreme –

die einzige Kosmetik, die sie regelmäßig verwendete – auf ihrem Gesicht verrieb.

»Sei nicht undankbar, Posy. Zweimal im Leben die Liebe gefunden zu haben, ist mehr, als den meisten anderen vergönnt ist.«

Als sie aufstand, schob sie alle dunklen und abwegigen Gedanken beiseite und konzentrierte sich auf die weit erfreulichere Aussicht, dass ihr Sohn aus Australien zurückkehren würde. Unten holte sie den Kuchen aus dem Ofen, nahm ihn aus der Form und stellte ihn zum Abkühlen auf die Arbeitsfläche. Dann ging sie durch die Küche in den Hinterhof, schloss ihren betagten Volvo auf, fuhr die Auffahrt hinunter und bog rechts auf die Straße ein, die sie in zehn Minuten nach Southwold bringen würde.

Auf dem Weg zur Uferstraße kurbelte sie trotz des frischen Septemberwinds das Fenster nach unten, um die salzige Seeluft einzuatmen, in die sich wie immer der Geruch von gebackenen Krapfen und Fish and Chips vom Stand am Pier mischte. Der Pier ragte in die Nordsee hinaus, stahlgrau unter diesig-blauem Himmel. Adrette weiße Reihenhäuser säumten die Straße, die Geschäfte im Erdgeschoss boten Strandutensilien feil, am Bürgersteig patrouillierten Möwen auf der Suche nach Essensresten.

Im Grunde hatte sich der Ort seit ihrer Kindheit kaum verändert, nur hatte seine altmodisch anmutende Seebad-Atmosphäre unglücklicherweise wohlhabende Mittelschichtfamilien dazu veranlasst, sich hier Ferienwohnungen anzuschaffen. Dadurch waren die Immobilienpreise in irrwitzige Höhen geklettert. Das mochte der Wirtschaft der kleinen Stadt zwar nutzen, doch das Gefüge der früher eng vernetzten Gemeinschaft hatte sich dadurch unwiederbringlich verändert. Die Besitzer von Zweitwohnungen strömten im Sommer in den Ort, sodass die Parkplatzsuche zum Albtraum geriet, und verschwanden Ende August wieder wie ein Schwarm Geier, der einen Kadaver abgefressen hatte.

Jetzt, im September, wirkte die Stadt leblos und verwaist, als hätten die Horden sie jeglicher Energie beraubt. Beim Parken in der High Street sah sie in der Boutique ein Schild mit der Aufschrift »Schlussverkauf«, vor dem Buchladen standen keine Tische mit Romanen aus zweiter Hand mehr.

Flott ging sie die Straße entlang und nickte allen, denen sie begegnete und die sie grüßten, ein »Guten Morgen« zu. Das Gefühl, hierher zu gehören, gefiel ihr; das zumindest hatte sie. Beim Zeitschriftenhändler holte sie ihr tägliches Exemplar des *Telegraph* ab.

In die Schlagzeilen vertieft, stieß sie beim Herauskommen mit einem kleinen Mädchen zusammen.

»Entschuldigung«, sagte sie und senkte den Blick, um dem eines Kinds mit braunen Augen zu begegnen.

»Keine Ursache.« Die Kleine zuckte mit den Schultern.

»Du meine Güte«, sagte Posy nach einer kurzen Pause, »entschuldige, dass ich dich so anstarre, aber du erinnerst mich sehr an jemanden, den ich früher einmal kannte.«

»Ach.« Unbehaglich trat das Mädchen von einem Bein aufs andere. Posy machte einen Schritt zur Seite, um ihr den Weg in den Laden frei zu räumen. »Auf Wiedersehen.«

»Auf Wiedersehen.« Damit ging Posy weiter die High Street entlang Richtung Galerie, bis eine vertraute Gestalt ihr im Laufschritt entgegenkam.

»Evie? Das bist doch du, oder nicht?«

Die junge Frau blieb abrupt stehen, vor Verlegenheit wurde ihr blasses Gesicht rot.

»Ja. Guten Morgen, Posy«, sagte sie leise.

»Wie geht es dir, meine Liebe? Und was in aller Welt machst du hier in Southwold? Besuchst du alte Freunde?«

»Nein.« Evie betrachtete angelegentlich ihre Füße. »Wir sind vor zwei Wochen wieder hergezogen. Ich … wir wohnen jetzt wieder hier.«

»Wirklich?«

»Ja.«

»Ach, ich verstehe.«

Evie vermied auch weiterhin jeden Blickkontakt. Sie war viel schmaler als früher, und statt ihrer langen, dunklen Haare trug sie einen Kurzhaarschnitt.

»Ich glaube, ich habe vor dem Zeitungsladen gerade deine Tochter gesehen. Ich dachte mir doch, dass sie dir sehr ähnlich sieht. Seid ihr drei auf Dauer wieder hier?«

»Wir zwei, ja«, antwortete Evie. »Und wenn du mich jetzt entschuldigen würdest, Posy, ich bin furchtbar in Eile.«

»Natürlich. Und«, fügte Posy hinzu, »ich arbeite mittlerweile in der Mason's Gallery, drei Häuser weiter vom Swan. Wenn du einmal Lust auf einen Lunch hast, komm vorbei, ich würde mich wirklich freuen, dich zu sehen. Und deine Tochter, wie heißt sie?«

»Clemmie. Sie heißt Clemmie.«

»Die Abkürzung von Clementine, vermute ich, wie Winston Churchills Frau?«

»Ja.«

»Ein schöner Name. Also, Evie, auf Wiedersehen, und willkommen in Southwold.«

»Danke. Auf Wiedersehen.«

Auf der Suche nach ihrer Tochter steuerte Evie auf den Zeitungsladen zu, und Posy ging die letzten Schritte zur Galerie. Evies offensichtliches Unbehagen in ihrer Gegenwart kränkte sie, und sie fragte sich, was sie getan haben konnte, dass Evie sich ihr gegenüber so abweisend verhielt.

Während sie die Tür aufschloss und nach dem Lichtschalter tastete, dachte sie darüber nach, was Evie ihr indirekt mitgeteilt hatte – nämlich, dass sie nicht mehr mit ihrem langjährigen Partner Brian zusammen« war. So gern Posy mehr darüber erfahren würde, glaubte sie nicht, dass es je dazu kommen würde. Evies Reaktion nach zu urteilen, würde die junge Frau bei der nächsten Begegnung vermutlich eher auf die andere Straßenseite wechseln.

Eines allerdings hatte sie in ihren fast siebzig Lebensjahren gelernt, nämlich, dass Menschen merkwürdige Wesen waren und immer wieder für eine Überraschung gut. *Evie hat ihre Gründe*, sagte sie sich, als sie ins Büro am anderen Ende der Galerie ging und den Kessel für ihre traditionelle zweite Tasse Kaffee anschaltete.

Allerdings wüsste sie nur zu gerne, welche Gründe das waren.

Kapitel 2

»Bitte, Jake, jetzt geh deine Schuhe suchen, und zwar sofort!«

»Aber Mummy, ich habe meine Coco Pops noch nicht aufgegessen, und …«

»Das ist mir egal! Wir kommen noch zu spät. Los jetzt!«

Als Jake die Küche verließ, wischte Amy Montague der vierjährigen Sara den mit Cornflakes verschmierten Mund ab und zog ihr die Schuhe an. Sie waren abgestoßen und fast schon zu klein für die Füße ihrer Tochter. Sara lief die Nase, ihre Haare waren von der Nacht noch zerzaust, und die Hose, die sie von Jake geerbt hatte, endete auf halber Wadenhöhe.

»Du siehst völlig verwahrlost aus«, sagte Amy seufzend, fischte die Haarbürste aus der Unmenge an Dingen, die auf dem Sideboard lagen, und fuhr Sara damit durch die dichten blonden Locken.

»Aua, Mummy!«, schrie Sara durchaus nachvollziehbar.

»Es tut mir leid, mein Schatz, aber wenn ich dich so zur Schule gehen lasse, hält Miss Ewing mich noch für eine Rabenmutter.«

»Ich muss in die Schule?« Sara verzog das Gesicht. »Aber, Mummy, da gefällt es mir nicht.«

»Ach, mein Schatz, deine Lehrerin sagt, dass du dich richtig gut einlebst, und Josie holt dich danach ab und nimmt dich und Jake mit zu sich. Von dort holt Mummy dich dann ab, wenn sie mit der Arbeit fertig ist«, ergänzte sie.

»Aber ich mag die Schule nicht, und ich mag Josie nicht. Ich will bei dir bleiben, Mummy.« Das Gesicht des kleinen Mädchens verzog sich, es begann zu weinen.

»Sara, mein Schatz, natürlich magst du die Schule, und Josie magst du auch. Und zum Tee besorgt Mummy dir einen Schokoladenkuchen, wie wär's damit?«

»Also gut.« Sara nickte, etwas versöhnt.

»Jake?! Wir fahren jetzt!«, rief Amy und schob Sara in den Flur. Sie zog ihrer Tochter den Anorak an, schlüpfte in ihren Mantel und wühlte in ihrer Tasche nach den Schlüsseln.

Jake stürmte lautstark die Treppe hinunter, die Schuhe in der Hand.

»Jake, zieh sie an.«

»Ich will aber, dass du das machst, Mummy. Schläft Daddy noch?«

»Ja.« Amy steckte Jakes Schuhe an seine Füße. »So, jetzt gehen wir.«

»Aber ich will ihm Tschüss sagen«, beschwerte Jake sich, als Amy Sara an der Hand nahm und die Haustür öffnete.

»Das geht nicht.«

»Warum nicht?«

»Weil er müde ist. Jetzt los mit euch!«

Nachdem sie die Kinder vor der Schule abgesetzt hatte, fuhr Amy das Auto zur Werkstatt; es hatte vor Kurzem die technische Überprüfung nicht bestanden. Während sie flott nach Hause ging, überlegte sie sich, was sie in der Stunde, bevor sie zur Arbeit musste, alles erledigen wollte: in der Küche aufräumen, Wäsche waschen und eine Einkaufsliste schreiben. Wie sie ohne Auto zurechtkommen sollte, war ihr schleierhaft, es bedeutete, dass ihr ohnehin schwieriges Leben praktisch unmöglich würde. Abgesehen davon hatte sie keine Ahnung, wovon sie die Reparatur bezahlen sollten, aber irgendwie mussten sie das Geld auftreiben. So einfach war das.

Amy bog auf den Pfad zu dem armseligen Häuschen ab, das ihnen seit sechs Wochen als Zuhause diente. Es lag an einer Straße am Ortsrand, nur durch das Moor vom Meer getrennt. Im Grunde war es eine geräumige Strandhütte und hinreißend, wenn die Sonne schien, aber letztlich nur für den Sommer gebaut. Amy wusste, dass die dünnen Holzwände und die großen Fenster im kommenden Winter wenig Schutz vor den Elementen bieten würden. Es gab keine richtige Heizung, abgesehen von einem launischen Holzofen im Wohnzimmer, der mehr Rauch als Wärme erzeugte, wie sie von ihrem Versuch am Vorabend wusste. Oben befanden sich zwei klamme Schlafzimmer, die so klein waren, dass der Großteil ihrer Habseligkeiten in Kisten verstaut hinten im Schuppen lagerte.

Es hatte Sam in seinem Stolz tief verletzt, als sie wegen Geldmangel aus ihrem vorherigen Haus ausziehen mussten, und sie wollte ihn nicht noch weiter kränken und sich über ihr gegenwärtiges Heim beklagen, doch es fiel Amy schwer, ihre übliche Zuversicht zu bewahren. Sicher, ihr Mann tat sein Bestes, und er hatte unglaublich viel Pech gehabt, ein Geschäftsplan nach dem anderen war gescheitert. Wie konnte sie ihm da sagen, dass Sara ein neues Paar Schuhe brauchte, dass Jakes Wintermantel zu klein wurde und dass sie selbst erschöpft war vom Versuch, mit ihrem geringen Lohn als Rezeptionistin den Haushalt zu führen und jeden Tag Essen auf den Tisch zu stellen?

Sam stand in Boxershorts in der Küche und stellte gerade gähnend den Wasserkocher an.

»Morgen, Süße. Tut mir leid, dass es bei mir gestern so spät geworden ist. Ken und ich mussten viel besprechen.«

»Ist es gut gelaufen?« Beklommen sah Amy zu ihm. Seine blauen Augen waren blutunterlaufen, sein Atem roch nach Alkohol. Sie war froh, dass sie schon geschlafen hatte, als er nach Hause gekommen war.

»Sehr gut.« Sam blickte zu ihr hinunter. »Ich glaube, ich werde schon bald die Geschicke des Hauses Montague zum Besseren wenden.«

Normalerweise ließ allein eine solche Bemerkung Amy wieder Hoffnung schöpfen, doch an diesem Morgen klangen Sams Worte hohl in ihren Ohren.

»Mit was genau?«

Er schob sie an den Oberarmen ein Stück von sich. »Mein Schatz, vor dir steht der offizielle Geschäftsführer von Montague Property Development Limited.«

»Wirklich?«

»Jawoll. Tasse Tee?«

»Nein, danke. Aber wie viel genau verdienst du pro Woche?«, fragte Amy hoffnungsvoll.

»Ach, erst einmal nicht allzu viel, denke ich, aber meine Unkosten werden natürlich bezahlt.«

»Aber wenn du der Geschäftsführer bist, musst du dir doch ein Gehalt bezahlen, oder nicht?«

Sam ließ einen Teebeutel in den Becher fallen. »Amy, jetzt geht es darum auszugeben, um einzunehmen. Ich kann schlecht ein Gehalt verlangen, bis ich mich bewährt und ein Projekt an Land gezogen habe. In dem Fall bekomme ich fünfzig Prozent des Profits, das wird sich zu einem hübschen Sümmchen addieren.«

Amy sank der Mut. »Aber Sam, wir brauchen jetzt Geld, nicht in ein paar Monaten. Ich verstehe ja, dass du mit dieser Arbeit vielleicht in der Zukunft sehr viel Geld verdienen kannst, aber dir muss doch klar sein, dass wir nicht über die Runden kommen nur mit dem, was ich im Hotel verdiene, oder?«

Sam goss heißes Wasser in seinen Becher und stellte den Wasserkocher lautstark auf der Arbeitsfläche ab. »Und was schlägst du vor? Soll ich mir vielleicht einen miesen Job in einem Geschäft oder in einer Fabrik suchen, um ein paar zusätzliche Kröten nach Hause zu bringen?«

Genau das wünschte Amy sich im Grunde. Sie holte tief Luft.

»Was ist denn das Schlimme an einer normalen Arbeitsstelle, Sam? Du hast eine gute Ausbildung, jede Menge Erfahrung in den unterschiedlichsten Bereichen, und ich sehe keinen Grund, weshalb du nicht eine sehr gut bezahlte Stelle in einem Büro finden könntest ...«

»Was unsere Familie auf Dauer überhaupt nicht weiterbringt, Amy. Ich muss an die Zukunft denken und einen Weg finden, uns den Lebensstil zu ermöglichen, den wir wollen und verdienen. Wir wissen doch beide, dass das nicht geht, wenn ich für jemand anderen in einem blöden Büro arbeite.«

»Sam, im Moment zählt für mich nur, jeden Tag dafür zu sorgen, dass wir ein Essen auf dem Tisch haben. Ein Teil des Problems ist meiner Ansicht nach, dass wir zu oft an die Zukunft gedacht und zu viel spekuliert haben.« Erregt strich sie sich eine blonde Strähne aus dem Gesicht. »Es ist nicht mehr wie früher, als wir uns kennengelernt haben. Wir tragen jetzt Verantwortung, wir müssen Kindern ein Zuhause bieten und sie versorgen, und von Luft und Liebe allein geht das nicht.«

Sam trank einen Schluck Tee und starrte sie dabei unentwegt an. »Willst du mir damit sagen, dass du den Glauben an meine Fähigkeit verloren hast, etwas Großes auf die Beine zu stellen?«

»Nein ...« Der Ausdruck in seinen Augen verhieß nichts Gutes. »Natürlich glaube ich an dich und deine Fähigkeiten als Geschäftsmann, aber wäre es nicht möglich, dieses Projekt in deiner Freizeit voranzutreiben und nebenbei zu arbeiten, damit gleich etwas Geld ins Haus kommt?«

»Amy, verdammt noch mal! Du hast eindeutig nicht die geringste Ahnung, wie es in der Geschäftswelt zugeht. Wenn ich die Sache mit dieser Immobilienfirma durchziehen will, muss ich rund um die Uhr arbeiten.« Sams Gesicht war rot vor Wut geworden. Als sie zum Spülbecken ging, hielt er sie am Arm fest. »Ich mache das, mein Schatz, weil sonst du und ich und die Kinder bis an unser Lebensende in diesem beschissenen kleinen Haus festsitzen. Also, anstatt mich dafür zu kritisieren, dass ich mein Bestes tue, uns aus diesem Loch rauszuholen, wäre ich dir dankbar, wenn du mich dabei unterstützen würdest!«

»Ich …«, sagte sie. Sein Griff um ihren Arm wurde fester. »In Ordnung.«

»Gut.« Sam ließ sie los, nahm seinen Becher Tee und ging zur Küchentür. »Ich ziehe mich jetzt an, dann bin ich weg.«

Amy setzte sich und rieb sich den schmerzenden Arm. Reglos blieb sie sitzen, bis sie Sam die Treppe hinaufgehen und fünf Minuten später wieder herunterkommen hörte. Das ganze Haus zitterte, als er die Tür hinter sich ins Schloss warf.

Sie seufzte erleichtert und bemühte sich, die Tränen hinunterzuschlucken, in die sie jeden Moment auszubrechen drohte. Bedrückt ging sie nach oben in die Kammer, in der Sam und sie schliefen, weil nur im größeren Zimmer zwei Betten für die Kinder Platz fanden.

Sie ließ sich auf das ungemachte Bett fallen und starrte auf die feuchte Wand vor sich.

Was war in den letzten Jahren passiert? Wo hatte es angefangen schiefzulaufen?

Sie hatte Sam in der Bar des Swan in Southwold kennengelernt. Sie hatte in ihrem letzten Jahr an der Kunstakademie studiert und war zur Hochzeit einer Freundin aus London hergekommen, er hatte sich an dem Samstagabend auf einen Drink mit einem Freund im Pub des Hotels getroffen. Der hatte sich verspätet, und sie hatte eine kurze Auszeit von der klaustrophobischen Atmosphäre der Hochzeitsfeier gebraucht. Sie waren ins Reden gekommen, eins hatte zum anderen geführt, dann hatte er sie in London angerufen und zu einem Wochenende ins Haus seiner Familie außerhalb von Southwold eingeladen.

Amy wusste noch genau, wie sie Admiral House zum ersten Mal gesehen hatte. Es hatte die perfekten Proportionen und erinnerte an ein Puppenhaus, so hübsch war es; am liebsten hätte sie sofort angefangen, es zu malen. Sams Mutter Posy war so herzlich gewesen, ihr Besuch so entspannt, dass sie, als sie nach London in ihre kleine Wohnung zurückfuhr, davon träumte, in die Weite und den Frieden Suffolks zurückzukehren.

Sam hatte gerade sein Computerunternehmen gegründet und sie mit Nachdruck und Fantasie umworben. Sie hatte seine Lebensfreude ansteckend gefunden, seine Familie hinreißend und sein Bett warm und einladend.

Als er ihr am Ende ihres letzten Trimesters einen Heiratsantrag gemacht und ein Leben in Suffolk vorgeschlagen hatte, war ihr die Entscheidung nicht schwergefallen. Sie hatten ein kleines Stadthaus in einem der hübschen alten Sträßchen von Southwold gemietet und sich dort behaglich eingerichtet. Amy war mit ihrer Staffelei an den Strand gegangen, hatte Bilder vom Meer gemalt und für Touristen an eine Galerie im Ort verkauft, aber die Arbeit war saisonal. Als Sams Computerunternehmen bankrottgegangen war, hatte sie den ersten Job annehmen müssen, der ihr angeboten wurde – als Rezeptionistin im Feathers, einem behaglichen, wenn auch etwas altmodischen Hotel mitten im Ort.

Die vergangenen zehn Jahre waren ein einziges Auf und Ab gewesen, je nachdem, wie es gerade um Sams jeweiliges Unternehmen stand. Wenn alles gut lief, überschüttete er sie mit Blumen und Geschenken und führte sie zum Essen aus, und dann erinnerte sich Amy an den begeisterungsfähigen Mann, den sie einmal geheiratet hatte. Wenn es schlecht lief, sah das Leben allerdings sehr anders aus ...

Und wenn Amy ganz ehrlich war, lief es schon ziemlich lange schlecht. Als er seine Filmproduktion auflösen musste, war Sam in Verzweiflung verfallen und hatte kaum das Haus verlassen.

Sie hatte ihr Bestes getan, es nicht noch schlimmer für ihn zu machen. Obwohl er tagsüber zu Hause war, hatte sie ihn nur selten gebeten, die Kinder von der Schule abzuholen oder die Einkäufe zu erledigen, während sie arbeitete. Um seinen Stolz zu bewahren, musste Sam sich weiterhin als Geschäftsmann betrachten, das wusste sie, und die Erfahrung hatte sie gelehrt, ihn in schlechten Phasen nicht zu behelligen.

»Aber was ist mit mir?«

Die Worte kamen ihr ungebeten über die Lippen. Jetzt war sie fast dreißig, und was hatte sie in ihrem Leben bislang erreicht? Sie hatte einen Mann, der fast ständig arbeitslos war, sie hatte kein Geld und musste in einer Bruchbude leben. Ja, sie hatte zwei wunderbare Kinder und eine feste Stelle, aber das war kaum die große Karriere als Künstlerin, von der sie vor ihrer Hochzeit geträumt hatte.

Und was seine Wutausbrüche betraf ... Seine Aggression ihr gegenüber, vor allem nach ein paar Drinks, nahm ständig zu. Sie wünschte nur, sie könnte mit jemandem darüber reden, aber wem konnte sie solche Dinge schon gestehen?

Amy verwünschte ihr Selbstmitleid, schlüpfte in ihr dunkelblaues Arbeitskostüm und verteilte etwas Make-up auf ihrem blassen Gesicht. Sie war nur müde, das war alles, und Sam tat ja wirklich sein Bestes. Als sie das Haus verließ, nahm sie sich vor, zum Abendessen etwas Schönes zu besorgen. Es machte alles nur noch schlimmer, wenn sie sich zusätzlich zu den ganzen anderen Problemen auch noch stritten, und obwohl Amys Gefühl ihr sagte, dass dieses Unternehmen ebenso scheitern würde wie die vorherigen, wusste sie, dass ihr nichts anderes übrig blieb, als ihrem Mann zu vertrauen.

Es war Freitag und obendrein der Beginn des Southwold-Literaturfestivals. Entsprechend chaotisch ging es im Feathers Hotel zu. Die zweite Rezeptionistin hatte sich krankgemeldet, was bedeutete, dass Amy keine Mittagspause gemacht und somit den Wochenendeinkauf nicht erledigt hatte. Sie hatte sich mit einer Doppelbuchung, einer verstopften Toilette und einer Armbanduhr herumgeschlagen, die angeblich gestohlen war, bis sie eine halbe Stunde später wundersamerweise wieder auftauchte. Mit einem Blick auf die Uhr stellte Amy fest, dass sie in zehn Minuten gehen musste, um die Kinder von Josie, der Tagesmutter, abzuholen, und von Karen, der Rezeptionistin am Abend, war noch immer keine Spur zu sehen.

Mr. Todd, der Manager, war nirgends aufzutreiben, und als sie Sam auf dem Handy anrufen wollte, um ihn zu bitten, die Kinder abzuholen, hob er nicht ab. Sie wühlte in ihrer Tasche nach ihrem Adressbuch, nur um festzustellen, dass sie es zu Hause auf dem Küchentisch hatte liegen lassen. Den Tränen nahe rief sie die Auskunft an, musste aber erfahren, dass Josies Nummer nicht im Telefonbuch stand.

»Ist es in diesem Hotel wirklich unmöglich, einen Schaden beheben zu lassen?!«

Der Empfangstresen zitterte von der Wucht, mit der die Faust auf die Platte geschlagen wurde.

»Jetzt habe ich schon dreimal bei der Rezeption angerufen, damit aus dem verdammten Hahn endlich ein Tropfen warmes Wasser läuft!«

»Sir, es tut mir wirklich sehr leid, ich habe unserem Installateur Bescheid gesagt, und er hat versprochen, sich so bald wie möglich darum zu kümmern.« Amy wusste, dass ihre Stimme wegen des Kloßes in ihrem Hals unsicher klang.

»Verdammt noch mal, jetzt warte ich schon geschlagene zwei Stunden! Das ist eindeutig zu lang, und wenn Sie die Sache nicht innerhalb der nächsten zehn Minuten beheben, checke ich aus.«

»Ja, Sir, ich rufe gleich noch mal beim Installateur an.«

Ihre Hand zitterte, als sie nach dem Hörer griff, und Tränen stiegen ihr in die Augen, sosehr sie auch versuchte, sie hinunterzuschlucken. Bevor sie abheben konnte, sah sie Karen durch den Eingang kommen.

»Entschuldige, dass ich so spät dran bin, Amy. Auf dem Weg in die Stadt ist ein Laster liegen geblieben.« Karen stellte sich hinter den Tresen und zog sich den Mantel aus. »Alles in Ordnung?«

Achselzuckend fuhr Amy sich über die Augen.

»Geh schon, ich kümmre mich darum. Also, Mr. Girault.« Karen lächelte strahlend über die Rezeption hinweg. »Wie kann ich Ihnen helfen?«

Amy flüchtete in das rückwärtige Büro, kramte ein gebrauchtes Taschentuch aus ihrer Tasche und putzte sich kräftig die Nase. Dann zog sie hastig den Mantel über und ging mit gesenktem Kopf zur Eingangstür. Als sie dankbar in die kühle Abendluft hinaustrat, legte ihr unvermittelt jemand eine Hand auf die Schulter.

»Hören Sie, das tut mir wirklich sehr leid. Ich wollte Sie nicht kränken. Mir ist klar, dass Sie nichts dafür können.«

Amy drehte sich um und sah den Mann von der Rezeption. In ihrer Anspannung hatte sie sein Erscheinungsbild gar nicht richtig wahrgenommen, aber jetzt wurde ihr bewusst, dass er sehr groß war und breite Schultern hatte sowie welliges kastanienbraunes Haar und tief liegende grüne Augen, aus denen er sie jetzt mit einem besorgten Blick betrachtete.

»Nein, bitte entschuldigen Sie sich nicht. Es hatte nichts mit Ihnen zu tun. Und jetzt, wenn Sie verzeihen, ich bin schon spät dran, um meine Kinder abzuholen.«

»Natürlich.« Er nickte. »Es tut mir wirklich leid.«

»Danke.« Amy eilte die Straße weiter.

Als sie mit zwei übellaunigen, erschöpften Kindern und beladen mit Einkaufstüten vom Supermarkt nach Hause kam, stiegen ihr beim Anblick ihrer Schwiegermutter neben der Gartenpforte fast wieder Tränen in die Augen.

»Guten Abend, Posy.« Sie zwang sich zu einem Lächeln und schloss die Haustür auf.

»Liebes Kind, du siehst ja völlig erschlagen aus. Komm, lass dir helfen.« Posy klemmte die Dose, die sie in der Hand hielt, unter einen Arm und nahm ihr einige Einkaufstüten ab. Innen setzte sie Sara und Jake an den Küchentisch und bat Amy, den Wasserkocher einzuschalten, während sie für die Kinder Toast mit Marmite bestrich und eine Dose Nudeln aufwärmte.

»Hier ist es ja eiskalt«, bemerkte sie.

»Ich fürchte, es gibt keine Heizung«, erklärte Amy. »Eigentlich ist es ein Sommerhaus.«

Posy sah sich in der winzigen, trübseligen Küche um, blickte auf die Glühbirne, die ohne Schirm von der Decke hing und jeden Spritzer an der Wand erleuchtete.

»Ein Palast ist es nicht gerade, oder?«

»Nein«, antwortete Amy, »aber mit etwas Glück bleiben wir nicht lange hier, nur bis wir finanziell wieder auf die Beine kommen.«

»Du weißt, ich habe Sam gesagt, dass ihr in Admiral House alle herzlich willkommen seid, solange ihr wollt. Es kommt mir lächerlich vor, das ganze Haus für mich zu haben, während ihr hier so beengt wohnt.«

»Du weißt, dass Sams Stolz das nie zulassen würde.«

»Nun ja, meine Liebe«, sagte Posy, öffnete die Dose und hob einen perfekten Schokoladenkuchen heraus, »bisweilen kommt Hochmut vor dem Fall, und eigentlich ertrage ich den Gedanken nicht, dass ihr hier lebt.« Sie schnitt den Kuchen in Scheiben. »Hier, Omas schönster Kuchen, sobald ihr euren Toast und die Nudeln aufgegessen habt. Möchtest du auch ein Stück, Amy?«

»Nein, danke.« Amy fürchtete, dass er ihr im Hals stecken bleiben würde.

Posy betrachtete ihre Schwiegertochter. Sie war zwar immer noch schön, aber ihr Rock hing ihr lose um die Hüften, ihre blauen Augen wirkten in dem blassen Gesicht riesig. Ihr sonst wunderschönes langes blondes Haar war zu einem Pferdeschwanz gebunden, aus dem sich Strähnen lösten, und musste dringend gewaschen werden.

»Liebes, du bist viel zu dünn. Isst du auch genug?«

»Ja, Posy. Wirklich, mir geht's gut.« Amy wischte Sara das Gesicht ab. »Und wenn du mich jetzt entschuldigst, ich muss die Kinder baden und ins Bett bringen.«

»Natürlich. Darf ich dir helfen?«

Amy dachte an Posys Reaktion, wenn sie das schäbige kleine Bad sah, und zuckte dann mit den Schultern. Was machte das schon? »Wenn du möchtest.«

Kommentarlos half Posy Amy beim Baden der beiden Kinder. Als sie dann abgetrocknet waren und in ihren Schlafanzügen steckten, sagte sie, sie werde im Ofen einheizen, während Amy ihnen eine Gutenachtgeschichte vorlas.

Nachdem die Kinder endlich eingeschlafen waren, kam Amy wieder nach unten und ließ sich dankbar in den zerschlissenen Sessel fallen. Posy kam mit zwei Gläsern Wein aus der Küche.

»Ich hoffe, du hast nichts dagegen, dass ich die Flasche aufgemacht habe, aber ehrlich gesagt siehst du aus, als könnte dir ein Glas guttun.«

Der Wein war zwar für später gedacht, für sie und Sam, aber Amy nahm das Glas trotzdem dankbar entgegen.

»Wo ist denn Sam?«, fragte Posy, als sie sich auf dem alten Ledersofa niederließ.

Amy zuckte mit den Schultern. »Ich weiß es nicht, aber mit der Arbeit tut sich etwas. Vielleicht ist er in einer Besprechung.«

»An einem Freitagabend um halb acht?« Posy hob fragend die Augenbrauen. »Irgendwie bezweifle ich das.«

»Wie auch immer, er wird sicher bald kommen.«

»Hilft er dir mit den Kindern?«

»Unter der Woche nicht, aber am Wochenende macht er viel mit ihnen«, sagte Amy loyal.

»Meine liebe Amy, Sam ist mein Sohn, und ich liebe ihn zwar sehr, aber ich kenne ihn auch. Wenn man ihm den kleinen Finger gibt, nimmt er die ganze Hand.«

»Er tut sein Bestes, Posy, wirklich.«

»Du meinst, wie heute Abend? Wenn Sam im Moment keine Arbeit hat, dann sollte er dir doch mit dem Haushalt und den Kindern helfen, oder nicht? Er hätte wenigstens die Kinder um fünf abholen oder einkaufen gehen können, mein Schatz. Du siehst völlig erledigt aus.«

»Ich muss mich nur einmal richtig ausschlafen, das ist alles. Wirklich, mir fehlt nichts.« Das Letzte, was Amy jetzt ertragen konnte, war ein Vortrag über die Schwächen ihres fehlbaren Mannes, mochte alles noch so zutreffend sein. »Wie sieht's denn bei dir aus?«

»Ich habe eine wunderbare Nachricht bekommen!« Posy klatschte in die Hände. »Nick hat mich vor ein paar Tagen angerufen und gesagt, dass er nach Hause kommt!«

»Nach all den Jahren«, sagte Amy. »Das muss dich sehr freuen.«

»So ist es auch. Komischerweise habe ich an demselben Tag auch Evie Newman gesehen. Sie ist mit ihrer kleinen Tochter nach Southwold zurückgekommen.«

»Das ist doch die junge Frau, die bei Nick im Antiquitätengeschäft gearbeitet hat, oder?«

»Ja.« Posy trank einen Schluck Wein. »Ich kann mich gar nicht erinnern – hast du sie je kennengelernt?«

»Doch, aber bis Sam und ich geheiratet hatten und hergezogen sind, war sie schon nicht mehr hier.«

»Ein ziemlicher Zufall, dass Nick und Evie innerhalb weniger Wochen beide wieder herkommen«, sinnierte Posy.

»Das stimmt. Weißt du, wie lange Nick bleibt?«

»Nein, und um ehrlich zu sein, habe ich Angst, ihn zu fragen. Ich freue mich über jede Minute, die er für mich erübrigen kann. Außerdem wird es mir helfen, wenn er sich Admiral House einmal mit seinem Kennerblick ansieht. Ich habe mir gerade erst diese Woche überlegt, dass es vielleicht Zeit wäre, den Inhalt schätzen zu lassen.«

»Wirklich? Überlegst du dir, Sachen zu verkaufen?«

»Vielleicht. Und ganz bestimmt, wenn ich mich entschließe, das Haus zu verkaufen.«

»Aber Posy, das kann doch nicht dein Ernst sein!« Amy war entsetzt. »Das Haus gehört deiner Familie doch schon seit Generationen. Ich ... Es ist so schön! Du kannst es doch nicht einfach verkaufen.«

»Ich weiß, mein Schatz, aber die Generationen vor mir hatten auch das Geld – und das Personal, wie ich hinzufügen möchte –, um es instand zu halten.« Posy seufzte. »Wie auch immer, genug von mir. Wie geht's in der Arbeit?«

»Hektisch wie immer während des Literaturfestivals. Das Hotel ist ausgebucht.«

»Es ist doch schön, wenn lauter namhafte Autoren in der Stadt sind. Ich gehe morgen zu einer Lesung von Sebastian Girault. Er klingt wirklich sehr interessant.«

»Sebastian Girault?«, wiederholte Amy tonlos.

»Ja. Sein Roman war auf der Shortlist für den diesjährigen Booker Prize, verkaufte sich aber viel besser als der Gewinner. Du musst von ihm gehört haben, Amy.«

Dieser Tage empfand sie es schon als Leistung, die Schlagzeilen der Tageszeitung zu lesen, ohne gestört zu werden, an ein ganzes Buch brauchte sie gar nicht zu denken. »Nein, ich habe heute zum ersten Mal von ihm gehört. Ich bin ihm heute Nachmittag sogar begegnet. Er wohnt bei uns im Hotel.«

»Wirklich? Du Glückspilz. Er sieht doch richtig gut aus, findest du nicht? So groß und markant«, sagte Posy und lächelte.

»Ehrlich gesagt habe ich ihn mir gar nicht so genau angesehen. Er hat mich angebrüllt, weil bei ihm im Zimmer kein warmes Wasser läuft.«

»Oh, ein Jammer! Ich hatte gehofft, er wäre so nett, wie er im Radio klingt. Allerdings hat das Leben ihm auch übel mitgespielt. Vor ein paar Jahren ist seine Frau bei der Geburt zusammen mit dem Kind gestorben. Trotzdem ist das kein Grund, seine Mitmenschen anzuschreien. Das ist das Problem mit allen, die sich einen Namen machen. Mit dem Ruhm kommt die Arroganz.« Mit einem Blick auf Amy klatschte Posy wieder in die Hände. »Weißt du was? Warum kommst du morgen nicht mit? Vorher gehen wir zum Lunch ins Swan und danach zur Lesung. Es würde dir guttun, mal aus dem Haus zu kommen.«

»Das geht nicht, Posy, ich habe niemanden, der sich um die Kinder kümmert.«

»Aber das kann doch Sam für ein paar Stunden übernehmen, oder nicht? Immerhin ist es Samstag.«

»Ich ...« Bevor Amy antworten konnte, ging die Haustür auf, und Sam kam herein.

»Mein Lieber, wo bist du denn gewesen?« Posy stand auf und drückte ihrem Sohn einen Kuss auf jede Wange.

»Bei einer Besprechung.«

»Im Pub?«, fragte Posy, die seinen Atem roch.

»Mum, bitte, fang jetzt nicht damit an.«

»Das habe ich nicht vor. Aber deine arme Frau hat einen schrecklichen Tag hinter sich, und ich habe ihr gerade gesagt, dass sie dringend eine Auszeit braucht. Deswegen gehe ich morgen mit ihr zum Lunch und hinterher zu einer Lesung beim Literaturfestival. Du kannst dich doch am Nachmittag um die Kinder kümmern, Sam, oder? Und jetzt verschwinde ich und überlasse euch eurem Abendessen. Also, Amy, ich hole dich dann um halb eins ab. Tschüss, ihr beiden.«

»Tschüss, Posy«, sagte Amy. Ihr Gesicht war rot vor Verlegenheit.

Die Haustür fiel ins Schloss, und Amy betrachtete beklommen ihren Mann im Versuch, seine Stimmung auszuloten. »Es tut mir wirklich leid, Sam. Du kennst doch deine Mutter. Wenn sie sich etwas in den Kopf gesetzt hat, lässt sie nicht locker. Ich rufe sie morgen früh an und sage ihr, dass es nicht geht.«

»Nein. Mum hat recht, du brauchst wirklich etwas Abwechslung. Natürlich kann ich mich morgen Nachmittag um die Kinder kümmern. Es tut mir leid, dass ich heute Morgen ausgerastet bin.«

»Und mir tut es leid, dass ich skeptisch war«, sagte Amy erleichtert.

»Schon in Ordnung. Ich kann's auch verstehen, aber du musst einfach Vertrauen zu mir haben.«

»Das habe ich ja auch, Sam, wirklich.«

»Gut. Und jetzt – was gibt's zum Abendessen, und wo ist der Rest Wein?«

Kapitel 3

»Ich will aber nicht dahin, Mummy, bitte!«

»Clemmie, Orwell Park ist eine wunderbare Schule, und es ist eine großartige Chance für dich.«

»Das ist mir egal. Ich möchte bei dir bleiben und nicht weggehen. Bitte, Mummy, zwing mich nicht.«

»Komm her.« Evie Newman zog ihre Tochter an sich und schloss sie fest in die Arme. »Glaubst du, ich möchte, dass du weggehst?«

»Weiß ich nicht«, schniefte Clemmie.

»Natürlich will ich das nicht, aber ich muss an deine Zukunft denken. Du bist sehr klug, und Mummy muss versuchen, dir alle Chancen offenzuhalten.«

»Aber mir hat es an meiner alten Schule in Leicester so gut gefallen. Warum können wir nicht dorthin zurück?«

»Weil wir jetzt hier leben, mein Schatz. Und selbst wenn wir noch in Leicester wären, würde ich mir trotzdem wünschen, dass du nach Orwell Park gehst.«

»Ich möchte einfach nach Hause. Ich möchte, dass alles so ist, wie es immer war«, schluchzte Clemmie an Evies Schulter. »Du brauchst mich, Mummy, ich muss mich doch um dich kümmern. Das weißt du genau.«

»Nein, das stimmt nicht, Clemmie«, sagte Evie mit Nachdruck. »Ich komme sehr gut selbst zurecht.«

»Aber wenn ich aufs Internat gehe, bist du ganz allein in diesem großen Haus. Was, wenn ...«

»Clemmie, mein Schatz, ich verspreche dir, dass es mir sehr gut gehen wird.« Evie streichelte ihrer Tochter übers Haar. »Es war ziemlich egoistisch von mir, dich in den letzten Jahren ganz für mich zu haben. Es ist Zeit, dass du ein eigenes Leben hast und aufhörst, dir Sorgen um mich zu machen.«

»Das werde ich nie, Mummy. Ich mag es, wie es jetzt ist, nur du und ich.«

»Ich weiß, mir geht es ja genauso, aber vergiss nicht, du wirst jedes Wochenende nach Hause kommen, und die Ferien sind viel länger als an deiner alten Schule. Wir werden ganz viel Zeit miteinander verbringen, das verspreche ich dir.«

Clemmie befreite sich heftig aus Evies Umarmung und sprang auf. »Du willst mich ja bloß loswerden. Nein, ich gehe da nicht hin, und du kannst mich auch nicht zwingen!« Sie lief aus dem Zimmer und knallte die Tür ins Schloss.

»Verdammt! Verdammt noch mal!« Evie schlug mit der Faust aufs Sofa. Ihre geliebte Tochter aufs Internat zu schicken, zerriss ihr das Herz; sie war auf Clemmie zweifellos genauso angewiesen wie Clemmie auf sie. Als sie zu zweit in dem Reihenhäuschen in Leicester gelebt hatten, hatte Clemmie durch alles, was in der Zeit passiert war, viel zu schnell heranwachsen müssen und Verantwortung übernommen, die einen Erwachsenen überfordert hätte.

So schmerzhaft die Trennung zunächst auch sein würde, Evie wusste, dass Clemmie unbedingt auf ein Internat gehen musste. Es war höchste Zeit, dass sie wie eine normale Neunjährige lebte und lachte und ihre eigene Welt jenseits der ihrer Mutter entdeckte.

Es läutete an der Haustür. Bedrückt stand Evie auf, ging die drei Treppenabsätze hinunter und öffnete die Tür.

»Hi, Evie, ich weiß, ich bin früh dran, aber in der Stadt ist der Teufel los.«

Marie Simmonds, Evies älteste Freundin, stand lächelnd auf

der Schwelle. In der Schule hatten die beiden den Spitznamen »Dick und Dünn« gehabt – Evie immer schon zierlich, Marie stets einen Kopf größer als alle anderen in der Klasse und ausgesprochen füllig. In diesem Moment, dachte Evie, würde sie auf der Stelle mit ihr tauschen.

»Komm rein. Ich fürchte, hier herrscht noch ein ziemliches Chaos.« Evie ging Marie den Flur entlang voraus in die Küche.

»Mein Gott, Evie, du hast wirklich großes Glück, dass dir dieses Haus gehört. Wenn du's mir gibst, hätte ich es morgen für dich verkauft, Fünfzigerjahre-Dekor hin oder her.« Marie leitete in Southwold ein Maklerbüro, wo sie sich vom Empfang hochgearbeitet hatte.

»Seit meine Großeltern es renovieren ließen, ist nichts mehr daran gemacht worden«, sagte Evie achselzuckend. »Danke fürs Angebot, aber ich möchte gerne hier wohnen bleiben, zumindest fürs Erste.«

»Na ja, so, wie es im Moment läuft, wo alle Londoner verrückt danach sind, ein Haus zu ergattern, und ein Vermögen hinblättern für das Privileg, in Southwold zu leben, kannst du dich meiner Ansicht nach als Millionärin betrachten.«

»Schön zu wissen, aber wenn ich nicht verkaufen möchte, lohnt es sich nicht, weiter darüber nachzudenken. Kaffee?«

»Ja, bitte. Warum habe nicht ich eine nette Verwandte, die den Löffel abgibt und mir ihre Residenz in Southwold hinterlässt?«, fragte Marie seufzend und fuhr sich durch ihre schwarze Lockenmähne.

»Weil du wunderbare Eltern hast, die noch am Leben sind«, antwortete Evie pragmatisch. »Die habe ich nicht mehr, seit ich zehn bin.«

»Entschuldige, ich wollte nicht gefühllos klingen. Manchmal empfinde ich es einfach als ungerecht, dass bei uns im Büro unglaubliche Summen über den Tisch gehen, während meine Familie und ich, die seit Generationen hier leben, aus dem Ort verdrängt werden, weil wir uns die Preise nicht mehr leisten können.«

»Eine Scheibe Toast?«, fragte Evie und stellte eine Tasse Kaffee vor Marie auf den Tisch.

»Nein, danke. Ich mache mal wieder Diät. Ehrlich, Evie, du könntest zu meinem Lieblings-Hassobjekt werden: ein riesengroßes Haus und dazu eine Figur wie damals als Schulmädchen, obwohl du ein Kind hast und isst, worauf du Lust hast.« Neidisch beobachtete sie, wie Evie ihren Toast dick mit Butter und Marmelade bestrich.

»Marie, glaub mir, du würdest meinen Körper nicht haben wollen«, sagte Evie, als sie sich an den Tisch setzte. »Und ich könnte dich um deine glückliche Ehe beneiden und darum, dass deine Kinder noch beide Eltern haben«, schloss sie.

»Wie geht es Clemmie?«

»Sie ist unglücklich, schwierig und viel zu emotional. Sie findet Southwold schrecklich und möchte wieder nach Leicester. Momentan ist sie oben und schmollt, weil ich sie aufs Internat schicken will. Ehrlich, ich weiß nicht, was ich tun soll. Im Augenblick weigert sie sich schlicht. Ich komme mir richtig gemein vor. Sie glaubt, ich möchte sie nicht bei mir zu Hause haben, was ich entsetzlich finde, aber aus den verschiedensten Gründen finde ich es wichtig, dass sie weggeht.«

»Bist du dir sicher?«, fragte Marie. »Sie ist noch sehr jung, Evie. Könnte sie nicht noch ein paar Jahre hier die Schule besuchen und dann aufs Internat gehen? Die Grundschule in Southwold ist wirklich recht gut, ganz anders als zu unserer Zeit. Natürlich geht es dort nicht so schick zu wie in einem Internat, aber meine beiden fühlen sich sehr wohl.«

»Nein. Um ihretwillen möchte ich, dass sie jetzt geht.«

»Ich muss zugeben, ich würde meine nicht mit neun wegschicken wollen«, sagte Marie nachdenklich. »Sie würden mir wahnsinnig fehlen. Und wenn sie wirklich geht, wirst du die Leere spüren – dann bist du ganz allein hier.«

»Ach, ich habe jede Menge zu tun, damit komme ich gut zurecht.«

Marie trank von ihrem Kaffee.»Und wie findest du es, wieder hier zu sein?«

»Schön«, antwortete Evie nur.

»Hörst du je von Brian?«

»Guter Gott, nein. Er hat sich ziemlich bald nach Clemmies Geburt abgesetzt, und seitdem habe ich nichts mehr von ihm gehört.«

»Also bleibt er mit seiner Tochter nicht in Kontakt?«

»Nein.«

»Das ist sehr schade, für Clemmie, meine ich.«

»Ich kann dir versichern, dass es uns beiden ohne ihn sehr viel besser geht. Rückblickend frage ich mich, was ich bloß jemals in ihm gesehen habe.«

»Er hat dich nie für voll genommen«, räumte Marie ein.

»Er hat mich wie ein Kind behandelt. Was immer ich tat, es war nie gut genug. Dabei habe ich ihn so bewundert, ich hielt ihn für viel klüger als mich, weil er schon so viel mehr vom Leben gesehen hatte, und anfangs gefiel es mir auch, dass er mich in Watte gepackt hat.« Evie schüttete den Rest ihres Kaffees ins Spülbecken. »Jetzt ist mir klar, dass Brian nur ein Ersatz für den Vater war, den ich als Kind verloren hatte.«

»Das Leben hat es dir nicht leicht gemacht, stimmt's?«

»Vielleicht nicht, aber genauso gut könnte man sagen, dass ich selbst mir das Leben auch nicht leicht gemacht habe. Ich habe ein paar ziemlich schwere Fehler begangen.«

»Das tut jeder, wenn er jung ist, Evie, das gehört zum Erwachsenwerden. Sei nicht zu streng mit dir. Aber sollten wir nicht langsam aufbrechen?«

»Doch. Ich schaue mal, ob ich Clemmie aus ihrem Zimmer lotsen kann. Vorhin hat sie gesagt, dass sie nicht zu dir möchte, während wir bei der Lesung sind.«

»Sobald sie da ist, wird es ihr gefallen«, beruhigte Marie sie. »Sag ihr, dass Onkel Geoff zum Essen eine Pizza macht und dass Lucy es kaum erwarten kann, sie zu sehen.«

Evie nickte. »Ich tue mein Bestes.«

Nachdem sie eine verdrießliche Clemmie bei Marie im benachbarten Reydon abgesetzt und Maries Mann Geoff gebeten hatten, sie so gut wie möglich bei Laune zu halten, fuhren die beiden Frauen nach Southwold zurück.

»Du meine Güte, hier ist ja wirklich der Teufel los«, sagte Evie, als sie auf dem Weg zur St. Edmund's Hall, wo die Lesung stattfand, an der Brauerei vorbeifuhren.

»In einer Woche, wenn das Festival vorbei ist und die meisten Kinder wieder in der Schule sind, herrscht hier wieder tote Hose«, meinte Marie. »Schau, da steht schon eine Schlange, komm, beeilen wir uns.«

Sie fanden gute Plätze in der Mitte des kleinen Saals.

»Hast du das Buch gelesen?«, fragte Evie.

»Nein, aber ich habe die Autorenfotos gesehen, und zur Lesung zu kommen lohnt sich allein schon, um Sebastian Girault zu sehen, Buch hin oder her«, sagte Marie mit einem Lachen.

»Er ist wirklich ein großartiger Schriftsteller ... o mein Gott! Schau, da ist Posy.«

»Posy?«

»Posy Montague. Da, sie kommt gerade die Treppe herunter.« Evie deutete mit der Hand in die Richtung.

»Ah, ich weiß, wen du meinst. Mit ihrer Schwiegertochter Amy. Kennt ihr euch?«, fragte Marie im Flüsterton.

»Wir sind uns einmal begegnet, aber das ist schon eine Ewigkeit her. Sie ist sehr hübsch, findest du nicht?«

»Doch. Ich kenne sie sogar, weil ihr Sohn Jake in derselben Klasse ist wie mein Josh. Sie ist wirklich nett und findet sich stoisch mit allem ab, was ihr Mann macht. Sie ist doch mit Sam Montague verheiratet, der ein Händchen für geschäftliche

Misserfolge hat.« Marie verdrehte die Augen. »Sie leben in einem grauenhaften Haus an der Ferry Road, während Mummy Montague nur ein paar Kilometer weiter in einem wahren Palast residiert.«

»Meine Damen und Herren!« Schweigen breitete sich übers Publikum aus, als eine Frau die Bühne betrat.

»Im Namen des Southwold-Literaturfestivals möchte ich Sie herzlich willkommen heißen. Wir freuen uns, dass Sie so zahlreich hier erschienen sind. Uns steht zweifellos ein interessanter Nachmittag bevor, wenn der preisgekrönte Autor und Journalist Sebastian Girault aus *Die Schattenfelder* vorliest.«

Das Publikum klatschte, die Lichter wurden gedimmt, und Sebastian Girault betrat die Bühne.

»Wow«, flüsterte Marie, als er sich durch sein dichtes kastanienbraunes Haar strich und mit seinem Vortrag begann. »Er ist hinreißend. Kein Wunder, dass im Publikum fast nur Frauen sitzen. Was glaubst du, wie alt er ist? Anfang vierzig?«

»Keine Ahnung.«

Als es im Saal dunkler wurde, schloss Amy die Augen. Sie war völlig erschöpft. Sam war erst in letzter Minute nach Hause gekommen, sodass Posy und sie auf den geplanten Lunch im Swan verzichten und sofort ins Theater gehen mussten. Mangels Parkplatz hatten sie den Wagen auf der anderen Seite der Stadt abgestellt und waren im Laufschritt hergekommen, um nicht den Anfang der Lesung zu verpassen.

Amy war nicht danach, Sebastian Girault über ein Buch sprechen zu hören, das zu lesen sie vermutlich ohnehin nie die Zeit finden würde, aber zumindest war es eine Stunde, in der sie im Dunkeln sitzen konnte, ohne von Gästen, Kindern oder ihrem Mann bedrängt zu werden. Doch im Lauf seines Vortrags fing selbst Amy an, ihm zuzuhören. Seine volle Stimme hatte etwas Beruhigendes, Beständiges, das sie tröstlich fand. Er las Auszüge aus einer Geschichte von derartiger Traurigkeit, dass Amy ein schlechtes Gewissen bekam, sich jemals über ihr Schicksal beschwert zu haben.

Als er geendet hatte, setzte tosender Applaus ein. Dann bat er um Fragen aus dem Publikum. Posy wollte wissen, wie es ihm gelungen war, die Fakten zum Ersten Weltkrieg so akribisch zu recherchieren, aber Amy sagte kein Wort; sie hatte nicht die geringste Lust, in irgendeiner Weise noch einmal etwas mit ihm zu tun zu haben.

Das Publikum erfuhr, dass Mr. Girault im Foyer Exemplare seines Buchs signieren würde.

»Komm, ich möchte mir eins signieren lassen, nur damit ich einmal in diese unglaublichen Augen blicken kann«, sagte Marie, als sie und Evie den anderen Zuhörern zum Saal hinaus folgten. »Dann kann ich mir vorstellen, wie er mir in einem Bad voll Rosenblüten aus seinem Buch vorliest, im Gegensatz zu meinem Mann, der immer im Büro sitzt.«

»Dafür hat Geoff nicht das anspruchsvolle künstlerische Wesen, das mit dem grüblerischen guten Aussehen und dem Talent einhergeht«, widersprach Evie. »Brian hat sich immer mit sogenannten Intellektuellen umgeben. Ich kenne den Typ Mann, er reizt mich überhaupt nicht. Ich warte hier auf dich.«

Evie setzte sich auf eine Bank in einer Ecke des Foyers und sah Marie nach, die sich ans Ende der Schlange stellte, um sich ihr Exemplar signieren zu lassen. Als sie Posy mit Amy aus dem Saal kommen sah, senkte sie den Kopf und hoffte, die beiden würden sie nicht bemerken, doch vergeblich. Posy steuerte zielstrebig auf sie zu.

»Evie, wie geht es dir?«, fragte Posy mit einem Lächeln.

»Gut.« Sie nickte und spürte selbst, dass sie errötete.

»Darf ich dir Amy Montague vorstellen, Sams Frau?«

»Guten Tag, Amy.« Evie gelang ein höfliches Lächeln.

»Hi. Ich glaube, wir haben uns vor langer Zeit schon

einmal kennengelernt«, sagte Amy. »Lebst du jetzt wieder in Southwold?«

»Für die nächste Zeit auf jeden Fall, ja.«

»Wo wohnst du denn?«, fragte Posy.

»Im Haus meiner Großmutter. Sie hat es mir in ihrem Testament vermacht.«

»Ach ja, stimmt, ich habe gehört, dass sie vor einigen Monaten gestorben ist. Mein Beileid.« Posy sah Evie ruhig an. »Also, was haltet ihr davon, wenn wir alle zum Tee ins Swan gehen? Ich würde so gerne hören, was es Neues bei dir gibt, Evie, und dann könnt du und Amy euch richtig kennenlernen.«

»Ach, ich bin nicht allein hier, und …«

»Tee im Swan ist eine wunderbare Idee«, sagte Marie, die gerade hinter Posy auftauchte. »Ich glaube, wir sind uns nie richtig vorgestellt worden, Mrs. Montague, aber ich weiß, wo Sie wohnen, und Ihr Haus ist einfach ein Traum. Hi, Amy«, fügte sie hinzu.

»Das ist Marie Simmonds, eine alte Freundin von mir und Immobilienmaklerin«, ergänzte Evie. Maries freundliche Verbindlichkeit gegenüber Posy war ihr peinlich, dadurch wirkte ihr eigenes Verhalten noch abweisender.

»Guten Tag, Marie. Na, dann gehen wir doch, bevor alle guten Plätze belegt sind«, schlug Posy vor.

Die vier Frauen steuerten auf den Ausgang zu.

»Verzeihung, das sind Sie doch, oder?«

Jemand berührte Amy leicht an der Schulter, sie drehte sich um und sah Sebastian Girault hinter sich stehen.

»Wie bitte?«

»Sie sind doch die Rezeptionistin vom Hotel, die ich gestern Abend mit meiner rüden Art gekränkt habe«, erklärte er.

Amy wusste, dass die Augen der drei anderen Frauen auf ihr ruhten. Sie wurde rot. »Ja.«

»Da.« Sebastian reichte Amy ein Exemplar seines Buchs.

»Wahrscheinlich das Letzte, was Sie möchten, aber es ist eine Geste der Wiedergutmachung. Ich muss mich wirklich noch einmal entschuldigen.«

»Es ist in Ordnung, wirklich. Ich sagte doch gestern Abend schon, dass es nichts mit Ihnen zu tun hatte.«

»Also verzeihen Sie mir?«

Wider Willen musste Amy angesichts seiner Ernsthaftigkeit lächeln. »Natürlich. Danke für das Buch. Auf Wiedersehen.«

»Auf Wiedersehen.«

Amy folgte den anderen zum Theater hinaus. Posy und Marie bestürmten sie mit Fragen, was das denn nun gewesen sei, also musste Amy Bericht erstatten.

»Wie schön, einem Kavalier alter Schule zu begegnen«, sagte Posy, als sie den behaglichen Teesalon des Swan betraten. Evie entschuldigte sich, um zur Toilette zu gehen, während die anderen sich an einem Tisch niederließen.

»Das nicht gerade. Er war gestern ziemlich ekelhaft zu mir«, erwiderte Amy.

»Na ja, zumindest hast du dir dafür das Geld für sein Buch gespart. Ich musste für meins fünfzehnneunundneunzig hinlegen«, sagte Marie scherzhaft.

»Sollen wir Tee und Scones für alle bestellen?«, fragte Posy.

»Ach, ist das schön, vier Frauen an einem Tisch. Ich kann euch gar nicht sagen, wie sehr ich mir wünschte, eine Tochter zu haben. Die arme Amy muss sich ziemlich oft mit mir abfinden, stimmt's nicht, meine Liebe?«

»Das stört mich überhaupt nicht, Posy, das weißt du genau«, antwortete Amy.

»Marie, wir können nicht lange bleiben. Clemmie macht sich bestimmt Sorgen.« Unbehaglich wrang Evie die Hände.

»Ihr geht es bestimmt bestens«, sagte Marie. Es gefiel ihr viel zu gut, hier am Tisch zu sitzen, um auf Evies Andeutungen einzugehen.

»Dein Mann ist so gut zu den Kindern«, sagte Amy seufzend. Dann fiel ihr ein, dass Posy dabeisaß, und sie ergänzte: »Sam hat im Moment einfach zu viel zu tun.«

»Und, Evie, gefällt es dir, nach der ganzen Zeit wieder hier zu sein?«, fragte Posy freundlich.

»Ja, Posy, danke.«

Der Tee und die Scones wurden serviert, und zu Evies Erleichterung wandte Posy ihre Aufmerksamkeit Marie zu und erkundigte sich nach der Lage des Immobilienmarkts in Southwold.

»Ich kann jederzeit bei Ihnen vorbeikommen und mir das Haus ansehen«, schlug Marie eifrig vor. »Ich könnte es schätzen, dann wissen Sie zumindest, wie viel es wert ist.«

»Du überlegst doch nicht im Ernst, Admiral House zu verkaufen, Posy, oder?« Evie hatte das Ende der Unterhaltung aufgeschnappt und stellte die Frage fast wider Willen.

Zum ersten Mal sah Posy einen Funken der alten Evie aufblitzen. »Ich darf die Möglichkeit nicht ganz ausschließen, meine Liebe. Wie ich Marie gerade sagte, in das Haus muss sehr viel Geld gesteckt werden, und für mich allein ist es viel zu groß.«

»Aber was ist mit deinen Söhnen?«, fragte Evie. »Einer von ihnen wird doch bestimmt ...«

»... dort wohnen wollen, wenn ich das Zeitliche segne? Das bezweifle ich. Es wäre für jedermann ein Klotz am Bein und deswegen kein gutes Vermächtnis.«

Während Amy Tee einschenkte, betrachtete Posy Evie und fragte sich, was in aller Welt passiert sein mochte, um die liebenswerte junge Frau, die vor Lebenslust und Intelligenz nur so sprühte, in eine blasse, abgemagerte Version ihres früheren Selbst zu verwandeln. Evie sah aus, als müsste sie die Last der ganzen Welt auf ihren Schultern tragen, und in ihren schönen braunen Augen lag nichts als Trauer.

»Wann soll Clemmie denn ins Internat fahren, Evie?«, fragte Marie.

»Nächste Woche.«

»Ach, ich war auf dem Internat und fand es großartig«, warf Posy ein. »Freut sie sich darauf?«

»Nein, gar nicht«, antwortete Evie.

»Das kann ich verstehen. Aber wenn sie erst mal da ist, lebt sie sich bestimmt schnell ein.«

»Das hoffe ich auch.«

Posy merkte, dass Evie angestrengt in ihre Teetasse sah und ihrem Blick nicht begegnen wollte.

»Wenn du möchtest, dass ich mich mit ihr ein bisschen darüber unterhalte, so unter Internatsschülerinnen, mache ich das sehr gern.«

»Danke, aber das ist wirklich nicht nötig.«

Posy suchte nach Worten, um die mittlerweile beklommene Stille aufzulockern. »Ach, Evie, übrigens, Nick kommt demnächst aus Australien zu Besuch.«

»Wirklich? Wie schön. Und jetzt«, sagte sie und erhob sich, »müssen wir wirklich los, Marie.«

Sie legte etwas Geld auf den Tisch und wartete, solange Marie leicht missmutig ihren Mantel anzog.

»Auf Wiedersehen in die Runde«, sagte Marie und konnte Posy gerade noch ihre Karte reichen, bevor Evie sie fast gewaltsam zum Ausgang schob. »Melden Sie sich doch bei mir.«

»Das mache ich, sobald ich es mir durch den Kopf habe gehen lassen. Auf Wiedersehen, Evie«, rief Posy ihr nach.

»Wir sollten uns auch auf den Heimweg machen, Posy«, sagte Amy. »Es ist schon spät, und Sam hat den Kindern bestimmt noch nichts zu essen gegeben.«

»Natürlich.« Traurig schüttelte Posy den Kopf. »Wenn ich nur wüsste, was ich getan habe, um Evie so zu verstören. Früher waren wir richtig eng befreundet, und alles machte so viel Spaß mit ihr. Sie hat wirklich ihre ganze Lebensfreude verloren. Außerdem sieht sie schrecklich aus.«

Amy zuckte mit den Schultern. »Zehn Jahre sind eine lange Zeit. Und sie hat eindeutig Schwierigkeiten, wenn jetzt ihre Tochter aufs Internat geht.«

Auf dem Weg zum Wagen dachte Posy wieder an den Ausdruck auf Evies Gesicht, als sie erwähnte, dass Nick zurückkäme. Etwas war da offensichtlich im Busch.

Kapitel 4

»Clemmie, öffnest du bitte die Tür? Ich komme gerade aus der Dusche!«, rief Evie ihrer Tochter zu.

»In Ordnung, Mum, ich gehe schon.« Clemmie rollte sich vom Bett, lief nach unten und schloss die Haustür auf.

»Guten Morgen, Clemmie, ich bin Posy Montague, eine alte Freundin deiner Mutter. Erinnerst du dich noch, wir haben uns vor ein paar Tagen beim Zeitungsladen gesehen?«

»Ja.« Clemmie nickte. »Möchten Sie zu Mum?«

»Eigentlich bin ich gekommen, um dich zu sehen. Warst du schon einmal Krebse angeln?«

»Nein«, sagte Clemmie und machte ein ängstliches Gesicht.

»Dann wird's aber höchste Zeit. Ich habe im Wagen Speck als Köder dabei, Leinen und Eimer. Wenn deine Mum es dir erlaubt, setzen wir im Ruderboot über den Fluss nach Walberswick über. Frag deine Mutter, ob du mitkommen darfst.«

»Aber ... Ich weiß nicht ...«

»Guten Morgen, Posy.«

Evie war, in einen Bademantel gehüllt, hinter Clemmie erschienen. Sie machte eine finstere Miene.

»Ach, Evie, schön, dich wiederzusehen. Hättest du etwas dagegen, wenn ich mit Clemmie zum Krebsangeln gehe? Es ist ein wunderschöner Tag, und ich bringe sie rechtzeitig zum Tee zurück.«

»Das ist nett von dir, Posy, aber wir haben noch viel zu tun, bevor Clemmie ins Internat fährt, und ...«

»Wenn du allein bist, schaffst du das bestimmt in der Hälfte der Zeit. Also, Clemmie, was meinst du?«

Mit einem Blick auf Posy wurde Clemmie klar, dass diese Dame ein Nein nicht akzeptieren würde. Sie zuckte mit den Schultern. »Na gut. Wenn Mum nichts dagegen hat.«

»Gar nicht«, sagte Evie resigniert. Sie wusste, dass sie ausmanövriert worden war.

»Sehr schön. Nimm eine warme Jacke mit für den Fall, dass es später kühl wird.«

Clemmie nickte und ging nach oben, um sich fertig zu machen.

»Evie, meine Liebe, entschuldige, dass ich mich einmische, aber ich dachte, ich könnte Clemmie wegen des Internats gut zureden und ihr erzählen, wie viel Spaß man dort hat.«

»Um ehrlich zu sein, bin ich mit meinem Latein am Ende. Sie weigert sich schlichtweg.«

»Ich werde mein Bestes tun, es ihr schmackhaft zu machen.«

»Danke, Posy.« Jetzt schließlich brachte Evie ein Lächeln zustande. »Das ist sehr nett von dir.«

»Es ist mir ein Vergnügen, Krebsangeln macht mir immer Spaß. Und jetzt, junge Dame«, sagte sie, als Clemmie wieder die Treppe herunterkam, »fahren wir los.«

»Tschüss, Mum.«

»Tschüss, mein Schatz. Viel Spaß.«

Evie winkte den beiden im davonfahrenden Wagen nach und schloss die Haustür. Zitternd in ihrem Bademantel blieb sie dort stehen, bis sie sich aufraffen konnte, die Treppe hinaufzugehen und sich anzuziehen. Sie fühlte sich unendlich erschöpft; sie war erst bei Sonnenaufgang eingeschlafen.

Während sie in ihre Jeans und den Pullover schlüpfte – neuerdings fror sie ständig –, überlegte Evie sich, dass es zwar sicher das Richtige für Clemmie gewesen war, nach Southwold zurückzukommen, aber wie konnte sie je so dumm gewesen sein zu glauben, sie könnte ihrer Vergangenheit hier entgehen? Könnte sie doch nur jemandem davon erzählen, die Last mit jemandem teilen ... Vor zehn Jahren war Posy ihre Ersatzmutter gewesen, sie waren sich sehr nah gewesen, und Evie hatte sie verehrt. Es wäre so tröstlich, den Kopf an ihre Schulter zu legen und ihr das Herz auszuschütten.

Aber ironischerweise, dachte Evie, als sie sich wieder aufs Bett fallen ließ, weil ihr die Energie fehlte, nach unten zu gehen, war Posy die Letzte, der sie sich in dieser Situation anvertrauen konnte.

»Wow, ein richtiges Ruderboot aus Holz!«, rief Clemmie, als sie sich auf dem schmalen Holzsteg in die kurze Schlange der Wartenden reihten. Sie alle wollten den glitzernden Blyth-Fluß überqueren, der Southwold von Walberswick trennte.

»Aber du bist doch bestimmt schon einmal auf einem Boot gewesen, oder nicht?«, fragte Posy, als sie verfolgten, wie das Boot durch die Kraft des Ruderers über die Mündung auf sie zusteuerte.

»Nein. Wissen Sie, wir waren in Leicester nicht so nah am Wasser.«

»Das stimmt wohl«, meinte Posy. »Ich bin nie dort gewesen. Ist es schön?«

»Mir hat es gefallen«, antwortete Clemmie. »Ich wollte nicht weg, weil alle meine Freundinnen dort sind, aber Mummy sagte, wir müssten umziehen.«

»So, was meinst du, sollen wir an Bord gehen?«, fragte Posy, als das Boot anlegte und die Passagiere ausstiegen.

»Ja.«

Der Ruderer, der ein adrettes Leinenhemd trug und seinen Panama keck in die Stirn gezogen hatte, um nicht von der Sonne geblendet zu werden, reichte Clemmie die Hand und half ihr, ins Boot zu klettern. Posy warf die zwei Eimer mit Köder hinein und folgte ihr.

»Madam, nehmen Sie doch Platz.« Die volle, modulierte Stimme kam ihr bekannt vor, auf jeden Fall klang sie völlig anders als die von Bob, dem ehemaligen Fischer, der die Passagiere in den vergangenen zwanzig Jahren über den hundert Meter breiten Fluss übergesetzt hatte.

»Danke.« Posy setzte sich auf eine der schmalen Bänke, während die restlichen Fahrgäste zustiegen. »Clemmie, du kannst doch schwimmen, oder?«

»Ja, das habe ich in der Schule gelernt.«

»Gut, weil dieses Boot vom Gewicht der vielen Passagiere manchmal untergeht«, scherzte Posy, als der Ruderer ablegte und Kurs auf Walberswick nahm. »Ich habe gehört, dass du in ein paar Tagen ins Internat fährst.«

»Ja. Aber ich will nicht.«

»Ich war im Internat«, sagte Posy, schloss die Augen und hielt ihr Gesicht in die Sonne. »Ich fand es großartig. Ich habe dort ganz viele Freundinnen gefunden, wir haben im Schlafsaal ständig Mitternachtsfeste gefeiert, und außerdem habe ich eine richtig gute Ausbildung bekommen.«

Clemmie verzog den Mund. »Das glaube ich sofort, Posy, aber ich will einfach nicht hin.«

»So, und schon sind wir da«, sagte Posy munter, als der Ruderer aufstand und eine Leine am Anleger ergriff, um das Boot hinzuziehen. Dann sprang er hinaus und vertäute es am Liegeplatz. Da Posy und Clemmie ganz hinten saßen, verließen sie das Boot als Letzte. Der Ruderer schwang Clemmie mit seinen muskulösen gebräunten Armen mühelos an Land.

»Gut«, sagte er, drehte sich zu Posy um und nahm den Hut ab, um sich die Stirn abzuwischen. »Ganz schön heiß für die Jahreszeit.« Er lächelte, als sie über die schmalen Bänke zu ihm stieg, und reichte ihr die Hand, und zum ersten Mal blickte sie auf und sah ihm in die Augen.

Und dabei hatte sie das höchst seltsame Gefühl, als würde die

Zeit stillstehen. Sie hätte ihn eine Sekunde oder ein Jahrhundert anstarren können, alles um sie her – das Kreischen der Möwen über ihr, das Geplauder der anderen Passagiere, die sich vom Anleger entfernten – drang wie aus weiter Ferne zu ihr. Es hatte nur einen anderen Moment in ihrem Leben gegeben, als sie ein ähnliches Gefühl empfunden hatte, und das war vor über fünfzig Jahren gewesen, als sie das erste Mal in ebendieses Augenpaar geblickt hatte.

Posy kam wieder zu sich und sah, dass er ihr die Hand reichte, um ihr zu helfen. Sie wusste nicht, ob sie nicht jeden Moment in Ohnmacht fallen oder sich über das ganze Ruderboot erbrechen würde. Auch wenn alle Instinkte ihr rieten, vor ihm und seiner ausgestreckten Hand zurückzuweichen, wusste sie, dass sie in der Falle saß, es sei denn, sie sprang ins Wasser und schwamm in die Sicherheit von Southwold zurück, was allerdings keine realistische Option darstellte.

»Ich komme schon zurecht, danke«, sagte sie, senkte den Kopf und versuchte, sich mit den Händen am Anleger festzuhalten, um sich hinaufzuziehen. Doch ihre Beine ließen sie im Stich, und als sie gefährlich zwischen Boot und Anleger schwankte, stützte er sie. Bei seiner Berührung durchfuhr es sie wie ein Stromschlag, und als er den anderen Arm um sie legte und sie praktisch auf den Holzpodest hob, begann ihr Herz zu rasen.

»Ist alles in Ordnung, Madam?«, fragte er, als sie keuchend über ihm stand.

»Ja, ja, alles bestens«, brachte sie hervor. Er musterte sie, und seine braunen Augen flackerten, als ihm eine erste Ahnung kam, wer sie war. Rasch drehte sie sich fort. »Jetzt komm, Clemmie«, sagte sie und zwang ihre Gummibeine, sich in Bewegung zu setzen.

»Ich ... mein Gott! Posy, bist das du?«, hörte sie ihn rufen. Sie drehte sich nicht um.

»Ist alles in Ordnung, Posy?«, fragte Clemmie, als Posy sie hastig den Quai entlangführte.

»Ja, natürlich. Es ist heute nur ziemlich heiß. Setzen wir uns doch erst einmal auf die Bank und trinken einen Schluck Wasser.«

Von ihrer erhöhten Warte am Quai aus sah Posy, wie er den nächsten Passagieren auf sein Boot half. Erst als es ablegte und sie ihn nach Southwold zurückrudern sah, verlangsamte sich ihr Herzschlag allmählich wieder.

Vielleicht können wir mit dem Taxi zurückfahren, überlegte sie sich. *Was hat er denn hier verloren …?*

Dann fiel ihr ein, dass das eines der Dinge gewesen war, deretwegen sie sich ursprünglich zueinander hingezogen fühlten, damals, bei ihrer ersten Begegnung …

»Und woher kommst du, Posy?«

»Ursprünglich aus Suffolk, aber ich bin in Cornwall aufgewachsen.«

»Suffolk?«, hatte er gesagt. *»Da haben wir ja eine Gemeinsamkeit …«*

»Geht es Ihnen jetzt besser, Posy?«, fragte Clemmie etwas beklommen.

»Viel besser, danke. Das Wasser hat meine Lebensgeister wiederbelebt. So, und jetzt suchen wir uns ein gutes Plätzchen und angeln Heerscharen von Krebsen!«

Sie ging mit Clemmie fast bis ans Ende der Mole, und dort ließen sie sich am Rand nieder. Dann zeigte sie ihr, wie man den Speck an den Haken am Ende der Leine befestigte und sie ins Wasser warf.

»Jetzt halt die Leine nach unten, aber wackle nicht zu sehr damit, schließlich muss der Krebs ja anbeißen. Bleib möglichst nah an der Mauer, da sind mehr Steine, unter denen sich Krebse verstecken können.«

Nach einigen falschen Alarmen zog Clemmie triumphierend einen kleinen, aber recht lebhaften Krebs aus dem Wasser.

»Gut gemacht! Und nachdem du jetzt den ersten geangelt hast, fängst du ganz viele mehr, das garantiere ich dir.«

Und so kam es auch, Clemmie fing sechs weitere Krebse, ehe Posy erklärte, sie habe Hunger und Durst.

»Also«, sagte sie, und ihr Herz machte einen Satz, als sie sah, dass sich das Ruderboot wieder dem Anleger näherte. »Genau der richtige Augenblick für einen kleinen Lunch im Pub«, fuhr sie fort, und damit kippten sie die Krebse ins Meer zurück.

Nachdem sie im Garten des Anchor einen Tisch gefunden hatten, bestellte Posy für sich ein dringend benötigtes Glas Weißwein und für Clemmie einen Apfelsaft, dazu zwei Garnelen-Baguettes. Während sie an der Theke stand, erinnerte sie sich, dass ihr bereits beim Betreten des Boots aufgefallen war, wie adrett er aussah. Und dann, als er seinen Hut abgesetzt hatte und sie seine »Dichterlocken«, wie sie sie immer genannt hatte, bemerkte, die immer noch ganz dicht, aber jetzt auch ganz weiß und aus der Stirn gekämmt waren und ihm knapp bis über die Ohren wuchsen ...

Hör auf, Posy!, sagte sie sich. *Vergiss nicht, was er dir angetan hat und wie er dir das Herz gebrochen hat.*

Doch zumindest im Moment, dachte sie, als sie die Getränke nach draußen trug, wo Clemmie auf sie wartete, hörte ihr Verstand wegen ihrer extremen körperlichen Reaktion auf seine Berührung leider nicht zu.

Benimm dich, Posy! Du bist fast siebzig! Abgesehen davon ist er wahrscheinlich verheiratet und hat eine ganze Schar Kinder und Enkelkinder und ...

»Danke, Posy«, sagte Clemmie, als sie die Gläser auf den Tisch stellte.

»Die Baguettes kommen gleich, aber ich habe dir schon einmal eine Packung Chips mitgebracht, gegen den schlimmsten Hunger. Prost!« Posy stieß mit ihrem Glas gegen Clemmies.

»Prost«, wiederholte Clemmie.

»Herzchen, du hast also keine große Lust, auf diese neue Schule zu gehen?«

»Nein.« Clemmie schüttelte trotzig den Kopf. »Wenn Mummy mich zwingt, laufe ich weg und komme nach Hause. Dafür habe ich schon Taschengeld gespart, und mit dem Zug fahren kann ich auch.«

»Das glaube ich dir, und ich kann auch gut nachvollziehen, wie es dir geht. Als sie mir damals gesagt haben, dass ich aufs Internat gehen soll, habe ich panische Angst bekommen.«

»Ich verstehe einfach nicht, warum ich das überhaupt soll«, beschwerte Clemmie sich.

»Weil deine Mutter dir einen möglichst guten Start ins Leben geben möchte. Und manchmal müssen Erwachsene für ihre Kinder Entscheidungen treffen, die den Kindern nicht gefallen oder die sie nicht verstehen. Glaubst du denn, dass deine Mutter dich wirklich gern wegschickt?«

Clemmie saugte durch ihren Strohhalm langsam an ihrem Apfelsaft, während sie über Posys Frage nachdachte. »Vielleicht. Seitdem wir in Southwold sind, bin ich schwierig gewesen.«

Posy lachte. »Liebe Clemmie, dein Benehmen hat absolut nichts damit zu tun, dass sie dich aufs Internat schicken möchte. Als meine Jungs aufs Internat kamen, habe ich tagelang wie ein Schlosshund geheult, weil sie mir so schrecklich gefehlt haben.«

»Wirklich?« Clemmie sah überrascht drein.

»Aber ja.« Posy nickte. »Und ich weiß, dass es deiner Mutter genauso gehen wird, aber wie sie habe ich es getan, weil ich wusste, dass es das Beste für sie ist, obwohl sie es mir damals nicht geglaubt haben.«

»Aber Posy, Sie verstehen das nicht«, widersprach Clemmie heftig, »Mummy braucht mich. Außerdem ...« Ihre Stimme erstarb.

»Ja?«

»Ich habe Angst!« Clemmie biss sich auf die Lippe. »Was, wenn ich es da nicht ausstehen kann? Was, wenn die anderen Mädchen alle scheußlich sind?«

»Dann kannst du das Internat verlassen«, antwortete Posy leichthin. »Es ist ziemlich dumm, etwas nicht zu tun, nur weil man denkt, es könnte einem nicht gefallen. Abgesehen davon ist die Schule nicht weit weg. Du wirst an den Wochenenden nach Hause kommen und in allen Ferien. Dann hast du das Beste beider Welten.«

»Und was, wenn Mummy mich vergisst, solange ich weg bin?«

»Ach, mein Herz, deine Mutter liebt dich über alles. Das steht ihr ins Gesicht geschrieben. Sie macht das für dich, nicht für sich.«

Clemmie seufzte. »Hmm, wenn Sie das so sagen ... und wahrscheinlich könnte es im Schlafsaal ganz schön sein.«

»Wie wär's, wenn du es ein Trimester lang versuchst? Fang schrittweise an, und dann schau, wie's dir damit geht. Wenn es dir wirklich nicht gefällt, erlaubt deine Mutter dir ganz bestimmt, das Internat wieder zu verlassen.«

»Kann sie mir das versprechen, Posy?«

»Das fragen wir sie, wenn ich dich zurückbringe, ja? So, und jetzt ...« Posy blickte auf, als die Kellnerin zwei mit Garnelen, knackigem Salat und einer dicken pikanten Sauce gefüllte Baguettes auf den Tisch stellte. »Dann lassen wir sie uns mal schmecken, ja?«

Nach einer weiteren halben Stunde, in der sie Clemmie mit lustigen Geschichten aus Internatstagen unterhielt – die zum Teil echt, großteils aber erfunden waren –, kehrte Posy widerstrebend mit einer beruhigten Clemmie zum Boot zurück. Zum Glück war es vollbesetzt, und der Ruderer hatte keine Zeit, mit ihr zu reden, als er den Passagieren an Bord half. In Southwold angekommen, wappnete Posy sich beim Warten, an Land zu gehen. Als er ihren Arm nahm und ihr auf die Mole half, beugte er sich zu ihr.

»Das bist doch du, Posy, oder nicht?«, flüsterte er.

»Ja.« Sie nickte leicht. Es wäre ihr kindisch vorgekommen, nichts zu sagen.

»Wohnst du hier in der Gegend? Ich würde dich wirklich ...«

Da hatte sie schon festes Land unter den Füßen und ging davon, ohne einen Blick zurückzuwerfen.

Kapitel 5

Nick Montague sah durch das Fenster des Taxis in den frühmorgendlichen Dunst hinaus. Obwohl es noch nicht mal sieben Uhr war, fuhren die Autos auf der M4 Richtung London Stoßstange an Stoßstange.

Ihn fröstelte. Zum ersten Mal seit zehn Jahren erlebte er die Frische des englischen Herbsts. In Perth begann gerade das Frühjahr, die Temperaturen lagen um die zwanzig Grad.

Als sie sich dem Stadtzentrum näherten, spürte Nick die Spannung der Großstadt, ein absoluter Kontrast zur gelassenen Atmosphäre von Perth. Dieses Vibrieren belebte ihn ebenso sehr, wie es ihn verstörte, und er wusste, dass er eine Weile brauchen würde, um sich wieder daran zu gewöhnen. Er war froh über seinen Entschluss, zuerst ein paar Tage in London zu bleiben, anstatt direkt nach Southwold zu fahren. Er hatte seiner Mutter das genaue Datum seiner Rückkehr nicht gesagt, weil er zunächst etwas Zeit für sich verbringen wollte, ohne dass sie ihn erwartete. Es gab einige Entscheidungen, die er treffen wollte, bevor er sie sah.

In den vergangenen Monaten hatte er zum ersten Mal seit seiner Ankunft in Perth Heimweh nach England empfunden. Möglicherweise deswegen, weil ihn anfangs die Herausforderung, sich in einem anderen Land eine Existenz aufzubauen, völlig in Anspruch genommen hatte. Und mit seinem Geschäft hatte er wirklich Erfolg gehabt, mittlerweile war er der Inhaber eines florierenden Antiquitätenzentrums an der Left Bank und hatte sich eine hinreißende Wohnung im Viertel Peppermint Grove mit Blick auf das Wasser gemietet.

Vielleicht war ihm alles ein bisschen zu sehr in den Schoß gefallen, dachte er sich. Er war in einem Augenblick nach Perth gekommen, als die Stadt explodierte und sich eine ganze Schar wohlhabender Jungunternehmer dort ansiedelte, und dank der fehlenden Konkurrenz auf dem Antiquitätenmarkt hatte er wesentlich mehr Geld verdient, als es ihm in England je möglich gewesen wäre.

Er hatte versucht, seinen Erfolg zu genießen, aber er wusste schon seit einiger Zeit, dass er eine neue Herausforderung brauchte. Er hatte mit dem Gedanken gespielt, Niederlassungen in Sydney und Melbourne zu eröffnen, aber das hätte sich aufgrund der großen Entfernung zwischen den Städten schwierig gestaltet, insbesondere was den Transport der Möbel betraf. Abgesehen davon besaß er mittlerweile das Geld und die Erfahrung, um in die Liga der Großen aufzusteigen, und wenn nicht jetzt, dann nie, gestand Nick sich ein. Das bedeutete, kurz gesagt, nach Hause zurückzukehren.

Er wollte eine Weile in London verbringen und den Antiquitätenmarkt sondieren, erstklassige Auktionen besuchen und zwei oder drei Geschäftsräume besichtigen, die er im Internet gefunden hatte. Außerdem wollte er feststellen, wie es ihm damit gehen würde, wieder in England zu leben. Wenn er sich hier nicht wohlfühlte, würde er vielleicht nach New York gehen.

»Da wären wir, der Herr. Gordon Place Nummer sechs.«

»Danke«, sagte Nick und bezahlte den Fahrer. Als das Taxi wegfuhr, wuchtete Nick seinen Koffer zur Tür des von Glyzinien überwucherten Stadthauses. Obwohl es zur Kensington High Street zu Fuß nur zwei Minuten waren, herrschte hier die Ruhe einer eleganten Wohngegend. Es tat gut, Häuser zu sehen, die zweihundert Jahre überdauert hatten im Gegensatz zu den ewigen Neubauten, die es in Perth gab.

Er klingelte.

»Tag, Nick!« Paul Lyons-Harvey umarmte ihn fest und schlug ihm auf die Schulter. »Schau dich an, du hast dich überhaupt nicht verändert. Du hast sogar noch dein eigenes Haar, das kann nicht jeder von sich behaupten.« Paul fuhr sich über den kahlen Scheitel, griff nach Nicks Koffer und trug ihn ins Haus.

»Nick!« Wieder wurde er umarmt, dieses Mal von Jane, Pauls Frau, einer großen, gertenschlanken blonden Frau, deren ebenmäßige Gesichtszüge früher häufiger das Cover der *Vogue* geschmückt hatten.

»Sieht er nicht fit aus?«, sagte Paul, als er Nick den schmalen Flur entlang zur Küche vorausging.

»Und wie! Das viele Surfen muss ihm helfen, sich die Pfunde vom Leib zu halten. Ich versuche ständig, Paul auf Diät zu setzen, aber nach ein oder zwei Tagen kann er dem Nachtisch einfach nicht mehr widerstehen«, gab Jane zurück und küsste ihren kleinen und zweifellos korpulenten Mann liebevoll auf die Glatze.

»Was mir an Höhe fehlt, mache ich durch Umfang wett«, sagte Paul lachend.

»Dir geht's wohl zu gut, was?«, fragte Nick, setzte sich an den Küchentisch und schwang die Beine darunter.

»Ich muss sagen, in den letzten Jahren ist alles sehr gut gelaufen. War ja auch notwendig, um die Herrin des Hauses mit Pelzen und Geschmeiden bei Laune zu halten.«

»Allerdings«, stimmte Jane zu und schaltete den Wasserkocher an. »Wegen deines Aussehens habe ich dich ja wohl kaum geheiratet, oder, mein Schatz? Nick, Kaffee?«

»Ja, gerne«, antwortete Nick und bewunderte Janes lange Beine, die in einer Jeans steckten. Wieder einmal dachte er sich, dass sein ältester Freund und dessen Frau körperlich absolute Gegensätze sein mochten, aber eine der stabilsten Ehen in seinem ganzen Bekanntenkreis führten. Sie ergänzten sich perfekt: Paul, der aristokratische Kunsthändler, und Jane mit ihrer Eleganz, ihrer

Bodenständigkeit und einer Ruhe, die das eher aufgeregte Wesen ihres Mannes ausglich. Sie himmelten sich gegenseitig an.

»Wie müde bist du?«, fragte Jane und stellte einen Becher Kaffee vor ihn.

»Ziemlich«, gestand er. »Wenn ihr nichts dagegen habt, würde ich mich gerne ein paar Stunden hinlegen.«

»Natürlich nicht, aber ich fürchte, wir haben heute Abend eine größere Gesellschaft zum Essen eingeladen. Das hatten wir ausgemacht, bevor wir wussten, dass du kommst«, sagte Jane entschuldigend. »Wenn dir danach ist, wäre es wunderbar, wenn du dabei bist, aber wenn nicht, ist das auch in Ordnung.«

»Ich an deiner Stelle würde kommen. Die Gästeliste ist erlesen«, warf Paul ein. »Eine hinreißende Frau aus Janes guter alter Zeit auf dem Laufsteg. Ich gehe davon aus, dass du noch immer solo bist?«

»Ja. Ich bin der ewige Junggeselle«, stimmte Nick zu.

»Na, bei der Sonnenbräune stehen binnen vierundzwanzig Stunden die Frauen Schlange bei uns vor der Tür«, sagte Jane. »Aber jetzt muss ich los. Ich habe mittags ein Shooting und muss noch ein Paar Schuhe für das Model finden.«

Seitdem Jane vor einigen Jahren das Modeln aufgegeben hatte, arbeitete sie freiberuflich als Modestylistin und war, wie Nick Pauls E-Mails entnahm, sehr gefragt.

»Ruh dich ein bisschen aus und sieh zu, dass du dich für heute Abend erholst. Ein zusätzlicher Mann am Tisch wäre sehr schön.« Jane massierte Nick kurz die Schultern, gab ihrem Mann einen Kuss und war verschwunden.

»Du bist wirklich ein Glückspilz.« Nick grinste. »Jane ist hinreißend. Ihr seht noch genauso glücklich aus wie vor zehn Jahren.«

»Ja, ich habe auch Glück«, meinte Paul, »aber alter Junge, jede Ehe hat ihre Probleme. Unsere macht da keine Ausnahme.«

»Ach ja? Das merkt man euch nicht an.«

»Nein. Aber vielleicht ist dir das fehlende Trappeln kleiner Füße aufgefallen. Wir haben es fast sechs Jahre lang versucht, aber ohne Erfolg.«

»Das wusste ich nicht, Paul. Das tut mir leid.«

»Na ja, man kann nicht alles haben, stimmt's? Aber ich glaube, für Janey ist es schlimmer, sie ist eine Frau, und überhaupt. Wir haben wirklich alles versucht, sämtliche Untersuchungen gemacht und zweimal sogar IVF. Ich kann dir sagen, wenn es etwas gibt, das einem Sex verleidet, dann das. Es ist ziemlich abtörnend, auf Befehl liefern zu müssen, an einem bestimmten Tag zu einer bestimmten Zeit.«

»Das kann ich mir vorstellen.«

»Irgendwann haben wir beschlossen, uns das nicht mehr anzutun. Die Belastung für die Ehe war einfach zu groß. Janey ist mit ihrer Arbeit ziemlich glücklich, und ich kann mich im Moment wirklich nicht beklagen.«

»Irgendwelche Fundstücke?« Nick war ebenso froh, das Thema zu wechseln, wie Paul.

»Nur ein Canaletto, auf den ich bei meinen Reisen gestoßen bin«, antwortete er fast beiläufig. »Für den habe ich einen ziemlich guten Preis bekommen, wie du dir denken kannst. Damit habe ich unseren Ruhestand gesichert, alles Zusätzliche ist fürs Vergnügen. Aber sag, wie läuft's bei dir?«

»Gut. Zumindest finanziell, aber meinen Canaletto habe ich noch nicht gefunden.« Nick lachte.

»Ich habe mir zwei Läden angesehen, die perfekt für dich wären, wenn du dich entschließt, in London zu bleiben. Wie du sicher weißt, war der Antiquitätenmarkt eine Weile ziemlich mau, alle waren verrückt nach Edelstahl und modernen Sachen. Aber jetzt, wo eine Rezession droht und die Märkte ganz nervös sind, kaufen die Leute wieder vermehrt Dinge, von denen sie hoffen, dass sie ihren Wert behalten. Durch die ganzen Fernsehsendungen zu dem Thema wissen die Leute viel besser Bescheid als früher, und für erstklassige Sachen legen sie auch richtig Geld hin, aber Schrott ist schwerer loszukriegen.«

»Das freut mich zu hören, schließlich will ich am oberen Ende des Markts einsteigen, wie zum Schluss in Southwold, bevor ich nach Australien gegangen bin.« Nick unterdrückte ein Gähnen. »Entschuldige, Paul, es war ein langer Flug. Ich bin völlig erschlagen. Ich habe im Flugzeug nicht viel geschlafen.«

»Natürlich. Geh nach oben und leg dich hin, und ich sollte mich wohl besser mal in der Galerie blicken lassen.« Er klopfte Nick freundschaftlich auf den Rücken. »Schön, dass du wieder hier bist. Du weißt, du kannst so lange bei uns bleiben, wie du magst.«

»Danke.« Nick stand auf. »Es ist wirklich großartig, bei euch zu sein. Euer Haus ist wunderschön.« Er machte eine umfassende Geste. »Es ist so ... englisch. Die Architektur hat mir gefehlt.«

»Englisch ist es wirklich, das stimmt. Du bist ganz oben. Schlaf gut.«

Nick schleppte seinen Koffer die drei Treppenabsätze hinauf und öffnete die Tür zu einem Dachzimmer. Wie alle anderen Räume im Haus war auch dieses eklektisch, aber gemütlich eingerichtet, und das große Messingbett mit der spitzenbesetzten Tagesdecke sah einladend aus. Ohne sich auszuziehen, ließ Nick sich der Länge nach darauf fallen und war sofort eingeschlafen.

Als er aufwachte, dämmerte es bereits, und er ärgerte sich, keinen Wecker gestellt zu haben. Er schaltete das Licht an und stellte fest, dass es fast sechs Uhr abends war. In der kommenden Nacht würde er kein Auge zutun. Hinter der ersten Tür, die er öffnete, verbarg sich ein Schrank, doch die zweite führte in ein kleines, aber praktisch eingerichtetes Duschbad. Er holte seinen Waschbeutel und saubere Kleidung aus dem Koffer, duschte und rasierte sich.

Zwanzig Minuten später ging er nach unten, wo Jane in ihrem Morgenrock in der Küche stand und Paprikaschoten und Champignons schnitt.

»Guten Morgen, du Schlafmütze. Geht's dir besser?«

»Ja, obwohl ich mich schon jetzt dafür entschuldige, wenn ich morgens um vier immer noch zum Plaudern aufgelegt bin.«

»Das stört mich gar nicht, du weißt doch, ich bin eine Nachteule.« Nick steckte sich eine Scheibe Paprika in den Mund. »Dein neuer Job macht dir also Spaß?«

»Ja, und zwar viel mehr, als ich gedacht hätte. Anfangs habe ich mich nur einer befreundeten Fotografin zuliebe darauf eingelassen. Um ehrlich zu sein, wollte ich bloß die Zeit überbrücken, bis ... Na ja, Paul und ich haben darauf gewartet, dass sich Kinder einstellen. Aber jetzt, wo das außer Frage ist, sieht es aus, als würde ich richtig Karriere machen.«

»Paul hat erwähnt, dass ihr ein paar Schwierigkeiten hattet«, antwortete Nick vorsichtig.

»Ach ja?« Sie seufzte. »Das Komische ist, früher habe ich nie über Kinder nachgedacht. Im Gegenteil, bis Ende zwanzig habe ich alles drangesetzt, keine zu bekommen. Ganz schön ironisch, wenn ich mir das jetzt so überlege. Ich habe nie geglaubt ...« Jane hielt mit dem Schneiden inne und starrte in die Luft. »Na ja, wahrscheinlich habe ich gedacht, es sei das Naturrecht jeder Frau. Das Problem ist, ganz unbedingt möchte man etwas erst dann, wenn man es nicht bekommen kann.«

»Das tut mir wirklich leid, Jane.«

»Danke.« Sie strich sich eine blonde Haarsträhne aus den Augen und widmete sich wieder dem Gemüse. »Das Schlimmste ist, dass ich mir ständig Vorwürfe mache, wie ich mit meinem Körper umgegangen bin, als ich jung war. Ich habe wie alle Models von schwarzem Kaffee und Zigaretten gelebt.«

»Aber die Ärzte sehen doch nicht bei dir den Grund, oder?«

»Nein. Wir gehören zu dem einen Prozent von Paaren, bei denen es keine bekannte Ursache gibt. Aber mittlerweile ist das Schlimmste vorbei. Wir haben uns damit abgefunden, dass wir kinderlos bleiben, und ich bin gerade über die Phase hinweg, in der ich bei jedem Kinderwagen in Tränen ausgebrochen bin.«

»Ach, Janey.« Nick nahm sie fest in die Arme.

»Wie auch immer.« Jane fuhr sich über die Augen. »Nick, was ist mit dir? Es muss in den letzten zehn Jahren doch eine Frau gegeben haben.«

»Nein, eigentlich nicht. Natürlich gab's die eine oder andere, aber ...« Er zuckte mit den Schultern. »Irgendwie hat es nie gefunkt. Gebranntes Kind und so. Ich bin als Single sehr glücklich.«

Die Haustür ging auf, und Paul kam mit schnellen Schritten den Flur entlang in die Küche. »Guten Abend, mein Schatz!« Er drehte seine Frau zu sich in die Arme und drückte ihr einen Kuss auf den Mund. »Ich habe gerade eine bildhübsche kleine Gemme erstanden. Wir überprüfen sie, aber wir glauben, es könnte sich um Lady Emma Hamilton handeln, Lord Nelsons Mätresse. Nick, mein Freund, wie war dein Tag?«

»Verschlafen«, antwortete er. »Und bevor ich euch jetzt im Weg herumstehe, gehe ich in den nächsten Pub. Es verlangt mich nach meinem ersten richtigen Ale auf englischem Boden, und das Bedürfnis muss befriedigt werden.«

»Aber sei um acht wieder hier«, rief Jane ihm nach, als er die Küche verließ.

»Mach ich«, antwortete er.

Er betrat den Pub auf der gegenüberliegenden Straßenseite, bestellte ein Glas schäumendes Ale, ließ sich auf einem Barhocker nieder und lächelte vor Freude beim ersten Schluck. Während er sich das Bier schmecken ließ und die einzigartige Atmosphäre des sehr englischen Pubs genoss, überlegte er sich, dass er eigentlich überhaupt keine Lust hatte, seinen ersten Abend in England bei einer Dinnerparty zu verbringen und mit einer Gruppe Wildfremder höflich Smalltalk zu machen.

Eine halbe Stunde und ein weiteres Glas Bier später verließ

Nick den Pub, schlenderte die Kensington Church Street hinauf und blickte in die Schaufenster der vielen erstklassigen Antiquitätengeschäfte, die es hier gab. Dann sah er sich um. Könnte er hier leben? Das sonnige, entspannte Perth mit den grandiosen Stränden gegen ein Leben in einer der hektischsten Großstädte der Welt eintauschen?

»Vom Wetter ganz zu schweigen«, murmelte er, als es zu nieseln begann. Sein Blick blieb an einer prächtigen Kommode aus der Zeit König Georgs hängen, die im Schaufenster von einem Spotlight angestrahlt wurde.

In dem Moment dachte Nick, doch, das könnte er.

»Nick, wir haben uns schon Sorgen gemacht. Wir dachten, du wärst vielleicht entführt worden, du warst doch so lange in keiner Großstadt mehr. Komm mit in die versammelte Runde.« Jane, elegant in einer Lederhose mit Seidenbluse, ging ihm voraus ins Wohnzimmer. »Ein Glas Champagner?«

»Warum nicht?« Nick nahm das Glas und nickte höflich, als Jane ihn den anderen Gästen vorstellte. Er setzte sich auf das Sofa neben eine attraktive Brünette, die, wenn er sich recht erinnerte, mit dem alternden Ronnie-Wood-Doppelgänger verheiratet war, der sich gerade mit Paul unterhielt.

Als sie ihm die ersten belanglosen Fragen nach Kängurus und Koalabären stellte, ahnte Nick, dass sich der Abend sehr in die Länge ziehen würde. Aber an Flucht war nicht zu denken.

Es läutete an der Tür, und Jane ging hinaus. Wenig später kehrte sie mit einer Frau zurück, deren auffällige Schönheit Nick trotz seiner lustlosen Stimmung aufmerken ließ. Sie war groß, hatte eine Haut wie Alabaster und eine tizianrote Haarpracht. Nick konnte nicht anders, er musste sie anstarren, als Jane sie ihm vorstellte. In dem bodenlangen grünen Samtkleid mit dem chinesischen Kragen und den runden Knöpfchen, die bis zu ihren Knöcheln hinuntergingen, sah sie aus, als sei sie geradewegs einem florentinischen Gemälde des fünfzehnten Jahrhunderts entsprungen.

»Nick, darf ich dir Tammy Shaw vorstellen, eine meiner langjährigsten Freundinnen«, sagte sie und reichte Tammy ein Glas Champagner.

Tammy betrachtete ihn nur fragend aus ihren großen grünen Augen. Nick erhob sich und gab ihr die Hand. »Schön, Sie kennenzulernen, Tammy.«

»Nick ist erst heute Morgen aus Australien angekommen«, sagte Jane, als Nick auf dem Sofa Platz machte und Tammy sich neben ihn setzte.

»Woher kennen Sie Jane und Paul?«, fragte er.

»Ich habe Janey vor Jahren bei meinem allerersten Fotoshooting kennengelernt. Sie hat mich unter ihre Fittiche genommen, und seitdem sind wir befreundet.«

»Sie sind also auch Model?«

»Ich war, ja.« Sie nickte und trank einen Schluck Champagner. Dabei wanderte ihr Blick durch den Raum.

Nick spürte den Widerwillen, der von ihr ausging. Das konnte er nachvollziehen. Eine Frau mit ihrem Aussehen wurde bestimmt von ganzen Heerscharen Männer angemacht.

»Um ehrlich zu sein«, Nick senkte die Stimme, »war eine Dinnerparty nicht gerade das, was ich mir für meinen ersten Abend in London vorgestellt habe. Entschuldigen Sie also bitte, wenn meine Konversation etwas blutleer ist.«

»Ich persönlich kann Dinnerpartys nicht leiden.« Jetzt warf Tammy ihm ein kleines Lächeln zu. »Vor allem, wenn ich als der Vorzeige-Single eingeladen werde. Aber Janey ist meine beste Freundin, also mache ich bei ihr eine Ausnahme. Leben Sie in London?«

»Nein, im Moment wohne ich bei Jane und Paul.«

»Und woher kennen Sie die beiden?«

»Paul kenne ich aus Internatszeiten. Da war ich neun und habe ihn vor einer Clique von Schlägern gerettet, die ihm den Kopf in die Toilette gehalten haben. Seitdem sind wir Freunde.« Nicks Blick wanderte zu Paul. »Er hat sich überhaupt nicht verändert«, fuhr er lächelnd fort, »aber ich stelle mir gerne vor, dass die, die ihn damals so schikaniert haben, es zu nichts gebracht haben, während er so unglaublich erfolgreich ist.«

»Jungs können unglaublich grausam sein. Wenn ich Kinder habe, werde ich sie nie wegschicken. Alle Männer aus meinem Bekanntenkreis, die im Internat waren, sind irgendwie geschädigt.«

»Hoffentlich nicht wir alle«, widersprach Nick mit einem ironischen Lächeln. »Heute geht es in Internaten nicht mehr zu wie im finsteren Mittelalter.«

»Schon möglich.«

»Und was machen Sie?«, fragte er höflich.

»Ich habe am Portobello Road Market einen Stand, wo ich Vintage-Kleidung verkaufe.«

Nick sah sie mit erneutem Interesse an. »Wirklich?«, fragte er.

»Ja. Ich hatte sie jahrelang eingelagert, weil sie mir so gut gefallen haben. Jetzt will jeder sie haben.«

»Witzig, ich bin nämlich Antiquitätenhändler. Heißt das, dass wir beide eher in die Vergangenheit als in die Zukunft schauen?«

»So habe ich das nie gesehen«, sagte Tammy und kratzte sich die Nase, »aber vielleicht haben Sie recht. Ich habe das Gefühl, als würde ich im falschen Jahrhundert leben. Was für Antiquitäten verkaufen Sie denn?«

»Eher klassische Moderne, das heißt keine rustikalen Holzmöbel. Ich suche nach ausgefallenen Stücken, die ich schön finde, und hoffe, dass andere auch der Meinung sind. Morgen gehe ich zu einer Auktion, ich habe einen famosen Murano-Kronleuchter im Blick.«

»Das baut mich auf. Ich kaufe nämlich auch nur Kleider, die mir gefallen und die ich gerne tragen würde.«

»Finden sich dafür denn Abnehmer?«

»Ja, schon. Aber ehrlich gesagt werde ich allmählich zu alt, um an einem Samstag im Januar im eiskalten Regen zu stehen, ganz abgesehen davon, dass es den Kleidern auch nicht guttut. Deswegen bin ich auf der Suche nach einem Laden.«

»Ah ja.« Nick lachte. »Ich auch.«

»Leute, das Essen gibt's nebenan.« Jane stand in der Tür und winkte mit einem Ofenhandschuh.

Nick stellte mit Erleichterung fest, dass er neben Tammy saß. Wider Willen fand er sie faszinierend.

»Wie sind Sie Model geworden?«

»Zufall«, sagte sie mit einem Achselzucken und nahm sich von den Tapas, die auf dem Tisch standen.

»Zu der Zeit habe ich am King's College in London Philosophie studiert«, fuhr Tammy beim Essen fort. »Irgendwann hat mich bei Topshop am Oxford Circus jemand von einer Modelagentur gesehen. Ehrlich gesagt hätte ich nie gedacht, dass ich das länger machen würde, es war einfach eine gute Möglichkeit, zu meinem Stipendium etwas hinzuzuverdienen. Aber dann ging es doch weiter, und tja, jetzt liegt meine Zukunft hinter mir.«

»Wohl kaum«, widersprach Nick und stellte befriedigt fest, dass sie einen herzhaften Appetit hatte. »Hat es Ihnen Spaß gemacht?«

»Zum Teil schon. Ich meine, in einigen der weltbesten Ateliers mit Spitzendesignern zusammenzuarbeiten, hatte schon etwas, aber das Gewerbe ist ein einziges Hauen und Stechen. Ich war froh, auszusteigen und in die Realität zurückzukehren.«

»Auf mich wirken Sie ziemlich real.«

»Danke. Wissen Sie, nicht alle Models sind geistlose Kokainsüchtige.«

»Haben Sie Angst, dass Sie so gesehen werden könnten?«, fragte Nick freimütig.

»Ja«, gab sie zu, und eine zarte Röte stieg ihr aus dem Kleiderkragen ins Gesicht.

»Tragen Sie eins von Ihren Kleidern?«

»Ja. Das habe ich mit achtzehn in einem Oxfam-Laden gekauft. Seitdem trage ich es zu allen passenden und unpassenden Gelegenheiten.«

»Das Problem ist«, sagte Nick nachdenklich, »man wird nicht reich davon, wenn man seiner Leidenschaft frönt. In Perth habe ich ein Haus voll wunderschöner Gegenstände, von denen ich mich einfach nicht trennen kann.«

»Ich weiß genau, was Sie meinen«, stimmte Tammy bei. »Mein Schrank quillt über vor Kleidungsstücken, bei denen ich mich nicht überwinden kann, sie zu verkaufen. Nietzsche sagte einmal, dass Besitz besitzt. Das sage ich mir jedes Mal, wenn ich etwas hervorhole, um es an den Stand zu hängen«, gestand sie lächelnd.

»Aber jetzt erzählen Sie doch von Ihrem Werdegang«, forderte sie ihn auf, als Jane saftige Filetsteaks servierte, dazu Kartöffelchen und grüne Bohnen.

Nick fasste kurz die Stationen seines Lebens zusammen, von seinen Tagen im Auktionshaus in Southwold bis hin zu seinem möglichen Umzug zurück nach London.

»Haben Sie sich ein Leben dort in Australien aufgebaut?«, fragte Tammy.

»Wenn Sie wissen wollen, ob ich dort Frau und Kinder habe, dann nein. Und Sie?«

»Ich habe Ihnen ja schon gesagt, dass ich Single bin«, erinnerte sie ihn. »In meinem Häuschen in Chelsea wohne nur ich. Ich habe meine ganzen Ersparnisse dafür hergegeben. Natürlich hätte ich mir eigentlich ein richtiges Haus mit sechs Zimmern kaufen sollen ...«

»Aber Sie haben sich in das Häuschen verliebt«, beendete Nick ihren Satz mit einem kleinen Lachen.

»Genau.«

Nach dem Essen bat Paul die Gäste wieder ins Wohnzimmer, wo jetzt wegen der Kühle des Abends im Kamin ein Feuer brannte. Jane erschien mit einem Tablett, auf dem Kaffee und Brandy standen. Nick stellte erstaunt fest, dass es schon nach elf war – die Zeit war wirklich schnell vergangen.

»Warum haben Sie nie geheiratet, Nick?«, fragte Tammy ihn direkt.

»Wow, was für eine Frage«, sagte er, als Jane ihnen beiden Kaffee einschenkte. »Wahrscheinlich tauge ich einfach nicht für eine Beziehung.«

»Oder du hast nie die Richtige kennengelernt«, warf Jane augenzwinkernd ein.

»Vielleicht. Jetzt darf ich Ihnen aber dieselbe Frage stellen, Tammy.«

»Und ich würde dieselbe Antwort geben«, erwiderte sie.

»Da seht ihr's«, sagte Paul, der Jane mit dem Brandy folgte. »Wie füreinander geschaffen.«

Tammy warf einen Blick auf die Uhr. »Es tut mir wirklich leid, so unhöflich zu sein, aber auf mich wartet zu Hause eine Menge Näharbeiten.« Sie erhob sich. »Es hat mich sehr gefreut, mich heute Abend mit Ihnen zu unterhalten, Nick. Ich wünsche Ihnen, dass Sie einen schönen Laden für Ihr Geschäft finden. Wenn Ihnen etwas Preiswertes unterkommt, geben Sie mir doch Bescheid, ja?«, schloss sie lächelnd.

»Natürlich. Haben Sie eine Nummer, unter der ich Sie erreichen kann?«

»Äh – ja, Janey hat sie. Ciao, Paul«, sagte sie und küsste ihn auf beide Wangen. »Danke für den tollen Abend. Ich gehe noch zu deiner Frau. Ciao, Nick.«

Tammy verließ den Raum, und Paul setzte sich neben ihn.

»Habe ich wie üblich das Verkehrte gesagt?«, fragte Paul mit einem Grinsen.

»Natürlich, aber mach dir nichts draus.«

»Das tue ich aber. Ich hatte nämlich den Eindruck, dass ihr euch richtig gut verstanden habt.«

»Sie hat mir gefallen, ja, und intelligent ist sie auch.«

»Verstand und Schönheit – die perfekte Mischung. Tammy ist ein ganz besonderer Mensch. Und sehr auf ihre Unabhängigkeit bedacht«, ergänzte er. »Aber vor Herausforderungen hast du noch nie zurückgescheut, oder?«

»Früher nicht. Aber zumindest im Augenblick kenne ich nichts als meine Arbeit. Viel unkomplizierter.«

Eine Stunde später hatten sich alle Gäste verabschiedet. Nick half Paul und Jane beim Aufräumen, dann gingen die beiden ins Bett, während sich Nick mit einem zweiten Glas Brandy vor den Kamin setzte. Ungebeten tauchten Bilder von Tammy vor seinem geistigen Auge auf, und er musste sich eingestehen, dass er ... beflügelt war. Er überlegte sich, wann eine Frau das letzte Mal eine solche Wirkung auf ihn gehabt hatte. Und stellte fest, dass es ihm seit *ihr* nicht mehr so ergangen war ...

Und wohin hatte ihn das gebracht? Er hatte sein erfolgreiches Geschäft in England verkauft und war auf die andere Seite der Welt geflohen. Dabei war es doch positiv, dass Tammy ihn ansprach, oder nicht? Es bedeutete, dass er vielleicht endgültig darüber hinweg war.

Und weshalb sollte er sie nicht wiedersehen? In den vergangenen zehn Jahren war er verdammt einsam gewesen. Ein erfülltes Leben war es nicht gewesen, das er geführt hatte, und wenn er nicht den Rest seiner Tage allein bleiben wollte, musste er sich der Liebe wieder öffnen. Andererseits, weshalb sollte sich eine Frau wie sie für einen Mann wie ihn interessieren? Sie konnte doch sicher jeden haben, der ihr gefiel.

Nick seufzte schwer. Er würde morgen noch einmal darüber nachdenken, und wenn es ihm dann noch genauso erging, würde er sie anrufen.

Jane war in der Küche, als Nick am nächsten Tag nach unten kam.

»Guten Mittag.« Sie blickte von ihrem Laptop auf. »Gut geschlafen?«

»Irgendwann schon.« Er machte eine vage Geste. »Ich stecke Jetlag nicht gut weg.«

»Wie wär's mit einem Omelett? Ich wollte mir sowieso bald eins zum Mittagessen machen.«

»Das übernehme ich. Mit Käse und Schinken?«

»Perfekt. Danke, Nick. Kaffee steht da drüben, nimm dir. Ich muss nur das Moodboard für das Shooting abschließen und an die Zeitschrift schicken.«

Nick hantierte in der Küche, trank starken Kaffee und suchte die Zutaten für das Omelett zusammen. Dabei blickte er hinaus in den kleinen Garten hinter dem Haus und sah das farbenprächtige Laub der Blutbuche, das in der Septembersonne leuchtete. Sofort musste er an Tammys unglaubliche Haare denken.

»Fertig«, sagte Jane und klappte ihren Laptop zu.

»Das Omelett auch«, erwiderte Nick und verteilte es auf zwei Teller.

»Wie schön«, sagte Jane, als Nick eine Schüssel grünen Salat in die Mitte des Tischs stellte. »Vielleicht könntest du meinem Ehemann bei Gelegenheit beibringen, wie man ein Ei aufschlägt.«

»Er hat immer dich fürs Kochen gehabt, während ich auf mich selbst angewiesen war.«

»Stimmt. Es schmeckt köstlich. Hat dir der Abend gestern gefallen?«

»Ja, obwohl ich mich, um ehrlich zu sein, mit den anderen Gästen gar nicht unterhalten habe.«

»Das habe ich auch bemerkt.« Jane musterte ihn und bediente sich vom Salat. »Tammy ist aus nachvollziehbaren Gründen Männern gegenüber meist ziemlich zurückhaltend. Du warst ihr eindeutig sympathisch.«

»Danke. Sie ist wirklich unglaublich schön. Bestimmt wird sie ständig angebaggert.«

»Als junges Model auf jeden Fall. Wie du weißt, ist es ein ziemlich unappetitliches Gewerbe, in dem sich viele Aufreißer rumtreiben. Aus reinem Selbstschutz ist sie eine richtige Eiskönigin geworden, aber im Grunde ist sie ein lieber Mensch und sehr verletzlich.«

»Hat sie, äh, viele Freunde gehabt?«

»Ein paar. Den Großteil ihrer Zeit als Model trieb sich im Hintergrund ein Freund aus Sandkastentagen herum, aber der hat sich vor drei Jahren oder so abgesetzt. Meines Wissens hat sie seitdem keine ernsthafte Beziehung mehr gehabt.«

»Ah ja.«

»Und, möchtest du sie anrufen?«

»Ich ... vielleicht. Wenn du mir ihre Nummer gibst.«

»Gerne. Aber nur unter der Bedingung, dass du ihr nicht das Herz brichst.«

»Weshalb sollte ich das denn?« Nick verzog das Gesicht.

»Du hast gerade erst gestern betont, dass du ein eingefleischter Junggeselle bist. Nick, ich möchte nicht, dass Tammy bloß ein weiterer Strich auf der Liste deiner Eroberungen ist. Sie hat etwas Besseres verdient. Sie trägt ihr Herz auf der Zunge und ist, was Männer betrifft, erstaunlich naiv.«

»Ich verstehe, was du meinst, Jane, aber für kurze Affären bin ich nicht zu haben. Dafür habe ich im Moment viel zu viel um die Ohren. Aber ich würde sie einfach gerne wiedersehen. Da war eindeutig etwas zwischen uns.«

»Ich weiß. Das hat der ganze Tisch gemerkt.« Jane lächelte. »Ich muss jetzt los zu einer Besprechung, aber ich simse dir ihre Nummer.«

»Danke.«

Nachdem Nick den Tisch abgeräumt hatte, gab sein Handy einen Ton von sich, und er holte es aus seiner Jeanstasche.

Hi, hier ist Tammys Nummer. Bis heute Abend. Lg, J.

Nick kopierte die Nummer in sein Adressbuch und schlenderte hinauf in sein Zimmer. Er hatte es Jane natürlich nicht gesagt, aber als er in der vergangenen Nacht schließlich eingeschlafen war, hatte er von Tammy geträumt. Er ging im Zimmer auf und ab und überlegte sich, dass er ein oder zwei Tage warten sollte, bis er sich meldete, sonst könnte er noch wie ein »Aufreißer« wirken, wie Jane es genannt hatte.

Konnte er ein oder zwei Tage warten …?

Nein. Er wollte sie jetzt sehen, er wollte in die unglaublichen grünen Augen blicken, das fantastische Haar berühren … Er sehnte sich nach ihr.

Guter Gott, Nick, was hat sie bloß mit dir angestellt?

Was immer es sein mochte, ein paar Minuten später holte Nick sein Handy wieder heraus und wählte die Nummer, die Jane ihm geschickt hatte.

Kapitel 6

Die Glocke, die verkündete, dass ein Kunde die Galerie betreten hatte, läutete hinten im Büro. Posy erhob sich vom Computer und ging hinaus in den Showroom.

»Kann ich Ihnen behilflich sein?«, fragte sie dabei automatisch, damit der Kunde nicht glaubte, der Laden sei leer, und sich mit einem Bild davonmachte.

»Ja, das kannst du. Guten Tag, Posy.«

Abrupt blieb sie stehen, ihr Herzschlag beschleunigte sich. Er stand in der Mitte des Raums und sah sie unverwandt an.

»Ich ...« Posy legte eine Hand auf den Hals, um die Röte zu verbergen, die ihr zweifelsohne ins Gesicht stieg. »Wie hast du mich gefunden?«

»Tja«, sagte er und trat zwei Schritte näher, »ich kann nicht behaupten, dass ich einen Privatdetektiv engagieren musste. Die erste Person, die ich fragte, wusste genau, wo du arbeitest. Wie du sicher weißt, bist du in Southwold ziemlich bekannt.«

»Wohl kaum«, widersprach Posy.

»Wie auch immer, hier bist du.«

»Ja. Also, was willst du?«

»Ich ... Na, ich glaube, ich möchte dich einfach richtig begrüßen nach unserem etwas merkwürdigen Zusammentreffen auf dem Boot.«

»Ich verstehe.« Bewusst wandte sie den Blick von ihm ab. Mit Anfang zwanzig hatte er unglaublich gut ausgesehen, aber jetzt war er zweifellos der attraktivste Mann, dem sie seit Langem begegnet war; dabei war er gerade einmal zwei Jahre älter als sie. Und sie wollte nicht, dass ihr Verstand wieder von einer Reaktion ihres Körpers schachmatt gesetzt wurde.

»Wie lange ist es jetzt her, Posy? Knapp fünfzig Jahre?«

»So ungefähr, denke ich, ja.«

»Ja«, wiederholte er, und dann blieben beide eine Weile schweigend stehen. »Weißt du, du siehst noch genauso aus wie damals.«

»Natürlich nicht, Freddie! Ich bin eine alte Frau.«

»Und ich ein alter Mann.« Er zuckte mit den Schultern.

Wieder setzte eine unbehagliche Stille ein, die Posy zu brechen sich weigerte.

»Dürfte ich dich vielleicht irgendwann demnächst zum Lunch einladen? Ich würde dir gerne etwas erklären.«

»Was?«

»Warum ich ... na ja, warum ich dich damals verlassen habe.«

»Das ist absolut überflüssig. Das ist längst Vergangenheit«, sagte Posy mit Nachdruck.

»Und ich bin mir sicher, dass du mich völlig vergessen hattest, bis ich aus heiterem Himmel auf dem Boot stand. Aber lass dich von mir zumindest zum Lunch einladen, damit wir uns über die ganzen dazwischenliegenden Jahre unterhalten können. Bitte sag Ja, Posy. Ich bin erst vor ein paar Monaten wieder nach Suffolk gezogen – ich bin seit einem Jahr im Ruhestand –, und ich kenne hier noch nicht viele Leute.«

»Also gut.« Ehe Posy sichs versah, hatte sie eingewilligt. Vor allem, damit er so bald wie möglich aus der Galerie verschwand – sie wusste, dass sie nur bedingt präsentabel aussah, schließlich war sie direkt vom Laubrechen ins Geschäft geeilt.

»Danke. Wo wäre es dir am liebsten?«

»Deine Wahl.«

»Dann im Swan. Ein anderes gutes Restaurant kenne ich hier

noch nicht. Passt dir Donnerstag? Das ist der Tag, an dem ich keinen Bootsdienst habe.«

»Ja, Donnerstag passt.«

»Wäre dir ein Uhr recht?«

»Ja, perfekt.«

»Also gut, dann sehen wir uns am Donnerstag um eins. Auf Wiedersehen, Posy.«

Freddie verließ die Galerie, und Posy zog sich ins Büro zurück, um sich zu setzen und die Fassung wiederzugewinnen.

Auf was hast du dich da bloß eingelassen, du dumme alte Frau?! Erinnerst du dich nicht? Beim letzten Mal hat er dir das Herz gebrochen!, ging ihr durch den Kopf.

Doch der ernsten Situation zum Trotz, dass Freddie Lennox aus heiterem Himmel wieder in ihr Leben getreten war, musste Posy lächeln.

Mein Gott, das war ja noch unangenehmer als damals, als er aus Versehen in dein Zimmer kam und du fast nackt dagesessen hast!

Es war Posy ein bisschen peinlich, wie viel Mühe sie auf die Vorbereitung für den Lunch mit Freddie verwendete. Schließlich hatte sie ihn seit knapp fünfzig Jahren nicht mehr gesehen, schlimmer noch, er war keineswegs die ferne Erinnerung, wie er gemeint hatte. Im Gegenteil, ihre Beziehung und deren plötzliches Ende hatten sich unauslöschlich in ihr Herz gebrannt und in vieler Hinsicht ihren Lebensweg bestimmt.

Trotzdem, als sie ihre Garderobe durchging und feststellte, dass sie sich seit Jahren nichts Neues zum Anziehen gekauft hatte, merkte sie, dass die Verabredung ihr den sprichwörtlich notwendigen Tritt in den Hintern verpasst hatte.

»Posy, du hast dich gehen lassen«, tadelte sie sich. »Was du brauchst, ist ein Umstyling, wie sie es in den Fernsehshows nennen.«

Am nächsten Tag fuhr sie nach Southwold. Sie ließ sich das Haar schneiden und zur Belebung der grauen Haare, die sie in den letzten zehn Jahren bekommen hatte, ein paar Strähnchen machen. Anschließend ging sie in die Boutique, die gerade Schlussverkauf hatte.

Zwar probierte sie das meiste in ihrer Größe an – immer noch 38, wie sie mit Stolz feststellte –, doch kam ihr alles entweder zu bieder oder zu jugendlich vor.

»Mrs. Montague, möchten Sie vielleicht die anprobieren? Allerdings sind sie gerade reingekommen, das heißt, sie sind leider nicht im Schlussverkauf.«

Die Verkäuferin zeigte ihr eine schwarze Jeans.

»Aber die sind doch etwas für Teenager, oder nicht?«

»Sie haben fantastische Beine, Mrs. Montague, warum sollten Sie sie nicht herzeigen? Und dann, dachte ich, könnte das dazu passen.«

Posy nahm die kornblumenblaue Bluse und die Jeans in die Kabine. Fünf Minuten später stand sie staunend vor dem Spiegel. Die Jeans brachten ihre langen Beine wirklich gut zur Geltung – und von den vielen Stunden im Garten waren sie immer noch fest –, und die Bluse passte nicht nur zu ihrem Teint, sondern fiel auch so lose, dass sie die bedenklichen Pölsterchen um die Taille überspielte.

»Und einen neuen BH«, sagte sie sich, als sie sich auszog und den formlosen grauen sah, der ihre Brüste bedeckte.

Mit zwei Einkaufstaschen beladen verließ sie das Geschäft. Sie hatte sich zwei Jeans gekauft, drei Blusen, einen BH und ein Paar glänzender schwarzer kniehoher Stiefel.

»Ich hoffe bloß, dass ich nicht von hinten wie Lyzeum und von vorne wie Museum aussehe«, murmelte sie skeptisch auf dem Weg zum Wagen. Dann dachte sie an Freddie in seinen Chinos, dem Blazer und dem kecken Hut und wischte ihre Bedenken beiseite.

»Posy, du siehst hinreißend aus«, sagte Freddie am folgenden Tag, als er aufstand, um sie zu begrüßen.

»Danke.« Sie setzte sich auf den Stuhl ihm gegenüber, den er für sie herauszog. »Du siehst auch nicht schlecht aus.«

»Ich habe mir erlaubt, uns eine Flasche Chardonnay zu bestellen. Ich weiß noch, dass du damals Weißwein getrunken hast. Wenn wir nicht gerade beim Gin waren«, ergänzte er schmunzelnd.

»Ja, ein Glas Wein wäre jetzt genau das Richtige.«

Freddie schenkte ihr ein Glas ein und hob das seine. »Auf dich.«

»Auf dich.« Posy trank einen Schluck.

»Ist es nicht seltsam, dass das Schicksal es so fügt und wir uns wiedersehen?«, sagte er.

»Nun ja, ursprünglich stammen wir beide aus Suffolk, Freddie, wenn du dich erinnerst.«

»Natürlich erinnere ich mich. Wie lange bist du schon wieder hier?«

»Seit über dreißig Jahren. Ich habe meine Kinder hier großgezogen.«

»Wo?«

»Im Haus meiner Kindheit, kurz vor Southwold.«

»Ah ja.« Freddie trank von seinem Wein. Er zögerte kurz, ehe er fortfuhr: »Und war es ein gutes Zuhause für deine Kinder? Keine schlechten Erinnerungen?«

»Nein, gar nicht. Weshalb auch? In meiner Kindheit habe ich das Haus geliebt.«

»Richtig«, sagte Freddie.

»Ist etwas nicht in Ordnung?«, fragte Posy und musterte die allzu vertrauten Augen. Wenn es ein Problem gegeben hatte, hatte er immer so geblickt wie jetzt.

»Nein, überhaupt nicht, meine Liebe, überhaupt nicht. Ich freue mich, dass du hierher zurückgezogen bist und glücklich warst.«

»Ich bin immer noch glücklich, ich wohne noch dort.«
»Tatsächlich? Ah ja.«
»Du wirkst überrascht. Warum?«
»Ich ... Das weiß ich nicht. Wahrscheinlich bin ich immer davon ausgegangen, dass du furchtlos durch die Welt reisen und seltene Flora und Fauna erforschen würdest. So.« Freddie reichte ihr die Speisekarte. »Sollen wir bestellen?«

Während Freddie sich darin vertiefte, betrachtete Posy ihn heimlich über ihre Karte hinweg und rätselte, was ihn an ihrer Rückkehr nach Admiral House so verstören könnte.

»Ich nehme den Fisch des Tages. Und du?«

»Das Gleiche.«

Freddie gab der Bedienung ein Zeichen, und nachdem sie bestellt hatten, trank Posy noch einen Schluck Wein. »Du musst mir von dir erzählen, Freddie. Was hast du im Lauf der Jahre alles angestellt?«

»Mein Leben ist, ehrlich gesagt, in ziemlich normalen Bahnen verlaufen. Wie du dich vielleicht erinnerst, war mir schon klar geworden, dass ich kein Leben wollte, in dem ich dem Ruhm nachjage, also habe ich meine Zulassung gemacht und bin Anwalt geworden. Mit dreißig habe ich eine Anwältin geheiratet, und wir hatten ein schönes Leben miteinander. Leider ist sie vor zwei Jahren gestorben, da hatten wir gerade erst ein Cottage in Southwold gekauft. Wir wollten uns gemeinsam zur Ruhe setzen und unsere letzten Jahre mit Reisen und auf Booten verbringen und Gott einen guten Mann sein lassen.«

»Das tut mir leid, Freddie. Du warst sehr lange verheiratet. Es muss ein entsetzlicher Schock gewesen sein, plötzlich allein dazustehen.«

»Das war es auch, insbesondere, weil Elspeth und ich keine Kinder hatten. Sie hatte keine gewollt. Sie ging ganz darin auf, sich zur gläsernen Decke hochzuarbeiten mit der Absicht, sie auch zu durchbrechen. Rückblickend muss ich sagen, dass ich mir

Elspeth gar nicht vorstellen kann, wie sie Gott einen guten Mann sein lässt. Sie war eine Getriebene, sehr ehrgeizig, also war es für sie wahrscheinlich das Beste zu sterben, solange sie noch in der obersten Liga mitspielte. Wie du weißt, hatte ich schon immer eine Vorliebe für starke Frauen.«

Die Bemerkung überhörte Posy geflissentlich. »Und wo ist das Haus?«

»Mitten im Ort, am Ende einer kleinen Gasse. Natürlich wären ein Meeresblick und ein größerer Garten schön, aber wenn man älter wird, muss man pragmatisch denken und in die Nähe aller Versorgungsmöglichkeiten ziehen. Es ist eine alte Hopfendarre und daneben das Cottage, in dem der frühere Besitzer wohnte. Beides ist jetzt fast fertig renoviert. Später möchte ich die Darre vermieten«, berichtete er, als der Fisch aufgetragen wurde. »Das sieht ja köstlich aus.«

Beim Essen warf Posy fast unwillentlich immer wieder einen Blick zu Freddie hinüber und staunte über ihr Wiedersehen. Er hatte sich um keinen Deut verändert, der Jurastudent mit der Künstlerseele, den sie so geliebt hatte ... Beim Gedanken, dass sie nach all der Zeit tatsächlich hier zusammensaßen, überwältigten sie die Gefühle.

»Und, Posy, wie sieht's bei dir aus?« Freddie warf ihr über den Tisch hinweg ein Lächeln zu, als die Bedienung die Teller abräumte. »Du hast ja schon gesagt, dass du Mann und Kinder hast.«

»Guter Gott, nein! Oder zumindest, ich habe keinen Mann. Jonny ist vor über dreißig Jahren gestorben. Seitdem bin ich Witwe.«

»Das tut mir leid. Deine Kinder waren damals doch noch recht klein, oder? Das muss schwierig für dich gewesen sein.«

»Das war es auch, aber man schlägt sich durch. Ehrlich gesagt habe ich wunderbare Erinnerungen an die Jahre, als meine Jungs klein waren. Wir drei gegen den Rest der Welt. Sie haben dafür gesorgt, dass ich nicht den Verstand verliere und mit beiden Beinen auf dem Boden bleibe.«

»Es wundert mich, dass du nicht wieder geheiratet hast, Posy. Eine Frau wie du ...«

»Mir hat keiner gefallen.«

»Aber du musst doch Verehrer gehabt haben?«

»Ja, doch, ein paar. Also, möchtest du einen Nachtisch, oder sollen wir gleich zum Kaffee übergehen?«

Beim Kaffee berichtete Posy weiter von ihrem Leben.

»Meine Rettung war, ehrlich gesagt, der Garten. Zu sehen, wie er wächst und gedeiht, muss ähnlich beglückend sein, wie wenn du vor Gericht einen Prozess gewonnen hast.«

»Ich glaube, meine Liebe, ein Garten ist ein ganzes Stück lohnenswerter. Du hast aus dem Nichts etwas geschaffen.«

»Vielleicht hast du ja Lust, nach Admiral House zu kommen, dann mache ich einen Rundgang mit dir.«

Freddie gab keine Antwort. Vielmehr winkte er die Kellnerin an den Tisch und bat um die Rechnung. »Das ist meine Einladung. Es war wirklich schön, mit dir zu reden, Posy, aber leider muss ich den Lunch jetzt abrupt beenden. Um drei kommt der Elektriker, um in der Darre die Spots in der Decke zu installieren. Du musst mich einmal besuchen und es dir ansehen.«

Er steckte ein paar Geldscheine unter die Rechnung und stand auf. »Entschuldige, dass ich davonstürze, ich habe völlig die Zeit vergessen. Auf Wiedersehen, Posy.«

»Auf Wiedersehen.«

Als er gegangen war, stieß sie einen tiefen Seufzer aus und leerte ihr Glas Wein. Sein überstürzter Abschied hatte sie völlig verwirrt, erschüttert sogar. Schließlich war er derjenige, der sich wieder bei ihr gemeldet und sie zum Lunch eingeladen hatte. Sie fragte sich, was sie wohl gesagt oder getan haben mochte, dass er so abrupt gegangen war.

»Oder vielleicht hat er wirklich nur die Zeit vergessen«, sagte

Posy sich beim Gehen. Trotzdem kam sie sich ziemlich töricht vor, als sie in der hellen Septembersonne die High Street hinunterspazierte. In den letzten Tagen hatte sie sich immer wieder gefragt, ob sie, sollte er sie noch einmal wiedersehen wollen, ihm verzeihen könnte, dass er sie vor all den Jahren einfach so hatte sitzen lassen. Auf ihrer Seite zumindest war die körperliche Anziehung so groß wie eh und je, und sie hatte seine Gesellschaft sehr genossen.

»Ach, Posy, wirst du je erwachsen werden und aufhören zu träumen?«

Während sie langsam – wegen der zwei Gläser Wein – nach Hause fuhr, fiel Posy ein, dass Freddie ihr bei der Einladung zum Lunch gesagt hatte, er wolle ihr erklären, weshalb er sie damals verlassen habe. Doch das hatte er mit keinem Wort erwähnt.

»Männer«, murmelte sie, als sie ihre neue Jeans und die Bluse gegen ihre alte Baumwollhose und den mottenzerfressenen Pullover eintauschte, worin sie sich sehr viel wohler fühlte. Dann ging sie in den Garten.

Kapitel 7

»Tausend Dank, dass du die Kinder abgeholt hast«, sagte Amy, als Marie Simmonds ihr die Haustür öffnete. »Als meine Tagesmutter anrief, dass sie diese schreckliche Erkältung hat, war ich wirklich aufgeschmissen.«

»Kein Problem. Hast du Zeit für eine Tasse Tee?«, fragte Marie. »Die Kinder haben schon gegessen, jetzt sitzen sie im Wohnzimmer vorm Fernseher.«

Amy warf einen Blick auf die Uhr. »Schön, aber nur, wenn es dir wirklich keine Mühe macht.«

»Natürlich nicht. Komm rein.«

Amy folgte ihr den engen Flur entlang in die kleine, makellose Küche. Obwohl das Haus in einer Neubausiedlung stand, umgeben von fünfzig anderen, die ganz genauso aussahen und Amy deswegen gar nicht gefielen, wurde sie doch neidisch angesichts der Wärme und der Ordnung, die im Vergleich zu ihrem eigenen Zuhause hier herrschten.

»Wirklich, Amy, ich hole die Kinder gern ab und passe eine Stunde auf sie auf, wenn dir die Zeit knapp wird. Ich arbeite nur bis um drei, also kann ich sie um halb vier problemlos abholen. Und Josh und Jake verstehen sich wirklich gut«, sagte Marie.

»Danke, das ist nett von dir«, erwiderte Amy. »Aber jetzt, wo ich das Auto von der Werkstatt abgeholt habe, sollte alles wieder etwas einfacher werden.«

»Milch und Zucker?«

»Beides, bitte«, antwortete Amy.

»Noch so eine Bohnenstange, genau wie Evie«, seufzte Marie und machte sich einen schwarzen Kaffee.

»Ist Evies Tochter jetzt eigentlich im Internat?«, fragte Amy.

»Ja. Mittlerweile ist sie seit ein paar Wochen da, und nach dem ganzen Theater gefällt es ihr richtig gut. Offenbar hat deine Schwiegermutter Posy etwas damit zu tun, dass sie ihre Meinung geändert hat. Sie ist wirklich eine ... interessante Frau.«

»Das stimmt«, pflichtete Amy ihr bei. »Posy ist unglaublich stark. Jedes Mal, wenn ich ein bisschen bedrückt bin, denke ich an sie und sage mir, dass ich mich zusammenreißen soll. Wie geht es Evie damit, dass ihre Tochter nicht mehr da ist?«

»Clemmie fehlt ihr natürlich sehr. Sie muss wirklich einsam sein, ganz allein in dem großen Haus.«

»Posy hat sich immer so gut mit ihr verstanden«, warf Amy ein.

»Ja«, sagte Marie. »Damals, als sie beide bei Nick im Geschäft gearbeitet haben, haben sie viel zusammengesteckt.«

»Komisch, dass sich Evie neulich beim Literaturfestival in Posys Anwesenheit so unwohl gefühlt hat. Posy würde gerne wissen, womit sie sie verschreckt haben könnte.«

»Das weiß ich nicht.« Marie zuckte mit den Achseln. »Evie erzählt wenig von sich, so war sie immer schon. Aber glaubst du wirklich, dass Posy Admiral House verkaufen wird?«

»Ich kann's gar nicht fassen, dass sie sich das überlegt. Es ist seit mindestens zweihundert Jahren im Besitz ihrer Familie, aber ich glaube, sie hat einfach nicht das Geld, um es richtig in Schuss zu halten.«

»Vielleicht vermacht sie es ihren Söhnen, dann würde es zum Teil dir gehören«, meinte Marie. »Und ich könnte mir vorstellen, dass es für dich, Sam und die Kinder etwas bequemer wäre als euer momentanes Zuhause.«

»Posy hat uns schon oft angeboten, bei ihr zu wohnen, aber das lehnt Sam immer ab.« Aus Stolz fügte sie hinzu: »Aber ich hoffe, das wird sich bald ändern. Sam hat ein großes Immobilienprojekt am Laufen.«

»Ja, davon habe ich gehört.« Marie nickte.

»Wirklich?« Amy sah sie überrascht an. »Wie das?«

»Das ist kein Geheimnis. Ich bin Immobilienmaklerin, Sam war ein paarmal bei uns im Büro auf der Suche nach möglichen Ankäufen. Wenn ich mir überlege, auf welche Art Anwesen er aus ist, muss er eine Stange Geld haben. Sein Finanzier muss wirklich ziemlich zahlungskräftig sein.«

Maries Wissbegier irritierte Amy zusehends. »Da habe ich leider keine Ahnung. Mit Sams Geschäften habe ich nichts zu tun.« Sie leerte ihre Tasse und sah auf die Uhr. »Jetzt müssen wir aber wirklich los.«

»Natürlich.« Marie warf Amy beim Aufstehen einen Seitenblick zu. »Ach, neulich habe ich deinen Freund gesehen.«

»Welchen Freund denn?«

»Sebastian Girault. Er hat sich bei uns nach einer Ferienwohnung für den Winter erkundigt. Offenbar schreibt er an einem Buch und möchte sich irgendwo in Southwold einmieten, um ein paar Monate in Ruhe zu arbeiten.«

»Marie, ich würde ihn wirklich nicht als Freund bezeichnen, ganz im Gegenteil.«

»Du weißt genau, was ich meine.« Marie zwinkerte verschwörerisch. »Bei seiner Lesung neulich hat er sein Interesse an dir ziemlich deutlich gemacht. Und er ist doch wirklich attraktiv.«

»Ach wirklich?« Amy eilte ins Wohnzimmer. »Kinder, jetzt fahren wir nach Hause.«

Auf dem fünf Kilometer langen Heimweg dachte Amy über das Gespräch mit Marie nach. Es bereitete ihr Unbehagen. Seitdem sie Marie vor einigen Wochen durch Posy und Evie kennengelernt hatte, sprach sie sie auf dem Spielplatz immer an und war die Freundlichkeit in Person. An diesem Vormittag war sie ihr auch wirklich zur Rettung gekommen mit ihrem Angebot, Jake und Sara nach der Schule zu sich zu nehmen, bis Amy sie abholen konnte, aber irgendetwas an ihrer Vertraulichkeit – als würden sie sich seit Jahren kennen – verstörte Amy. Marie war eindeutig eine Klatschbase, die ihre Nase in alles steckte, und obwohl sie es sicher nicht böse meinte, war Amy, für die Diskretion eine große Tugend darstellte, unwohl dabei.

»Wahrscheinlich behauptet mittlerweile halb Southwold, dass ich eine Affäre mit Sebastian Girault habe«, brummelte sie, als sie vor das Haus fuhr.

Sam war, wie üblich, noch nicht da, also badete sie die Kinder, las ihnen eine Geschichte vor und brachte sie zu Bett. Dann legte sie eine Zwanzig-Pfund-Note aus ihrem Geldbeutel als Notgroschen in eine Dose ganz unten in ihrem Kleiderschrank, wo Sam sie nicht finden würde. Schließlich machte sie es sich mit Sebastian Giraults Buch vor dem Holzofen bequem und wartete auf Sam. Sie hoffte nur, dass er nicht zu betrunken sein würde.

Beim Lesen tauchte Amy, trotz ihrer Gefühle für den Verfasser, immer mehr in die Geschichte ein. Ein Mensch, der mit solchem Einfühlungsvermögen und so viel Verständnis für menschliche Regungen schrieb, konnte doch nicht ganz schlecht sein, oder?

Amy blickte in die Flammen. Was Marie vorhin gesagt hatte, war doch lächerlich. Warum in aller Welt sollte sich ein so berühmter Mann wie Sebastian Girault für eine gewöhnliche Rezeptionistin und zweifache Mutter interessieren?

Sobald sie Schritte hörte, die sich der Haustür näherten, klappte sie das Buch zu. Wie immer, wenn Sam aus dem Pub nach Hause kam, beschleunigte sich ihr Herzschlag. Die Tür ging auf, und Sam trat ins Wohnzimmer.

»Hi, Süße.« Er beugte sich über sie und gab ihr einen Kuss, und sie nahm den üblichen Biergeruch wahr. »Wie ich sehe, ist dein Wagen wieder da. Gott sei Dank.«

»Das kannst du laut sagen«, antwortete Amy vorsichtig. »Leider hat es über dreihundert Pfund gekostet.«

»Guter Gott! Wovon hast du das bezahlt?«

»Zum Glück ist gerade mein Lohn überwiesen worden, also habe ich mit der Karte bezahlt, und das Konto ist auch nicht mehr so weit überzogen, aber den Rest des Monats müssen wir von Suppe und Kartoffeln leben.«

Beklommen wartete Amy auf seine Reaktion, aber Sam ließ sich nur seufzend auf das Sofa fallen. »Ach, mein Schatz, das tut mir leid, aber mit etwas Glück haben wir das alles bald hinter uns.«

»Schön«, sagte Amy, erleichtert über Sams positive Stimmung. »Hast du Hunger?«

»Ich habe auf dem Heimweg eine Pastete und Pommes gegessen.«

»Ah so. Sam, es tut mir leid, aber in den nächsten Wochen musst du auf solche Sachen wirklich verzichten, sonst kommen wir mit dem Geld nicht über die Runden.«

»Willst du damit sagen, dass ein Mann sich am Ende eines harten Arbeitstages nicht einmal ein paar Pommes leisten kann?«

»Was ich sage, ist, dass unser Konto gewaltig überzogen ist und die Kinder erst einmal Vorrang haben. Sara braucht dringend neue Schuhe und Jake einen Anorak, und …«

»Hör auf, mir ein schlechtes Gewissen zu machen!«

»Das will ich nicht, wirklich nicht. Ich sage dir nur, wie unsere momentane Lage ist. Diesen Monat ist für nichts Geld da, so einfach ist das.«

»Weißt du was?« Sam schüttelte den Kopf, sein Blick wurde finster. »Du wirst langsam zu der Art Frau, zu der kein Mann nach Hause kommen will.« Er stand auf und näherte sich ihr.

»Das tut mir leid, wirklich. Ich … ich gehe kurz mal raus, frische Luft schnappen.« Sie erhob sich, griff nach ihrem Mantel und verschwand zur Tür hinaus, ehe er sie zurückhalten konnte.

»Nur zu«, rief er ihr spöttisch nach. »Wie immer kneifst du vor jeder Auseinandersetzung, anstatt sie mal zu führen. Die arme Erniedrigte und Beleidigte, die arme perfekte Mutter und Ehefrau, die arme geplagte ...«

Mehr hörte Amy nicht. Sie schritt schnell aus, Richtung Stadt. Tränen brannten ihr in den Augen. Aus Erfahrung wusste sie, dass das die beste Lösung war, wenn er getrunken hatte. Mit etwas Glück würde er, wenn sie lange genug fortblieb, auf dem Sofa einschlafen. Außerdem würde ihr die frische Luft helfen, einen klaren Kopf zu bekommen. Es war ein schöner Abend, flott ging sie am Meer entlang, bis sie eine Bank erreichte. Sie setzte sich, sah in die Schwärze vor sich und hörte, wie sich die Wellen am Strand brachen.

Angesichts der endlosen Weite des Meeres kam sie sich immer unbedeutend vor, und dieses Gefühl rückte ihre Schwierigkeiten in die richtige Perspektive. Sie versuchte, im Rhythmus der anbrandenden Wellen zu atmen und sich zu beruhigen. Jenseits des Meeres gab es Millionen von Menschen, deren Leben durch Krieg, Armut und Hunger zerstört wurde. Jeden Tag starben Kinder an schrecklichen Krankheiten, wurden obdachlos, verloren ihre Familie, wurden zu Krüppeln ...

Amy hielt sich vor Augen, wie viel Glück sie hatte. Selbst wenn ihr Leben, selbst wenn Sam, schwierig war – sie hatte zwei gesunde Kinder, ein Dach über dem Kopf und Essen auf dem Tisch.

»Vergiss nicht, du bist nur eine von Milliarden Ameisen, die über die Erde krabbeln und ums Überleben kämpfen«, sagte sie halblaut.

»Sehr poetisch. Und absolut korrekt.«

Bei der Stimme, die hinter ihr erklang, sprang sie auf und fuhr herum. Instinktiv legte sie die Arme vor die Brust. Ihr gegenüber stand ein großer Mann in einem langen Mantel, einen Filzhut zum Schutz vor dem Wind tief ins Gesicht gezogen. Amy wusste genau, wer es war.

»Es tut mir leid, dass ich Sie erschreckt habe. Ich glaube, wir sind uns bereits begegnet.«

»Ja. Was machen Sie hier?«

»Dasselbe könnte ich Sie fragen. Ich für meinen Teil mache gerade noch einen kleinen Abendspaziergang, bevor ich mich für die nächsten acht Stunden in mein Hotelzimmer einschließe.«

»Ich habe gesehen, dass Sie nicht mehr bei uns im Hotel sind.«

»Nein. Mir ist eins lieber, wo die Warmwasserversorgung zuverlässiger ist, damit die Rezeptionistin nicht mehr in Tränen ausbrechen muss.«

»Ach.« Amy setzte sich wieder auf die Bank.

»Ich vermute, Sie sind hier, weil Sie Ihre Ruhe haben möchten?«

»Ja«, gab sie zurück.

»Aber bevor ich meiner Wege gehe, muss ich mich vergewissern, dass meine barschen Worte vor ein paar Wochen nichts mit Ihrem gegenwärtigen Zustand zu tun haben.«

»Natürlich nicht. Können wir das Ganze nicht einfach vergessen?«

»Doch. Nur eine Frage noch: Haben Sie Zeit gefunden, mein Buch zu lesen?«

»Den Anfang.«

»Und?«

»Es gefällt mir gut«, antwortete Amy aufrichtig.

»Das freut mich.«

»Sie sind der Autor. Natürlich freuen Sie sich, wenn Ihr Buch einer Leserin gefällt.«

»Sicher, aber mich freut, dass das Buch gerade Ihnen gefällt, mehr wollte ich nicht sagen. Jetzt gehe ich aber und überlasse Sie Ihrem Meer.«

»Danke.« Unvermittelt bekam Amy ein schlechtes Gewissen wegen ihrer Unfreundlichkeit. Sie drehte sich um. »Entschuldigen

Sie, wenn ich etwas abweisend bin. Mir geht es im Moment nicht so gut, das ist alles.«

»Dafür brauchen Sie sich nicht zu entschuldigen. Glauben Sie mir, ich kenne das sehr gut. Aus bitterer Erfahrung kann ich nur sagen, dass das Leben fast immer besser wird, solange man versucht, positiv zu bleiben.«

»Ich versuche seit Jahren, positiv zu sein, aber irgendwie nützt es nichts.«

»Vielleicht müssten Sie dann etwas tiefer graben, den wirklichen Grund für Ihr Unglück herausfinden und etwas dagegen unternehmen.«

»Sie klingen wie ein Ratgeber.«

»Stimmt. Die habe ich selber gelesen, von vorne bis hinten.«

»Es tut mir leid, wenn ich das so sage, aber ich persönlich finde, sie sind allesamt für Jammerlappen geschrieben. Haben Sie mal zwei Kinder, einen Job und kein Geld. Da muss man einfach funktionieren.«

»Sie gehören also zur Brigade derjenigen, die sich zusammenreißen?«

»Genau.« Amy nickte mit Nachdruck.

»Und das ist der Grund, weshalb Sie in stockfinsterer Nacht allein auf einer Bank sitzen und Trübsal blasen.«

»Ich blase keine Trübsal. Ich wollte nur … etwas frische Luft schnappen.«

»Natürlich. Wie auch immer, ich habe mich Ihnen schon viel zu lang aufgedrängt. Man sieht sich.«

»Ja, man sieht sich.«

Aus dem Augenwinkel sah sie Sebastian Girault die Straße hinunter verschwinden. Objektiv betrachtet konnte sie verstehen, weshalb Frauen wie Marie ihn attraktiv fanden. Er war ein imposanter Mann.

Auf dem Heimweg war sie wirklich ruhiger. Das war ihr Los, ihr Leben, und sie musste einfach das Beste daraus machen.

Trotzdem gingen ihr Sebastians Worte nicht aus dem Kopf, dass sie den Grund für ihr Unglück herausfinden und etwas dagegen unternehmen sollte.

Vor dem Haus blieb sie ein paar Minuten stehen. Ihr graute davor hineinzugehen. Widerstrebend und schweren Herzens gestand Amy sich ein, was der Grund sein könnte.

Kapitel 8

»Kann ich Sie am Montag anrufen und Ihnen meine Entscheidung mitteilen?«, fragte Nick. »Ich möchte noch einmal die Finanzierung durchrechnen und mir das Ganze achtundvierzig Stunden durch den Kopf gehen lassen. Aber ich bin mir zu neunundneunzig Prozent sicher, dass ich es nehmen werde.«

»Gut. Dann freue ich mich, am Montag von Ihnen zu hören, Mr. Montague.«

Die beiden Männer gaben sich die Hand, dann trat Nick durch die Tür auf den Bürgersteig. Dort drehte er sich um und betrachtete den Laden, stellte sich die momentan schäbige Fassade dunkel smaragdgrün gestrichen vor, darüber seinen eigenen Namen in Gold.

Er war sich sicher, dass er den richtigen Ausstellungsraum für seine Antiquitäten gefunden hatte: große Schaufenster, um Passanten anzusprechen, weitläufige Räume im Erdgeschoss, darunter ein großes Souterrain mit genügend Platz für eine Werkstatt und ein Lager.

Er überquerte die geschäftige Fulham Road und sagte sich, dass auch die Lage perfekt war – in der Mitte eines Straßenabschnitts mit vielen hochpreisigen Antiquitäten-, Einrichtungs- und Designerläden. Sicher, die Pacht war teurer, als er ursprünglich kalkuliert hatte, und das Ganze war nicht ohne Risiko. Nach zehn Jahren im Ausland hatte er hier keinen Namen mehr, er würde wieder von vorn anfangen müssen.

Doch nicht das ließ ihn zögern und um Bedenkzeit bitten, ehe ein Handschlag unter Gentlemen den Vertrag besiegelte. Die Entscheidung war viel grundsätzlicher: War er sich wirklich sicher, dass er wieder in England leben wollte?

Sein Handy läutete. »Hi, Tam ... Ja, ich glaube, ich habe es gefunden. Wo bist du? Gut, wie wär's mit dem Bluebird auf halber Höhe der Kings Road? Ich geb einen aus. In zehn Minuten bin ich da. Ciao.«

Da auf der Straße wieder einmal Stau herrschte, verzichtete Nick auf ein Taxi und ging den knappen Kilometer zu Fuß. Auch wenn sich bereits herbstliche Kühle in der Luft bemerkbar machte, schien die Sonne, und der Himmel strahlte in einem leuchtenden Blau. Beim Gehen überlegte sich Nick, wie erstaunlich das Leben doch war. Nachdem er die vergangenen zehn Jahre das Gefühl gehabt hatte, emotional auf der Stelle zu treten, und jeden Gedanken ans Heimkehren weit von sich gewiesen hatte, weil er einfach zu schmerzlich war, empfand er jetzt, wenige Wochen nach seiner Ankunft in England, das, was er nur als Glücksgefühl bezeichnen konnte.

Das mussten doch noch die Reste des Jetlags sein, eine momentane Verwirrung oder das Hochgefühl des Neuanfangs? Irgendeinen Grund musste es geben, weshalb es ihm so erging – als würde die Dunkelheit plötzlich weichen, und er würde mit Lichtgeschwindigkeit wieder unter die Menschen katapultiert.

Aber wenn es das alles nicht sein konnte – und Nick musste einräumen, dass das mehr als zweifelhaft war –, dann konnte es nur einen Grund für seine gegenwärtige Lebensfreude geben: Tammy.

Seit sie sich auf der Dinnerparty bei Jane und Paul kennengelernt hatten, hatten sie sich ständig gesehen. Da sie beide nach Läden für ihre Geschäfte suchten, hatten sie sich auf einen Kaffee getroffen, auf ein Sandwich oder einen Drink am frühen Abend, um sich über ihre Erfahrungen auszutauschen. Sie hatten endlos über die Kosten geklagt, etwas Passendes zu finden, dann das Geschäftliche vergessen und von ihrem jeweiligen Leben gesprochen, ihrer Lebensanschauung, ihren Hoffnungen und Ängsten in Bezug auf die Zukunft.

Nick konnte sich nicht erinnern, wann er sich in der Gegenwart eines anderen Menschen derart wohlgefühlt hatte, zumal der einer Frau. Tammy war zuverlässig, intelligent und ausgeglichen. Außerdem hatte Nick, was ihm fast am besten gefiel, nicht einmal eine Andeutung der üblichen Neurosen entdeckt, die fast alle alleinstehenden Frauen in seinem Bekanntenkreis hatten. Sie wirkte zufrieden mit sich selbst, ruhig und selbstsicher, und sollte sie irgendwelche rachsüchtigen Gelüste haben, so hatten die sich noch nicht offenbart.

Bis jetzt waren sie nicht über das Stadium einer Freundschaft hinausgekommen. Nick musste sich eingestehen, dass er keine Ahnung hatte, ob Tammy ihn als Freund mochte oder vielleicht doch mehr für ihn empfand. Eine Frau wie sie könnte jeden Mann haben, den sie wollte.

Tammy hatte ihn völlig durcheinandergebracht. Eine rationale Entscheidung über die Zukunft zu treffen, erschien ihm unmöglich. Wenn er in London blieb, täte er es dann nur ihretwegen?

Und ihr konnte er ja schlecht von seinem Dilemma erzählen. Sie würde ihn für verrückt halten, weil er seine Zukunft davon abhängig machte, ob sie darin eine Rolle spielte. Er wollte sie um keinen Preis bedrängen und damit in die Flucht schlagen, aber vielleicht könnte er beim Lunch mehr über ihre Gefühle für ihn herausfinden. Und dann weitersehen.

Eine Viertelstunde später betrat er das Restaurant und sah Tammy in der Bar auf einem Sofa sitzen, die langen Beine in einer Jeans, dazu ein grüner Kaschmirpullover in der Farbe ihrer Augen. Nie hatte sie schöner ausgesehen.

»Hi, Tam.« Liebevoll drückte er ihr einen Kuss auf jede Wange.

»Hi, Nick«, sagte sie lächelnd.

»Gehen wir nach nebenan? Ich habe einen Bärenhunger.«

»Gerne.« Tammy stand auf, und sie folgten dem Kellner zu einem Tisch. »Das ist hier ja einen ganzen Tick schicker als die Lokale, in denen wir uns sonst treffen. Du musst gute Nachrichten haben.«

»Mit etwas Glück, ja. Wie wär's mit einem Glas Champagner?«, fragte Nick, als sie Platz nahmen.

»Sehr gerne. Schließlich ist Freitag.«

»Genau.« Er nickte. »Die perfekte Ausrede.«

»Nick?«

»Ja?«

»Warum siehst du mich so an?«

»Entschuldige ... Ich habe nur gerade ... an etwas gedacht.«

»Woran?«

Nick riss sich aus seinem romantischen Tagtraum, zu dem ein kleines, mit Samt ausgeschlagenes Kästchen und ihr zarter weißer Finger gehörten. Streng rief er sich zur Ordnung und griff nach der Speisekarte. »Nichts Wichtiges. Feudale Fish and Chips für mich. Und du?«

»Das Gleiche.«

Nick bestellte zwei Gläser Champagner und die Fish and Chips. »Ich mag Frauen, die gern essen.«

»Dann hättest du mich vor ein paar Jahren nicht gemocht. Ich war besessen von meinem Körper. Ich habe so gut wie nichts gegessen«, sagte Tammy. »Andererseits hing natürlich meine Karriere von meiner Figur ab. Dann habe ich mit dem Modeln aufgehört und beschlossen zu essen, worauf ich Lust habe, und weißt du was? Ich habe seitdem kaum zugenommen. Was nur beweist, dass es vor allem mit dem Stoffwechsel zu tun hat und herzlich wenig mit anderem. Also, erzähl von dem Laden an der Fulham Road.«

Beim Champagner erstattete Nick Bericht.

»Ich habe also das Wochenende, um mich zu entscheiden«, schloss er.

»Das sollte dir doch eigentlich nicht schwerfallen, oder? Der Laden klingt perfekt, genau das Richtige.«

»Das stimmt, aber ganz so einfach ist das Leben nicht«, sagte Nick mit einem Seufzen. »Es ist ein ziemlicher Schritt, in Australien alles aufzugeben und hier wieder neu anzufangen.«

»Aber ich dachte, genau das wolltest du, oder nicht?«, fragte Tammy.

»Ich glaube schon, und ich bin mir zu neunundneunzig Prozent sicher, aber eben nicht zu hundert Prozent.«

Tammy machte ein trauriges Gesicht. »Ach, Nick, ich hoffe, du gehst nicht zurück. Du würdest mir fehlen.«

»Wirklich?«

»Natürlich!«

»Tammy, ich ...«

Wie aufs Stichwort kam in diesem Moment der Kellner und stellte zwei Teller mit Fish and Chips auf den Tisch. Nick bestellte zwei weitere Gläser Champagner – genau das Richtige, um sich Mut anzutrinken.

Tammy sah ihn an. »Möchtest du etwas sagen? Du wirkst angespannt, seit du das Lokal betreten hast.«

»Das stimmt wohl.« Nick trank einen großen Schluck von seinem Glas. »Also, bei solchen Sachen bin ich ein Totalausfall, aber ich werde mein Bestes tun und versuchen, es dir zu erklären.«

»Nur zu«, ermunterte Tammy ihn.

»Die Sache ist, Tam, die letzten zwei Wochen waren großartig. Ich habe mich in deiner Gesellschaft wirklich sehr wohlgefühlt und so, aber, na ja ...«

»Was?« Tammy sah ihn erschreckt an. »Möchtest du mir sagen, dass du mich nicht mehr sehen willst?«

»Aber nein! Genau das Gegenteil. Wir haben uns so schnell so gut angefreundet, und ich glaube, ich mag dich wirklich sehr gern ... mehr als sehr gern, um genau zu sein, und ich habe mich gefragt ... Also, ich habe mich gefragt, ob das so weit ist, wie du zu gehen bereit bist.«

»Du meinst, ob ich möchte, dass wir ›bloß gute Freunde‹ bleiben?«, präzisierte sie.

»Genau.«

»Im Gegensatz zu was?«

»Anstatt, na ja, du weißt schon, weiter zu gehen.«

»Nick, versuchst du, mich zu fragen, ob ich dich daten will? Ich meine, ganz offiziell, so wie Teenager?«

Sie zog ihn auf, aber das war ihm gleichgültig. »Ja, das würde ich, sehr gern sogar.«

»Na«, sagte Tammy und spießte eine Pommes auf die Gabel. »Dann frag mich doch.«

»Also gut«, sagte Nick. Sein Herz klopfte zum Zerspringen. »Möchtest du mich daten?«

»Nein, eigentlich nicht.« Sie schüttelte heftig den Kopf.

»Ach.«

Tammy streckte die Hand nach seiner aus.

»Ich habe gesagt, das würden wir tun, wenn wir Teenager wären. Aber die sind wir nicht. Und wir daten uns seit zwei Wochen, wir sind sogar mitten in einem Date. Also, wie wär's, wenn wir uns unserem Alter entsprechend verhalten und nach diesen köstlichen Fish and Chips den Unsinn bleiben lassen und zu mir gehen?«

Erleichterung durchflutete ihn, er sah zu ihr. »Es gibt nichts, was ich lieber täte.«

Die Spätnachmittagssonne strömte durch das unverhängte Fenster in Tammys Schlafzimmer. Es gab den Blick frei auf eine hübsche Dachterrasse, die sie mit großen Topfpflanzen und einem Spalier, um das sich im Hochsommer eine Klematis rankte, vollgestellt hatte. Eine Pracht waren die Blumen nicht mehr, aber es gefiel ihr trotzdem, auf ihren kleinen Flecken Natur inmitten der

Großstadt hinauszuschauen. Das kleine Haus war ihre Zuflucht, und sie hatte es mit Schätzen von ihren Reisen rund um die Welt angefüllt.

Staubkörnchen tanzten in der Luft, und Tammy sah ihnen durch halb geschlossene Augen zu, während Nick ihren Rücken mit den Händen und Lippen liebkoste. Sie empfand reinsten Frieden, befriedigt nach zwei Stunden glückseligem Sex.

Normalerweise graute ihr vor dem ersten Mal mit einem neuen Liebhaber. Trotz der ganz besonderen Erregung, die nur die Berührung eines unbekannten Körpers mit sich brachte, ging das doch mit einer Anspannung einher, ob es ihm mit ihr und ihr mit ihm gefallen würde.

Aber mit Nick war es wunderbar gewesen.

Sein Körper, gebräunt von der australischen Sonne, war schön, kraftvoll und schlank mit genau der richtigen Menge an Muskelmasse dort, wo sie hingehörte. Und er hatte sie so sacht berührt, ohne jede Unbeholfenheit und ohne jedes Zögern, er hatte ihr so viele liebevolle Zärtlichkeiten ins Ohr geflüstert, dass sie dem Drängen ihres Körpers ohne Scheu und Verlegenheit nachgegeben hatte.

»Du bist einfach hinreißend«, murmelte Nick ihr in den Nacken. »Ich bete dich an.«

Sie drehte sich zu ihm und streichelte seine Wange. Er ergriff ihre Finger und küsste sie.

»Darf ich jetzt sagen, dass wir offiziell miteinander gehen?«, fragte er zärtlich.

»Nur weil ich mit dir schlafe, heißt das nicht, dass du mein Freund bist«, sagte sie mit einem Lachen.

»Himmel, wie sich die Zeiten ändern. Früher war es genau andersherum«, sagte er neckend.

»Ich würde wirklich gerne mit dir gehen«, sagte Tammy nickend. »Solange wir, zumindest im Moment, nicht nach draußen gehen müssen.«

»Ganz meiner Meinung. Wir gehen miteinander, und zwar so oft wie möglich, ins Bett.« Er wickelte sich eine Strähne ihres roten Haars um den Finger. »Übrigens, am Wochenende möchte ich meine Mum anrufen und ihr sagen, dass ich in London bin. Sie lebt in Suffolk, und wahrscheinlich fahre ich sie nächste Woche besuchen. Möchtest du nicht mitkommen?«, fragte er aus einem Impuls heraus.

»Ich würde deine Mutter wirklich gern kennenlernen, aber vielleicht solltest du sie erst einmal allein besuchen? Ihr habt bestimmt viel miteinander zu reden, und ich bin mir sicher, dass sie dich zumindest in den ersten Stunden für sich haben möchte.«

»Da hast du recht«, sagte Nick ein bisschen verlegen wegen seines Vorschlags.

»Hast du Geschwister?«

»Ja.« Nicks Miene verdüsterte sich. »Einen älteren Bruder, er heißt Sam. Aus verschiedenen Gründen ist er mir nicht der liebste Mitmensch, leider. Er bringt absolut nichts auf die Reihe, und ich habe keine Lust, mich mit ihm abzugeben.«

»Na ja, seine Familie kann man sich im Gegensatz zu seinen Freunden nicht aussuchen«, meinte Tammy.

»Genau. Aber reden wir nicht von Sam. Etwas ganz anderes – wohin sollen wir bei unserem ersten offiziellen Date gehen? Sofern du nichts anderes vorhast, natürlich.«

»Das wird leider der Bestellservice sein müssen. Ich muss für meinen Stand am Wochenende ein paar Kleider ausbessern. Himmel, ich kann es wirklich nicht erwarten, einen Laden zu finden und endlich eine Frau anzustellen, die mir hilft. Ich habe kistenweise Perlen, die wieder angenäht werden sollten.« Tammy deutete auf die Plastikboxen, die sich in dem Bereich stapelten, den sie als Ankleidezimmer verwendete. »Du meine Güte, es ist schon fast sechs. Es tut mir leid, mein Schatz, aber ich muss wirklich aufstehen und voranmachen.«

»In Ordnung. Soll ich lieber gehen?«

»Nein, gar nicht, solange du nichts dagegen hast, dich bei der Arbeit mit mir zu unterhalten und uns ein Curry zu holen.« Tammy lächelte.
»Überhaupt nicht.«
»Kannst du es vielleicht jetzt gleich holen? Ich bin am Verhungern.«
»Frau, du bist verfressen«, sagte Nick grinsend, während sie aufstand.

Als er das Curry holte, fühlte er sich unvermittelt euphorisch. An diesem Nachmittag hatte er seinen Entschluss getroffen. Er würde hierbleiben und sein Glück mit einem neuen Leben in London versuchen. Und mit Tammy.

Posy

Quendel-Ameisenbläuling
(Phengaris arion)

Admiral House

Dezember 1944

Es kränkte mich etwas, dass Maman nicht betrübter dreinsah, als ich an einem kalten Dezembermorgen auf den Pferdewagen kletterte. Obwohl es noch nicht einmal sieben Uhr in der Früh war, trug Maman schon eins ihrer schönen Kleider und hatte roten Lippenstift aufgelegt.

»Du siehst heute hübsch aus«, sagte sie, als sie in der Haustür erschien und die Treppe zu mir hinunterkam.

»Nun ja, es ist ja bald Weihnachten, *chérie*, und wir müssen uns alle nach Kräften bemühen«, meinte sie achselzuckend, als sie sich reckte, um mir einen Kuss auf die Wange zu geben. »Und sei schön brav bei deiner Großmutter, ja?«

»Ja. Frohe Weihnachten, Maman«, sagte ich, als Benson die Flanke des Ponys mit der Peitsche berührte. »Bis zum neuen Jahr«, fügte ich hinzu, und das Pony trabte die Auffahrt hinunter.

Aber Maman hatte schon kehrtgemacht und ging die Stufen zum Haus hinauf.

Weihnachten wurde nicht so trostlos, wie ich es mir vorgestellt hatte. Allein schon, weil es am Tag vor Heiligabend zu schneien begann. Da ich in der Nähe des Meeres wohnte, hatte es in meinem ganzen bisherigen Leben gerade einmal drei oder vier verschneite Tage gegeben, und die weiße Decke war mit dem einsetzenden Regen binnen Stunden verschwunden gewesen. Aber hier, am Rand des Bodmin Moor, fiel der Schnee in Puderzuckerklümpchen herunter und machte keine Anstalten, wieder zu schmelzen. Ich saß draußen auf dem Fenstersims, während innen die Flammen der Feuer und der Adventskerze flackerten. Bill, der junge Mann, der für Oma alle möglichen Handlangerdienste erledigte und das Holz zum Heizen ins Haus brachte, gab mir einen alten Schlitten, mit dem er früher im Winter selbst gefahren war. Ich folgte ihm durch den kniehohen Schnee, bis er auf einen Abhang deutete. Dort schlitterten kleine, bunt gekleidete Menschen auf allen möglichen rutschigen Unterlagen den Berg hinunter, von Backblechen bis hin zu alten Holzpaletten.

Er ging mit mir zum Fuß des Abhangs und stellte mich dort einem kleinen Wesen vor, dessen Gesicht unter einer rosafarbenen Wollmütze und einem Schal fast völlig verschwand; nur ein Paar leuchtend blauer Augen konnte ich sehen.

»Das ist meine Patentochter Katie«, sagte Bill. Sein starker kornischer Akzent erinnerte mich immer an die fette Sahne der Kühe, die hier und dort in der Landschaft herumstanden. »Sie passt auf dich auf.«

Und das tat sie auch. Obwohl Katie mir nur bis zur Schulter reichte, stellte sich heraus, dass sie genau in meinem Alter war und in dieser abgelegenen Gemeinde ein Persönchen, mit dem man rechnen musste. Wir stapften den Berg hinauf, und dabei winkte Katie ständig ihren Freunden und rief ihnen etwas zu.

»Das ist Boycee, der Sohn vom Metzger, und das ist Rosie, die Tochter vom Briefträger«, erzählte sie mir, als wir den schneebedeckten Gipfel erreichten. »Mein Pa ist der Melker.«

»Mein Daddy ... mein Pa ist Pilot«, sagte ich, als Katie mir zeigte, wie ich mich bäuchlings auf den Schlitten legen und mit meinen Händen im Schnee rudern musste, um mir Schwung für die Abfahrt zu holen.

»Und jetzt los!«, rief Katie, versetzte meinem Schlitten einen gewaltigen Tritt, und ich schlingerte mit einem Affentempo, schreiend wie ein Kleinkind, nach unten und genoss jede Sekunde.

An dem Tag zog ich meinen Schlitten unzählige Male den Berg hinauf und schoss wieder hinunter, und von all meinen Kindheitserinnerungen war das für mich immer das schönste Vergnügen, natürlich abgesehen von der Schmetterlingsjagd mit Daddy, aber daran konnte ich nicht mehr denken, ohne gleich weinen zu wollen. Die anderen Kinder nahmen mich freundlich auf, und nachdem ich die heiße Ovomaltine getrunken hatte, die eine der Mütter uns zum Aufwärmen gebracht und in Blechbecher eingeschenkt hatte, ging ich glücklich nach Hause mit dem Gefühl, viele neue Freunde gewonnen zu haben. Das wärmte mich innerlich genauso wie die Ovomaltine.

Dann war Heiligabend, und Bill und ich stiefelten durch den Schnee zu einem kleinen Nadelwald am Rand des Dorfs. Ich wählte einen kleinen Baum, der es an Pracht zwar nicht mit der deckenhohen Tanne aufnehmen konnte, die in Admiral House immer in der Halle stand, aber er sah mit Omas altem, etwas fleckigem Silberschmuck und den Kerzen, die flackernd auf den Zweigen standen, wirklich sehr hübsch aus.

Den ganzen Tag zog ein Strom von Dorfbewohnern durch Omas Haus, und jeder ließ sich einen frisch gebackenen Mince Pie schmecken. Daisy war schier überwältigt gewesen, als sie die sechs Gläser mit der süßen, würzigen Mince-Pie-Füllung auf dem obersten Regal der Speisekammer stehen sah. Lachend hatte Oma gemeint, das könne doch niemanden überraschen, schließlich würden Mince Pies nur an ein oder zwei Tagen im Jahr gegessen. Sie erklärte Daisy, ihre alte Köchin habe vor Kriegsbeginn eine derart große Menge hergestellt, dass sie damit die halbe Westfront versorgen könnten, und die Masse hielt sich ewig. Dann setzten Oma, ich und Daisy uns zu einem köstlichen Abendessen an den Tisch, bestehend aus Würstchen im Teigbett. Viele Würstchen gab es nicht, aber der knusprige goldgelbe Teig und die dickflüssige Bratensauce machten das mehr als wett. Mir kam es vor, als hätte dieses kleine Dorf am Rand des Moors seit Kriegsanfang besser gegessen als die Herzöge und Herzoginnen in London.

»Nur weil wir alle zusammenhalten«, erklärte Oma. »Ich habe meinen Gemüsegarten und die Hühner, und ich tausche meine Karotten und Eier gegen Milch und Fleisch. Wir hier unten sind ein Völkchen, das sich selbst versorgen kann. Das mussten wir auch immer, so abgeschieden, wie wir hier leben. Schaut nur hinaus.« Sie deutete auf die Schneeflocken, die draußen herunterwirbelten. »Morgen wird die Straße unpassierbar sein, aber in der Früh wird trotzdem frische Milch vor der Tür stehen. Jack hat es noch immer geschafft durchzukommen.«

Und tatsächlich, früh am Weihnachtstag holte Daisy die noch warme Milch ins Haus, die in einer kleinen Blechkanne vor die Tür gestellt worden war. In dieser Gemeinde kümmerten sich die Menschen umeinander, schließlich waren sie vom Rest der Welt abgeschnitten. Die nächste Stadt war Bodmin, immerhin fünfzehn Kilometer entfernt. Als ich auf die Schneeberge schaute, die der Himmel dort draußen auftürmte, dachte ich mir, dass es ebenso gut tausend Kilometer sein könnten. Ich fühlte mich in diesem weichen, sicheren Schneenest geborgen, und obwohl mir Maman und Daddy und Admiral House schrecklich fehlten, gefiel mir das Gefühl.

Wir öffneten voreinander die Geschenke, und ich freute mich riesig über das Buch mit botanischen Zeichnungen von Margaret Mee, eine Forscherin für Kew Gardens. Daddy hatte es mir in dem Weihnachtspaket geschickt, das ein paar Tage zuvor bei Oma eingetroffen war.

Weihnachten 1944
Für meine geliebte Posy. Verlebe frohe Feiertage bei Oma. Ich zähle die Tage, bis ich dich wiedersehe. Alles Liebe, Daddy

Also, dachte ich mir, zumindest weiß er, wo ich bin, und darüber freute ich mich genauso wie über das schöne Geschenk, das mich viele lange, verschneite Tage beschäftigen würde. Daisy hatte mir eine Wollmütze mit Ohrklappen gestrickt, die ich unter dem Kinn zusammenbinden konnte.

»Genau das Richtige zum Schlittenfahren!«, sagte ich und umarmte sie, und sie errötete vor Freude.

Granny schenkte mir eine Kassette in Leder gebundener Bücher von drei Frauen, die Anne, Emily und Charlotte Brontë hießen.

»Wahrscheinlich sind sie noch ein bisschen zu anspruchsvoll für dich, Posy, aber als junges Mädchen habe ich diese Geschichten geliebt«, sagte sie lächelnd.

Oma hatte Daisy gebeten, an diesem Weihnachtstag mittags mit uns zu essen, was ich höchst überraschend fand. Nie im Leben konnte ich mir vorstellen, dass Daisy in Admiral House mit am Tisch im Speisezimmer saß, aber Oma hatte darauf bestanden und gesagt, es wäre gar nicht richtig, wenn Daisy am heiligsten Tag des Jahres ganz allein in der Küche essen müsse. Dafür mochte ich Oma noch lieber – es ging ihr nicht darum, welchen Platz die Lotterie des Lebens einem Menschen zugeteilt hatte oder womit er seinen Unterhalt verdiente. Um ehrlich zu sein, gefiel mir Oma überhaupt immer besser.

Außerdem fiel mir auf, dass sie nach zwei Whiskys redseliger wurde. Als wir am Weihnachtsabend vor dem Kamin saßen, ich im Nachthemd vor dem Zubettgehen mit einem Becher heißen Kakao, erzählte sie mir, wie sie und mein Großvater sich kennengelernt hatten. Das war während etwas gewesen, das Oma »die Saison« nannte, als sie »debütiert« hatte; was das bedeutete, wusste ich zwar nicht, aber es hatte offenbar viel mit Festen und Bällen zu tun und mit etwas, das »Beau« hieß. Großvater war offenbar einer gewesen.

»Ich habe ihn beim allerersten Ball gesehen … aber er war ja auch nicht zu übersehen! Zwei Meter groß, und er hatte in Oxford gerade sein Studium abgeschlossen. Mit den großen braunen Augen, die sowohl du, Herzchen, als auch dein Vater geerbt haben, hätte er in der Saison jede junge Dame haben können, obwohl er im Gegensatz zu vielen anderen keinen Titel hatte. Seine Mutter war eine ›Hon‹ gewesen …« (Was immer das bedeuten mochte, dachte ich mir, aber unverkennbar etwas Gutes.) »Und so fand am Ende der Saison unsere Verlobung statt. Die Hochzeit bedeutete natürlich, dass ich mein geliebtes Zuhause in Cornwall verlassen und nach Suffolk ziehen musste, aber das machten junge Damen damals so. Sie folgten ihrem Ehemann.«

Oma trank wieder von ihrem Whisky, und ihr Blick wurde verträumt. »Ach, Herzchen, in den ersten zwei Jahren vor dem Großen Krieg waren wir so glücklich. Schließlich wurde ich schwanger mit deinem Vater, und alles war perfekt. Und dann …« Oma seufzte schwer. »Georgie meldete sich sofort bei Kriegsausbruch und wurde nach Frankreich in die Schützengräben geschickt. Er überlebte nicht einmal lange genug, um von der Geburt seines Sohnes zu erfahren.«

»Ach, Oma, wie schrecklich«, sagte ich, als sie sich die Augen mit einem Spitzentaschentuch abtupfte.

»Ja, das war es damals wirklich. Aber zu der Zeit haben so viele Frauen ihre Männer verloren, und da im Dorf einige von ihnen deswegen in richtige Not gerieten, empfand ich es als meine Pflicht, ihnen zu helfen. Und das sowie die Geburt deines geliebten Vaters half mir über die Monate und Jahre hinweg. Lawrence war ein sehr braves, liebes Kind – vielleicht etwas zu sanft für einen Jungen, wenn man ganz ehrlich sein will, aber natürlich sah ich ihm seine Liebe zur Natur nach, schließlich scheint er sie von mir zu haben. Seine Schmetterlinge hatten es ihm damals schon angetan, und er besaß auch eine ziemlich große Sammlung anderer Insekten. Deswegen gab ich ihm auch den Raum oben im Turm, ich wollte mir nicht vorstellen müssen, dass er mit seinen Gläsern voll Insekten und Spinnen in einem Zimmer schlief.« Oma schauderte leicht. »Da hätte ja jederzeit eins von diesen Krabbeltierchen entkommen können. Dein Vater ist ein kluger Mann, auch wenn sein Kopf von seinem Herzen geleitet wird. Aber so sanft er ist, wenn er sich einmal etwas in diesen Kopf gesetzt hat, können ihn keine zehn Pferde davon abbringen. All seine Lehrer meinten, bei seiner Intelligenz müsse er, wie sein Vater, Jura in Oxford studieren, doch davon wollte Lawrence nichts hören. Die Botanik war sein erklärtes Ziel, und die studierte er in Cambridge. Dann war er natürlich wild entschlossen, deine Mutter zu bekommen, obwohl ...«, Oma unterbrach sich abrupt und holte tief Luft, »... sie Französin war«, schloss sie, etwas lahm, fand ich.

»Ist es nicht gut, Französin zu sein?«, fragte ich.

»Doch, natürlich ist es gut«, sagte Oma rasch. »Sie mussten nur die Sprache des jeweils anderen lernen, sonst nichts. Und jetzt, schau mal, wie spät es schon ist! Nach neun Uhr, viel zu spät für ein kleines Mädchen. Ab ins Bett mit dir, junge Dame.«

Ich freute mich, dass der Schnee auch nach Weihnachten noch liegen blieb, denn so war ständig etwas los. Den ganzen Tag war ich mit den Kindern aus dem Dorf draußen unterwegs, wir fuhren Schlitten, lieferten uns Schneeballschlachten und wetteiferten, wer den schönsten Schneemann bauen konnte. Es gefiel mir, dass wir so nah am Dorf lebten, dass Katie mich oder ich sie besuchen konnte, denn Admiral House lag kilometerweit von jeder anderen Behausung entfernt, und nur Mabel hatte mich einmal besucht. Und obwohl Oma im herrschaftlichsten Haus im ganzen Dorf wohnte, behandelten mich die anderen Kinder nicht anders, sie zogen mich nur wegen meiner Aussprache auf, was ich ziemlich lustig fand, weil ich nur mit größter Mühe verstehen konnte, was sie sagten.

An Silvester ging das ganze Dorf in die Kirche, um an einem

Gedenkgottesdienst für all die Männer, die im Krieg gefallen waren, teilzunehmen. Es wurde viel geweint, und ich betete fest für Daddy, damit er gesund nach Hause kam (obwohl Oma sagte, der Krieg sei so gut wie gelaufen, was immer das hieß, und sie hoffe, jeden Tag von ihm zu hören). Nach dem Gottesdienst wurde im Saal nebenan viel getrunken. Katie bot mir heimlich etwas von dem Punsch an, den sie aus einer der großen Schüsseln stibitzt hatte. Ich probierte ihn und hätte mich beinahe übergeben, weil er roch und schmeckte wie Benzin vermischt mit fauligen Äpfeln und vergorenen Brombeeren. Dann holte jemand eine Fiedel, jemand anderes eine Flöte, und bald hopste und sprang und wirbelte das ganze Dorf einschließlich mir, Oma und Daisy (die mit Bill tanzte) durch den Saal. Es machte großen Spaß, obwohl ich nicht die geringste Ahnung hatte, was ich da machte.

Als ich abends im Bett lag, gelang es mir noch, obwohl ich von dem ganzen Tanzen und dem Heimweg durch den Schnee todmüde war, Maman und Daddy ein gutes neues Jahr zu wünschen.

»Alles Gute, und schlaft mit den Engeln«, wisperte ich, bevor ich glücklich einschlief.

Zwei Tage später, als der Schnee tagsüber allmählich zu Matsch wurde, nachts aber tückischerweise wieder gefror, bekam Oma ein Telegramm. Wir frühstückten gerade gemeinsam und überlegten, was Daisy abends zum Essen kochen sollte, als es an der Haustür klingelte. Daisy brachte das Telegramm, und Omas Gesicht wurde so weiß wie die Asche, die vom Vorabend noch im Kamin lag.

»Entschuldige, mein Schatz«, sagte sie, als sie aufstand und das Zimmer verließ. Sie kehrte nicht zurück, und nachdem ich mir nach dem Frühstück oben in meinem Zimmer Gesicht und Hände gewaschen hatte und wieder nach unten kam, sagte Daisy, Oma telefoniere im Bürozimmer und wolle nicht gestört werden.

»Ist alles in Ordnung, Daisy?«, fragte ich zögernd. Ich wusste ja genau, dass »alles« eindeutig nicht in Ordnung war.

»Doch, und jetzt schau, wer dich besuchen kommt!«, antwortete sie und deutete nach draußen, wo Katie auf einem Fahrrad vor der Haustür erschien. Als Daisy sie öffnete, zeigte sich Erleichterung auf ihrem Gesicht. »Guten Morgen, Katie. Das ist ja ein flottes Fahrrad.«

»Das habe ich vom Weihnachtsmann bekommen, aber ich habe nicht fahren können, solange der ganze Schnee dalag. Posy, drehst du eine Runde mit mir? Ich lass dich auch mal fahren. Und Mam hat gesagt, dass du zum Mittagessen zu uns kommen sollst.«

Katie war unglaublich stolz auf ihr Fahrrad, aber ich sah, dass es überhaupt nicht neu war; die Schutzbleche hatten Rostflecken, und der Korb war gebraucht und hing völlig schief am Lenker. Ich dachte an mein glänzendes rotes Fahrrad, das in Admiral House in der Scheune stand, und das ließ mich an Daddy denken und daran, wie entsetzlich blass Omas Gesicht geworden war, als sie das Telegramm gelesen hatte. Ich drehte mich zu Daisy.

»Bist du dir sicher, dass alles in Ordnung ist?«

»Ja, Posy, und jetzt geh mit deiner Freundin schön spielen, ich sehe dich später wieder.«

So viel Spaß es mir auch machte, wieder Fahrrad zu fahren, und obwohl es mir gefiel, mit Katies drei Geschwistern an dem großen Tisch zu sitzen und die Pastete mit Fleisch und Kartoffeln zu essen, hatte ich doch den ganzen Tag einen Knoten im Bauch.

Es wurde schon dunkel, als ich nach Hause kam. Im Wohnzimmer brannte Licht, nicht aber das Feuer im Kamin, das sonst um diese Tageszeit immer munter prasselte.

»Guten Abend, Posy«, begrüßte Daisy mich an der Tür. Ihr Gesicht war so finster wie die Dunkelheit, durch die ich gegangen war. »Du hast Besuch bekommen.«

»Wen denn?«

»Deine Mutter ist hier«, sagte sie. Unterdessen half sie mir aus dem Mantel und löste die Bänder der Mütze, die sie mir zu Weihnachten gestrickt hatte. Ihre Hände zitterten.

»Maman? Sie ist hier?!«

»Ja, Posy. So, und jetzt geh dir Gesicht und Hände waschen und bürste dir die Haare, dann komm wieder runter, und ich bringe dich ins Wohnzimmer.«

Auf dem Weg die Treppe hinauf in mein Zimmer fühlten sich meine Beine an wie schmelzendes Eis, das unter mir nachgab. Und während ich mir vor dem Spiegel das Haar neu flocht, hörte ich von unten aus dem Wohnzimmer erhobene Stimmen. Dann weinte meine Mutter.

Und ich wusste, ich wusste genau, was sie mir sagen würden.

»Posy, mein Schatz, komm herein.«

Meine Großmutter führte mich durch die Tür und legte mir sacht eine Hand auf die Schulter, um mich zu dem Ohrensessel neben dem Kamin zu bringen, wo meine Mutter saß.

»Ich lasse euch eine Weile allein«, sagte Oma, als ich auf Maman hinuntersah und sie aus tränenüberströmten Augen zu mir hinaufblickte. Am liebsten hätte ich Oma gebeten zu bleiben – ihre Gegenwart hatte etwas Tröstliches, das Maman mir nicht geben konnte, das wusste ich, aber sie schloss schon wieder die Tür hinter sich.

»Posy, ich ...«, sagte Maman, dann erstarb ihre Stimme, und sie fing wieder zu weinen an.

»Es ist Daddy, stimmt's?«, brachte ich im Flüsterton hervor. Ich wusste, dass es stimmte, und hoffte gleichzeitig, dass es nicht so war.

»Ja«, antwortete sie.

Und mit dem einen Wort zerbrach die Welt, die ich gekannt hatte, in Millionen winziger Splitter.

Bombenangriff ... Daddys Flugzeug getroffen ... Flammen ... keine Überlebenden ... Held ...

Die Wörter wirbelten mir durch den Kopf, immer und immer

wieder, bis ich sie mir am liebsten zu den Ohren herausgezogen hätte, um sie nicht mehr hören zu müssen. Oder verstehen zu müssen, was sie bedeuteten. Maman wollte mich umarmen, aber ich wollte von niemandem umarmt werden, außer von dem einen Menschen, der mich jetzt nie wieder umarmen würde. Also lief ich in mein Zimmer hinauf, und da konnte ich nur meine Arme um mich selbst schlingen. Jeder Muskel meines Körpers tat weh vor Kummer und Grauen. Warum er und warum jetzt, fragte ich, wo doch jeder gesagt hatte, der Krieg sei fast vorüber? Warum war Gott – wenn es ihn überhaupt gab – so grausam gewesen, Daddy ganz am Ende zu holen, wo er doch so lange überlebt hatte? Ich hatte im Radio in letzter Zeit von keinen Bombenangriffen mehr gehört, nur dass die Deutschen in Frankreich auf dem Rückzug waren und nicht mehr lange durchhalten würden.

Ich kannte keine Worte, um zu beschreiben, was ich empfand – vielleicht gab es auch keine –, und so wimmerte ich stattdessen wie ein verwundetes Tier, bis mir jemand sanft eine Hand auf die Schulter legte.

»Posy, mein Herz, es tut mir so, so leid. Für dich, für mich, für Lawrence und natürlich auch«, fügte meine Großmutter nach einer kurzen Pause hinzu, »für deine Mutter.«

Ich öffnete den Mund, um etwas zu sagen, denn auch jetzt, in diesem furchtbaren Moment, war ich dazu erzogen worden, höflich zu antworten, wenn ein Erwachsener mich ansprach. Doch ich brachte kein Wort heraus. Oma schloss mich in die Arme, und dann weinte ich an ihrer tröstlichen Brust noch mehr.

»Ach, mein Schatz, mein armer Schatz«, tröstete sie mich, und schließlich muss ich eingedöst sein. Vielleicht bildete ich es mir nur ein, aber ich war mir fast sicher, dass ich leises Schluchzen hörte, das, da ich noch im Halbschlaf war, nur von meiner Oma stammen konnte.

Mein lieber, liebster Junge … wie sehr musst du gelitten haben.

Und das nach allem, was du durchgemacht hast ... Ich verstehe dich, mein Liebling, ich verstehe dich ...

Dann muss ich richtig eingeschlafen sein, denn als ich das nächste Mal aufwachte, sah ich draußen das trübe graue Licht eines neuen Tages. Nur wenige Sekunden später erinnerte ich mich an das Entsetzliche, das passiert war, und schon liefen mir wieder Tränen über die Wangen.

Wenig später kam Daisy mit einem Tablett in mein Zimmer und stellte es aufs Bett. Und wie Oma umarmte sie mich.

»Du armes kleines Ding«, murmelte sie. »Schau mal, ich habe dir ein gekochtes Ei gebracht und gebutterte Brotstreifen zum Hineintauchen. Dann geht's dir gleich ein bisschen besser, oder?«

Gerade wollte ich erwidern, dass es mir durch nichts, überhaupt gar nichts je wieder besser gehen würde, aber dann öffnete ich automatisch den Mund, als Daisy mich wie damals als Kleinkind mit in Ei getunkte Brotstreifen fütterte.

»Ist Maman schon wach?«, fragte ich.

»Ja, sie macht sich fertig für die Abreise.«

»Fahren wir heute nach Admiral House zurück? Dann muss ich ja packen!« Ich schob die Zudecke zurück und sprang aus dem Bett.

»Zieh dich erst an, Posy. Deine Mum möchte dich unten sehen.«

Maman saß im Wohnzimmer vor dem brennenden Kamin. Ihre zarte Haut war so weiß wie der schmelzende Schnee vor dem Fenster, und ihre Hand zitterte, als sie sich eine Zigarette anzündete.

»*Bonjour*, Posy. Wie hast du geschlafen?«

»Besser, als ich gedacht habe«, antwortete ich wahrheitsgemäß, als ich vor ihr stand.

»Nimm Platz, *chérie*. Ich möchte mit dir sprechen.«

Ich setzte mich und tröstete mich mit dem Gedanken, dass

sie mir nichts sagen könnte, was schlimmer wäre als die gestrige Nachricht.

»Posy, ich ...«

Sie knetete die Hände, während ich wartete zu hören, was sie mir sagen wollte.

»... es tut mir unendlich leid, was passiert ist.«

»Es ist nicht deine Schuld, dass Daddy tot ist, Maman.«

»Nein, aber ... das hast du nicht verdient. Und jetzt ...«

Wieder hielt sie inne, als fehlten auch ihr die Worte. Ihre Stimme klang heiser und war kaum zu verstehen. Als sich ihr Blick auf mich richtete, konnte ich den Ausdruck in ihren Augen nicht ganz deuten, aber was immer es war, Maman war der Inbegriff des Kummers.

»Posy, Oma und ich haben uns darüber unterhalten, was für dich das Beste wäre. Und wir finden, dass du, zumindest fürs Erste, hierbleiben solltest.«

»Ach. Wie lange?«

»Das weiß ich nicht. Ich muss mich ... um viele Dinge kümmern.«

»Was ist mit Daddys ...« Ich schluckte schwer und nahm allen Mut zusammen, um das Wort auszusprechen: »Beerdigung?«

»Ich ...« Maman wandte den Blick ins Feuer und schluckte ebenfalls schwer. »Oma und ich haben beschlossen, dass es besser wäre, in ein paar Wochen eine Gedenkfeier abzuhalten. Sie müssen ... sie müssen erst seine ... ihn aus Frankreich zurückbringen, verstehst du?«

»Ja«, flüsterte ich und blinzelte heftig. Da wurde mir klar, dass ich Mamans wegen stark sein musste. Das »große, tapfere Mädchen«, wie Daddy mich genannt hatte, als ich im Garten meinen Finger an einem Dorn aufgerissen hatte oder von der Schaukel gefallen war, die er mir gebaut hatte. Maman war innerlich genauso wund wie ich. »Wie lange? Nächste Woche fängt die Schule wieder an.«

»Oma sagt, dass du dich hier im Dorf schon mit vielen Kindern angefreundet hast, also haben wir uns überlegt, dass du fürs Erste hier zur Schule gehen könntest.«

»Das könnte ich schon, aber wie lange?«, wiederholte ich.

»Ach, Posy«, sagte Maman und seufzte. »Das weiß ich nicht. Ich muss mich um unglaublich viele Dinge kümmern und Entscheidungen treffen. Und solange ich damit beschäftigt bin, kann ich dir nicht die nötige Aufmerksamkeit schenken. Hier hast du Oma und Daisy ganz für dich.«

»Daisy bleibt auch hier?«

»Ich habe sie gefragt, und sie hat nichts dagegen. Wie ich höre, bist du nicht die Einzige, die im Dorf neue Freunde gefunden hat.« Zum ersten Mal lächelte Maman schwach, und ihre Wangen bekamen ein wenig Farbe; sie erinnerte mich an den hellgrauen Schimmer des Teigs, den Daisy mit Schmalz zubereitete. »Also, Posy, was meinst du? Ist das ein guter Plan?«

Während ich überlegte, rieb ich mir die Nase. Und fragte mich, was ich nach Daddys Ansicht sagen sollte.

»Du wirst mir schrecklich fehlen, Maman, und Admiral House auch, aber wenn es für dich alles einfacher macht, bleibe ich hier.«

Ein wenig Erleichterung zog über ihr Gesicht, und ich wusste, dass ich die richtige Antwort gegeben hatte. Vielleicht hatte sie erwartet, dass ich schreien und weinen und betteln würde, mit ihr nach Hause fahren zu dürfen. Und ein Teil von mir wollte das auch – »nach Hause« fahren, wo alles seinem üblichen Gang folgte. Dann wurde mir klar, dass nichts mehr so sein würde, wie es gewesen war, also tat es nichts zur Sache.

»Komm her, *chérie*.« Maman breitete die Arme aus, und ich ging zu ihr. Ich schloss die Augen und atmete den vertrauten Moschusduft ihres Parfüms ein.

»Ich verspreche dir, dass das für dich im Moment das Beste ist«, flüsterte sie. »Natürlich schreibe ich dir, und sobald ich alles erledigt habe, komme ich dich holen.«

»Versprochen?«

»Versprochen.« Sie löste die Umarmung, ihre Hände fielen herab. Sie sah aus ihrem Sessel zu mir auf und strich mir sacht über die Wange. »Du bist deinem Papa so ähnlich, *chérie*: tapfer und bestimmt, und du hast ein Herz, das bedingungslos liebt. Achte darauf, dass es dich nicht eines Tages zerstört, ja?«

»Nein, Maman, weshalb auch? Lieben ist doch etwas Schönes, oder nicht?«

»*Oui*, natürlich.« Sie nickte, dann stand sie auf, und ich sah die Verzweiflung in ihren Augen. »So, und jetzt muss ich alles für die Abfahrt herrichten. Ich muss nach London und mit dem Anwalt deines Vaters sprechen. Es gibt viel zu organisieren. Ich komme noch mal, um mich zu verabschieden, wenn ich gepackt habe.«

»Ja, Maman.«

Ich sah sie den Raum verlassen, dann gaben meine Beine unter mir nach, ich fiel in den Sessel, auf dem sie gesessen hatte, und weinte lautlos in die Lehne.

August 1949

»Also, Posy, deine Mutter und ich haben uns am Telefon beratschlagt, ich habe ihr nämlich einen Vorschlag gemacht.«

»Ach. Zieht sie wieder nach Admiral House und möchte, dass ich auch komme?«

»Nein, mein liebes Kind, wir haben uns doch darüber unterhalten, dass es für dich und sie allein viel zu groß ist. Eines Tages vielleicht, wenn du geheiratet hast, kannst du dorthin zurückkehren und es mit einer großen, fröhlichen Familie wieder mit Leben füllen, wie das Haus es verdient. Da dein Vater ... nicht mehr ist, gehört es schließlich dir.«

»Also ich wünschte mir, ich könnte morgen wieder dort wohnen, aber natürlich mit dir, liebste Oma.«

»Wenn du volljährig bist und das Haus und den Nachlass offiziell erbst, dann kannst du die Entscheidung treffen. Aber im Moment ist es vernünftiger, wenn das Haus geschlossen bleibt. Wie du früher oder später sicher feststellen wirst, verschlingen die laufenden Kosten Unsummen. So, ich wollte dir aber von meiner Idee erzählen. Ich glaube, es wäre gut, wenn wir uns überlegen, dich auf ein Internat zu schicken.«

»Was?! Ich soll dich und meine ganzen Freundinnen hier verlassen? Das kommt nicht infrage!«

»Posy, bitte beruhige dich und lass mich ausreden. Ich kann verstehen, dass du nicht von uns fortgehen möchtest, aber du brauchst eine viel bessere Ausbildung, als die Dorfschule dir geben kann, das lässt sich nicht mehr leugnen. Miss Brennan ist eigens zu mir gekommen, um mir das zu sagen. Sie muss dir Aufgaben von einem viel höheren Niveau als den anderen Schülern stellen und hat mir gestanden, dass du allmählich ihren eigenen Wissensstand überflügelst. Sie ist auch der Meinung, dass du eine Schule besuchen solltest, die dir die umfassende Ausbildung gibt, die deiner akademischen Begabung angemessen ist.«

»Aber ...« Ich merkte selbst, dass ich mich wie ein bockiges Kleinkind benahm, aber ich konnte nicht anders. »Ich bin glücklich hier und in der Schule, Oma. Ich will nicht weg, wirklich nicht.«

»Das kann ich verstehen, mein Schatz, aber wenn dein Vater noch lebte, würde er bestimmt dasselbe sagen.«

»Wirklich?« Nach fünf Jahren schmerzte es mich immer noch unerträglich, von ihm zu reden.

»Ja. Und in ein paar Jahren möchtest du vielleicht einen Beruf ergreifen wie so viele Frauen heutzutage.«

»Darüber habe ich mir noch keine Gedanken gemacht«, räumte ich ein.

»Nein, und weshalb auch? Genau dafür bin ich – und natürlich deine Mutter – da: um an deine Zukunft zu denken. Und Himmel, Posy, hätte ich in einer Zeit gelebt, in der Frauen eine Ausbildung bekommen und vielleicht sogar studieren konnten, hätte ich die Möglichkeit beim Schopf gepackt. Weißt du, dass ich, bevor ich deinem Großvater begegnete, eine Suffragette war? Ein zahlendes Vollmitglied der WSPU, der Frauenorganisation, und eine überzeugte Anhängerin der lieben Mrs. Pankhurst? Ich habe mich ans Geländer ketten lassen und für das Frauenwahlrecht gekämpft.«

»Du liebes bisschen, Oma! Wirklich?«

»Aber ja! Doch dann habe ich mich verliebt, wir haben uns verlobt, und damit musste das ein Ende haben. Aber zumindest habe ich das Gefühl, dass ich einen Beitrag geleistet habe, und jetzt ändern sich zum Glück die Zeiten – auch dank dessen, was Mrs. Pankhurst und meine anderen tapferen Mitstreiterinnen damals gemacht haben.«

Ich sah Oma mit neuen Augen und erkannte plötzlich, dass auch sie einmal jung gewesen war.

»Also, Posy, die Schule, die ich im Blick habe, ist in Devon, nicht allzu weit entfernt. Sie hat einen sehr guten Ruf, insbesondere in den Naturwissenschaften, und jedes Jahr schaffen mehrere Schülerinnen den Sprung von dort auf die Universität. Ich habe mit der Direktorin gesprochen, und sie freut sich sehr, dich kennenzulernen. Ich finde, wir sollten uns das nächste Woche einmal ansehen.«

»Und wenn es mir nicht gefällt?«

»Warten wir ab, wie du es dort findest, junge Dame. Wie du weißt, halte ich nichts davon, etwas abzulehnen, bevor man es überhaupt gesehen hat. Übrigens, in deinem Zimmer liegt für dich ein Brief von deiner Mutter.«

»Ach. Ist sie immer noch in Italien?«

»Ja.«

»Ich dachte, sie wollte dort nur Urlaub machen, aber das ist jetzt schon ein Jahr her. Ein ziemlich langer Urlaub, wenn du mich fragst«, brummelte ich.

»Genug von deiner vorlauten Art, mein Fräulein. Jetzt geh dich bitte frisch machen. In zehn Minuten steht das Essen auf dem Tisch.«

Ich ging in mein Zimmer hinauf, das nicht mehr so provisorisch war wie bei meiner Ankunft. In der Zwischenzeit hatten sich die ganzen Gegenstände meines Lebens der vergangenen fünf Jahre dort angesammelt. Das Zimmer – und ich – hatten uns der Situation angepasst, gezwungenermaßen, als mir nach zwei langen Jahren des Wartens klar wurde, dass Maman mich doch nicht zu sich holen würde, zumindest nicht in näherer Zukunft. Nach Daddys Tod war sie wieder nach Paris gegangen – der Krieg war zu Ende, und viele ihrer Freunde kehrten zurück, wie sie mir auf einer der Postkarten berichtete, die sie mir bisweilen schickte. Ich hingegen schrieb ihr in den ersten beiden Jahren regelmäßig jede Woche, immer am Sonntagnachmittag vor dem Tee. Und jedes Mal stellte ich ihr dieselben zwei Fragen: Wann sie mich holen kommen würde und wann die Gedenkfeier für Daddy stattfinden würde. Die Antwort lautete unweigerlich: »*Bald, chérie, bald. Bitte versuch zu verstehen, dass ich es noch nicht schaffe, wieder nach Admiral House zu kommen. Jeder Raum ist voll Erinnerungen an deinen Papa ...*«

Schließlich hatte ich mich damit abgefunden, dass mein Leben vorläufig hier in dieser kleinen Gemeinschaft stattfinden würde, wo man physisch und mental vom Rest der Welt abgeschnitten war. Selbst Omas kostbares Radio – das sie jeden Tag, den Gott gab, wegen der Kriegsnachrichten gehört hatte – war offenbar gleich nach Daddys Tod kaputtgegangen. Als der Sieg in Europa verkündet wurde, hatte es sich wundersamerweise für eine Stunde wieder aufgerappelt, und ich hatte Oma und Daisy umarmt, und wir hatten im Wohnzimmer zu dritt einen kleinen Freudentanz aufgeführt. Irgendwann fragte ich, weshalb wir eigentlich feierten, wo doch der Mensch, den wir am meisten liebten, nie zu uns zurückkehren würde, wie es bei einigen anderen Vätern und Söhnen im Dorf der Fall war.

»Wir müssen die Großmut aufbringen, uns für sie zu freuen, Posy, auch wenn der Mensch, den wir liebten, nicht mehr bei uns ist«, hatte Oma gesagt.

Vielleicht war ich ein schlechter Mensch, aber als sich das Dorf zu einer Feier des Siegs im Gemeindesaal versammelte, empfand ich nichts als ein hohles, taubes Gefühl.

Nach Kriegsende änderte sich wenig, obwohl Oma plötzlich regelmäßig nach London fuhr und erklärte, es gäbe viel »Bürokratisches«, um das sie sich kümmern müsse. Das musste sehr anstrengend sein, denn wenn sie von einer solchen Fahrt nach Hause kam, sah sie immer schrecklich grau und erschöpft aus. Besonders schlimm war es, als sie von ihrem letzten Londonbesuch heimkehrte. Anstatt wie sonst gleich zu mir zu kommen und mir ein kleines Mitbringsel zu geben, verschwand sie sofort in ihrem Zimmer, das sie drei Tage lang nicht verließ. Als ich zu ihr gehen wollte, sagte Daisy, sie habe sich stark erkältet und wolle nicht, dass ich mich anstecke.

Da beschloss ich, dass ich, sollte ich je Kinder haben, sie immer zu mir vorlassen würde, selbst wenn ich an etwas entsetzlich Ansteckendem wie Cholera litt. Geliebte Erwachsene, die sich hinter einer Tür verbarrikadieren, haben für Kinder etwas sehr Beängstigendes. Und im Lauf meiner Kindheit erlebte ich ziemlich viel davon.

Schließlich tauchte Oma wieder auf, und es gelang mir nur mit Mühe, nicht vor Schreck aufzuschreien, so viel hatte sie abgenommen. Sie sah aus, als habe sie tatsächlich Cholera gehabt. Ihre Haut war wächsern, und ihre Augen hatten sich tief in die Höhlen zurückgezogen. Sie wirkte sehr alt und war gar nicht lebhaft wie doch sonst immer.

»Posy, mein Schatz«, sagte sie, als wir vor dem Feuer im

Wohnzimmer gemeinsam eine Tasse Tee tranken. Sie zwang sich zu einem Lächeln, das nicht ihre Augen erreichte. »Entschuldige, dass ich in den letzten Monaten so oft nicht hier war. Du wirst dich freuen zu hören, dass das nicht mehr vorkommen wird. Alles ist abgeschlossen, ich brauche jetzt nicht mehr nach London zu fahren – und hoffentlich überhaupt nie wieder. Ich kann diese gottlose Stadt nicht leiden, was meinst du?« Sie schauderte leicht.

»Ich bin nie dort gewesen, Oma, darum weiß ich es nicht.«

»Nein, obwohl du sie eines Tages bestimmt besuchen wirst, also darf ich sie dir nicht schlechtreden. Aber für mich birgt sie keine schönen Erinnerungen ...«

Ihr Blick aus den eingesunkenen Augen wanderte von mir fort und kehrte dann mit gespielter Munterkeit, wie ich meinte, zu mir zurück.

»Wie auch immer, vorbei und vergessen. Und jetzt ist es Zeit, in die Zukunft zu blicken. Posy, demnächst kommt für dich eine Überraschung hier an.«

»Wirklich? Wie schön«, sagte ich, unsicher, wie ich auf diese neue, andere Oma reagieren sollte. »Danke.«

»Ich möchte dir nicht die Vorfreude verderben und schon verraten, was es ist, aber ich dachte, dass du zur Erinnerung an deinen Vater etwas von ihm haben solltest. Etwas ... Praktisches. Würdest du bitte noch etwas Holz aufs Feuer nachlegen? Diese Kälte kriecht mir in die Knochen.«

Das tat ich, und dann unterhielten wir uns darüber, was ich in ihrer Abwesenheit alles gemacht hatte – wenig genug, obwohl ich ihr hätte erzählen können, dass Daisy Bill öfter in der Küche empfangen hatte, als ich für notwendig hielt –, bis Oma sagte, sie sei müde und wolle sich eine Weile hinlegen.

»Aber komm erst her und nimm deine Oma in den Arm.«

Und obwohl sie so gebrechlich aussah, umfing sie mich mit ihren Armen so fest, als wollte sie mich nie mehr loslassen.

»Und jetzt«, sagte sie, als sie aufstand, »vorwärts in die Zukunft, Posy. Sonst geht das Leben nicht weiter.«

Drei Tage später fuhr ein kleiner Lieferwagen vors Haus. Ich ging in die Halle und sah einen kräftigen Mann schwere Kartons ins Bürozimmer schleppen. Oma erschien neben mir, ich schaute fragend zu ihr auf, und sie legte mir eine Hand auf die Schulter.

»Die sind alle für dich, mein Herz. Schau dir an, was drin ist, und dann kannst du sie nach Belieben ins Bücherregal stellen. Ich habe genügend Platz gemacht.«

Ich ging ins Bürozimmer und riss das dicke Klebeband von einem der Kartons. Und darin lagen einige Bände meiner geliebten Encyclopaedia Britannica in ihrem weichen braunen Ledereinband.

»Damit dir an dunklen kornischen Abenden nicht langweilig wird«, sagte Oma, als ich einen herausnahm und mir auf den Schoß legte. »Ich habe sie für deinen Vater gekauft, immer einen zu Weihnachten und einen zum Geburtstag. Er hätte sich gewünscht, dass du sie bekommst.«

»Danke, Oma, tausend Dank«, sagte ich. Als ich mit der Hand über den Einband fuhr, traten mir Tränen in die Augen. »Das ist das Allerschönste, was ich zur Erinnerung an ihn bekommen könnte.«

In den nächsten Monaten kehrte Oma langsam wieder zu ihrer früheren Munterkeit zurück. Auch wenn ich oft Trauer in ihren Augen bemerkte, war ich froh, dass sie wieder im Haus herumhantierte und, als allmählich der Vorfrühling Einzug hielt, ihre Energie auf den großen Garten hinter dem Haus verwandte, der sehr schnell aus seinem Winterschlaf erwachte. Wenn ich nicht in der Schule oder mit meinen Freundinnen im Moor unterwegs war, half ich ihr dabei. Beim Arbeiten lehrte sie mich die verschiedenen Pflanzen unterscheiden, die wir gerade einsetzten oder versorgten. Im alten, von Flechten überzogenen Gewächshaus zeigte sie mir, wie man Keimlinge aus Samen zieht und pikiert. Sie schenkte mir sogar mein eigenes Gartenwerkzeug, zusammengepackt in einem kräftigen Weidenkorb.

»Wenn ich traurig bin«, sagte sie, als sie ihn mir gab, »grabe ich in der fruchtbaren Erde und denke an die Wunder, die sie hervorbringt. Das hilft mir über jeden Kummer hinweg. Ich hoffe, dass es dir genauso ergeht.«

Und zu meiner Überraschung ging es mir wirklich ähnlich. Ich verbrachte immer mehr Zeit damit, in der Erde zu wühlen oder mich in Omas Gartenbücher und -zeitschriften zu vertiefen. Daisy nahm mich in der Küche unter ihre Fittiche, und viele glückliche Stunden lang rollte ich Teig aus und backte. Außerdem verfertigte ich, wie Daddy mich gebeten hatte, immer noch botanische Zeichnungen.

Eines Nachmittags Ende März lud Oma den Pfarrer zum Tee ein, um die jährliche Ostereiersuche zu organisieren (sie fand immer bei uns im Garten statt, weil wir den ausgedehntesten im Dorf hatten). Unwillentlich empfand ich einen gewissen Stolz, als am großen Tag alle, die daran teilnahmen, bemerkten, wie gepflegt und hübsch der Garten aussah.

Etwa zu der Zeit kamen auch die ersten Postkarten von Maman aus Paris. Offenbar hatte sie wieder zu singen begonnen. Sehr viel mehr konnte sie auf einer Karte nicht schreiben, aber sie klang glücklich. Ich versuchte, mich darüber zu freuen, aber dadurch, dass die innere Posy so hohl war wie eine leere Kokosnuss (auch wenn die äußere Posy tat, als wäre sie genau wie früher), war es mir einfach nicht möglich. Oma sprach immer wieder von Großmut, aber die konnte ich für meine Mutter nicht aufbringen, und so kam ich zu dem Schluss, dass ich ein abscheulicher Mensch sein musste. Denn in Wahrheit wollte ich, dass es ihr genauso schlecht ging wie mir. Sie durfte auch nicht »glücklich« sein, wenn doch der Mensch, den wir beide am meisten geliebt hatten, nicht mehr da war.

Schließlich vertraute ich mich Katie an. Sie war zwar nie über

Bodmin hinausgekommen (wo sie einmal zur Beerdigung einer Großtante gewesen war) und hoffnungslos in der Schule, aber sie besaß jede Menge gesunden Menschenverstand.

»Na ja, vielleicht tut deine Ma ja auch nur so, als wäre sie glücklich, genau wie du, Posy. Hast du dir das schon mal überlegt?«, fragte sie.

Und mit diesem einen Satz wurde alles einfacher für mich. Maman und ich spielten beide den anderen nur etwas vor und taten, als ob: Sie stürzte sich in ihr Singen, so wie ich mich aufs Lernen stürzte und auf das Beet, das Oma mir kürzlich überlassen hatte und wo ich pflanzen konnte, was ich wollte. Wir taten beide unser Bestes, das zu vergessen, woran wir uns ständig schmerzhaft erinnerten. Ich dachte auch an Oma, die sich ebenfalls bemühte, wieder zur Normalität zurückzukehren. Daddys Tod schmerzte sie immer noch, das wusste ich nur, weil ich manchmal Trauer in ihren Augen sah. Mamans Augen konnte ich nicht sehen, und schließlich würde Oma, wenn sie mir Postkarten aus einem fremden Land schickte, ganz bestimmt auch nur Zuversichtliches schreiben.

In den vergangenen zwei Jahren waren die Postkarten immer seltener geworden, und schließlich, vor einem Jahr, hatte ich eine aus Rom bekommen, darauf ein Bild vom Kolosseum, auf der sie schrieb, sie mache eine »*petite vacance*«.

»Eher eine *grande vacance*«, beschwerte ich mich bei meinem Spiegelbild, während ich mein widerspenstiges Haar in einem Zopf zu bändigen versuchte. Ich bemühte mich, nicht gekränkt zu sein, dass sie mich seit der Nachricht von Daddys Tod kein einziges Mal besucht hatte, aber manchmal konnte ich nicht anders, es tat mir einfach weh. Schließlich war sie meine Mutter, und fünf Jahre waren eine lange Zeit.

»Zumindest hast du deine Oma«, sagte ich zu meinem Spiegelbild. »Sie ist jetzt deine Mutter.«

Und als ich nach unten ging, um mich zu ihr an den Tisch zu

setzen und über das Internat zu sprechen, das sie erwähnt hatte, wurde mir klar, dass es stimmte.

»Gut, das wär's«, befand Daisy und schloss den Deckel des glänzenden großen Lederkoffers, den Oma mitsamt der flaschengrünen Schuluniform aus London hatte schicken lassen. Ich persönlich fand sie ausgesprochen hässlich, aber das war vermutlich Absicht. Außerdem war sie ohne Anprobe bestellt worden, sodass ich in jedem Stück ertrank.

»Der ist auf Zuwachs gekauft, Posy«, sagte Oma, als ich vor dem Spiegel in einem Blazer dastand, dessen Ärmel mir zu den Fingerspitzen reichten und der in den Schultern so weit war, dass Katie und ich zusammen hineinpassen würden. »Deine Eltern waren und sind beide groß gewachsen, und du wirst in den nächsten Monaten zweifellos in die Höhe schießen. Bis es so weit ist, heftet Daisy dir den Rock und die Ärmel hoch, dann kannst du sie bei Bedarf jederzeit auslassen.«

Daisy wuselte um mich herum, steckte die Ärmel und den Saum des Kilts hoch, der im Moment noch auf die festen schwarzen Lederschnürschuhe fiel. Ich kam mir vor, als trüge ich Boote an den Füßen, und genauso sahen sie auch aus. Allerdings fiel Daisy das »Herumwuseln« ziemlich schwer, weil sie einen dicken Bauch hatte und das Kind jeden Tag kommen sollte. Ich wollte es unbedingt sehen, bevor ich ins Internat fuhr, aber das wurde zunehmend unwahrscheinlicher.

Von uns dreien war Daisy diejenige, die im kornischen Moor wirkliches Glück gefunden hatte. Sie und Bill, Omas Mann für alles, hatten vor zwei Jahren geheiratet, und das gesamte Dorf hatte an der Hochzeit teilgenommen, wie es bei jedem Fest – und jeder Trauerfeier – der Fall war. Jetzt lebten die beiden in dem gemütlichen Gärtnerhäuschen, das zum Anwesen gehörte. Das blasse, mondgesichtige Mädchen, das ich in Admiral House gekannt hatte, war zu einer hübschen jungen Frau herangewachsen. *Offenbar stimmt es, dass man durch wahre Liebe schön wird*, dachte ich, als ich mich in meiner grünen Uniform im Spiegel betrachtete, und wünschte, ich würde auch eine finden.

Bei unserem letzten gemeinsamen Essen an einem warmen Abend Ende August, an dem wir draußen sitzen konnten, fragte ich Oma, ob sie ohne mich auch zurechtkommen würde.

»Ich meine, wo jetzt Daisy ihr Kind bekommt und ich weg bin, wie wird es dir damit ergehen?«

»Du meine Güte, Posy, bitte schreib mich noch nicht völlig ab! Immerhin bin ich erst Ende fünfzig. Außerdem werde ich Bill und Daisy nach wie vor haben – nur weil man ein Kind bekommt, ist man noch lange nicht arbeitsunfähig. Abgesehen davon wird es sehr schön sein, so ein kleines Wesen um sich zu haben, das heitert die Stimmung immer auf.«

Solange das Kind mir nicht deine Zuneigung streitig macht ..., dachte ich, verschwieg die Befürchtung aber.

Als ich am nächsten Morgen in das alte Ford-Automobil stieg, in dem Bill mich zum Bahnhof nach Plymouth fuhr, und Oma zum Abschied einen Kuss gab, musste ich die Tränen hinunterschlucken. Zumindest brach sie, im Gegensatz zu Daisy, nicht in Schluchzen aus, obwohl ihre Augen feuchter glänzten als sonst.

»Pass gut auf dich auf, mein Schatz. Schreib regelmäßig und erzähl mir, was du alles machst.«

»Das werde ich.«

»Streng dich an, und mach deinem Vater – und mir – alle Ehre.«

»Ich verspreche, dass ich mein Bestes versuchen werde, Oma. Auf Wiedersehen.«

Auf dem Weg die Auffahrt hinunter warf ich einen Blick zurück. Welchen Kummer ich auch erlebt hatte, seitdem ich vor fünf Jahren hier angekommen war – die kleine Gemeinschaft, in der ich gelebt hatte, hatte mich beschützt. Und ich wusste, dass sie mir entsetzlich fehlen würde.

Das Internat war ... in Ordnung. Sofern man die Eisblumen übersah, die, als es Winter wurde, an den Scheiben des Schlafsaals prangten, das ungenießbare Essen und die Turnstunden, zu denen wir dreimal die Woche in die Sporthalle getrieben wurden. Eine Schar linkischer Backfische, die über ein Seitpferd zu springen versuchte, musste einen denkbar ungraziösen Anblick abgeben. Für Hockey allerdings erwies ich großes Geschick, obwohl ich es, zum Entsetzen der vierschrötigen Sportlehrerin, noch nie gespielt hatte. Offenbar hatte ich einen »niedrigen Schwerpunkt«, was meiner Ansicht nach nur eine elegante Umschreibung dafür war, dass ich mit beiden Beinen fest auf dem Boden stand. Wie auch immer, es kam dem Spiel zugute, und bald war ich die beste Torschützin unseres Teams. Und auch beim Langstreckenlauf erwies ich mich als sehr gut, schließlich hatte ich einen Großteil der vergangenen fünf Jahre draußen auf dem Moor in Cornwall verbracht.

Meine sportlichen Fähigkeiten machten zumindest teilweise den Umstand wett, dass ich nach Ansicht der anderen Mädchen viel zu lernversessen war – was stimmte –, sodass sie mir den Spitznamen »Streberin« verpassten. Aber ebenso, wie sie meine Leidenschaft für Bildung nicht verstehen konnten, war mir schleierhaft, warum sie das Wissen, das ihnen jeden Tag auf dem Silbertablett serviert wurde, nicht mit Begeisterung aufnahmen. Nachdem ich jahrelang das meiste, das ich wusste, von den ehrwürdigen Seiten der Encyclopaedia Britannica gelernt hatte (Oma hatte natürlich recht gehabt, als sie sagte, Miss Brennan bereite es Mühe, mit mir mitzuhalten), fand ich es himmlisch, dass ein leibhaftiger Mensch ein Themengebiet für mich zum Leben erweckte. Und da ich als Einzelkind daran gewöhnt war, selbst in einer Gruppe wie der mit Katie und den anderen im Dorf als

Außenseiterin betrachtet zu werden, traf es mich an der neuen Schule weniger als gedacht, dass die Mädchen mich etwas misstrauisch beäugten. Außerdem gab es in meiner Klasse eine andere Schülerin, die wegen ihrer Leidenschaft fürs Balletttanzen ebenfalls als Außenseiterin galt. Dadurch entstand eine Verbindung zwischen uns.

Gleich und gleich gesellt sich gern, heißt es, doch abgesehen davon, dass wir beide als Sonderlinge galten, hätten Estelle Symons und ich unterschiedlicher nicht sein können. Während ich im Vergleich zu meinen Klassenkameradinnen schon groß war, kräftig gebaut und nach meinem Dafürhalten wenig attraktiv, hatte Estelle eine kleine, zierliche Gestalt, und wenn sie einen Fuß vor den anderen setzte, erinnerten mich ihre Bewegungen eher an Spinnfäden, die in der Brise dahintrieben. Zudem hatte sie eine Mähne dicker blonder Haare und große tiefblaue Augen. Ich verbrachte meine Freizeit am liebsten in der Bibliothek, Estelle aber war immer in der Turnhalle anzutreffen, wo sie vor dem Spiegel ihre Positionen übte und die Beine streckte. Sie stammte aus einer Familie von »Bohemiens«, wie sie mir sagte – ihre Mutter war Schauspielerin, ihr Vater ein bekannter Schriftsteller.

»Sie haben mich hergeschickt, weil meine Mutter ständig zu dem einen oder anderen Theater unterwegs ist, und Paps – mein Vater – ist immer in irgendeinem Manuskript vertieft, also war ich ihnen im Weg«, sagte Estelle und zuckte nüchtern mit den Schultern.

Sie vertraute mir an, dass sie eines Tages eine berühmte Ballerina werden würde, wie Margot Fonteyn, von der ich nie gehört hatte, doch Estelle sprach nur im ehrfürchtigen Flüsterton von ihr. Wegen ihrer Besessenheit blieb ihr wenig Zeit für die Hausaufgaben, also machte ich sie oft an ihrer statt und fügte Rechtschreib- und Grammatikfehler ein, damit es wie ihre eigene Arbeit aussah. Passend zu ihrem ätherischen Äußeren hatte Estelle ein verträumtes, ätherisches Wesen. Sollte es je ein Ballett über eine schöne blonde Fee geben, dachte ich mir manchmal, müsste Estelle sie tanzen.

»Du bist so schlau, Posy«, sagte sie seufzend, als ich ihr einmal ihr Matheheft zurückgab. »Ich wünschte, ich hätte so viel Grips wie du.«

»Ich finde ja, dass man viel Grips braucht, um sich all die Tanzschritte zu merken und wie man die Arme bewegen soll.«

»Ach, das ist kinderleicht. Mein Körper weiß einfach, was er tun muss. Genauso, wie dein Kopf die Lösung einer Gleichung einfach kennt. Weißt du, jeder Mensch hat sein ganz eigenes Talent. Gesegnet sind wir alle.«

Je besser ich Estelle kennenlernte, desto mehr wurde mir klar, dass sie nur deswegen nicht im Unterricht brillierte, weil sie sich nicht dafür interessierte. Denn wenn es um die Welt an sich ging, war sie ausgesprochen intelligent – und viel philosophischer als ich. Für mich war ein Gegenstand das, was er darstellte, doch für Estelle konnte er etwas viel Fantasievolleres sein. Sie ließ mich an die Tage zurückdenken, als Daddy mich die Feenprinzessin genannt hatte und er der Feenkönig gewesen war. Da erkannte ich, dass mir im Lauf der vergangenen Jahre irgendwann der Zauber abhandengekommen war.

Als der Herbst und Winter verstrichen und wir zum Sommertrimester ins Internat zurückkehrten, legten wir uns oft in den Schatten einer Eiche und tauschten Geheimnisse aus.

»Denkst du viel an Jungs?«, fragte Estelle mich an einem sonnigen Nachmittag im Juni.

»Nein«, antwortete ich aufrichtig.

»Aber eines Tages wirst du doch bestimmt auch heiraten wollen, oder nicht?«

»Darüber habe ich mir noch nie Gedanken gemacht, wahrscheinlich, weil ich mir nicht vorstellen kann, dass irgendein Mann mich haben möchte. Ich bin nicht wie du, Estelle, ich bin weder schön noch weiblich.« Ich schaute auf meine bleichen, sommersprossigen Beine, die vor mir ausgestreckt waren, und fand, dass sie fast wie der Baumstamm aussahen, an dem ich lehnte. Dann betrachtete ich Estelles vollkommene Waden, die sich zu eleganten, schmalen Knöcheln verschlankten – das, was Männer laut Maman an Frauen liebten. (Sie hatte sie natürlich, im Gegensatz zu ihrer Tochter.)

»Aber Posy, wieso sagst du so etwas?! Du bist schlank und sportlich und hast kein Gramm Fett an dir, du hast wunderschöne Haare in der Farbe von Herbstlaub und hinreißende große braune Augen«, widersprach Estelle. »Ganz abgesehen von deinem Verstand natürlich, der dem von jedem Mann das Wasser reicht.«

»Der wird ihnen wahrscheinlich auch nicht gefallen«, sagte ich und seufzte. »Ich habe den Eindruck, dass Männer sich Frauen wünschen, die ihre Kinder bekommen und ihnen ein schönes Zuhause bereiten, aber zu nichts eine Meinung haben. Ich glaube, ich würde eine schlechte Ehefrau abgeben, weil ich meinen Mann immer korrigieren müsste, wenn er sich täuscht. Abgesehen davon«, gestand ich, »möchte ich einen Beruf.«

»Ich auch, liebe Posy, aber mir ist nicht klar, weshalb ich deswegen nicht auch einen Mann haben sollte.«

»Ich kenne keine einzige Frau, die verheiratet ist und einen Beruf hat. Selbst meine Mutter hat nach der Hochzeit mit meinem Vater das Singen aufgegeben. Und schau dir unsere Lehrerinnen an, die sind allesamt ledig.« Ich seufzte.

»Vielleicht sind sie ja vom anderen Ufer«, sagte Estelle mit einem kleinen Lachen.

»Was meinst du damit?«

»Weißt du das nicht?«

»Nein, und jetzt hör auf, in Rätseln zu sprechen.«

»Ich meine, dass sie sich vielleicht gegenseitig mögen.«

»Was?! Eine Frau, die eine Frau mag?«, fragte ich verblüfft ob der Vorstellung.

»Ach, Posy, du magst ja klug sein, aber du bist oft unglaublich naiv. Dir muss doch aufgefallen sein, wie Miss Chuter Miss Williams anschmachtet.«

»Nein«, gab ich barsch zurück. »Das kann nicht sein. Das ist … na ja, das ist einfach wider die Naturgesetze.«

»Jetzt verwechsle Biologie nicht mit der menschlichen Natur, Posy. Und nur weil das Thema in keinem deiner dicken Nachschlagewerke steht, heißt das noch lange nicht, dass es das nicht gibt«, sagte Estelle mit Nachdruck. »Auch dass Männer andere Männer mögen. Sogar du musst von Oscar Wilde gehört haben, der wegen seiner Beziehung zu einem Mann im Gefängnis landete.«

»Siehst du? Es ist verboten, weil es nicht natürlich ist.«

»Ach, Posy, sei nicht so engstirnig! In der Theaterwelt sind solche Sachen gang und gäbe. Abgesehen davon ist es doch kaum ihre Schuld. Menschen sollten doch das sein dürfen, was sie sind, unabhängig von den gesellschaftlichen Vorschriften. Findest du nicht?«

Dank Estelle fing ich tatsächlich an nachzudenken. Nicht nur wie bislang, über Fotosynthese und chemische Verbindungen, sondern auch darüber, dass die Welt Regeln geschaffen hatte, was als annehmbares und als anstößiges Verhalten galt. Und ich begann, die Regeln zu hinterfragen.

Langsam wurde ich erwachsen.

November 1954

»Posy, wir müssen uns über deine Zukunftspläne unterhalten.«

Miss Sumpter, die Rektorin, lächelte mich von der anderen Seite des Schreibtischs an. Das bemerkte ich allerdings nur aus den Augenwinkeln, denn wie immer, wenn ich sie in den vergangenen fünf Jahren gesehen hatte, wanderte mein Blick sofort zu der Warze links neben ihrem Kinn und den langen grauen Haaren, die daraus wuchsen. Und zum x-ten Mal fragte ich mich, warum sie sie nicht einfach abschnitt, denn sonst war ihr Gesicht eigentlich ganz hübsch.

»Ja, Miss Sumpter«, antwortete ich automatisch.

»Im nächsten Sommer wirst du uns verlassen, und wenn du dich an einer Universität bewerben willst, ist jetzt die Zeit dazu. Ich gehe davon aus, dass du das möchtest?«

»Ich ... ja, doch. Welche würden Sie empfehlen?«

»Angesichts deiner akademischen Leistungen finde ich, dass du es an der besten versuchen solltest. Ich würde Cambridge vorschlagen.«

»Himmel«, sagte ich. Plötzlich bekam ich einen Kloß im Hals. »Da hat mein Vater studiert. Glauben Sie wirklich, dass ich eine Chance hätte? Nach allem, was ich gehört habe, ist der Wettbewerb um einen Studienplatz – insbesondere für Frauen – erbittert.«

»Das stimmt, aber du bist eine herausragende Schülerin. Außerdem sollten wir in deinem Bewerbungsschreiben erwähnen, dass dein Vater dort war. Alte Schulverbindungen haben noch nie geschadet«, fügte sie mit einem Lächeln hinzu.

»Selbst wenn sie einer Frau zugutekommen?«, fragte ich.

»Tja, selbst dann. Wie du sicherlich weißt, sind Girton und Newnham die beiden etablierten Frauencolleges, aber hast du schon von New Hall gehört? Es wurde eben erst im September mit ganzen sechzehn Studentinnen gegründet, und die Leiterin, Miss Rosemary Murray, ist eine alte Freundin von mir. Das heißt, ich könnte ein gutes Wort einlegen, aber deine Zulassung würde trotzdem ausschließlich davon abhängen, dass du die dreistündige schriftliche Prüfung bestehst. Im vergangenen Jahr haben sich vierhundert junge Frauen um die sechzehn Plätze beworben. Die Konkurrenz ist scharf, Posy, aber ich bin überzeugt, dass du sehr gute Chancen hast. Ich vermute, du möchtest Naturwissenschaften studieren?«

»Ja, Botanik«, antwortete ich.

»Tja, Cambridge ist für seine exzellente Botanikschule bekannt. Du könntest es nicht besser treffen.«

»Ich muss natürlich erst mit meiner Großmutter sprechen, bevor wir etwas unternehmen, aber ich bin mir sicher, dass sie die Idee gutheißt. Obwohl ich die Prüfung vielleicht nicht bestehen werde, Miss Sumpter.«

»Wer nicht wagt, der nicht gewinnt, und von allen Schülerinnen, die bei mir jemals durch die Tür getreten sind, bist du eine der begabtesten. Ich habe volles Vertrauen in dich, Posy. So, und jetzt verbring schöne Weihnachten.«

Die Vorfreude, wieder nach Cornwall zu fahren – insbesondere zu Weihnachten –, hinderte mich zwar nicht mehr durch Schmetterlinge im Bauch wochenlang am Einschlafen, aber es war trotzdem immer noch ein ganz besonderer Moment, wenn Bill mit mir durch unser winziges Dorf fuhr. Langsam zog Nebel auf, der Himmel wurde dunkler und kündete die Dämmerung an, obwohl es gerade einmal drei Uhr vorbei war. Ich lächelte vor Freude, als ich die bunten Lichter auf der herrlichen Kiefer sah, die vor Omas Haus stand. Sie hatte mir erzählt, dass ihre Großeltern sie einmal zu Weihnachten gepflanzt hatten in der Hoffnung, sie würde anwachsen. Die hatte sich erfüllt, und jetzt versammelte sich alljährlich das ganze Dorf, um das traditionelle Anschalten der Lichter am Tag der Wintersonnenwende mitzuerleben.

»Posy, mein Schatz! Willkommen zu Hause!«

Meine Großmutter stand mit ausgebreiteten Armen in der Tür, doch noch bevor ich sie erreichte, drängte sich ein kleiner Junge an ihr vorbei und stürzte sich auf mich.

»Posy! Weihnachten! Er kommt!«

»Ich weiß, Ross, ist es nicht aufregend?« Ich bückte mich und nahm ihn in den Arm, gab ihm einen Kuss aufs Haar, das ebenso strohblond war wie Daisys, und trug ihn ins Haus.

Daisy stand in der Halle, um mich zu begrüßen. Ross wand sich in meinen Armen, er wollte abgesetzt werden, um mir das Bild des Weihnachtsmannes zu zeigen, das er gemalt hatte und das an einem Küchenschrank hing.

»Miss Posy kann dein Bild später ansehen, Ross«, tadelte Daisy ihren Sohn liebevoll. »Sie hat eine lange Fahrt hinter sich, sie will sich bestimmt erst einmal mit einer Tasse Tee und einem Scone vor den Kamin setzen.«

»Aber ...«

»Kein Aber.« Daisy schob ihn Richtung Küche. »Hilf mir beim Teekochen.«

Ich folgte Oma ins Wohnzimmer, wo ein munteres Feuer brannte. Der Baum stand bereits in seinem Topf mit Erde, war aber noch nicht geschmückt.

»Ich dachte, das überlasse ich dir«, sagte Oma mit einem Lächeln. »Ich weiß doch, wie viel Freude es dir macht. Jetzt komm, setz dich und erzähl mir von deinem Herbsttrimester.«

Bei Tee und Scones berichtete ich Oma von den vergangenen drei Monaten. Sie war unglaublich stolz gewesen, als ich im September zur Schülersprecherin ernannt worden war.

»Aber die ganze Verantwortung, die das mit sich bringt, gefällt mir gar nicht, und das Schlimmste ist, Freundinnen bestrafen zu müssen. Zu Anfang des Trimesters habe ich Mathilda Mayhew beim Rauchen im Wald ertappt. Ich habe sie nicht gemeldet, weil sie mir versprach, es nicht mehr zu machen, aber dann habe ich sie noch einmal dabei erwischt, und da musste ich etwas sagen. Sie bekam drei Wochen Ausgangssperre, und seitdem kann sie mich nicht mehr leiden«, klagte ich seufzend.

»Sicher, aber hat es nicht andere, die sich vielleicht auch dazu versucht fühlen, davon abgehalten, dasselbe zu machen?«

»Doch, ja, oder zumindest sind die Mädchen viel vorsichtiger geworden, damit ich sie nicht erwische. Aber das heißt nur, dass sie mir aus dem Weg gehen und mich aus vielem ausschließen.

Und dass ich jetzt ein Zimmer für mich habe, macht es nicht besser. Ich komme mir einsam vor, Oma, und seitdem ist die Schule nicht mehr halb so schön.«

»Ja, Posy, du lernst gerade, dass Verantwortung alle möglichen Herausforderungen und schwere Entscheidungen mit sich bringt. Ich bin mir sicher, dass das alles gutes Rüstzeug für die Zukunft ist. Aber jetzt erzähl mir mehr von deiner Bewerbung für Cambridge.«

Also berichtete ich Oma von dem neuen Frauencollege und dass Miss Sumpter meinte, ich hätte gute Chancen auf einen der wenigen Plätze. Tränen traten ihr in die Augen.

»Dein Vater wäre so unglaublich stolz auf dich, Posy, und das bin ich auch.«

»Langsam, Oma. Noch bin ich nicht drin!«

»Nein, aber es genügt, dass sie dich für geeignet hält. Mein Schatz, du wächst zu einem wirklich ganz besonderen Menschen heran, und ich bin außerordentlich stolz auf dich.«

Das war lieb gemeint von Oma, doch im Lauf der Weihnachtstage, bei den traditionellen Festivitäten im Dorf, merkte ich, dass meine »Besonderheit« selbst hier in der Gemeinschaft, in der ich fünf Jahre aufgewachsen war, meine Freundschaften beeinträchtigte. Katie, die normalerweise vor der Tür stand, sobald sie Bills Auto am Cottage ihrer Familie vorbeifahren sah, erschien erst an Heiligabend zu dem Umtrunk, den Oma fürs Dorf veranstaltete. Auf den ersten Blick hätte ich sie fast nicht erkannt; sie hatte sich ihr wunderschönes rotes Haar abschneiden und eine Dauerwelle machen lassen, wodurch sie (dachte ich etwas boshaft) wie ein Pudel aussah. Sie war stark geschminkt, und das Make-up endete abrupt unter ihrem Kinn, sodass sie durch die natürliche Blässe ihres Halses aussah, als trage sie eine Maske.

»Komm doch einen Abend zu uns, dann schminke ich dich auch so«, schlug sie vor, als wir draußen in der Kälte standen, wo sie eine Zigarette rauchte. »Du hast schöne Augen, Posy, und mit einem schwarzen Eyeliner würden sie richtig gut zur Geltung kommen.«

Sie erzählte mir, dass sie gerade eine Friseurlehre in Bodmin angefangen habe und bei einer Verwandten wohne, die dort lebte. Sie hatte einen jungen Mann kennengelernt, der Jago hieß.

»Sein Pa hat die Metzgerei in Bodmin, und die wird er eines Tages übernehmen. Mit Fleisch kann man viel verdienen«, versicherte sie mir. »Und was hast du so alles getrieben, Posy? Studierst du immer noch da an deiner Schule?«

Das bestätigte ich ihr und erzählte, dass ich hoffte, nach Cambridge zu gehen, wovon sie noch nie gehört hatte.

»Guter Gott, das klingt ja, als würdest du weiterlernen, bis du eine alte Jungfer bist! Willst du nicht mal ein bisschen Spaß haben und ab und zu mit einem Burschen tanzen gehen?«

Ich wollte ihr erklären, dass mir Lernen Spaß machte, aber ich wusste, dass sie mich nicht verstehen würde. Wir trafen uns noch zweimal, bevor sie nach Bodmin zurückkehren musste, aber es war offensichtlich, dass wir uns nichts mehr zu sagen hatten. Das machte mich sehr traurig. Dazu kam – obwohl ich es mir vielleicht nur einbildete –, dass das Leben in dem Haushalt, als dessen Mittelpunkt ich mich früher gefühlt hatte, ohne mich einfach weitergegangen war. Im Zentrum der Aufmerksamkeit stand jetzt der kleine Ross – der zugegebenermaßen entzückend war –, und selbst Oma schien mehr Zeit mit ihm als mit mir zu verbringen. Als Weihnachten vorbei war, merkte ich, dass ich tatsächlich die Tage zählte, bis ich wieder ins Internat fahren würde.

Und dabei konntest du es kaum erwarten, nach Hause zu kommen, Posy, sagte ich mir, als ich eines Nachmittags allein übers Moor spazieren ging. *Hierher gehörst du also auch nicht …*

Wohin gehöre ich denn dann?, fragte ich mich auf dem Rückweg und erging mich in Selbstmitleid, eine Quasi-Waise zu sein, seit

Maman mich vor fast zehn Jahren hier zurückgelassen hatte und einfach nie mehr wiedergekommen war.

Die Wahrheit lautete: Ich wusste es nicht.

Am Tag, bevor ich wieder ins Internat fuhr, bekam ich einen Luftpostbrief, der in Rom abgestempelt war. Es war die Schrift meiner Mutter, also ging ich nach oben in mein Zimmer, um ihn zu lesen.

Liebste Posy,
verzeih, dass ich dir nicht früher geschrieben habe, aber das vergangene Jahr war ein einziger Wirbelwind, und ich wollte dir nichts sagen, bevor meine Pläne nicht absolut feststanden. Die Wahrheit ist, chérie, dass ich einem hinreißenden Mann begegnet bin, Alessandro heißt er. Er ist Italiener und obendrein ein Graf!, und er hat mich gefragt, ob ich ihn heiraten möchte. Anfang Juni findet die Hochzeit nun statt – die schönste Zeit des Jahres hier –, und natürlich wünsche ich mir, dass du als meine Trauzeugin daran teilnimmst. Weitere Einzelheiten und eine richtige Einladung für dich und deine Großmutter folgen noch, aber davor stellt sich schon die Frage nach einem Kleid für dich.

Ich weiß, dass du noch die Schule besuchst, aber ich dachte, dass du vielleicht in den Osterferien herfliegen und eine Anprobe machen und gleichzeitig meinen Schatz Alessandro kennenlernen könntest. Du wirst begeistert von ihm sein, das weiß ich genau. Wir werden in seinem Palazzo in Florenz leben – stell dir eine viel wärmere und ältere Version von Admiral House vor (einige Fresken stammen aus dem 13. Jahrhundert) mit Zypressen anstatt der Kastanien. Es ist himmlisch hier, und deine Maman ist zurzeit die glücklichste Frau auf Gottes weiter Welt.

Posy, ich weiß, wie sehr du deinen Papa geliebt hast – wie auch ich –, aber ich war in den letzten zehn Jahren, in denen ich um seinen Verlust getrauert habe, sehr unglücklich und einsam. Deswegen hoffe ich, dass du es über dich bringst, dich für mich zu freuen. Das Leben geht weiter, und obwohl ich deinen wunderbaren Papa nie vergessen werde, glaube ich, dass ich etwas Glück verdiene, bevor es zu spät ist.

Bitte teile mir mit, wann deine Osterferien sind, damit ich dir einen Platz im Flugzeug buchen kann. Ich verspreche dir, das allein ist ein Abenteuer.

Ich kann es gar nicht erwarten, dich zu sehen und alles von dir zu erfahren. Oma hat mir erzählt, dass du eine erstklassige Schülerin bist.

Eine Million Küsse, chérie,
Maman

Zutiefst erschüttert rannte ich zum Haus hinaus und ins Moor, wo ich mir dort, wo niemand mich hören konnte, die Seele aus dem Leib schrie. Tränen rannen mir über die Wangen, ich heulte, wie die Bestie von Bodmin Moor es täte, angesichts des Grauenvollen, was ich gerade gelesen hatte.

»Wie kann sie nur? Wie kann sie nur?!«, schrie ich ein ums andere Mal das harte Gras an. Die Worte umfassten alles, was sie mir antat: Zum einen, und am schlimmsten, dass sie von mir – Daddys geliebter Tochter – erwartete, ich solle mich freuen, dass sie eine neue, wunderbare Liebe gefunden hatte. Zum anderen, dass sie, nachdem sie sich all die Jahre nicht die Mühe gemacht hatte, mich, ihre Tochter, zu besuchen, während ich – zumal anfangs – so verzweifelt und unglücklich gewesen war, davon ausging, sie könnte mich einfach in ein Flugzeug beordern, um mir ein Kleid nähen zu lassen, während ich wie verrückt für die Abschlussprüfungen an der Schule und die Aufnahmeprüfung für Cambridge lernen musste. Ihr Egoismus war nicht zu überbieten. Und die Hochzeit im Juni selbst – hatte sie denn keine Sekunde daran gedacht, dass genau dann meine ganzen Prüfungen stattfinden würden?

Und obendrein ... im Juni würde ich achtzehn werden. Ich hatte zufällig gehört, wie Oma und Daisy in der Küche etwas von einem Fest flüsterten, und ich hatte mir überlegt, dass Maman vielleicht – aber nur vielleicht – dafür nach England kommen könnte. Aber sie ging offensichtlich derart in den Planungen für ihre eigene Feier auf, dass sie an den achtzehnten Geburtstag ihrer Tochter überhaupt nicht gedacht hatte.

»Natürlich nicht, Posy! Wieso denn auch? Himmel, seit sie weg ist, hat sie keine zehnmal mit dir am Telefon gesprochen«, sagte ich laut. »Was für eine Mutter ist das denn?!«, schrie ich die grauen Wolken an, die sich über den Himmel schoben.

Urplötzlich setzte ich mich, die Gefühlsaufwallung ließ meine Beine zu Pudding werden, als ich – nicht mehr das verängstigte Mädchen Posy, das ich früher gewesen war, sondern die fast erwachsene Posy – mich schließlich der Wahrheit stellte. In den ganzen Jahren hatte ich den Gedanken eisern zu verdrängen versucht, auch wenn er mir bisweilen durch den Kopf gegangen war, aus Angst, was er bedeuten würde: dass meine Mutter mich nicht liebte. Oder dass sie zumindest sich selbst mehr liebte als mich.

»Sie ist eine entsetzliche Mutter«, sagte ich dem Moor mit Kummer in der Stimme und in meinem Herzen. Ich erkannte, dass sie mich, selbst in alten Tagen in Admiral House, meist Daisys Obhut überlassen hatte. Auch wenn es für wohlhabende Familien üblich war, dass sich vorwiegend Bedienstete um ihre Kinder kümmerten – ich konnte mich nicht erinnern, dass Maman mich auch nur ein einziges Mal von der Schule abgeholt hätte oder zu mir ans Bett gekommen wäre, um mir einen Gutenachtkuss zu geben oder eine Geschichte vorzulesen. Sosehr ich auch im Nebel meiner Erinnerungen stöberte, mir fiel nicht eine einzige derartige Gelegenheit ein.

»Posy, sie war nie grausam zu dir«, sagte ich mir, denn ich wollte um keinen Preis selbstgerecht werden, »und sie hat dir auch körperlich nicht wehgetan. Du hast immer ein Dach über dem Kopf und Essen auf dem Tisch gehabt«, ergänzte ich.

Das stimmte auch, und solange Daddy da gewesen war, der mir sein Lachen und seine Liebe schenkte, hatte ich alles gehabt, was ich brauchte. Wie die Keimlinge auf meinem Fenstersims zu Hause und in der Schule war ich mit der richtigen Menge an Sonnenschein, Wasser und Fürsorge gediehen.

Und dann dachte ich an Oma und wie großartig sie war, weil sie in die Rolle meiner Mutter geschlüpft war, und da wurde mir klar, wie viel Glück ich hatte. Niemandes Leben war vollkommen, und selbst wenn ich eine abwesende Mutter gehabt hatte (die vermutlich von Anfang an abwesend gewesen war), musste ich mich glücklich schätzen. Nicht jede Frau besaß von Natur aus einen Mutterinstinkt, der sie dazu drängte, sich um ihr Kind zu kümmern und es zu lieben. Ich dachte an bestimmte Tiere in freier Natur, die ihre Kleinen wenige Stunden nach der Geburt im Stich ließen. Das hatte Maman nicht gemacht.

»Posy, du musst sie nehmen, wie sie ist«, sagte ich mir streng. »Sie wird sich nicht ändern, und es tut dir nur weh, wenn du denkst, sie könnte sich ändern, obwohl sie es nie tun wird.«

Auf dem Rückweg redete ich mir ins Gewissen. Von allem, was ich über Psychologie gelesen hatte, wusste ich, dass es nicht nur darauf ankam, was einem zustieß, sondern vor allem, wie man damit umging.

»Von nun an musst du Maman als Tante sehen oder vielleicht als Patentante«, sagte ich mir und meiner Seele. »Dann tut es dir nicht mehr weh.«

Das Problem mit der italienischen Hochzeit war damit allerdings noch nicht gelöst.

»Oma, ich kann doch unmöglich fahren«, sagte ich am

nächsten Morgen beim Frühstück, als ich mich schon etwas beruhigt hatte.

»Wenn du ihr schreibst und erklärst, dass du dann mitten in den Prüfungen steckst, versteht sie sicher, dass du nicht dabei sein kannst. Ich muss ihr auch sagen, dass ich nicht kommen kann.«

»Hast du da auch zu tun?«

»Ich ... ja«, antwortete Oma nach kurzem Schweigen. »Im Juni ist im Dorf immer viel los, und das Fest muss organisiert werden.«

Da wurde mir klar, dass Oma auch keine Lust hatte hinzufahren – das Dorffest fand erst am Ende des Monats statt, und Wimpel im Garten aufzuhängen und den Kuchenstand aufzubauen dauerte bestenfalls zwei oder drei Tage. Irgendwie ging es mir deswegen besser, obwohl ich mich fragte, ob ich wohl gefahren wäre, wenn ich keine triftige Ausrede gehabt hätte. Mamans neuen Mann kennenzulernen und ein Glas auf ihre »Liebe« zu trinken, daran hatte ich nicht das geringste Interesse. Wie auch? Aber wichtiger noch: Wie konnte sie nur glauben, dass ich das tun wollte? Vielleicht wäre es anders, wenn wir uns nähergestanden und in den vergangenen zehn Jahren öfter gesehen hätten, wenn ich miterlebt hätte, wie sie um Daddy trauerte. Aber diese Eröffnung aus heiterem Himmel weckte nichts als Wut und Zorn in mir.

Erst nach zehn Entwürfen war der Brief an sie fertig. Ich bat Oma, ihn zu lesen, bevor ich ihn abschickte.

»Er ist sehr gut, Posy. In solchen Fällen ist es am besten, die Tatsachen freundlich darzulegen, und genau das hast du gemacht.«

So steckte ich schließlich den Brief in ein Luftpostkuvert und brachte ihn zu Laura, die die Dorfpost leitete. Dann packte ich meinen Koffer und fuhr zum wichtigsten halben Jahr meines Lebens wieder in die Schule.

Admiral House
Oktober 2006

Eisenkraut
(Verbena officinalis)

Kapitel 9

Posy schnitt gerade die Rosen zurück, als sich ein Admiral auf den lila Blüten des Eisenkrauts niederließ und vor dem kommenden Winter vom letzten Nektar trank. Die Flügel waren gespreizt und offenbarten ihr auffälliges schwarz-rot-weißes Muster. Fasziniert sah Posy dem Schmetterling zu, der sie in einen anderen, längst vergangenen Moment zurückversetzte ... Sie fuhr zusammen, als in ihrer Hosentasche das Handy läutete, und zog gerade noch rechtzeitig ihren Gartenhandschuh aus, um das Gespräch anzunehmen.

»Ja, bitte?«

»Mum, hier ist Nick.«

»Nick! Mein Schatz, wie geht es dir?«

»Sehr gut, Mum, und dir?«

»Doch, mir geht es auch sehr gut, Nick, danke.«

»Hör mal, hast du am Mittwoch etwas vor? Sonst würde ich dich irgendwohin zum Lunch einladen.«

»Aber ...« Es dauerte ein paar Sekunden, bis Posy die Information verarbeitete. »Nick, willst du mir damit sagen, dass du in England bist?«

»Ja, in London, um genau zu sein. Es gab ein paar Dinge, die ich erledigen wollte, bevor wir uns sehen. Das habe ich jetzt gemacht.«

Posy war hin und her gerissen zwischen ihrer Freude, dass Nick tatsächlich wieder in England war, und mütterlicher Eifersucht, dass er sich nicht früher bei ihr gemeldet hatte. »Natürlich würde ich mich riesig freuen, dich zu sehen.«

»Großartig. Ich komme gegen Mittag, und dann gehen wir in ein Restaurant deiner Wahl. Ich habe dir viel zu erzählen.«

Ich dir auch, dachte Posy. »Das ist wunderbar, mein Schatz.«

»Also gut, Mum, alles Weitere, wenn wir uns sehen. Ciao.«

Posy stand in der fahlen Oktobersonne da und dachte glücklich an Nick, der nach all diesen Jahren wieder zu Hause war ...

In dem Moment hörte sie einen Wagen die lange Auffahrt zum Haus heraufkommen.

Verdammt! Wer kann das denn sein?, fragte sie sich. Sie wollte die Rosen vor dem ersten Frost unbedingt alle beschnitten haben. Der Admiral war davongeflattert, vielleicht verstört von der ganzen Aufregung.

Sie überlegte sich, dass es vermutlich der nette Mann sein würde, der einmal im Monat die Gemeindezeitschrift vorbeibrachte. Normalerweise bat sie ihn auf eine Tasse Tee herein, aber an diesem Tag würde sie tun, als wäre sie nicht da, dann würde er das Magazin einfach in den Briefkasten stecken.

»Posy?«

Sie schreckte hoch. Die Stimme war sehr nah, und als sie aufschaute, sah sie Freddie auf sich zukommen.

»Guten Tag«, sagte sie und schirmte die Augen vor der Sonne ab. Wider Willen wünschte sie, sie hätte etwas Lippenstift aufgelegt.

»Entschuldige, dass ich dich einfach überfalle. Ich habe ein paarmal geklopft – die Klingel funktioniert übrigens nicht –, aber dann sah ich dein Auto und vermutete, dass du im Garten bist.«

»Ich ... schon in Ordnung. Und ja, die dumme Klingel muss ich wirklich reparieren lassen«, sagte sie.

»Das Haus ist ja wunderschön, Posy. Der perfekten Symmetrie nach zu schließen, würde ich sagen, stammt es aus der Zeit von Queen Anne.«

»Das stimmt.«

Kurz herrschte Stille. Posy wartete, dass Freddie den Grund für seinen Besuch nannte. Sie jedenfalls würde nicht danach fragen.

»Ich ... Hast du Lust auf eine Tasse Tee, Posy?«

»Nein, aber ein Schluck Wasser würde nicht schaden.« Sie stand auf und sah, wie Freddie den Garten betrachtete.

»Posy, mein Gott, das ist ja unglaublich! Hast du das wirklich alles allein gemacht?«

»Abgesehen vom Anlegen der Pfade und bis auf den Gärtner, der den Rasen mäht und im Sommer jätet, habe ich alles selbst gemacht, ja. Allerdings im Lauf von fast fünfundzwanzig Jahren. Angefangen habe ich, als die Jungs aufs Internat gingen.«

»Machst du ihn je öffentlich zugänglich?«

»Früher schon, während des jährlichen Dorffestes. Außerdem waren ein paarmal Fotografen hier und haben Bilder für ihre schicken Gartenmagazine gemacht, was natürlich sehr schmeichelhaft war. Aber ehrlich gesagt dachte ich mir erst heute Morgen, dass ich viel mehr Arbeit hineinstecken müsste, als ich mittlerweile Energie habe. Ich habe ein Ungeheuer erschaffen, das ständig gefüttert und getränkt werden muss.«

»Aber es ist ein großartiges Ungeheuer, Posy, so fordernd es sein mag«, sagte er, als sie den Pfad zum Haus zurückgingen, vorbei an der Blutbuche, die in ihrer ganzen herrlichen Farbenpracht prangte.

Unvermittelt blieb Freddie stehen und deutete nach links. »Was ist das für ein Gebäude?«

»Der Turm. Dort hat mein Vater gearbeitet. Er hat Schmetterlinge gesammelt, und ich habe ihm geholfen, sie zu fangen – ich dachte, er würde sie nur untersuchen und dann wieder freilassen. Als es mir einmal gelang, heimlich hineinzuschleichen, war ich entsetzt, sie tot an der Wand hängen zu sehen, mit einer langen Nadel durch die Mitte. Seitdem bin ich nie mehr dort gewesen«, sagte sie mit einem Schauder.

Schweigend betrachtete Freddie den Turm, dann wanderte sein Blick zu Posy. Er seufzte tief. »Ja, das kann ich dir nicht verdenken.«

»Also.« Posy spürte, dass Gespenster der Vergangenheit die Atmosphäre verdüsterten, und das war ihre Schuld. »Lass uns ins Haus gehen, ich koche dir eine Tasse Tee.«

Sie machte sich in der Küche zu schaffen, während Freddie schweigend an dem alten Eichentisch saß. Die Gesundheitsbehörde würde zweifellos verlangen, dass er auf der Stelle verbrannt würde wegen der zahllosen Bakterien, die sich im Lauf der Jahre in den Holzfurchen eingenistet hatten, aber sie hatte sehr glückliche Erinnerungen an zahlreiche Mittag- und Abendessen im Kreis der Familie.

»Ist alles in Ordnung, Freddie?«, fragte sie, als sie eine Tasse Tee vor ihn stellte. »Du wirkst sehr bedrückt.«

»Entschuldige, Posy. Dich zu sehen, hat mich in eine andere Zeit meines Lebens zurückversetzt. Das führt mir vor Augen, wie alt ich im Grunde bin«, fügte er achselzuckend hinzu.

»Es tut mir leid, dass meine Gegenwart dich bedrückt«, sagte sie, als sie mit einem Glas Wasser ihm gegenüber Platz nahm. »Ein Stück Kuchen?«

»Nein, danke, ich versuche, auf meine Linie zu achten. Aber wirklich, Posy, ich bin überglücklich, dass wir uns nach all den Jahren wieder angenähert haben.«

»Du siehst nicht so aus«, erwiderte Posy freimütig. Sie war zu dem Schluss gekommen, dass in dieser Situation Ehrlichkeit das Beste war. »Willst du mir nicht erzählen, was los ist? Wir saßen so schön beim Lunch, und dann bist du plötzlich davongestürzt.«

»Ich ... Ach, Posy, die Wahrheit ist«, sagte Freddie und seufzte tief, »es gab damals einen Grund, und es gibt jetzt einen Grund, weshalb ... die Beziehung, die ich so gerne mit dir hätte, nicht möglich ist. Und das hat absolut nichts mit dir zu tun, das liegt nur an ... an mir. Kurz gesagt, es gibt ... Probleme.«

Hundert Gedanken schwirrten Posy durch den Kopf.

War er ein verkappter Homosexueller? War er mental beeinträchtigt, etwa bipolar? Gab es im Hintergrund eine andere Frau …?

»Warum erzählst du mir nicht einfach, was es ist? Dann kann ich vielleicht entscheiden, ob es für mich etwas zur Sache tut oder nicht.«

»Genau das kann ich leider nicht, Posy«, antwortete Freddie ernst. »Jetzt habe ich ein schlechtes Gewissen, überhaupt hergekommen zu sein. Ich hatte mir geschworen, mich nicht zu melden, aber … als ich dich wiedersah, hat das die ganzen Gefühle wieder geweckt, die ich vor all den Jahren für dich empfand, und ich habe es einfach nicht geschafft, nicht zu kommen.«

»Das nennt man widersprüchliche Botschaften, Freddie«, erwiderte Posy seufzend. »Ich wünschte wirklich, du würdest einfach sagen, was los ist.«

»Kannst du damit leben, dass das, zumindest im Moment, nicht möglich ist? Dann sehe ich keinen Grund, weshalb wir nicht zumindest befreundet sein sollten.«

Posy blieb keine andere Wahl, als zuzustimmen. Wenn sie ablehnte, würde sie entweder kleinlich wirken oder ihm vermitteln, dass sie mehr wollte, als er zu geben bereit war.

»Ich habe nichts dagegen«, sagte sie mit einem Achselzucken.

Jetzt schließlich erschien ein Lächeln auf Freddies Gesicht. »Dann freue ich mich. Darf ich dich morgen Abend zum Essen einladen, wenn ich verspreche, am Ende nicht davonzustürzen wie eine errötende Jungfrau, die glaubt, im nächsten Moment würde ihr die Unschuld geraubt?«

Darüber musste Posy lachen, die Stimmung hellte sich etwas auf. »Dinner wäre sehr schön, gern.«

Bis Freddie sich verabschiedete, war es zu dunkel, um noch im Garten zu arbeiten. Sie machte sich gebackene Bohnen auf Toast und ging ins Frühstückszimmer, das sie seit Jahren als Wohnzimmer nutzte, weil der Salon schlicht zu groß war, um geheizt zu werden. Sie entzündete das erste Feuer des Herbstes, dann setzte sie sich in ihren Lieblingssessel und beobachtete die lodernden Flammen im Kamin.

Warum ist das Leben so kompliziert?, fragte sie sich seufzend. Es kam ihr lächerlich vor, dass es, wo sie beide um die siebzig waren, »Probleme« geben sollte, die einer richtigen Beziehung im Weg standen. Trotzdem freute sie sich auf das Dinner am folgenden Abend, auch wenn Freddie klargemacht hatte, dass nach dem Essen kein Gutenachtkuss folgen würde.

»Vielleicht gefalle ich ihm einfach nicht gut genug, vielleicht war das immer schon der Fall«, sagte sie den Flammen. »Vielleicht war das von Anfang an das Problem. Ja, das muss es gewesen sein, und er bringt es einfach nicht über sich, es mir zu sagen.«

Das wenige Selbstvertrauen, das Posy durch Freddies Aufmerksamkeit sowie die Frisur und die Jeans gewonnen hatte, löste sich in nichts auf.

»Hör auf, Posy!«, rief sie sich zur Ordnung. Sie sollte sich viel lieber darauf konzentrieren, dass Nick nach zehn langen Jahren in zwei Tagen hier sein würde.

Kapitel 10

Amy lauschte dem Wind, der um die dünnen Wände des Hauses heulte. In der Stille der Nacht hörte sie die Wellen, die sich keine fünfhundert Meter von ihr entfernt am Strand brachen. Die anderen Bewohner der Ferry Road waren schon längst in wärmere, solidere Wohnungen zurückgekehrt.

Nebenan hustete Sara im Schlaf. Amy wälzte sich unruhig im Bett. Sie wusste, dass sie mit ihrer Tochter am nächsten Tag zum Arzt gehen musste. Der Husten dauerte schon viel zu lang.

Sam lag schnarchend neben ihr. Die Sorgen, die seine Frau am Einschlafen hinderten, waren ihm fremd. Dieser Tage kam er immer später nach Hause und führte als Grund seine viele Arbeit an. Sie achtete darauf, dass sie immer schon im Bett lag, bevor er zurückkehrte, und stellte sich schlafend.

Es ließ sich nicht leugnen, ihre Ehe steckte in einer Krise. Sie konnte nicht einmal ihre momentane finanzielle Lage dafür verantwortlich machen, schließlich war das Geld häufig sehr knapp gewesen, wenn wieder einmal eine von Sams Unternehmungen gescheitert war. Vielleicht nicht ganz so dramatisch wie dieses Mal, aber trotzdem, in ihrem gemeinsamen Leben war sie nie auf Rosen gebettet gewesen.

Alles war schlicht und ergreifend grauenvoll. Die Vorstellung, den langen Winter in diesem furchtbaren Haus zu verbringen, war schier unerträglich. Früher einmal hatte sie geglaubt, es sei gleichgültig, wo sie wohnten und wie viel Geld sie hätten, solange sie nur zusammen wären, aber das stimmte nicht. Das Leben wurde dadurch so sehr viel anstrengender. Sie hatte es satt, gute Miene zum bösen Spiel zu machen, sie wollte sich nicht mehr gegen die Aggression ihres Mannes zur Wehr setzen müssen, wenn er getrunken hatte, und zudem war sie völlig erschöpft von der Anstrengung, zu arbeiten und gleichzeitig ihren beiden Kindern eine gute Mutter zu sein.

Obwohl Sam nur wenige Zentimeter von ihr entfernt lag, bestand emotional eine große Kluft zwischen ihnen. Und seit der Begegnung mit Sebastian Girault neulich abends am Meer fragte Amy sich, ob das Leben im Moment einfach nur maßlos schwierig war oder ob ihre gegenwärtige Niedergeschlagenheit nicht erschreckenderweise vielmehr daher rührte, dass sie Sam einfach nicht mehr liebte. Zumindest wenn er betrunken war, ekelte ihr vor ihm – aber was sollte sie tun?

Am nächsten Morgen stand Amy auf wie immer, während Sam ungerührt weiterschlief. Sie fuhr Jake zur Schule und saß dann mit einer kränklichen Sara auf dem Schoß in der Arztpraxis.

»Sara hat erhöhte Temperatur, eine scheußliche Erkältung und einen Husten. Zwei Tage im warmen Bett, dann sollte sie wieder auf dem Damm sein. Wenn nicht, kommen Sie noch mal zu mir, dann überlegen wir, ob wir ein Antibiotikum verschreiben. Aber jetzt versuchen wir es erst einmal mit der altmodischen Methode, was meinen Sie?«, fragte der Arzt.

Amy stöhnte innerlich. Das bedeutete, dass sie sich zwei Tage unbezahlten Urlaub nehmen und damit auf zwei Tageslöhne verzichten musste. Auf dem Heimweg sagte sie im Hotel Bescheid und sauste dann in den Supermarkt gleich nebenan, um noch einige Besorgungen zu machen. Sara saß greinend vorne im Einkaufswagen, während Amy durch die Gänge hastete, um sie möglichst schnell nach Hause zu bringen.

»Mein Schatz, ich bin gleich fertig, versprochen. Jetzt besorgen wir dir noch eine Flasche Johannisbeersaft und …«

Als Amy am Ende eines Gangs schnell um die Ecke bog, stieß sie mit dem Wagen gegen einen Einkaufskorb, der am Arm eines Mannes hing.

»Oh, das tut mir leid, Entschuldigung«, sagte sie. Ihr Herz machte einen Satz, als sie sah, um wen es sich handelte.

Sebastian Girault sah sie erstaunt an. »Wir müssen wirklich aufhören, uns ständig zu begegnen. Die Leute fangen noch zu reden an.«

»Ja, das sollten wir wirklich. Es tut mir leid, entschuldigen Sie.« Amy griff an ihm vorbei nach einer Flasche Johannisbeersaft, doch Sebastian schob ihren Arm beiseite und stellte eine Flasche in ihren Wagen. Sara begann zu brüllen.

»Oje, sie klingt nicht besonders glücklich.«

»Das ist sie auch nicht. Sie ist krank, ich muss sie schleunigst nach Hause bringen.«

»Natürlich. Also dann, auf Wiedersehen.«

»Auf Wiedersehen.«

Sebastian sah ihr nach, wie sie den Gang entlangeilte und um die Ecke verschwand. Selbst in ihrem aufgelösten und unverkennbar besorgten Zustand war sie eine wunderschöne Frau. Er fragte sich, wer sie wohl war und woher sie kam. In diesem kleinen Seebad voll Pensionäre hob Amy sich mit ihrer Jugend und Schönheit erfrischend ab.

Er wollte gerade weitergehen, als er auf dem Boden einen kleinen pinkfarbenen Fäustling liegen sah. Offenbar hatte Amys Tochter ihn fallen lassen. Er hob ihn auf und ging ihr rasch nach. Als er die Kasse erreichte, sah er sie in ihr Auto steigen, und bis er am Eingang stand, war sie bereits abgefahren.

Sebastian blickte auf den kleinen Fäustling. Nicht ganz Aschenputtels goldener Pantoffel, aber er würde seinen Zweck erfüllen.

Nach zwei Tagen kehrte Amy erleichtert in die Arbeit zurück. Mit einer kranken, quengeligen Vierjährigen zur Gesellschaft im Haus festzusitzen, während es draußen in Strömen goss, war das Letzte gewesen, das sie noch gebraucht hatte. Aber immerhin hatte sie in der Zeit Hausarbeit erledigen und Wäsche waschen können, sodass ihre Bruchbude zumindest sauber war, wenn auch nicht einladend.

»Wie geht es Sara?«, erkundigte sich Wendy, die Hauswirtschafterin, als sie am Empfang vorbeikam.

»Viel besser. Das Valium brauche jetzt ich.« Amy verdrehte vielsagend die Augen.

»Es gibt nichts Schlimmeres als kranke Kinder«, sagte Wendy mit einem mitfühlenden Lachen. »Trotzdem, solange es ihr wieder gut geht.«

Amy unterdrückte ein Seufzen, als Sebastian Girault das Hotel betrat und sich der Rezeption näherte.

»Ja, schon wieder ich. Es tut mir leid, aber ich möchte Ihnen etwas zurückgeben oder vielmehr Ihrer Tochter.« Er legte den pinkfarbenen Fäustling auf die Theke. »Sie hat ihn im Supermarkt verloren.«

»Ach, oh, danke«, sagte Amy automatisch, ohne ihn anzusehen. Sebastian blieb am Empfang stehen, offenbar wollte er noch etwas anderes sagen. »Ja, bitte?«

»Ich möchte, dass Sie sich mittags mit mir auf einen Drink treffen.«

»Wieso?«

»Wieso nicht? Weil ich das möchte«, sagte er schulterzuckend.

»Mr. Girault.« Amy senkte die Stimme, damit nicht alle mithörten. Ihre Wangen färbten sich vor Verlegenheit rosarot. »Sie wissen nicht einmal, wie ich heiße.«

»Doch. Mrs. Amy Montague«, las er von dem Schild an ihrer Bluse ab. »Sehen Sie?«

»Genau. ›Mrs.‹«, zischte Amy förmlich. »Es mag Ihnen entgangen sein, aber ich bin verheiratet und Mutter von zwei Kindern. Ich kann mich nicht einfach mittags mit einem wildfremden Mann auf einen Drink treffen.«

»Wildfremd bin ich, das gebe ich zu«, erwiderte Sebastian, »aber ich habe Ihnen noch nicht den Grund für meine Bitte verraten. Ich habe nämlich mit Ihrer Freundin Marie gesprochen, und …«

»Entschuldigen Sie, Mr. Girault, aber ich muss mich um die Rechnung dieses Herrn kümmern.« Amy deutete auf einen Mann, der geduldig hinter Sebastian wartete.

»Natürlich. Ich sehe Sie dann um eins im hinteren Raum des Crown.« Mit einem Lächeln verließ er das Hotel.

Sobald Amy sich um das Anliegen des Gastes gekümmert hatte, rief sie bei Marie an.

»Ach«, sagte sie lachend, »das ist meine Schuld. Als er gestern bei uns im Büro war, habe ich ihm einen Vorschlag gemacht. Er sucht immer noch nach etwas, wo er den Winter verbringen kann.«

»Und was hast du ihm vorgeschlagen? Dass er bei uns in der Ferry Road einzieht?«

»Sehr witzig. Da wirst du dich einfach mit ihm treffen müssen, um das herauszufinden, oder?«

»Marie, bitte, ich kann Spielchen nicht leiden. Bitte sag's mir einfach.«

»Schon gut, schon gut, reg dich ab. Sebastian sucht dringend nach einer Bleibe, wo er seinen Roman schreiben kann. Bis jetzt war alles zu groß, zu klein, zu alt, zu neu – was auch immer, aber auf jeden Fall nicht das Richtige. Als er gestern bei uns vorbeischaute, hatte gerade deine Schwiegermutter angerufen, Mrs. Montague. Sie sagte, sie überlege sich ernsthaft, das Haus zu verkaufen, und ob ich seinen Wert schätzen würde. Da ist mir plötzlich eingefallen, dass das genau das Richtige für Sebastian sein könnte, um sein Buch zu schreiben.«

»Warum hast du ihm dann nicht vorgeschlagen, dass er direkt bei Posy anruft, ohne mich ins Spiel zu bringen?«, fragte Amy ärgerlich.

»Weil ich deine Schwiegermutter kaum kenne und es unprofessionell fände, ihre Telefonnummer an Fremde weiterzugeben. Ich dachte, es wäre besser, wenn Sebastian sich mit dir unterhält und du dann als Vermittlerin auftrittst. Mehr nicht. Es tut mir leid, wenn ich damit das Falsche gemacht habe, Amy, wirklich.«

»Nein, natürlich nicht«, sagte Amy hastig und bekam ein schlechtes Gewissen wegen ihres Misstrauens, wo Marie ihren Vorschlag doch in aller Unschuld vorgebracht hatte. »Es ist nur so, dass ich ihm irgendwie an jeder Ecke begegne.«

»Ich bezweifle, dass dir im Crown allzu viel passieren kann«, meinte Marie.

»Da hast du recht, und es tut mir leid. Danke, Marie.« Amy legte auf und fragte sich, was bloß aus ihr und ihrer üblichen gelassenen Heiterkeit geworden war. Jeden fuhr sie mürrisch an, allen voran die Kinder. Nach dem Treffen mit Sebastian würde sie in den Feinkostladen gehen und ihnen etwas Schönes zum Abendessen besorgen.

Sebastian saß schon in einer Ecke des Pubs hinter seiner *Times*, als Amy das Crown betrat. Mit einem Blick durch den Raum stellte sie erleichtert fest, dass bis auf zwei ältere Herrschaften, die sich ein Bier genehmigten, niemand da war.

»Guten Tag, Mr. Girault.«

Er schaute von seiner Zeitung auf. »Sebastian, bitte. Was kann ich Ihnen zu trinken holen?«

»Nichts, ich habe nicht viel Zeit. Ich muss einkaufen gehen.« Amys Atem ging rasch, ihr Herz klopfte wie wild.

»Wie Sie möchten.« Sebastian zuckte mit den Schultern. »Aber vielleicht setzen Sie sich wenigstens? Ich schwöre, dass ich mich nicht an Ihnen vergehen werde, Madam, und dass meine Absichten völlig ehrenhaft sind.« Er lächelte, seine grünen Augen blickten amüsiert ob ihres Unbehagens.

»Jetzt machen Sie sich nicht über mich lustig«, sagte Amy leise. »Southwold ist eine Kleinstadt mit entsprechend viel Getratsche. Ich möchte nicht, dass meinem Mann brühwarm erzählt wird, man habe mich bei einem Drink mit Ihnen gesehen.«

»Da Sie ja schon gesagt haben, dass Sie nichts trinken möchten, hat sich die Hälfte des Problems bereits erledigt«, meinte Sebastian trocken. »Und ich glaube kaum, dass Sie den beliebtesten Pub in ganz Southwold als Treffpunkt für eine heimliche Affäre wählen würden, aber bitte schön. Wie auch immer, ich möchte etwas trinken. Entschuldigen Sie mich.«

Amy trat beiseite, damit er an ihr vorbeikam, und sah ihm nach, wie er zum Tresen ging. Dabei überlegte sie sich, wie kindisch ihr Verhalten wirken musste. Sie folgte ihm.

»Entschuldigen Sie, Sebastian. Ich möchte bitte einen Orangensaft mit Limonade.«

»Kommt sofort.«

Amy kehrte zum Tisch zurück und setzte sich.

»So, bitte, einmal Orangensaft mit Limonade.«

»Danke. Es tut mir leid, dass ich vorhin und gerade eben so abweisend war.«

»Das ist schon in Ordnung, ich weiß, wie es in Kleinstädten zugeht. Ich habe früher selbst in einer gelebt. Prost.« Sebastian trank einen Schluck Bier. »Bestimmt haben Sie gleich bei Ihrer Freundin Marie angerufen ...«

»Ich würde sie nicht unbedingt meine Freundin nennen«, warf Amy ein. »Ich kenne sie kaum.«

»Also gut, Sie haben bei Marie angerufen, um zu erfahren, was sie mir gesagt hat.«

»Das stimmt.« Amy nickte.

»Und was meinen Sie?«

»Ich habe keine Ahnung, was Posy zu der Idee sagen würde, einen Untermieter zu haben.« Amy machte eine vage Geste. »Genauso wenig weiß ich, ob es Ihnen in Admiral House gefallen würde. Luxus sieht anders aus. In den oberen Stockwerken gibt es überhaupt keine Heizung.«

»Das stört mich nicht. Ich war auf einem Internat, also bin ich daran gewöhnt, mir den Arsch abzufrieren, wenn Sie mir den Ausdruck verzeihen. Ich muss sagen, nachdem ich mir alle Mietwohnungen angesehen und nicht das Richtige gefunden habe, klingt das Haus Ihrer Schwiegermutter ideal. Ich brauche viel Platz, um hin und her zu gehen.«

»Davon gibt es in Admiral House auf jeden Fall reichlich«, räumte Amy ein. »Ich kann Posy ja fragen und hören, was sie meint. Für wie lange wäre es denn?«

»Erst einmal zwei Monate. Schwer zu sagen, wie gut ich vorankomme.«

»Sie würden auf jeden Fall gut verpflegt werden. Posy ist eine begnadete Köchin.«

»Guter Gott, auf Verköstigung hatte ich gar nicht gehofft, aber das wäre natürlich himmlisch. Wenn ich schreibe, komme ich nie zu mehr als einer Scheibe Toast oder einer Dosensuppe.«

»Ich glaube, Posy würde sich freuen, Ihnen jeden Tag ein Essen vorzusetzen«, sagte Amy mit einem Lächeln. »Ich weiß, dass es ihr fehlt, für die Familie zu kochen.«

»Und Sie sind also mit einem ihrer Söhne verheiratet?«

»Mit Sam, dem Älteren, ja.«

»Lebt sie ganz allein dort?«

»Ja, aber wohl nicht mehr allzu lang. Ich glaube, sie hat sich dazu durchgerungen, das Haus zu verkaufen. Marie erwähnte, dass sie noch diese Woche für eine Schätzung vorbeikommen soll.«

»Dann sollte ich mich wohl beeilen. Können Sie in meinem Namen bei Ihrer Schwiegermutter anrufen? Sagen Sie ihr bitte, dass ich manierlich, stubenrein und zahlungswillig bin, allerdings etwas exzentrisch, was meine Arbeitszeiten betrifft.«

»Ich tue mein Bestes«, versprach Amy.

»Und wo wohnen Sie? Vermutlich in einem ähnlich historischen Kasten, oder?«

»Das nicht gerade.« Amy lachte ironisch. »Die heutigen Montagues sind nicht mehr so wohlhabend wie die früheren Generationen. Admiral House ist das Einzige, was von den Tagen der Pracht und Herrlichkeit geblieben ist. Sam muss seinen Lebensunterhalt selbst verdienen.«

»Ah ja. Und was macht Ihr Mann beruflich?«

Normalerweise ging ihr die Antwort »Geschäftsunternehmer« glatt über die Lippen, doch heute konnte Amy sich nicht dazu überwinden. Sie zuckte mit den Achseln. »Ach, dies und das. Im Augenblick ist etwas mit einer Immobilienfirma am Laufen, aber angesichts seiner bisherigen Erfolge wird das Projekt im nächsten halben Jahr bestimmt den Bach runtergehen.«

»Ich verstehe.«

»Oje, das klingt schrecklich, oder?« Beschämt schlug Amy sich die Hand vor den Mund. »Was ich eigentlich sagen wollte, ist, dass Sam ein netter Mensch ist und ich ihn sehr liebe, aber beruflich hat er nicht unbedingt viel Glück gehabt.«

»Das kann für Sie nicht leicht sein«, meinte Sebastian, »zumal mit Kindern. Wie viele haben Sie?«

»Zwei. Und Sie haben recht, einfach war's nicht, aber wer kann das von seinem Leben schon behaupten?«

»Niemand, da haben Sie sicher recht.« Sebastian warf einen Blick auf die Uhr. »Leider muss ich jetzt los. Um halb zwei habe ich einen Termin. Danke, dass Sie gekommen sind. Ich würde mich wirklich freuen, wenn Sie in den nächsten Tagen eine Möglichkeit finden, mit Ihrer Schwiegermutter zu reden. Wenn sie mit mir sprechen möchte, ich bin im Swan zu erreichen.« Er stand auf. »Auf Wiedersehen, Amy.« Mit einem Nicken ging er davon.

Amy saß da, die Hände um ihr Glas gelegt, und fühlte sich unvermittelt bedrückt. Sie kam sich noch kindischer vor als zuvor angesichts dessen, dass Sebastian für die Verabredung mit ihr keine halbe Stunde angesetzt und bereits den nächsten Termin geplant hatte. Er hatte eindeutig keinerlei unehrenhafte Absichten.

Außerdem, weshalb sollte er die auch haben? Amy leerte ihr Glas und stand auf. Schließlich gehörte sie kaum zu der Art Frau, mit der sich Sebastian in seiner hochgestochenen literarischen Welt umgab und für die er sich interessierte.

Und da führte sie sich auf wie eine neurotische Teenagerin, deren Unschuld in Gefahr war. Amy schauderte. So, wie sie sich heute verhalten hatte, war das zweifellos das letzte Mal gewesen, dass sie Sebastian Girault gesehen hatte. Überrascht stellte sie fest, dass der Gedanke ihr nicht gefiel.

Von seiner Warte in einem verborgenen Winkel des Hotelfoyers aus sah Sebastian Amy den Pub verlassen. Dann kehrte er an den Tisch zurück, von dem sie gerade aufgestanden war, bestellte sich ein weiteres Bier und vertiefte sich wieder in seine Zeitung.

Kapitel 11

Als Posy das Auto die Auffahrt zum Haus herauffahren sah, musste sie sich zwingen, ihm nicht entgegenzulaufen. Gemessen ging sie zur Haustür, öffnete sie und blieb in erregter Vorfreude stehen, bis der Wagen hielt.

Schließlich schwang ihr großer, gut aussehender Sohn die langen Beine unter dem Lenkrad hervor und ging zu seiner Mutter, die ihm auf dem Kies entgegenkam.

Er schlang die Arme um sie. »Guten Tag, Mum.«

»Nick, mein lieber, lieber Junge. Wie schön, dich zu sehen!«

»Ganz meinerseits, Mum.«

Eine Weile lagen sie sich in den Armen, beide mussten sich erst fassen, ehe sie wieder sprechen konnten. Schließlich schob Nick seine Mutter ein Stück von sich und betrachtete sie.

»Mum, du siehst fantastisch aus! Jünger als bei meiner Abreise.«

»Ach, hör auf, Nick, das stimmt doch nicht. Aber trotzdem danke.«

Er legte ihr einen Arm um die Schultern, und so gingen sie zum Haus. Bevor er eintrat, blieb er stehen und sah an der Fassade hinauf. »Mein Gedächtnis hat mich nicht im Stich gelassen. Es sieht genauso aus, wie ich es die ganzen Jahre in Erinnerung hatte.«

»Das freut mich«, sagte Posy, als sie in die Halle kamen. »Aber innen wirst du zweifelsohne feststellen, dass die zehn Jahre nicht spurlos an allem vorübergegangen sind.«

Als sie die Küche mit ihrem vertrauten, behaglichen Geruch betraten, überfielen Nick Erinnerungen an seine Kindheit. Für ihn war dieser Raum stets eine sichere Zuflucht gewesen, und nichts hatte sich verändert. An der Wand hingen immer noch die schweren Eisenpfannen, auf der Anrichte stand dieselbe eklektische Mischung von seltenem und kostbarem Porzellan in kunterbuntem Durcheinander, und über dem Kochherd hing die große Bahnhofsuhr, die zu seinen frühesten Erinnerungen gehörte.

»Mmmh, wonach duftet es hier so köstlich?«, fragte er. »Doch nicht etwa...«

»Doch, Leber mit Speck, dein Lieblingsessen«, bestätigte Posy.

»Aber, Mum, ich wollte dich doch zum Essen einladen.«

»Du hast gesagt, du würdest dich ganz nach mir richten, und ich wollte für dich kochen. Ach, Nick, mein Schatz, ich kann dir gar nicht sagen, wie großartig es ist, dich zu sehen. Du hast dich auch überhaupt nicht verändert. Kaffee, Tee, oder wie wär's mit einem Bier?«

»Ein Bier, Mum, bitte, und natürlich habe ich mich verändert. Ich bin jetzt vierunddreißig, bekomme die ersten grauen Haare und Fältchen um die Augen«, sagte er und seufzte. »Wie geht es dir?«, fragte er, nachdem er einen Schluck aus der Flasche genommen hatte.

»Die Gelenke machen sich bemerkbar, vor allem morgens, aber davon abgesehen fehlt mir nichts.« Posy schenkte sich ein Glas Wein ein. »Auf dich, mein Schatz, und auf deine sichere Heimkehr nach all den Jahren.« Sie hob das Glas.

»Du weißt gar nicht, wie schön es ist, wieder hier zu sein, in einem Haus, das älter ist als ein paar Jahre und kein Bungalow.«

»Ich möchte alles erfahren, was du in Perth gemacht hast. Es muss dir gefallen haben, sonst wärst du nicht so lang geblieben.«

»Einerseits ja, andererseits auch wieder nicht«, antwortete

Nick. »Es ist so vollkommen anders als England und insbesondere Southwold, und genau das habe ich damals gebraucht.«

»Weißt du, ich habe mich immer gefragt, ob du davongelaufen bist.«

»Natürlich, aber jetzt bin ich wieder hier.«

»Für wie lange?« Es kostete Posy Überwindung, die Frage zu stellen.

»Das ist die große Preisfrage«, sagte Nick und grinste. »Aber wie wär's jetzt erst einmal mit etwas Leber mit Speck? Ich hab einen Mordshunger.«

Posy hatte es vor Aufregung den Appetit verschlagen, also schob sie ihr Essen auf dem Teller hin und her, während Nick ihr von Perth berichtete und von seinem Plan, ein Geschäft in London zu eröffnen. Dem Wein hingegen sprach sie etwas zu sehr zu, sie wollte sich Mut antrinken, um Nick vom bevorstehenden Verkauf von Admiral House zu erzählen.

»Wenn du dich in London nach Geschäftsräumen umgetan hast – heißt das, du denkst womöglich daran, auf Dauer hierzubleiben?«, fragte Posy.

»Na ja, ich habe mich nicht gleich nach der Ankunft bei dir gemeldet, weil ich erst einmal in Ruhe die Lage sondieren wollte, bevor wir uns sehen. Jetzt habe ich die richtigen Räume gefunden und beschlossen, den Versuch zu wagen.«

Ein Strahlen ging über Posys Gesicht, vor Freude klatschte sie in die Hände. »Nick, mein Schatz! Du glaubst gar nicht, wie glücklich mich das macht.«

»Wahrscheinlich wirst du mich vor lauter Arbeit genauso selten sehen wie in den letzten zehn Jahren«, scherzte Nick.

Posy machte sich daran, den Tisch abzuräumen, aber Nick drückte sie sanft wieder auf ihren Stuhl. »Das übernehme ich, Mum.«

»Danke, mein Schatz. Der Reispudding steht ganz unten im

Herd, wenn du ihn herausholen würdest. Und was hat dich jetzt zu dieser schwerwiegenden Entscheidung veranlasst?«, fragte sie, als Nick den Reispudding auf zwei Schüsseln verteilte und auftrug.

»Ach, alles Mögliche«, antwortete Nick und setzte sich. »Vor allem vielleicht die Erkenntnis, dass man sich selbst nicht entkommt, so weit man auch weglaufen mag.«

Posy nickte schweigend und wartete, dass er fortfuhr.

»Und um ehrlich zu sein, hat England mir gefehlt, vor allem das.« Er deutete auf seinen Reispudding. »Wahrscheinlich war Australien einfach nicht mein Zuhause.«

»Aber du bist froh, dort gewesen zu sein?«

»Absolut«, sagte er und verrührte seinen Reispudding. »Es war ein großes Abenteuer, mit dem Vorteil, dass es mir jede Menge Geld eingebracht hat.«

»Dafür hattest du immer schon ein Händchen«, sagte Posy. »Alles, was du anfasst, wird zu Gold. Ganz im Gegensatz zu Sam.«

Nicks Gesicht verdüsterte sich schlagartig. »Kämpft er immer noch?«

»Ja.«

»Na ja, aber das hat er sich schon selbst zuzuschreiben, Mum, oder? Ich meine, von seinen Ideen ist eine hirnverbrannter als die andere. Steht seine Frau immer noch treu zu ihm?«

»Ja, Amy ist immer noch da, und dann kennst du natürlich noch nicht ihre zwei Kinder, Jake und Sara. Sie sind hinreißend.«

»Dann schlagen sie ja nicht nach ihrem Vater«, meinte Nick nüchtern.

»Ach, Nick, du sprichst wirklich gehässig von Sam«, sagte Posy. Trauer schwang in ihrer Stimme mit. »Geschäftlich mag er ja eine Katastrophe sein, aber er ist kein schlechter Mensch.«

»Mir ist klar, dass er dein Sohn und mein Bruder ist, aber in der Hinsicht bin ich nicht ganz deiner Meinung, Mum.«

»Was meinst du damit genau?«

Schweigend saß ihr Sohn ihr gegenüber.

»Nick, bitte sag es mir, damit ich dich verstehen kann«, bat Posy. »Es gibt für eine Mutter nichts Schlimmeres, als dass ihre Kinder zerstritten sind.«

Nick schüttelte den Kopf. »Mum, es ist doch egal. Lass uns über etwas Schöneres reden. Zum Beispiel darüber, dass ich, ob du's glaubst oder nicht, eine Frau kennengelernt habe. Eine ganz besondere.«

»Nick! Du alter Heimlichtuer! Wo ist sie? Wer ist sie? Eine Australierin, vermute ich?«

»Nein, das ist ja das Erstaunliche. Ehrlich gesagt habe ich sie an meinem ersten Tag wieder auf englischem Boden kennengelernt. Sie ist eine Freundin meiner guten alten Freunde Paul und Jane Lyons-Harvey. Sie heißt Tammy, ist unglaublich schön und hat ein Geschäft für Vintage-Kleidung.«

»Du meine Güte, Nick, das geht ja schnell.«

»Ich weiß. Sollte ich mir Sorgen machen?«

Posy dachte an den ersten Moment, als sie Freddie gesehen hatte, und schüttelte den Kopf.

»Nein, gar nicht. Wenn das Gefühl da ist, dann ist es so. Zumindest nach meiner Erfahrung.«

»Na ja, so schnell ist es bei mir eigentlich noch nie gegangen, Mum, und fast macht es mir Angst. Ich mag sie wirklich sehr, sehr gern.«

»Schön. Wann kann ich sie kennenlernen?«

»Ich dachte, ich könnte nächste Woche mit ihr herkommen, das heißt, wenn sie Zeit hat. Sie baut ihr Geschäft gerade erst auf, genau wie ich.«

»Ach, Nick, das wäre schön. Wenn's am Wochenende ginge, wäre das noch besser. Dann könnte ich Sam und Amy auch einladen ... Unabhängig davon, wie du zu deinem Bruder stehst, solltest du deinen Neffen und deine Nichte kennenlernen.«

»Natürlich, Mum. Schließlich sind wir erwachsene Menschen. Außerdem würde ich mich freuen, Amy wiederzusehen und natürlich auch, die Kinder kennenzulernen. Wie wär's mit kommendem Wochenende?«

»Perfekt!« Posy klatschte in die Hände. »Sag deiner Freundin aber, dass sie einen warmen Pyjama mitbringen soll, ja? Die Nächte werden frisch.«

»Das tue ich, Mum«, sagte er und bemerkte ihr schalkhaftes Lächeln. »So, und jetzt möchte ich unbedingt sehen, was du in der Zwischenzeit alles im Garten gemacht hast.«

Nachdem sie durch den Garten geschlendert waren, machte Posy in der Küche Tee. Nick ging ins Frühstückszimmer, blieb aber in der Halle stehen und sah zu dem ausladenden Kronleuchter empor. Da bemerkte er die langen Risse, die sich über die ganze Decke zogen, die blätternde Farbe und die bröckelnden Zierleisten. Im Frühstückszimmer drehte er den schweren schwarzen Schalter, um das Licht einzuschalten, und zündete im Kamin das Feuer an. Es war sehr kalt im Raum und roch unverkennbar nach Feuchtigkeit. Die wunderschönen Seidenvorhänge, hinter denen er sich als Kind so gern versteckt hatte, sahen zerschlissen aus.

Beim Anblick dieses ehemals eleganten Raums fühlte er sich an eine Diva der Stummfilmära erinnert, an der die Zeit ihre Spuren hinterlassen hatte, und als er den jetzigen schäbigen Zustand der Einrichtung betrachtete, bildete sich ein Kloß in seinem Hals. Er lenkte sich damit ab, das Feuer zu entfachen, bis seine Mutter mit dem Teetablett erschien, auf dem auch ihr berühmter Sandkuchen stand.

»Da«, sagte er, noch immer vor den Flammen hockend. »Das erste Feuer, das ich seit zehn Jahren angezündet habe. Irre, das macht mich wirklich glücklich.«

»Weißt du schon, wo du wohnen wirst?«, fragte Posy.

»Nein. Paul und Jane haben gesagt, dass ich so lange bei ihnen bleiben kann, wie ich will. Ich möchte zuerst alles mit dem Geschäft auf die Reihe bringen, bevor ich mir eine Wohnung suche.«

»Wenn du nächstes Wochenende kommst, möchte ich dich bitten, dich im Haus umzuschauen. Der Großteil der Möbel ist wahrscheinlich wertlos, aber vielleicht gibt es das eine oder andere Stück, das etwas bringt.«

»Brauchst du Geld, Mum? Du weißt, ich habe dir immer wieder gesagt, dass ich dir gerne etwas geben kann.«

»Nein, Nick, ich brauche nichts. Die Sache ist ... Ich glaube, ich muss mir wirklich überlegen, Admiral House zu verkaufen. Ich werde nächstes Jahr siebzig.«

Nick starrte sie an und sah dann in die Flammen. Nach einer ganzen Weile sagte er: »Tja.«

»Nick, bitte sag mir, wie es dir damit geht.«

»Um ehrlich zu sein, Mum, weiß ich das nicht so genau. Ein ziemliches Durcheinander – natürlich bin ich traurig. Das ist das Haus meiner Kindheit und deins ja auch – aber ich kann verstehen, weshalb du dir überlegst, es zu verkaufen.«

»Vielleicht ist es wie mit einem alten, kranken Haustier«, sagte Posy bekümmert. »Man liebt es, es bricht einem das Herz, es einschläfern zu lassen, aber man weiß, dass es das Beste ist. So geht es mir mit Admiral House. Es braucht einen neuen Besitzer, jemanden, der seine frühere Pracht wiederherstellen kann. Langsam, aber sicher zerfällt es, und ich muss etwas unternehmen, bevor es zu spät ist.«

»Das kann ich verstehen, Mum.«

Nick schaute zur Decke und sah den großen feuchten Fleck, der seit seiner Kindheit dort war. Damals hatte er ihn an ein Flusspferd erinnert. In der Zwischenzeit waren neue Flecken hinzugekommen, die ein ganzes Deckenfresko bildeten.

»Nächste Woche kommt eine Immobilienmaklerin vorbei, um es zu schätzen«, berichtete Posy. »Aber natürlich will ich erst dich fragen, ob du es haben möchtest.«

»Zum einen würde Sam mir nie vergeben, wenn ich es übernähme. Schließlich ist er der ältere Sohn und der Erbe. Aber davon abgesehen sehe ich mein Leben nicht hier in Southwold. Außerdem werde ich jeden Penny für mein Geschäft brauchen. Es tut mir leid, Mum.«

»Natürlich, Nick. Ich wollte dich nur fragen, mehr nicht.«

»Was hast du vor, wenn du es verkauft haben wirst?«

»Darüber habe ich mir noch keine größeren Gedanken gemacht. Mir ein kleineres Haus suchen, das leichter instand zu halten ist. Und das einen Garten der einen oder anderen Art hat«, fügte sie lächelnd hinzu. »Ich hoffe sehr, dass der Käufer, wer immer es ist, den hier nicht einebnet.«

»Ganz bestimmt nicht. Der Garten ist doch ein wahres Schmuckstück. Was du brauchst, ist einen wohlhabenden Typen aus der City, der eine Trophäenfrau und ein Heer Bediensteter hat, das sich um alles kümmert.«

»Ich kann mir nicht vorstellen, dass es allzu viele von der Sorte gibt, aber sehen wir mal.«

»Wie du immer gesagt hast: Es kommt, wie's kommt. Jetzt sollte ich mich aber allmählich auf den Weg machen.«

Gemeinsam gingen sie in die Halle.

»Bevor du gehst, muss ich dir das geben.« Posy reichte ihm einen Brief, der auf dem Tischchen neben der Haustür lag. »Er wurde gestern von Hand in der Galerie zugestellt, ein Glück also, dass ich dich heute sehe, um ihn dir gleich geben zu können.«

Nick blickte auf seinen Namen, der in schwarzer Tinte und der vertrauten schrägen Handschrift auf dem Kuvert stand. Er schluckte schwer und versuchte, sich seinen Schock nicht anmerken zu lassen. »Danke, Mum«, sagte er nach einem Moment.

»Es war wunderschön, dich zu sehen, mein Schatz«, erwiderte sie und gab ihm einen Kuss. »Ich bin begeistert, dass du auf Dauer wieder hier bist.«

»Ich auch, Mum«, sagte er lächelnd. »Tschüss, bis bald.«

Nick setzte sich in seinen Wagen, startete den Motor und fuhr die Auffahrt hinunter. Bevor er auf die Straße einbog, blieb er stehen. Der Brief lag auf dem Beifahrersitz und verlangte regelrecht, geöffnet zu werden. Mit zitternden Fingern riss er ihn auf und las, was sie ihm geschrieben hatte.

Dann saß er da, starrte vor sich hin und überlegte, was er tun sollte. Er könnte den Brief zerreißen und gleich nach London und zu Tammy zurückkehren. Oder er könnte nach Southwold hineinfahren, hören, was sie ihm zu sagen hatte, und endgültig mit der Vergangenheit abschließen.

Nick bog nach rechts ab und fuhr nach Southwold. Der Ort sah in der Herbstdämmerung so hübsch aus wie eh und je. Auf der High Street bemerkte er, dass sein ehemaliges Geschäft mittlerweile ein Maklerbüro war, doch sonst hatte sich wenig verändert. Aus einer Laune heraus parkte er und schlenderte die Seepromenade entlang.

Beim Gehen überfielen ihn die Erinnerungen, und er wusste, dass es wichtig war, sie nicht zu verdrängen. Wenn er sie jetzt traf, wo er ein Ziel vor Augen hatte und Tammy in sein Leben getreten war, konnte er die Erinnerungen vielleicht wirklich hinter sich lassen.

Aufs Geländer gestützt, schaute er über das Meer, das sanft an den Strand schlug, und erinnerte sich an seinen damaligen Schmerz und Kummer, als er das letzte Mal hier gestanden hatte. Ja, er hatte sie geliebt. Vielleicht würde er nie wieder so lieben, und rückblickend betrachtet, hoffte er das sogar. Ihm war klar geworden, dass eine solche Liebe nichts Positives barg, sondern alles andere überwältigte und verdrängte und zerstörte.

Er ging zum Auto zurück, ließ den Motor an und fuhr zu ihrem Haus.

Kapitel 12

Schwungvoll unterzeichnete Tammy die Dokumente und reichte dem Makler den Stift zurück. »So. Alles unter Dach und Fach.«

»Der gehört jetzt wohl Ihnen.« Der Makler ließ einen Schlüsselbund vor ihr baumeln.

»Ja. Danke.« Tammy steckte ihn in das mit Reißverschluss gesicherte Fach ihrer Handtasche. »Sonst noch etwas?«

»Nein, das ist alles.« Der Makler sah auf die Uhr und strich sich eine Strähne über seine Halbglatze. »Es ist fast Mittagszeit. Hätten Sie Lust, mit mir und einem Glas Champagner auf die Zukunft Ihres neuen Unternehmens anzustoßen?«

»Äh, danke, aber ich kann es ehrlich gesagt kaum erwarten, in meine neuen Räume zu kommen und alles einzurichten.«

»Wie Sie möchten. Viel Glück, Miss Shaw.«

»Danke, Mr. Brennan.«

Vor dem Maklerbüro hielt Tammy ein Taxi an.

»Ellis Place Nummer vier, bitte. Eine Seitenstraße der Sloane Street, am Sloane-Square-Ende«, fügte sie beim Einsteigen stolz hinzu.

Auf der Fahrt die King's Road entlang sah Tammy aus dem Fenster und konnte ihr Glück kaum fassen. Erst letzte Woche hatte sie Nick ihr Leid geklagt, sie werde nie die passenden Räume finden. Auf die Lage kam es an, nichts anderes zählte, aber sie war schier verzweifelt, in einem der richtigen Viertel etwas in ihrer Preislage zu bekommen.

Dann hatte Jane sie von einem Fotoshooting angerufen und gesagt, sie habe zufällig gerade gehört, dass eine Kleiderboutique dichtgemacht habe und die Konkursverwalter einen Käufer für die Ausstattung mitsamt der Einbauten und natürlich die restliche Pachtzeit suchten. Jane hatte ihr die Telefonnummer gegeben, und Tammy hatte sofort angerufen.

Noch bevor sie die Räume betrat, hatte sie gewusst, dass sie perfekt waren. In einer kleinen Nebenstraße der Sloane Street gelegen, befand sich der Laden zwischen einer aufstrebenden Schuhdesignerin – von der sie kürzlich in der *Vogue* gelesen hatte – und einer Hutmacherin. Innen entsprach alles ziemlich genau ihren Wunschvorstellungen: klein, aber geschmackvoll ausgestattet mit gerade genug Platz, um ihre Kleider aufzuhängen. Dazu gab es hinten ein Büro und eine kleine Küche und unten ein trockenes Souterrain, das nicht nur als Lager dienen konnte, sondern auch als Arbeitsplatz für eine Näherin. Außerdem waren die Räume gerade einmal fünf Autominuten von ihrem kleinen Haus entfernt, was ein zusätzliches Plus war.

Mit klopfendem Herzen hatte sie den Makler nach der Miete gefragt. Sie bewegte sich eindeutig am absolut obersten Ende ihres Budgets und erschien ihr kriminell für die Quadratmeterzahl, die sie tatsächlich bekam, aber Tammy war überzeugt, dass sie das Richtige tat.

Sie hatten sich auf der Stelle per Handschlag geeinigt, und jetzt, nur wenige Tage später, ging Tammy, nachdem sie den Taxifahrer bezahlt hatte, zur Tür und schloss sie mit leicht zitternden Händen auf.

Ein paar Minuten stand sie nur da und konnte kaum glauben, dass sie es doch noch geschafft hatte, dann stieß sie einen Freudenschrei aus. Sie holte ihr Handy heraus und wählte Nicks Nummer. Auch wenn er an diesem Tag seine Mutter besuchte und sie sicher nur seine Mailbox erreichen würde, sollte er der Erste sein, der davon erfuhr.

»Hi, Liebling, ich bin's. Ich wollte dir nur sagen: Ich steh drin! Es ist großartig, und ich bin ganz glücklich. Den Champagner machen wir auf, wenn wir uns nachher sehen. Gib mir Bescheid, wann ich mit dir rechnen kann. Wahrscheinlich bin ich dann noch in der Boutique, vielleicht könntest du mich ja hier abholen? Bis dann, mein Schatz.«

Sie lächelte liebevoll. So glücklich war sie schon lange nicht mehr gewesen. Nick brachte sie zum Lachen, und wenn er nicht da war, fehlte er ihr, und zwar so sehr, dass sie sich fragte, ob sie sich womöglich in ihn verliebte. Vor Freude schlang sie die Arme um sich selbst: ein hinreißender Freund und ihre Boutique – was konnte ihr zu ihrem Glück noch fehlen?

»So, Tam, und jetzt Schluss mit der Euphorie. Jede Sekunde, die du hier rumstehst, kostet dich fünf Pfund, also an die Arbeit mit dir, Mädel!«, sagte sie sich.

Die nächsten drei Stunden verbrachte sie damit, ihre Nähmaschine und die Plastikboxen mit Perlen in den Laden zu schaffen. Dann fuhr sie zu ihrem Lager, um einen Teil ihrer Vintage-Kleider zu holen. Eigentlich verbrachte sie viel zu viel Zeit damit herauszufinden, wie sie die Kleidungsstücke an den Stangen anordnen sollte, und sie probierte lange mit Ideen fürs Schaufenster, aber ein bisschen Vergnügen durfte sie sich am ersten Tag doch genehmigen, oder nicht?

Tammy rockte gerade zu Robbie Williams im Radio, wozu sie sich eins ihrer luftigeren Kleider über ihren Pullover und die Jeans gestreift hatte, als es an der Tür klopfte.

»Hi«, sagte Tammy. Eine attraktive junge Inderin betrat den Laden.

»Hi. Ich bin Joyti Rajeeve vom Laden nebenan. Ich dachte, ich komme dich mal begrüßen.«

»Ich bin Tammy Shaw, und ich finde deine Schuhe große Klasse. Langsam werden sie in den Hochglanzmagazinen auch darauf aufmerksam, oder?«

»Doch. Hoffen wir mal«, sagte Joyti. »Die Lage hier ist gut, und es ist wichtig, dass die Nachbarn Erfolg haben, denn dann bekommt die Straße einen guten Ruf, und man profitiert von der Kundschaft der anderen.«

»Genau«, sagte Tammy. »Ich hoffe, dass ich die Sache nicht in den Sand setze. Nicht wie der letzte Laden hier.«

»Wenn ich mir das Kleid so ansehe, bestimmt nicht. Es ist traumhaft!« Joyti berührte die zarte Perlenarbeit auf dem Chiffon.

»Ja, ich habe es bei einer Haushaltsauflösung für lau bekommen – aber die Frau hatte leider überhaupt nicht darauf aufgepasst. Ich musste die ganze Perlenstickerei neu machen, von Hand, aber hoffentlich nicht mehr lange. Ich brauche eine Assistentin«, sagte Tammy. »Allerdings kann ich nicht viel bezahlen.«

»Na, womöglich kenne ich eine Frau, die dir helfen könnte und bestens geeignet wäre.«

»Wirklich? Dann kann ich sie mir vermutlich nicht leisten.«

»Doch, vermutlich schon. Sie ist meine Mum.«

»Ach, ich verstehe.« Tammy wollte nicht herablassend klingen, aber sie brauchte eine professionelle Näherin.

»Sie war früher einmal eine der bekanntesten Sarischneiderinnen hier in London«, erklärte Joyti. »Ihre Feinarbeit ist unvergleichlich. Vor einem Jahr hat sie sich zur Ruhe gesetzt, aber jetzt ist ihr zu Hause natürlich tödlich langweilig.«

»Dann soll sie doch mal bei mir vorbeischauen«, meinte Tammy.

»Ich schlag's ihr vor. Für mich wär's von Vorteil, wenn sie beschäftigt ist und weniger Zeit hat, sich Sorgen um mich zu machen.« Joyti lachte. »Jetzt überlass ich dich wieder dir selbst, aber wenn du nach der Arbeit mal Lust auf einen Drink hast, schau einfach vorbei. Übrigens, ich hätte genau die richtigen Schuhe zu dem Kleid. Vielleicht können wir uns ja gegenseitig unter die Arme greifen. Bis die Tage«, sagte Joyti und verließ den Laden.

Um acht klingelte Tammys Handy, und sie hob ab in der Erwartung, dass es Nick wäre.

»Hi, Tam, hier ist Jane. Wie geht's?«

»Famos! Ich bin schon vor Freude durch den Laden getanzt!«

»Gut. Hast du dir mittlerweile einen Namen überlegt?«

»Nein.« Das war das Einzige, mit dem Tammy nicht weiterkam.

»Tja, den wirst du vor der großen Eröffnung noch finden müssen, oder?«

»Ja, da hast du leider recht.«

»Soll ich vorbeischauen, und dann gehen wir in die Bar bei Harvey Nichols und feiern mit einer Flasche Champagner?«

»Ach, Janey, das wäre schön, aber ich bin heute Abend mit Nick verabredet.«

»Na dann. Aber ich bestehe darauf, dass du morgen Abend mit mir zur Eröffnung des neuen Gucci-Ladens gehst.«

»O nein«, stöhnte Tammy. »Ich kann solche Events nicht leiden.«

»Ich weiß, aber du solltest in den nächsten Monaten wirklich so viel wie möglich unter die Leute gehen und ihnen von deinem neuen Laden erzählen.«

»Ja, da hast du natürlich recht«, stimmte Tammy zu. »Wie wär's, wenn wir eine Stunde oder so dort bleiben und danach essen gehen und uns richtig unterhalten?«

»Klingt gut«, meinte Jane. »Ich hole dich morgen um sieben von deinem neuen Laden ab. Noch mal herzlichen Glückwunsch!«

»Danke. Ciao, Janey.«

Um neun Uhr hatte Tammy genug. Sie wählte noch einmal Nicks Nummer. Wieder nur die Mailbox. Sie beschloss, nach Hause zu gehen, zu baden und dort auf seinen Anruf zu warten. Vielleicht hatte er mit seiner Mutter so viel zu besprechen gehabt, dass er gar nicht auf die Uhrzeit geachtet hatte. Trotzdem, eigentlich sah es ihm gar nicht ähnlich, sich nicht bei ihr zu melden.

Nach dem Bad ging Tammy im Wohnzimmer auf und ab, sie fand keine Ruhe. Um zehn versuchte sie es noch einmal bei Nick, aber wieder erreichte sie nur die Mailbox. Also probierte sie es bei Jane und Paul, doch auch bei ihnen landete sie auf dem Anrufbeantworter.

Schwer ließ sie sich aufs Sofa fallen. Sie war am Verhungern. Sie wärmte sich ein Stück Pizza auf und öffnete den Champagner.

»Auf mich«, sagte sie halbherzig und trank einen kräftigen Schluck. Aber der Tag hatte seinen Glanz verloren, und mittlerweile war sie sowohl verärgert als auch frustriert. Hätte Nick angerufen und gesagt, er werde es nicht schaffen, hätte sie wenigstens mit Jane feiern können. Sie konnte es nicht verstehen. Nick wusste doch, wie viel dieser Tag ihr bedeutete.

»Verdammte Männer. Sind alle gleich«, brummte sie beim dritten Glas Champagner.

Um Mitternacht warf Tammy die leere Flasche in den Müll, schwankte ins Schlafzimmer, legte sich aufs Bett und schlief, benommen vom Alkohol, sofort ein.

Am nächsten Vormittag machte sie sich verkatert und gereizt daran, die Kleider in der Boutique aufzuhängen. Sie hatte sich einige teure Kleiderbügel aus schwarzem Samt geleistet, und auf die hängte sie die Abendkleider, geordnet nach Ära und Stil. Dann mühte sie sich, einer Puppe ein tailliertes kirschrotes Fünfzigerjahre-Kleid überzuziehen, dessen bauschender Rock bis auf den Boden fiel, und sichtete die Vintage-Accessoires, die sie im Lauf der Jahre angesammelt hatte. Die Ohrringe legte sie auf kleine Samtflecken, die Armbänder hängte sie an einen Porzellanständer.

Und noch immer keine Nachricht von Nick.

»Wow«, sagte Jane strahlend, als sie abends kam. »Da hat jemand aber mächtig geschuftet.«

»Das stimmt, aber es gibt immer noch unglaublich viel zu tun. Was meinst du zu dem Fenster? Für die Dekoration habe ich jede

Menge künstlicher Blumen und Büsche bestellt. Das Thema soll vage der Sommernachtstraum sein.«

»Die Idee gefällt mir. Übrigens, du siehst fantastisch aus in dem Kleid«, sagte Jane bewundernd. »Eine wandelnde Werbung für deinen Laden.«

»Danke. Das Einzige, was ich mir noch überlegen muss, ist der Name, wie du ja gestern schon gesagt hast.«

»Das machen wir heute Abend beim Essen. Komm, wir wollen uns doch nicht die ganzen Räucherlachscanapées entgehen lassen.« Jane hakte sich bei Tammy ein, und sie brachen zur Party auf.

Tammy machte freundlich Smalltalk mit den ganzen Promis, die zur Eröffnung der neuen Boutique eingeladen waren. Vor gut zwei Jahren war sie aus dem Geschäft ausgestiegen, aber es waren immer noch dieselben Gesichter, von denen viele ironischerweise jünger aussahen als damals. Die Paparazzi berichteten für ihre Zeitungen und Hochglanzmagazine über das Event. So oberflächlich Tammy derartige Veranstaltungen auch fand, sie würden nolens volens wieder Teil ihres Lebens sein müssen, wenn sie es in der Modewelt zu etwas bringen wollte.

»Zumindest bin jetzt ich diejenige, die die Strippen zieht«, sagte sie sich, als sie einen Stardesigner umringt von It-Girls und niederen Adligen sah.

Nach einer Stunde kam Jane zu ihr, und sie fuhren mit dem Taxi zu einem kleinen Italiener in einer Nebenstraße der King's Road.

»Champagner heute Abend?«, fragte Jane, als sie sich setzten.

»Na ja, ich habe gestern Abend eine ganze Flasche getrunken. Nick ist nicht aufgekreuzt«, sagte Tammy.

»Wirklich?« Jane runzelte die Stirn. »Das überrascht mich. Er war nicht bei uns, also bin ich davon ausgegangen, dass er bei dir war.«

»Nein.« Tammy schüttelte den Kopf. »Er ist wie vom Erdboden verschluckt. Ich habe den ganzen Tag nichts von ihm gehört.«

»Das sieht ihm gar nicht ähnlich. Sonst ist er doch die Zuverlässigkeit in Person. Guter Gott, ich hoffe, ihm ist nichts passiert.«

»Na ja«, sagte Tammy achselzuckend. »Ich kann ja kaum bei der Polizei anrufen und einen Vierunddreißigjährigen als vermisst melden, weil er sich einen Abend nicht gemeldet hat.«

»Nein. Aber wenn du bis morgen nichts von ihm hörst und er nicht bei dir auftaucht, solltest du vielleicht bei seiner Mutter anrufen.«

»Ich habe ihre Nummer nicht. So, und wie war das jetzt mit dem Champagner?«

»Also ich verzichte, aber bitte bestell dir doch einen. Ich bleibe bei Wasser.«

»Wirklich? Das sieht dir gar nicht ähnlich. Entgiftest du gerade?«

»Na ja, so ungefähr. Ich ... Also, die Sache ist, ich ...« Seufzend schüttelte Jane den Kopf. »Mist, eigentlich wollte ich nichts sagen. Ich meine, ich habe es ja noch nicht einmal Paul erzählt.«

»O mein Gott! Du bist schwanger, stimmt's?«

Jane nickte, ihre Augen strahlten. »Ja. Ich bin schwanger. Ich kann es kaum glauben. Ich stehe noch unter Schock.«

»Ach, Janey!« Tränen traten Tammy in die Augen, sie griff nach der Hand ihrer Freundin. »Das ist die allerschönste Nachricht überhaupt. Ich freue mich so für euch beide.«

»Danke.« Auch Janes Augen waren feucht, und sie putzte sich die Nase. »Aber ich bin erst in der sechsten Woche, es kann noch jede Menge schiefgehen.«

»Dann musst du ab sofort sämtliche Vorsichtsmaßnahmen ergreifen, um das zu verhindern. Jede Menge Ruhe, gesund essen, kein Alkohol ... das ganze Programm. Wie habt ihr das denn geschafft?«

»Na, auf die übliche Art«, sagte Jane mit einem Lachen. »Du weißt doch, dass wir jahrelang alles Mögliche versucht und ein Vermögen für IVF ausgegeben haben, mal ganz zu schweigen davon, dass ich bei dem ewigen Stress fast durchgedreht wäre und meine Ehe ruiniert hätte.« Jane biss in ein Grissini. »Du weißt ja, irgendwann haben Paul und ich uns darauf geeinigt, das Ganze zu vergessen und uns damit abzufinden, dass wir keine Kinder haben werden. Ironischerweise habe ich das Gefühl, dass uns das jetzt letztlich gelungen ist.«

»Und genau deswegen haben eure Körper vielleicht beschlossen, die Sache selbst in die Hand zu nehmen«, meinte Tammy.

»Ja, das sagt der Arzt auch.«

»Wann willst du's Paul erzählen?«

»Ich weiß es nicht. Einerseits würde ich es ihm schrecklich gern sofort sagen, aber du kennst ihn doch: Im Grunde ist er selbst ein großes Kind. Vor lauter Begeisterung macht er sich auf die Suche nach antiken Wiegen und passenden alten Plakaten fürs Kinderzimmer. Ich könnte es einfach nicht ertragen, wenn doch etwas dazwischenkommt. Paul wäre am Boden zerstört.«

»Mein Gott, Janey! Ich an deiner Stelle glaube nicht, dass ich es für mich behalten könnte. Aber ich kann deine Gründe verstehen.«

»Vielleicht sage ich es ihm in zwei Wochen. Jeden Tag mehr, den ich das Kind behalte, ist ein Tag Sorgen weniger, und wenn ich erst einmal in der zwölften Woche bin, kann ich mich etwas entspannen.«

Tammy hob ihr Champagnerglas. »Auf dich, Janey. Das ist für mich *die* Nachricht des Tages. Prost.«

»Und auf dich und dein demnächst berühmtes, bislang allerdings namenloses Geschäft«, sagte Jane.

Sie stießen an.

»Komm, vergiss meinen Laden. Wann soll das Kleine zur Welt kommen?«

»Im Mai.« Jane legte den Kopf schief und sah Tammy an. »Ein neues Leben ... Wie wär's denn mit ›Second Life‹ als Namen für deine schicke Boutique?«

»Second Life ... Second Life.« Tammy sprach den Namen mehrmals leise vor sich hin und versuchte, ihn sich über ihrer Schaufensterfront vorzustellen. »Ich glaube, das ist perfekt! Fantastisch! Janey, du bist wirklich genial.«

»Danke.«

»Jetzt kann ich zum Schildermaler gehen und die Einladungen für die Eröffnungsparty drucken lassen.«

»Wann soll das sein?«, fragte Jane, als ihre Pasta serviert wurde.

»So bald wie möglich, denn jeder Tag, an dem nicht geöffnet ist, ist ein weiterer Tag, an dem ich nichts einnehme. Vielleicht im November. Es muss bei vielen Kleidern noch einiges ausgebessert werden, aber meine neue Nachbarin sagte, dass ihre Mutter mir vielleicht helfen kann. Mein Gott, ich habe noch so viel zu tun.«

»Zumindest wird dein Name die Reichen und Schönen zur Eröffnung locken, wenn auch nur wegen des Schampus und aus Neugier. Vielleicht könnte ich ein paar Beziehungen spielen lassen, damit eine Zeitschrift etwas über dich und deine Klamotten bringt.«

»Janey, das wäre fantastisch!«

»Ich sehe mal, was ich machen kann.« Jane bemerkte, dass ihre Freundin die Pasta so gut wie nicht anrührte. »Keinen Hunger?«

Tammy zuckte mit den Achseln. »Nicht so richtig.«

»Du machst dir Sorgen wegen Nick, stimmt's?«

»Ja. Zwischen uns lief alles so gut, und ich dachte, es könnte vielleicht wirklich etwas werden. Ich mag ihn schrecklich gern, Janey, und«, Tammy trank einen großen Schluck Champagner, »jetzt werde ich wieder enttäuscht. Gestern Abend war mir so wichtig, das wusste Nick genau.«

»Hör mal, Tam, ich kenne Nick schon sehr lange, er ist kein Schuft, und es wird auch keiner mehr aus ihm werden. Was immer ihm in den vergangenen vierundzwanzig Stunden zugestoßen ist, hat nichts mit seinen Gefühlen für dich zu tun, davon bin ich überzeugt. Ich habe doch gesehen, wie er dich anschaut. Er vergöttert dich, Tammy, glaub mir.«

»Ich weiß es nicht.« Sie seufzte. »Ich hatte gerade den Punkt erreicht, an dem ich mich halbwegs sicher fühlte, und jetzt – na ja, ich lasse mich einfach leicht verunsichern.«

»Das kann ich verstehen, aber du solltest ihm vertrauen.«

»Weißt du, ob er viele Frauen hatte, bevor er nach Australien gegangen ist? Und dort?«

»Ich denke nicht, aber Paul erzählte mir von einer, die ihm offenbar viel bedeutet hat, direkt bevor er nach Perth ging. Ich glaube, er sagte, sie habe bei ihm in seinem Geschäft in Southwold gearbeitet. So wichtig kann sie ihm allerdings nicht gewesen sein, wenn er bald darauf auf die andere Seite der Welt gezogen ist.«

»Vielleicht ist er ja auch weggegangen, weil es nicht geklappt hat«, meinte Tammy. »Wie auch immer, ich muss einfach abwarten, was er sagt, wenn er auftaucht – sofern er das tut.«

Gegen elf war Tammy wieder zu Hause. Das Gespräch mit Jane hatte sie etwas beruhigt. Es war sinnlos, sich den Kopf zu zerbrechen, bis sie die ganze Geschichte kannte. Aber genau ihre Besorgnis machte ihr Angst – sie hieß, dass Nick ihr etwas bedeutete.

Da sie wusste, dass sie nicht einschlafen würde, setzte Tammy sich an den Tisch und machte Entwürfe für die Gestaltung des Namens über ihrer Boutique.

Um Mitternacht klingelte ihr Handy.

»Ja?«

»Tam, ich bin's, Nick. Habe ich dich geweckt?«

Wo zum Teufel hast du gesteckt, du Mistkerl?!, hätte sie ihn am liebsten angebrüllt, verkniff es sich aber. Stattdessen sagte sie: »Schon in Ordnung. Ich habe gearbeitet.«

»Es tut mir wirklich unglaublich leid wegen gestern Abend und dass ich mich nicht bei dir gemeldet habe. Etwas ist dazwischengekommen, und … Na ja, ich konnte einfach nicht weg. Ist es jetzt zu spät, um bei dir vorbeizuschauen und Asche auf mein Haupt zu streuen?«

Sie wusste, dass sie ihm eigentlich die Tür weisen sollte, aber sie war zu erleichtert, dass ihm nichts passiert war, und sehnte sich nach ihm. »Wenn du möchtest«, sagte sie so beiläufig wie möglich. »Aber ich bin sehr müde.«

»Ich bin in einer Viertelstunde bei dir.«

Tammy lief ins Bad, um sich die Haare zu bürsten und die Zähne zu putzen, und nahm sich vor, sich zu mäßigen und ihm nicht zu zeigen, wie verletzt sie in Wirklichkeit war.

Nick fuhr in die nächste Tankstelle, schaltete den Motor aus und blieb in der Dunkelheit sitzen. Er kam sich völlig ausgelaugt vor, sowohl mental als auch emotional.

In seiner Euphorie, wieder in England zu sein, Tammy kennenzulernen und sein neues Geschäft aufzubauen, hatte er dummerweise geglaubt, die Götter meinten es gut mit ihm und er könnte die Vergangenheit wirklich hinter sich lassen. Doch in den vergangenen vierundzwanzig Stunden hatte sie ihn eingeholt, sosehr er sich auch dagegen gesträubt hatte. Seine Hände zitterten immer noch vor Adrenalin.

Auf der Fahrt von Southwold hatte er sich ständig überlegt, was er Tammy sagen sollte. Wie konnte er von ihr erwarten, dass sie die Situation verstand? Die Konsequenzen dessen, was er erfahren hatte, konnte er selbst kaum fassen, von verarbeiten ganz zu schweigen. So gut es zwischen ihm und Tammy auch lief, so war ihre Beziehung doch sehr neu und damit nicht allzu belastbar.

Nick fuhr sich durchs Haar. Er wollte nicht lügen, aber wenn er ihr die Wahrheit sagte, würde sie das höchstwahrscheinlich verschrecken, und dann würde er sie verlieren. Abgesehen davon war noch nichts hundertprozentig sicher. Vielleicht wäre es am klügsten, nichts zu sagen, das Ergebnis abzuwarten und dann weiterzusehen.

Am liebsten hätte er geheult, ob vor Erschöpfung oder Frustration, wusste er nicht. Er wusste nur, dass offenbar alles in seinem Gefühlsleben einen Preis hatte, und er konnte nur hoffen, dass er zu guter Letzt nicht den höchsten überhaupt bezahlen müsste.

Auf das Klingeln hin öffnete Tammy die Tür.

»Hier.« Nick drückte ihr drei welke Blumensträuße, die er offensichtlich an einer Tankstelle gekauft hatte, in den Arm. »Darf ich reinkommen?«

»Natürlich.« Tammy trat zur Seite, schloss die Tür und folgte ihm ins Wohnzimmer. Schweigend wartete sie, dass er zu sprechen begann.

»Es tut mir so leid, Tam«, sagte er kopfschüttelnd. »Was passiert ist, war … unvermeidlich.«

»Was hast du denn gemacht? Du siehst aus, als hätten sie dich rückwärts durch die Hecke geschleift.«

»So fühle ich mich auch«, meinte er. »Hättest du etwas dagegen, wenn ich kurz dusche? Ich rieche bestimmt nicht besonders gut.«

»Nur zu«, sagte sie kühl und setzte sich wieder an ihre Entwürfe, während er ins Bad ging.

Zehn Minuten später kehrte er zurück, ein Handtuch um die Hüften geschlungen; er sah wieder sehr viel mehr wie er selbst aus. Sanft legte er ihr die Hände auf die Schultern.

»Mein Schatz«, flüsterte er und küsste sie. »Sag mir, wie sauer du wirklich bist.«

»Ich bin enttäuscht, natürlich, aber mehr noch, ich habe mir wahnsinnige Sorgen gemacht. Ich habe mich heute Abend mit Jane getroffen, und sie sagte, du seist auch nicht bei ihnen gewesen.«

»Nein.«

Schweigen legte sich über den Raum.

»Wie auch immer«, sagte Tammy, um es zu brechen. »Ich bin nicht deine Aufpasserin und habe nicht das Recht, über jeden deiner Schritte informiert zu werden.«

»Natürlich hast du das Recht zu wissen, wo ich bin, Tam. Himmel, wir haben eine Beziehung! Es war unverzeihlich, was ich gestern Abend gemacht habe, aber es gab etwas, um das ich mich einfach kümmern musste.«

»Hatte es mit einer Frau zu tun?«

»Zum Teil.« Seufzend ließ Nick sich in einen Sessel fallen. »Die Geschichte ist ziemlich kompliziert, und ich glaube nicht, dass ich heute Abend noch in der Lage bin, sie dir zu erzählen.«

»Also gut«, antwortete sie kühl.

»Tam, was du aber wissen musst, ist, dass nichts davon irgendetwas damit zu tun hat, was ich für dich empfinde.«

»Ah ja. Und du meinst, das muss ich dir einfach glauben?«

»Ja.« Er nickte bekümmert. »Leider musst du es mir einfach glauben. Genau darum geht es doch, oder? Einander zu vertrauen. Außerdem, das Gute an den vergangenen vierundzwanzig Stunden ist, auch wenn ich dich im Stich gelassen habe – jetzt weiß ich, so lächerlich das klingen mag angesichts der Kürze der Zeit, die wir zusammen sind, dass ich dich liebe.«

Sie sah zu ihm hinüber und hätte sich gern von ganzem Herzen über seine Liebeserklärung gefreut, doch als sie die unglaubliche Trauer in seinem Blick sah, war es ihr unmöglich.

»Tam?«

»Ja?«

»Glaubst du mir, was ich gerade gesagt habe? Dass ich dich liebe?«

»Ich ... nein, heute Abend nicht. Das kann jeder sagen.«

»Ja, das stimmt. Aber gibst du mir zumindest die Gelegenheit zu beweisen, dass ich es ernst meine? Bitte.«

Tammy gähnte. »Nick, wir sind beide todmüde. Gehen wir doch ins Bett. Wir können morgen früh weiterreden.« Sie stand auf, schaltete die Tischlampe aus und reichte ihm die Hand, damit er ihr folgte.

»Darf ich dich im Arm halten?«, fragte er, als er sich neben sie legte.

Sie nickte und schmiegte sich in seine Arme. Es machte ihr Angst, wie wohl sie sich dort fühlte. Sanft streichelte er ihr übers Haar. »Es tut mir so leid, Tam, so unglaublich leid. Ich möchte dir nicht wehtun. Ich liebe dich, wirklich.«

Ich liebe dich auch.

»Psst, jetzt schlaf«, flüsterte Tammy.

Kapitel 13

Posy blickte auf, als die Glocke über der Eingangstür zur Galerie läutete.

»Guten Tag, Freddie.« Sie lächelte, als er in den Showroom kam. »Wie geht's?«

»Sehr gut, wirklich sehr gut.« Er trat an den Schreibtisch, an dem sie saß. »Hättest du Lust, morgen Abend mit mir ins Kino zu gehen? Da läuft der französische Film, der so gute Kritiken bekommen hat.«

»Da kann ich doch nicht Nein sagen. Sehr schön.«

»Gut«, meinte er. »Sollen wir uns um sechs vorm Kino treffen?«

»Perfekt.«

»Dann bis morgen, Posy. Auf Wiedersehen.«

»Auf Wiedersehen, Freddie.«

Er tippte sich an den Hut und verließ die Galerie wieder.

Posy seufzte. Sie versuchte zwar, nicht allzu viel darüber nachzudenken, aber diese sogenannte »Freundschaft« machte ihr zu schaffen. Seitdem er unangekündigt bei ihr im Garten aufgetaucht war, hatten sie sich einige Male zum Lunch oder zum Dinner verabredet. An Gesprächsstoff hatte es nicht gemangelt – Freddie hatte ihr spannende Episoden aus seiner Zeit als Strafverteidiger erzählt, und sie hatte ihm ausführlich von ihrem Leben berichtet.

Allerdings hatte sie den Eindruck, dass das Ungesagte weitaus schwerer wog: Warum er sie damals verlassen hatte und weshalb er ihr, fünfzig Jahre später, nur seine Gesellschaft, nicht aber sein Herz schenken konnte.

Erschwerend kam hinzu, dass sie »auf ihn stand«, wie Sam zu sagen pflegte. Und obwohl sie sich endlos ermahnte, sie müsse sich mit der Situation abfinden und sich einfach an dem freuen, was er ihr geben konnte, funktionierte es nicht. Ihn zu sehen, war eine Art bittersüßer Folter, und Posy wusste, dass sie nur enttäuscht werden konnte. Nie hatte Freddie beim Abschied versucht, sie zu berühren, von einem Küsschen auf die Wange einmal abgesehen.

Mittags verließ sie die Galerie und fuhr nach Hause. Um ein Uhr erwartete sie Marie, die das Haus schätzen wollte. Posy räumte in der Küche auf und zündete im Frühstückszimmer ein Feuer an. Mehr konnte sie kaum tun, um das Haus einladender wirken zu lassen.

Kurz vor eins läutete das Telefon. Sie hob ab.

»Ja, bitte?«

»Spreche ich mit Posy Montague?«

»Am Apparat. Wer ist da, bitte?«

»Hier ist Sebastian Girault. Ich glaube, Ihre Schwiegertochter Amy hat meinetwegen mit Ihnen gesprochen.«

»Sie hat gesagt, Sie würden vielleicht anrufen.«

»Hätten Sie denn überhaupt Interesse an einem Untermieter? Es wäre nur für zwei Monate oder so. Zu Weihnachten wären Sie mich wieder los.«

»Sie dürfen gerne kommen und sich das Haus ansehen, Mr. Girault, aber ich glaube wirklich nicht, dass es das Richtige für Sie ist. Es ist sehr bescheiden.«

»Das weiß ich. Amy hat es mir beschrieben, und es klingt perfekt. Hätten Sie etwas dagegen, wenn ich es mir ansehe?«

»Nein, gar nicht. Heute Nachmittag wäre ich sogar zu Hause. Wenn Sie um vier vorbeikommen möchten, würde das gut passen.

Das Haus ist leicht zu finden: Von der Halesworth Road Richtung Southwold biegt ein von Bäumen gesäumtes Sträßchen ab, auf dem Briefkasten steht ›Admiral House‹.«

»Keine Sorge, Mrs. Montague, ich habe ein Navi. Danke. Dann sehen wir uns um vier.«

Posy legte auf. Sobald Sebastian das Haus gesehen hatte, würde er zweifellos seine Meinung ändern, aber nach Maries Besuch würde sie sicher gedrückter Stimmung sein, und dann könnte seine Gesellschaft sie etwas aufheitern, auch wenn er nur eine halbe Stunde blieb.

Um Punkt eins klopfte es an der Haustür.

»Guten Tag, Marie. Kommen Sie doch rein, und bitte nennen Sie mich Posy.«

»Danke.« Marie trat ein, unter dem Arm ein Klemmbrett. Sie sah zu dem Kronleuchter hinauf. »Wow, der ist ja atemberaubend. Ein wunderschönes Foyer ist das.«

»Danke. Möchten Sie eine Tasse Tee oder Kaffee, bevor Sie anfangen?«, schlug Posy vor. »Sie werden vermutlich eine ganze Weile brauchen.«

»Nein, danke. Ich muss um drei meine Kinder abholen, also sollte ich besser gleich loslegen.«

»Ich dachte, ich zeige Ihnen den Garten, das Erdgeschoss und den ersten Stock und überlasse Sie im Dachgeschoss sich selbst. Meine Beine sind nicht mehr das, was sie früher einmal waren, und die Treppe ist ziemlich steil.«

»Kein Problem.«

Die beiden Frauen gingen hinaus, dann kehrten sie ins Haus zurück und besichtigten ein Zimmer nach dem anderen. Marie begeisterte sich für die vielen alten Elemente der Ausstattung und machte Notizen auf ihrem Klemmbrett.

Nachdem Posy ihr die sechs Zimmer im ersten Stock gezeigt hatte, stellte sie unten in der Küche den Kessel an und wärmte ein paar der Scones, die sie vor der Arbeit gebacken hatte. Wenigstens war Marie keine gerissene Geschäftsfrau im schicken Kostümchen – eine solche Person hätte sie in ihrem geliebten Zuhause nicht ertragen.

Schließlich kam Marie in die Küche, und sie setzten sich an den Tisch, tranken Tee und aßen die warmen Scones.

»Die schmecken fantastisch, Posy. Ich wünschte, ich könne auch so gut backen.«

»Jahrelange Übung, das ist alles.«

»Aber nicht so fantastisch wie das Haus – und was den Garten betrifft, da kann ich wirklich nur ›Wow!‹ sagen. Nicht zu fassen, dass Sie das alles wirklich allein gemacht haben.«

»Ich habe es mit Liebe gemacht, Marie, und deswegen war es immer eine Freude.«

»Vielleicht ist er genau deswegen so ganz besonders. Aber wahrscheinlich sollten wir uns jetzt dem Geschäftlichen zuwenden.« Marie sah sie freimütig an. »Posy, auch das Haus ist absolut prachtvoll, die alten Elemente sind famos. Die Kamine, der Stuck, die Fensterläden … Ich könnte endlos viele Dinge anführen. Die Größe der Räume ist klasse, und allein das Grundstück ist eine Wucht.«

»Aber …«, warf Posy ein, um Marie zuvorzukommen.

»Tja.« Marie rieb sich die Nase. »Natürlich muss der Käufer immens viel investieren, sowohl zeitlich als auch finanziell. Ihnen ist sicher klar, dass alles umfassend renoviert werden muss. Und da liegt das Problem.«

»Ja«, sagte Posy.

»Um ehrlich zu sein, glaube ich, dass Sie sehr viel Glück bräuchten, um einen solchen Käufer zu finden. Der Markt für Landhäuser geht seit einiger Zeit zurück, und auch wenn Ferienhäuser in Southwold ausgesprochen begehrt sind, ist dieses Haus für den Zweck viel zu groß. Angesichts der Entfernung wird kaum jemand täglich nach London pendeln wollen, und ebenso wenig kann ich mir vorstellen, dass sich ältere Herrschaften dafür interessieren, um sich hier zur Ruhe zu setzen; dafür ist es zu groß und zu wartungsintensiv.«

»Liebe Marie, jetzt kommen Sie doch einfach auf den Punkt – was möchten Sie mir sagen?«

»Wahrscheinlich möchte ich damit sagen, dass die Käuferschicht extrem dünn ist, es sei denn, wir finden einen Popsänger oder einen Filmstar, der die Zeit und das Geld hat, um es als seinen Landsitz herzurichten.«

»Das leuchtet mir ein.«

»Posy, Sie finden die Vorstellung sicher entsetzlich, aber ich glaube, das Beste für Sie wäre, es einem Bauherrn zu verkaufen, der es geschmackvoll in Wohnungen aufteilt. Heutzutage gibt es nur noch sehr wenige Menschen, die ein Haus dieser Größe tatsächlich besitzen möchten, aber auf die prachtvolle Anlage und das Hochherrschaftliche wollen viele trotzdem nicht verzichten.«

»Ich hatte mir schon gedacht, dass Sie mir etwas in der Art vorschlagen könnten. Es würde mir natürlich das Herz brechen, und meine Vorfahren würden sich im Grab umdrehen, aber …«, Posy zuckte mit den Schultern, »ich muss realistisch sein.«

»Ja. Das Problem ist, ein Bauherr würde natürlich einen möglichst niedrigen Preis bezahlen wollen. Seine Investitionen wären immens, und er müsste an seinen Gewinn denken. Der einzige Vorteil wäre, dass wir Ihnen in dem Fall die unschöne Erfahrung ersparen könnten, das Haus auf dem offenen Markt anzubieten. Unser Büro kennt einige Bauherren, die sich für das Haus interessieren könnten. Wir würden die Verbindung für Sie herstellen, die Leute besichtigen es, und das Ganze ginge schnell und unauffällig über die Bühne.«

»Was denken Sie denn, wie viel ein solcher Bauherr dafür zu zahlen bereit wäre?«

Marie wiegte den Kopf. »Das ist sehr schwer zu sagen, aber ich würde rund eine Million ansetzen.«

Unwillentlich musste Posy lachen. »Du liebes bisschen! Und

das Cottage von Mrs. Winstone, die kürzlich verstorben ist, hat gerade einmal fünf Zimmer und soll mehr als die Hälfte kosten.«

»Ich weiß, im Vergleich ist es lächerlich«, stimmte Marie zu. »Aber das Cottage steht an der High Street, mitten in Southwold, und hat genau die richtige Größe für ein Ferienhaus. Posy, es würde mich überhaupt nicht stören, wenn Sie einen anderen Makler um seine Meinung bitten möchten. Im Gegenteil, das würde ich Ihnen sogar empfehlen.«

»Nein, nein, meine Liebe, Sie haben bestimmt absolut recht. Seien wir doch ehrlich, eine Million Pfund ist eine gewaltige Summe. Mehr, als ich in meinem Leben jemals ausgeben kann, aber eine nette Erbschaft für meine Söhne.«

»Ja, das stimmt. So, und jetzt muss ich wirklich los und meine Kinder abholen. Vielen Dank für den Tee und die Scones.« Marie erhob sich. »Ich schicke Ihnen alles, was ich gerade gesagt habe, noch einmal schriftlich zu. Wenn Sie es sich durch den Kopf haben gehen lassen und mit Ihren Söhnen gesprochen haben, rufen Sie mich doch an.«

Posy sah Marie nach, wie sie die Auffahrt hinunter verschwand, dann kehrte sie in die Küche zurück, schenkte sich noch einen Tee ein und überlegte.

Wenig später stand Sebastian Girault vor der Tür.

»Schön, Sie kennenzulernen, Mrs. Montague.« Er gab ihr einen festen Händedruck.

»Nennen Sie mich doch bitte Posy.« Sie blickte in seine durchdringenden grünen Augen hinauf und wünschte sich, sie wäre dreißig Jahre jünger. »Kommen Sie rein.« Sie schloss die Tür hinter ihm und führte ihn in die Küche, wo sie wieder den Wasserkessel aufsetzte. »Bitte nehmen Sie Platz, Mr. Girault.«

»Danke. Und bitte Sebastian. Das Haus ist ja wirklich hinreißend.«

»Amy hat gesagt, Sie suchen einen Ort, wo Sie in Ruhe schreiben können?«

»Ja. Vor allem brauche ich Platz. Das ist sehr wichtig.«

»Tja, mein Heizungssystem mag nicht ganz zuverlässig sein, und die neueste Ausstattung habe ich auch nicht, aber Platz gibt es reichlich«, sagte Posy mit einem Lachen. »Ich zeige Ihnen die Zimmer, die infrage kommen, dann können Sie mir sagen, dass sie eiskalt und staubig sind, und dann können wir wieder nach unten kommen, das Ganze vergessen und eine Tasse Tee trinken.«

Im ersten Stock lag am Ende des Korridors einer der Räume, den Posy am liebsten mochte. Es war ein Eckzimmer mit deckenhohen Fenstern, die auf beiden Seiten auf den Garten hinausgingen.

»Wunderschön«, sagte Sebastian beglückt, als Posy ihn in das danebenliegende Bad führte – ein Relikt der Dreißigerjahre. In der Mitte des Raums stand eine riesige gusseiserne Badewanne, der Boden war mit dem ursprünglichen schwarzen, sehr abgetretenen Linoleum bedeckt.

»Das ist es. Was meinen Sie? Ich bin wirklich nicht gekränkt, wenn Sie Nein sagen.«

Sebastian ging in das große Zimmer zurück. »Kann man in dem Kamin Feuer machen?«

»Wahrscheinlich. Man müsste nur den Kamin kehren lassen.«

»Dafür würde ich natürlich aufkommen, und …« Sebastian trat ans Fenster. »Hier könnte ich meinen Schreibtisch aufstellen, damit ich den Blick genießen kann, während ich Löcher in die Luft starre.« Er drehte sich zu ihr. »Posy, das ist perfekt. Wenn Sie bereit sind, mich aufzunehmen, würde ich sehr gerne hier wohnen. Ich würde Ihnen das natürlich gut bezahlen. Wie wär's mit zweihundert die Woche?«

»Zweihundert Pfund? Das ist viel zu viel.« Das verdiente Posy nicht annähernd in einer Woche in der Galerie.

»Es ist immer noch weniger, als wenn ich mir ein Cottage in Southwold mieten würde. Und wie wär's, wenn das eine oder andere Essen inbegriffen wäre?«, meinte Sebastian. »Ich habe gehört, Sie seien eine fabelhafte Köchin.«

»Nicht fabelhaft, nur beständig«, stellte Posy richtig. »Natürlich koche ich für Sie. Das muss ich sowieso für mich selbst. Aber sind Sie sicher, dass es Ihnen hier nicht an Komfort mangeln wird? Ich kann Ihnen ein oder zwei Heizkörper geben, obwohl deren Unterhalt ziemlich ins Geld geht.«

»Ich verspreche, für alle Unkosten meines Aufenthalts aufzukommen. Im Übrigen werde ich Sie berufsbedingt wenig stören, obwohl mein Tagesrhythmus beim Schreiben meist etwas ungewöhnlich ist.«

»Das ist kein Problem, ich schlafe am anderen Ende des Hauses. Eins sollte ich Ihnen allerdings noch sagen. Heute Nachmittag war eine Immobilienmaklerin hier, weil ich mir überlege, das Haus zu verkaufen. Vor Weihnachten wird bestimmt nichts mehr passieren, aber ich weiß nicht, wie lange Sie bleiben möchten.«

»Mein Abgabetermin ist im Februar, aber wie gesagt, ich hoffe, dass ich die Rohfassung Mitte Dezember fertig habe. Das Überarbeiten kann ich gut in meiner Wohnung in London machen, das heißt, Sie sollten mich vor Weihnachten los sein. Also, kommen wir ins Geschäft?« Zögerlich streckte Sebastian die Hand aus.

Posy schlug ein. »Doch, ich glaube schon.«

Sebastian und Posy kehrten nach unten zurück, verzichteten auf den Tee und genehmigten sich stattdessen ein Glas Wein, um auf ihre Vereinbarung anzustoßen. Da bemerkte Sebastian das gerahmte Foto von Posys Vater in seiner RAF-Uniform, das im Frühstückszimmer auf dem Beistelltisch stand.

»Mein neues Buch spielt im Zweiten Weltkrieg. Wissen Sie zufällig, ob Ihr Vater je eine Spitfire geflogen hat?«

»Aber ja, das hat er. Er war an einigen ganz großen Schlachten beteiligt, einschließlich der Luftschlacht um England. Leider ist er kurz vor Kriegsende gestorben, bei einem der letzten Angriffe.«

»Das tut mir sehr leid, Posy.«

»Danke. Ich habe ihn vergöttert, wie jede Tochter ihren Vater vergöttert.«

»Natürlich. Würde es Sie zu sehr belasten, wenn ich Sie einmal nach Ihren Erinnerungen an den Krieg hier in Southwold befrage?«

»Nein, gar nicht. Allerdings war ich damals noch sehr klein.«

»Das wäre fantastisch. So, und damit Sie wissen, dass es mir ernst ist mit dem Angebot, möchte ich Ihnen gleich die erste Wochenmiete geben.« Sebastian holte ein paar Geldscheine aus seinem Portemonnaie. »Wann kann ich einziehen?«

»Sobald Sie möchten. Allerdings muss ich Sie warnen, Sonntagmittag kommt die ganze Familie zum Essen, da wird es lauter werden als sonst.«

»Kein Problem. Ich verspreche, mich nicht blicken zu lassen.«

»Unsinn. Sie dürfen sich herzlich gern zu uns dazugesellen«, sagte sie, als sie zur Haustür ging. »Ach, du meine Güte, ich sollte Ihnen wohl besser einen Schlüssel geben.« Sie lachte.

»Das wäre nützlich, ja. So, und jetzt auf Wiedersehen und vielen Dank für alles.« Er gab ihr einen Kuss auf beide Wangen.

»Ganz meinerseits. Es wird eine Freude sein, Sie hier zu haben. Auf Wiedersehen, Sebastian. Sagen Sie Bescheid, wann Sie einziehen möchten.«

Kapitel 14

Am nächsten Morgen beim Ankleiden hörte Posy einen Wagen die Auffahrt heraufkommen und stellte überrascht fest, dass es Sams uralter roter Fiat war. Sie ging nach unten und fand ihren Sohn im Eingang stehen, wo er zum Kronleuchter hinaufblickte.

»Guten Morgen, mein Lieber. Was für eine schöne Überraschung!«

»Hi, Mum.« Sam gab ihr einen Kuss. »Wie geht's?«

»Ach, ganz gut, wie immer. Ich habe dich schon lange nicht mehr gesehen. Wie komme ich zu der Ehre deines Besuchs?«, fragte sie.

»Es tut mir leid, Mum, ich weiß, dass ich mich schon lange nicht mehr habe blicken lassen«, sagte Sam. »Aber im Moment belegt mich meine neue Firma wirklich völlig mit Beschlag. Wie auch immer, ich bin gerade vorbeigefahren und wollte doch wenigstens kurz bei dir reinschauen. Habe ich Chancen auf eine Tasse Kaffee?«

Posy schaute auf die Uhr. »Eine schnelle, ja. Ich muss ein paar Sachen in der Stadt erledigen.«

Sam folgte ihr in die Küche und ging umher, während sie Wasser aufsetzte. »Dieser Raum ist wirklich fantastisch«, sagte er und ließ sich am Küchentisch nieder. »Da könnte man jederzeit vier moderne Küchen unterbringen.«

»Ja, wahrscheinlich«, pflichtete Posy ihm bei.

»Die Fenster sind gar nicht so schlecht in Schuss, wenn man bedenkt, wie alt sie sind«, meinte er.

»Nein.« Posy machte ihrem Sohn eine Tasse Kaffee und stellte sie neben ihn. »Wie geht's Amy und den Kindern? Die habe ich auch schon länger nicht gesehen.«

»Denen geht's bestens, wirklich bestens«, sagte Sam und begutachtete unterdessen den Fußboden. »Das sind die alten Sandsteinplatten, oder?«

»Doch. Hat Amy dir gesagt, dass ich euch am Sonntag zum Lunch eingeladen habe? Du weißt, dass Nick wieder in England ist, oder?«

»Ja. Lunch geht in Ordnung. Mum?«

»Ja, Sam, was ist?« Posy wartete darauf, sein Anliegen zu hören. Sam besuchte sie nur, wenn er etwas brauchte.

»Ein kleines Vögelchen hat mir gezwitschert, dass du gestern das Haus hast schätzen lassen, um es womöglich zu verkaufen.«

»Guter Gott, das macht ja schnell die Runde. Ja, das stimmt. Tut dir die Vorstellung weh?«

»Na ja, klar, es ist mein Zuhause, und ich wünschte, es könnte im Familienbesitz bleiben und so …« Sam unterbrach sich und überlegte offenbar, wie er seine nächste Bemerkung formulieren sollte. »Zufällig habe ich vielleicht eine Möglichkeit gefunden, wie das zumindest ansatzweise ginge.«

»Ach ja? Hast du das große Los gezogen, Sam, und bist gekommen, um mir zu sagen, dass deine Geldprobleme der Vergangenheit angehören?«

»In gewisser Weise schon.«

»Dann erzähl«, bat Posy und wappnete sich innerlich.

»Also, weißt du, dass ich seit Neuestem einen Partner habe und der Geschäftsführer einer Bauträgerfirma bin?«

»Amy hat etwas in der Art erwähnt, ja«, antwortete Posy langsam. Allmählich konnte sie zwei und zwei zusammenzählen.

»Ich habe einen Geldgeber, der bereit ist, die Projekte zu

finanzieren, die ich an Land ziehe. Ich organisiere das Projekt und überwache es von Anfang bis Ende. Dann teilen wir den Gewinn, der beim Verkauf hereinkommt.«

»Ich verstehe«, sagte Posy, entschlossen, die Ahnungslose zu spielen.

»Mum, die Sache ist, dass Marie in ihrer Eigenschaft als Immobilienmaklerin den Auftrag hat, mich über alle Objekte zu informieren, die auf den Markt kommen und für uns passend sein könnten. Ganz zufällig habe ich gestern Nachmittag mit ihr gesprochen, und sie hat mir erzählt, dass sie gerade zum Schätzen bei dir war.«

»Aha.«

»Mum, Admiral House ist genau das, wonach meine Firma sucht. Ein fantastisches Haus mit viel Charakter, das sich in vier oder sechs hochpreisige Wohnungen umbauen lässt.«

Eine Weile betrachtete Posy ihren Sohn schweigend, dann fragte sie: »Sam, hat Marie dir erzählt, auf wie viel sie es geschätzt hat?«

»Ja, rund eine Million.«

»Und du willst mir sagen, dass deine Firma eine Million Pfund bar auf die Hand hat, um Admiral House zu erwerben?«

»Genau«, antwortete Sam zuversichtlich.

»Plus das Geld für die Renovierungs- und Umbauarbeiten, die sich bestimmt auf mehrere Hunderttausend, wenn nicht das Doppelte belaufen würden?«

»Ja, überhaupt kein Problem.«

»Na, dann spielst du ja offensichtlich in der ganz großen Liga«, meinte Posy.

»Absolut. Mein Partner ist wirklich sehr finanzkräftig. Er will sich nicht mit kleinteiligen Projekten abgeben.«

»Und wie viele andere Projekte hast du bislang umgesetzt, Sam?«

»Na ja, das wäre das Erste. Die Firma gibt es erst seit ein paar Wochen.«

»Und um was genau möchtest du mich bitten?«

»Ich möchte wissen, ob die bereit wärst, Admiral House an meinen Bauträger zu verkaufen. Wir würden den vollen Marktpreis bezahlen, ich würde nicht um Familienrabatt oder sonst etwas in der Art bitten. Es wäre wirklich ganz zu deinem Vorteil, Mum. Das Haus bräuchte nicht auf dem offenen Markt angeboten zu werden, wir könnten den Verkauf diskret unter uns abwickeln. Und es würde natürlich einen Anreiz für dich geben.«

»Ach ja? Welchen denn?«, fragte Posy.

»Ich habe mit meinem Partner darüber gesprochen, und er war auch meiner Meinung – wenn du uns das Haus verkaufst, würden wir dir eine der Wohnungen verbilligt überlassen. Dann könntest du quasi hier wohnen bleiben! Was hältst du davon?«

»Ich weiß nicht, was ich von irgendetwas halten soll, Sam. Erst muss ich mir überlegen, ob ich das Haus überhaupt verkaufen will.«

»Natürlich. Aber wenn du dich dazu entscheidest – würdest du dann mir das Vorkaufsrecht geben? Mit einem solchen Projekt könnten ich und die Firma uns wirklich einen Namen machen, wir würden in der obersten Liga einsteigen. Das würde andere potenzielle Verkäufer ermutigen, uns zu vertrauen. Wenn nicht meinetwegen, dann wegen Amy und der Kinder. Du hast ja gesehen, wo wir im Moment leben.«

»Ja, und ich war entsetzt«, stimmte Posy zu.

»Sie haben etwas Besseres verdient, und ich würde es ihnen so gerne bieten. Bitte, Mum, kannst du dir überlegen, es mir zu verkaufen?«

Posy sah ihren Sohn an, und seine blauen Augen – die denen seines Vaters so ähnlich waren – flehten sie an, Ja zu sagen.

»Ich verspreche dir – wenn ich einen Entschluss gefasst habe, bedenke ich dein Angebot als Erstes.«

»Danke, Mum.« Sam stand auf und umarmte sie. »Ich verspreche dir, du kannst dich darauf verlassen, dass ich auf dieses alte Haus aufpasse. Wenn es schon sein muss, dann ist es doch besser, es bleibt in der Familie und gelangt nicht in die Hände eines Fremden, der es nur als einen Haufen Steine betrachtet, mit dem Geld zu verdienen ist. Oder?«

»Natürlich.« Am liebsten hätte Posy über Sams unverhohlene emotionale Erpressung laut gelacht.

»Ich werde dich auch nicht drängen, versprochen. Lass dir alle Zeit der Welt. Ich muss allerdings sagen, dass das Haus wirklich zusehends verfällt.«

»Na ja, es steht seit dreihundert Jahren, also glaube ich kaum, dass es innerhalb der nächsten Wochen über mir zusammenbricht«, antwortete Posy knapp. »Aber jetzt, mein Lieber, musst du mich entschuldigen. In fünf Minuten muss ich los.«

»Natürlich. Also, melde dich, sobald du dich entschieden hast. Es wäre fantastisch, alles unter Dach und Fach zu haben, damit wir im Frühjahr mit den Arbeiten anfangen könnten. Es ist so viel kostensparender, im Sommer zu bauen.«

»Ich dachte, du hast versprochen, mich nicht zu drängen«, erinnerte Posy ihn, als sie die Küche Richtung Haustür verließ.

»Entschuldige, Mum. Ich weiß einfach, dass ich damit ein gemachter Mann wäre. Amy und den Kindern bin ich das schuldig.«

»Auf Wiedersehen, Sam.« Posy seufzte matt und gab ihm einen Kuss auf die Wange. »Wir sehen uns am Sonntag.«

An dem Abend trafen sich Posy und Freddie wie vereinbart vor dem Kulturzentrum. Aufgrund der vielen Gedanken, die ihr durch den Kopf gingen, musste Posy hinterher gestehen, dass ihr einige Details des Films entgangen waren.

»Mir auch, meine Liebe. Weiß der Himmel, welche Bedeutung der Skorpion haben sollte.«

»Offensichtlich eine Metapher, die nur intelligentere Menschen als wir verstehen.« Posy lächelte.

»Was hältst du jetzt von einem Schnäpschen bei mir? Das sind zu Fuß keine fünf Minuten.«

»Warum nicht?«, willigte Posy ein und versetzte sich insgeheim einen Tritt, dass sie so bereitwillig zugestimmt hatte.

In einvernehmlichem Schweigen gingen sie die High Street entlang. Schließlich bog Freddie in eine Gasse ab, die in einen kleinen Hof mündete, und dort standen ein Cottage aus Feuerstein und daneben eine alte Hopfendarre. Im Hof wuchs ein Fächerahorn, beiderseits der frisch gestrichenen Tür standen zwei kleine Lorbeerbüsche. Freddie schloss auf und bat sie einzutreten.

»Freddie, das ist ja entzückend!«, sagte sie, als sie in das mit vielen Holzbalken abgestützte Wohnzimmer kam, wo ein riesiger vorspringender Kamin den Mittelpunkt bildete.

»Danke.« Freddie verbeugte sich scherzhaft, nahm Posy den Mantel ab und hängte ihn an einen Haken. »Ich muss zugeben, ich bin selbst ganz angetan. Aber jetzt komm und sieh dir mein Schmuckstück an – die Küche.«

Posy folgte ihm in einen luftigen Raum, bei dem drei Wände ausschließlich aus Glas bestanden, wie ihr nach kurzem Stutzen klar wurde. Freddie betätigte einen Schalter, und Posy blickte durch die Fenster in einen kleinen, aber sehr gepflegten Garten hinaus.

»Als ich es kaufte, war es ein ganz normales Cottage mit zwei Zimmern im Erdgeschoss und zweien im ersten Stock, also habe ich diesen Anbau drangesetzt, der im Grunde ein Wintergarten ist. Die Fläche hat sich dadurch verdreifacht, vom Licht ganz zu schweigen.«

»Es ist ein Traum.« Vor Entzücken klatschte Posy in die Hände. »Und die ganze moderne Kücheneinrichtung«, staunte sie und drehte sich um die eigene Achse, um den Kühlschrank, den Herd und die Spülmaschine, allesamt aus Edelstahl, unter der dicken marmornen Arbeitsfläche zu bewundern.»Das führt mir vor Augen, wie alt bei mir alles ist.«

»Es freut mich, dass es dir gefällt«, sagte Freddie.»Einen Brandy?«

»Ja, bitte. Das ist genau die Art Haus, die ich mir kaufen würde. Klein, praktisch, aber mit Charakter«, sagte sie. Zum ersten Mal konnte sie sich vorstellen, dass es tatsächlich eine Alternative gäbe, wenn sie Admiral House verkaufte.

»Überlegst du dir denn umzuziehen?«, fragte Freddie beiläufig, als er ihr ein Glas Brandy reichte und ihr voraus ins Wohnzimmer zurückging.

»Ja.« Aus irgendeinem Grund hatte Posy es bislang vermieden, Freddie von der Schätzung und dem möglichen Verkauf des Hauses zu erzählen.

»Das ist eine schwerwiegende Entscheidung«, sagte er und setzte sich.

»Das stimmt.«

»Aber vielleicht die richtige. Manchmal ist es gut, etwas Neues anzugehen und die Vergangenheit hinter sich zu lassen«, meinte Freddie sinnierend.

»Aber doch nur, wenn die Vergangenheit belastet ist. Für mich ist Admiral House voll glücklicher Erinnerungen.«

»Ja, natürlich. Das heißt, du würdest es aus rein praktischen Gründen verkaufen?«

»Ja. Ich habe sogar schon ein erstes Angebot bekommen, wenn man es so nennen kann. Sam, mein Ältester, ist heute Morgen aufgekreuzt und hat gesagt, er würde es gerne kaufen und in Wohnungen aufteilen.« Posy seufzte.»Ich muss sagen, das bringt mich in ein gewisses Dilemma.«

»Wieso das?«

»Zum einen habe ich es gerade erst gestern schätzen lassen. Das war eher eine Art Versuchsballon, um herauszufinden, wie viel es überhaupt wert ist.«

»Und jetzt hast du schon ein Angebot bekommen?«

»Ja, und das Problem ist, dass ich in einer Zwickmühle stecke. Wenn ich wirklich verkaufe, wie kann ich dann das Angebot meines eigenen Sohnes ablehnen? Aber um ehrlich zu sein, hat er geschäftlich bislang immer Schiffbruch erlitten, und diese neue Firma, die er hat, ist ein unbeschriebenes Blatt. Wenn ich ihn richtig verstanden habe, wäre Admiral House ihr erstes größeres Projekt.«

»Bist du sicher, dass er das Geld dafür hat?«

»Sam behauptet es, aber glauben tue ich es ihm nicht so ganz, nein.«

»Aber er möchte keine Vergünstigung?«

»Er hat den vollen Preis geboten.«

»Aha. Würde er versuchen, seine eigene Mutter aufs Kreuz zu legen?«

»Ich würde die Frage gerne verneinen können, aber ich bin seine Mutter und unterstelle ihm natürlich immer das Beste. Auch wenn mir klar ist, dass er seine Fehler hat, muss ich glauben, dass er das Herz am rechten Fleck hat.«

»Natürlich. Aber Sam hat dich auch wirklich in eine schwierige Lage gebracht. Natürlich fühlst du dich verpflichtet, es ihm zu verkaufen. Aus meiner Zeit als Anwalt weiß ich allerdings, dass Geldgeschäfte zwischen engen Verwandten oft in Tränen enden.«

»Ich weiß«, sagte Posy und nickte.

»Ich glaube, da kannst du nur ganz pragmatisch vorgehen. Das Haus ist von unabhängiger Seite geschätzt worden, also weißt du, was es wert ist. Warum gibst du Sam und seiner Firma nicht das Vorkaufsrecht und setzt ihm einen Termin, bis wann die ersten Verträge unterschrieben sein müssen und er eine kräftige Anzahlung hinlegt? Für dich eilt es nicht, wenn Sam die Sache also vermasselt, hast du höchstens ein paar Wochen Zeit verloren, mehr nicht. Und dann hast du ihm wenigstens die Chance gegeben.«

»Ja, Freddie, danke. Du bist so vernünftig. Ich glaube, du hast völlig recht. Genau das werde ich tun.«

»Stets zu Diensten, Mylady.«

»Ach, übrigens, ich wollte dich fragen, ob du am Sonntag zum Familienlunch in Admiral House kommen möchtest? Mein Sohn Nick und seine Freundin kommen, dazu Sam, Amy und die Kinder.«

»Ich muss Joe fragen, ob er beim Bootsdienst für mich einspringen kann, aber gerne, das klingt schön.«

»Gut.« Posy stand auf. »Aber jetzt sollte ich besser nach Hause gehen. Danke für den netten Abend und deine klugen Worte.«

Posy ging in den Flur, wo Freddie ihr in den Mantel half.

»Gute Nacht, Posy, und dir auch danke.« Er beugte sich zu ihr, um ihr einen Kuss zu geben, und den Bruchteil einer Sekunde glaubte sie, er werde sie auf die Lippen küssen. Doch im letzten Moment drehte er den Kopf ein wenig zur Seite, es blieb beim zarten Küsschen auf die Wange.

»Gute Nacht, Freddie.«

Mit einem letzten Blick zu ihm drehte sie sich um und ging davon. Wobei sie sich fragte, weshalb er so unendlich traurig dreinblickte.

Kapitel 15

»Nick! Was in aller Welt ist denn das?«, fragte Tammy lachend, als sie sich auf den Beifahrersitz eines uralten Sportwagens niederließ, der tomatenrot und tipptopp in Schuss war.

»Das, liebe Tammy, ist ein antiker Austin Healey.«

»Die Farbe gefällt mir«, sagte sie und schnupperte den Geruch nach Leder und Autopolitur. »Er wird aber nicht liegen bleiben, oder?«, fragte sie, als Nick vergeblich versuchte, den Motor anzulassen.

»Wer weiß? Dann müssen wir eben schieben.«

»Du hast eindeutig einen Hang zu alten Sachen«, sagte sie, als der Wagen schließlich doch ansprang.

»Du meinst, einschließlich dir?«, scherzte er. Er schaltete in den nächsthöheren Gang und griff nach ihrer Hand.

»Du bist einfach zu charmant.«

»Bist du nervös?«, fragte er, als sie durch ein relativ ausgestorbenes London zügig nach Osten fuhren. Die Stadt wachte an diesem Sonntagmorgen erst allmählich auf.

»Du meinst, weil ich deine Mum kennenlerne – und deinen Bruder und seine Familie? Ein bisschen schon, glaube ich.«

»Du wirst Mum gefallen, davon bin ich überzeugt, und Sam wahrscheinlich auch, allerdings aus dem falschen Grund. Er wollte immer das, was ich habe. Aber Amy wirst du mögen, sie ist eine äußerst liebenswerte Frau. Ich weiß, dass du sie alle bezaubern wirst.«

»Das hoffe ich«, sagte Tammy seufzend und überlegte sich, weshalb ihr genau das so wichtig war.

Posy hatte gerade den Tisch in der Küche fertig gedeckt und arrangierte bunte Astern in eine Vase, die in der Mitte des Tischs stehen sollte. Am Morgen war sie in einem Zustand höchster Aufregung aufgewacht – die Aussicht, dass zum ersten Mal seit vielen Jahren ihre ganze Familie wieder beim Lunch zusammensitzen würde, bereitete ihr große Freude. Von einem kurzen Gang durch den Garten abgesehen, um die Astern zu pflücken – von denen sie jedes Jahr Unmengen in den Garten pflanzte, weil sie noch spät im Jahr Nektar für überwinternde Schmetterlingsarten lieferten –, stand sie seit sieben Uhr in der Küche, backte und bereitete den Rinderbraten zu, den sie am Tag zuvor gekauft hatte.

Das Telefon läutete, und sie hob ab. »Ja, bitte?«

»Posy, hier ist Freddie. Es tut mir wirklich sehr leid, dir so kurzfristig absagen zu müssen, aber leider schaffe ich es zum Lunch heute doch nicht.«

»Ach.«

Sie wartete auf Freddies Erklärung, bis ihr klar wurde, dass keine folgen würde.

»Wie schade. Ich hatte mich darauf gefreut, dich meiner Familie vorzustellen.«

»Und ich hatte mich darauf gefreut, sie alle kennenzulernen. Leider ist es nicht zu ändern. Ich rufe dich im Lauf der Woche an, Posy.«

Sie legte den Hörer auf. Der Tag hatte ein wenig von seinem Glanz verloren. Er hatte so kurz angebunden geklungen, so abweisend …

»Sie sehen sehr gedankenversunken aus, Posy.«

Bei Sebastians Stimme fuhr sie zusammen. Er war vor zwei Tagen eingezogen, und sie musste sich erst daran gewöhnen, dass außer ihr noch jemand anderes im Haus war.

»Ach ja?« Sie drehte sich zu ihm. »Entschuldigen Sie.«

»Haben Sie etwas dagegen, wenn ich mir einen Kaffee mache?«, fragte Sebastian. »Ich verspreche, morgen kaufe ich mir einen Wasserkocher, dann brauche ich Sie nicht immer hier unten zu stören.«

»Sie stören mich überhaupt nicht, wirklich nicht.« Posy ging zum Tisch und machte sich daran, Freddies Gedeck wegzuräumen. Sebastian sah ihr zu.

»Hat jemand abgesagt?«

»Ja«, sagte Posy und füllte den leeren Platz, indem sie die Sets verrückte. »Mein guter Freund Freddie.«

»Entschuldigen Sie, wenn ich das so sage, aber das ist wirklich sehr kurzfristig, oder nicht?«

»Doch.« Mit einem Seufzen setzte Posy sich auf einen Stuhl, das Besteck noch in der Hand. »Sebastian, Sie sind ein Schriftsteller, und ein Mann. Vielleicht können Sie mir ja sagen, was es heißt, wenn jemand ... sehr aufmerksam ist und offenbar gern mit einem zusammen ist, und im nächsten Moment gibt er sich ganz distanziert und unterkühlt und sagt eine Verabredung ab.«

»Wer weiß?« Sebastian gab mehrere Löffel löslichen Kaffee in einen Becher. »Wie Sie wissen, sind Männer gemeinhin ein ganzes Stück schlichter gestrickt als Frauen und emotional meistens auch weniger komplex. Sie nennen die Dinge beim Namen, während Frauen etwas zurückhaltender sind und einen Spaten etwa ein metallenes Grabwerkzeug für den Garten nennen.«

Bei dem Bild musste Posy lächeln.

»Deshalb würde ich schlussfolgern, dass Ihr Freddie heute nicht kommen kann, weil er einen ganz einfachen Grund hat, der ihn daran hindert.«

»Warum nennt er den dann nicht?«

»Weiß Gott.« Sebastian füllte seinen Becher mit kochendem Wasser auf. »Wenn Männer sich treffen, tun sie nach meiner Erfahrung nichts anderes, als zu trinken, über Sport zu debattieren und ein paar Witze zu reißen. Was Kommunikation betrifft, sind sie etwas unterbelichtet, insbesondere – entschuldigen Sie, wenn ich das so sage – Männer einer bestimmten Generation, denen von klein auf beigebracht wurde, ihre Gedanken und Gefühle für sich zu behalten. Zudem müssen britische Männer in der Hinsicht die allerschlimmsten sein. Schweigsamkeit ist ihr Markenzeichen.«

»Da sind Sie offensichtlich aus ganz anderem Holz geschnitzt. Sie können sich wunderbar ausdrücken.«

»Das muss mein französisches Erbe sein«, sagte Sebastian und rührte seinen Kaffee um.

»Ach, ich bin auch halbe Französin durch meine Mutter«, sagte Posy, während sie den Braten aus dem Ofen holte und mit Bratensaft begoss.

»Ach wirklich?« Sebastian lächelte. »Das ist also der Grund, weshalb Sie mir so gut gefallen.«

»Also, da ich eine Frau bin und eine halbe Französin obendrein, bin ich jetzt ganz dreist und frage Sie, ob Sie nicht heute Mittag an Freddies statt mit uns essen möchten?«

»Wirklich? Sind Sie sicher, dass Sie mich dabeihaben möchten, wenn Ihre ganze Familie kommt?«

»Absolut sicher. Ich habe Ihnen ja schon bei Ihrem ersten Besuch neulich gesagt, dass Sie sich gerne dazugesellen können. Außerdem werden sich alle viel mehr zusammenreißen und freundlicher zueinander sein, wenn ein Fremder am Tisch sitzt.«

»Rechnen Sie mit einem Duell am Teetisch?«

»Ich hoffe nicht, obwohl Nick vermutlich nicht allzu glücklich darüber sein wird, wenn Sam erwähnt, dass er das Haus kaufen und in Wohnungen aufteilen möchte. Die Entscheidung ist noch nicht gefallen.«

»Ich bin auch nicht allzu glücklich darüber, dabei bin ich nicht einmal mit Ihnen verwandt.« Sebastian seufzte. »Ich habe mich richtig in dieses Haus verliebt. Wie auch immer, für eine Stunde oder so komme ich gerne dazu, wenn Sie sicher sind, dass ich nicht störe.«

»Absolut sicher«, beruhigte Posy ihn. »Abgesehen davon sind Sie jetzt mein offizieller Tischherr.«

»Dann bin ich Punkt eins zur Stelle«, sagte er. »Bis später.«

Kurz nach zwölf sah Posy einen alten roten Sportwagen die Auffahrt heraufkommen und auf dem Kies parken. Die Beifahrertür ging auf, es erschien ein Paar langer, schlanker Beine in einer schicken Wildlederhose, gefolgt von einem schmalen Oberkörper und einer rotgoldenen Mähne.

»Oh, die Frau ist aber ausgesprochen hübsch«, sagte Posy etwas enttäuscht. Sie war im Lauf ihres Lebens nur sehr wenigen schönen Frauen begegnet, die sie auch gemocht hatte, und sie konnte nur hoffen, dass Tammy zu den Ausnahmen zählte.

Innerhalb von zehn Minuten hatte sie gemerkt, dass diese hinreißende, freimütige junge Frau tatsächlich zu den Ausnahmen gehörte. Obwohl sie unverkennbar nervös war, was Posy sympathisch fand, wirkte sie klug, freundlich und völlig uneitel. Am wichtigsten aber war, dass sie eindeutig sehr in Nick verliebt war; immer wieder griff sie nach seiner Hand und folgte ihm mit dem Blick, wenn er durch den Raum ging.

»Kann ich Ihnen irgendwie helfen, Posy?«, fragte Tammy, als sie zu dritt in der Küche standen und ein Glas Wein tranken.

»Nein, ich ...«

»Jetzt sind gerade Sam und Amy vorgefahren, Mum.« Nick schaute zum Küchenfenster hinaus. »Himmel, mein Neffe und meine Nichte! Entschuldigt mich bitte, ich muss mich doch als Onkel vorstellen.«

»Natürlich.«

»Posy, das Haus ist wirklich wunderschön«, sagte Tammy.

»Danke, Tammy, ich liebe es auch sehr. Noch einen Schluck Wein?«

Tammy ließ sich nachschenken.

»Ich glaube nicht, dass ich Nick jemals so glücklich gesehen habe«, bemerkte Posy, während sie ihr eigenes Glas nachfüllte. »Sie müssen ihm guttun.«

»Das hoffe ich«, sagte Tammy mit einem Nicken. »Ich weiß, dass er mir guttut.«

»Ich finde es sehr positiv, dass Sie beide unabhängig voneinander Erfolg haben. Dadurch ist eine Beziehung viel ausgewogener.«

»Na ja, Posy, im Moment habe ich noch nichts vorzuweisen. Meine Boutique könnte krachend scheitern.«

»Meine Liebe, das bezweifle ich, und selbst wenn, würden Sie die Scherben aufklauben und etwas Neues anfangen. Ah, da höre ich doch das Trappeln kleiner Füße.« Posy wandte sich zur Tür.

Nick kam zur Küche herein, Sara auf dem Arm, Jake neben ihm.

»So, und jetzt stelle ich euch eure Tante Tammy vor.« Nick ging mit den beiden zu Tammy und setzte Sara am Boden ab, und die beiden Kinder lächelten schüchtern zu ihr hinauf.

»Hallo, ihr zwei.« Tammy bückte sich zu ihnen.

»Bist du mit Onkel Nick verheiratet?«, fragte Jake.

»Nein.«

»Wieso bist du dann unsere Tante?«, wollte er wissen.

»Deine Haare sind schön«, sagte Sara leise zu ihr. »Sind die echt?«

Tammy nickte ernst. »Ja. Magst du sie mal anfassen, nur um sicherzugehen?«

Sara griff mit einem pummeligen Händchen nach einer kupferroten Strähne. »Die sind so lang wie bei meiner Barbie-Prinzessin. Aber ihre Haare sind nicht echt.«

»Guten Tag, Posy, wie geht's dir?«

Tammy sah hoch, als eine sehr attraktive blonde Frau zur Tür hereinkam.

»Amy!« Posy begrüßte sie mit einem herzlichen Kuss. »Du

siehst bildhübsch aus. So, und jetzt stelle ich dir Tammy vor. Tammy, das ist Amy, meine allerliebste Schwiegertochter.«

»Das ist nur, weil ich im Moment ihre einzige Schwiegertochter bin«, sagte Amy und lächelte, und Tammy wusste auf Anhieb, dass sie sich verstehen würden. »Hi, Nick. Wie schön, dich nach all den Jahren wiederzusehen.«

Amy umarmte Nick, der sie fest in die Arme schloss.

»Du siehst großartig aus«, sagte Amy und sah lächelnd zu ihm hoch. »Übrigens, ich entschuldige mich schon vorab für alles, was meine Kinder beim Lunch sagen oder tun könnten. Tammy, pass bloß auf, dass sie deine traumhafte Wildlederhose nicht mit ihren klebrigen Fingern verschmieren.«

»Hi, Mum.«

Tammy sah einen kleinen, breitschultrigen Mann mit blonden Haaren Posy auf die Wange küssen und merkte, dass Nick sich verspannte, bevor er zu ihm hinüberging.

»Nick, alter Junge, schön, dich zu sehen.«

»Guten Tag, Sam«, sagte Nick förmlich und streckte die Hand aus, die sein Bruder kräftig schüttelte.

Tammy musterte Sam und fand, dass das Alter weniger freundlich zu ihm war als zu Nick. Am Scheitel lichtete sich sein Haar bereits, und er hatte einen Bierbauch, der sich deutlich unter seinem Hemd abzeichnete. Von der Nase einmal abgesehen, hatte er keinerlei Ähnlichkeit mit Nick, der ganz nach seiner Mutter schlug.

»Und was bringt dich in die alte Heimat zurück? Ist das Geschäft in Perth etwa den Bach runtergegangen?«

Die Muskeln in Nicks Kinnpartie spannten sich an.

»Im Gegenteil, alles läuft besser, als ich es mir hätte träumen lassen«, antwortete Nick kalt.

»Schön, schön. Na, demnächst solltest du dich auf Konkurrenz von deinem großen Bruder gefasst machen«, sagte Sam. »Aber davon erzähle ich dir später.«

»Ich kann's gar nicht erwarten«, meinte Nick. Der Sarkasmus in seiner Stimme war nicht zu überhören.

Tammy sah zu Amy hinüber, und sie tauschten einen verständnisvollen Blick.

»Also, wer hat Lust auf ein Glas von dem Champagner, den Tammy und Nick freundlicherweise mitgebracht haben?«, fragte Posy genau im richtigen Moment.

»Ich öffne sie, ja?«, schlug Nick vor und ging die Flasche holen.

»Schöne Frau, wo hat Nick dich denn aufgegabelt?«, fragte Sam an Tammy gewandt. Seine Augen wanderten an ihr auf und ab. Tammy wusste sofort, dass sie es mit einem Mann zu tun hatte, der seinen Charme gekonnt einzusetzen verstand. Die Art Mann, mit der sie im Lauf ihres Lebens immer wieder zu tun gehabt hatte … die Art Mann, die sie nicht ausstehen konnte.

»Durch gemeinsame Freunde.«

»Mit deinem Akzent kommst du eindeutig nicht von Down Under, oder?«

»Nein, Sam. Tammy ist ein bekanntes Model«, unterbrach Posy.

»Das war ich früher«, stellte Tammy richtig. »Mittlerweile bin ich eher Geschäftsfrau.«

»Na, klar ist auf jeden Fall, dass du keine Kinder hast, so, wie du aussiehst«, sagte Sam. »Kinder und schlaflose Nächte lassen Frauen alt aussehen, im wahrsten Sinn des Wortes, stimmt's nicht, mein Schatz?« Er bedachte seine Frau mit einem wenig schmeichelhaften Blick. »Also gut, dann überlasse ich die Damen mal sich selbst. Ich muss mich kurz mit Mum unterhalten.« Mit einem Zwinkern ging er davon.

Tammy empfand das bekannte und unangenehme Gefühl, neben einer Frau zu stehen, deren Mann gerade unmissverständlich klargemacht hatte, dass er sie attraktiv fand. Sie wusste nicht genau, was sie sagen sollte, bis Amy das Schweigen mit einem Seufzen brach.

»Leider hat Sam ja recht. Was gäbe ich nicht dafür, einmal auszuschlafen und mir vorm Weggehen passende Kleidung zurechtzulegen, aber das ist der Preis, wenn man Kinder hat.«

»Ich weiß wirklich nicht, wie Frauen es schaffen. Aber es muss sich lohnen. Ich meine, schau dir doch deine beiden an«, sagte Tammy und lächelte. »Sie sind hinreißend.«

Sara und Jake kicherten mit Nick über etwas, das ihr neu entdeckter Onkel gesagt hatte.

»Vielleicht. Aber allmählich frage ich mich, ob Muttersein nicht ein schlechter Scherz der Natur ist. Ich würde auf dem Spielplatz natürlich standrechtlich erschossen werden, wenn ich gestehen würde, dass ich es nicht unbedingt als bereichernd empfinde, den ganzen Tag mit einer Vier- und einem Sechsjährigen zu verbringen, die endlos Tweenie-Videos gucken, aber manchmal könnte ich schreien.«

»Wenigstens bist du so ehrlich und gibst es zu«, sagte Tammy, die Amy immer sympathischer fand. »Von außen betrachtet kommt es mir vor, als bestünde das Muttersein zu neunzig Prozent aus Schwerarbeit und zu zehn Prozent aus Vergnügen.«

»Na ja, auf lange Sicht lohnt es sich natürlich. Alle sagen, dass es großartig ist, wenn sie älter sind und so etwas wie Freunde werden. Das Problem ist, die meisten erwachsenen Kinder, die ich kenne, finden es dröge, ihre Eltern zu besuchen. Oje«, sagte Amy mit einem Lachen, »ich rühre nicht gerade die Werbetrommel fürs Familienleben, stimmt's? Aber wirklich, im Grunde möchte ich nicht auf sie verzichten.«

»Ich verstehe dich schon, Amy. Du meinst nur, dass du hin und wieder ein bisschen Zeit für dich haben möchtest.«

»Genau«, stimmte Amy ihr zu und blickte zu ihren Kindern hinüber, die neben Nick standen. »Schau, das ist ein Mann, dem es offenbar gefällt, wenn zwei Kinder wie Kletten an ihm hängen. Du könntest enden wie ich: eine erschöpfte, jammernde Mum. Aber jetzt sollte ich ihn wohl besser erlösen.«

»Der Champagner wird serviert. Kommt doch alle mal her.«
Posy stand am Tisch und schenkte die Gläser ein. »Ich möchte auf Nick trinken. Willkommen zu Hause, mein Schatz.«

»Danke, Mum«, sagte Nick.

»Und ein herzliches Willkommen an Tammy«, fügte Posy hinzu. »Das Essen ist in zehn Minuten fertig. Nick, darf ich das Aufschneiden dir überlassen?«

Tammy sah, dass Sams Blick sich verfinsterte angesichts der Aufmerksamkeit, die seine Mutter seinem Bruder schenkte. Eifersucht strömte ihm aus jeder Pore.

Sebastian kam in dem Moment in die Küche, als sich alle an den Tisch setzten.

»Perfektes Timing«, sagte Posy und deutete auf den Stuhl zwischen sich und Tammy. »Ihr Lieben, das ist mein neuer Untermieter, Sebastian Girault.«

»Guten Tag.« Sebastian begrüßte die Runde mit einem Lächeln und setzte sich. »Ich hoffe, es stört niemanden, dass ich einfach so dazukomme.«

»Gar nicht. Nick Montague.« Nick streckte seine Hand über den Tisch hinweg aus. »Ich habe Ihr Buch gelesen und fand es großartig.«

»Danke.«

»Ich bin Sam Montague, und das ist meine Frau Amy.«

»Ja. Amy und ich kennen uns vom Hotel«, antwortete Sebastian. »Wie geht es Ihnen?«, fragte er sie.

»Gut, danke.«

Tammy bemerkte, dass Amy leicht errötete und den Blick senkte.

»Was machen Sie denn in Admiral House, Sebastian?«, fragte Sam, leerte seinen Champagner und griff zum Nachschenken nach der Flasche.

»Ich schreibe an meinem nächsten Buch. Ihre Mutter hat mir freundlicherweise Kost und Logis angeboten.«

»Stille Wasser gründen ja sehr tief, Mum«, scherzte Nick.

»Ja«, sagte Sam. »Als Sebastian hereinkam, dachte ich mir im ersten Moment, du hättest dir einen Galan zugelegt.«

»Schön wär's«, sagte Posy lächelnd. »So, hat jeder alles, was er braucht?«

In der nächsten Stunde saß Posy zufrieden am Kopfende des Tisches und freute sich, dass ihre Familie nach zehn Jahren wieder zusammensaß. Selbst Sam und Nick hatten zumindest vorübergehend ihre Feindseligkeit eingestellt, und Nick erzählte ihm von seiner Zeit in Australien. Tammy und Sebastian unterhielten sich angeregt, und die Einzige, die nicht entspannt wirkte, war Amy. Vermutlich wegen der Kinder – Posy erinnerte sich nur zu gut an die Male, wenn sie mit ihren Söhnen sonntags zum Lunch gegangen war und ständig befürchtet hatte, sie könnten unangenehm auffallen. Amy sah erschöpft aus, und unwillkürlich verglich Posy ihre verhärmte, besorgte Miene mit Tammys frischem, faltenlosem Gesicht.

»Und jetzt, Posy, muss ich wirklich nach oben und anfangen zu arbeiten oder, um ehrlich zu sein, nach dem vielen köstlichen Wein erst einmal ein Nickerchen halten, bevor ich mich an die Arbeit setze«, sagte Sebastian und stand auf. »Bis zum nächsten Mal allseits.« Mit einem Winken verließ er die Küche.

Während Posy Kaffee machte und Amy den Tisch abräumte, setzte Nick sich zu Tammy. Besitzergreifend legte er ihr einen Arm um die Schulter.

»Hi, mein Schatz.« Er gab ihr einen Kuss auf den Nacken. »Lange nicht gesehen. Wie findest du Mums Untermieter?«

»Sehr nett«, sagte Tammy. »Überhaupt nicht arrogant, dabei ist er doch in der Literaturszene ein solcher Star.«

»Mummy, ich muss mal«, meldete sich Sara vom anderen Ende des Tisches.

»Also gut, Jake, komm du auch mit, dann erkunden wir ein bisschen das Haus und gönnen den anderen etwas Ruhe.« Amy nahm ihre Kinder an die Hand und verschwand aus der Küche.

»Mum hat dir sicher erzählt, dass sie Admiral House an mich verkauft?«, sagte Sam und schenkte sich Wein nach.

»Was?! Nein. Wieso hast du mir nichts davon gesagt, Mum?« Bestürzt stellte Posy das Kaffeetablett auf den Tisch. »Noch ist nichts entschieden, Nick, deswegen.«

»Du willst Admiral House verkaufen? An Sam?«, fragte Nick fassungslos nach.

»Ja, an meine Firma. Warum denn nicht?«, gab Sam zurück. »Wie ich ihr sagte, wenn sie es schon verkaufen muss, dann ist es doch besser, wenn es in der Familie bleibt. Außerdem habe ich Mum Rabatt auf eine der Wohnungen angeboten, das heißt, wenn sie möchte, kann sie sogar hier wohnen bleiben.«

»Sam, immer mit der Ruhe, ich habe dir gesagt …«

»*Wohnungen?* Von was zum Teufel spricht er da?« Alle Farbe war aus Nicks Gesicht gewichen.

»Mum verkauft das Haus an meinen Bauträger, und wir renovieren es und teilen es in mehrere hochpreisige Wohnungen auf. Die sind jetzt der letzte Schrei – dafür bekommt man richtig Geld, vor allem hier, die Gegend ist bei Rentnern sehr gefragt. Keine Gartenarbeit – wir werden jemanden einstellen, der sich laufend darum kümmert –, anständige Sicherheitsvorkehrungen und derlei mehr.«

»Mein Gott, Mum.« Nick schüttelte den Kopf und versuchte, seinen Zorn zu beherrschen. »Ich kann's nicht glauben, dass du nicht vorher mit mir darüber gesprochen und mir Gelegenheit gegeben hast, meine Meinung dazu zu sagen.«

»Bruderherz, seien wir doch ehrlich, du warst die letzten zehn Jahre am anderen Ende der Welt. Das Leben geht weiter«, sagte Sam. »Mum schlägt sich seit Jahren allein mit diesem Kasten herum.«

»Ich verstehe. Ihr habt das also alles zwischen euch abgesprochen und braucht mich gar nicht dazu.« Zitternd vor Wut und Empörung stand Nick auf. »Komm, Tam, wir gehen.«

Tammy erhob sich ebenfalls. Vor Verlegenheit hatte sie den Kopf gesenkt. Am liebsten wäre sie im Erdboden versunken.

»Nick, bitte geh nicht. Natürlich wollte ich mit dir darüber sprechen und dich um deine Meinung fragen. Ich ...« Hilflos zuckte Posy mit den Achseln.

»Wie's klingt, steht dein Entschluss schon fest.« Nick gab Posy einen flüchtigen Kuss auf die Wange. »Danke fürs Essen, Mum.«

»Ja, haben Sie vielen herzlichen Dank«, sagte Tammy und bemerkte Posys bedrückte Miene, als Nick zur Tür marschierte. Ihr blieb nichts anderes übrig, als ihm zu folgen. »Ich hoffe, wir sehen uns bald wieder. Auf Wiedersehen.«

Die Küchentür fiel hinter ihnen ins Schloss. Posy schlug die Hände vors Gesicht.

»Tut mir leid, Mum.« Sam zuckte beiläufig mit den Achseln. »Ich habe natürlich gedacht, dass er davon weiß. Er kommt schon drüber weg. Eigentlich wollte ich dir ja vorschlagen, Nick vielleicht die Pläne ...«

»Es reicht, Sam! Du hast für einen Tag schon genug Schaden angerichtet. Ich möchte nicht weiter darüber reden. Verstanden?«

»Klar.« Er besaß so viel Anstand, geknickt dreinzusehen. »Und jetzt helfe ich dir beim Aufräumen, ja?«

Amy ging durch die Zimmer im ersten Stock und spielte mit ihren Kindern halbherzig Verstecken. Sie warf einen Blick auf die Uhr und hoffte, dass Sam bald nach Hause fahren wollte. Auf sie wartete ein Berg Bügelwäsche. Wie schön wäre es, Tammy zu sein, dachte sie, einfach nach Hause fahren und vor dem Kamin ein Buch lesen zu können, ohne gestört zu werden.

»Mummmyyy! Such mich!«, ertönte eine gedämpfte Stimme vom anderen Ende des Gangs.

»Ich komme«, antwortete sie und folgte dem Ruf in einen der Räume.

Sebastian saß vor dem Laptop an einem Schreibtisch, der vor

einem der deckenhohen Fenster stand, mit herrlichem Blick auf den französischen Garten und die Beete.

»Mein Gott, das tut mir leid, ich dachte ...«

»Kein Problem.« Sebastian drehte sich zu ihr. »Um ehrlich zu sein, freue ich mich über etwas Ablenkung. Der herausragende Rote zum Rinderbraten hat ein paar Tausend weitere Gehirnzellen abgetötet, und ich kämpfe.«

»Wie viele Seiten haben Sie denn schon geschrieben?«

»Nicht annähernd genug. Ich habe etwa ein Drittel und stelle fest, dass Nummer zwei sehr viel schwieriger zu schreiben ist als Nummer eins.«

»Ich hätte gedacht, dass es einfacher ist, weil Sie beim Schreiben des Ersten Erfahrung gesammelt haben.«

»Das stimmt, aber manchmal ist Erfahrung von Nachteil. Als ich *Die Schattenfelder* schrieb, kritzelte ich es einfach hin, ich hatte keine Ahnung, ob es gut war oder schlecht, und im Grunde war es mir egal. Wahrscheinlich eine Art Bewusstseinsstrom. Aber weil das ein solcher Erfolg wurde und so gute Kritiken bekam, stecke ich mit dem Kopf jetzt in meiner eigenen Schlinge. Jeder wartet nur darauf, dass ich scheitere.«

»Das ist, wenn ich das mal so sagen darf, eine sehr negative Sicht.«

»Da gebe ich Ihnen recht, aber es ist sehr gut möglich, dass mein Genie nur für ein Buch reicht.« Sebastian seufzte. »Bei diesem Buch habe ich das Gefühl, es schreiben zu müssen, und ich weiß nicht, ob es gut ist oder völliger Unsinn.«

»Mummmyyyy! Wo bleibst du?!«

»Ich sollte gehen«, sagte Amy.

Sebastian lächelte sie an. »Das Essen hat mir gefallen. Sie sind eine nette Familie.«

»Tammy wirkt sympathisch. Außerdem ist sie eine sehr schöne Frau«, sagte Amy bewundernd.

»Ja, sie ist eine interessante und warmherzige Person, aber nicht mein Typ.«

»Was ist denn Ihr Typ?« Die Frage rutschte ihr einfach so heraus.

»Ach, zierlich, schlank und blond mit großen blauen Augen.« Sebastian betrachtete sie. »Erstaunlicherweise ein bisschen wie Sie.«

Ein heißer Schauer kroch Amy das Rückgrat hinauf, als sie und Sebastian sich einen Moment in die Augen sahen.

»Mummy!« Schmollend erschien Sara in der Tür. »Ich habe gewartet, aber du bist nicht gekommen.«

»Nein, ich ...« Amy brach den Blickkontakt ab. »Entschuldige, mein Schatz. Wir sollten jetzt sowieso gehen.«

»Auf Wiedersehen, Sara. Ciao, Amy.« Sebastian winkte ihnen nach, in seinen Augen funkelte es amüsiert. »Bis bald.«

Amy entdeckte Jake unter dem Bett seiner Großmutter, und dann gingen sie zu dritt die Treppe hinunter. Was hatte sie bloß zu dieser Frage getrieben? Sie hatte ja regelrecht mit ihm geflirtet, was ihr überhaupt nicht ähnlich sah. Vielleicht war es der Wein, oder vielleicht ... vielleicht war es die Tatsache – die sie sich nun gar nicht eingestehen wollte –, dass sie sich zu Sebastian hingezogen fühlte?

Sie gingen in die Küche, wo Sam und Posy schweigend die Geschirrberge spülten.

»Wo sind Nick und Tammy?«, fragte sie.

»Sie sind zurückgefahren«, antwortete Posy knapp.

»Ihr hättet mich rufen sollen. Ich hätte mich gerne von ihnen verabschiedet.«

»Die sind einfach davongerauscht«, sagte Sam. »Offenbar habe ich etwas gesagt, das Nick geärgert hat.«

»Sam hat Nick erzählt, dass ich ihm Admiral House verkaufe. Das war natürlich ein Schock für ihn. Ich hätte es ihm lieber auf meine Art beigebracht, aber so ist es nun einmal«, erklärte Posy.

»Es tut mir leid, Mum.«

Amy fand nicht, dass Sam besonders zerknirscht aussah.

»Na, jetzt ist es nicht mehr zu ändern. Ich werde Nick anrufen und mit ihm reden müssen.« Posy lächelte bemüht. »So, und jetzt – hätte jemand von euch Lust auf eine Tasse Tee und eine Scheibe von Omas köstlichem Schokoladenkuchen?«

»Ich kann's nicht fassen! Wie kann Mum auch nur im Traum daran denken, Admiral House an Sam zu verkaufen? Das ist der reinste ... Wahnsinn!«

Tammy saß schweigend auf dem Beifahrersitz neben Nick, der mit überhöhtem Tempo nach London zurückfuhr. Seine Knöchel waren weiß, so fest umklammerte er das Lenkrad in seiner Wut.

»Liebling, deine Mutter wollte es dir bestimmt sagen. Es ist einfach so passiert.«

»Ich habe sie letzte Woche zum Lunch besucht, und ja, da hat sie davon gesprochen, das Haus schätzen zu lassen, aber kein Wort davon, dass sie es an Sam verkauft. Nein, ich wette, der eigentliche Grund ist, weil sie genau wusste, wie ich reagieren würde.«

Vierzig Minuten hörte Tammy bereits seinen Verwünschungen zu und wusste nicht, ob Nick sich mehr über den Verkauf von Admiral House aufregte – dem geliebten Haus seiner Kindheit – oder eher über den Umstand, dass seine Mutter es Sam verkaufte.

»Nick, es ist natürlich sehr traurig, aber du musst auch die Position deiner Mutter verstehen. Das Haus überfordert sie einfach, das sieht man doch. Es ist ja nicht ihre Schuld, dass sie nicht das Geld für die Instandhaltung und die Renovierung hat, oder? Und wenn Sams Firma es kaufen kann, dann bleibt es doch, wie er ja auch gesagt hat, zumindest in gewisser Hinsicht in der Familie.«

»Tammy, du hast keine Ahnung, was für ein Mensch Sam wirklich ist. Wenn ich sage, dass er seine eigene Mutter über den Tisch ziehen würde, um zu kriegen, was er will, dann meine ich das nicht im Scherz.«

»Du glaubst, das tut er?«

»Ich habe keine Ahnung, weil Mum ja nicht will, dass ich irgendetwas davon erfahre. Sie hat klipp und klar gesagt, dass sie weder meinen Rat noch meine Hilfe braucht. Aber gut, das hat sie sich jetzt selbst eingebrockt, dann soll sie's verdammt noch mal auch selbst auslöffeln!«

Kapitel 16

Am nächsten Morgen fuhr Posy in gedrückter Stimmung nach Southwold. Sie hatte sich so darüber gefreut, dass ihre gesamte Familie endlich wieder einmal bei ihr war, und das abrupte Ende des Lunchs hatte sie zutiefst deprimiert. Die ganze Nacht hatte sie sich überlegt, wie sie die Situation am besten klären könnte, und hatte an diesem Morgen mehr als einmal zum Hörer gegriffen, es sich im letzten Moment aber doch anders überlegt. Nick war wie sie: Er brauchte Zeit, um sich abzuregen, bevor er überhaupt zuhören konnte, was sie ihm sagen wollte.

Sie schloss die Galerie auf, machte sich eine Tasse Tee und sah in den Regen hinaus, der draußen herabprasselte. Das Schlimmste war, dass sie wegen des Verkaufs von Admiral House eine Entscheidung treffen musste. Diese unklare Situation belastete sie alle, ganz zu schweigen von dem Streit, zu dem das alles bereits geführt hatte. Sie, Posy, brauchte nur zum Hörer zu greifen und Sam zu sagen, dass er das Vorkaufsrecht hatte. Danach könnte sie die Sache dem Notar überlassen und anfangen, sich ein neues Zuhause zu suchen.

Eine Stunde später ging die Tür auf, und Freddie trat ein. Er schüttelte den Regen von den Schultern seines Mantels.

»Guten Morgen, liebste Posy. Es ist scheußlich dort draußen, absolut scheußlich«, sagte er, als er auf sie zuging.

»Guten Morgen, Freddie.«

Posy hörte selbst, wie schwunglos ihre Begrüßung klang.

»Du musst doch richtig wütend auf mich sein, dass ich gestern so kurzfristig abgesagt habe.«

»Mach dir keine Gedanken, Freddie, wirklich nicht.«

»Das tue ich aber.« Freddie ging in der Galerie auf und ab. »Guter Gott, es ist so frustrierend!«

»Was?«

»Nur ...« Er sah sie an, Verzweiflung lag in seinem Blick. »Nichts«, sagte er kopfschüttelnd.

»Entschuldige, Freddie, aber aus diversen Gründen habe ich keine Lust auf noch mehr Drama. Vor allem, wenn ich nicht die geringste Ahnung habe, worum es geht. Wenn du dich also nach wie vor weigerst, es mir zu sagen, wäre ich dir dankbar, wenn du gehen würdest.«

Posy war plötzlich den Tränen nahe, was nun wirklich nicht anging. Sie drehte sich um und verschwand Richtung Büro.

»Posy, es tut mir wirklich sehr leid. Ich wollte dich nicht noch mehr aufbringen«, sagte er und folgte ihr.

»Ach, eigentlich hast du nichts damit zu tun«, erwiderte sie, nahm ein Taschentuch aus der Schachtel, die auf dem Schreibtisch stand, und putzte sich kräftig die Nase. »Es geht um den Verkauf von meinem verdammten Haus. Das hat zwischen meinen Söhnen zu einem heftigen Zerwürfnis geführt.«

»Posy, bitte wein nicht, ich will nicht, dass ...«

Freddie zog sie in die Arme. Posy wusste, dass sie sich eigentlich wehren sollte, aber sie war zu schwach. Sie brauchte eine Umarmung, und in Freddies Armen fühlte sie sich sicher und beschützt. Sie hörte ihn tief seufzen und blickte zu ihm hoch, als er sie zärtlich auf die Stirn küsste. Die Ladenglocke läutete, was bedeutete, dass ein Kunde die Galerie betrat, und sofort lösten sie sich voneinander.

»Wie wär's, wenn ich dich zum Lunch ins Swan einlade, wenn du hier fertig bist? Dann kannst du mir alles erzählen. Sehen wir uns um eins?«

»Ja, das wäre sehr schön, Freddie. Danke.«

Posy sah ihm nach und dachte sich, dass sie, unabhängig vom Stand ihrer Beziehung, einen Freund brauchte. Und der war Freddie nun wirklich, sagte sie sich, als sie auf den Kunden zuging.

Nach einem belebenden Gin Tonic, währenddessen Freddie ihrer Wehklage aufmerksam zugehört hatte, ging es Posy etwas besser.

»Ach je«, sagte er mitfühlend, als sie sich über ihre ausgezeichneten Fish and Chips hermachten. »Das klingt viel komplizierter als der Verkauf des Hauses an sich. Ein böser Fall von Rivalität unter Geschwistern.«

»Natürlich«, stimmte Posy ihm zu. »Sam hat sich wegen Nicks geschäftlichen Erfolg immer minderwertig gefühlt. Deswegen wollte er ihn mit seiner neuen Firma beeindrucken und damit, dass er Admiral House kauft. Nick war tief getroffen, dass ich ihm nichts von meinen Plänen erzählt hatte, mal ganz abgesehen davon, dass er das Haus über alles liebt. So einfach ist die Sache im Grunde, aber an solchen Dingen zerbrechen Familien.« Sie seufzte. »Ich fände es unerträglich, wenn es meiner auch so ergehen sollte.«

»Du solltest auf jeden Fall mit Nick reden. Wenn du mich fragst, hat er doch etwas überempfindlich reagiert.«

»Vielleicht«, meinte Posy abwägend. »Normalerweise ist Nick der umgänglichere von den beiden, aber wenn er sich einmal auf etwas eingeschossen hat, kann er ausgesprochen engstirnig und stur werden, vor allem, wenn es um seinen Bruder geht.«

»Er wird sich bestimmt wieder besinnen, Posy. Aber weißt du, dieses eine Mal solltest du dich und deine Bedürfnisse wirklich an erste Stelle setzen. Das Haus hat dir in letzter Zeit doch nichts als Kummer gebracht, und ich finde, dass du jetzt voranmachen und es verkaufen solltest.«

Das sagte er mit derart untypischer Heftigkeit, dass Posy aufschaute. »Du magst Admiral House nicht, oder?«

»Was ich mag oder nicht mag, tut nichts zur Sache. Worauf es ankommt und worauf es mir ankommt, ist, dass du glücklich bist. Wenn du also meine unmaßgebliche Meinung hören willst, dann ist es an der Zeit, dass du dich veränderst.«

»Ja, du hast recht. Also gut.« Posy leerte ihren Gin Tonic und holte tief Luft. »Ich folge deinem Rat und gebe Sam das Vorkaufsrecht.«

»Sehr schön. Loslassen ist immer schwierig. Als ich nach dem Tod meiner Frau das Haus in Dorset verkauft habe, war das für mich die schwierigste Entscheidung meines Lebens. Aber es war zweifellos die richtige.«

»Gleich nach dem Essen gehe ich zum Maklerbüro und spreche mit Marie«, versprach Posy.

»So lob ich's mir«, sagte Freddie und bedeutete dem Kellner, die Rechnung zu bringen. Dann betrachtete er Posy eingehend, bis er schließlich mit der Faust auf den Tisch schlug.

»Ach, was soll's! Das Leben ist zu kurz!«

»Wofür zu kurz?«

»Um dich nicht zu fragen, ob du mich am übernächsten Wochenende nach Amsterdam begleiten möchtest. Ich bin zum siebzigsten Geburtstag eines meiner ältesten Freunde eingeladen – wir haben zusammen Jura studiert. Ich würde mich so freuen, wenn du mitkämst, Posy, wirklich.«

»Ach. Na ja ...«

»Ich weiß, ich bekenne mich schuldig, dir widersprüchliche Botschaften zu übermitteln. Aber ich glaube wirklich, dass es uns beiden guttäte, ein Wochenende aus Southwold rauszukommen – ein Tapetenwechsel ohne den Ballast der Vergangenheit.«

»Unserer Vergangenheit, meinst du?«

»Ja, das und ...« Freddie schüttelte den Kopf. »Ich finde, wir haben uns etwas Spaß verdient, Posy, wir beide. Keine Hintergedanken. Natürlich getrennte Zimmer und derlei.«

»Natürlich.«

»Also?« Freddie musterte sie.

»Warum nicht? Ich war seit Jahren nicht mehr im Ausland, und wie du sagst, das Leben ist zu kurz. Also, ich nehme deine Einladung an.« Lächelnd ging Posy mit ihm durch die Bar zum Ausgang.

»Mum! Guten Tag.«

Posy errötete, als sie Sam auf dem Barhocker sitzen sah, vor sich ein Glas Bier.

»Guten Tag, Sam.«

»Wer ist denn dein Freund?«, fragte er nach einem Blick auf Freddie mit einem hintersinnigen Lächeln.

»Freddie Lennox. Schön, Sie kennenzulernen.« Freddie schüttelte Sam kräftig die Hand.

»Ganz meinerseits. Hast du dich wegen unseres kleinen Geschäfts schon entschieden, Mum?«

Posy hatte nicht das Gefühl, dass dieser Moment geeignet war, um Sam von ihrer gerade erst getroffenen Entscheidung zu erzählen, und sagte nur: »Ich melde mich, sobald mein Entschluss feststeht. Auf Wiedersehen.« Und damit schritt sie rasch weiter zum Ausgang. »Danke für den Lunch, Freddie, und für deinen Rat. Jetzt setze ich ihn in die Tat um und spreche mit Marie, bevor ich es mir anders überlege.«

Sie ging zu Fuß zum Maklerbüro und sagte Marie, dass Sam das Vorkaufsrecht habe, sie aber warten solle, bis ein Notar eingeschaltet war, um ihn zu kontaktieren. Dann hastete sie durch den Regen zu ihrem Wagen. Allerdings hatte sie keine Lust, nach Hause zu fahren und weiter über die Sache mit Nick und Sam zu grübeln. Da fiel ihr ein, dass Amy am Vortag gesagt hatte, die Kinder hätten Herbstferien, und sie müsse eine Woche Urlaub nehmen, um auf sie aufzupassen. Kurz entschlossen parkte Posy vor der Bäckerei, kaufte einen Kuchen und fuhr weiter in die Ferry Road, um ihrer Schwiegertochter und ihren Enkelkindern einen Besuch abzustatten.

»Guten Tag, Amy, wie geht's?«, fragte Posy, als Amy die Tür öffnete. »Ich habe euch einen Kuchen mitgebracht.«

»Ich ... danke ...« Amy fasste sich an das ungekämmte Haar. Sie war blasser als sonst, und ihre Augen waren gerötet. Sie sah aus, als hätte sie geweint. »Ich habe keinen Besuch erwartet«, entschuldigte sie sich, als sie Posy durch den unaufgeräumten Flur ins Wohnzimmer vorausging. Der Boden war mit Spielzeug übersät, dazwischen lag ein Berg Bügelwäsche. Jake und Sara saßen vor dem körnigen Bild des Fernsehers und schauten kaum auf, als ihre Großmutter hereinkam.

»Komm, wir überlassen die beiden sich selbst, wenn die Sendung so spannend ist, und machen uns eine Tasse Tee, ja?«, schlug Posy freundlich vor.

»Gut, aber in der Küche sieht es noch schlimmer aus als hier.«

»Ich bin gekommen, um dich zu besuchen und nicht deinen Haushalt«, sagte Posy und folgte ihr in die Küche. »Ist alles in Ordnung, Liebes? Richtig gut siehst du nicht aus.«

»Ach, ich glaube, ich habe mir die Erkältung eingefangen, die hier die Runde macht, das ist alles«, sagte Amy, schaltete den Wasserkocher an und putzte sich die Nase mit einem Blatt Küchenrolle.

»Dann solltest du im Bett liegen.«

»Schön wär's.« Amy stützte sich auf die mit Flecken übersäte Arbeitsfläche, ihre Schultern zitterten.

»Amy, mein Herz.« Posy nahm sie in die Arme und hielt sie fest, während ihre Schwiegertochter schluchzte. »Sag mir doch, was passiert ist«, meinte sie tröstend.

»Ach, Posy, das geht doch nicht«, antwortete Amy unter Tränen.

»Doch, das geht, und wenn es mit Sam zu tun hat, halte ich dich deswegen nicht für illoyal. Ich kenne seine Fehler besser als jeder andere, schließlich bin ich seine Mutter.«

»Ich ...« Vor Schluckauf konnte Amy kaum sprechen. »Ich

weiß einfach nicht, wie wir diesen Monat über die Runden kommen sollen. Unser Dispokredit ist überzogen, die Rechnungen für Telefon und Gas gehen in die Hunderte, der Strom ist schon überfällig. Und dann vertrinkt Sam alles, was wir haben, in den verdammten Pubs! Die Kinder sind der reinste Albtraum, und ich bin so krank, und … Es tut mir wirklich leid, Posy.« Amy ließ sich auf einen Stuhl fallen. »Ich kann einfach nicht mehr, ehrlich nicht.«

Posy riss noch zwei Blätter von der Küchenrolle und reichte sie Amy, die sich das Gesicht trocknete und wieder die Nase putzte. »Natürlich bist du am Ende, Amy, mein Schatz. Jeder kommt an seine Grenzen, wenn er zu lange zu viel ertragen muss. Genau das ist bei dir jetzt der Fall. Um ehrlich zu sein, wundert es mich, dass du so lang durchgehalten hast.«

»Wirklich?« Amy blickte zu ihr hoch. Posy setzte sich neben sie und nahm ihre Hand.

»Ja. Jeder, der dich kennt, findet, dass du Sam gegenüber unglaublich loyal bist. Das Leben ist für dich so lang schon so schwierig, Amy, und du hast dich nie beschwert.«

»Bis jetzt.«

»Dafür ist es auch höchste Zeit geworden, und zwar nicht bloß deinetwegen. Du bist keine Heilige, mein Schatz, sondern nur ein Mensch wie wir alle.«

»Ich habe wirklich versucht, mich nicht unterkriegen zu lassen, aber wenn man in einem Loch wie diesem sitzt und es in Strömen gießt und man das Gefühl hat, dass es keinen Ausweg gibt, dann ist das verdammt schwer.«

»Du hast völlig recht, dieses Haus ist eine Bruchbude, aber einen Ausweg gibt es, das verspreche ich dir«, tröstete Posy. »So, und jetzt mache ich dir einen heißen Tee, und dann unterhalten wir uns darüber, was du tun kannst, um das finanzielle Problem zu lösen.«

»Ich könnte um einen Vorschuss auf den nächsten Lohn bitten, aber dann haben wir im kommenden Monat noch weniger als sonst.«

»Ich glaube, du musst im Moment von Tag zu Tag leben«, sagte Posy und schaltete den Kocher wieder an. »Verdient Sam denn überhaupt nichts?«

»Nein, erst wenn eins dieser Projekte umgesetzt wird. Im Augenblick ist alles spekulativ, wie immer.«

»Eine gute Nachricht habe ich zumindest, Amy. Ich war gerade bei Marie und habe ihr gesagt, dass Sam das Vorkaufsrecht für Admiral House haben kann.«

»Wirklich? Na, das wird ihn aufheitern«, sagte Amy. »Bist du dir sicher, Posy?«

»Nein. Aber zumindest kann Sam jetzt sein Glück versuchen.«

»Ich meine mit dem Verkauf.«

»Natürlich nicht, aber wie ein guter Freund vorhin sagte, man muss sich verändern. Wenn das Projekt also wirklich in die Tat umgesetzt wird, sollte dir eine bessere Zukunft bevorstehen«, meinte Posy.

»Wahrscheinlich. Auf jeden Fall habe ich das Gefühl, dass Sam sich bei dieser Firma mehr engagiert und zuversichtlicher ist als sonst. Aber in der Vergangenheit haben sich schon so viele Projekte zerschlagen, dass ich fast nicht mehr zu hoffen wage.«

Als Posy Amy eine Tasse Tee vorsetzte, ging die Tür auf, und ein verschmiertes Gesichtchen mit zerzausten Haaren schaute herein. Dann kam Sara ganz in die Küche, kletterte auf den Schoß ihrer Mutter und steckte den Daumen in den Mund.

»Mummy, kuscheln«, sagte sie.

»Das andere, was du dir ernsthaft überlegen solltest, Amy, ist, dass ihr erst einmal zu mir zieht, bis sich eure Situation bessert. Dieses Haus eignet sich wirklich nicht für eine Familie mit zwei kleinen Kindern, zumal nicht in einem langen, kalten Winter. Ihr holt euch alle den Tod. Es zieht noch mehr als bei mir.« Posy fröstelte unwillkürlich.

»Das geht nicht. Du weißt, dass Sam nie einwilligen würde.«

»Tja, da wird Sam seinen dummen Stolz einmal vergessen und lernen müssen, seine Familie und deren Wohlergehen in den Vordergrund zu stellen. So, Sara, und jetzt mache ich deiner Mummy eine Wärmflasche und stecke sie mit zwei Paracetamol ins Bett.«

»Nein, Posy, das ist nicht nötig. Ich komme schon zurecht.«

»Du bist völlig zerschlagen, außerdem backen Sara und ich jetzt zum Tee Marmeladentörtchen, stimmt's?«

Sara sprang vom Schoß ihrer Mutter und umarmte ihre Großmutter. »Au ja, bitte!«

Als zum Tee nichts von Amy zu sehen war, setzte Posy den Kindern Abendessen vor und badete sie. Es würde Amy guttun, etwas Ruhe zu bekommen, dachte sie. Jake und Sara lagen schon im Bett, sie las ihnen gerade eine Geschichte vor, als sich der Schlüssel im Schloss drehte und Sam nach Hause kam. Sie gab den beiden einen Gutenachtkuss und schlich an Amys Schlafzimmer vorbei die Treppe hinunter.

»Hi, Mum. Was ...«

Posy legte einen Finger an die Lippen. »Psst. Amy schläft. Es geht ihr nicht gut. Komm in die Küche, dort können wir uns unterhalten.«

»Was ist denn los?«, fragte Sam verwirrt.

»Als ich heute Nachmittag herkam, war deine Frau in Tränen aufgelöst.«

»Weswegen?«

»Vielleicht, weil offenbar kein Geld da ist, um die Rechnungen zu bezahlen, weil sie in einem Haus leben muss, das man keinem Hund zumuten würde, und weil sie rund um die Uhr arbeitet und sich um die Kinder kümmert, ohne dass du ihr in irgendeiner Weise hilfst. Das alles könnte etwas damit zu tun haben.«

»Das heißt, sie hat über mich hergezogen, stimmt's?«

»Sam, ich denke, du hast momentan kein Interesse daran, mich zu reizen. Bitte setz dich.«

Sam kannte den kalten Ton in der Stimme seiner Mutter von seltenen Malen in seiner Kindheit und tat, was sie sagte.

»Und jetzt hör mir bitte zu. Deine Frau ist am Rande eines Nervenzusammenbruchs. Wage es nicht, sie dafür zu kritisieren, dass sie mir ihr Herz ausgeschüttet hat. Amy hat dich immer unterstützt, ist mit dir durch dick und dünn gegangen, jahrelang und klaglos. Ich und andere haben uns oft gefragt, warum sie das tut, aber aus welchem Grund auch immer – du hast großes Glück.«

»Bitte halt mir keine Vorträge, Mum. Mir ist klar, dass ich mit einer Heiligen verheiratet bin, das sagt jeder, und dass ich dankbar sein muss und ...«

»Sam, wenn du dich nicht am Riemen reißt, und zwar schnell, könntest du Amy verlieren. Und das möchte ich wirklich nicht miterleben müssen, um der Kinder willen, wenn nicht deinetwegen. Deswegen bin ich bereit, euch zu helfen.«

»Wie?«

»Ich habe dir einen Scheck über fünfhundert Pfund ausgestellt. Nach dem, was Amy sagt, sollte das genügen, um erst einmal die Strom- und Gasrechnung zu bezahlen und Essen auf den Tisch zu stellen.«

»Ich glaube nicht, dass alles so schlimm ist, wie Amy es darstellt, Mum ...«

»Ich glaube schon. Hier.« Posy reichte Sam den Scheck, der ihn betrachtete.

»Danke, Mum. Wenn alles erst einmal läuft, zahle ich dir das natürlich zurück.«

»Natürlich.« Posy holte tief Luft. »Außerdem möchte ich dir sagen, dass ich Amy und den Kindern zuliebe beschlossen habe, deiner Firma das Vorkaufsrecht für Admiral House einzuräumen.«

Sams Gesicht hellte sich auf. »Mum, das ist ja großartig! Ich weiß gar nicht, was ich dazu sagen soll.«

»Du kannst sagen, was immer du willst, aber du wirst es meinem Notar sagen, der ab sofort für die Sache zuständig ist«, erwiderte Posy kühl. »Es wird natürlich eine Weile dauern, alles zu organisieren, und ich möchte nicht vor Februar ausziehen, aber es gibt keinen Grund, warum die ganzen Formalitäten nicht schon vorher über die Bühne gehen sollten. Ich kontaktiere den Notar morgen und teile ihm meine Entscheidung mit. Ich glaube, es ist besser, wenn wir das Ganze auf rein geschäftlicher Basis abwickeln. Ich gebe dir die Gelegenheit, aber wenn du sie vermasselst, liegt es allein bei dir.«

»Natürlich, Mum. Ich bin begeistert.« Sam wollte Posy umarmen, doch sie entzog sich ihm.

»Ich hoffe und bete, dass du um deiner Familie willen das Projekt erfolgreich durchziehst. Und jetzt muss ich gehen.«

»Willst du wirklich nicht bleiben? Ich kann uns auch schnell eine Flasche Champagner zum Anstoßen holen.«

Posy seufzte. »Ich glaube nicht, dass Champagner angesichts eurer gegenwärtigen finanziellen Lage das Richtige ist. Bitte grüß Amy von mir und sag ihr, dass ich sie bald wieder besuchen komme. Auf Wiedersehen, Sam.«

»Ciao, Mum.«

Sobald sie die Tür hinter sich geschlossen hatte, stieß Sam einen Freudenschrei aus.

Kapitel 17

Nick warf sein Handy auf den Beifahrersitz und starrte in die Ferne. Er wusste nicht, was er denken oder fühlen sollte.

Jetzt stand es also fest. Die Frage war, wie sollte er damit umgehen? Sollte er Tammy die Wahrheit sagen, alles auf den Tisch legen und versuchen, ihr eine unfassbare Situation zu erklären? Oder wäre es besser, die nächsten Wochen abzuwarten, das Nötige zu tun, sich dabei bedeckt zu halten und mit ihr zu reden, wenn er klarer sah?

Wer wusste denn, wie sich alles entwickeln würde? Vielleicht wäre es besser, wenn er die Last eine Weile allein schulterte. Sicher, er würde sehr vorsichtig vorgehen müssen, und durch das Ganze würde sein ohnehin stressiges Leben noch stressiger werden. Aber was sollte er sonst tun? Angesichts der Umstände konnte er sich kaum aus dem Staub machen, obwohl er, wenn er ehrlich war, in diesem Moment genau das am liebsten getan hätte.

Nick sinnierte darüber, wie wunderbar glatt und glücklich das Leben verlaufen konnte, bis sich binnen weniger Wochen alles ins Gegenteil verkehrte. Wenn er seinem Selbstmitleid nachgeben wollte, würde er sagen, dass das Schicksal ihm schlechte Karten zugeteilt hatte, aber er wusste, dass es Menschen gab, mit denen das Leben es im Moment noch sehr viel schlechter meinte als mit ihm.

Nick seufzte tief, dann riss er sich zusammen und stieg aus

dem Wagen. Als er die Tür zu Pauls und Janes Haus aufschloss, sagte er sich, dass er es schon schaffen würde. Schließlich blieb ihm nichts anderes übrig.

Es läutete an der Tür, und Evie rief Clemmie, sie möge aufmachen.

»Hi, Clemmie, wie geht's?«

»Mir geht's gut, Marie, danke. Mum ist oben.«

»Ah ja. Ich wollte dich fragen, ob du Lust hast, zum Lunch zu uns zu kommen und dann mit Lucy zu spielen«, sagte Marie, als sie Clemmie die Treppe hinauf nach oben folgte.

»Gerne. In den Ferien wird mir langweilig, vor allem, weil ich hier niemanden kenne.«

»In der Schule geht's gut?«

»Ja. Es ist toll«, antwortete sie und schob die Tür zum Zimmer ihrer Mutter auf. Evie lag, auf Kissen gestützt, im Bett.

»Hi, Marie. Wie geht's?«

»Bestens, danke. Ich habe Clemmie gerade gefragt, ob sie zu uns zum Lunch kommen möchte. Sie hat Ja gesagt.«

»Das wäre schön.« Evie nickte.

»Alles in Ordnung?«

»Ich habe diese Erkältung, die hier die Runde macht, aber sonst geht's gut, danke.«

»Marie, möchtest du eine Tasse Tee? Ich wollte Mum gerade eine machen.«

»Sehr gerne, Clemmie.«

Als Clemmie den Raum verlassen hatte, stieß Marie einen leisen Pfiff aus. »Wow, Evie, deine Tochter ist wirklich klasse. Da kann ich lange drauf warten, dass Lucy mir irgendetwas macht.«

»Ja, sie ist wirklich klasse, aber das muss sie aus verschiedenen Gründen auch sein.«

»Auf jeden Fall sagt sie, dass es ihr im Internat gefällt.«

»Ja, das stimmt. Ich freue mich sehr, dass sie glücklich dort ist.«

»Und?« Marie setzte sich auf die Bettkante. »Hast du das Neueste von Posy Montague gehört?«

»Nein, auf Klatsch gebe ich nichts.«

»Sie verkauft Admiral House.«

»Wirklich?«

»Ja. An ihren Sohn Sam.«

»Ah ja. Und was will er damit machen?«

»Es in Luxuswohnungen aufteilen. Ich vermittle das Ganze«, erklärte Marie. »Aber seine Frau tut mir wirklich leid. Sie haben ganz offensichtlich kein Geld, aber ...«

»Wie kann Sam in dem Fall Admiral House kaufen?«

»Er hat mir erzählt, dass er einen stillen Teilhaber hat, einen Typen namens Ken Noakes. Hört sich so an, als hätte der richtig viel Geld.«

»Posy ist sicher sehr traurig, wenn sie ihr geliebtes Haus verkaufen muss«, meinte Evie.

»Das stimmt. Ich hoffe, ich finde in den nächsten Wochen ein hübsches neues Zuhause für sie. Von einigen Objekten habe ich ihr schon die Details geschickt. Weißt du, ich glaube, sie hat dich wirklich sehr gern, Evie. Warum besuchst du sie nicht mal?«

»Vielleicht wenn es mir wieder besser geht.«

»Und ich sage dir, wen ich am Freitag durch Southwold fahren gesehen habe, in einem alten Austin Healey ...«

»Wen?«

»Nick Montague, Sams kleinen Bruder.«

»Ich weiß, wer er ist, Marie, ich habe früher für ihn gearbeitet. Das hatte ich dir doch erzählt«, erwiderte Evie abweisend.

»Ja, natürlich, entschuldige. Wie auch immer, er muss richtig zu Geld gekommen sein, wenn er sich ein solches Auto leisten kann.«

Clemmie brachte ihnen ihren Tee, und Evie kam zu dem Schluss, dass ein Treffen mit Marie wie ein Besuch bei McDonald's war: Man freute sich darauf, aber nach einer halben Stunde war einem übel.

»Danke, Clemmie«, sagte Marie. »Gib mir zehn Minuten, dann fahren wir.«

»Okay.« Clemmie ließ die beiden Frauen allein.

»Fehlt dir nie ein Mann im Haus?«

»Nein«, antwortete Evie. »Ich bin mir selbst Gesellschaft genug.«

»Du warst immer schon ganz anders als ich. Ich brauche Leute um mich und will den ganzen Tag reden«, räumte Marie ein. »Wenn ich allein leben müsste, würde ich durchdrehen.«

»Manchmal komme ich mir auch einsam vor, aber nur selten.«

Marie musterte Evie eine Weile, dann sagte sie: »Ist wirklich alles in Ordnung? Du siehst schrecklich blass aus und noch dünner als sonst.«

»Ach ja? Das stimmt aber nicht«, antwortete Evie ausweichend.

»Und du kommst mir ... angespannt vor.«

»Mir fehlt nichts, wirklich nicht.«

Marie seufzte. »Also gut, ich verstehe. Was immer es ist, du willst nicht darüber reden. Ich mache mir einfach Sorgen um dich, mehr nicht. Ich kenne dich fast mein ganzes Leben, und ich weiß, dass etwas mit dir nicht stimmt.«

»Jetzt hör verdammt noch mal auf, mich wie eins deiner Kinder zu behandeln, Marie! Ich bin eine erwachsene Frau und kann sehr gut für mich selbst sorgen!«

»Entschuldige.« Sie stand auf. »Ich bringe Clemmie gegen fünf zurück.«

»Danke. Ich wollte dich nicht so anfahren, und ... ja, du hast schon recht.« Sie seufzte. »Ich habe ... ein Problem, das mir schlaflose Nächte bereitet, aber sobald das geklärt ist, geht es mir wieder besser.«

»Also, wenn du darüber reden möchtest, bei mir findest du immer ein offenes Ohr.«

»Danke. Es tut mir leid, dass ich dich angeschrien habe.«

»Mach dir keine Gedanken darüber. Jeder von uns hat mal

einen schlechten Tag. Jetzt ruh dich aus, und wir sehen uns später.«

Kurz nachdem Marie und Clemmie gegangen waren, läutete das Telefon. Evie hievte sich hoch, um den Anruf entgegenzunehmen.

»Ja, bitte?«

»Ich bin's. Ich wollte mich nur kurz melden. Wie geht es dir?«, fragte er.

»Okay.«

»Du klingst nicht so.«

»Alles in Ordnung«, wiederholte sie.

»Hast du einen schlechten Tag?«

»Ja, ein bisschen.«

»Evie, das tut mir so leid. Ich wünschte, ich könnte mehr für dich da sein. Bleibt es beim Wochenende?«

»Ja.«

»Mein Gott, ich habe richtig Bammel.«

»Du wirst das gut machen, bestimmt«, beruhigte sie ihn.

»Ich werde mein Bestes tun.«

»Das weiß ich. Mach dir bitte keine Sorgen.«

»Ich werd's versuchen. Wenn du etwas brauchst, ruf mich einfach auf dem Handy an. Sonst sehe ich euch beide morgen Mittag.«

»Ja, bis morgen.« Evie legte auf, sank wieder ins Kissen und stieß ein tiefes Seufzen aus. Sie hatte keine Ahnung, wie sie ihrer Tochter das alles beibringen sollte – der Gedanke, ihr wehzutun, schmerzte sie so, als würde sie sich selbst ins Herz stechen. Aber sie hatte keine Wahl.

Sie schloss die Augen. Ihr schauderte angesichts des Durcheinanders, das sie aus ihrem Leben gemacht hatte, und der Folgen, die das für Clemmie haben würde.

Einige Dinge lagen nicht in ihrer Hand, aber jetzt musste sie alles daransetzen, um die Zukunft ihrer Tochter so gut wie möglich zu planen.

»Guten Morgen, Amy. Was für eine nette Überraschung!« Posy blickte auf von ihrem Schreibtisch in der Galerie. »Wie geht's dir?«

»Ach, viel besser, danke.« Amy legte einen Strauß Lilien vor sie auf den Schreibtisch. »Die bringe ich dir zum Dank, weil du neulich so nett zu mir warst und dich um die Kinder gekümmert hast.«

»Dafür ist Familie doch da, Amy«, sagte Posy und schnupperte an den Blüten. »Wann bist du schließlich aufgewacht?«

»Am nächsten Morgen«, gestand Amy. »Ich habe die ganze Nacht durchgeschlafen, aber es hat mir wirklich sehr gutgetan. Ich bin wieder viel zuversichtlicher. Außerdem wollte ich mich für den Scheck bedanken. Sam hat mir davon erzählt. Das ist wirklich sehr nett von dir. Er hat ihn eingezahlt und einige Rechnungen beglichen.«

»Na ja, da ich in einigen Monaten nominell Millionärin sein werde, war das das Mindeste, was ich tun konnte.«

»Wie du dir vorstellen kannst, ist Sam überglücklich wegen Admiral House. Um ehrlich zu sein«, berichtete Amy, »ist er ein anderer Mensch. Ich kann dir gar nicht genug danken, dass du ihm die Gelegenheit gibst, Posy.«

»Ach, da du gerade hier bist – ich habe etwas für dich.« Posy bückte sich nach ihrer Handtasche und zog einen Umschlag heraus. »Hier, bitte.«

»Was ist das denn?«

»Eine Einladung zur Eröffnung von Tammys Boutique. Sie hat mir eine Karte geschrieben, um sich für den Lunch zu bedanken, und hat die Einladung für dich beigelegt. Sie schrieb, du und Sam könntet an dem Abend gerne bei ihr in London übernachten.«

»Das ist wirklich lieb von ihr, aber das geht nicht«, sagte Amy, während sie das Kuvert öffnete und die elegant gestaltete Einladung betrachtete.

»Natürlich geht es. Ich nehme die Kinder, dann könnt ihr, du und Sam, gemeinsam hinfahren und euch einen schönen Abend in London machen.«

»Das ist sehr nett von dir, Posy, aber ich muss arbeiten.«

»Du könntest doch bestimmt mit einer deiner Kolleginnen tauschen, Amy. Es würde dir wirklich guttun, mal aus Southwold rauszukommen.«

»Vielleicht, ja, aber für eine schicke Party in London habe ich nichts anzuziehen.«

»Jetzt hör auf mit den Ausflüchten, junge Dame«, tadelte Posy sie mit erhobenem Zeigefinger. »Lass das meine Sorgen sein. Ich finde etwas, in Ordnung?«

»Du klingst wie meine gute Fee, Posy.«

»Liebes Kind, ich finde, du hast ab und zu etwas Spaß verdient. Apropos Spaß, rate mal, wohin ich kommendes Wochenende fahre?«

»Wohin denn?«

»Nach Amsterdam!«

»Himmel! Mit wem?«

»Einem Herrn aus meiner Bekanntschaft. Entschuldige, Amy, aber ich musste das jetzt einfach jemandem erzählen. Obwohl es mir natürlich lieber wäre, wenn du Sam nichts davon sagst. Er würde es vielleicht nicht gutheißen.«

»Also, ich finde das großartig. Seid ihr beide …?«

»Du meine Güte, nicht doch! Aber ich bin gern in seiner Gesellschaft. In meinem Alter muss man jede Gelegenheit beim Schopf packen und sich nicht zu viele Gedanken über die Zukunft machen.« Mit einem Lächeln fügte Posy hinzu: »Und genau das gedenke ich in Amsterdam zu tun.«

Kapitel 18

Tammy küsste Nick auf den staubigen Scheitel. »Wie läuft's?«, fragte sie, als er aufstand. Er hatte gerade den Boden eines riesigen bemalten Bücherschranks untersucht.

»Holzwürmer! Der hat Holzwürmer, verdammt noch mal! Unglaublich, dass er das nicht bemerkt hat. Fünftausend, und ich kann von Glück reden, wenn ich zwei dafür bekomme.« Nick schlug mit der Faust auf den Bücherschrank.

»Dir auch guten Tag«, sagte Tammy.

»Entschuldige. Hallo, Liebes.«

»Mein Gott, hier unten ist es kalt.« Tammy durchfuhr ein Schauer. »Aber der Ausstellungsraum oben macht sich schon ganz gut.«

»Danke. In einem Monat oder so kann ich eröffnen. Mensch, bin ich sauer wegen des Bücherschranks.« Er seufzte.

»Wie wär's mit etwas zu essen beim Italiener um die Ecke?«, schlug Tammy vor.

»Ehrlich gesagt wären mir heute Abend ein Bad und eine Pizza vom Bestellservice vorm Fernseher lieber.«

»Mir ist alles recht. Gehen wir zu mir.«

Nick schaltete das Licht im Souterrain aus, und gemeinsam gingen sie nach oben. Tammy warf sich auf das riesige Himmelbett, das in der Mitte des Ausstellungsraums stand.

»Mylord, nutzen Sie die Gunst der Stunde, hier und jetzt und augenblicklich! Das wär's doch, stell das Bett ins Schaufenster mit uns darin – das würde die Kunden in Scharen anlocken«, sagte sie lachend. Aber als sie zu ihm hochsah, merkte sie, dass ihr Scherz ihm nicht einmal ein Lächeln entlockte. »Oje, du bist wirklich völlig erledigt.«

»Das stimmt.« Nick machte ein verlegenes Gesicht. »Tut mir leid.«

Bei einer Pizza Neapolitana und einer Flasche Wein in Tammys Wohnzimmer erläuterte Nick ihr seine Sorgen.

»Dadurch, dass ich das Geschäft organisieren muss mit allem, was dazugehört, ganz zu schweigen vom Verkauf des Ladens in Perth, habe ich keine Zeit, die Auktionen selbst zu besuchen. Wäre ich dabei gewesen, anstatt meine Gebote telefonisch durchzugeben, hätte ich die Holzwürmer sofort entdeckt. Mein Ruf hier in London steht und fällt mit der Qualität meiner Möbel. Wie auch immer.« Nick fuhr sich durchs Haar. »Achte nicht auf mich, wie du sagst, ich bin genervt. Erzähl mir lieber von dir.«

»Ich bin sehr zufrieden. Ich habe eine großartige Frau gefunden, die mir zur Hand geht.«

»Du meinst die Mutter deiner Nachbarin? Die Sari-Königin von Brick Lane?«

»Genau die. Meena mag ja fast sechzig sein, aber mein Gott, sie hat mehr Energie als ich. Ihre Perlenstickerei und ihre Näharbeit sind exquisit, das kann sie viel besser als ich. Aber das Grandiose ist, Nick, sie ist einfach unglaublich tatkräftig. Als ich heute Morgen um neun ankam, war Meena schon da und hatte fünfzig weitere Einladungen von meiner Gästeliste adressiert. Wenn sie nichts zu tun hat, sucht sie sich etwas.«

»Kann sie nicht für mich arbeiten?«, fragte Nick.

»Ha, kommt nicht infrage. Sie bringt sogar Tupperdosen mit indischem Essen für mich mit. Ich habe ihr eine Stelle als Assistentin angeboten, und wenn wir wirklich Erfolg haben, suche ich einfach jemand anderen, der die Ausbesserungsarbeiten übernimmt. Meena sagt, sie hätte viele Freundinnen, die uns helfen könnten.«

»Sind deine Bestände alle fertig?«

»Nein, noch nicht. Aber dank Meenas Hilfe sollte ich genug Kleider haben, um eröffnen zu können. Und weißt du was? Janey hat es wunderbarerweise geschafft, einen Artikel über mich und meine Kleider in der *Marie Claire* zu organisieren. Außerdem wollen ein Sonntagsmagazin und zwei Tageszeitungen ein Interview mit mir bringen.«

»Das klingt alles fantastisch, mein Schatz.«

»Entschuldige, Nick, ich möchte nicht so überglücklich klingen, wenn es dir so schlecht geht.«

»Sei nicht albern.« Er zog sie an sich und streichelte ihr übers Haar. »Wenn der Laden erst einmal läuft, geht's mir besser. Morgen um zehn kommt der Schildermaler, dann steht zumindest mein Name über dem Schaufenster.«

»Das ist gut. Übrigens, Janey hat angerufen. Sie hat uns für Samstagabend zum Essen eingeladen, zur Feier ihrer großen Nachricht. Geht das für dich?«

»Ich habe ihr schon gesagt, dass ich es leider nicht schaffe. Am Sonntag ist in einem Landhaus in Staffordshire eine Auktion, die Besichtigung ist am Samstag. Ich werde das ganze Wochenende weg sein.«

»Wie schade, aber dann ist es eben so. Wie wär's, wenn ich mitkomme? Janey und ich finden bestimmt einen anderen Abend zum Feiern.«

»Du könntest natürlich mitkommen, aber du würdest dich tödlich langweilen. Apropos Jane, ich glaube, es ist an der Zeit, dass ich mir etwas wegen einer Wohnung überlege. Ich weiß, die meisten Nächte bin ich bei dir, aber meine Sachen stehen immer noch bei ihnen, und das finde ich ihnen gegenüber nicht fair. Ich dachte, dass ich mir in den nächsten Tagen ein paar Wohnungen ansehen sollte.«

»Weißt du, du könntest auch hier einziehen.«
»Im Ernst?«
Tammy nickte. »Ja.«
»Das ist ein großer Schritt. Schließlich kennen wir uns erst seit ein paar Wochen.« Nicks lauwarme Reaktion auf ihren Vorschlag verstörte Tammy. Auch für sie war es ein großer Schritt, aber offenbar einer, für den Nick noch nicht bereit war.
»Na ja«, sagte sie achselzuckend, »war ja nur so eine Idee.«
»Danke, und ich weiß dein Angebot wirklich zu schätzen, aber ich glaube, in den nächsten Monaten wäre ich kein guter Mitbewohner. Ehrlich gesagt würde ich lieber warten, bis alles in einigermaßen geordneten Bahnen läuft und ich wieder zuversichtlicher in die Zukunft blicken kann. In Ordnung?«
»In Ordnung.«

»Tammy, was ist los?«
Tammy schaute auf, als Meena ihr in dem winzigen Büroraum hinten in der Boutique einen heißen Kaffee auf den Schreibtisch stellte. Die ältere Frau war wie immer makellos gekleidet. Ihre füllige Figur steckte in einem leuchtend pinkfarbenen Kostüm, über die Schulter hatte sie lässig einen bunten Schal geschlungen. Ihr glänzendes ebenholzfarbenes Haar war zu einem ordentlichen Chignon gesteckt, ihr Make-up war perfekt.
»Was soll los sein?«, fragte Tammy, als sie weiter ihre Post öffnete. »Wir haben noch zehn Zusagen für die Party bekommen. Allmählich mache ich mir Sorgen, dass uns hier drin die Luft zum Atmen ausgeht.«
»Das ist doch gut, oder?« Meena lächelte breit und zeigte dabei ihre leuchtend weißen, perfekten Zähne. »Weshalb sehen Sie dann so bedrückt aus?«
»Tue ich das denn?«
»Pah!« Meena wedelte mit ihren beringten Fingern durch die

Luft. »Gestern hat *Marie Claire* angerufen, um mit Ihnen ein Fotoshooting zu vereinbaren, und heute Morgen sehen Sie aus, als wären die sieben Plagen über Sie hereingebrochen. Also, was ist los?«

»Bestimmt bin ich nur überempfindlich, weiter nichts. Ich habe Nick gestern Abend vorgeschlagen, dass er bei mir einzieht, und er sagte, er sei noch nicht dazu bereit. Also habe ich das Gefühl, dass ich die Beziehung schneller vorantreibe, als es ihm recht ist.«

»Männer«, schnaubte Meena. »Da bekommt er ein warmes Bett mit einer Schönheit wie Ihnen darin angeboten, und dann ist er ›noch nicht bereit‹ dafür. Glauben Sie mir, das wird ihm noch leidtun.«

»Meinen Sie?« Tammy seufzte. »Ich weiß es nicht. Manchmal kommt es mir vor, als würden Nick und ich einen Schritt vor und zwei zurück machen. Es gibt Zeiten, da ist es einfach großartig mit ihm, ich fühle mich geborgen und bin glücklich und glaube, dass er mich wirklich liebt und die Beziehung klappen wird. Und dann, aus heiterem Himmel, sagt oder tut er etwas, das mich wieder völlig verunsichert. Er ist so oft außerhalb von London unterwegs, auf der Suche nach Waren, und das macht die Sache nicht besser. Dann fehlt er mir, Meena, und ich frage mich, ob ich mich nicht viel zu sehr auf ihn eingelassen habe.«

»Aber ja, das haben Sie, kein Zweifel«, sagte Meena nickend. »Sie lieben diesen Mann, das sieht ein Blinder mit Krückstock. Und wenn das einmal so ist, dann bleibt das auch so, wie bei mir und Sanjay. Stellen Sie sich nur vor, hätte ich vor dreißig Jahren auf dem Markt in der Brick Lane nicht einen jungen Mann hinter seinem Stand stehen sehen, hätte ich vielleicht einen Maharadscha geheiratet und keinen Sari-Hersteller.«

Tammy lachte. »Lieben Sie ihn immer noch?«

»Ja, aber viel wichtiger ist, dass ich ihn schätze und respektiere. Er ist ein guter Mensch, und was ich von Ihrem Nick gesehen habe, ist er auch ein guter Mensch. Greifen Sie zu, Tammy!

Freuen Sie sich daran, dass Sie jung und schön und verliebt sind, denn im Handumdrehen werden Sie eine alte Schachtel wie ich sein.«

»Meena, wenn ich mit Mitte fünfzig so aussehe wie Sie, kann ich von Glück reden«, sagte sie und betrachtete die faltenlose karamellbraune Haut ihrer Assistentin. »Sie meinen also, ich sollte keine größere Distanz zu ihm aufbauen?«

»Nein. Umarmen Sie den Moment!« Meena breitete die Arme aus. »Der Schmerz steigert nur die Freude. Genau das bedeutet Leben doch. Sie sind jung genug, um wieder auf die Beine zu kommen, sollte es wirklich schiefgehen.«

Tammy nickte. »Da haben Sie recht. Sollte ich als alte Jungfer enden, die nur noch von ihren Erinnerungen zehrt, kann ich zumindest sagen, dass ich gelebt habe.«

»Genau, Tammy. So ist es.«

In dem Moment klingelte es an der Ladentür, und das Telefon läutete.

»Zeit, nicht mehr über die Liebe zu grübeln und sich wie eine Geschäftsfrau zu benehmen«, sagte Meena. »Ich gehe ans Telefon, und Sie öffnen dem Paketboten.«

Kapitel 19

Amy war so zuversichtlich wie schon lange nicht mehr. Seit Posy vor zehn Tagen als rettender Engel erschienen war und Sam den Kauf von Admiral House angeboten hatte, hatte sich die Stimmung zu Hause um hundertachtzig Grad gedreht. Am vergangenen Abend hatte Sam ihr erzählt, wie erfreut Ken Noakes, sein Partner, gewesen sei, dass er das Projekt an Land gezogen hatte, und er habe ihm, solange er daran arbeitete, tatsächlich ein kleines Gehalt angeboten.

»Es ist nicht viel, und richtig Geld sehen wir erst, wenn ich meinen Anteil am Verkauf der Wohnungen bekomme, aber ich denke, im Frühjahr sollten wir es uns leisten können, hier auszuziehen.«

»Ach, Sam, das wäre fantastisch«, hatte Amy erleichtert gesagt, als sie Würstchen mit Kartoffelpüree servierte.

»Ich weiß, wie schwierig alles für dich gewesen ist, Liebling. Wie wär's – wenn alles vorbei ist und wir Geld auf dem Konto haben, fahre ich mit dir ins Ausland, und wir machen einen richtig tollen Urlaub.«

»Das klingt schön«, hatte Amy gesagt und sich gefreut, dass ihr Mann so positiv gestimmt war und auch weniger trank als sonst. Dadurch wurde ihr Leben viel einfacher.

»Übrigens, morgen Abend bin ich nicht hier«, hatte Sam gesagt. »Ken kommt aus Spanien, wir treffen uns zum Dinner in einem Hotel in Norfolk. Er hat dort ein anderes Projekt am Laufen, und er hat mir ein Zimmer gebucht. Ich glaube, er möchte auf das Geschäft mit Admiral House anstoßen.«

»Schön«, hatte Amy gemeint. Sam war in letzter Zeit abends so selten zu Hause, dass die paar Stunden nach Mitternacht nicht ins Gewicht fielen. »Mach dir einen schönen Abend, mein Schatz. Das hast du dir verdient.«

Am Morgen, bevor Amy zur Arbeit fuhr, hatte sie sich mit einem Kuss von Sam verabschiedet und sich auf einen Abend allein gefreut. Marie würde die Kinder von der Schule abholen, und wenn sie nach Hause kam, würde sie sie gleich ins Bett bringen, es sich im Sessel am Kamin gemütlich machen und endlich Sebastians Buch fertiglesen.

»Heute Abend soll's ziemlich scheußlich werden«, berichtete Karen, die andere Rezeptionistin im Hotel, als sie die tägliche Wettervorhersage auf den Empfangsschalter stellte. »Sie sagen Stürme und Starkregen voraus.«

»O mein Gott«, sagte Amy. »Ich glaube, viel braucht es nicht, um unser Haus abzudecken.«

»Es steht ziemlich exponiert, das stimmt. Andererseits hat es garantiert schon einige Stürme überlebt und steht immer noch.«

Als Amy bei Marie ankam, regnete es schon heftig.

»Kein schöner Abend da draußen«, sagte Marie, als sie eine tropfnasse Amy ins Haus bat. »Die Kinder sind gefüttert, denen geht's gut. Wie wär's mit einem Glas Wein, bevor ihr nach Hause fahrt?«

»Gern, aber nur ein kleines. Ich möchte nicht zu spät nach Hause kommen. Ich kann es nicht leiden, wenn es Winter wird. Jetzt ist es fast schon dunkel, dabei ist es erst zwanzig nach fünf«, sagte Amy und nahm das Glas Wein, das Marie ihr reichte.

»Ich weiß. Bald steht Weihnachten vor der Tür. Prost.« Marie hob ihr Glas. »Auf deinen Ehemann, den Immobilienmogul. Freut er sich?«

»Ja, sehr.«

»Schön. Wenn er das Projekt richtig angeht, könnte er ein Vermögen damit verdienen.«

»Hoffen wir mal«, sagte Amy. »Aber bis dahin kann noch viel passieren.«

Zwanzig Minuten später packte Amy die Kinder ins Auto und fuhr nach Hause. Mittlerweile goss es in Strömen, sie konnte kaum durch die Windschutzscheibe sehen. Sie parkte direkt vor dem Haus, griff sich die Einkaufstaschen aus dem Kofferraum und rannte mit Jake und Sara zur Haustür.

»Jetzt schauen wir zu, dass wir reinkommen, dann lasse ich euch zum Aufwärmen ein heißes Bad einlaufen«, sagte sie, als sie die Tür aufschloss und den Lichtschalter betätigte. Nichts passierte. Sie versuchte es noch einmal. Wieder nichts. Entnervt stöhnte sie auf. Wahrscheinlich waren durch den Sturm die Sicherungen rausgesprungen. Amy setzte Sara ab und schloss die Haustür. Dann stand sie im stockfinsteren Flur und überlegte, wo der Sicherungskasten war.

»Mummy, ich habe Angst«, wisperte Sara, als Amy sich ins Wohnzimmer vortastete und zuerst den Kaminsims und dann die Streichhölzer fand.

»Jetzt wird's gleich heller.« Rasch entzündete Amy ein Streichholz und sah sich nach einer Kerze um, bis sie auf dem Fenstersims einen zwei Zentimeter hohen Stumpen auf einer Untertasse entdeckte. »So.« Sie kehrte zu Sara und Jake zurück, die völlig verängstigt dreinsahen. »Jetzt kommt ihr zwei mit, und wir sorgen dafür, dass das Licht wieder brennt.«

Zu dritt gingen sie in die Küche und weiter in die dahinterliegende Kammer. Amy öffnete einen Kasten und stellte dankbar fest, dass dort tatsächlich die Sicherungen waren. Doch zu ihrer Verwunderung war keine einzige herausgesprungen. Trotzdem schaltete sie alle einmal aus und wieder an, aber vergeblich.

»Mummy, ich mag es nicht, wenn's so finster ist. Ich sehe

lauter Monster«, beschwerte Jake sich. »Wann kriegen wir wieder Licht?«

»Mummy, mir ist kalt«, klagte Sara.

»Ich weiß, aber Mummy muss sich jetzt erst kurz überlegen, was sie tun soll. Vielleicht hat der Sturm das Licht in ganz vielen Häusern ausgemacht. Womöglich wird es gleich von selbst wieder hell. Aber zur Sicherheit rufe ich bei der Störungsstelle an und erkundige mich, ja?«

Während die beiden Kleinen sich an ihrem Mantelsaum festhielten, wühlte Amy in der Handtasche nach ihrem Handy. Sie suchte nach der Nummer der Störungsstelle und wählte.

»Guten Abend, können Sie mir sagen, ob in Southwold der Strom ausgefallen ist? Ich wohne in der Ferry Road, wir sind gerade nach Hause gekommen und haben kein Licht. Nein? Ach, dann muss jemand kommen und feststellen, wo der Fehler ist. Mein Name und die Adresse ... ja, natürlich.«

Amy teilte die nötigen Informationen mit, dann hing sie in der Warteschleife, während der Bearbeiter Erkundigungen einholte. Schließlich knisterte es wieder am anderen Ende der Leitung.

»Es tut mir leid, Mrs. Montague, aber unser System zeigt, dass Ihre Stromversorgung abgeschnitten wurde.«

»Wie bitte?! Wieso denn das?«

»Weil Sie mit drei Monatsrechnungen im Rückstand sind. Vor über zwei Wochen ist ein Schreiben an Sie rausgegangen mit der Benachrichtigung, dass wir den Strom abstellen, wenn Sie die Summe nicht binnen der nächsten zwei Wochen bezahlen.«

Amy klopfte das Herz bis zum Hals. »Ja, das habe ich bekommen, und ich weiß, dass mein Mann alles bezahlt hat.«

»Laut meinem System sind keine Zahlungen eingegangen, Mrs. Montague.«

»Aber er hat bezahlt, das hat er mir gesagt. Womöglich ist es irgendwo untergegangen«, sagte Amy verzweifelt.

»Womöglich«, sagte der Bearbeiter, der derartige Gespräche offenbar schon öfter geführt hatte.

Amy biss sich auf die Lippe. »Was kann ich jetzt machen?«

»Am schnellsten geht es, wenn Sie die Summe auf der Post bar einzahlen und uns dann telefonisch mitteilen, dass das Geld unterwegs ist. Sobald die Bestätigung bei uns eingegangen ist, stellen wir den Strom wieder an.«

»Aber ... was ist mit heute Abend? Ich habe zwei kleine Kinder, es ist gefährlich für sie hier im Dunkeln.« Amy war den Tränen nahe.

»Es tut mir leid, Mrs. Montague, aber uns sind die Hände gebunden, bis Sie die Zahlung leisten.«

»Also, ich ... tausend Dank auch!« Amy beendete den Anruf und ließ sich auf einen Stuhl fallen.

»Mummy, was ist?«, fragte Jake. Sein Gesichtchen war voll Sorge.

»Nichts, gar nichts, Jakey.« Amy trocknete sich die Tränen am Ärmel ihres Mantels und überlegte, was sie tun sollte. Hierbleiben war unmöglich. Sie hatten keine Kerzen mehr, außerdem war es für die Kinder viel zu kalt. Marie würde sie sicher bei sich aufnehmen, aber der Stolz verbot ihr, sie anzurufen.

Nein, Admiral House war ihre einzige Möglichkeit. Sie wählte Posys Nummer. Es war belegt, was immerhin bedeutete, dass Posy zu Hause war. Anstatt zu warten, bis sie durchkam, beschloss Amy, die Kinder ins Auto zu setzen, direkt zu Admiral House zu fahren und um ein Bett für die Nacht zu bitten.

»Jetzt kommt, Kinder, heute Abend gibt's ein Abenteuer. Wir fahren zu Oma und übernachten bei ihr.«

»Wir sollen in dem großen Haus schlafen?«, fragte Jake. Da er gerade einmal zehn Minuten von seiner Großmutter entfernt wohnte, hatte er nie über Nacht dort zu bleiben brauchen.

»Ja. Wird das nicht toll werden?« Amy nahm Sara auf den Arm und griff nach der Kerze, um den Weg zur Haustür zu finden.

»Aber was ist mit meinem Schlafanzug?«, fragte Jake.

»Ich wette, wir finden bei Oma was Schönes für dich«, versprach sie. Sie wollte so schnell wie möglich aus dem Haus. »So, Jakey, und jetzt lauf schon mal zum Wagen, während Mummy die Haustür zumacht.«

Amy war völlig durchnässt, bis es ihr endlich gelungen war, beide Kinder in ihre Sitze zu schnallen.

»Und Daddy? Wird er sich nicht wundern, wo wir sind, wenn er nach Hause kommt?«, fragte Jake, als sie losfuhren.

In diesem Moment wünschte Amy Sam nur jedes Unglück an den Hals, damit sie ihn nie wiederzusehen brauchte. »Daddy kommt erst morgen früh wieder. Bis dahin sind wir schon längst wieder zu Hause«, beruhigte sie ihren Sohn.

Der Sturm tobte mit aller Heftigkeit, als Amy durch die verwaisten Straßen von Southwold und weiter Richtung Admiral House fuhr. Als sie auf das Sträßchen abbog, das zur Auffahrt führte, rüttelte der Wind am kleinen Auto.

»Jetzt sind wir gleich da«, sagte sie tröstend, als sie auf die Auffahrt gelangte. »Oma hat in der Speisekammer bestimmt einen schönen Kuchen für uns stehen.«

Sie fuhr vors Haus und stellte den Motor aus. Zu ihrer Erleichterung sah sie, dass unten und in zwei Zimmern im ersten Stock Licht brannte.

»Bleibt hier, ich spreche erst einmal mit Oma.«

Amy stemmte die Fahrertür auf und konnte sie nur mit Mühe gegen den Wind wieder schließen. Dann lief sie zur Haustür und läutete. Als niemand reagierte, klopfte sie laut, aber auch das vergebens. Mit tropfenden Haaren lief sie zur Küchentür an der Seite des Hauses. Erstaunlicherweise war aber auch die verschlossen, also rannte sie wieder zur Haustür zurück und hämmerte dagegen.

»Posy? Ich bin's, Amy!«

Kein Geräusch war aus dem Haus zu hören.

»Guter Gott, was soll ich jetzt bloß machen?«, fragte sie sich verzweifelt.

Wieder hämmerte sie gegen die Tür, dabei überlegte sie, dass ihr wohl nichts anderes übrig blieb, als ihren Stolz hinunterzuschlucken und sich und die Kinder der Barmherzigkeit Maries auszuliefern. Gerade wollte sie sich zum Gehen wenden und bedrückt zum Auto zurückkehren, da hörte sie, dass die Riegel aufgeschoben wurden. Sie drehte sich wieder um, und tatsächlich, die Tür wurde geöffnet.

»Gott sei Dank, Gott sei Dank«, flüsterte sie, als sie zur Tür lief. »Posy, ich bin's, Amy. Ich ...«

Abrupt blieb sie stehen. Vor ihr stand nicht Posy, sondern Sebastian Girault mit nur einem Handtuch um die Hüften geschlungen.

»Amy, mein Gott, Sie sind ja klatschnass. Posy ist nicht da.«

Verzweiflung stieg wieder in Amy auf. »Wo ist sie denn?«

»Sie ist heute Morgen nach Amsterdam geflogen.«

»Mist! Das hat sie mir letzte Woche erzählt, aber ich hatte es vergessen.« Amy schluckte schwer, sie wusste, jeden Moment würde sie in Tränen ausbrechen.

»Ich glaube, Sie sollten besser reinkommen, zumindest, bis Sie wieder trocken geworden sind«, schlug er vor. »Sie holen sich noch den Tod.«

»Die Kinder sind im Auto. Mein Gott, ich weiß wirklich nicht, was ich tun soll.«

»Jetzt holen Sie die Kinder und kommen erst mal ins Haus, okay?«

Eine halbe Stunde später, nachdem alle drei aus dem heißen Bad gekommen waren, das Amy ihnen hatte einlaufen lassen, kuschelten sich die Kinder, in Decken gehüllt, auf das Sofa im Frühstückszimmer. Amy saß im Schneidersitz vor dem Kamin, sie trug Posys uralten samtenen Morgenrock.

Sebastian erschien aus der Küche mit heißem Kakao für die Kinder und einem großen Brandy für Amy. »Trinken Sie den. Sie sehen aus, als könnten Sie ihn brauchen.«

»Danke«, sagte Amy.

»Ich habe Ihre nassen Kleider über den Küchenherd gehängt. Morgen früh sollten sie trocken sein.«

»Ich hoffe, Sie haben nichts dagegen, dass wir Sie einfach so überfallen«, sagte Amy. »Ich wusste einfach nicht, wohin mit uns.«

»Reden Sie keinen Unsinn. Sie sind Posys Schwiegertochter«, antwortete Sebastian, der sich mittlerweile eine Jogginghose und einen Pullover übergestreift hatte. »Posy würde mich rädern und vierteilen, wenn sie erführe, dass ich Sie nicht mit offenen Armen aufgenommen habe. Allerdings haben Sie wirklich Glück gehabt, dass ich Sie gehört habe. Ich lag schon in der Wanne mit Verdi auf dem Kopfhörer. Wenn ich nicht die Seife am Waschbecken vergessen hätte und noch mal aus dem Wasser gestiegen wäre, um sie zu holen, hätte ich nie mitbekommen, welche Tragödie sich vor der Haustür abspielt. Darf ich fragen, was genau passiert ist?«

Amy legte einen Finger an die Lippen und deutete auf die Kinder. »Kommt, ihr beiden, Zeit, ins Bett zu gehen. Ihr dürft heute Nacht bei Mummy schlafen, Wärmflaschen liegen auch schon drin.«

»Kann ich mithelfen?«, erbot sich Sebastian, als Amy eine halb schlafende Sara in die Arme nahm. »Einmal Huckepack, junger Mann?«, fragte er Jake.

»Ja, bitte.« Jake nickte schüchtern.

»Na, dann komm, Kerlchen, rauf mit dir.«

Amy brachte ein Lächeln zustande, als Sebastian die Treppe hinaufstürmte, während Jake sich vor Vergnügen kreischend an seinen Hals klammerte.

Sobald die Kinder in dem Doppelbett in einem der Gästezimmer lagen, deckten sie sie mit dem warmem Daunenbett zu.

»Lies uns was vor, Mummy, bitte!«

»Ach, mein Schatz, Mummy ist ein bisschen müde, und es ist schon spät, außerdem ...«

»Für die Geschichte bin heute Abend ich zuständig, Jake«, unterbrach Sebastian. »Aber da ich ein professioneller Geschichtenerzähler bin, verlange ich für meine Dienste eine Bezahlung, vielleicht in der Gestalt, dass Mummy nach unten geht und mein Weinglas aus der Flasche im Kühlschrank auffüllt. Jake, was meinst du, wäre das gerecht?«

»Ja! Und worum geht's in der Geschichte?«

Amy gab der fast schlafenden Sara einen Kuss und umarmte Jake, der sie allerdings kaum beachtete.

»Also«, begann Sebastian und zwinkerte Amy zu, als sie den Raum verließ und langsam nach unten ging. Seine ungezwungene Art mit den Kindern rührte sie. Als sie sein Weinglas holte, es nachschenkte und wieder nach oben brachte, wo Jake förmlich an Sebastians Lippen hing, verglich sie ihn unwillkürlich mit Sam. Ihn musste sie regelrecht anflehen, den Kindern eine Geschichte vorzulesen oder überhaupt etwas mit ihnen zu unternehmen. Vor Kurzem hatte Amy überlegt, dass Sam die Kinder zwar eindeutig liebte, aber nicht besonders gern mit ihnen zusammen war. Sie konnte nur hoffen, dass sich das ändern würde, wenn sie älter und vernünftiger würden.

Amy ging wieder ins Frühstückszimmer, wo sie sich vor dem Feuer niederließ und den letzten Schluck Brandy trank. Sie liebte dieses Haus, auch wenn der Zahn der Zeit an ihm nagte, aber es hatte so viel Charakter. Es kam ihr sicher und behaglich vor, genau das Zuhause, nach dem sie sich im Moment sehnte.

»Was geht Ihnen durch den Kopf?«

Amy fuhr zusammen und sah Sebastian in der Tür stehen. Gedankenversunken, wie sie gewesen war, hatte sie ihn gar nicht kommen hören.

»Ich habe mir gerade gedacht, wie sehr ich dieses Haus liebe und wie schlimm es sein wird, wenn es in Wohnungen aufgeteilt wird.«

»Hören Sie auf«, stöhnte Sebastian. »Ich finde die Vorstellung genauso schrecklich wie Sie. Wie es Posy dabei ergeht, mag ich mir gar nicht ausmalen.«

»Na, dann überlegen Sie sich mal, wie es mir geht. Schließlich ist es die Firma meines Mannes, die mit der Abrissbirne hier anrücken wird.«

»Das habe ich gehört.« Sebastian setzte sich auf das Sofa. »Na ja, er wird Geld damit verdienen, und das wird doch Ihnen und der Familie helfen, oder nicht?«

»Vielleicht.« Amy zuckte mit den Schultern. »Aber da wir nur wegen seiner völligen Unfähigkeit hier bei Ihnen vor der Tür standen, kann ich nicht behaupten, dass ich mir große Hoffnungen mache.«

»Darf ich fragen, was passiert ist?«

»Ja.« Amy seufzte matt. »Er hat die Stromrechnung nicht bezahlt, und sie haben die Versorgung abgeschaltet.«

»Ich verstehe. Aus Versehen oder aus Geldmangel?«

»Definitiv aus Versehen. Ich weiß genau, dass er das Geld hatte. Posy hatte ihm dankenswerterweise einen Scheck dafür gegeben. Obwohl er es natürlich auch vertrunken haben kann ...« Wieder zuckte Amy mit den Schultern. »Was auch immer es ist, Gutes für die Zukunft verheißt es nicht gerade.«

»Das stimmt. Und wo ist er jetzt? Haben Sie ihn zu Hause im Dunkeln sitzenlassen?«

»Er sitzt in irgendeinem schicken Hotel in Norfolk beim Dinner mit seinem Geschäftspartner. Sebastian, hätten Sie etwas dagegen, wenn ich mir einen Toast mache? Ich habe seit heute Mittag nichts mehr gegessen, und vom Brandy schwimmt mir der Kopf.«

»Nur zu. Aber wenn ich's mir recht überlege, esse ich etwas mit. Von der ganzen Aufregung habe ich doch glatt Hunger bekommen.« Er folgte Amy in die Küche.

»Wie wäre es mit überbackenem Käsetoast?«, schlug sie vor.

»Großartig! Nur gut, dass Sie gekommen sind.«

»Bitte, lassen Sie sich durch mich nicht von der Arbeit abhalten. Wenn Sie weitermachen möchten, sagen Sie's einfach«, bat Amy und belegte mehrere Brotscheiben mit Käse.

»Nein, heute Abend wollte ich nicht mehr arbeiten. Abgesehen davon habe ich heute eine richtig gute Nachricht bekommen.«

»Wirklich?«, fragte Amy und schob den Toast in den Herd. »Was denn?«

»Eine Filmproduktionsgesellschaft aus Hollywood hat gerade die Rechte an *Die Schattenfelder* gekauft. Offenbar wollen sie den nächsten Blockbuster daraus machen.«

»Aber das ist ja fantastisch, Sebastian! Damit werden Sie doch sicher reich werden, oder nicht?«

»Vielleicht. Nicht, dass ich jetzt ausgesprochen arm wäre«, konstatierte er ohne auch nur einen Anflug von Arroganz. »Sie werden die Geschichte bestimmt kaputt machen, aber ich hoffe, dass das Original doch zumindest durchscheint.«

Die nächsten paar Minuten herrschte Schweigen, während sie darauf warteten, dass der Käse auf dem Toast braun wurde.

»Bitte sehr.« Amy stellte die überbackenen Brotscheiben auf den Tisch. »Nicht ganz das richtige Dinner für eine Feier«, meinte sie mit einem kleinen Lachen.

Sebastian betrachtete sie, als sie sich setzte. »Ich finde, dass es genau das Richtige ist.«

»Auf jeden Fall herzlichen Glückwunsch zu dem Filmgeschäft.«

»Darf ich Ihnen einen Schluck anbieten, um auf meinen Erfolg anzustoßen?«

»Warum nicht?« Sebastian schenkte ihnen beiden Wein ein, und dann ließen sie sich den Toast schmecken.

»Seltsam, dass Sie ausgerechnet heute Abend hier vor der Tür stehen. Da hat doch die Vorsehung eine Hand im Spiel«, sagte Sebastian. »Posy sagte, dass sie seit Jahren nicht mehr verreist ist …«

»Und ich musste sie noch nie zuvor um ein Bett für die Nacht bitten«, ergänzte Amy.

»Ich frage mich, was wohl Ihre Freundin Marie sagen würde, wenn sie uns sähe, wie wir hier in der Küche Ihrer Schwiegermutter am Tisch sitzen und überbackenen Käsetoast essen«, überlegte Sebastian. »Posy ist in Amsterdam, Ihr Mann ist unterwegs …«

»Hören Sie auf.« Amy schauerte übertrieben. »Ich weiß genau, was sie denken würde.«

»Nun ja, selbst der größte Zyniker kann nicht leugnen, dass sich das Schicksal eindeutig bemüht, uns zusammenzuführen. Da muss man sich doch wohl oder übel nach dem Grund fragen, oder nicht?«

Amy hielt beim Essen inne und schaute Sebastian an. »Und wie würde Ihre Antwort lauten?«

»Wenn ich gerade in einer kreativen Schreibblaue wäre, würde ich sagen, dass auf den ersten Blick eine Verbindung zwischen uns bestand.«

»Sie haben mich angebrüllt und mich zum Weinen gebracht«, widersprach Amy.

»Ja, woraufhin ich mich, aus mir völlig unbekannten Gründen, gezwungen fühlte, Ihnen auf die Straße hinaus zu folgen und mich zu entschuldigen.«

»Das war doch sicher nur Ihrer guten Kinderstube geschuldet, oder nicht?« Unwillkürlich ging Amy auf seinen flirtenden Ton ein.

»Amy, meine Liebe, da kennen Sie mich leider sehr schlecht. Entschuldigungen von mir haben einen ähnlichen Seltenheitswert wie das Goldene Vlies. Nein.« Er schüttelte den Kopf. »Da war eindeutig etwas anderes im Spiel. Und dann sah ich mich genötigt, Ihnen bei meiner Lesung mein Buch kostenlos in die Hand zu drücken. Was, wie ich hinzufügen möchte, mir normalerweise ebenfalls fremd ist. Sollen wir mit unserem Wein ins Frühstückszimmer zurückgehen?«

Dort setzte sich Amy wieder vors Feuer und legte Holz nach.

»Ich muss sagen, anfangs konnte ich Sie nicht besonders leiden. Aber dann habe ich Ihr Buch gelesen und mir gedacht, dass jemand, der so anrührend schreibt, kein gänzlich schlechter Mensch sein kann.«

»Danke«, erwiderte Sebastian. »Das nehme ich als Kompliment. Ich weihe Sie in ein Geheimnis ein, ja?«

»Wenn Sie möchten.«

»Ich glaube«, sagte er und umfing sein Glas mit beiden Händen, »dass ich Ihretwegen zum Schreiben in Southwold bleiben wollte.«

»Wie bitte? Als Sie sich dazu entschlossen haben, hatten wir uns doch erst zweimal gesehen. Wenn Sie mir schmeicheln wollen, um sich an mir zu vergreifen – das funktioniert nicht«, sagte sie errötend.

»Habe ich je etwas derart Verwerfliches behauptet?« Sebastian tat entsetzt. »Madam, ich bin ein Gentleman. Ihre Ehre geht mir über alles.«

»Gut«, nickte Amy mit einem Nachdruck, den sie nicht empfand.

Plötzlich knisterte die Atmosphäre vor Spannung. Schweigend tranken beide von ihrem Wein.

»Außerdem erinnern Sie mich in dem Morgenrock viel zu sehr an Posy«, scherzte Sebastian. »Aber im Ernst, Amy, und ich möchte die Wahrheit hören – empfinden Sie gar nichts für mich?«

Sie sah zu ihm auf, seine Augen lachten nicht mehr, sondern blickten absolut ernst.

»Ich …« Sie schüttelte den Kopf. »Ich weiß es nicht. Ich meine, ich mag Sie, aber Sie sind ein wohlhabender, erfolgreicher internationaler Schriftsteller, und ich bin eine verhärmte, mittellose Mutter aus der Provinz. Wie könnte ich es da wagen, mir … irgendetwas vorzustellen?«

»Und was, wenn ich dir sage, dass ich seit dem Moment, als wir uns das erste Mal begegnet sind, ständig an dich denken muss und dass das Gefühl bei jedem Mal, wenn wir uns über den Weg gelaufen sind, stärker geworden ist?«, fragte er leise. »Und dass ich dich einfach nicht aus dem Kopf bekomme, so oft ich mir auch sage, dass du nicht zu haben bist und außerdem kein Interesse an mir hast?«

Amy gab keine Antwort. Sie starrte ihn an, vor Überraschung verschlug es ihr die Sprache.

»Amy, ich weiß, es ist lächerlich, und vermutlich kann nichts daraus werden, aber leider glaube ich, dass ich mich in dich verliebt habe.«

»Das kann nicht sein, du kennst mich doch gar nicht.« Ihre Stimme war kaum mehr als ein heiseres Flüstern.

»Setzt du dich zu mir? Ich verspreche dir, ich halte dich nur im Arm, sonst nichts.«

Amy klopfte das Herz zum Zerspringen. »Wirklich, das geht nicht …«

»Weißt du, wenn das Schicksal dich heute Abend nicht zu mir hierhergeschickt hätte, hätte ich mich wahrscheinlich still in mein Unglück gefügt. Aber jetzt ist es nun mal so. Kommst du zu mir?« Sebastian stand auf und breitete die Arme aus.

»Die Kinder … Ich …«

»Ich möchte dich nur im Arm halten.«

Sie stand auf und ging langsam zu ihm. Seine Arme umfingen sie, sie legte den Kopf an seine Brust und spürte, dass sein Herz genauso heftig schlug wie ihres. Ungeahnte erotische Schauer durchfuhren sie, als sie seinen Geruch einatmete und zum ersten Mal seine körperliche Nähe spürte.

»Und, Amy?«

»Was?«

»Empfindest du etwas für mich?«

Sie schaute zu ihm hoch und nickte traurig. »Natürlich, und ich verachte mich dafür. Ich meine, jetzt stehe ich, eine verheiratete Frau, hier in deinen Armen und möchte ...«

Sebastian senkte den Kopf und küsste sie leidenschaftlich. Hilflos erwiderte sie den Kuss mit ebensolcher Leidenschaft.

»Amy, Amy ...« Seine Lippen wanderten zu ihrem Hals, seine Hände streichelten ihr Haar. Als sie auf den Boden sanken, zog er Posys Morgenrock von ihren Schultern und fuhr leicht über ihre Brüste. Bei seiner Berührung wurden ihre Brustwarzen steif, sie streifte ihm die Kleider ab und spürte seine Haut an ihrer.

»Du bist so schön, so wunderschön«, murmelte er, als es ihm schließlich gelang, den Morgenrock ganz von ihr zu ziehen. Er küsste sie wieder, seine Hand fuhr zart über ihren Bauch und die Innenseite ihrer Oberschenkel entlang. Amy stöhnte vor Lust. Sie wusste, dass sie so bereit war wie noch nie zuvor in ihrem Leben, als er sich zwischen ihre Beine legte und in sie eindrang, sich in ihr auf und ab bewegte, bis sie beide keuchten und Amy sich nicht mehr zurückhalten konnte und aufschrie.

Er sank auf ihr zusammen, küsste immer weiter ihr Gesicht, ihren Hals, ihre Brüste.

»Ich liebe dich, Amy, ich liebe dich«, flüsterte er. »Es tut mir leid, aber so ist es nun mal.«

Dann lagen sie still nebeneinander, und Amy merkte, dass ihr Tränen in die Augen traten.

»Was habe ich nur getan?«, fragte sie.

»Mit mir geschlafen«, antwortete er.

»Wie konnte ich nur?«

»Weil du es wolltest.«

»Aber ... die Kinder ... sie hätten ...«

»Das haben sie aber nicht, mein Herz.« Sebastian stützte sich auf einen Ellbogen auf, um sie zu betrachten, und strich ihr eine Strähne aus dem Augenwinkel. »Bitte sag nicht, dass es dir leidtut«, bat er leise.

Amy schüttelte den Kopf. »Ich weiß es nicht ... aber Himmel, ich bin verheiratet! Ich habe Sam noch nie betrogen. Was für eine Ehefrau bin ich denn jetzt?«

»Nach allem, was ich von Posy höre, eine, die ihren Mann über die Maßen liebt, unterstützt und alles erduldet.«

»Ja, aber das ist doch keine Entschuldigung für das, was ich gerade gemacht habe: ›Ach, Sam, sorry, aber der Tag lief nicht so gut, darum habe ich eben mal mit einem anderen Mann geschlafen.‹ Himmel!« Amy stand auf, schlüpfte in Posys Morgenrock und setzte sich aufs Sofa, wo sie in die Flammen sah. Erregt knetete sie die Hände.

Sebastian setzte sich neben sie. »Amy – habe ich mich dir gerade aufgezwungen?«

»Guter Gott, nein. Das ist ja das Schlimme. Ich wollte es, sehr sogar.«

Sebastian zog sie an sich und hielt sie fest. »Das war mir wichtig zu wissen.«

Eine Weile hingen beide schweigend ihren Gedanken nach.

»Tja«, sagte er schließlich. »Und wie machen wir jetzt weiter?«

»Was meinst du damit?«

»Genau das, was ich sagte. Ist heute Abend das Ende einer schönen Freundschaft oder der Anfang einer neuen Liebesbeziehung?«

»An morgen kann ich noch gar nicht denken. Ich denke nur an das, was gerade passiert ist«, sagte Amy seufzend. Sie fand sich abscheulich, weil sie sich in seinen Armen so glücklich fühlte. »Dafür bin ich viel zu durcheinander.«

»Du hast recht. Hör auf, dir über morgen Gedanken zu machen. Wir haben noch die ganze Nacht, oder nicht?« Er hob ihr

Kinn an. »Was immer danach passieren mag, wir müssen den Moment nutzen«, fügte er hinzu und küsste sie wieder.

Mehrere Stunden später schlüpfte Amy aus Sebastians Armen und kroch in das Bett, in dem ihre Kinder schliefen. Sie spürte die Wärme ihrer kleinen Körper neben sich und biss sich schuldbewusst auf die Lippe.

Die Gedanken wirbelten ihr durch den Kopf, als sie zu begreifen versuchte, was passiert war. Klar war ihr nur, dass sie das, was sie erlebt hatte – ob es nun richtig war oder falsch –, noch nie zuvor gekannt hatte. Die Leidenschaft und die Erregung, die sie empfunden hatte, als sie wieder und wieder miteinander geschlafen hatten, waren nur größer geworden, während sie sich gegenseitig erkundeten und sich mit dem Körper des anderen vertraut machten.

Irgendwann hatte Sebastian sie nach oben in sein Bett geführt, und sie hatten in der Dunkelheit dort gelegen, auf das Toben des Sturms gelauscht und gesehen, wie die Wolken über den vom Mond erhellten Himmel rasten. Als sie Arm in Arm dort lagen, hatte Sebastian ihr ein wenig von seinem Leben erzählt und von seiner Frau, die zusammen mit dem Kind bei der Geburt gestorben war. Und Amy hatte ebenfalls erzählt, von ihrer Zeit an der Kunstakademie und ihrem Traum, Malerin zu werden, bevor sie Sam kennenlernte.

Kurz bevor sie einzuschlafen drohte, hatte Amy gesagt, sie müsse sich zu ihren Kindern ins Bett legen.

Als sie aufstehen wollte, hatte er sie am Arm festgehalten. »Geh nicht. Das halte ich nicht aus.«

»Ich muss aber.«

»Gleich.« Er hatte sie wieder an sich gezogen und sie geküsst. »Eins möchte ich dir noch sagen, Amy. Solltest du entscheiden, dass sich das nie wiederholen darf, werde ich für den Rest meines Lebens an diese Nacht denken. Gute Nacht.«

»Gute Nacht.« Sie hatte ihn zärtlich auf den Mund geküsst und war auf zitternden Beinen zu ihren Kindern gegangen.

Jetzt lag sie schlaflos neben ihnen, ihr Körper schmerzte, stellenweise war sie regelrecht wund von dem vielen Sex.

Und sosehr sie auch ihr Gewissen plagte wegen des Betrugs, den sie gerade begangen hatte, konnte sie doch nichts als reines Glück empfinden – und das Gefühl, endlich angekommen zu sein.

Kapitel 20

Posy und Freddie landeten um zwei Uhr nachmittags am Flughafen Schiphol. Posy war müde. Sie hatte die ganze Nacht wach gelegen und sich Gedanken gemacht wegen ihrer Entscheidung, Freddie nach Amsterdam zu begleiten, und was das bedeuten könnte. Um fünf war sie schließlich eingeschlafen, doch keine zwei Stunden später hatte sie wieder aufstehen müssen, um rechtzeitig fertig zu sein, bis Freddie sie abholte.

Mehrmals hatte sie ihren Koffer umgepackt, ohne sich entscheiden zu können, was sie mitnehmen und was sie zu der Party tragen sollte. Sebastian hatte das Gepäck, ganz Gentleman, nach unten getragen, und sie hatte ihn Freddie vorgestellt.

»Darf ich sagen, dass Ihr Buch mir sehr gefallen hat, Mr. Girault?«

»Sebastian, bitte. Vielleicht könnten wir uns einmal auf ein Bier zusammensetzen? Posy hat mir erzählt, dass Sie, genau wie sie, ein Kind des Zweiten Weltkriegs sind.«

»Das wäre mir ein Vergnügen.«

»Schön. Passen Sie gut auf sie auf, ja?«

»Natürlich«, antwortete Freddie lächelnd.

»Auf Wiedersehen, Sebastian«, rief sie, als Freddie ihr Gepäck zum Auto trug und neben seines in den Kofferraum stellte.

»Abfahrbereit?«, fragte Freddie.

»Ich glaube schon.«

Er fasste sie an den Schultern und gab ihr einen kleinen Kuss auf die Wange. »Liebe Posy, du siehst verschreckt aus. Weißt du, das soll eine Vergnügungsreise sein.«

»Es gab einfach so viel zu organisieren. Ich glaube, ich bin mit dem Verreisen völlig außer Übung gekommen.«

»Na, dann sollten wir dich langsam wieder daran gewöhnen, was meinst du?«

In dem Moment beschloss sie, keine dumme alte Frau mehr zu sein und das Wochenende zu genießen.

Auf dem Weg zum Stansted Airport unterhielten sie sich über alles Mögliche, und allmählich wurde Posy etwas ruhiger. Beim Einchecken empfand sie sogar eine gewisse Aufregung.

»Kannst du dir vorstellen, dass ich seit über zwanzig Jahren nicht mehr geflogen bin, und das war nur nach Jersey zu einem Urlaub mit den beiden Jungs?«, sagte sie Freddie, als sie zur Abflughalle gingen.

»Dann sollte ich dich besser vorwarnen, dass sie dir heutzutage weder eine Flugmaske noch eine Schutzbrille aufsetzen«, scherzte er.

Den reibungslosen Flug genoss Posy sehr, und sie bedauerte es fast, als das Flugzeug in Schiphol aufsetzte. Freddie, der eindeutig viel Reiseerfahrung besaß, führte sie durch die Passkontrolle und zur Gepäckhalle, wo sie ihre Koffer vom Band nahmen.

Sie fuhren mit dem Taxi in die Stadt, und unterwegs bestaunte Posy die hohen Giebelhäuser; sie standen bisweilen gefährlich schief entlang der baumbestandenen Kanäle, die sich durch das Zentrum von Amsterdam zogen. Alle Welt war auf dem Fahrrad unterwegs, Jung und Alt stürmte die schmalen gepflasterten Gassen entlang, Klingeln ertönten zur Warnung von Fußgängern und Autofahrern gleichermaßen.

Das Taxi hielt vor einem eleganten Stadthaus aus dem siebzehnten Jahrhundert, das ebenfalls an einem Kanal stand. »Was für eine schöne Stadt«, sagte sie ergriffen, als sie ausstieg.

»Ich habe Jeremy vor vielen Jahren einmal hier besucht und

mich sofort in die Stadt verliebt. Ich wollte immer schon wieder mal herkommen. Das Schöne ist, man kann fast alles zu Fuß erreichen, weil das Zentrum so kompakt ist. Oder mit dem Boot.« Freddie deutete auf einen Kahn, der in dem Moment unter der den Kanal überspannenden Brücke hindurchfuhr. »Komm, jetzt lass uns einchecken, dann können wir die Stadt erkunden.«

Die Rezeption war geschmackvoll eingerichtet, zurückhaltend und behaglich. Posy setzte sich auf einen Stuhl, während Freddie eincheckte.

»Gut«, sagte er dann und händigte ihr einen Schlüssel aus. »Wie wär's, wenn wir auspacken und dann einen Stadtbummel machen?«

Die nächsten zwei Stunden wanderten sie durch das Kanallabyrinth, bis sie sich in ein kleines Café setzten, um einen heißen Kakao zu trinken und auf dem Stadtplan nachzusehen, wo sie eigentlich waren.

»Du weißt schon, was man hier noch bekommt, oder?«, fragte Freddie und hob die Augenbrauen.

»Was?«

»Cannabis, so viel dein Herz begehrt.« Freddie deutete auf eine Tafel, die an der Bar lehnte und auf der eine Liste der erhältlichen Gras- und Haschischsorten stand. »Hast du's jemals versucht?«

»Nein. Früher habe ich das immer abgelehnt. Und du?«

»Ab und zu mal.« Freddies Augen blitzten. »Wie wär's mit einem Joint zu deiner heißen Schokolade?«

»Warum nicht?«

»Im Ernst?«

»Im Ernst.« Posy nickte. »Ich finde, man sollte alles zumindest einmal probieren.«

»Also gut.« Freddie ging zum Tresen und kehrte mit einem Joint und einer Schachtel Streichhölzer zurück. »Übrigens, ich habe um das Mildeste gebeten, das sie haben.« Er steckte den Joint an und machte einen Zug, dann reichte er ihn an Posy weiter. Vorsichtig zog sie daran, doch sobald der beißende Rauch in ihre Kehle drang, hustete sie heftig.

»Pfui Teufel!« Schaudernd reichte sie ihn ihm zurück.

»Gewöhnungsbedürftig, das gebe ich zu, aber zumindest hast du's probiert. Noch mal?«

»Nein, danke.« Lachend fuhr sie sich über die Augen. »Du meine Güte! Wenn meine Söhne mich jetzt sehen könnten – mit einem Mann und einem Joint in der Hand in einem Café in Amsterdam.«

»Garantiert würden sie dich dafür bewundern«, sagte Freddie und drückte den Joint aus. »Genau wie ich. Sollen wir gehen?«

An dem Abend nahm Posy sich viel Zeit, um sich für das Abendessen herzurichten. Sie saß in ihrem schönen Zimmer mit Blick auf den Kanal vor dem Spiegel und gab sich beim Tuschen der Wimpern und dem Auftragen des Lippenstifts mehr Mühe als sonst.

Freddie, gekleidet in ein schickes blaues Hemd und ein adrettes Jackett, holte sie von ihrem Zimmer ab.

»Du siehst sehr hübsch aus, Posy«, sagte er. »Fertig?«

Sie gingen zu einem entzückenden französischen Bistro, das die Dame am Empfang ihnen empfohlen hatte. Bei einer guten Flasche Chablis und einem köstlichen Steak unterhielten sie sich über ihre Besichtigungspläne für den kommenden Tag, bevor abends das Fest stattfand.

»Wenn möglich, würde ich gerne in das Van-Gogh-Museum gehen«, sagte Posy, als Freddie ihr nachschenkte.

»Und ich würde gerne das Anne-Frank-Haus besuchen, es ist ganz in der Nähe von unserem Hotel. Vielleicht sollten wir das als Erstes machen, denn angeblich ist der Andrang sehr groß«, meinte Freddie. »Aber was ist mit den eher anrüchigen Attraktionen der

Stadt? Ich habe gehört, dass die Live-Shows in bestimmten Stadtvierteln sehr ... aufschlussreich sind.«

»Ich habe mir ein Herz gefasst und Haschisch probiert, aber ich glaube, bei Live-Sexshows kneife ich«, gab Posy zu. »Aber lass dich von mir nicht abhalten.«

»Mein Ding ist das auch nicht, das kann ich dir versichern. So, und was bestellen wir jetzt zum Dessert?«

Nach dem Essen gingen sie zufrieden zum Hotel zurück. Es war zwar Ende Oktober, und die Luft war kühl, trotzdem war es eine schöne, frische Nacht.

Posy hakte sich bei Freddie ein. »Ich bin ein bisschen beschwipst«, gestand sie. »Ich habe viel mehr als sonst getrunken.«

»Ab und zu schadet das doch nicht, oder?«

»Nein.« Sie hatten das Hotel erreicht. Posy drehte sich zu Freddie. »Ich möchte dir sagen, wie gut es mir hier gefällt und wie froh ich bin, dass ich mitgekommen bin.«

»Schön«, sagte er, als sie in die Lobby weitergingen. »Ein Brandy vorm Schlafengehen?«

»Nein, danke, Freddie. Ich bin erledigt und möchte morgen frisch sein.«

»Natürlich«, sagte er, als Posy ihren Schlüssel an der Rezeption entgegennahm. Er gab ihr sacht einen Kuss auf die Wange. »Schlaf gut, meine Liebe.«

Er sah ihr nach, wie sie schwungvoll die Stufen zu ihrem Zimmer im ersten Stock hinaufging. Niemand würde sie für fast siebzig halten – sie hatte die Energie einer wesentlich jüngeren Frau. Und dieselbe Lebenslust wie damals als Einundzwanzigjährige.

Freddie ging in die behagliche Bar und bestellte sich einen Brandy. Er betrachtete die anderen Paare, die auf den bequemen Sesseln beisammensaßen und miteinander plauderten, und seufzte tief. Genau das wünschte er sich auch, und zwar mit Posy. Aufgrund von Umständen, die er sich nie hätte vorstellen können, war ihm das schon einmal im Leben versagt worden. Als er sie also da auf seinem Boot gesehen hatte, hatte er in einer Woge der Euphorie gedacht, das Schicksal gewähre ihm womöglich eine zweite Chance.

Natürlich hatte er geglaubt, dass sie es in der Zwischenzeit erfahren hatte. Fast fünfzig Jahre waren vergangen, seit sie sich das letzte Mal gesehen hatten. Irgendjemand musste es ihr doch erzählt haben ...?

Freddie trank einen Schluck von seinem Brandy. Nach dem ersten Lunch, als ihm klar geworden war, dass sie es immer noch nicht wusste, hatte er einfach aufstehen und gehen müssen, so sehr hatte es ihn bedrückt.

»Was tun?«, murmelte Freddie. Ihm war klar, dass sie nicht ewig so weitermachen konnten, dass er früher oder später weggehen musste, wie schon damals. Damals wäre sie an dem, was er wusste, zerbrochen. Die Frage war, würde sie heute besser damit zurechtkommen?

Er leerte den Brandy und holte sich von der Rezeption seinen Zimmerschlüssel. Er kam zu dem Schluss, dass er jemanden brauchte, mit dem er reden konnte – jemand, der Posy relativ gut kannte, der ihm aber unparteiisch einen Rat geben konnte.

Und Freddie glaubte, die richtige Person dafür zu kennen.

Posy sah aus dem Fenster, als das Flugzeug von Schiphol abhob. Es waren drei wunderbare Tage gewesen, und sie hatte jede Minute genossen. Das Fest war sehr schön gewesen, und Freddies Freund Jeremy und seine großartige Frau Hilde hatten sie herzlich aufgenommen.

Sie blickte zu Freddie hinüber, der mit geschlossenen Augen dasaß.

Ich liebe dich, dachte sie traurig. Das war der einzige Makel des ganzen Wochenendes gewesen: Freddie hatte sich, zu ihrem Leidwesen, wie immer als perfekter Gentleman verhalten. Wie so oft kam es ihr vor, dass vieles zwischen ihnen ungesagt geblieben war.

Sei nicht undankbar, Posy. Freu dich über das, was du mit Freddie hast, und denk nicht an das, was du nicht hast, ermahnte sie sich streng.

Nachdem sie ihre Koffer vom Gepäckband geholt hatten, fuhr Freddie schweigend nach Suffolk, die Augen auf die Straße gerichtet.

»Ist alles in Ordnung?«, fragte sie, als sie seine finstere Miene bemerkte.

»Entschuldige, Posy.« Freddie warf ihr ein mattes Lächeln zu. »Alles in Ordnung, aber vielleicht bin ich ein bisschen müde.«

Als sie in Admiral House ankamen, trug Freddie ihr den Koffer ins Haus. Sebastian stand in der Küche und machte sich gerade eine Tasse Tee.

»Guten Nachmittag, ihr Weltenbummler. Wie war's in Amsterdam?«

»Großartig!«, sagte Posy. »Bitte entschuldigt mich, aber ich muss auf die Toilette.«

Als sie die Küche verließ, bot Sebastian Freddie eine Tasse Tee an.

»Nein, danke, ich muss los. Aber wie wär's, wenn wir uns auf ein Bier verabreden? Es gibt etwas, worüber ich mich gerne mit Ihnen unterhalten würde ...«

Posy

Schwalbenschwanz
(Papilio machaon)

Mansion House
Bodmin Moor, Cornwall

Juni 1955

»Und jetzt, anlässlich des freudigen Ereignisses ihres achtzehnten Geburtstags, möchte ich ein paar Worte über meine Enkeltochter Posy sagen. Ich könnte nicht stolzer auf sie sein, und ich weiß, dass ich damit auch für ihren Vater spreche ... und natürlich auch für ihre Mutter.«

Ich stand neben Oma, und als sie mir einen Blick zuwarf, sah ich Tränen in ihren Augen glänzen.

Tränen, hatte ich festgestellt, waren die ansteckendste Plage auf der ganzen Welt, und dementsprechend bald kamen sie auch mir.

»Nicht nur hat sie einen begehrten Platz an der Universität Cambridge errungen und ihre abschließenden Prüfungen an der Schule mit Bestnoten bestanden, Posy hat sich auch, trotz der Schwierigkeiten, die sie erlebte, seit sie zu uns gekommen ist, nie in Selbstmitleid ergangen. Ihr wisst alle, dass sie jedem ein Lächeln schenkte, dass sie in Zeiten der Not stets hilfsbereit mit anpackte und für jeden in Not ein offenes Ohr hatte.«

»Hört, hört!«, rief Katie aus der Menschenmenge, die sich um mich im Garten versammelt hatte.

»Wünschen wir ihr alles Gute, wo sie jetzt erwachsen wird und ihr die nächste große Herausforderung bevorsteht. Auf Posy!«

»Auf Posy!«, riefen alle im Chor und hoben ihr Glas Schaumwein. Ich prostete ebenfalls, obwohl ich nicht wusste, ob ich auf mich selbst anstoßen durfte, aber ich wollte gern einen Schluck trinken. Es war sehr heiß an dem Tag.

Anschließend kamen viele Dorfbewohner zu mir, um mir persönlich zu gratulieren, und dann aßen wir von dem köstlichen Buffet, das Daisy aufgebaut hatte, bevor die Sandwiches in der Hitze vertrockneten.

Am späteren Abend, als alle gegangen waren, öffnete ich die Geschenke, die sich auf dem Tisch türmten. Die meisten waren selbst gemacht, und die Taschentücher mit Monogramm, die ich nun besaß, sollten mindestens für meine drei Jahre in Cambridge reichen, wenn nicht bis an mein Lebensende. Aber ich wusste, dass jedes einzelne mit Liebe bestickt worden war, und das Herz ging mir auf angesichts der Herzlichkeit, mit der das Dorf mich gefeiert hatte. Das füllte ein wenig die Leere, die ich empfand, denn zu meiner Enttäuschung war Maman nicht zu meiner Party gekommen. Obwohl ihr Besuch immer höchst unwahrscheinlich gewesen war, hatte das kleine Mädchen in mir gehofft, womöglich habe Oma ihre Ankunft verheimlicht, auch wenn sie mir einen Monat zuvor sanft beigebracht hatte, dass Maman nicht kommen könne.

»Mein Liebling, sie machen ausgedehnte Flitterwochen. Sie sagte, sie sei sehr traurig, nicht dabei zu sein, aber sie hat dir das geschickt.«

Das Kuvert stand noch auf dem Gabentisch neben Omas Karte, die an einem in glänzendes Silberpapier verpacktes Geschenk hing. Form und Größe ließen an ein dünnes Buch denken.

»Magst du jetzt die Karte deiner Mutter öffnen?« Oma reichte sie mir.

Ein Teil von mir hätte den Umschlag am liebsten zerrissen oder in Brand gesetzt, um mir den Schmerz zu ersparen, die hohlen Worte zu lesen, die bloße Plattitüden waren für eine Tochter, die sie nicht mehr kannte.

Aber ich nahm mich zusammen, öffnete das Kuvert und fragte mich, weshalb ich den Tränen nah war, obwohl ich mir doch tausendmal gesagt hatte, ich müsse sie so nehmen, wie sie war.

Auf der Karte war ein Bild von einer Champagnerflasche und zwei Gläsern, die aneinanderstießen, und daneben stand: »Alles Gute zum 18. Geburtstag!« Ähnliche Karten hatte ich von vielen aus dem Dorf auch bekommen.

Du meine Güte, Posy! Was hast du denn erwartet? Ein selbst gemaltes Aquarell?!, tadelte ich mich, als ich die Karte aufschlug. Darin lag ein weiteres Kuvert, das ich auf den Schoß legte, während ich die Karte las.

Liebste Posy,
aus Anlass deines 18. Geburtstags.
Liebe Grüße,
Maman und Alessandro

Beim Anblick seines Namens verzog ich das Gesicht und bemühte mich, nicht noch mehr sinnlose Tränen zu vergießen. Ich stellte die Karte zu den anderen auf den Tisch und öffnete das Kuvert auf meinem Schoß. Darin befand sich ein Foto, das Maman und einen Mann zeigte, der kleiner und dicker war als sie. Maman trug ein schönes Hochzeitskleid mit einer langen Schleppe und einer funkelnden Tiara und blickte liebevoll in die Augen ihres frischgebackenen Ehemanns hinunter. Die beiden standen auf einer Treppe, im Hintergrund war ein riesiges Schloss zu sehen. Das war vermutlich der Palazzo, das neue Zuhause meiner Mutter.

»Da.« Ich reichte Oma das Foto und holte das zweite Geschenk aus dem Kuvert: ein Scheck, um den ein Zettel gewickelt war.

Liebste Posy, da wir nicht wussten, was wir dir schenken sollen, dachte Alessandro, dass dir das vielleicht mit den Unkosten in Cambridge helfen könnte. Komm uns doch bald besuchen – Alessandro kann es gar nicht erwarten, dich kennenzulernen. Alles Liebe, M und A

Ich unterdrückte ein Schaudern, dann sah ich auf die Summe, die auf dem Scheck stand, und holte tief Luft: Er war auf fünfhundert Pfund ausgestellt.

»Was ist, Posy?«

Ich zeigte Oma den Scheck, und sie nickte bedächtig. »Das wird dir in den nächsten Jahren gut zupasskommen, nicht wahr?«

»Ja, aber Oma, das ist doch ein Vermögen! Wir wissen beide, dass Maman nicht so viel Geld hat, was heißt, dass es von ihrem Mann kommt, der mich nicht kennt, mich nie gesehen hat und ...«

»Hör auf, Posy! Nach allem, was deine Mutter gesagt hat, hat sie eindeutig einen sehr wohlhabenden Mann geheiratet. Gesetzlich betrachtet bist du jetzt – ob dir das gefällt oder nicht – seine Stieftochter, und wenn er dir ein solches Geschenk machen möchte, dann nimm es mit Anstand an.«

»Aber das heißt doch, dass ich ihm irgendwie ... verpflichtet bin.«

»Es heißt, dass du zur Familie gehörst, Posy, und das erkennt er damit an. Du liebes bisschen, du hast jahrelang überhaupt nichts von deiner Mutter bekommen, und wie immer du es betrachtest und woher das Geld letztlich stammt – einem geschenkten Gaul schaut man nicht ins Maul, heißt es.«

»Ich rühre es nicht an«, sagte ich trotzig. »Ich habe das Gefühl, als wollten sie mich kaufen. Außerdem habe ich ein Stipendium bekommen, Oma, also brauche ich es gar nicht!«

»Vergiss nicht, ich als deine Treuhänderin habe einen Teil deines Erbes von deinem Vater darauf verwendet, deine Schulgebühren zu bezahlen, und wir haben uns darauf geeinigt, dasselbe für deinen Lebensunterhalt in Cambridge zu machen, aber ein Vermögen ist es nicht. Wie wäre es, wenn ich das Geld für dich anlege, und du nennst es deinen Notgroschen? Wenn du es nicht brauchst, musst du es nicht anrühren, aber falls doch, ist es jederzeit da.«

»Also gut, aber wohl ist mir dabei trotzdem nicht. Außerdem heißt das, ich muss einen Dankesbrief schreiben«, sagte ich verbittert.

»Das ist kleinlich von dir. Jetzt aber genug damit an deinem Geburtstag. Warum machst du nicht mein Geschenk auf? Obwohl es mit dem kaum mithalten kann«, sagte Oma lächelnd.

Ich riss das Papier von dem schmalen Päckchen. Zuerst hielt ich es für das in Leder gebundene Buch, das ich erwartet hatte, doch dann erkannte ich, dass es ein Kästchen war. Ich öffnete die Schließe, und darin lag auf indigoblauem Satin eine Kette mit cremefarbenen Perlen.

»Ach, Oma! Die ist ja wunderschön! Vielen Dank.«

»Sie hat ursprünglich meiner Mutter gehört, das heißt, sie ist ziemlich alt, aber es sind echte Perlen, Posy, nicht diese billigen Zuchtperlen, die heutzutage der letzte Schrei sind. Komm«, sagte sie und stand auf, »ich lege sie dir um.«

Ich blieb still sitzen, während sie in meinem Nacken den zierlichen Verschluss zumachte. Dann trat sie vor mich und betrachtete mich. »Sehr schön«, sagte sie lächelnd. »Jede junge Frau sollte eine Perlenkette haben.« Sie gab mir einen Kuss auf die Wange. »Jetzt bist du dafür gerüstet, in die Welt hinauszugehen.«

Anfang Oktober kam ich mit meinen zwei Koffern und der Mappe voll botanischer Zeichnungen in Cambridge an. Bill und ich brauchten eine ganze Weile, um uns im Labyrinth der gepflasterten Sträßchen im Zentrum der Stadt zurechtzufinden. Auf der Suche nach der Silver Street fuhren wir mindestens dreimal am

Trinity und am King's College vorbei. Als wir schließlich vor der Hermitage ankamen, wo die Studentinnen der New Hall wohnten, machte sich etwas Enttäuschung in mir breit. Die Hermitage war zwar ein prachtvoller großer Bau, aber kein Vergleich zu den wunderschönen uralten Männer-Colleges mit ihren vielen Türmchen.

Ich wurde an der Tür herzlich von Miss Murray empfangen, der für New Hall verantwortlichen Tutorin, die meine frühere Direktorin Miss Sumpter aus ihrer gemeinsamen Internatszeit kannte.

»Miss Anderson, Sie haben den weiten Weg von Cornwall zu uns hergefunden! Sicher sind Sie etwas erschöpft. Jetzt zeige ich Ihnen erst einmal Ihr Zimmer. Zugegeben, es ist klein und liegt ganz oben im Haus – die Mädchen des ersten Jahrgangs, die letztes Jahr hier eingezogen sind, haben die besten Zimmer belegt –, aber dafür haben Sie einen wunderschönen Blick über die ganze Stadt.«

Miss Murray hatte recht – das Zimmer war in der Tat klein. Es lag im Dachgeschoss und war früher vermutlich eine Dienstbotenkammer gewesen, aber es hatte einen hübschen Kamin und schräge Decken und dazu ein Fenster, das wirklich einen wunderschönen Blick über die Dächer und Türme bot. Die Toilette und das Bad befanden sich im darunterliegenden Stockwerk, aber Miss Murray erklärte, sie plane, die danebenliegende Besenkammer in eine Nasszelle umzubauen.

»Es war natürlich eine Herausforderung, unsere Zahlen durch die diesjährigen neuen Studentinnen zu verdoppeln, und in den unteren Stockwerken teilen sich viele Mädchen ein größeres Zimmer. Aber meine Ahnung sagte mir, dass Ihnen ein eigenes Zimmer lieber wäre, so klein es auch ist. So, und jetzt überlasse ich Sie dem Auspacken und Einrichten, und dann kommen Sie doch um sechs in den Speisesaal, dort lernen Sie die anderen Mädchen kennen.«

Die Tür schloss sich, und einen Moment blieb ich reglos stehen und nahm den Geruch von Staub und von Büchern wahr – obwohl ich mir den vielleicht nur einbildete. Dann trat ich ans Fenster und schaute auf Cambridge hinaus, das sich unter mir ausbreitete.

»Ich hab's geschafft, Daddy«, wisperte ich. »Ich bin hier!«

Als ich eine Stunde später nach unten ging, pochte mir das Herz bei der Vorstellung, den anderen Mädchen zu begegnen. Ich war völlig erschlagen, nicht nur von der langen Fahrt, sondern auch von den schlaflosen Nächten, die ihr vorausgegangen waren. Mich hatten Gedanken gequält, dass die anderen Mädchen viel klüger und weltgewandter und zweifellos auch hübscher sein würden als ich und dass ich vermutlich nur wegen Miss Sumpters Freundschaft mit Miss Murray einen Studienplatz bekommen hatte.

Ich holte tief Luft, dann trat ich in den Speisesaal, in dem es bereits vor jungen Frauen wimmelte.

»Guten Abend, welcher Neuzugang bist du denn?«, fragte mich eine große junge Frau, die offenbar einen Herrenanzug trug. Auf dem Tablett, das sie in der Hand hielt, standen Gläser mit Sherry.

»Posy Anderson«, sagte ich und nahm ein Glas, um mir Mut anzutrinken.

»Ah ja. Du studierst Botanik, richtig?«

»Genau.«

»Andrea Granville. Ich mache Englisch. In meinem Kurs gibt es nur eine Handvoll Frauen, und in deinem Fachbereich werden es bestimmt noch weniger sein. Du solltest dich besser schnellstmöglich daran gewöhnen, dich mit Scharen dummer kleiner Jungen abzugeben, die auf deine Kosten geschmacklose Witze reißen.«

»Ich werde mein Bestes tun«, sagte ich und leerte mein Glas.

»Das Traurige ist, Posy, die Hälfte von ihnen ist nur hier, weil ihre Vorfahren auch hier waren«, bellte Andrea (sie hatte eine durchdringende Stimme).»Lauter Söhne und Enkelsöhne von Graf Rotz von der Popelburg, fürchte ich. Die meisten gehen mit einem Bestanden ab, allerhöchstens einem Genügend, dann kehren sie auf ihren Landsitz zurück, wo sie von ihren Treuhandfonds leben und ihre Bediensteten herumscheuchen.«

»Ach, Andrea, das gilt doch nicht für alle. Lass dich von ihr nicht ins Bockshorn jagen«, sagte ein Mädchen mit wunderschönen schwarzen Locken und großen veilchenblauen Augen. »Ich bin übrigens Celia Munro, ich studiere auch Englisch.«

»Posy Anderson«, sagte ich lächelnd. Sie gefiel mir auf Anhieb.

»Also, Posy, ich mache mal weiter die Runde mit dem Sherry, aber halt Ausschau nach Kröten in deinem Schreibtisch und Furzkissen auf deinem Stuhl. Ach, du solltest noch wissen, dass wir nach Ansicht der Jungs natürlich alle lesbisch sind«, sagte Andrea zum Abschied.

»Also ehrlich.« Celia schüttelte den Kopf. »Eigentlich sind wir dafür da, dir beim Einleben zu helfen, und nicht, um dich in Angst und Schrecken zu versetzen. Achte nicht auf Andrea. Sie ist ein feiner Mensch, hat es aber sehr mit Frauenrechten. Davon gibt es unter uns Studentinnen viele. Ich bin natürlich auch ihrer Meinung, aber ich verwende meine Energie lieber auf das Studium und darauf, die Zeit hier zu genießen.«

»Das möchte ich auch. Du bist also im zweiten Jahr?«

»Ja. Und trotz allem, was Andrea sagt, dass die Jungs ihre Scherze mit uns treiben, hat mir das erste Jahr richtig Spaß gemacht. Das mag allerdings auch damit zusammenhängen, dass ich in unserer Familie das einzige Mädchen unter drei Brüdern bin.«

»Ich muss zugeben, bevor ich herkam, habe ich weniger an Jungen gedacht als vielmehr an meine Abschlussprüfungen und daran, dass ich nach Cambridge gehe.« Ich sah mich um. »Ich kann's immer noch nicht ganz glauben, dass ich wirklich hier bin.«

»Ja, es ist auch surreal, eine ganz eigene Welt, aber du wirst dich sicher bald einleben. Und jetzt, warum gehen wir nicht herum und sehen, wem aus deinem Jahrgang wir uns noch vorstellen können?«

Das taten wir auch, und nachdem ich einer Reihe junger Frauen die Hand gegeben hatte, erkannte ich, dass der Großteil von ihnen genauso nervös war wie ich. Insgesamt kamen sie mir sehr nett vor, und als ich mein zweites Glas Sherry geleert hatte, breitete sich eine wohlige Wärme in mir aus.

»Mädchen! Darf ich Sie um Ihre Aufmerksamkeit bitten?«

Miss Murray stand ganz vorne im Speisesaal, und ich scharte mich mit den anderen um sie.

»Zunächst möchte ich unsere Neuzugänge in der New Hall willkommen heißen. Wie der erste Jahrgang zweifelsohne bestätigen wird, können Sie sich glücklich schätzen, ein Jahr nach der Eröffnung des Colleges herzukommen.«

»Sie meint, dass es uns doch noch gelungen ist, die Flöhe aus den Matratzen loszuwerden«, scherzte Andrea, und einige ihrer Freundinnen lachten.

»Genau«, sagte Miss Murray. »Das und eine Reihe weiterer ärgerlicher Kleinigkeiten, die wir beheben mussten, nachdem wir unser neues Zuhause bezogen hatten. Doch behoben sind sie, und jetzt, nach den anfänglichen Kinderkrankheiten, können wir als College wirklich anfangen, uns als ernstzunehmende Größe zu etablieren, natürlich in akademischer Hinsicht, aber auch durch die Art Frauen, die Sie sind und in Zukunft sein möchten. Wie ich jeder von Ihnen bereits beim Vorstellungsgespräch erklärte, ist es auch für die selbstbewusstesten unter uns eine einschüchternde Erfahrung, als Frau in Cambridge zu studieren, wo auf jede junge Frau zehn Jungen kommen. Es wäre ein Leichtes, mit Schärfe auf die beständigen Sticheleien zu reagieren, die Ihre männlichen Kommilitonen so erheiternd finden. Zudem muss natürlich jede von Ihnen ihre eigene Art entwickeln, damit umzugehen. Doch lassen Sie mich eins sagen: Wir Frauen haben unsere eigenen Stärken. Als Akademikerin, die in den vergangenen zwanzig Jahren in einer Männerwelt gearbeitet hat, habe ich mich oft versucht gefühlt, Gleiches mit Gleichem zu vergelten. Aber ich möchte Sie alle bitten, Ihre Weiblichkeit nicht zu vergessen und die Ihnen eigenen Stärken zu Ihrem Vorteil einzusetzen. Vergessen Sie nicht, viele Männer verhalten sich so nur aus Angst. Ihre männlichen Bastionen werden langsam, aber sicher geschleift, und glauben Sie mir, das ist nur der Anfang unseres Marschs zur Gleichberechtigung.«

»Du lieber Himmel, sind die Jungs wirklich so schlimm?«, flüsterte eine der Neuen ängstlich.

»Nein, aber Gefahr erkannt, Gefahr gebannt ist hier das Motto«, sagte Miss Murray. »Ich möchte nicht hören müssen, dass eine unserer jungen Frauen in eine Schlägerei verwickelt war, wie es letztes Trimester in Girton der Fall war. Jetzt aber etwas Erfreulicheres: Ich habe beschlossen, den Garten zu nutzen, solange das Wetter noch so warm ist, und deswegen öffnen wir am kommenden Freitagabend unsere Pforten den neuen Studenten des St. John's College – dem dieses Gelände gehört und das es uns freundlicherweise verpachtet – zu einem Stehempfang. Das gibt Ihnen die Gelegenheit, einige Ihrer Kommilitonen in einem entspannten geselligen Rahmen kennenzulernen.«

»Der Feind im eigenen Haus, wie?«, kommentierte Andrea.

Miss Murray ging auf die Bemerkung nicht ein, und mich beschlich der Verdacht, dass Andrea die wahrscheinlichste Kandidatin war, sollte jemand von uns in eine Schlägerei mit Jungen verwickelt werden.

»Und jetzt überlasse ich Sie unserer zweiten hier wohnenden Tutorin Dr. Hammond, die Ihnen die praktischen Grundlagen des akademischen Betriebs erläutern wird. Aber bevor ich das mache, möchte ich das Glas auf die New Hall und ihre neuen Bewohnerinnen erheben.«

»Auf die New Hall«, stimmten wir alle ein, und mich durchflutete die gleiche Wärme wie zuvor, denn ich wusste, dass ich Teil von etwas ganz Besonderem war.

Als ich im Lauf der folgenden Wochen meine Mitstudentinnen besser kennenlernte, bekam ich wirklich zunehmend das Gefühl, keine Außenseiterin mehr zu sein, sondern zum ersten Mal in meinem Leben dazuzugehören. Jede meiner Kommilitoninnen, mit der ich sprach, war unglaublich klug und – wichtiger noch – studierte hier, weil sie sich leidenschaftlich für ihr Thema interessierte. Als die Abende länger wurden, drehten sich die Gespräche vor dem Kamin im behaglichen Gemeinschaftsraum um alles von reiner Mathematik bis hin zu den Gedichten von Yeats und Brooke. Wir lebten für unsere erwählten Studienfächer, wir träumten von ihnen, und vielleicht, weil wir alle wussten, welches Glück wir hatten, hier zu sein, gab es kaum Klagen über das immense Arbeitspensum. Ich auf jeden Fall fühlte mich davon beflügelt und musste mich immer noch jedes Mal kneifen, wenn ich die Botanikschule betrat.

Das Gebäude, ein quadratischer Bau mit vielen Fenstern an der Downing Street, war unauffällig, aber von der New Hall nur eine kurze Radfahrt über den Fluss entfernt. Wenn ich morgens über die holprigen Pflastersteine fuhr und mein altes Fahrrad, das ich gebraucht gekauft hatte, bei jedem Tritt auf die Pedale quietschte, sah ich jeden Tag dieselben Gesichter.

Nichts hätte mich auf die Aufregung vorbereiten können, zum allerersten Mal das Labor zu betreten: die langen Werkbänke, die modernen Geräte, bei denen es mich in den Fingern juckte, sie zu berühren, und die Sammlungen von Samen und getrockneten Pflanzen, die mir im Herbarium zur Verfügung standen (natürlich nur mit einem Berechtigungsschein).

Wie Andrea mich gewarnt hatte, war ich eine von gerade einmal drei Frauen im Kurs. Enid und Romy – die beiden anderen – saßen während des Unterrichts bewusst nicht nebeneinander;

jede wollte sich ihr eigenes Territorium unter den Männern erobern. In der Mittagspause trafen wir uns oft bei unserer Lieblingsbank im Botanischen Garten, unterhielten uns über die Vorlesungen und wunderten uns gemeinsam angesichts der Dummheiten der Jungs. Und wann immer wir drei uns im Eagle an einen Tisch setzten, diskutierten wir leidenschaftlich über die Zukunft der Botanik. In dem Pub war es stets voll, zum Teil, weil jeder Naturwissenschaftler an der Uni darauf hoffte, einen Blick auf Watson und Crick zu werfen, die gerade einmal zwei Jahre zuvor die DNS-Struktur entdeckt hatten. Als ich eines Abends an der Theke Francis Cricks Hinterkopf erblickte, erstarrte ich förmlich, so erfüllt war ich von Ehrfurcht, einem Genie so nahe zu sein. Enid mit ihrem robusten Selbstbewusstsein hingegen ging prompt zu ihm und redete ihn in Grund und Boden, bis er rasch, aber höflich das Weite suchte.

»Die Hauptarbeit hat natürlich Rosalind Franklin gemacht«, sagte sie empört, als sie zu uns zurückkam. »Aber da sie eine Frau ist, wird sie nie die Lorbeeren dafür bekommen.«

Ich hatte weder die Zeit noch die Lust, mich einem der vielen Studenten-Clubs in Cambridge anzuschließen, weil ich mich ganz dem Studium widmen wollte. Celia und Andrea hingegen, die in der New Hall meine besten Freundinnen geworden waren, flitzten an den Wochenenden von einer Veranstaltung zur nächsten, Celia mit dem Schachclub und Andrea mit dem Footlights, dem namhaften Theaterclub. Ich verbrachte jede freie Minute in den Gärten und Gewächshäusern, und Dr. Walters, einer meiner Professoren, hatte mich im Tropenhaus unter seine Fittiche genommen. Das war ein wunderschöner Glasbau, in dem schwer die feuchte Luft hing. An manchen Abenden kam ich erst kurz vor der Sperrstunde zurück, schlich in mein klammes Zimmer und legte mich erschöpft, aber glücklich ins Bett.

»Du bist der reinste Blaustrumpf«, sagte Andrea eines Morgens beim Frühstück zu mir. »Wenn es nicht um Samen oder Erde geht, bist du nicht aus dem Haus zu locken. Aber heute Abend ist ein Fest vom Footlights, da kommst du mit, und wenn ich dich schreiend an den Haaren hinzerren muss.«

Da ich Andrea recht geben musste und sie zudem kein Nein akzeptieren würde, ließ ich mir von ihr zu dem roten Kleid, das ich an meinem achtzehnten Geburtstag getragen hatte, einen ihrer bunten Schals um den Hals drapieren. Innerhalb weniger Sekunden nach unserer Ankunft war mir klar, dass die Party genauso entsetzlich sein würde, wie ich befürchtet hatte. Beim lauten Stimmengewirr gepaart mit der Musik, die die Räume des Vorstands vom Footlights erfüllte, wurde mir klar, dass ich fehl am Platz war. Zur Nervenstärkung nahm ich mir einen Drink vom Tisch und mischte mich unter die Feiernden. Andrea drängte sich auf der Suche nach dem Gastgeber durch die Menge.

»Das da drüben ist Freddie. Ist er nicht ein Traum?«, sagte sie und lächelte auf eine für sie höchst untypische Art.

Ich blickte in die Richtung, in die sie deutete, und sah einen jungen Mann im Kreis seiner Anhänger, die ihm gebannt lauschten, während er Hof hielt. Als ich ihn ansah, hatte ich das seltsame Gefühl, als würde die Zeit stillstehen. Seine vollen Lippen öffneten und schlossen sich in Zeitlupe, im selben Tempo gestikulierte er mit den Händen. Sein dunkles, dichtes und welliges Haar fiel ihm bis auf die Schultern, wie ich es von Porträts romantischer Dichter kannte. Er hatte große, ausdrucksvolle Augen in der Farbe eines neu geborenen Kitzes, seine hohen Wangenknochen und die markante Kinnpartie verliehen ihm das Aussehen einer Statue. Er wäre eine sehr schöne Frau, dachte ich mir, aber da zog Andrea mich schon mitten in den Kreis, und ich riss mich aus meiner Träumerei.

»Freddie, mein Lieber, darf ich dir meine gute Freundin Posy Anderson vorstellen?«

Als er meine Hand nahm und küsste, während sein Blick auf mir ruhte, als wäre ich die Einzige im Raum, hatte ich das Gefühl, von tausend Blitzen durchzuckt zu werden.

»*Enchanté*«, sagte er mit einer tiefen, melodischen Stimme.
»Und womit vertreibst du dir hier in Cambridge die Zeit?«
»Botanik«, brachte ich hervor und spürte, wie die vermaledeite Röte mir ins Gesicht stieg. In meinem roten Kleid musste ich aussehen wie eine überreife Tomate.

»Sieh einer an, da haben wir doch tatsächlich eine veritable Naturwissenschaftlerin in unserem ästhetischen Zirkel!«, sagte er in die Runde, und ich hatte das Gefühl, als würde er sich über mich lustig machen, obwohl sein Blick – der immer noch auf mir lag – freundlich war.

»Und woher kommst du, Posy?«

»Ursprünglich aus Suffolk, aber ich bin in Cornwall aufgewachsen.«

»Aus Suffolk?« Freddie lächelte. »Da haben wir ja eine Gemeinsamkeit. Dort wurde ich auch geboren. Posy, unterhalten wir uns doch später. Ich möchte zu gerne wissen, weshalb eine so hübsche Frau wie du« – seine Augen wanderten an mir hinab – »in einen weißen Kittel schlüpft und durchs Mikroskop starrt.«

Ich nickte grinsend wie eine Idiotin – ich brachte einfach kein Wort hervor und war nur froh, als jemand anderes Freddies Aufmerksamkeit einforderte und er schließlich den Blick von mir nahm.

Natürlich kam es nicht dazu, dass wir uns »später unterhielten«. Freddie verbrachte den Abend umgeben von niveauvollen Frauen, mit denen ich in meinem schlichten roten Kleid und den ungebärdigen Locken nicht mithalten konnte. Andrea verlor sich bald in der Menge und vergaß mich, und so ging ich eine Stunde später allein nach Hause und träumte von Freddie und dem Umstand, dass er mich »hübsch« genannt hatte.

Der Winter in Cambridge erwies sich überraschenderweise als sehr schön. Die uralten Steingebäude waren mit funkelndem weißem Reif überzogen, und wenn ich mich in die Gewächshäuser im Botanischen Garten vorwagte, kam ich mir vor wie in einem riesigen Iglu. Das Herbsttrimester ging dem Ende entgegen, und beim Dinner in der New Hall drehte sich das Gespräch nur um ein Thema – den Weihnachtsball im St. John's College.

»Ich trage Hosen«, erklärte Andrea. »Wie Marlene Dietrich. Jeder Mann, der es wagt, sich mir zu nähern, muss beweisen, was in ihm steckt.«

Einen Samstagvormittag verbrachten Celia und ich damit, das perfekte Kleid für den Anlass zu kaufen, und ich gab einen Teil meines Stipendiums für ein tailliertes blaues Samtkleid aus, das vorne eine Schleife hatte. Sehnsüchtig dachte ich an Mamans wunderschöne Abendkleider in Admiral House und fragte mich, ob sie wohl in ihrem Palazzo ein neues Zuhause gefunden hatten.

Celia überredete mich zu einem Paar passender Stöckelschuhe, da ich keine besaß. »Aber untersteh dich, damit nach Pflanzen zu graben«, warnte sie mich grinsend.

»Ich habe viel größere Sorge, dass ich hinfalle und mich lächerlich mache«, sagte ich seufzend, als ich in meinem kleinen Zimmer übte, auf den hohen Absätzen zu gehen.

Am letzten Tag des Trimesters lief ich aus der Botanikschule, schlitterte über die vereisten Stufen und mühte mich hektisch mit dem Fahrradschloss ab. Ich war schon spät dran für mein Treffen mit Celia, die mir helfen wollte, meinen Haaren für den Ball am Abend eine halbwegs modische Frisur zu verpassen. Es war schon sechs Uhr, als ich auf mein Rad sprang und Richtung Silver Street fuhr, ohne auf das Hupen entnervter Autofahrer zu achten, wenn ich Schlaglöchern auswich.

Plötzlich stellte sich die Welt auf den Kopf, ich lag im grauen Schneematsch auf den Pflastersteinen, das Fahrrad wenige Zentimeter von mir entfernt. Die Räder drehten sich noch.

»Verzeihung – fehlt Ihnen etwas?«, hörte ich eine Stimme über mir sagen.

Benommen stand ich auf. »Ich ... ich glaube nicht.«

»Jetzt setzen Sie sich doch erst einmal und kommen Sie wieder zu sich. Das war ein ziemlich heftiger Sturz«, sagte der junge Mann. Stützend legte er mir den Arm um die Schultern und führte mich an den Straßenrand. Dort setzte er mich auf die Bank einer Bushaltestelle und holte mein Fahrrad. Der junge Mann hatte freundliche blaue Augen und lächelte vertrauenerweckend unter seinem knappen Schnurrbart. Aus seiner Hutkrempe ragten feine blonde Haarsträhnen hervor.

»Danke«, sagte ich und zog an meinem Rock für den Fall, dass er sich hochgeschoben hatte. »So dumm bin ich noch nie gestürzt. Normalerweise fahre ich sehr vorsichtig ...«

»Wenn die Straßen so eisig sind, ist das nicht zu vermeiden«, meinte er. »Die Stadt hat es einfach nicht geschafft, rechtzeitig zu streuen. Typisch. Übrigens, ich bin Jonny Montague.«

»Posy Anderson«, erwiderte ich und gab ihm die Hand. Dann stand ich auf. »Es tut mir leid, aber ich muss weiter, meine Freundin wartet schon auf mich ...«

»Nach einem solchen Sturz kann ich Sie nicht einfach wieder aufs Fahrrad steigen lassen«, sagte er. »Wohin gehen Sie denn? Ich begleite Sie.«

»Das ist nicht nötig, mir fehlt wirklich nichts.«

»Aber ich bestehe darauf.« Er griff nach dem Lenker meines Fahrrads, der zugegebenermaßen ziemlich verbogen aussah. »Ich folge Ihnen, Mylady.«

Auf dem Weg zur New Hall erfuhr ich, dass Jonny am St. John's College Geografie studierte.

»... Aber nach der Uni gehe ich zum Militär, wie mein alter Herr«, sagte er. »Und Sie?«

»Ich studiere Botanik – Pflanzenwissenschaften«, antwortete ich. Das Wort »Wissenschaft« hatte die erwartete Wirkung.

»Eine Wissenschaftlerin?« Überrascht sah er zu mir. »Was macht man denn in der Wissenschaft der Pflanzen?«

Bevor ich ihm von Veredelung und Taxonomie und Ökosystemen erzählen konnte, hatten wir das College erreicht.

»Sie müssen das Fahrrad überprüfen lassen, bevor Sie sich wieder draufsetzen. Es hat mich sehr gefreut, Sie kennenzulernen, Miss Anderson, trotz der dramatischen Umstände.«

»Ja«, sagte ich. »Danke auch noch mal, das war sehr nett von Ihnen.«

»Das war das Mindeste, das ich tun konnte.« Jonny lüftete seinen Hut und verschwand in der Nacht.

Noch immer etwas benommen ging ich in mein Zimmer hinauf, wo Celia mich ungeduldig erwartete. In der Hand hatte sie ein furchteinflößendes Onduliereisen.

»Mein Haar ist doch schon lockig genug«, wehrte ich mich.

»Aber es sind nicht die richtigen Locken«, sagte sie. »Jetzt setz dich. Ach, Posy, was hast du denn gemacht? Deine Haare sehen ja entsetzlich aus!«

Eineinhalb Stunden später bemühte ich mich auf meinen Absätzen, mit den anderen Mädchen Schritt zu halten, als wir von der New Hall zum St. John's College gingen. Die Dunkelheit wurde erhellt von Kerzen und Fackeln, die in dem bereiften Rasen steckten und die alten Türme und die neogotische Fassade erleuchteten. Aus dem großen Saal trieben die Klänge einer Swing-Band herüber, dazu das Gewirr von Stimmen, die bereits vom Alkohol beschwingt waren. Mit einer geschmeidigen Bewegung nahm ein Bediensteter mir den Mantel ab, ein Glas Champagner wurde mir in die Hand gedrückt.

»Jetzt komm, Posy.« Celia führte mich in den großen Saal. Es war ihr gelungen, meine Haare zu weichen Wellen zu glätten, die sie mir mit Strassklemmen aus dem Gesicht gesteckt hatte. Außerdem hatte sie mich geschminkt, und ich wagte fast nicht, den Mund zu bewegen aus Angst, den knallroten Lippenstift zu verschmieren.

Der Saal war voll Männer im Smoking, deren Stimmen bis zur Decke hoch über uns schallten.

»Prost, Mädels.« Andrea hob ihr Glas. »Auf frohe Weihnachten.«
»Guten Abend, mein Schatz. Ich freue mich, dass ich dich in diesem Gedränge gefunden habe. Möchtest du tanzen?«
Matthew, Celias Galan, war neben uns erschienen. Die beiden gingen seit Oktober miteinander.
»Gerne.«
Sie schwebten davon, und ich blieb mit Andrea allein zurück.
»In zwei Jahren ist sie verheiratet und schwanger«, prophezeite Andrea düster. »Und ihr Studium war umsonst. Mein Gott, solche Bälle sind absolut nicht mein Ding. Komm, lass uns schauen, wo es was zu essen gibt. Ich habe einen Bärenhunger.«
Wir drängten uns durch die Menschenmassen zu den langen Tischen, die unter dem Gewicht der vielen Speisen förmlich zusammenbrachen. Ich hatte vor lauter Nervosität keinen Hunger, aber Andrea häufte sich ihren Teller voll.
»Der einzige Grund, weshalb ich gekommen bin«, sagte sie grinsend und begann zu essen.
»Guten Abend«, sagte eine Stimme hinter mir.
Ich drehte mich um und sah Jonny, meinen Retter in der Not, neben mir stehen.
»Guten Abend.«
»Sie sehen sehr anders aus«, sagte er bewundernd.
»Danke.«
»Haben Sie sich von Ihrem Sturz erholt?«
»Ja.«
»So weit, um sich mit mir auf die Tanzfläche zu wagen?«
»Ich ... doch«, antwortete ich, und die gewohnte Röte stieg mir den Hals hinauf.
Er reichte mir die Hand.
»Die Nächste, die dran glauben wird«, hörte ich Andrea leise sagen, als wir uns entfernten.
Später gingen wir nach draußen, um frische Luft zu schnappen und zu rauchen. (Das hatte ich mir angewöhnt, weil damals alle

rauchten und ich nicht spießig wirken wollte.) Einvernehmlich setzten wir uns im Hof auf eine Bank.

»Wohin fährst du zu Weihnachten?«, fragte er.

»Nach Cornwall. Ich lebe bei meiner Großmutter.«

»Wirklich? Und was ist mit deinen Eltern?«

»Mein Vater ist im Krieg gefallen. Er war Pilot. Meine Mutter lebt in Italien«, sagte ich. Es kam selten vor, dass ich in Cambridge jemandem etwas von meinem Privatleben erzählte, aber er hatte etwas, das zu Vertraulichkeiten aufforderte.

»Es tut mir leid wegen deines Vaters«, sagte er verständnisvoll.

»Ich habe großes Glück, dass ich meinen nach dem schrecklichen Krieg noch habe. Dein Vater muss ein Held gewesen sein.«

»Das war er auch.« Er hatte sich näher zu mir gesetzt, der Ärmel seines Smokings streifte meinen Arm. Ich spürte seine Wärme und rückte nicht fort.

»Und was ist mit dir?«

»Meine Eltern leben in Surrey. Ich habe zwei Schwestern, eine Katze und einen alternden Labrador, der Molly heißt. Ziemlicher Durchschnitt, würde ich sagen.«

»Dein Vater war also beim Militär?«

»Ja. Er wurde ganz am Anfang in Dünkirchen verwundet – er hat ein Bein verloren, also hat er den Rest des Kriegs am Schreibtisch verbracht. Er sagt immer, dass es ein Segen war, das Bein zu verlieren. So ist er wenigstens am Leben geblieben. Es tut mir wirklich leid, dass dein Vater nicht überlebt hat.«

»Danke.« Ich trat meine Zigarette aus und schauderte. »Sollen wir wieder reingehen? Hier draußen ist es schrecklich kalt.«

»Dann komm, wärmen wir uns beim Tanzen wieder auf.«

Damit nahm er meinen Arm und führte mich in den Saal zurück.

Über Weihnachten in Cornwall dachte ich unablässig an Jonny. Nach dem Ball hatte er mich nach Hause gebracht und mir meinen allerersten Kuss gegeben. Er hatte versprochen, mir zu schreiben, und jeden Tag eilte ich dem Postboten William entgegen und war immer beglückt, wenn er einen in Jonnys adretter Schrift adressierten Umschlag für mich dabeihatte.

Oma hob lächelnd die Augenbrauen, stellte aber keine Fragen, wofür ich dankbar war. Bald, nachdem ich zum Frühjahrstrimester nach Cambridge zurückgekehrt war, gingen Jonny und ich offiziell miteinander. Es kam wie von selbst, bevor ich so recht merkte, was eigentlich passierte. Ich war nicht mehr bloß »Posy«, ich war eine Hälfte von »Jonny und Posy«. Wir sahen uns zweimal die Woche: am Mittwoch zwischen zwei Seminaren zum Lunch in einem Café und am Sonntag im Eagle. Ich stellte fest, dass mir das Küssen gefiel, auch wenn sein Schnurrbart mich kitzelte, aber mit dem, worüber sich die anderen Mädchen der New Hall abends im Gemeinschaftsraum oft im Flüsterton unterhielten, hatte ich noch keine Erfahrung.

Andrea war weniger zurückhaltend. Sie bestand darauf, Jonny kennenzulernen und ihn in die Mangel zu nehmen, um ihm ihre Zustimmung zu erteilen.

»Er ist ja ganz nett, Posy, aber um ehrlich zu sein, ist er nicht ziemlich langweilig? Er redet endlos von dem schrecklichen Kaff, aus dem er kommt – bist du dir sicher, dass du niemand Spannenderen möchtest?«

Ich achtete nicht auf sie, mir war klar, dass sie gern gegen die Konventionen verstieß, um zu provozieren. Angesichts meiner ungewöhnlichen Kindheit gefiel mir das Bild seiner Familie, das er mir schilderte, und ich hoffte, er werde mich eines Tages zu sich nach Hause einladen, damit ich sie kennenlernte.

Estelle, meine alte Freundin aus Internatszeiten, die mittlerweile beim Royal Ballet in London zum Corps de ballet gehörte, besuchte mich eines Wochenendes, und wir tauschten bis spät in die Nacht bei einer billigen Flasche Champagner Vertraulichkeiten aus.

»Hast du es mit Jonny, na, du weißt schon, schon gemacht?«
»Guter Gott, nein«, sagte ich und errötete. »Wir kennen uns erst seit ein paar Monaten.«
»Liebste Posy, du hast dich seit dem Internat um keinen Deut verändert!« Sie lachte. »Ich habe in London mit mindestens fünf Männern geschlafen – ohne mir etwas dabei zu denken!«

Die Osterferien kamen, und ich verbrachte die ganze Zeit zu Hause in Cornwall und lernte eifrig für die Prüfungen. Als ich wieder in Cambridge war, beschwerte Jonny sich, er würde mich kaum sehen.

»Wenn die Prüfungen vorbei sind, kannst du mich sehen, so viel du magst«, tröstete ich ihn, fragte mich aber insgeheim, warum er sich nicht ebenso intensiv vorbereitete.

Schließlich waren alle Prüfungen geschrieben, ich hatte das Gefühl, dass ich mich ganz gut geschlagen hatte, und konnte endlich entspannen. Die Saison der Mai-Bälle hatte begonnen, und Jonny und ich überlegten, auf welchen wir gehen sollten. Es gelang ihm, vier Karten für den Mai-Ball des Trinity College zu ergattern, dem beliebtesten in Cambridge.

»Ich lade Edward ein« (das war Jonnys bester Freund), »und warum lädst du nicht Estelle ein? In sie ist er verknallt, seit er sie im Februar kennengelernt hat«, schlug Jonny vor.

Estelle kam also wieder nach Cambridge, und wir richteten uns den ganzen Tag lang her.

»Erinnere mich doch bitte, wie dieser Edward aussieht, Süße«, sagte Estelle, während sie ihre flachsblonden Haare geschickt zu einem Knoten verdrehte. »Lohnt es sich überhaupt, sich für ihn schick herzurichten?«

»Du musst dich an ihn erinnern, Estelle. Wir haben den Abend bei ihm auf dem Zimmer verbracht, Gin getrunken und über dem Feuer Brot geröstet.«

»Ach, Posy, das ist doch schon Ewigkeiten her. Übrigens, gefällt dir mein Kleid?«, fragte sie und wirbelte in einer schimmernden Kreation aus weißem Satin und Tüll vor mir herum. »Ich hab's aus der Garderobe stibitzt.«

»Es ist sehr … luftig, genau das Richtige für dich«, sagte ich. Neben meiner zierlichen Freundin kam ich mir vor wie ein schwerfälliger Elefant, und so bat ich sie schnell, mir mein Kleid im Rücken zuzuknöpfen. Oma war mir zur Rettung gekommen und hatte ihre Schneiderin (die, wie sie sagte, nur einen Bruchteil dessen verlangte, was eine in der Stadt kostete) beauftragt, mir ein wunderschönes lavendelblaues Abendkleid mit einem weiten, bodenlangen rauschenden Rock zu nähen.

Als wir beide mit unserem Aussehen zufrieden waren, gingen wir zu Jonny und Edward in den warmen Juniabend hinaus.

»Du siehst bildschön aus, mein Schatz«, sagte Jonny lächelnd, nahm meine behandschuhte Hand und küsste sie.

Wir schlossen uns den anderen Nachtschwärmern an, die zum Ball gingen, und Estelle und ich blieben ein paar Schritte hinter den Männern zurück.

»Kein Wunder, dass ich mich nicht an ihn erinnern konnte, aber für heute Abend tut er's schon«, flüsterte sie.

»Estelle, du bist ein Scheusal«, wisperte ich zurück.

Während des Sektempfangs, der im großen Hof von Trinity College stattfand, machte Estelle mich auf Kleider aufmerksam, die sie aus der *Vogue* erkannte. Dann setzten wir uns zu einem köstlichen fünfgängigen Menü an eine Tafel, bevor das Tanzen begann.

Ich war glücklich, in Jonnys Armen zu schweben, und Estelle wirbelte um Edward herum und stellte sich unter allgemeiner Bewunderung zur Schau. Nach dem Feuerwerk und dem »Frühstück der Überlebenden« setzten wir vier uns in der ersten Morgendämmerung ans Ufer der Cam. Über dem Fluss lag leichter Nebel, die ersten Vögel verkündeten den Anbruch eines neuen warmen Tages.

»Ich könnte ewig in Cambridge bleiben«, sinnierte Edward und blickte in die aufgehende Sonne.

»Ich nicht«, sagte Jonny. »Ich freue mich darauf, nach der Uni die Offiziersausbildung an der Mons zu beginnen. Ich bin nur hier, weil mein Vater darauf besteht, dass ich einen Abschluss mache, falls ich vorzeitig beim Militär aufhören möchte. Ich kann es kaum erwarten, zu reisen und die Welt zu sehen.« Er drückte meine Hand und drehte sich zu mir. »Dir wird das auch gefallen, Posy, oder?«

»Ich ... äh ... ja«, sagte ich überrascht. Bis zu dem Moment hatte ich mir noch keine Gedanken über die Zukunft gemacht, zumindest keine mit Jonny ...

»Also.« Estelle kam mir zu Hilfe und schlüpfte aus den Schuhen. »Schauen wir doch mal, ob wir nicht diesen berühmten Rekord vom Trinity-Court-Rennen brechen können. Wer ist die Erste?« Elfengleich lief sie mit großen Sprüngen davon, und bevor Jonny mich zurückhalten konnte, rannte ich ihr nach.

In dem Sommer sollte ich schließlich Jonnys Familie kennenlernen. Mit mehrmaligem Umsteigen gelangte ich von Cornwall nach Surrey, im Gepäck Marmeladen und Pickles, die Daisy mir als Geschenk für meine Gastgeber mitgegeben hatte. Jonny holte mich in einem schicken, leuchtend grünen Ford Saloon am Bahnhof in Cobham ab.

»Liebste! Wie schön, dich zu sehen.« Er begrüßte mich mit einem Kuss, und ich glitt auf den Ledersitz und sah fasziniert hinaus, als er den Wagen über baumbestandene Sträßchen steuerte, vorbei an hübschen Häusern mit gepflegten Rasen. Schließlich fuhren wir vor ein Haus mit symmetrischen Hornbuchenhecken, die aussahen, als seien sie mithilfe einer Wasserwaage beschnitten worden. Jonny sprang aus dem Wagen und öffnete mir die Beifahrertür. Mit flatternden Nerven stieg ich aus.

Die Haustür ging auf, und als Erstes erschien ein alter Labrador, gefolgt von einer hübschen Frau Anfang vierzig mit einem glatten blonden Pagenkopf und einem warmherzigen Lächeln. Hinter ihr stand ein großer, schlanker Mann mit einem Gehstock und einem Schnurrbart wie Jonnys.

Jonny zog mich an der Hand. »Posy, das sind meine Eltern.«

Mr. Montague begrüßte mich als Erster, sein Händedruck war trocken und fest. »Wir freuen uns, Sie kennenzulernen, Posy. Jonny hat uns so viel von Ihnen erzählt.«

»Ich freue mich auch«, fügte Mrs. Montague hinzu. »Willkommen in unserem Haus.«

Ich folgte ihnen hinein, der Labrador hechelte neben mir. Mir fiel auf, dass Jonnys Vater trotz seines Holzbeins einen sehr geschmeidigen Gang hatte.

»Jonny, mein Schatz, bitte bring Posys Koffer ins Gästezimmer.«

»Natürlich, Ma.«

Gehorsam trug Jonny mein Gepäck die Treppe hinauf, während seine Mutter mich den Gang entlang in eine saubere weiße Küche führte. Auf der Anrichte stand ein köstlich aussehender Sandkuchen. »Es ist so schön draußen, ich dachte, wir könnten Tee im Garten trinken. Ich hoffe, Sie haben nichts dagegen.«

»Ganz im Gegenteil«, sagte ich und folgte ihr zur Küchentür hinaus auf eine Terrasse, die von einer Rabatte süß duftender Gardenien eingerahmt war. Zwei junge Frauen deckten gerade den Tisch und sahen lächelnd zu mir auf.

»Das sind Dorothy und Frances«, stellte Mrs. Montague vor, und die beiden Mädchen kamen mich begrüßen.

»Bitte nenn mich Dotty«, sagte eine von ihnen und gab mir ebenso fest die Hand wie ihr Vater.

Beide hatten das gleiche glatte blonde Haar wie Jonny und genauso hellblaue Augen wie er, und sie waren so groß wie ich. Ich freute mich, andere Frauen ausnahmsweise einmal nicht zu überragen.

»Jonny hat noch nie ein Mädchen nach Hause eingeladen«, sagte Frances kichernd. Ich vermutete, dass sie die jüngere der beiden Schwestern war, etwa sechzehn. »Hat er dir schon einen Heiratsantrag gemacht?«

»Frances!« Jonny war hinter mich getreten. »Du bist wirklich unmöglich!«

Beim Tee beobachtete ich Jonnys Umgang mit seiner Familie und empfand eine warme Zuneigung zu ihm. Den neckenden Ton zwischen ihm und seinen Schwestern kannte ich nicht, ebenso wenig wie die sachten, aber amüsierten Ermahnungen seiner Mutter, doch als ich Schwärme gelber Schmetterlinge über den lilafarbenen Verbenen im makellosen Garten flattern sah, fühlte ich mich sehr wohl und entspannt.

»Jonny hat uns erzählt, dass Sie bei Ihrer Großmutter in Cornwall leben. Es muss ein ruhiges Leben dort sein«, sagte Mrs. Montague, als Frances und Dorothy auf der anderen Seite des Tischs heftig über etwas debattierten.

»Ja, es geht dort beschaulich zu«, sagte ich und trank einen Schluck Tee. »Aber es ist auch sehr rau, vor allem im Winter.«

»Jonny hat auch erzählt, dass Sie Botanik studieren. Vielleicht könnten Sie und ich morgen einen Rundgang durch den Garten machen, und Sie könnten mir einige Ratschläge geben.«

Ich blickte in ihre freundlichen blauen Augen und empfand zwei verwirrend gegensätzliche Gefühle: Freude, so herzlich von Jonnys Familie aufgenommen zu werden, und Neid, dass er mit so viel Liebe von seinen Eltern aufgewachsen war und eine Mutter hatte, die sich für sein Leben interessierte.

»Das würde mich sehr freuen«, antwortete ich und schluckte, damit der Kloß in meinem Hals verschwand.

In den folgenden Tagen half ich Mrs. Montague, die ich auf ihren Wunsch hin Sally nannte, in der Küche und gab ihr Ratschläge, was sie gegen Nacktschnecken im Garten unternehmen konnte.

Ich unterhielt mich mit Mr. Montague über seine Tage beim Militär und ging mit Frances und Dotty im hübschen Cobham einkaufen. Und jeden Abend, wenn ich in mein Bett fiel, fragte ich mich, ob ein solches Leben wohl das war, was man normal nannte, und ob ich der letzte Mensch auf der Welt war, der die Regieanweisung dafür bekam.

An dem Abend, bevor ich für den Rest des Sommers nach Cornwall zurückfahren sollte, borgte Jonny sich noch einmal den Wagen seines Vaters und fuhr mit mir in ein Restaurant in Cobham. Er wirkte unverkennbar nervös und stocherte nur in seinem Rinderschmorbraten, während ich meinem herzhaft zusprach.

Beim Nachtisch – einem mittelmäßigen Apfelauflauf mit erkalteter Vanillesauce – nahm Jonny meine Hand und lächelte zaghaft.

»Posy, ich möchte dir danken, dass du so großartig mit meiner Familie warst.«

»Es war mir ein Vergnügen, Jonny, wirklich. Sie sind alle entzückend.«

»Die Sache ist, Posy ... wir sind jetzt seit sieben Monaten zusammen, und ich ... na ja, ich möchte dir sagen, dass meine Absichten völlig ehrenhaft sind. Ich hoffe ... Ich meine, ich hoffe, dass ich dich eines Tages förmlich fragen kann, ob du für immer die Meine sein möchtest, aber das ist erst möglich, wenn ich von Cambridge abgegangen bin und meinen Lebensunterhalt als Offizier verdiene. Also«, fuhr er fort, »habe ich mir überlegt, dass wir uns einander vielleicht inoffiziell versprechen könnten, uns zu verloben. Eine Vorverlobung sozusagen. Was hältst du davon?«

Ich trank einen Schluck Wein und lächelte ihn an, erfüllt von der Wärme der Tage, die ich mit seiner Familie verbracht hatte.

»Ja«, sagte ich.

Als wir ins Haus zurückkehrten, brannte kein Licht mehr, die Familie war bereits zu Bett gegangen. Jonny nahm mich an der

Hand, und wir schlichen auf Zehenspitzen nach oben, um sie nicht zu wecken. Vor meinem Zimmer umfing Jonny mein Gesicht und gab mir einen Kuss.

»Posy«, flüsterte er an meinem Hals. »Würdest du … kommst du mit in mein Zimmer?«

Wenn wir nun vorverlobt sind, muss es früher oder später wohl sein, dachte ich, als ich mich von ihm den Gang entlang zu seinem Zimmer führen ließ, das praktischerweise auf der entgegengesetzten Seite des Hauses von dem seiner Eltern lag.

In seinem Zimmer führte er mich sacht zu seinem Bett, und wir küssten uns wieder, dann öffnete er den Reißverschluss meines Kleides und streichelte mich zärtlich. Wir legten uns nebeneinander auf sein schmales Bett, und ich spürte sein Gewicht auf mir, zum ersten Mal Haut an Haut. Als er sich plötzlich aufsetzte, aus seiner Nachttischschublade ein kleines, quadratisches Kuvert holte und sagte, er müsse mich schützen, schloss ich fest die Augen. Ein paar Sekunden später, als er sich in mich schob, unterdrückte ich einen Schmerzensschrei.

Alles war sehr viel schneller vorbei, als ich erwartet hatte. Jonny wälzte sich von mir, legte die Arme um meine nackten Schultern und zog mich an sich.

»Ich liebe dich, Posy«, sagte er schläfrig, und wenig später hörte ich ihn leise schnarchen.

Ich schlüpfte wieder in meine Unterwäsche, suchte mein Kleid und meine Schuhe zusammen und schlich ins Gästezimmer zurück. Dort lag ich wach, bis im Fenster der erste Morgen dämmerte, und fragte mich, weswegen alle nur so viel Theater darum machten.

Im Herbst kehrten wir nach Cambridge zurück und schlüpften wieder in die alte Routine – mit einer großen Veränderung: Ungefähr einmal im Monat verbrachten wir die Nacht zusammen in einer Pension am Rand von Cambridge. Da Untergraduierte, die mit jemandem des anderen Geschlechts in ihren Collegeräumen erwischt wurden, sofort der Uni verwiesen wurden, machte die Pension ein Bombengeschäft, und oft sah ich bekannte Gesichter dort ein und aus gehen.

»Himmel, du bist so unglaublich spießig, Posy«, sagte Andrea abschätzig, als ich einmal von einer Übernachtung außer Haus zurückkehrte. »Erst gestern Abend habe ich Arabella Baskin bei George Rustwell im King's aus dem Fenster klettern sehen.«

»Sie hat einfach Glück, dass ihr Freund seine Räume im Erdgeschoss hat. Abgesehen davon möchte ich es nicht riskieren, meinen Abschluss hier zu verpatzen, oder?«, gab ich zurück.

Von unserer Vorverlobung erzählte ich niemandem und stürzte mich in die Arbeit mit Dr. Walters. Ich war Teil seines renommierten Forschungsprojekts über die Zellgenetik von Pflanzen in der Familie der Asterngewächse geworden und eine der wenigen Untergraduierten – und natürlich die einzige Frau –, die an dem Projekt mitarbeitete. Unter seiner Leitung wuchs mein Selbstvertrauen, ich scheute mich nicht mehr, in Seminaren meine Meinung zu äußern. Außerdem hatte ich an der Botanikschule einen Ruf dafür erworben, Pflanzen vorm Eingehen zu retten, und so roch es in meinem kleinen Zimmer in der New Hall jetzt nach Erde, denn mir wurden kränkelnde Graslilien und Kakteen und einmal sogar ein Ginkgo-Bonsai anvertraut.

»Angeblich ist er fünfzig Jahre alt«, sagte Henry, einer der Labortechniker, als er mir den kleinen Baum überreichte, dessen Blätter kläglich herabhingen. »Er hat meinem Großvater gehört, und ich möchte nach den vielen Jahren nicht für den Tod des Baums verantwortlich sein, Posy. Das würde meine Familie mir nie verzeihen.«

Morgens, noch vor dem Frühstück, versorgte ich die versammelten Pflanzen in meinem Zimmer, danach fuhr ich mit dem Fahrrad zur Botanikschule. Im Gegensatz zu meinen Freundinnen zählte ich die Wochen, Monate und Jahreszeiten in

Cambridge nicht nach Trimestern oder Abgabeterminen, sondern nach dem natürlichen Rhythmus der Flora, die um mich her wuchs. Ich fertigte detaillierte botanische Zeichnungen der vielen ausgefallenen und exotischen Pflanzen, die es im Herbarium gab, aber am glücklichsten war ich, wenn ich die Hände in die feuchte, weiche Erde steckte und Keimlinge umsetzte, die aus ihrem ersten Töpfchen herausgewachsen waren.

Als die Prüfungen zum Ende des zweiten Jahres vorüber waren, erhielt ich die Nachricht, ich solle mich zu einer Besprechung mit Dr. Walters in seinen Räumen einfinden. In der Nacht zuvor konnte ich nicht schlafen. Besorgt fragte ich mich, weshalb er mich wohl sprechen wolle, und düstere Vorstellungen, ich würde wegen eines mir unbekannten Vergehens in Schimpf und Schande der Uni verwiesen werden, gingen mir durch den Kopf.

»Kommen Sie doch herein, Miss Anderson«, bat er mich lächelnd, als ich den eleganten eichengetäfelten Raum betrat. »Einen Sherry?«

»Ähh ... ja, gerne. Danke.«

Er reichte mir ein Glas und bedeutete mir, mich auf den rissigen, verblichenen Lederstuhl auf der anderen Seite seines Schreibtischs zu setzen. An den Wänden hingen viele seiner akribischen botanischen Zeichnungen, und ich wünschte, ich könnte sie eingehender studieren.

»Miss Anderson, ich brauche Ihnen wohl nicht eigens zu sagen, dass Sie einen bedeutenden Beitrag zu unserem Projekt geleistet haben«, begann er, lehnte sich in seinem Stuhl zurück und verschränkte die Hände über dem Bauch. Dann betrachtete er mich über den Rand seiner Brille hinweg. »Haben Sie sich schon einmal Gedanken darüber gemacht, was Sie tun möchten, wenn Sie Cambridge verlassen?«

»Nun ja«, sagte ich. Mein Mund war trocken geworden. »Ich arbeite gerne mit Pflanzen, es gefällt mir, sie zu pflegen, wenn es also die Möglichkeit gäbe, für Sie als Postgraduierte zu forschen ...«

»Ich fühle mich geschmeichelt, Miss Anderson, aber ich habe etwas anderes für Sie im Sinn.« Er trank einen Schluck von seinem Sherry. »Sie werden bemerkt haben, dass sich unsere Forschung zunehmend dem Detaillierten zuwendet – der genetischen Ebene –, und Sie haben eine Art, mit Pflanzen umzugehen, die nicht im Labor vergeudet werden sollte. Haben Sie je die Kew Gardens in London besucht?«

Bei der Erwähnung von Kew lief mir ein Schauer den Rücken hinunter. »Nein, aber ich habe wunderbare Sachen davon gehört«, sagte ich ergriffen.

»Mein guter Freund Mr. Turrill ist Kustos des Herbariums, aber auch einiger anderer Gewächshäuser«, sagte er. »Ich glaube, Sie wären bestens geeignet, dort zu arbeiten.«

Ich war sprachlos. »Ich ...«

»Natürlich würde ein Abschluss mit einer Eins helfen«, fuhr er fort, »aber nach allem, was ich von Ihren Noten gesehen habe, dürfte das kein Problem für Sie sein. Also – soll ich bei Mr. Turrill ein gutes Wort für Sie einlegen?«

»Himmel«, sagte ich, völlig überwältigt. »Das wäre fantastisch!«

Ich kam mir verloren vor, als Andrea und Celia, die beide ein Jahr vor mir begonnen hatten, Cambridge verließen. Bei ihrer Abschlussfeier sahen sie beide großartig aus in ihren schwarzen Roben, deren pelzgefütterte Kapuze ihnen ordentlich über den Rücken hing. Celia hatte sich einige Monate zuvor mit Matthew verlobt und freute sich auf ihre Hochzeit in Gloucestershire im August.

»Glaubst du, dass du je arbeiten wirst?«, fragte ich sie, als ich ihr beim Verstauen ihrer Habseligkeiten zusah.

»Ich habe mich bei zwei Lehrerstellen beworben, und bis die

Kinder kommen, werde ich sicher arbeiten. Wir werden das Geld brauchen – Matthews Jurastudium dauert noch eine Weile.« Schulterzuckend umarmte sie mich. »Meld dich, Posy-Schätzchen, ja?«

Anschließend ging ich nach unten, um mich von Andrea zu verabschieden.

»Du lieber Himmel, ich bin doch bloß in der British Library in London, Posy«, sagte sie, als sie die Tränen in meinen Augen bemerkte. »Und nächstes Jahr bist du in Kew, da werden wir uns ständig treffen.« Dann sah sie mir ernst ins Gesicht. »Versprichst du mir, dass du deinen Militär-Jonny nicht zu bald heiratest? Leb zuerst eine Weile dein eigenes Leben, ja?«

»Doch, das wünsche ich mir auch. Wir sehen uns in London.«

Lächelnd verließ ich sie und ging meinen Koffer für den Sommer in Cornwall packen.

In meinem letzten Jahr in Cambridge kam ich mir vor, als sauste ich durch einen Tunnel mit nur einem Ziel vor Augen: in Kew zu arbeiten. Eines Tages im April, kurz vor meinen Abschlussexamen, kam Dr. Walters im Herbarium auf mich zu.

»Mr. Turrill in Kew hat sich bei mir gemeldet, Miss Anderson. Ein Vorstellungsgespräch ist für Sie vereinbart, am kommenden Montag um zehn Uhr dreißig. Geht das für Sie?«

»Aber natürlich!«, sagte ich eifrig.

»Dann teile ich das Mr. Turrill mit. Viel Glück, Miss Anderson.«

Am Morgen des Vorstellungsgesprächs kleidete ich mich sorgsam an, wählte meinen besten Rock, dazu eine Bluse, und steckte mein Haar zu einem Chignon hoch, um mir zumindest einen gewissen professionellen Anstrich zu geben. Dann legte ich meine botanischen Zeichnungen in die Ledermappe, die Jonny mir zu Weihnachten geschenkt hatte. Ich hatte ihm nichts von dem Vorstellungsgespräch erzählt, sondern wollte erst erfahren, ob ich die Stelle bekommen hatte, bevor ich über die Zukunft sprechen wollte. Bis zu dem Zeitpunkt hatten wir zwar sehr viel über seine Karriere geredet, aber nicht über meine.

Ich kam genau zur Stoßzeit am Bahnhof King's Cross an, drängte mich in die U-Bahn Circle Line und stieg dann in die District Line nach Kew Gardens um. Es war ein sonniger, frischer Morgen, die Kirschbäume entlang der Straßen standen in voller Blüte. Vor mir tauchte ein beeindruckendes gusseisernes Tor auf, neben dem rechts und links verzierte Säulen standen. Ich trat durch ein kleines Seitenportal und fand mich in einem großen Park wieder, dessen Mittelpunkt ein See bildete, der den blauen Himmel reflektierte. Mäandernde Wege führten zu verschiedenen viktorianischen Gebäuden und Gewächshäusern. Ich hielt mich an die Wegbeschreibung, die Dr. Walters mir gegeben hatte, und machte mich auf zum Hauptempfang.

Dort ging ich zu einer jungen Frau mit einer modischen Katzenaugenbrille, die hinter einem Schreibtisch saß.

»Guten Tag«, sagte ich und wünschte, mein Mund wäre nicht so trocken. »Ich bin Posy Anderson, und ich habe um zehn Uhr dreißig ein Vorstellungsgespräch bei Mr. Turrill.«

»Bitte nehmen Sie mit den anderen Platz, Sie werden bald aufgerufen«, sagte sie mit einer gelangweilten Stimme.

Ich drehte mich um und sah drei junge Männer in dunklen Anzügen in einem kleinen Wartebereich sitzen; sie alle hatten ähnliche Ledermappen wie ich dabei. Als ich mich zwischen ihnen niederließ, wurde mir noch deutlicher bewusst, dass ich eine Frau war.

Eine Stunde verging, die Männer wurden einer nach dem anderen in ein kleines Büro gebeten, dann kehrten sie zurück und verließen das Gebäude, ohne zum Abschied auch nur zu nicken. Nachdem der letzte junge Mann gegangen war, saß ich da, hielt meine Mappe mit schwitzigen Händen umklammert und fragte mich, ob sie mich vielleicht vergessen hatten.

»Miss Anderson?«, rief eine tiefe Stimme.

Ein großer Mann in einem Tweedanzug trat aus dem Büro, zwei freundliche blaue Augen funkelten hinter einer dicken runden Brille.

»Ja.« Hastig stand ich auf.

»Von dem vielen Reden bin ich durstig geworden. Würden Sie mich auf eine Tasse Tee begleiten?«, fragte er.

»Ich ... ja, gerne.«

Er führte mich zum Gebäude hinaus, und wir spazierten durch den Park. Die Sonne schien mir warm ins Gesicht.

»Also, Miss Anderson«, sagte er und steckte seine Hände in die Taschen. »Dr. Walters hat mir eine Menge von Ihnen erzählt.«

Ich nickte, zu nervös, um zu sprechen.

»Ich bin seit kurz nach dem Krieg Kustos des Herbariums«, fuhr er fort, »und seitdem hat sich hier vieles verändert.«

»Ja«, sagte ich. »Ich habe all Ihre Werke gelesen, Sir. Ihr Klassifikationssystem nach Blattform ist brillant.«

»Finden Sie? Das freut mich. Dieses Jahr gehe ich in den Ruhestand. Es wird mir sehr leidtun, Kew zu verlassen. Wissen Sie, wir sind hier eine richtige Familie, und ein neues Mitglied für den Clan zu wählen ist eine Herausforderung. Dr. Walters hat gesagt, dass Ihre botanischen Illustrationen sehr genau sind.«

»Ja, obwohl ich keine Kunstakademie besucht habe. Aber ich habe schon als kleines Mädchen Pflanzen gezeichnet.«

»Das ist die beste Art zu lernen«, sagte er. »Wir brauchen jemanden, der ebenso Künstler wie Naturwissenschaftler ist. Sowohl das Herbarium als auch das Jodrell-Labor werden in den nächsten Jahren erheblich erweitert werden, und wir brauchen einen Mitarbeiter, der als Vermittlungsstelle zwischen den beiden agiert. Ah, hier sind wir ja.«

Wir waren bei einer chinesischen Pagode inmitten eines gepflegten Gartens angelangt. Davor standen in der Sonne mehrere kleine Tische mit Stühlen, und Mr. Turrill bedeutete mir, Platz zu nehmen. Eine junge Frau mit einer Schürze trat an den Tisch.

»Das Übliche, Mr. Turrill?«, fragte sie.

»Ja, meine Liebe, und vielleicht etwas Kuchen für Miss Anderson und mich«, sagte er nickend. Dann wandte er sich wieder mir zu. »So, und jetzt lassen Sie doch mal Ihre Illustrationen sehen.«

Ich fummelte am Verschluss meiner Mappe, dann breitete ich die Bögen auf dem Tisch aus. Mr. Turrill nahm seine Brille ab und studierte die Zeichnungen eingehend.

»Sie haben ein sehr gutes Auge, Miss Anderson. Die Zeichnungen erinnern mich etwas an das Werk von Miss Marianne North.«

»Die bewundere ich sehr«, sagte ich geschmeichelt. Marianne North war eine Frau, für die ich in der Tat große Hochachtung empfand. Sie war in viktorianischer Zeit eine Pionierin gewesen, die den Mut gehabt hatte, auf der Suche nach Pflanzen ganz allein durch die Welt zu reisen.

»Die Arbeit hier in Kew wäre vielfältig. Sie wären vorwiegend im Herbarium tätig, um neue Pflanzen zu zeichnen und zu katalogisieren, und bisweilen würden Sie im Jodrell-Labor bei der Forschung zur Zellgenetik helfen. In den Gewächshäusern packen wir alle mit an. Dr. Walters hat gesagt, Sie hätten ein Händchen dafür, allen Pflanzen in Ihrer Obhut zu einem zweiten Leben zu verhelfen.«

Ich errötete. »Ich versuche einfach, auf ihre Bedürfnisse einzugehen.«

»Großartig! Wir bekommen hier in Kew viele exotische Pflanzen aus aller Herren Länder, bei denen wir oft keine Ahnung haben, unter welchen Bedingungen sie am besten gedeihen, das heißt, das erfordert viel Experimentieren … und eine große Portion Glück!« Er lachte leise und betrachtete mich eingehender.

In dem Moment näherte sich eine Frau mit gebräuntem Gesicht und kurzen braunen Haaren dem Tisch. Sie trug einen praktischen Hosenanzug und hatte eine Botanisiertrommel – ein stabiles Ledergefäß für Pflanzen – über die Schulter geschlungen.

»Und wem machst du heute den Hof, William?«, fragte sie lachend.

»Ah, Miss Anderson, das ist Jean Kingdon-Ward, eine unserer berühmten Pflanzenjägerinnen«, sagte Mr. Turrill und stand auf, um sie zu begrüßen. »Sie ist gerade aus Birma zurückgekehrt.«

»Und von Insektenstichen übersät«, ergänzte sie lachend und gab mir die Hand. »Es freut mich, Sie kennenzulernen, Miss Anderson.«

»Miss Anderson macht demnächst ihren Abschluss in Cambridge, und wir ziehen sie in Erwägung für eine Position in Kew.«

»Kew ist der schönste Ort der Welt, um zu arbeiten, Miss Anderson«, sagte Jean. »William, soll ich die Pflanze direkt ins Herbarium bringen?«

»Ja, aber diesmal untersuch sie bitte gründlich nach unseren Insektenfreunden, bevor du sie ablegst«, sagte er und verzog das Gesicht. »Muss ich dich an den Raupenbefall erinnern, den wir letztes Jahr hatten?«

»Der ewige Pedant«, sagte Jean und warf mir ein Lächeln zu, ehe sie Richtung Herbarium weiterging.

»Reisen Sie gern, Miss Anderson?«, fragte Mr. Turrill, als unser Tee und Kuchen serviert wurden.

»Durchaus«, sagte ich, trank einen Schluck Tee und dachte mir, dass ich, um in Kew zu arbeiten, alles machen würde, was sie verlangten.

»Jonny, mein Schatz, ich muss dir etwas erzählen.«

Wir lagen in unserer Pension im Bett, hatten gerade miteinander geschlafen und rauchten eine Zigarette.

»Was, mein Liebling? Du siehst schrecklich ernst aus.«

»Mir ist eine Stelle in Kew Gardens in London angeboten

worden. Ich werde im Herbarium arbeiten und Pflanzen zeichnen und katalogisieren.«

»Aber das ist ja großartig!«, antwortete Jonny und drehte sich mit einem strahlenden Lächeln zu mir. Aus irgendeinem Grund hatte ich gedacht, dass er ärgerlich sein würde, also empfand ich große Erleichterung, als er mich beglückwünschte.

»Ich werde an der Mons in Aldershot sein, von dort ist es mit dem Zug nur eineinhalb Stunden nach London. Das heißt, wir können uns regelmäßig sehen, wenn ich nach der Grundausbildung erst einmal das Gelände verlassen darf. Wo wirst du wohnen?«

»Ach, Estelle hat mir vorgeschlagen, bei ihr einzuziehen. Ihre Mitbewohnerin geht in einem Monat zu einem Ballett in Italien, ich kann ihr Zimmer übernehmen.«

»Das klingt perfekt, Posy, obwohl Estelle manchmal über die Stränge schlägt. Du wirst dich von ihr doch nicht auch dazu verleiten lassen, oder?«

»Natürlich nicht, mein Schatz. Wir werden uns sowieso kaum sehen, ich werde den ganzen Tag arbeiten und sie die ganze Nacht tanzen.«

»Zumindest hast du etwas Sinnvolles zu tun, bis ich meine Ausbildung abgeschlossen habe, und dann«, er drückte mich an sich, »dann reisen wir um die Welt.«

Ich beschloss, das Gespräch nicht weiter zu vertiefen; dass Jonny davon ausging, ich würde meine heiß ersehnte Stelle auf ein Wort von ihm hin aufgeben, war ein Thema für ein anderes Mal.

Mein letzter Mai-Ball war bittersüß. Jonny und ich und eine Gruppe Untergraduierter von St. John's und der New Hall, die alle Cambridge verließen, tanzten bis zum Morgengrauen und tranken Champagner, bis ich am Ufer der Cam an Jonnys Schulter sank. Rührselig vom vielen Alkohol sah ich die Sonne ein allerletztes Mal über dem Fluss aufgehen.

»Posy, ich liebe dich«, murmelte Jonny.

»Hmm, ich liebe dich auch«, sagte ich müde, schloss die Augen und wäre am liebsten eingeschlafen, aber Jonny setzte sich auf, also legte ich den Kopf in das weiche, süß duftende Gras.

»Posy?«

Ich zwang mich, die Augen zu öffnen, und sah Jonny auf einem Knie vor mir. In der Hand hielt er ein kleines Schmuckkästchen.

»Ich weiß, wir haben uns schon vor Längerem vorverlobt, und deswegen dachte ich, dass ich das, bevor sich unsere Wege vorläufig trennen, offiziell machen möchte. Als ich Ostern zu Hause war, hat meine Mutter mir den Ring ihrer Großmutter gegeben, und seitdem trage ich ihn mit mir herum und warte auf den richtigen Moment. Es war ein wundervoller Abend, wir beide verlassen Cambridge, und ... also«, er holte tief Luft, »Posy Anderson, willst du mich heiraten?«

Er öffnete das Kästchen, in dem ein Ring mit drei Saphiren lag, umgeben von winzigen Diamanten, und den steckte er mir an den Finger.

»Ich ... ja«, antwortete ich und sah, wie der Ring in den ersten Sonnenstrahlen funkelte. Aber obwohl ich, als er mich an sich zog und küsste, nicht die Aufregung empfand, die ich als Frischverlobte vielleicht empfinden sollte, erwiderte ich seinen Kuss.

Admiral House
November 2006

Klatschmohn
(Papaver rhoeas)

Kapitel 21

Das ganze Wochenende war Amy zwischen Schuldbewusstsein und Euphorie hin und her gerissen gewesen. Am Morgen nach der Nacht mit Sebastian war sie früh aufgestanden, weil sie nicht schlafen konnte, hatte die Kinder geweckt und war mit ihnen aus dem Haus geschlichen, um ihn nicht zu stören. Dann war sie schnurstracks nach Southwold gefahren, hatte Geld abgehoben und als Erste in der Schlange vor der Post gestanden, um die Stromrechnung zu bezahlen. Bei der Rückkehr ins kalte Haus hatte sie feststellen müssen, dass die Gefrierkombination bereits am Auftauen war, am Küchenfußboden hatte sich eine große Lache gebildet, was bedeutete, dass der Großteil der tiefgefrorenen Lebensmittel verderben würde. Alles, was sie innerhalb der nächsten vierundzwanzig Stunden essen konnten, hatte sie aufgehoben und sich dann darangemacht, das Chaos zu beseitigen. Mittags begann der Kühlschrank wieder zu brummen, und die kahle Glühbirne in der Küche ging an.

Als Sam nach Hause kam, hatte sie ihm nüchtern erzählt, dass der Strom abgeschaltet worden war und sie für die Nacht Unterschlupf in Admiral House suchen mussten. Es wäre sinnlos gewesen, ihre Spuren verwischen und ihm eine Lüge auftischen zu wollen; die Kinder hätten ihn bald genug aufgeklärt.

Sam war völlig zerknirscht und hatte gesagt, es müsse ihm schlicht entfallen sein – wie könne sie ihm je vergeben? Amy war viel zu müde, um sich auf einen Streit einzulassen, außerdem hatte sie im Moment nicht das Gefühl, sich moralisch aufs hohe Ross schwingen zu können, und so sagte sie nur, sie verzeihe ihm, derlei passiere nun einmal und sie sei bereit, die Sache zu vergessen. Eindeutig erleichtert, dass er so ungeschoren davongekommen war, erklärte Sam, er sei am Abend zuvor bezahlt worden und würde sie am Abend gerne zum Essen einladen, ob sie sich um einen Babysitter kümmern könne? Sie hatte dankend abgelehnt. Die Vorstellung, zwei traute Stunden mit ihrem Mann an einem Tisch zu verbringen, überforderte sie, und sie zog sich früh ins Bett zurück. Sam folgte ihr und wollte gerne Sex mit ihr haben, doch sie stellte sich schlafend, was er als Zurückweisung auffasste und als Zeichen, dass sie insgeheim wegen der Stromrechnung doch sauer auf ihn war. Den Rest des Wochenendes war er schlechter Laune, und Amy tat ihr Bestes, ihm aus dem Weg zu gehen.

Sie war froh, als der Montag kam und sie wieder zur Arbeit gehen konnte. Mittags kaufte sie sich ein Sandwich und setzte sich damit an der Seepromenade auf eine Bank. Die Luft war frisch, aber nicht kalt. Sie schloss die Augen und erlaubte sich zum ersten Mal, sich zu erinnern, wie der Sex mit Sebastian gewesen war, was er zu ihr gesagt hatte, wie zärtlich er ihren Körper, ihr Gesicht, ihr Haar gestreichelt hatte. Da sie wenige Möglichkeiten zum Vergleich hatte – ihre Erfahrungen beschränkten sich auf ein paar kurze Affären während des Studiums und die ersten Monate mit Sam –, fragte sie sich, ob Sebastians liebevolle Art und seine zärtlichen Worte üblich waren in dem Stadium, wenn ein Mann eine Frau ins Bett bekommen wollte: War sie nur ein weiterer Strich auf seiner Eroberungsliste, oder hatte es mehr zu bedeuten?

Bei der Erinnerung spürte Amy ein Kribbeln im Bauch, und sie wusste, dass es zumindest für sie eindeutig Letzteres war.

Sie ging zum Hotel zurück und überlegte, ob sie, sollte Sebastian sich bei ihr melden, wollte, dass sich die Nacht wiederholte. Sosehr sie sich auch bemühte, an ihre Ehe, ihre Kinder und die gravierenden Folgen zu denken, wenn ihr Betrug entdeckt würde, wusste sie, dass sie das sehr gern wollte.

Doch als sie im Lauf der folgenden Tage nichts von Sebastian hörte, verflogen alle romantischen Vorstellungen. Es war offenkundig, dass er kein Interesse daran hatte, die Beziehung zu vertiefen. Schließlich hätte er sich sonst bei ihr gemeldet, oder nicht?

Sie sagte sich, dass sie eingewilligt hatte, dass er sie nicht ins Bett gezerrt hatte, dass sie aus eigenem Antrieb und zum eigenen Vergnügen mitgemacht hatte. Deswegen durfte sie sich von Sebastian nicht benutzt fühlen. Das war altmodisch. Heutzutage konnte eine Frau jederzeit mit einem Mann schlafen, ohne deswegen ein Flittchen zu sein.

Doch als die Tage vergingen und sie immer noch nichts von ihm hörte, wurde ihre Stimmung zunehmend gereizter. Selbst Sara und Jake bekamen die schlechte Laune ihrer Mutter zu spüren. Als sie eines Abends das Essen auf den Tisch knallte, fragte Sam einfühlsam, ob sie ihre Tage bekäme.

»Als du beim Einkaufen warst, hat Mum angerufen«, sagte er, als sie sich zum Essen hinsetzten.

»Ach ja?«

»Ja. Sie hat uns am Sonntag zum Lunch eingeladen.«

Für Amy kam es nicht infrage, auch nur in die Nähe von Admiral House zu gehen. Sebastian würde da sein und sich an seiner Eroberung weiden, und sie würde sich noch mehr gedemütigt fühlen.

»Eher nicht, danke.« Amy stand auf und kippte ihr Essen in den Mülleimer. »Ich habe Berge zu waschen und zu bügeln, und um ehrlich zu sein, kann ich mir im Moment nichts Schlimmeres vorstellen.«

»Jetzt reg dich doch nicht so auf, mein Schatz. Ich dachte, du besuchst Mum gern.«

»Das tue ich ja auch – aber im Augenblick ist mir einfach nicht danach. Wenn ihr mich jetzt entschuldigt, ich gehe ins Bett.«

Amy ging die Treppe hinauf, ließ sich auf das ungemachte Bett fallen und schluchzte ins Kissen.

Am Montag war über eine Woche vergangen, und mittlerweile hasste Amy Sebastian regelrecht. Sie nahm sich vor, ihn und das, was passiert war, nach Kräften zu vergessen. Wahrscheinlich schlief er ständig mit allen möglichen Frauen und dachte sich nichts weiter dabei. Nur seinetwegen war sie scheußlich zu den Kindern gewesen, dabei war es nicht deren Schuld, dass sie sich zur Lachnummer gemacht hatte.

Als sie an dem Abend vom Hotel zum Auto ging, legte ihr jemand eine Hand auf die Schulter.

»Amy.«

»Guten Abend, Sebastian.« Sie sah nicht zu ihm. Ihr Herz klopfte zum Zerspringen.

»Wie geht es dir?«, fragte er, als sie einfach weiter Richtung Parkplatz ging und sich dabei nervös umsah, ob sie beobachtet würden.

»Sehr gut«, log sie.

»Warum bist du an dem Morgen verschwunden, ohne dich zu verabschieden?«

»Ich ...« Sie war empört, dass er, nachdem er über eine Woche nichts von sich hatte hören lassen, jetzt ihr die Schuld zuschieben wollte. »Du hast geschlafen. Ich musste los, die Stromrechnung bezahlen.«

»Ach. Dann tut dir mittlerweile leid, was passiert ist?«

Abrupt blieb sie stehen und sah ihn an. »Dir muss es offenbar leidtun, oder vielleicht hast du es mittlerweile sogar ganz vergessen.«

»Wie bitte?« Erstaunt über ihre Wut sah er sie an.

»Jetzt seien wir doch mal ehrlich, du hast in der vergangenen Woche nicht gerade große Anstrengungen unternommen, mich zu kontaktieren«, sagte sie.

»Amy, vergangenen Montag bin ich morgens früh ins Hotel, aber da warst du noch nicht da. Ich musste den Zug nach London erwischen, also habe ich bei einer Kollegin an der Rezeption eine Nachricht für dich hinterlassen. Hast du die nicht bekommen?«

Sie schüttelte den Kopf. »Nein.«

»Also, ich schwöre dir, ich habe ihr ein Briefchen für dich gegeben. Frag doch mal nach. Es war natürlich sehr verschlüsselt, aber darin stand, dass ich zu einem Literaturfestival nach Oslo fahren musste. Ich habe dir meine Handynummer gegeben und dich gebeten anzurufen, sobald du kannst.«

»Ach.«

»Ja, ach«, wiederholte er. Dann lächelte er. »Da war ich also in Oslo, am Boden zerstört, weil du nicht anriefst, und du warst hier und hast mich für den allerletzten Mistkerl gehalten.«

»So ungefähr, ja«, stimmte Amy zu, und ein kleines Lächeln erschien auf ihrem Gesicht angesichts der Erleichterung, die sie durchflutete.

»Amy ...« Er griff nach ihren Händen. »Jetzt frage ich dich noch einmal, und bitte sei ehrlich: Tut es dir leid?«

»Dir?«

»Nein, absolut nicht.« Heftig schüttelte er den Kopf. »Aber ich habe Angst, dass es dir leidtun könnte.«

»Nein«, antwortete sie leise. »Leider nicht. Ich wünschte, es wäre anders.«

»Und ich wünschte, ich könnte dich jetzt umarmen«, sagte er. »Du hast mir so gefehlt. Ich konnte in dem Hotelzimmer an nichts anderes denken als an dich. Wann kann ich dich sehen?«

»Ich weiß es wirklich nicht.«

»Hast du irgendwann unter der Woche frei?«

»Am Mittwochnachmittag«, sagte sie.

»Posy ist jetzt, vor Weihnachten, mittwochs immer bis um fünf in der Galerie. Könntest du nach Admiral House kommen? Bitte«, flehte er.

Amy fasste sich an die Stirn. »Mein Gott, Sebastian, das ist nicht richtig. Ich ...«

»Wir müssen uns unterhalten, mehr nicht«, sagte er sanft.

»Ich muss die Kinder um halb vier von der Schule abholen, es sei denn, ich bitte Marie einzuspringen ... Aber weißt du ... eigentlich sollte ich das wirklich nicht ... ich ...«

»*Bitte*, Amy.«

Sie atmete tief durch. »Also gut.« Sie stieg in den Wagen und lächelte matt zu ihm hinauf. »Tschüss, Sebastian.«

»Bis Mittwoch«, flüsterte er.

Am nächsten Tag kam Posy in die Ferry Road, als Amy den Kindern gerade das Abendessen vorsetzte.

»Sara, mein Schatz, das ist aber eine schöne Umarmung«, sagte Posy, als die Kleine ihre Beine umschlang. »Amy, du siehst gut aus. Auf jeden Fall sehr viel besser als beim letzten Mal.« Sie löste sich aus Saras Griff und ging in die Küche. »Dabei hat Sam gesagt, dass es dir am Sonntag nicht gut genug ging, um zum Lunch zu kommen. Hier, ich habe für die Kinder als Nachtisch einen Trifle gemacht.« Posy stellte die Schüssel auf den Küchentisch und sah sie eingehend an. »Hast du dir die Haare schneiden lassen?«

Amy errötete. »Ja. Ich war mittags kurz beim Friseur, um sie mir nachschneiden zu lassen. Ich war seit über einem Jahr nicht mehr dort, es war bitter nötig.«

»Es sieht großartig aus. Aber ich muss sagen, Amy, *du* siehst großartig aus.« Posys Augen verengten sich, als sie vergnügt lachte. »Wenn ich dich so betrachte, denke ich mir, dass das Leben mit Sam wieder sehr viel besser laufen muss – habe ich recht?«

»Ja.« Amy nickte heftig. »Ja, das stimmt.«

»Es ist unglaublich, aber das sieht man sofort. Deine Augen funkeln wieder, und das zu sehen freut mich sehr.«

Amy machte sich daran, den Trifle zu verteilen, damit Posy

nicht ihre geröteten Wangen bemerkte, und scheuchte die Kinder ins Wohnzimmer.

»Übrigens habe ich von dem Debakel mit der Stromrechnung gehört.« Posy setzte sich. »Sam war völlig zerknirscht, dass er vergessen hatte, sie zu bezahlen. Und natürlich typisch, dass ich nicht zu Hause war. Aber ich gehe davon aus, dass Sebastian sich um euch drei gekümmert hat.«

»Doch, das hat er auch.«

»Er ist wirklich nett. Wenn er auszieht, wird er mir fehlen.«

»Will er denn ausziehen?«, fragte Amy, bevor sie es sich überlegen konnte.

»Soweit ich weiß, nicht vor Weihnachten. Ich meine damit nur, dass ich mich daran gewöhnt habe, ihn im Haus zu haben. Aber dann wird im neuen Jahr so vieles anders werden.« Posy seufzte. »Allerdings baut es mich sehr auf zu sehen, wie viel besser es dir jetzt geht, und es verschafft mir das Gefühl, dass es die richtige Entscheidung war, Sam mit Admiral House eine Chance zu geben.«

»Ja, danke noch mal dafür, Posy.«

»Wie auch immer, ich habe vorbeigeschaut, weil ich dich um ein paar Gefallen bitten wollte. Vor allem wollte ich dich fragen, ob du mir vielleicht eine Weihnachtskarte gestalten könntest? Ich fände es schön, wenn vorne drauf ein Bild von Admiral House wäre, so zum letzten Mal. Ich würde dich natürlich dafür bezahlen.«

»Das kommt nicht infrage, Posy, das mache ich doch umsonst, und zwar sehr gern.«

»Danke, meine Liebe, das wäre fantastisch. Außerdem wollte ich dich fragen, ob du am kommenden Wochenende vielleicht Zeit hättest, mit mir ein paar Häuser zu besichtigen? Marie hat mir von einigen Ansichtsmaterial vorbeigebracht, und zwei oder drei sehen ganz interessant aus.«

»Natürlich. Ich frage Sam, ob er auf die Kinder aufpasst.«

»Ich glaube, momentan würde Sam über glühende Kohlen gehen, damit du ihm verzeihst, meine Liebe. Also, dann einigen wir uns auf Samstag. Wir könnten uns zu dem Lunch treffen, von dem wir schon seit einiger Zeit reden. Und jetzt noch etwas. Ich gehe davon aus, dass ihr beiden immer noch zu Tammys Eröffnungsparty kommende Woche in London fahrt?«

»Um ehrlich zu sein, hatte ich das völlig vergessen«, sagte Amy wahrheitsgemäß.

»Ich finde es sehr wichtig, dass du und Sam hingeht. Jedes Paar braucht ab und zu einen Abend für sich. Ich übernehme die Kinder.«

»Danke.«

»Ach, und noch etwas. Zur Vorbereitung auf den großen Umzug habe ich tatsächlich die Kleiderschränke oben in den Schlafzimmern durchgesehen und angefangen, die Sachen zu sortieren«, erklärte Posy. »Da hängen stangenweise Abendkleider von meiner Mutter. Bestimmt haben die meisten viel zu viele Mottenlöcher, um noch brauchbar zu sein, aber es gibt ein paar, die du unbedingt anprobieren solltest, unter anderem ein wunderschönes schwarzes von Hartnell. Meine Mutter hatte ungefähr deine Größe, und das Hartnell wäre genau das Richtige für die Party. Alle, die dir nicht gefallen, kann Tammy für ihre Boutique bekommen. Wie auch immer, ich lasse sie draußen liegen, und wenn du vorbeikommst, probier sie doch mal an.«

»Also ...« Unvermittelt kam Amy eine Idee. »Ich könnte morgen Nachmittag vorbeischauen, wenn du nichts dagegen hast.«

»Wunderbar. Ich werde zwar in der Galerie sein, aber ich lasse die Küchentür offen.«

»Und wie war's in Amsterdam?«

»Hinreißend.«

»Wann bekommen wir deinen Freddie eigentlich mal zu Gesicht?«

»Er ist nicht ›mein‹ Freddie, meine Liebe, bloß ein sehr angenehmer Begleiter. Jetzt muss ich aber wirklich los. Ich gebe dir kurzfristig Bescheid, wann die Besichtigungstermine am Samstag genau sind, aber warum hole ich dich nicht einfach um halb eins hier ab?«

»Sehr schön. Ciao, Posy.«

Amy sah ihre Schwiegermutter im Wohnzimmer verschwinden, um sich von den Kindern zu verabschieden, und dachte sich, dass sie wahrlich nicht die Einzige war, deren Augen funkelten.

Am Mittwoch verließ Amy das Hotel und fuhr mit Schmetterlingen im Bauch die zehn Minuten nach Admiral House. Sie konnte ihr Glück kaum fassen, tatsächlich einen triftigen Grund für ihren Besuch gefunden zu haben. Vor dem Haus stellte sie ihr Auto ab und ging zur Küchentür. Bevor sie sie öffnen konnte, trat Sebastian heraus und schloss sie in die Arme.

»Mein Gott, hast du mir gefehlt.« Er zog sie ins Haus und küsste sie heftig, Amy reagierte mit ähnlicher Leidenschaft. Schließlich gelang es ihr, sich ihm zu entziehen, sie sah zu ihm hoch und lächelte.

»Ich dachte, ich bin gekommen, damit wir uns unterhalten?«

»Das können wir auch«, sagte er, küsste sie am Hals und zog ihr gleichzeitig den Mantel aus. »Aber vorher komm bitte ins Bett. Es redet sich viel besser, wenn man nichts anhat.« Er schob seine Hände unter ihre Bluse, und ihr Körper kribbelte vor Lust. Sie ließ sich von ihm nach oben in sein Zimmer führen, bestand aber darauf, dass er die Tür abschloss für den Fall, dass Posy früher als erwartet nach Hause kam.

»Mein Schatz, sie könnte möglicherweise deinen Wagen sehen, aber wenn du meinst«, sagte er neckend, riss ihr die Kleider vom Leib und fiel förmlich über sie her.

Eine Stunde später saß sie im Bett und lehnte sich an seine Brust, während er ihr übers Haar streichelte.

»Das mag jetzt blöd klingen, aber war es schon einmal so für dich?«, fragte Sebastian.

Amy starrte in die Luft. »Wahrscheinlich sollte ich sagen, ja, ich habe mit vielen Männern irren Sex gehabt, und wenn du mich sitzenlässt, habe ich nicht das Gefühl, dir bloß dein Ego aufpoliert zu haben ...«

»Amy, hör auf. Ich weiß, du hast mich eine Woche lang für einen absoluten Schuft gehalten, aber du musst mir vertrauen. Ein solcher Mann bin ich nicht. Wenn du's genau wissen willst, den letzten Sex hatte ich vor ...«, er überlegte, »vor über einem Jahr.«

»Ach, du leidest also einfach unter Hormonüberschuss, was?« Sie drehte sich zu ihm und spielte mit seinen drahtigen Brusthaaren.

»Manchmal hat man als Mann einfach keine Chance«, sagte er seufzend.

»Also, um ehrlich zu sein, es war für mich noch nie so, wie es jetzt gerade mit dir war.« Sie küsste ihn auf die Brust. »In Ordnung?«

Sebastian schwieg eine Weile, bevor er sagte: »Amy, weißt du, bei dem, was ich für dich empfinde – da geht es nicht nur um Sex. Und das macht mir Angst. Als ich das letzte Mal so etwas empfunden habe, ist sie gestorben.«

»Das habe ich nicht vor«, versprach Amy.

Sebastian schüttelte den Kopf. »Aber du bist mit einem anderen Mann verheiratet. Moralisch gesehen darf ich dich gar nicht lieben.«

»Das Gleiche gilt für mich«, sagte sie. »Ich bin eine Ehefrau und Mutter.«

»Ich glaube, was ich meine, ist, dass es vielleicht einfacher wäre, wenn es nur eine große körperliche Anziehung wäre, eine für beide Seiten erfreuliche Affäre ohne Verbindlichkeiten. Ich meine, wie in aller Welt machen wir jetzt weiter?«, fragte er nachdenklich.

»Sebastian, wir kennen uns kaum, und ...«
»Ich habe das Gefühl, dich schon seit Ewigkeiten zu kennen«, widersprach er.
»Das stimmt aber nicht.«
»Ja.« Wieder schwieg er eine Weile. »Amy, es ist eine schreckliche Frage, aber ich muss sie dir stellen. Liebst du Sam noch?«
Sie biss sich auf die Lippe und starrte zum Fenster hinaus. »Das frage ich mich schon seit einigen Wochen. Ich meine, schon bevor du und ich ... Er ist der Vater meiner Kinder, und das ist eine Verbindung, die sich nie auflösen wird, was immer passiert. Aber ob ich ihn noch liebe ... also, wenn ich absolut ehrlich bin, nein. Ich liebe ihn nicht mehr.«

Jetzt schließlich gestand Amy sich selbst zum ersten Mal die Wahrheit ein, noch dazu in der Gegenwart eines anderen Menschen. Bei der Erkenntnis traten ihr Tränen in die Augen, sie setzte sich auf.

»Mein Gott, ich bin unsäglich. Liege mit einem anderen Mann im Bett und sage ihm, dass ich meinen Mann nicht mehr liebe.«

»Das passiert Millionen von Paaren in aller Welt.« Sebastian streichelte ihr den Rücken. »Posy hat oft genug gesagt, dass du eine unglaublich loyale Ehefrau gewesen bist.«

»Und wie unglaublich ich ihn jetzt hintergehe«, sagte sie kummervoll.

»Die große Frage ist natürlich ...« Sebastian unterbrach sich und überlegte, welche Worte er wählen sollte. »Wirst du still vor dich hin leiden und der Kinder wegen bei Sam bleiben, oder wirst du dir eingestehen, dass die Beziehung am Ende ist, und den Mut haben, neu anzufangen?«

»Das weiß ich nicht, das weiß ich wirklich nicht.«

»Nein, natürlich nicht, und es ist gemein von mir, dich das zu fragen. Wir wissen beide, dass meine Meinung in der Hinsicht zwangsläufig voreingenommen ist, also kann ich dir im Grunde keinen Rat geben. Ich kann dir nur so viel sagen: Ich weiß, dass ich dich liebe und mir wünsche, dass du bei mir bleibst. Von meiner Warte aus wäre es, gelinde gesagt, einfacher, wenn du frei wärst, aber ich verspreche dir, so geduldig wie möglich zu sein und dich nicht zu einer Entscheidung zu drängen.«

Sie drehte sich zu ihm. »Sebastian, wie kannst du nach so kurzer Zeit so sicher sein?«

»Das weiß ich nicht, es ist einfach so. Aber für mich ist es auch viel leichter. Ich bin völlig unbelastet. Ich muss einfach warten und hoffen, dass du dir eines Tages auch sicher bist.«

Zwanzig Minuten später gab sie ihm zum Abschied einen letzten Kuss und versprach, ihn am nächsten Tag anzurufen, dann fuhr sie die Kinder abholen. Auf dem Weg nach Southwold, während widerstreitende Gefühle sie schier zerrissen, fiel ihr ein, dass sie völlig vergessen hatte, die Kleider von Posys Mutter anzuprobieren.

Am Samstag erklärte sich Sam bereit, die Kinder zu hüten, solange Amy nachmittags mit Posy Häuser besichtigte.

»Ein bisschen Abwechslung tut dir gut«, sagte er. »Und es ist völlig egal, wann du wieder hier bist. Wir kommen bestens zurecht.«

»Danke, Sam. Der Auflauf sollte in einer halben Stunde fertig sein. Sorg dafür, dass sie ihn aufessen, bevor du ihnen Nachtisch gibst.«

»Das mache ich. Ciao, Süße, habt einen schönen Nachmittag«, sagte er, als er seine Mutter vor dem Haus hupen hörte. Er trat vor, um Amy auf die Lippen zu küssen, doch sie wandte sich ab, und sein Kuss landete auf ihrer Wange.

Als sie zu Posys wartendem Wagen ging, wünschte Amy sich beinahe, Sam würde sich nicht so sehr bemühen, seinen Fehler wettzumachen. Das vergrößerte nur ihr schlechtes Gewissen.

»Guten Tag, meine Liebe, wie geht's?«, fragte Posy.

»Sehr gut«, sagte Amy und setzte sich auf den Beifahrersitz.

»Gut. Das ist doch mal was, oder? Nur du und ich. Ich dachte, wir essen zu Mittag in dem hübschen Pub in Walberswick. Das erste Haus besichtigen wir um zwei, das ist in Blythburgh, wir haben also reichlich Zeit.«

»Du bestimmst, Posy«, meinte Amy, als sie, die Hauptstraße vermeidend, am Meer entlangfuhren.

»Da wohnt Evie Newman«, sagte Posy, als sie in eine breite, von Bäumen gesäumte Straße abbogen, und deutete auf ein großes viktorianisches Haus, keine hundert Meter vom Pier entfernt. »Viel zu geräumig für sie und ihre Tochter, aber prachtvoll«, ergänzte sie. »Übrigens, hast du Gelegenheit gehabt, die Kleider am Mittwoch anzuprobieren? Sie lagen noch da wie unberührt.«

»Äh, ja. Leider waren sie mir alle zu groß.« Es war die erste Lüge, die Amy erzählte, und sie hasste sich dafür.

»Wirklich? Das überrascht mich. Meine Mutter war so schlank. Wir müssen dafür sorgen, dass du etwas Speck auf die Rippen bekommst, Amy.«

Im Pub, bei frischen Muscheln, drehte sich das Gespräch nur um Posy, die auf Amys angelegentliche Nachfragen bereitwillig von ihrer Reise mit Freddie nach Amsterdam erzählte.

»Da ist mir klar geworden, dass man leicht Scheuklappen bekommt, wenn man in einer Kleinstadt lebt. Jonny und ich sind durch die ganze Welt gereist, von einem Stützpunkt zum anderen, und ich habe mir nie etwas dabei gedacht.« Posy trank einen Schluck Wein. »Vielleicht unternehme ich ja, wenn Admiral House erst einmal verkauft ist, eine Kreuzfahrt nach Skandinavien. Ich wollte immer schon einmal die norwegischen Fjorde sehen.«

»Wird Freddie dich begleiten?«

»Wer weiß? Wie ich dir gesagt habe, sind wir bloß gut befreundet. Wirklich«, betonte sie. »Aber solche Reisen machen in Begleitung sehr viel mehr Spaß. So, jetzt sollten wir aber aufbrechen, sonst kommen wir noch zu spät zu unserem ersten Termin.« Posy schlüpfte in ihren Mantel und blickte zum Fenster in den Nieselregen hinaus. »Ein grauer, scheußlicher Novembertag. Perfekt, um ein Haus von seiner schlimmsten Seite zu sehen.«

Die ersten beiden kamen überhaupt nicht infrage wegen Posys Bedingung, der Garten müsste nach Süden gehen.

»Ich weiß, ich habe Marie gesagt, ich möchte etwas mit ›Charakter‹ haben«, sagte Posy, als sie den Sicherheitsgurt schloss. »Aber ich weiß nicht, ob ich nach dem ganzen Platz, an den ich gewöhnt bin, in einem Cottage mit niedrigen Decken nicht durchdrehen würde. Ein letztes Haus noch, ein dreistöckiges Stadthaus in der Nähe vom Leuchtturm. Ich muss sagen, es würde mir gut gefallen, mitten im Ort zu leben, nachdem ich die ganzen Jahre immer mit dem Auto fahren musste.«

Das Stadthaus erwies sich als Volltreffer. Neu renoviert, sehr hell, mit einer modernen Küche und einem kleinen, aber eindeutig nach Süden gehenden Garten. Amy folgte Posy durch die Räume und dachte sich, was sie für ein solches Haus geben würde.

»Einen größeren Unterschied zu Admiral House kann man sich kaum vorstellen, oder?«, meinte sie, als sie draußen im Regen standen, während Posy studierte, wo genau die Sonne hinfallen würde.

»Ich muss sagen, es spricht mich sehr an. Ich weiß, es sollte eher einem hippen Mittdreißiger gefallen als einer alten Oma wie mir, aber ich bin sehr angetan. Durch die Fenster und die hohen Decken ist es hell und luftig, und es gibt genügend Zimmer für Freunde und Familie zum Übernachten.«

»Es kostet viel Geld, Posy. Ich meine, fast die Hälfte von dem, was du für Admiral House bekommst.« Amy studierte den Prospekt, während Roger, der Mitarbeiter des Maklerbüros, die Tür hinter ihnen abschloss.

»Lächerlich, das stimmt«, pflichtete Posy ihr bei. »Aber man kann es nicht mitnehmen, und da das, was übrig bleibt, unter Sam und Nick aufgeteilt wird, denke ich mir, dass ein solches Haus eine gute langfristige Investition ist«, antwortete sie, als sie durch Southwold fuhren. »Ich muss Sam fragen, wie es mit Admiral House vorangeht. Ich fühle mich sehr versucht, ein Angebot abzugeben.«

Als sie an Evies Haus vorbeikamen, bemerkten beide Frauen das unverkennbare rote Auto, das davor parkte.

»Das ist doch Nicks Wagen, Posy, oder nicht?«, fragte Amy.

»Ja, doch.«

»Wusstest du, dass er dieses Wochenende nach Southwold kommt?«

»Nein.« Posy räusperte sich. »Aber weißt du, meine Liebe, er ist erwachsen und sagt seiner Mutter nicht, wo er jeden Augenblick steckt.«

Schweigend fuhren sie weiter. Keine von ihnen wollte das Gespräch vertiefen.

Kapitel 22

Am Tag ihrer Eröffnungsparty von »Second Life« war Tammy schon beim Aufwachen schrecklich nervös. Obwohl alles mit der Organisation wie am Schnürchen geklappt hatte, gab es noch eine Menge zu erledigen. Sie sprang aus dem Bett, duschte, kochte sich schnell einen Kaffee und fuhr in den Laden. Meena war schon da und saugte den Teppich.

»Obwohl ich nicht weiß, warum ich mir die Mühe mache, nachher laufen sowieso Hunderte Füße darüber«, sagte sie kopfschüttelnd.

Tammy warf einen Blick auf die Uhr. Um zehn hatte sie ein Gespräch mit einer Tageszeitung, mittags wurden die Blumen fürs Fenster geliefert, um drei Uhr sollten die Caterer kommen.

»Ich habe keinen blassen Schimmer, wo sie die Canapés hinstellen können«, sagte sie seufzend. »Den Bürotisch brauchen wir, um Champagner einzuschenken.« Sie ließ sich auf einen Stuhl fallen. »Mein Gott, ich glaube, so nervös war ich noch nie. Mir flattern die Nerven noch mehr als damals, als ich in Paris zum ersten Mal über den Laufsteg ging.«

»Ach, Tammy, die Leute, die heute Abend kommen, sind Ihre Freunde. Sie möchten alle, dass Sie Erfolg haben. Versuchen Sie doch, das zu genießen. Tage wie diesen gibt es nämlich nicht oft im Leben. Wann kommt Nick?«

»Erst später. Er steckt auch bis über die Ohren in Arbeit. Wir haben uns in den vergangenen drei Wochen kaum gesehen. Wenn heute Abend erst einmal alles vorbei ist, haben wir hoffentlich etwas mehr Zeit füreinander.«

»Ja, Ihr Nick ist ein netter Mann. Er gefällt mir«, erklärte Meena. »So, und jetzt spüle ich die hundert Champagnergläser, die gestern gebracht wurden. Meiner Ansicht nach sind sie nicht sauber genug.«

Nachdem die Blumen gekommen waren, dekorierte Tammy eine Stunde lang das Schaufenster und dachte dabei an Nick. Er fehlte ihr, wenn sie nicht neben ihm aufwachte. Mit dem Gedanken wählte sie seine Handynummer und kletterte aus dem Fenster. Er ging sofort ran.

»Hi, Liebling, ich bin's.«

»Wie geht's?«, fragte er.

»Um ehrlich zu sein, ist mir schlecht vor lauter Nervosität.«

»Das ist doch klar. Ich warte hier im Laden noch auf eine Lieferung, sobald sie da ist, komme ich rüber und leiste dir moralische Unterstützung.«

»Danke, mein Schatz, die kann ich brauchen. Du fehlst mir«, fügte sie schüchtern hinzu.

»Du fehlst mir auch. Bis später.«

Als Tammy das Handy wieder in die Gesäßtasche ihrer Jeans steckte, wurde ihr klar, dass sie das »du fehlst mir« lieber durch drei sehr viel aussagekräftigere Worte ersetzt hätte.

»Mist, Tammy«, brummelte sie, als sie ging, um Meena beim Aufbauen der Gläser zu helfen, »dich hat es richtig erwischt.«

Amy war froh, dass Posy an dem Vormittag in der Galerie arbeitete. So konnte sie die Taschen mit den Übernachtungssachen der Kinder dort vorbeibringen und brauchte nicht Gefahr zu laufen, Sebastian in Admiral House zu sehen.

»Guten Tag, Amy«, sagte Posy lächelnd. »Alles in Ordnung?«

»Einigermaßen. Allerdings bekommt Jake offenbar die Erkältung und den scheußlichen Husten, die Sara vor ein paar Wochen hatte. Er hat kein Fieber, und ich habe ihn zur Schule gebracht, aber ich habe der Lehrerin für den Notfall deine Nummer hier in der Galerie gegeben. Ich hoffe, du hast nichts dagegen.«

»Natürlich nicht.«

»Ich habe eine Flasche Fiebersaft in seine Tasche gesteckt.« Amy reichte sie Posy. »Wenn du meinst, dass er erhöhte Temperatur hat, gib ihm zwei Teelöffel. Und vielleicht sollte er heute Abend besser nicht baden.«

»Amy, bitte mach dir keine Sorgen. Ich verspreche dir, mich gut um die Kinder zu kümmern. Weißt du, ich habe auch zwei großgezogen«, antwortete Posy geduldig. »Wann trefft Sam und du euch denn?«

»Er ist in Ipswich beim Architekten, also treffen wir uns dort am Bahnhof. Jetzt sollte ich besser fahren. Und du weißt, wenn du uns brauchst, sind wir heute Abend bei Tammy«, sagte sie.

»Ja, Amy, das weiß ich. So, und jetzt geh und mach dir einen schönen Abend.«

Amy saß in Ipswich am Bahnsteig und warf nervös einen Blick auf die Uhr. In zwei Minuten sollte der Zug nach London abfahren, und von Sam war immer noch nichts zu sehen. Sie hatte mehrfach versucht, ihn am Handy zu erreichen, aber es war abgeschaltet.

Der Zug fuhr ein, und sie wählte erneut seine Nummer. Dieses Mal ging er ran. »Ja, bitte?«

»Ich bin's. Wo bist du? Der Zug ist da!«

»Mein Schatz, entschuldige, ich bin beim Architekten aufgehalten worden und werde es nicht schaffen. Es tut mir wirklich leid, Amy. Aber mach dir einen schönen Abend.«

»Also gut, bis morgen.«

Ihr Ärger, versetzt zu werden, ging über in schuldbewusste Erleichterung, den Abend nicht mit ihm verbringen zu müssen. Aber konnte sie denn wirklich ohne ihn fahren? Doch, das kann ich! Und bevor sie es sich anders überlegte, sprang sie auf den Zug, und keinen Moment später schlossen sich die Türen.

Kurz vor sechs stand sie vor Tammys Boutique, klopfte an die Tür und wurde von einer mondänen Inderin begrüßt.

»Sie sind Amy, ja?«

»Das stimmt. Ist Tammy hier?«

»Nein. Sie ist kurz nach Hause gegangen, um sich frisch zu machen und sich umzuziehen. Ich bin Meena, ihre rechte und linke Hand. Sie sagte, dass Sie und Ihr Mann kommen.«

»Nein, ich bin allein hier. Mein Mann hat es nicht geschafft.«

»Ich verstehe.« Meena machte eine vage Geste. »Darf ich Ihnen eine Tasse Tee anbieten?«

»Sehr gern«, sagte Amy und folgte ihr ins Geschäft. Sofort fiel ihr der cremefarbene Damast ins Auge, den Tammy unter der Decke angebracht hatte, sodass der Raum fast wie ein Zelt wirkte. »Das klingt jetzt vielleicht dumm, aber wo sind denn die Kleider?«, fragte sie.

»Die haben wir alle nach unten ins Souterrain gebracht, damit hier oben mehr Platz ist. Die Kleider werden von Tammys Model-Freundinnen getragen und von allen hübschen weiblichen Gästen, die sie dazu überreden konnte. Sie hat auch ein Kleid für Sie rausgelegt, wenn Sie es tragen möchten.«

»Das ist sehr nett von ihr, aber eigentlich bin ich kein Modeltyp«, wehrte Amy ab.

»Unsinn!«, sagte Meena. »Sie sind sehr schön. Sie erinnern mich an die junge Fürstin Gracia Patricia von Monaco. Möchten Sie in der Umkleidekabine nicht einfach mal in das Kleid schlüpfen, das dort für Sie hängt?«

»Warum nicht?«, antwortete Amy und dachte an das uralte kleine Schwarze von Topshop, das zusammengeknüllt in ihrer Reisetasche lag. Sie trat hinter den Vorhang des Umkleideraums und betrachtete das schillernde, schmale nachtblaue Satinkleid, das vorne mit Hunderten winziger funkelnder Perlen besetzt war.

»Wow!«, sagte sie mit einem Blick auf das Etikett. Das Kleid war von Givenchy.

»Amy!« Entzückt klatschte Meena in die Hände, als sie herauskam. »Sie sehen perfekt aus.«

»Erstaunlich, es passt wirklich wie angegossen«, sagte Amy und wirbelte herum.

»Es bringt Ihre wunderbare Figur toll zur Geltung. Sie sollten Ihr Haar zu einem Chignon hochstecken, so.« Meena fasste Amys Haar am Hinterkopf zusammen. »Sie haben einen richtigen Schwanenhals. Darf ich Sie frisieren?«

»Ja, bitte, wenn Sie Zeit haben.«

»Ich habe Zeit, und ich tue nichts lieber, als eine Frau für ein Fest schön zu machen. Jetzt setzen Sie sich vor den Spiegel, und ich hole meine Haarnadeln.«

Zwanzig Minuten später hatte Meena nicht nur Amys Haare kunstvoll zu einem Chignon hochgesteckt, sondern sie auch geschminkt. Amy stand auf.

»Atemberaubend«, erklärte Meena.

»Ein Problem noch«, sagte Amy. »Ich habe keine Schuhe.«

»Ah!«, rief Meena lachend. »Wofür gibt es gute Feen?« Sie nahm Amy an der Hand. »Aschenputtel, folgen Sie mir in das Geschäft meiner Tochter nach nebenan, dann können Sie auf den Ball gehen!«

Kapitel 23

»Wie sehe ich aus?«, fragte Tammy Nick, als sie nach unten ins Wohnzimmer ging.

»Einfach hinreißend, mein Schatz«, sagte Nick und bewunderte das sensationelle schulterfreie Kleid, dessen grüne Farbe genau zu Tammys Augen passte. »Die Klatschkolumnisten werden sprachlos sein.« Er legte ihr seine Hände auf die Schultern und gab ihr einen Kuss. »Ich bin sehr, sehr stolz auf dich. Hier.« Er reichte ihr ein kleines Samtkästchen.

»Was ist das?«, fragte sie.

»Ein Geschenk, zur Erinnerung an diesen Abend.«

»Danke, mein Schatz.« Tammy öffnete das Kästchen, darin lag eine zierliche alte Peridotkette. »Die ist ja wunderschön«, hauchte sie. »Und sie passt genau zu meinem Kleid. Wie aufmerksam von dir.«

»Sie ist rund hundertfünfzig Jahre alt«, sagte Nick lächelnd, als sie sich umdrehte, damit er die Kette für sie schließen konnte. »So.«

Sie drehte sich in seinen Armen wieder um und gab ihm einen Kuss. »Ich finde die Kette wunderschön. Und ich liebe dich«, fügte sie leise hinzu.

»Ja?« Er hob ihr Kinn an und sah ihr in die Augen. »Wirklich?«

»Ja, wirklich.«

Er streichelte sie am Hals, dann wanderte seine Hand zu ihrem

Dekolleté hinunter. »Sollen wir deine Einladung einfach vergessen und den Abend hier verbringen?«

»Schön wär's, aber ich glaube, wir sollten jetzt aufbrechen. Also los.« Tammy holte tief Luft. »Gehen wir.«

Um acht Uhr war die Party in vollem Gang. Draußen hatten sich Paparazzi postiert, um die ankommenden und abfahrenden Gäste abzulichten, auf dem Bürgersteig wurde Tammy von einem Kamerateam interviewt.

Amy genoss den Abend in vollen Zügen. Alle waren sehr nett und sagten immer wieder, wie schön sie aussehe. Außerdem hatte sie einen neuen Freund gefunden, der Martin hieß, freiberuflicher Fotograf war und sie gleichermaßen mit Champagner wie mit Komplimenten versorgte.

»Sie könnten wirklich jederzeit Karriere als Fotomodell machen.«

Seine Hand streichelte ihr sacht die Schulter, als sie plötzlich merkte, dass jemand sie vom Eingang her anstarrte. Ihr Herz setzte einen Schlag aus.

»Entschuldigen Sie mich, Martin, ich glaube, ich muss kurz an die frische Luft.« Sie entwand sich seinem Griff und ging zur Tür, wo er stand.

»Kennen wir uns?«, fragte er grinsend.

»Was in aller Welt machst du denn hier?«, fragte sie.

»Ich war zum Lunch mit meiner Lektorin in London. Eigentlich wollte ich nicht herkommen, obwohl Tammy mir freundlicherweise eine Einladung geschickt hat, weil ich mich bei solchen Events nicht wohlfühle. Aber ich wohne mehr oder weniger um die Ecke, also dachte ich, dass ich auf dem Weg zum Laden, um Brot und Milch zu holen, doch mal vorbeischauen könnte. Dann sah ich durchs Fenster tatsächlich diese Schönheit, die von einem haarigen Affen begrabscht wird. Wer ist der Dreckskerl?«, fragte Sebastian und deutete mit dem Kopf auf Martin.

»Ach, ein Modefotograf«, antwortete Amy achselzuckend.

»Und wo ist dein Mann?«

»Zu Hause. Er hat's nicht geschafft.«

»Du willst mir also sagen«, flüsterte Sebastian ihr ins Ohr, »dass du für einen Abend und eine Nacht ganz allein hier in London bist?«

»Ja.«

»Na, und da du so …« Sebastian schüttelte den Kopf beim Versuch, die richtigen Worte zu finden, »unglaublich zauberhaft aussiehst, empfinde ich es als meine Pflicht, dich vor Schwerenötern wie dem Kerl da drüben zu beschützen.« Er küsste sie auf den Hals. »Ich will dich, jetzt sofort.«

»Entschuldigt.« Tammy drängte sich zu ihnen vor, und Amy lief über und über rot an. »Wie geht es Ihnen, Sebastian? Schön, dass Sie gekommen sind.«

»Sehr gut«, antwortete Sebastian ungerührt. »Darf ich Ihnen meine Glückwünsche zu einem eindeutig triumphalen Abend aussprechen?«

»Sie dürfen.« Tammy strahlte. »Es läuft tatsächlich sehr gut. Es sind wirklich alle gekommen, und die Presse wird auch berichten. Hört mal, wenn ich euch nicht mehr sehe, ein paar von uns gehen hinterher zum Essen ins La Familigia, gleich bei der King's Road. Es wäre wirklich schön, wenn ihr beide mitkämt.«

»Tammy!«, rief eine Stimme aus dem Inneren.

»Ich komme!« Sie nickte ihnen zu. »Entschuldigt. Ciao, ihr beide.«

»Guter Gott«, flüsterte Amy, als Tammy in der Menge verschwand. »Sie muss es mitgekriegt haben.«

»Amy, meine Liebe, wir sind hier nicht in Southwold, und Tammy ist nicht deine Freundin Marie. Sie ist eine kosmopolitische, intelligente Frau, die es nicht die Bohne interessiert, ob wir eine Affäre haben oder nicht«, sagte Sebastian.

»Wie du das sagst, klinge ich absolut provinziell«, meinte Amy.

»Ich habe keine Frau gesehen, die weniger provinziell wirkt als du heute Abend, mein Liebling. Und jetzt komm, lass uns die Gelegenheit nutzen und uns einen schönen Abend machen.«

Amy wusste, dass sie zu viel Champagner getrunken hatte, aber sie war mitten in London in einem himmlischen Kleid auf einer schicken Party mit Sebastian an ihrer Seite, was das Allerschönste war.

Eine Stunde später flüsterte er ihr ins Ohr: »Können wir jetzt gehen? Mir reicht's.«

»Aber ich habe gerade so viel Spaß, ich mag noch nicht gehen. Zehn Minuten noch«, bettelte sie.

Schließlich gelang es ihm, sie zur Tür und dann auf den Bürgersteig zu schieben. »Komm, du musst etwas in den Magen bekommen«, sagte er.

»Mir geht's bestens«, sagte sie und hickste, dann drückte sie ihm einen Kuss auf die Wange – und im selben Moment erleuchtete ein Blitzlicht ihre Gesichter.

»Mr. Girault, verraten Sie uns den Namen Ihrer Begleitung für die Bildunterschrift?«, fragte der Fotograf.

»Nein, verdammt noch mal!«, antwortete Sebastian barsch und zog die kichernde Amy die Straße entlang, bevor noch weitere Bilder gemacht werden konnten. »Das haben wir gerade noch gebraucht, Liebling. Das Bild könnte in irgendeinem Groschenblatt landen!«

»Meinst du, sie drucken uns in *Hello* ab?« Amy hüpfte unsicher die Straße entlang, und wider Willen musste Sebastian lächeln.

»Wie schön, dass du dich so darüber freuen kannst, aber ich weiß nicht, ob dein Mann das auch so sehen wird.«

»*Hello* liest er nicht, und ehrlich gesagt, heute Abend ist mir schnuppe, wer es sieht.«

»Morgen früh vielleicht nicht mehr«, murmelte Sebastian und schob sie in den Laden, der rund um die Uhr geöffnet hatte, um etwas zu essen zu besorgen, damit Amy wieder nüchtern wurde. Dann ging er mit ihr zu Sloane Gardens und schloss die Tür zu seiner Wohnung auf. Amy tänzelte hinein und fiel aufs Sofa. »Ach, der Abend war so traumhaft«, seufzte sie und streckte die Arme nach Sebastian aus. Er zog sie fest an sich. »Und ich liebe dich.«

»Ich liebe dich auch, du betrunkenes Ding. Jetzt bleib hier, und ich mache dir einen Kaffee und etwas Toast.«

Als Sebastian wieder ins Wohnzimmer kam, war Amy eingeschlafen. Seufzend holte er eine Decke, breitete sie über sie und ging allein in sein Schlafzimmer.

Kapitel 24

Tammy wachte auf, als ihr Kaffeeduft in die Nase stieg. Noch halb schlafend öffnete sie die Augen, und in dem Moment kam Nick mit einem Frühstückstablett ins Schlafzimmer, beladen mit frischen Croissants und einem Stapel Tageszeitungen.

»Uff, wie spät ist es?«, fragte sie. Ihre Stimme klang heiser von viel zu vielen Marlboro lights am Abend zuvor. Mittlerweile rauchte sie nur bei geselligen Anlässen, und es bekam ihr gar nicht.

»Fast zehn.«

»Mist! Ich habe Meena gesagt, dass ich um neun im Laden bin, um ihr mit dem Aufräumen zu helfen.« Tammy setzte sich auf und strich sich das zerzauste Haar aus dem Gesicht.

»Ich habe sie angerufen und ihr gesagt, dass du noch schläfst, und sie meinte, du sollst dir keine Gedanken machen, sie würde schon mal anfangen. Meena ist die Sorte Mensch, die nur glücklich ist, wenn sie sich nützlich machen kann.«

»Ich weiß.« Tammy lachte leise. »Gestern Abend hat ein uraltes Männermodel mit Toupet versucht, bei ihr zu landen. Das hat ihr einen Heidenspaß gemacht.«

Nick setzte sich neben sie ins Bett und breitete die Zeitungen vor ihr aus. »Bitte schön, Madam, ich habe natürlich nur die gekauft, in denen etwas von Ihnen steht.« Er grinste.

Sie blätterte sich durch vier Zeitungen, in denen Fotos unterschiedlicher Größe von ihr mit diversen Gästen abgedruckt waren, dazu die Bildunterschriften.

»›Tammy Shaw feiert die Einweihung ihrer neuen Boutique Second Life. Exmodel Tammy, hier mit ihrem Partner, dem erfolgreichen Antiquitätenhändler Nick Montague, scharte eine Reihe VIPs um sich.‹ Mein Schatz, du siehst sehr charmant aus.« Sie küsste ihn auf den Hals, dann sah sie die anderen Zeitungen durch.

»Ich glaube, du hast's geschafft«, sagte Nick.

»Na, Gott sei Dank ist das vorbei. Jetzt kann ich mich dem Ernst des Lebens widmen und anfangen, Geld zu verdienen.« Tammy griff nach Nicks Hand. »Vielen Dank für deine Hilfe gestern Abend. Du warst wundervoll.«

»Unsinn. Wenn ich nächsten Monat meinen Laden eröffne und zur Feier die Streuner im Viertel zu Limonade und Käsebroten einlade, erwarte ich von dir dasselbe«, sagte Nick lachend und küsste sie auf die Stirn. »Aber bevor du in deine Boutique verschwindest, möchte ich dir etwas zeigen.«

Nick fuhr mit Tammy über die Albert Bridge und blieb in einer breiten, baumbestandenen Straße schließlich vor einem viktorianischen Haus stehen, von dem aus man zum Battersea Park blickte.

»Was hältst du davon?«, fragte er.

»Wovon?«

»Von dem Haus, vor dem wir stehen.«

Tammy betrachtete es. »Ich finde, es ist ... groß.«

»Genau. Komm, ich habe die Schlüssel, ich zeig's dir.«

Nachdem er Tammy durch die drei geräumigen Stockwerke des Hauses geführt hatte, schloss er die hintere Tür auf, die in einen großen Garten hinausführte.

»Also, was meinst du?«

»Ich finde, es wäre das perfekte Haus für eine große Familie«, sagte Tammy verwirrt.

»Genau. Das ist der Grund, weswegen es mir so gut gefällt. Also, Miss Shaw, könnten Sie sich vorstellen, dass unsere Gören hier herumsausen, während wir auf der Terrasse den Aperitif zu uns nehmen?« Als Nick das sagte, blickte er starr geradeaus, die Hände in den Taschen vergraben.

»Ich ... Nick, was meinst du damit?«

»Ich glaube, ich frage dich, ob du, anstatt dass ich mir eine Junggesellenwohnung kaufe, dir zu gegebener Zeit vorstellen könntest, einen Teil des Platzes zu füllen, den dieses Haus bietet. Und mir möglicherweise zu einigen der Gören zu verhelfen, die durch den Garten sausen.« Jetzt schließlich drehte er sich zu ihr und lächelte. »Ich kann mir niemanden vorstellen, mit dem ich das lieber tun würde.«

Tammy schüttelte den Kopf. »Ich mir auch nicht«, sagte sie leise.

Er ging zu ihr und umarmte sie. »Schön. Tammy?«

»Ja?« Sie blickte zu ihm auf.

»Ich muss mich um ein paar Sachen kümmern, bevor ich mich voll und ganz auf dich einlasse, aber bitte glaub mir, dass ich das tun werde.«

»Du meinst, du musst erst dafür sorgen, dass das Geschäft läuft? Das verstehe ich doch, Nick. Es eilt nicht.«

»Das und etwas anderes, von dem ich dir erzähle, sobald es irgend möglich ist. Aber wenn du dich prinzipiell mit der Vorstellung anfreunden könntest, mit mir in diesem Haus zu leben, mache ich ein Angebot, und dann sehen wir, ob etwas daraus wird. Ich finde, es hat großes Potenzial, wir könnten etwas wirklich Schönes daraus machen.«

»Ja«, sagte Tammy überwältigt. »Das könnten wir.«

Amy hatte das Gefühl, auf einem Karussell zu schlafen und sofort absteigen zu müssen, um sich zu übergeben. Als ihr Galle in die Kehle stieg, setzte sie sich abrupt auf. Im Zimmer war es stockfinster, und sie hatte nicht den leisesten Schimmer, wo sie war.

»Hilfe«, wimmerte sie, erhob sich taumelnd von dem Sofa, auf dem sie geschlafen hatte, und tastete nach einem Lichtschalter, wobei sie sich am Schienbein anstieß.

»Au!«

Eine Tür ging auf, und Sebastian stand da, in das Licht des Flurs getaucht. »Guten Morgen.«

»Bad ... ich muss ins Bad«, stieß sie hervor und stolperte auf ihn zu.

»Da rein.« Er deutete auf eine Tür, und Amy rannte los.

Sie erreichte die Toilette gerade noch rechtzeitig, ehe sie sich übergab. Nachdem sie sich das Gesicht mit kaltem Wasser gewaschen hatte, betrachtete sie sich im Spiegel. Die Schminke des gestrigen Abends bildete dunkle Ringe unter ihren Augen, der Chignon hing schief an einer Seite ihres Kopfs herab, und das traumhafte Abendkleid war zerknittert und fleckig.

»O mein Gott«, stöhnte sie, als sie die Badezimmertür öffnete und zaghaft den Flur entlangging. Allmählich kehrten die Erinnerungen an den vergangenen Abend zurück. Sebastian stand in der Küche und machte Kaffee. Der Geruch verursachte ihr Brechreiz, sie machte kehrt und rannte wieder ins Bad.

»Du Arme«, sagte Sebastian, als sie die Küche ein zweites Mal betrat. »Sind wir heute nicht ganz auf dem Damm, wie?«

»Grauenhaft fühle ich mich«, gestand Amy. Sie ließ sich auf einen Stuhl fallen und stützte die Ellbogen auf dem schmalen Tisch auf. »Habe ich mich gestern Abend richtig lächerlich gemacht?«

»Gar nicht. Du warst die Sensation des Abends. Kann ich dir etwas geben?«

»Wasser, bitte, und zwei Paracetamol, wenn du welche hast.«

»In Ordnung.« Sebastian stellte ein Glas Wasser vor sie und ein paar Tabletten, die Amy schluckte in der Hoffnung, ihr Magen werde sie behalten.

»Es tut mir wirklich leid.« Sie schüttelte den Kopf. »Ich weiß überhaupt nicht, warum ich so betrunken war. Ich kann mich gar nicht erinnern, so viel getrunken zu haben.«

»Das merkt man bei solchen Anlässen nie«, sagte Sebastian. »Man leert ein Glas, wie durch Zauberhand steht das nächste vor einem, und man kommt mit dem Zählen nicht mehr nach. Außerdem vermute ich, dass du nichts gegessen hattest.«

»Nein, seit dem Frühstück nicht«, antwortete Amy.

»Na, dann solltest du dich nicht wundern, oder?«

Sie sah zu ihm. »Bist du sauer?«

»Wahrscheinlich nur aus egoistischen Gründen. Da hätten wir eine Nacht miteinander verbringen können, und dann schläfst du auf dem Sofa ein. Wie auch immer, zumindest konnte ich Tammy die Wahrheit sagen, als sie gestern auf der Suche nach dir spätnachts hier anrief.«

Entsetzt blickte Amy auf. »Woher hatte sie deine Nummer?«

»Sie hat bei Posy angerufen.«

»O mein Gott«, stöhnte Amy. »Dann weiß Posy auch, dass ich hier bin.«

»Ja, aber mach dir keine Sorgen. Ich habe sie angerufen und ihr erklärt, was passiert ist, und ich soll dir ausrichten, dass bei den Kindern alles in bester Ordnung ist. Ich habe ihr vorgeschlagen, dass es angesichts deines Zustands vielleicht am besten wäre, wenn ich dich später mitnehme, weil ich sowieso nach Admiral House fahre, und sie holt die Kinder von der Schule ab. Wir treffen uns dann alle dort.«

»Sebastian, es tut mir leid, dir so viel Ärger zu machen. Das ist mir wirklich unangenehm.«

»Es ist kein Problem, Amy, wirklich nicht.«

»Aber was, wenn sie denken …?« Sie biss sich auf die Unterlippe. »Dass du und ich …?«

»So, wie es dir heute Morgen geht, wird keine Menschenseele die Begründung anzweifeln. Ich glaube, ich lasse dir jetzt erst mal ein Bad ein, danach geht es dir besser.«

»Oh!«, sagte Amy erschrocken. »Meine Kleider liegen ja noch bei Tammy in der Boutique.«

»Das stimmt allerdings. Aber ich wollte sowieso eine Zeitung kaufen gehen, also kann ich deine Sachen abholen, solange du badest. Ich bringe auch die Schuhe zurück und gebe das schöne Kleid, das Tammy dir geliehen hat, in der Reinigung ab, sie bekommt den Abholschein, dann kriegt sie es sauber zurück, ja?«

Amy nickte dankbar. »Bitte richte ihr aus, dass es mir leidtut, und tausend Dank für das Kleid und das Fest.«

Als Sebastian die Wohnung verließ, legte sie sich in das duftende Lavendelbad. Zwar hatte sie wegen ihres Benehmens ein schlechtes Gewissen, aber trotzdem genoss sie es, dass Sebastian alles in die Hand genommen hatte. Der völlige Gegensatz zu Sam, der sich darauf verließ, dass sie ihr gemeinsames Leben organisierte.

Eingehüllt in Sebastians Morgenmantel, der wunderbar nach ihm roch, kam Amy eine ganze Weile später wieder in die Küche. Mittlerweile war Sebastian zurückgekehrt und briet gerade Würstchen, Speck und Eier. Im Ofen lagen Croissants zum Aufbacken. »Vielleicht glaubst du, dass du nichts hinunterbringst, aber es wäre wirklich das Beste, etwas zu essen.« Er stellte ein Glas Orangensaft vor sie auf den Tisch. »Bitte trinken Sie, Madam, Ihr Körper braucht Vitamin C.«

»Danke.« Amy trank einen Schluck und sah Sebastian beim Hantieren in der Küche zu. »Du bist ja ein richtiger Hausmann.«

»Wenn man so lang allein lebt wie ich, bleibt einem nichts anderes übrig.«

»Es ist sehr lange her, dass jemand mir ein englisches Frühstück gemacht hat«, sagte sie wehmütig.

»Dann nutz die Gunst der Stunde«, sagte er, verteilte das Essen auf zwei Teller und stellte einen vor sie. Dann setzte er sich ihr gegenüber an den Tisch.

»Ähm – wo genau sind wir hier eigentlich?«, fragte sie, als sie sich versuchshalber ein kleines Stück Speck in den Mund steckte. »Wenn du meinst, wo meine Wohnung ist – keine zwei Minuten vom Sloane Square«, erklärte Sebastian, »und etwa fünf Minuten von Tammys Boutique.«

»Wie schön, wenn alles gleich um die Ecke ist.«

»Um ehrlich zu sein, als ich es vor sechs Jahren kaufte, war ich mir nicht sicher, ob es mir gefallen würde. Meine Frau und ich hatten in einem kleinen Dorf in Dorset gelebt. Ich war sehr glücklich dort. Wir waren richtig im Ort integriert, im Grunde bin ich ein Junge vom Land. Aber nach ihrem Tod wollte ich irgendwo leben, wo ich niemanden kannte, wo niemand mich behelligen würde und nichts mich ständig an sie erinnerte.«

»Ein völliger Neuanfang.«

»Ja«, pflichtete er ihr bei. »Meine Freunde sagten, ich würde davonlaufen, und vielleicht stimmte das ja auch, aber ich glaube, dass man, wenn man trauert, tun muss, was man selbst für das Beste hält. Und das war für mich das Beste.«

»Ich kann mir gar nicht vorstellen, wie du überhaupt damit fertiggeworden bist. Deine Frau und das Kind gleichzeitig zu verlieren.«

»Das Schlimmste war die Hoffnung auf das Glück, bevor sie starb. Ich meine damit den Kontrast zwischen dem, ein Kind zu erwarten und der ganzen Freude, die das mit sich bringt, und dann tritt unvermittelt genau das Gegenteil ein: zwei Leben sind vorbei. Niemand weiß, was er einem sagen soll. Die Leute sind entweder darüber hinweggegangen und haben mir gut zugeredet, oder sie haben's übertrieben und mich wie ein rohes Ei behandelt.« Er zuckte mit den Achseln. »Alle meinten es gut, aber es gab einfach nichts, das mich hätte trösten können.«

»Außer dem Schreiben.«

»Ja. Wahrscheinlich hatte ich das Gefühl, dass ich, wenn mein Leben schon in Trümmern liegt, nur beim Schreiben Kontrolle über alles haben kann. Ich habe Gott gespielt: Ich entschied, wer lebte, wer starb, wer glücklich und wer unglücklich war. Das Schreiben hat dafür gesorgt, dass ich nicht durchgedreht bin.«

»Aber wünschst du dir nicht jeden Tag, dass es anders gekommen wäre? Dass deine Frau noch am Leben wäre?«, fragte Amy.

»Ich bin viel fatalistischer geworden. Wenn sie noch leben würde, wären wir wahrscheinlich noch immer in dem Dorf in Dorset, und ich hätte es vielleicht zum Herausgeber der Zeitung gebracht, für die ich damals arbeitete, aber nie einen Roman geschrieben. Entweder man wächst an einer Tragödie, oder man zerbricht daran, und rückblickend glaube ich, dass ich daran gewachsen bin. Ich bin viel weniger oberflächlich als früher, und ich bin ganz bestimmt ein besserer Mensch geworden. Mal ganz abgesehen davon, Amy, wenn das Leben nicht diese schmerzlichen Wendungen genommen hätte, würden du und ich nicht hier zusammen am Frühstückstisch sitzen.« Sebastian griff über den Tisch hinweg nach ihrer Hand. »Ich hätte es wirklich sehr bedauert, dir nicht begegnet zu sein.«

»Selbst nach dem, wie ich mich gestern Abend aufgeführt habe?«

»Ja. Auch wenn es nur kurzfristig war, hat es mir gefallen zu denken, wir wären zusammen, ein richtiges Paar, das gemeinsam einen Abend verbringt. Es hat mich sehr stolz gemacht, mit dir dort zu sein.«

»Bevor ich betrunken wurde«, schränkte sie ein.

»Ehrlich gesagt hat es mich gefreut, dich so glücklich und ausgelassen zu sehen und zu merken, dass du richtig aus dir herausgehen kannst. In Southwold bist du nicht so.«

»Normalerweise habe ich weder die Zeit noch die Gelegenheit, aus mir herauszugehen. Ehrlich gesagt hatte ich ganz vergessen, wie das ist, und jetzt ...« Amy schüttelte den Kopf, Tränen traten ihr in die Augen. »Es ist schrecklich, aber ich habe keine Lust, nach Hause zu fahren.«

Sebastian drückte ihr die Hand. »Dann tu's nicht.«

»Ach Gott, wenn es nur so einfach wäre. Aber das ist es nicht. Das ist es nie, wenn man Kinder hat.«

»Natürlich nicht. Aber vielleicht solltest du mich mal außen vor lassen und dir überlegen, ob du – ob mit mir oder ohne mich – bei Sam bleiben willst.«

»Ich habe mir ja schon überlegt, ob ich ihn verlassen soll, bevor du und ich … uns näherkamen. Das Problem ist, im Moment ist er wegen des Kaufs von Admiral House in Hochform. Ich kann nicht behaupten, dass er scheußlich zu mir wäre, im Gegenteil, er bemüht sich sehr, nett zu sein.«

»Vielleicht hat er mitbekommen, dass etwas im Busch ist.«

»Guter Gott! Nein! Wie denn?« Ihr Herz begann heftig zu schlagen. »Wenn er das je herausfindet, dann …«

Sebastian stand auf. »Komm, jetzt lass uns deinen Mann vergessen und die kostbare Zeit nutzen, die uns vergönnt ist, ja?« Er zog sie vom Stuhl, küsste sie und führte sie in Richtung Schlafzimmer davon.

Auf der Rückfahrt nach Southwold war Amy sehr still. Sie hielt Sebastians Hand umklammert und schloss die Augen. Natürlich freute sie sich darauf, die Kinder zu sehen, aber die Vorstellung, in das entsetzliche Haus und, schlimmer noch, zu Sam zurückzukehren, erschien ihr unerträglich.

Könnte ich das? Könnte ich Sam verlassen?, fragte sie sich.

Vielleicht könnte sie sich in Southwold ein kleines Haus mieten, um etwas Abstand zu gewinnen und sich zu überlegen, wie es weitergehen sollte. Sofort Zuflucht bei Sebastian zu suchen, wäre falsch, selbst wenn er nicht gerade bei ihrer Schwiegermutter in Admiral House wohnen würde. Erst müsste er die Kinder richtig kennenlernen und sie ihn, bevor sie langfristige Pläne machen könnten.

Verstohlen musterte Amy ihn. Er konzentrierte sich auf die

Straße und summte zu der Musik, die in Classic FM im Radio lief. Es war nicht nur der Sex, der bei jedem Mal noch besser wurde, es war auch die Tatsache, dass er ihr immer besser gefiel, je mehr sie über ihn erfuhr. Er war gütig, witzig, sanft, freimütig und ausgesprochen fähig. Bei ihm bekam sie das Gefühl, geschätzt, beschützt und geliebt zu sein.

Im Grunde war er das absolute Gegenteil von Sam. Und selbst nach dieser kurzen Zeit wusste Amy, dass sie mit ihm zusammen sein wollte.

Kurz bevor sie auf die Auffahrt nach Admiral House abbogen, hielt Sebastian an. Er breitete die Arme aus, und sie schmiegte sich an ihn.

»Ich möchte dir noch einmal sagen, dass ich dich liebe und mit dir zusammen sein möchte, aber mir ist auch klar, wie schwierig die Situation für dich ist. Ich werde auf dich warten, solange es mir möglich ist, bis du eine Entscheidung getroffen hast.«

»Danke«, flüsterte Amy. Sie atmete tief durch. »Also, dann gehen wir mal in die Höhle des Löwen.«

Sara und Jake saßen in der Küche und aßen die kleinen Kuchen, die sie gerade mit Posy gebacken hatten.

»Mummy! Mummy!« Sobald Amy und Sebastian hereinkamen, stürzten sie sich auf ihre Mutter.

»Hallo, ihr beiden! Seid ihr auch artig gewesen?«

»Das weiß ich nicht, aber wir haben tolle Sachen gemacht«, sagte Jake. »Und Daddy ist auch hier.«

Amy drehte sich der Magen um. »Ach ja?«

»Er ist mit Oma im Frühstückszimmer. Daddyyyy! Mummy ist wieder da!«, rief Sara.

Die Tür zum Frühstückszimmer ging auf, und Sam und Posy erschienen. Sam hatte eine Mappe und eine Rolle mit Plänen in der Hand.

»Mein Schatz.« Sam ging zu Amy und gab ihr einen Kuss. »Es tut mir wirklich leid, dass ich es gestern Abend nicht geschafft habe, aber wenn ich dir den Grund erkläre, dann wirst du's mir nachsehen.«

Posy, die Sam in die Küche folgte, sah Sebastians Miene, als ihr Sohn Amy umarmte, und sein Gesichtsausdruck sagte ihr etwas, das sie absolut nicht wissen wollte. »Guten Tag, ihr beiden. Gute Rückfahrt gehabt?«

»Ja, Posy, danke«, sagte Sebastian. »Aber wenn ihr mich jetzt entschuldigt, ich gehe nach oben und setze mich an die Arbeit.«

Er ging zur Tür, aber Sam hielt ihn zurück. »Bevor Sie gehen, schauen Sie doch mal, was ich Mum gerade gezeigt habe.« Er führte Amy an den Tisch und rollte die Pläne aus. Sebastian folgte widerwillig. »Guck mal, mein Schatz, weißt du, wo das ist?«

Amy starrte auf das große Blatt – eindeutig die Architekturzeichnung eines Hauses. Sie schüttelte den Kopf. »Nein.«

»Erinnerst du dich an die baufällige Scheune dreihundert Meter hinter Admiral House, direkt an der Grundstücksgrenze, verborgen hinter den Kiefern?«

»Äh, in etwa«, sagte Amy.

»Ach, ich weiß, wo Sie meinen. Ich bin letztes Wochenende dort gewesen«, warf Sebastian ein. »Ein hübsches Fleckchen.«

»Genau«, sagte Sam. »Also, ich habe mit dem Architekten gesprochen, der an den Entwürfen für den Umbau sitzt, und er meint, wir könnten höchstwahrscheinlich eine Baugenehmigung bekommen, um es in ein Wohnhaus umzuwandeln. Wenn das klappt, Süße«, er lächelte zu Amy hinüber, »dann ist das unser neues Zuhause. Schau, hier hat er ein großes Wohnzimmer mit Galerie geplant, eine große Küche, ein Spielzimmer für die Kinder ... und oben vier Schlafzimmer. Was meinst du? Würde es dir gefallen, da zu leben?«

Amy zwang sich zu einem Lächeln. »Es sieht fantastisch aus«, sagte sie.

»Siehst du, ich habe dir doch gesagt, dass ich dir eines Tages ein tolles Zuhause biete. Seb, was meinen Sie?«

Sebastian schauderte innerlich bei der Abkürzung seines Namens. »Es sieht sehr gut aus. Jetzt muss ich aber wirklich gehen und mich in mein Zimmer einschließen. Auf Wiedersehen, Sam. Auf Wiedersehen, Amy.« Mit einem Nicken verließ er die Küche.

»Also, wer möchte eine Tasse Tee?«, fragte Posy im Versuch, die angespannte Atmosphäre etwas aufzulockern.

»Ich muss ins Büro und ein paar Anrufe erledigen.« Sam warf einen Blick auf die Uhr. »Vergiss nicht, dass morgen um zehn der Gutachter kommt, Mum, hörst du?«

»Natürlich nicht«, sagte Posy.

»Wenn es keine größeren Schwierigkeiten gibt, sollten wir nächste Woche die Vorverträge unterschreiben können.«

»Ja, Sam, das hast du schon dreimal gesagt«, antwortete Posy geduldig.

»Wahrscheinlich habe ich bloß Angst, dass du es dir im letzten Moment noch anders überlegst. Aber das wirst du nicht, Mum, oder?«

»Nein, Sam, das werde ich nicht.«

»Gut. Dann komme ich dich in einer Stunde abholen, Amy, ja?«, sagte Sam.

Amy nickte. Sie wünschte, er würde sie nie mehr holen kommen. Nachdem er fort war, fühlte sie sich müde und niedergeschlagen. Sie ließ sich schwer auf einen Stuhl fallen, und sofort kletterten die Kinder zu ihr auf den Schoß. Posy bemerkte Amys Miene und schlug vor, dass sie im Frühstückszimmer den Fernseher anstellte, und die Kinder folgten ihr sofort.

»Meine Liebe, du siehst kaputt aus«, sagte sie, als sie zurückkam und den Wasserkessel zum Erhitzen auf den Herd stellte.

»Das bin ich auch«, sagte Amy seufzend. »Ich bin es nicht gewöhnt, bis spätnachts zu feiern und so viel Alkohol zu trinken. Ich schäme mich zu sagen, dass ich viel zu viel getrunken habe und bei Sebastian auf dem Sofa umgekippt bin.«

»So ungefähr hat er es mir auch berichtet. Ach, manchmal tut es einem doch gut, richtig auf die Pauke zu hauen.«

»Aber zur Gewohnheit sollte es nicht werden, Posy. Schließlich bin ich eine Mutter. Und«, rasch wechselte sie das Thema, »wie geht es dir damit, aus Admiral House auszuziehen?«

»Ich versuche, das Positive daran zu sehen. Wenn wir nächste Woche die Vorverträge unterzeichnen, kann ich ein Angebot auf das hübsche Stadthaus machen, das wir uns vergangenes Wochenende angesehen haben. Und das ist doch ziemlich aufregend, oder nicht?«

»Wirklich?« Sie betrachtete Posy, die gerade kochendes Wasser in die Teekanne füllte. »Bist du dir wirklich sicher, dass du Admiral House verkaufen willst?«

»Natürlich nicht, aber das heißt nicht, dass es nicht das Richtige ist, denn das ist es. Das weiß ich.« Sie sah zu ihrer Schwiegertochter. »Manchmal, meine Liebe, sagt einem das Herz zwar, dass man in die eine Richtung gehen soll, aber man muss trotzdem dem Verstand folgen. Irgendwann im Leben steht jeder von uns an einem Punkt, an dem er schwierige Entscheidungen treffen muss, nicht wahr?«

Amy spürte, wie ihre Wangen zu glühen begannen, auch wenn sie wusste, dass Posy von ihrem eigenen Dilemma sprach. »Ja«, brachte sie hervor.

»Außerdem habe ich das Gefühl, dass ich mich in dem Stadthaus wirklich wohlfühlen könnte. Natürlich wird mir dieser Garten fehlen, aber allmählich wird er mir doch zur Last. Übrigens, wie würde es dir gefallen, in der alten Scheune zu leben, wenn Sam wirklich eine Baugenehmigung dafür bekommt?«

»Die Pläne sehen ... großartig aus.« Amy bemühte sich, begeistert zu klingen. »Aber ich möchte mir noch keine allzu großen Hoffnungen machen.«

»Mir gefällt die Vorstellung, dass ein Montague noch auf dem Grundstück lebt und seine Kinder hier aufwachsen. Dadurch wird der Abschied weniger endgültig, und natürlich bedeutet es, dass ich zu Besuch herkommen kann.« Posy lächelte.

»Natürlich«, stimmte Amy zu. »Wenn es dazu kommt.«

»Ich kann verstehen, dass dein Glaube an Sams Fähigkeiten als Geschäftsmann hart auf die Probe gestellt wurde, aber ich habe ihn noch nie dermaßen begeistert gesehen. Es muss für dich vieles leichter machen, einen Mann zu haben, der glücklich ist.«

Amy hatte den Eindruck, als wollte Posy in sie dringen, und damit konnte sie im Moment überhaupt nicht umgehen. »Ja, das stimmt.« Sie stand auf. »Wenn du nichts dagegen hast, setze ich mich ein bisschen zu den Kindern vor den Fernseher.«

Posy sah Amy nach und seufzte. Ausnahmsweise einmal wünschte sie sich, das Alter würde nicht so viel Weisheit mit sich bringen.

Kapitel 25

Mit tatkräftiger Unterstützung von Meena hatte Tammy in der Boutique so weit wieder Ordnung geschaffen, dass sie das Geschäft tatsächlich öffnen konnte. Außerdem musste sie eine Reihe von Rückrufen erledigen – die Medien hatten weitere Fragen gehabt, und potenzielle Kundinnen hatten sich nach den Öffnungszeiten erkundigt.

»Morgen fangen wir richtig an«, sagte Meena, als sie noch einmal ins Souterrain gingen, um die letzten Kleider nach oben zu bringen.

»Ja. Also wenn das der Rest war, dann gehe ich jetzt zu Nick. Er hat mich zum Essen eingeladen.« Lächelnd drehte Tammy sich zu Meena. »Sie waren mein Fels in der Brandung. Darf ich Sie zum Dank nächste Woche zum Essen einladen?«

»Das wäre zwar nicht nötig, aber es würde mich sehr freuen, Tammy.«

»Ohne Sie hätte ich es überhaupt nicht geschafft.« Sie umarmte Meena herzlich.

»Und Sie haben mir wieder zu einer sinnvollen Aufgabe verholfen, also sind wir beide glücklich. Einen schönen Abend, bis morgen.«

Zwanzig Minuten später erreichte Tammy Nicks Geschäft und betrachtete vom Bürgersteig aus das Schaufenster. Zwei runde Art-déco-Spiegel hingen an unsichtbaren Drähten herab, zwischen ihnen schwebte ein exquisiter Muranoglas-Kronleuchter mit mehreren Ebenen über einer Chaiselongue, die mit ursprünglich cremefarbenem Leder bezogen war. Als sie das Geschäft betrat, durchflutete sie ein Gefühl von Liebe und Stolz. Vom Souterrain hallte lautes Hämmern herauf.

»Hi, mein Schatz, ich bin's!«, rief sie über das Geländer nach unten.

»Komme gleich!«, antwortete Nick, und das Hämmern begann erneut.

Tammy schlenderte durch den Verkaufsraum. Allmählich füllte er sich mit den Antiquitäten, die Nick im Lauf der vergangenen zwei Monate mit viel Einsatz zusammengetragen hatte. Irgendwo klingelte ein Handy. Sie entdeckte es auf dem Sandelholztisch, den Nick als Schreibtisch verwendete.

»Nick, Telefon!«, rief sie, aber das Hämmern hörte nicht auf, also hob Tammy ab. »Guten Abend, Nick Montagues Handy.«

Erst herrschte in der Leitung Schweigen, dann legte der Anrufer auf. Tammy sah in den Gesprächsprotokollen nach und stellte fest, dass der Anrufer »EN« hieß.

Neben der vorhergehenden Nummer stand »Mum«, und da fiel ihr auf, dass Posys Vorwahl dieselbe war wie die von »EN«; der Anrufer stammte also aus Southwold. Schließlich hörte das Hämmern auf, und Nick erschien verschwitzt und staubig auf der Treppe.

»Du hast einen Anruf verpasst«, sagte Tammy. »Ich bin rangegangen, aber die Person hat aufgelegt. Sie hatte die Kennung ›EN‹.«

»Ach ja, das ist der Kumpel von mir, der zwei wunderschöne marmorne Lampenfüße für mich anschaut«, sagte Nick und schlüpfte in seine Jacke.

»Wohnt er in London?«, fragte Tammy beiläufig.

»Ja, er ist in London. Also, mein Schatz, gehen wir?«

»Guten Tag, Sebastian«, sagte Freddie, als er ihm die Haustür öffnete. »Danke, dass Sie den Weg zu mir auf sich genommen haben.«

»Ist mir ein Vergnügen«, erwiderte er. Freddie führte ihn ins Wohnzimmer, wo im Kamin ein großes Feuer brannte. »Um ehrlich zu sein, bin ich dankbar für jede Ausrede, von meinem Notebook wegzukommen.«

»Kommen Sie nicht gut voran?«

»Nein. Jetzt bin ich gerade in der Mitte der Geschichte angekommen. Ich vergleiche das Schreiben eines Romans ja gern mit dem Durchschwimmen des Ärmelkanals: Man stürzt sich voll Schwung und Vorfreude hinein, aber wenn man die Mitte erreicht und weder hinter sich noch vor sich Land sieht, wird einem klar, dass es zu weit ist, um umzukehren, aber das Ziel ist noch in weiter Ferne. Wenn Sie das nachvollziehen können«, schloss Sebastian und setzte sich auf den Stuhl, auf den Freddie gedeutet hatte.

»Bier oder ein Glas Wein?«

»Gerne ein Bier, danke.«

Freddie kehrte mit zwei Flaschen zurück, gab Sebastian eine und nahm Platz. »Prost.«

»Prost.«

Beide tranken einen Schluck, dann wartete Sebastian darauf, dass Freddie sagte, weshalb er mit ihm reden wollte. Es dauerte eine Weile, bis sein Gastgeber den Blick vom Feuer wendete.

»Ich wollte gerne über zweierlei mit Ihnen sprechen. Ich brauche das, was man vielleicht den Rat einer neutralen Person nennt. Sie kennen Posy, und ich glaube, Sie schätzen sie, haben aber keine emotionale Beziehung zu ihr. Außerdem weiß ich aus der Biografie in Ihrem Buch, dass Sie früher einmal Journalist waren, also werden Sie kaum geschockt sein von dem, was ich Ihnen sage.«

»Ich verstehe. Natürlich bleibt alles, was Sie mir erzählen, unter uns.«

»Danke. Ich weiß nicht so recht, wo ich anfangen soll.« Freddie kratzte sich am Kopf. »Also, vor allem mache ich mir etwas Sorgen, dass dieser Sohn von Posy Admiral House kauft.«

»Ah ja. Sie halten ihn nicht für vertrauenswürdig?«

»Es ist weniger er als vielmehr sein Geschäftspartner und Finanzier, ein gewisser Herr namens Ken Noakes.«

»Und?«

»Posy hat mir ein paar Unterlagen gegeben mit der Bitte, sie zu prüfen, und da ist mir aufgefallen, dass dieser Noakes weder auf dem Briefkopf der Firma noch in den Dokumenten als Vizegeschäftsführer genannt wird. In meiner über vierzigjährigen Zeit als Anwalt sind mir im Immobiliengewerbe mehr als genug dubiose Gestalten untergekommen. Da dieser Mann aber derjenige ist, der das ganze Projekt finanziert – denn wie wir beide wissen, hat Sam keinen Penny –, bin ich sofort misstrauisch geworden, als ich sah, dass er nirgends als Geschäftsführer auftritt.«

»Ich verstehe. Natürlich kann ich einen Kumpel in meiner alten Nachrichtenredaktion bitten, sich über diesen Noakes schlauzumachen. Wenn jemand Dreck am Stecken hat, findet er das sofort heraus.«

»Das wäre wirklich sehr nett von Ihnen, Sebastian. Ich möchte um jeden Preis verhindern, dass Posy beim Verkauf von Admiral House übervorteilt wird. Unter uns gesagt, ich bin Sam ja nur einmal kurz begegnet, aber ich kann nicht behaupten, dass er mir sonderlich sympathisch ist. Aber einer Mutter kann man das ja schlecht sagen, nicht wahr?«

»Nein, das geht wirklich nicht.«

»Kennen Sie ihn?«, fragte Freddie.

»Ich habe ihn ein paarmal gesehen und muss leider sagen, dass ich ganz Ihrer Meinung bin.«

»Seine arme Frau tut mir wirklich sehr leid. Ich habe den Eindruck, dass er ein aggressiver Typ ist. Posy hat mir immer wieder gesagt, wie sanftmütig Amy ist.«

»Das stimmt.«

Wieder herrschte Stille, Freddie stand auf und beschäftigte sich mit dem Feuer, das friedlich vor sich hin brannte. Abrupt drehte er sich zu Sebastian. »Verdammt! Dafür brauche ich jetzt einen Whisky. Möchten Sie auch einen?«

»Nein, danke. Den Nachmittag könnte ich im wahrsten Sinne des Wortes abschreiben«, antwortete er lächelnd. Wenig später kehrte Freddie mit dem Whisky zurück, sein Gesicht war düster. Sebastian wurde sofort klar, dass alles, was Freddie bis jetzt gesagt hatte, ein reines Vorspiel gewesen war und er jetzt schließlich hören würde, weswegen er ihn tatsächlich hergebeten hatte. Freddie setzte sich und trank einen großen Schluck von seinem Glas.

»Also«, sagte er seufzend und sah zu Sebastian. »Entschuldigen Sie, dass ich so lange um den heißen Brei herumschleiche, aber wenn ich es Ihnen erzählt haben werde, werden Sie's verstehen. Es ist das erste Mal, dass ich die Geschichte überhaupt jemandem erzähle. Ich verlasse mich darauf, dass Sie Stillschweigen bewahren.«

»Das können Sie«, versprach Sebastian.

Freddie holte tief Luft und leerte sein Glas. »Also. Ich fange an, als ...«

Eine Stunde später hatte Sebastian zusammen mit Freddie zwei Whiskys getrunken, die Flasche stand halb leer am Tisch.

»Ich weiß wirklich nicht, was ich dazu sagen soll.«

»Das verstehe ich«, meinte Freddie. »Was kann man auch dazu sagen?«

»Ich meine, ich bin Schriftsteller, aber ich glaube, nicht einmal ich könnte mir eine ... derart tragische Situation ausdenken.«

»Ich kann Ihnen versichern, dass jedes Wort von mir der Wahrheit entspricht. Leider«, fügte Freddie hinzu. »Wenn man gründlich genug sucht, findet man alles im Internet.«

»Sie sind sich wirklich sicher, dass Posy es nicht weiß?«

»Ja, da bin ich mir sicher. Als ich sie nach all den Jahren wiedersah, bin ich davon ausgegangen, dass sie es in der Zwischenzeit erfahren hatte; dass irgendjemand es ihr erzählt hatte. Aber sie war über fünfundzwanzig Jahre nicht in Admiral House gewesen.«

»Ich kann mir das gut vorstellen«, sagte Sebastian. »Leute sprechen höchst ungern von unerfreulichen Dingen gegenüber demjenigen, dem sie passiert sind. Als meine Frau starb, haben selbst meine engsten Freunde das Thema nach Kräften vermieden, von Außenstehenden ganz zu schweigen.«

Freddie sah zu Sebastian und dann in die sterbende Glut im Kamin. »Können Sie verstehen, weshalb ich sie beim ersten Mal verlassen musste?«

»Ja. Sie waren in einer ausweglosen Situation.«

»Als ich entdeckte, wer sie wirklich war und dass sie nichts davon wusste, blieb mir nichts anderes übrig. Ich ...« Freddie versagte die Stimme, Tränen traten ihm in die Augen. »Es hat mir fast das Herz gebrochen, aber ich wusste, sie wäre daran zugrunde gegangen.«

»Nach allem, was Sie mir erzählt haben, würde ich Ihnen recht geben.«

»Die Frage, über die ich mir jetzt den Kopf zermartere, ist«, Freddie schenkte sich noch einen Whisky ein, »kann sie es jetzt ertragen?«

Sebastian versuchte, sich in Posys Lage zu versetzen. Diese Fähigkeit hatte er sich beim Schreiben angeeignet, wenn eine Figur ihm Kopfzerbrechen bereitete.

»Ich ... ich weiß wirklich nicht, wie sie reagieren würde, Freddie. Sie würde bestimmt schockiert und fassungslos sein. Andererseits würde sie zumindest verstehen, weshalb Sie sie damals verlassen mussten.«

»Und warum ich jetzt keine Beziehung mit ihr eingehe. Sie wundert sich bestimmt, was los ist. Es ist lächerlich, aber trotz der fünfzig Jahre, die seitdem vergangen sind, möchte ich mich ihr zu Füßen werfen, ihr sagen, dass ich sie liebe, und sie endlich heiraten.« Freddie holte ein Taschentuch hervor und putzte sich laut die Nase. »Vielleicht sollte ich einfach verschwinden, Sebastian, das Haus verkaufen und ...«

»... zur Fremdenlegion gehen?«

Da musste Freddie zum ersten Mal lächeln. »Selbst dafür bin ich zu alt! Was würden Sie an meiner Stelle tun?«

»Ich glaube ... ich glaube, ich würde versuchen, es ihr zu sagen. Aber das ist meine Einschätzung, vielleicht wegen all dem, was hinter mir liegt. Als meine Frau starb, wurde mir klar, dass man jede Gelegenheit beim Schopf packen muss, vor allem, wenn es um die Liebe geht.«

»Da gebe ich Ihnen natürlich recht, aber wenn etwas einmal ausgesprochen ist, kann man es nicht mehr zurücknehmen.«

»Das stimmt, aber vergessen Sie nicht, Sie waren beide unschuldige Opfer von etwas, das außerhalb Ihrer Kontrolle lag. Ich weiß, Sie wollten sie schützen, nur aus Liebe, aber Sie haben auch gelitten. Das wird sie verstehen, ganz bestimmt.«

»Ich habe gelitten, wohl wahr, und Sie haben recht. Also, jetzt habe ich Sie lange genug von der Arbeit abgehalten. Ich danke Ihnen sehr für Ihre klugen Worte. Vielleicht ... vielleicht sollte ich es ihr aber erst erzählen, wenn sie aus Admiral House ausgezogen ist und ein neues Leben beginnt. Das könnte den Schlag lindern – sie würde nicht mehr dort leben.«

»Da gebe ich Ihnen recht. Soll sie erst den Umzug hinter sich bringen, der traumatisch genug sein wird, und lassen Sie ihr Zeit, sich in die neue Situation einzufinden.« Sebastian erhob sich, und Freddie begleitete ihn zur Tür. »Auf Wiedersehen, Freddie. Vielleicht können wir uns bei Gelegenheit ja wieder auf ein Bier treffen.«

»Unbedingt! Übrigens bin ich froh, dass Sie bei Posy wohnen. Ich habe sie mir nie gern so ganz allein in dem großen Haus vorgestellt.«

»Wenn es Ihnen etwas hilft: Posy ist einer der stärksten Menschen, die ich kenne«, antwortete Sebastian. »Jetzt bitte ich meinen Kumpel in der Nachrichtenredaktion, sich über diesen Ken Noakes zu erkundigen. Ich melde mich dann bei Ihnen.«

Posy schlief nicht gut. Ihr gingen die vielen Dinge im Kopf um, die sie bis zum Umzug erledigen musste. An dem Morgen rief Nick an, um sich wegen seiner impulsiven Reaktion auf den Verkauf des Hauses zu entschuldigen. Er sagte auch, er habe seinen alten Schulfreund Paul gebeten, sich die Gemälde anzusehen. »Er hofft, dass mir ein van Gogh entgangen ist«, sagte er lachend.

»Lieber Junge, du weißt genau, die Gemälde in diesem Haus sind Kleckshereien, die auf den Sperrmüll gehören und nicht zu Sotheby's.«

»Schlimmstenfalls ist es für ihn ein Grund, nach Southwold zu fahren. Du weißt doch, wie gern Paul dich immer hatte, Mum, und Admiral House. Er möchte sich verabschieden.«

»Von mir oder dem Haus?«

»Sehr witzig. Also, Paul wird am Samstag gegen zehn bei dir sein, und ich schaue am Wochenende auch vorbei.«

»Wie schön! Ich mache Lunch. Bringst du auch deine liebenswerte Freundin mit?«

»Nein, Tammy hat im Moment mit ihrer Boutique alle Hände voll zu tun.«

»Früher oder später muss sie mal herkommen und aussuchen, welche Kleider sie aus der Sammlung deiner Großmutter haben möchte. Du lädst sie doch zu Weihnachten ein, oder? Es wird unser letztes in Admiral House sein, und es sollen so viele Menschen wie möglich hier feiern, damit es fröhlich wird.«

»Ich ... Ja, natürlich.«

»Ist zwischen euch alles in Ordnung?«, fragte Posy. Sie kannte ihren Sohn zu genau, als dass sein kurzes Zögern nicht ihr Misstrauen geweckt hätte.

»Ja, alles bestens, Mum. Wir haben nur beide unglaublich viel zu tun, das ist alles. Ich muss jetzt auch gleich Schluss machen, ich möchte zu einer Auktion in der Lots Road. Ich simse dir die Nummer des Auktionators in Southwold, den ich kenne, er soll sich mal die Einrichtung ansehen und schätzen. Ich warne dich, erwarte nicht zu viel dafür, Mum. Holzmöbel sind heutzutage praktisch wertlos, wenn es nicht gerade etwas wirklich Ausgefallenes ist. Ich an deiner Stelle würde alles, woran du hängst, beiseitestellen, dann zwei Container ordern und die Betten und Sofas und derlei auf die Art entsorgen. Du wirst nichts dafür bekommen.«

»Das erwarte ich auch nicht, mein Schatz.«

»Der Verkauf geht also wirklich über die Bühne?«

»Meines Wissens schon.«

»Du findest es immer noch gut?«

»Ob ich es gut finde oder nicht, tut nichts zur Sache. Ich habe schlicht keine andere Wahl, Nick, es sei denn, ich bekomme wie durch Zauberhand eine Million oder so, um zu renovieren.«

»Du hast natürlich völlig recht. Ich wünschte, ich hätte das Geld, aber ich habe alles Ersparte in mein Geschäft gesteckt.«

»Genau so soll es ja auch sein, Nick. Es ist Zeit, mich zu verändern, so schwer es mir auch fallen mag. Am meisten wird mir der Garten fehlen, aber Sam hat gesagt, dass sie für die Wohnungen und den Garten eine Hausmeisterfirma engagieren werden. Abgesehen davon hätte ich nichts gegen ein paar moderne Möbel und Doppelglasfenster.«

»Ja, also, ich sollte los. Bis morgen, Mum.«

»Bis morgen, lieber Junge.« Seufzend legte Posy den Hörer auf. Wenig später simste Nick ihr die Telefonnummer des Auktionators, und sie rief bei ihm an und vereinbarte, dass er in zwei Tagen kommen und den Inhalt des Hauses schätzen sollte.

Als sie Nicks Rat folgte und von Zimmer zu Zimmer ging, wurde ihr klar, dass sie eigentlich nur sehr wenig in ihr neues Leben mitnehmen wollte. Das eine oder andere Gemälde, die Art-déco-Uhr aus Jade, die im Salon auf dem Kamin stand, den Schreibtisch ihres Vaters mit der abgeschabten Ledereinlage …

Posy ließ sich auf die durchgelegene Matratze in einem der Gästezimmer sinken und betrachtete sich in dem alten, sehr fleckigen goldgerahmten Spiegel, in dem sich Generationen von Andersons betrachtet hatten. Was würden sie alle denken, dass sie, Posy, dreihundert Jahre Familiengeschichte wegwarf? Wenn man jenseits des Grabs noch »denken« konnte, was sie zunehmend bezweifelte. Und doch, seit sie in den Verkauf des Hauses eingewilligt hatte, spürte sie die Gegenwart ihres Vaters stärker als seit vielen Jahren.

»Posy, es ist Zeit«, sagte sie ihrem Spiegelbild.

»Sebastian, ich habe mich gefragt, ob Sie wohl eine halbe Stunde erübrigen könnten, um mich in den Turm im Garten zu begleiten. Wissen Sie, das war das Refugium meines Vaters, und als Kind war mir der Zutritt streng verboten. Mein Vater – und Sie wissen ja, dass ich ihn über alles geliebt habe – hat mir im Garten beigebracht, Schmetterlinge mit dem Netz zu fangen. Dann hat er sie in seinen Turm mitgenommen, um sie zu ›studieren‹, und anschließend, so sagte er mir, habe er sie immer freigelassen. Einmal habe ich mich heimlich hineingeschlichen, und was habe ich entdeckt? Eine große Sammlung gerahmter und sehr toter Schmetterlinge, die an der Wand hing. Es hat mir damals das Herz gebrochen, dabei war er einfach ein Sammler. Das war damals gang und gäbe, er hat sie für die Nachwelt dokumentiert – es sind bestimmt einige Exemplare darunter, die mittlerweile ausgestorben sind.«

Sebastians Hand, in der er eine Scheibe Toast dick bestrichen mit selbst gemachter Marmelade hielt, stockte auf halbem Weg zu seinem Mund. »Na, zumindest werden sie einiges wert sein.«

»Wahrscheinlich, aber ich würde kein Geld dafür haben wollen. Wenn sie wirklich einen Wert haben, würde ich sie dem Naturkundemuseum in London schenken. Wie auch immer, ehrlich gesagt graut mir ein wenig davor, den Turm zu betreten. Ich war seit über sechzig Jahren nicht dort. Nach dem Tod meines Vaters habe ich bei meiner Großmutter in Cornwall gelebt, und als ich schließlich mit meinem Mann und den Kindern hierher zurückkam, konnte ich mich einfach nicht dazu überwinden.«

»Das kann ich gut verstehen, Posy«, antwortete Sebastian ruhig.

»Ich glaube auch nicht, dass es mir jetzt leichter fällt, aber es hilft nichts, es muss sein. Der Turm muss ja vor dem Umzug leer geräumt werden.«

»Natürlich begleite ich Sie, Posy. Sagen Sie einfach, wann es Ihnen passt.«

»Wie wär's mit heute Nachmittag? Ich muss das jetzt angehen, und wenn am Wochenende Nicks Freund Paul kommt, der Kunsthändler, wäre es vielleicht eine gute Idee, ihm die Schmetterlinge zu zeigen.«

Mit schwerem Herzen sah Sebastian Posy nach, als sie die Küche verließ, und fragte sich, weshalb sie nicht Sam bat, sie zu begleiten. Als ihr ältester Sohn wäre er doch eigentlich die offensichtlichste Person. Er stand auf, um seinen Teller und den Becher abzuspülen, und überlegte sich, dass er womöglich voreingenommen war. Aber selbst wenn er nicht in Sams Frau verliebt wäre, würde er den Mann fies und arrogant finden, davon war er überzeugt.

»Bei den Genen kann man nie wissen«, sagte er sich, als er die fantastisch gedrechselte Treppe hinaufging, und hoffte, Posy würde es ihm nicht verübeln, dass er deren Schönheit als zentrales Motiv für sein Buch verwendete.

»Hätten Sie jetzt die halbe Stunde Zeit, mich zum Turm zu begleiten?«, fragte Posy ihn nach dem Lunch.

Sebastian legte Messer und Gabel auf den Teller. »Der Rindereintopf war der beste, den ich je gegessen habe, und wenn Sie mir den demnächst noch mal vorsetzen, begleite ich Sie auch auf den

Mond. Also, lassen Sie mich nur noch schnell zwei Taschenlampen holen, ich bezweifle, dass es dort Strom gibt.«

Posy brachte ein kleines Lächeln zustande, aber als Sebastian aufstand, merkte er, wie angespannt sie war.

Auf dem Weg durch den Garten sah Sebastian durch den Dunst, der sich den ganzen Tag nicht gelichtet hatte, den Turm hinter einer Reihe kahler Kastanien aufragen. Unwillkürlich schauderte er, und angesichts dessen, was er wusste, war ihm womöglich genauso beklommen zumute wie Posy.

Sie erreichten die Tür, die aus ehemals solider Eiche bestand, durch die jahrzehntelange Vernachlässigung aber teilweise morsch geworden war. Posy führte den schweren Schlüsselbund zum Schloss, aber ihre Hand zitterte so stark, dass sie den Schlüssel nicht ins Loch stecken konnte.

»Darf ich helfen?«

Sebastian musste alle Kraft aufbringen, um das Schloss aufzusperren, das seit über sechzig Jahren nicht betätigt worden war. Sein Herzschlag beschleunigte sich. Wer wusste schon, was sie dort erwartete, was von der Tragödie zurückgeblieben war, die sich in diesen Mauern ereignet hatte …?

Schließlich bewegte sich der Schlüssel, und bevor er sich noch weiter Gedanken machen konnte, hatte Posy die Tür aufgestoßen. Sie traten in einen düsteren Raum. Das Fenster verschwand hinter Spinnweben, außen war es von Efeu überwuchert. Beide schalteten ihre Taschenlampen an und leuchteten umher.

»Hier hat mein Vater sein ganzes Sportgerät aufbewahrt«, erzählte Posy, als sie über eine Ansammlung von Stöcken trat, die unter grünem Schimmel verschwanden. »Cricketstäbe«, sagte sie. »Und schauen Sie sich das an.« Sie hob etwas Hölzernes auf und wedelte damit herum. »Ein Krocketschläger. Krocket haben wir immer gespielt, wenn meine Eltern hier Feste veranstaltet haben.«

Sebastian richtete den Strahl seiner Taschenlampe auf einen großen Schrank. Die Tür stand einen Spalt auf, und als er sie ganz öffnete, sah er eine Reihe von Gewehren, die ordentlich dort aufgereiht standen; das Metall war dunkelbraun verrostet. Sein Herz setzte einen Schlag aus, als er feststellte, dass eins eindeutig fehlte.

»Die Jagdgewehre meines Vaters«, sagte Posy. »Manchmal hörte ich nachts einen Schuss. Daddy sagte immer, das sei der Bauer, der Kaninchen vertreibe, aber die Farm ist ziemlich weit weg, und der Schuss klang immer recht nah, also vermute ich, dass er es war.«

»Das ist ein Purdey. Wenn es richtig gereinigt würde, wäre es ziemlich wertvoll«, sagte er, als er eins der Gewehre herausnahm.

»Jagen Sie?«

»Guter Gott, nein, aber ich kenne mich mit Purdeys etwas aus, weil ich für meinen letzten Roman über sie recherchieren musste«, erklärte er lächelnd. Posy leuchtete mit ihrer Lampe die Treppe hinauf.

»Soll ich vorausgehen?«, erbot er sich.

»Wenn Sie nichts dagegen hätten. Aber passen Sie auf, wenn ich mich recht erinnere, ist die Spindeltreppe sehr eng.«

»In Ordnung.«

Auf ihrem Weg nach oben hallten ihre Schritte auf den alten Steinstufen durch den Turm. Die Luft roch modrig, und als sie oben auf dem kleinen Absatz standen, bekam Posy einen Niesanfall.

»Du meine Güte«, sagte sie, wühlte in ihrer Barbourjacke nach einem Taschentuch und putzte sich die Nase. »Wahrscheinlich atmen wir hier Luft aus Kriegszeiten ein!«

»Also.« Sebastian betrachtete die Tür vor sich – eine kleinere Version der Eingangstür, aber in weit besserem Zustand. »Da wären wir.«

»Ja.« Als Posy die Tür ansah, kam es ihr vor, als würden ihr aus dem Holz Hunderte Erinnerungen entgegenwirbeln.

»Soll ich sie öffnen?«

Posy reichte ihm den großen Schlüsselbund, der sie an ein

überdimensionales Armband denken ließ, dessen Anhänger Schlüssel unterschiedlicher Größe bildeten.

Sebastian drehte am Knauf, doch die Tür war tatsächlich verschlossen. Erst mit dem vierten Schlüssel, mit dem er es versuchte, ließ sich das Schloss öffnen.

»Gehen wir rein?«

»Kann ich eine Augenbinde tragen, um nicht die ganzen armen toten Schmetterlinge sehen zu müssen?«

»Das liefe dem Zweck der Übung allerdings zuwider.«

Sebastian reichte ihr eine Hand, und Posy versuchte, tief durchzuatmen, um ihren Herzschlag zu beruhigen. Hinter dieser Holztür befand sich alles, was ihren Vater ausmachte. Sie folgte Sebastian in den Raum, die Augen auf den Boden gerichtet, der unter einer jahrzehntedicken Staubschicht lag.

Sebastian leuchtete den runden Raum ab, der Lichtstrahl wanderte über eine große Anzahl von Rahmen, die lauter Schmetterlinge enthielten und schief an der Wand hingen. Er bemerkte einen Schreibtisch, einen lederbezogenen Stuhl und ein Regal voll Bücher. Jenseits davon fiel der Strahl seiner Taschenlampe auf einen großen Fleck an der Wand. Er war kupferfarben und umgeben von kleinen Spritzern, als hätte ein moderner Künstler Farbe auf eine Leinwand gekleckst.

Er brauchte einen Moment, um zu erkennen, was es war, aber nachdem er den Fleck gedeutet hatte, musste er erst einmal tief Luft holen. Er drehte sich zu Posy um, doch die hatte sich von ihm abgewandt und betrachtete eingehend einen Schaukasten.

»An den Schmetterling erinnere ich mich – ich habe ihn gefangen, und Daddy war begeistert, weil Quendel-Ameisenbläulinge sehr selten waren. Ich glaube, das war sogar der letzte Falter, den ich je gefangen habe«, sagte sie seufzend. »Vielleicht bitte ich Amy, ihn zu malen, zur Erinnerung daran, wie schön er war, ohne seinen Tod vor Augen haben zu müssen«, sagte sie, als sie sich mit einem traurigen Lächeln zu ihm wandte.

Als ihr Blick durch den Raum wanderte, hätte Sebastian sie am liebsten gedrängt zu gehen, bevor sie den Fleck bemerkte, doch es war zu spät. Posy leuchtete mit ihrer Taschenlampe direkt darauf.

»Was ist denn das?« Sie trat näher, um den Fleck genauer zu untersuchen.

»Vielleicht etwas, das von der Decke getropft ist.« Er hörte selbst, wie lahm das klang.

»Nein ...« Posy berührte den Fleck fast mit der Nase. »Sebastian, für mich sieht das aus wie getrocknetes Blut. Um genau zu sein sieht es aus, als hätte jemand vor der Wand gestanden und wäre erschossen worden.«

»Vielleicht einer Ihrer Vorfahren, der sich mit jemandem duelliert hat?«

»Das wäre möglich, aber ich bin mir sicher, dass mir das aufgefallen wäre, als ich damals als Kind hereingeschlichen bin. Ich meine, er ist ja kaum zu übersehen, so direkt gegenüber der Tür.«

»Vielleicht hingen damals mehr Schaukästen hier.«

»Da könnten Sie recht haben. Doch, ich bin mir sicher, dass Daddys Admiral-Sammlung hier hing. Wenn ich mich richtig erinnere, waren das die ersten Schmetterlinge, die ich sah, als ich die Tür öffnete, und dann bin ich nur noch die Treppe hinuntergestürzt. Ja, das ist die Erklärung.«

Sebastian zitterten vor Erleichterung die Knie, als Posy sich fortdrehte und zum Schreibtisch ging. Sie griff nach einem großen Vergrößerungsglas und blies darauf. Tausende Staubflöckchen wirbelten durch die Luft, und im Strahl der Taschenlampe glitzerten sie wie Strass.

»Das war eines seiner Folterwerkzeuge. Die Lügen, die Erwachsene Kindern erzählen, um sie zu beschützen«, sagte sie seufzend.

»Das tun wir natürlich alle, aber langfristig gesehen bin ich mir nicht sicher, ob es wirklich so gut ist.«

Wieder musste Sebastian tief Luft holen. »Soll ich die ganzen Schaukästen ins Haus hinübertragen?«, fragte er.

»Ja, bitte, Sebastian.« Posy zeigte auf die Bücher im Regal. »Abgesehen von denen kann alles andere vermutlich in den Container wandern.« Sie fröstelte. »Es gefällt mir hier überhaupt nicht. Die Atmosphäre ist seltsam. Dabei habe ich mir als Kind immer vorgestellt, Daddy säße hier in seinem hellen Thronzimmer – der Feenkönig oben in seinem Schloss. Tja«, meinte sie achselzuckend, »dabei war es bloß ein Spiel.«

»Das stimmt. Gehen Sie schon mal voraus, Posy, und ich komme mit den Schmetterlingen nach.«

»Danke, Sebastian«, antwortete sie.

Kapitel 26

Tammy lag neben Nick im Bett und sah ihm zu, wie er in einem Auktionskatalog las.

»Du bist am Wochenende also wieder in Southwold?«, fragte sie.

»Ja, das habe ich dir ja schon gesagt. Paul kommt, um sich die Bilder bei Mum anzusehen, und am Sonntag ist in Lavenham eine Auktion, die ich besuchen möchte. Ich fahre am Freitagabend nach Admiral House und sollte am späten Sonntagnachmittag wieder hier sein.«

»Darf ich mitkommen? Ich würde deine Mum gern wiedersehen, außerdem hat sie gesagt, dass ich mir ein paar Kleider von ihr anschauen soll.«

»Ich dachte, dass du samstags immer in der Boutique sein möchtest. Du hast gesagt, da wäre am meisten los.«

»Vergiss nicht, ich habe Meena, sie ist als Verkäuferin viel besser, als ich je sein werde!«

»Das mag sein, aber sie ist nicht du. Außerdem, hast du dich nicht mit Jane zum Lunch verabredet?«

»Doch, aber das kann ich immer verschieben. Ich würde deine Mutter wirklich gern wiedersehen«, wiederholte Tammy.

»Um ehrlich zu sein glaube ich, dass sie im Moment ziemlich viel um die Ohren hat. Vielleicht ein anderes Wochenende, wenn der Hausverkauf über die Bühne gegangen ist, ja?«

»Himmel, Nick, das sagst du immer, verdammt noch mal!« Die

Frustration und die Ungewissheit, die Tammy empfand, brachen aus ihr hervor. »Ich kann mich nicht erinnern, wann du und ich das letzte Mal ein ganzes Wochenende miteinander verbracht haben. Ständig verschwindest du irgendwohin.«

»Ja, um Sachen zu kaufen, damit ich mein Geschäft eröffnen kann. Es tut mir sehr leid, dass ich dir nicht meine ganze Aufmerksamkeit schenken kann, Tammy«, sagte er kühl, »aber ich dachte, wir hätten gegenseitig Verständnis für die Arbeit des anderen.«

»Das haben wir ja auch, *ich* habe es auch«, antwortete Tammy, »aber trotz der ganzen Arbeit sollte es doch möglich sein, ab und zu vierundzwanzig Stunden zu finden, die wir miteinander verbringen können, oder? Geht es im Leben nicht auch um eine gewisse Balance?«

»Tammy, ich möchte nicht kleinlich klingen, aber ich habe den Eindruck, dass du jetzt, wo dein Geschäft läuft, etwas dagegen hast, wenn ich meins ebenfalls aufbaue.«

»Das ist nicht fair! Ich habe immer Zeit für uns gefunden.«

Nick warf den Katalog auf den Boden und stand auf. »Mir gehen hundert Sachen durch den Kopf, um die ich mich kümmern und die ich erledigen muss, und Stress von dir ist wirklich das Letzte, das ich dabei brauchen kann. Ich gehe wieder zu Paul und Jane, da habe ich wenigstens meine Ruhe!«

Tammy hörte die Tür hinter ihm ins Schloss fallen. Sie vergrub den Kopf im Kissen und brach in Tränen aus.

Zwei Tage später verließ Tammy mittags die Boutique, um sich mit Jane im Langans am Beauchamp Place zu treffen, wo sie sich samstags häufig zum Lunch verabredeten. Von Nick hatte sie in der Zwischenzeit nichts gehört.

»Du siehst strahlend aus«, sagte sie, als sie ihrer Freundin gegenüber Platz nahm.

»Danke, mir geht's auch gut. Jetzt habe ich die erste Ultraschalluntersuchung gehabt, und Gott sei Dank ist beim Baby so weit alles in Ordnung, ich kann also ein bisschen aufatmen. Ein Glas Wein für dich, Tammy? Du kommst mir vor, als könntest du es brauchen.« Jane musterte sie. »Ist alles in Ordnung? Du siehst sehr blass aus.«

»Ich habe in den letzten Tagen nicht gut geschlafen, das ist alles.«

»Weil du im Kopf ständig die ganzen Einnahmen zusammenrechnen musst?«, scherzte Jane, als sie beim Kellner ein Mineralwasser und einen Wein bestellte.

»Nein, obwohl das Geschäft in den letzten Tagen wirklich gut gelaufen ist, und heute Vormittag war die Boutique gerammelt voll. Ich kann auch nicht zu lang bleiben, Meena muss den Laden ganz allein schmeißen.«

»Das schafft sie doch problemlos. Aber wenn das Geschäft weiterhin so gut läuft, wirst du wohl noch eine Mitarbeiterin einstellen müssen, die euch beide entlastet.«

»Ich weiß. Darüber sollte ich mir wirklich Gedanken machen«, pflichtete Tammy ihr bei.

»Tam, jetzt komm schon, du solltest Freudensprünge machen vor Begeisterung! Alle Welt spricht von dir und deinen fantastischen Kleidern, und du bist bedrückt. Was ist los?«

Tammy trank einen großen Schluck Wein. »Vorgestern Abend haben Nick und ich uns gestritten, und seitdem habe ich nichts von ihm gehört. Janey ...« Tammy trank noch einen Schluck. »Ich glaube, Nick hat eine Affäre.«

Entgeistert sah Jane sie an. »Wie bitte?! Nie im Leben!«

»Also, ich denke schon.«

»Aber bei der Party habt ihr so glücklich miteinander gewirkt.« Jane schüttelte den Kopf. »Nein, das kann ich nicht glauben. Nicht Nick, nicht er. Er ist nicht der Typ dazu.«

»Janey, vor Kurzem ist etwas passiert, und ich weiß, dass Nick mich in der Sache angelogen hat.«

»Was war denn?«

Tammy erzählte Jane, wie sie den Anruf auf Nicks Handy angenommen und der Anrufer aufgelegt hatte und wie sie dann gesehen hatte, dass der Anrufer die Initiale »EN« und dieselbe Vorwahl wie Posy in Southwold hatte.

»Nick hat mir gesagt, dass dieser EN in London lebt. Weshalb würde er da lügen?«

»Vielleicht lebt EN zeitweise wirklich in London. Das ist kaum ein Beweis für eine Affäre, Tammy.«

»Ich weiß, aber ich habe einfach das Gefühl …« Tammy drehte ihr Weinglas zwischen den Fingern hin und her. »Abgesehen davon hat er mir gesagt, dass er etwas erledigen müsste, bevor er sich ganz auf die Beziehung mit mir einlassen kann. Du hast einmal von einer jungen Frau gesprochen, die er kannte und die in Southwold lebt, oder?«

»Ja, aber … ich glaube nicht, dass es etwas Ernstes oder Langfristiges war. Wenn ich mich recht erinnere, hat sie mit ihrem Freund zusammengewohnt.«

»Aber es gab jemanden?«, fragte Tammy nach.

»Ja.«

»Und wie hieß sie?«

»Ich glaube, Evie irgendetwas. Ach ja, Evie Newman war's.«

»O mein Gott! EN!« Tränen schossen Tammy in die Augen. »Ich hab's doch gewusst!«

»Bitte, Tammy, versuch dich nicht aufzuregen …«

»Wie soll das gehen? Es liegt doch auf der Hand, dass er sich wieder mit ihr trifft.«

»Das war vor zehn Jahren, und du hast keinen einzigen Beweis, dass Nick jetzt wieder etwas mit ihr hat«, beruhigte Jane sie.

»Also gut – warum hat sie ihn dann angerufen, und warum wollte er nicht, dass ich dieses Wochenende mitfahre?«

»Weil er dachte, dass es dich langweilt und du Besseres vorhast, etwa diesen Lunch mit mir.«

»Nein, Janey, wir wissen beide, weswegen er dort ist, und wenn ich es recht bedenke, war Nick im vergangenen Monat jedes zweite Wochenende unterwegs, angeblich bei einer Auktion.«
»Ja und? Er ist Antiquitätenhändler, das ist sein Job«, sagte Jane achselzuckend.
»Außerdem fragt er mich nie, ob ich mitkommen möchte. Im Gegenteil, wenn ich den Vorschlag mache, findet er einen Grund, weshalb das unmöglich geht.«
»Hör mal, Tammy, ich kann ja verstehen, dass du misstrauisch bist. Das wäre ich an deiner Stelle auch. Aber ich bin felsenfest davon überzeugt, dass Nick dich liebt – das hat er Paul auch gesagt. Bevor du das Beste, das dir seit Jahren passiert ist, aufs Spiel setzt, musst du mit Nick reden und die Sache klären. Wahrscheinlich gibt es einen völlig legitimen Grund, warum er in Southwold ist. So, und jetzt sollten wir bestellen, wenn du bald in die Boutique zurückwillst. Ich nehme den Teufelsfisch.«
»Ich habe keinen Hunger. Ich nehme den Rucolasalat und noch ein Glas Wein.«
Während Jane die Bestellung aufgab, spielte Tammy geistesabwesend mit ihrer Serviette.
»Was das Ganze noch merkwürdiger macht, ist, dass er mir neulich ein Haus in Battersea gezeigt und gefragt hat, ob es mir gefällt und ich mir vorstellen könnte, dass später einmal unsere Kinder dort durch den Garten laufen.«
»Da siehst du's! Brauchst du wirklich noch mehr Beweise?«
»Nein, wahrscheinlich nicht«, sagte Tammy wenig überzeugt und stippte ein Grissini in die Olivenpaste. »Aber für EN gibt es trotzdem keine Erklärung.«
»Weißt du, ich kenne Nick seit Jahren. Tammy, er ist kein Spieler, das schwöre ich. Paul und ich haben uns gerade neulich darüber unterhalten, und wir waren beide der Meinung, dass du für ihn die Frau seines Lebens bist. Liebst du ihn?«
»Ja. Zu meinem Leidwesen liebe ich ihn.«

»Dann würde ich als Ehefrau dir den Rat geben, den Streit nicht schwären zu lassen. Ist Nick heute Abend bei seiner Mutter in Southwold?«

»Das hat er mir zumindest erzählt.«

»Ich an deiner Stelle würde mich heute Abend in den Wagen setzen, nach Admiral House fahren und mit ihm reden. Es ist sinnlos, diesen Kummer länger als nötig mit dir herumzutragen. Red mit ihm, klär die Sache.«

»Ich weiß nicht.« Tammy zuckte mit den Schultern. »Ich bin noch nie im Leben einem Mann nachgelaufen.«

»Das ist nicht irgendein Mann, Tam, das ist der Mann, mit dem du den Rest deines Lebens verbringen willst. Also schluck deinen Stolz hinunter und red mit ihm. Das zumindest wäre mein Rat«, sagte Jane. »Und jetzt lass mich ganz gemein sein und dir das Bild von dem Baby zeigen, das sie mir bei der Untersuchung mitgegeben haben.«

Als Tammy ins Geschäft zurückkehrte, bediente Meena in aller Seelenruhe vier Kundinnen gleichzeitig. Die nächsten zwei Stunden ging es zu wie im Bienenstock, bis sich der Laden um vier Uhr schlagartig leerte, und in der nächsten Dreiviertelstunde kam keine Menschenseele mehr herein.

»Wir machen früher Schluss, Meena«, sagte Tammy und gähnte. »Ich bin kaputt.«

»Sie haben sich überarbeitet, junge Dame. Sorgen Sie dafür, dass Sie sich morgen richtig ausruhen. Die letzten Wochen waren sehr anstrengend für Sie.«

»Das stimmt allerdings«, erwiderte Tammy, schaltete die Kasse ab und half Meena, die Einnahmen zu zählen.

Eine halbe Stunde später ging Tammy in ihrem Haus auf und ab und fand einfach keine Ruhe.

»Was soll's!«, sagte sie schließlich, warf ihren Waschbeutel und etwas Kleidung zum Wechseln in die Reisetasche, verließ das Haus und ging zu ihrem Wagen. Auf dem Weg nach Southwold rief sie Nick auf dem Handy an, doch wie üblich bekam sie nur die Mailbox zu hören. Sie holte tief Luft und hinterließ eine Nachricht.

»Hi, ich bin's. Es tut mir leid wegen neulich Abend. Das war egoistisch von mir. Ich bin jetzt auf dem Weg nach Southwold, ich möchte dich sehen und die Sache mit dir durchsprechen. Ich werde gegen acht da sein. Lass es mich wissen, wenn's dir nicht passt. Bis dahin, ciao.«

Als Tammy schließlich vor Admiral House vorfuhr, schlug ihr das Herz bis zum Hals. Sie hatte panische Angst davor, was sie möglicherweise herausfinden könnte. Zumindest war jemand im Haus, denn sie sah Licht brennen. Sie ging zur Eingangstür und klopfte laut.

»Guten Abend, Tammy. Was machst du denn hier?«

Nicht Posy öffnete ihr die Tür, sondern Amy.

»Ich ... äh ... ich bin gekommen, um Nick zu sehen.«

»Nick?« Amy sah sie verwundert an. »Aber er ist nicht hier, Tammy.«

»Ach.«

»Aber komm doch rein, ich freue mich, dich zu sehen«, sagte Amy lächelnd, als sie durch den Eingangsbereich zur Küche ging. »Ich arbeite an der Zeichnung des Hauses, die Posy sich als Motiv für ihre Weihnachtskarte wünscht.«

Sebastian saß am Küchentisch, ein Glas Wein in der Hand.

»Tammy, was für eine nette Überraschung! Ein Glas Wein? Ich leiste Amy gerade Gesellschaft, während sie das Bild fertig macht.«

Die Tatsache, dass es seit mindestens drei Stunden eigentlich viel zu dunkel war zum Zeichnen, gepaart mit der ausführlichen Begründung, die beide ihr gegenüber anführten, bestätigte den Verdacht, der Tammy bei ihrer Eröffnungsparty gekommen war.

»Ja, sehr gern«, sagte sie und ließ sich in einen Stuhl fallen. Sie fühlte sich erschöpft. »Wo ist Posy?«

»Beim Dinner mit ihrem guten Freund Freddie«, sagte Amy. »Du hast sie knapp verpasst, sie hat das Haus erst vor zehn Minuten verlassen.« Amy schenkte ihr ein großes Glas Wein ein und reichte es ihr. »Bitte sehr.«

»Also, ich muss wieder an die Arbeit«, sagte Sebastian. »Ich lass die Damen dann mal allein. Schön, Sie wiederzusehen, Tammy, und danke noch mal für die Einladung zur Party, der Abend hat mir sehr gefallen. Ciao, Amy«, fügte er mit einem Nicken hinzu.

»Ciao, Sebastian.«

Tammy bemühte sich, angesichts ihrer übertriebenen Förmlichkeit nicht zu lächeln. Sie trank einen großen Schluck Wein.

»Posy hat Nick also heute Abend gar nicht erwartet?«

»Sie hat nichts davon gesagt, aber wahrscheinlich hat er einen Schlüssel, und vielleicht hat er Posy gesagt, dass es spät wird.« Amy warf einen Blick zum Kochherd. Hätte Posy mit Übernachtungsbesuch gerechnet, hätte sie etwas zum Aufwärmen auf die Platte gestellt, so spät der Gast auch kommen mochte. Doch auf dem Herd stand kein Topf.

»Nick hat mir gesagt, dass er vergangene Nacht bei seiner Mutter war.«

»Das kann durchaus sein, Tammy, ich bin erst nach dem Mittagessen gekommen. Sein Freund Paul war hier und ist gegen drei gefahren. Es tut mir wirklich leid, aber es sieht so aus, als hättest du die Fahrt umsonst gemacht.«

»Ja.« Sie verzog das Gesicht. »Offenbar ein Missverständnis.«

»Das macht nichts. Es freut mich sehr, dich zu sehen, und Posy hat bestimmt nichts dagegen, wenn du über Nacht hierbleibst.«

»Nein, ich glaube, ich fahre gleich zurück.«

Amy sah den Kummer in Tammys ausdrucksstarken grünen Augen. »Ich will mich nicht aufdrängen, aber würde es dir helfen, darüber zu reden?«

»Eigentlich gibt es nichts zu reden. Ich dachte, Nick hätte gesagt, er würde übers Wochenende herfahren. Ich ... ich habe mich eindeutig getäuscht.« Die emotionale Anspannung der vergangenen Tage holte sie ein, sie spürte einen Kloß im Hals, Tränen stiegen ihr in die Augen. »Mist! Amy, es tut mir leid. Ich habe kein Recht, mein Unglück bei dir abzuladen.«

»Red keinen Unsinn. Hier.« Amy schob eine Schachtel Papiertücher zu ihr hinüber, und Tammy putzte sich die Nase. »Ich gebe nur kurz Sam Bescheid, dass ich aufgehalten werde, dann können wir uns unterhalten, ja?«

Während Amy mit Sam sprach, versuchte Tammy, sich zu fassen.

»Ich vermute, ihr habt euch gestritten?«, fragte Amy, als sie sich wieder an den Küchentisch setzte.

»Ja.«

»Darf ich fragen, worum es ging?«

»Eigentlich um nichts.« Tammy zuckte mit den Schultern. »Angefangen hat es damit, dass ich misstrauisch war wegen etwas, was zu Unsicherheit führte, was unweigerlich in einen Streit mündete.«

»Es überrascht mich, dass du bei Nick misstrauisch wirst. Er trägt dich doch auf Händen.«

»Das sagt mir jeder.« Tammy seufzte. »Amy, ich muss dich etwas fragen. Kennst du eine Frau, die Evie Newman heißt?«

»Ja, ich kenne sie, aber eigentlich nur flüchtig. Das war in der Zeit, als die Beziehung zwischen Sam und mir gerade anfing, da habe ich noch in London gelebt. Als wir heirateten und ich nach Southwold zog, war Evie schon weg.«

»Aber jetzt ist sie wieder hier.«

»Ja.«

»War Nick in sie verliebt?«

»Nach allem, was ich gehört habe, ja«, bestätigte Amy. »Ach, Tammy, das tut mir wirklich leid.«

»Das ist schon in Ordnung, das weiß ich bereits von meiner Freundin Janey. Kommt es dir nicht merkwürdig vor, dass Evie in dem Moment, als Nick aus Perth zurückkommt, auch wieder in Southwold aufkreuzt?«

Beklommen erinnerte sich Amy an den Tag, als sie mit Posy an Evies Haus vorbeigefahren war und Nicks Wagen davor geparkt hatte. »Ich ... wahrscheinlich schon.«

»Ich glaube, er trifft sich wieder mit ihr. Vor ein paar Tagen habe ich einen Anruf auf seinem Handy angenommen. Der Anrufer legte kommentarlos auf, aber ich habe gesehen, dass es die Vorwahl von Southwold war. Das heißt, es muss sie sein, oder nicht?«

»Es sieht ganz danach aus.«

»Also findest du nicht, dass ich paranoid bin?«

Bekümmert schüttelte Amy den Kopf. »Nein.«

»Außerdem erzählt Nick mir dann auch noch, dass er das Wochenende hier in Admiral House verbringt. Warum? Warum hat er mich angelogen?«

»Das kann ich dir wirklich nicht sagen.«

»Weil er bei ihr ist. Einen anderen Grund kann es nicht geben.«

Amy schwieg, denn sonst hätte sie Tammy zustimmen müssen. Offenbar zeigte sich das auf ihrem Gesicht, denn Tammy bat: »Bitte sag mir, wenn du etwas weißt. Es ist viel besser, das jetzt herauszufinden, als weiter im Dunkeln zu tappen und zum Schluss wie die letzte Idiotin dazustehen.«

»Ich ... Also, vor zwei Wochen oder so kamen Posy und ich zufällig an Evies Haus vorbei, und da stand ein roter Austin Healey davor. Aber es muss ja nicht Nicks gewesen sein, oder? Es könnte reiner Zufall gewesen sein ...«

»Nein.« Tammys Augen füllten sich mit Tränen. »Wir wissen beide, dass es kein Zufall war. Wie viele alte rote Austin Healeys soll es in Southwold denn geben? Verdammt! Wie kann er mir das antun?!«

»Du weißt nichts Genaues, Tammy, bitte. Du musst mit ihm reden – vielleicht hatte er einen Grund, weshalb er sie sehen musste, etwas Geschäftliches oder derlei«, sagte Amy eindringlich.

Tammy war vom Tisch aufgestanden. »Amy, würdest du mir einen Gefallen tun und mir zeigen, wo Evie Newman wohnt?«

»Wenn du das wirklich möchtest.«

»Ja«, sagte Tammy überzeugt und ging zur Küche hinaus. Amy blieb nichts anderes übrig, als ihr zu folgen. Sie stiegen in Tammys Wagen, und sie fuhr mit Vollgas die Auffahrt hinunter.

»Hier rechts und dann die erste links«, dirigierte Amy sie, als sie die Stadt erreichten. »Jetzt ist es das Haus an der Ecke, da drüben.«

Amy konnte es kaum ertragen hinzuschauen, als Tammy das Tempo drosselte und sie langsam auf das Haus zufuhren. Vor Erleichterung atmete sie laut aus, als auf der Straße vor Evies Haus kein einziges Auto stand.

»Siehst du? Dann war es doch reiner Zu…«

»*Da!*« Tammy deutete auf die gegenüberliegende Straßenseite dreißig Meter vom Haus entfernt. Im Vorbeifahren überprüfte sie das Kennzeichen, um sich zu vergewissern, dass es keine Verwechslung war. »Das ist eindeutig Nicks Wagen.«

Fünfzig Meter weiter hielt Tammy abrupt am Straßenrand an, dann saßen die beiden Frauen eine Weile schweigend da.

Amy sprach als Erste. »Es tut mir wirklich so leid, Tammy. Ich finde trotzdem immer noch, dass du mit Nick reden solltest. Es kann eine ganz unschuldige Erklärung dafür geben. Nick ist einfach nicht die Art Mann …«

»Würden alle bitte aufhören, mir zu sagen, was für eine Art Mann Nick ist, wenn es verdammt noch mal auf der Hand liegt, dass er ein absoluter Dreckskerl ist!« Tammy schlug mit der flachen Hand aufs Lenkrad und brach in Tränen aus. »Entschuldige, Amy. Es ist nicht deine Schuld.«

»Das macht nichts, wirklich nicht. Ich kann dich gut verstehen.

Komm, fahren wir doch nach Admiral House zurück, trinken noch ein Glas Wein und unterhalten uns.«

»Nein, danke.« Tammy kramte ein Taschentuch aus dem Handschuhfach und putzte sich die Nase. »Im Moment habe ich nicht die geringste Lust, ein Haus zu betreten, in das Nick Montague je den Fuß gesetzt hat. Ich liefere dich dort ab und fahre gleich wieder nach London.«

Schweigend kehrten sie zum Haus zurück. Amy wusste, dass es sinnlos war, tröstende Worte finden zu wollen. Tammy blieb stehen.

»Bist du sicher, dass du noch nach London fahren kannst?«

»Ja, sicher.«

»Es tut mir wirklich leid, Tammy.«

»Mir auch.«

»Darf ich dich morgen oder übermorgen anrufen und hören, wie's dir geht?«, fragte Amy leise, als sie ausstieg.

»Ja, natürlich. Und danke für dein Verständnis. Tschüss.«

Tammy wendete und fuhr mit quietschenden Reifen die Auffahrt hinunter. Amy blickte am Haus hinauf, Sebastian stand oben an seinem Fenster und sah den verschwindenden Rücklichtern von Tammys Wagen nach.

Nachdem sie gerade miterlebt hatte, wie viel Kummer ein moralischer Verrat wie der ihre verursachen konnte, hatte Amy nicht den Nerv, ins Haus zu gehen und zu erklären, was vorgefallen war. Sie holte die Autoschlüssel aus der Handtasche, setzte sich in ihren eigenen Wagen und fuhr zu ihren Kindern und ihrem Mann nach Hause.

Kapitel 27

Posy war erschöpft, als sie von ihrem Essen mit Freddie nach Hause kam. Mittlerweile hatte sie sich zwar an seine Launenhaftigkeit gewöhnt – in einem Moment herzlich und überschäumend, im nächsten distanziert und schweigsam –, aber an diesem Abend war er außergewöhnlich einsilbig gewesen, und sie hatte das Gespräch fast allein bestritten.

Obendrein hatte Nicks Freund Paul Lyons-Harvey die Gemälde im Haus begutachtet. Sie hatte zwar geglaubt, sie hätte sich mit dem Verkauf von Admiral House abgefunden, doch als er über den Wert der Bilder – oder, in den meisten Fällen, deren Wertlosigkeit – gesprochen hatte, war ihr zum ersten Mal bewusst geworden, auf was für ein gewaltiges Unterfangen sie sich eingelassen hatte.

Überrascht sah sie Nicks Wagen in der Auffahrt stehen. Sie hatte ihn erst am kommenden Vormittag erwartet, und ausnahmsweise einmal freute sie sich gar nicht darüber, ihren Sohn zu sehen. Alles, wonach ihr der Sinn stand, war, sich mit einer Wärmflasche ins Bett zu legen.

»Mum!« Nick marschierte panisch in der Küche auf und ab. »Gott sei Dank bist du wieder da. War Tammy heute Abend hier?«

»Ich war nicht da, Nick, aber weshalb hätte sie hier sein sollen?«

»Weil sie mir auf meiner Mailbox eine Nachricht hinterlassen hat, dass sie hierherkommt, um mit mir zu sprechen, und dass sie gegen acht hier sein würde. Ich habe die Nachricht erst vor einer Viertelstunde abgehört und bin sofort hergefahren.«

»Ah so. Also, Amy war hier und Sebastian auch. Du solltest ihn fragen.«

»Ach, Mum, lieber nicht. Ich möchte ihn nicht stören.«

»Vor zwei schläft er selten«, meinte Posy.

»Das bin ich, der Vampir, der nur in der Dunkelheit sein Versteck verlässt«, sagte Sebastian, der in dem Moment mit einem Becher in der Hand die Küche betrat. »Ich wollte mir einen Kakao machen. Guten Abend, Nick. Himmel, heute Abend geht es hier ja zu wie am Piccadilly Circus.«

»Sebastian, war Tammy vorhin hier?« Nick folgte ihm zum Herd, wo er in einem Topf Milch erhitzte.

»Ja.« Er nickte. »Kurz nach acht ist sie gekommen.«

»Wie ging es ihr?«

»Das weiß ich nicht. Ich habe sie mit Amy allein gelassen und bin nach oben gegangen, um zu arbeiten. Aber sie wirkte ziemlich überrascht, dass Sie nicht hier waren. Ich glaube, sie ging davon aus, dass Sie hier sein sollten.«

»Mist! Und wie lang ist sie geblieben?« Verstört fuhr Nick sich durchs Haar.

»Ach, ungefähr eine Viertelstunde. Dann sind sie und Amy in ihrem Wagen davongedüst. Eine halbe Stunde später waren sie wieder hier. Ich muss gestehen, ich habe von meinem Fenster aus spioniert und gesehen, wie Amy aus Tammys Auto stieg und sich in ihr eigenes setzte, und dann sind beide Frauen getrennt wieder weggefahren. Mehr weiß ich nicht.«

»Höchst merkwürdig«, meinte Posy.

Nick schaute auf seine Uhr. »Jetzt ist es zehn. Amy wird doch noch auf sein, oder?«, fragte er und ging schon zum Telefon, wo er in Posys Adressbuch blätterte und eine Nummer wählte. »Amy? Hier ist Nick. Ich habe gehört, dass du heute Abend Tammy gesehen hast. Hättest du etwas dagegen, wenn ich gleich kurz bei dir vorbeischaue? Schön, danke. Bis gleich.« Nick warf den Hörer auf die Gabel, griff sich seine Autoschlüssel und eilte zur Tür. »Ciao, Mum. Ich melde mich wegen morgen, aber angesichts der Umstände könnte es sein, dass ich heute Abend noch nach London fahren muss, also warte nicht auf mich.«

»Okay. Meld dich einfach.«

»Das mache ich, Mum. Gute Nacht.«

Sebastian runzelte die Stirn, als sie Nicks Wagen auf dem Kies beschleunigen und die Auffahrt hinunterrasen hörten. »Da versuche ich, einen fiktiven Roman zu schreiben, während um mich her im echten Leben die Verstrickungen immer undurchsichtiger werden.«

»Möchte ich erfahren, was da vor sich geht?«, fragte Posy verhalten.

»Dazu kann ich nichts sagen, weil ich ebenso wenig weiß wie Sie. Möchten Sie einen Kakao? Sie sehen ziemlich mitgenommen aus.«

»Ja, bitte, das bin ich auch«, sagte Posy.

»Möchten Sie darüber reden?«

»Heute Abend nicht, aber danke für das Angebot.« Posy füllte ihre Wärmflasche. »Dabei würde man doch meinen, dass das Leben mit dem Älterwerden weniger kompliziert wird.«

»Tut es das nicht?«, fragte er und reichte ihr einen Becher Kakao.

»Nein, leider nicht. Gute Nacht, Sebastian.«

Amy war schon im Morgenrock, als sie Nick die Tür öffnete.

»Hi, Amy, entschuldige, dass ich so spät noch vorbeischaue. Ist Sam da?«, fragte er.

»Nein, er ist im Pub. Er musste die Kinder hüten, also sagte ich ihm, als ich heimkam, er könne gehen. Komm rein«, bat sie, und er folgte ihr in das bescheidene Wohnzimmer. »Setz dich doch, Nick.«

Aber Nick wollte sich nicht setzen, er ging im Raum auf und ab. »Amy, was war heute Abend mit Tammy?«

»Ich glaube nicht, dass es mir zusteht, dir das zu sagen. Ich denke, du solltest besser mit ihr reden.«

»Wo ist sie?«

»Sie sagte, sie würde nach London zurückfahren, also ist sie wahrscheinlich zu Hause.«

»Verdammt! Wie hat sie reagiert, als sie merkte, dass ich nicht in Admiral House war?«

»Sie war aufgebracht. Sehr aufgebracht.«

»Habt ihr nach mir gesucht?«

Amy nickte.

»Und habt ihr mich gefunden?«

»Ja, Nick, wir haben deinen Wagen gesehen. Es tut mir leid.«

»Aber wie …?« Er schüttelte den Kopf. »Du hast ihr doch nichts gesagt, oder?«

»Nein! Tammy ist aus dem Grund nach Southwold gekommen, weil sie einen Verdacht hatte, dass etwas nicht ganz mit rechten Dingen zugeht. Sie wusste von Evie. Sie hatte einen Anruf von ihr auf deinem Handy angenommen und zwei und zwei zusammengezählt.«

»Dann hat Tammy dich wohl gebeten, ihr zu zeigen, wo Evie wohnt? Und wo sie mich vermutet hat?«

»Ja, genau. Sie hat dein Auto gesehen … Wir haben es gesehen. Was hätte ich tun sollen? Ich hatte keine Ahnung, ob du da sein würdest oder nicht.« Allmählich stieg in Amy Unmut auf. »Das Ganze hat nichts mit mir zu tun, und ich möchte für nichts verantwortlich gemacht werden und möchte auch nichts damit zu schaffen haben.«

»Nein, natürlich nicht.« Nick ließ sich in einen Sessel fallen. »Entschuldige, dass ich dich angefahren habe. Ach, Amy, was soll ich ihr bloß sagen? Wie kann ich ihr das klarmachen?«

»Nick, das weiß ich nicht. Ich dachte, du liebst Tammy.«

»Das tue ich auch, sehr sogar. Aber es gibt ein Problem ... ach Gott ...« Hilflos schüttelte er den Kopf. »Mir sind einfach die Hände gebunden.«

»Weißt du, dein Privatleben geht mich wirklich überhaupt nichts an, aber es ist ja wohl klar, dass du heute Abend bei Evie warst. Wenn du versuchst, Tammy den Grund dafür zu erklären, kann sie es vielleicht verstehen. Ich weiß, dass sie dich sehr liebt, aber du hast sie verletzt, zutiefst verletzt.«

Nick starrte in die Ferne. »Vielleicht ist es ja besser so. Ich meine, wie konnte ich je so vermessen sein zu glauben, ich könnte alles haben? Es hätte nie geklappt. Wie auch?«

Verwirrt sah Amy ihn an. »Nick, das verstehe ich jetzt nicht.«

»Ja, das glaube ich sofort.« Er stand auf. »Entschuldige die Störung, Amy. Es ist spät, ich sollte gehen. Danke, dass du es mir gesagt hast.«

»Fährst du jetzt nach London?«, fragte sie, als sie ihn zur Haustür begleitete.

Nick machte eine hilflose Geste. »Das wäre sinnlos. Ich kann es ihr sowieso nicht erklären, und wie schon gesagt, ich kann es nicht ändern. Bis die Tage.«

Als Amy ihn in seinen Wagen steigen sah, fragte sie sich, weshalb sie Mitleid mit ihm empfand, obwohl sie doch wusste, was er getan hatte.

Kapitel 28

Am Montagvormittag klingelte Sebastian bei Freddie an der Tür.

»Guten Tag, Sebastian, was verschafft mir die Ehre?«, fragte Freddie, als er ihn ins Wohnzimmer führte.

»Ich dachte, ich schaue auf Verdacht bei Ihnen vorbei. Mein alter Kumpel in der Nachrichtenredaktion hat nämlich ein paar hochinteressante Sachen über Ken Noakes herausgefunden. Er hat den Namen im Computer eingegeben und an seine Quellen weitergereicht.« Sebastian holte mehrere Blätter aus seiner Tasche, die er auffaltete, dann setzte er seine Lesebrille auf. »Kenneth Noakes war Ende der Neunzigerjahre alleiniger Inhaber einer Immobilienfirma. Da hat er ein paar schicke Häuser auf einem Grundstück gebaut, das er von einer Schule in North Norfolk gekauft hatte. Er hat die Anzahlungen eingesteckt, aber einige Monate später hat er Konkurs angemeldet. Die Häuser waren erst im Planungsstadium, und die Gläubiger bekamen nichts oder so gut wie nichts erstattet.«

»Ich hab's doch gewusst.« Freddie schüttelte den Kopf. »Was hat unser Ken dann gemacht?«

»Seitdem wurden mindestens drei – möglicherweise auch vier, aber da laufen die Nachforschungen noch – andere ›Noakes‹ als Geschäftsführer verschiedener Unternehmen eingetragen, die alle mit ihm verwandt sind. Seine Ex, die jetzige Frau, ein Bruder und möglicherweise auch eine Tochter, aber bei der sind wir uns, wie gesagt, noch nicht sicher.«

»Die übliche Masche – er selbst darf nicht mehr Geschäftsführer werden, also setzt er einfach Verwandte als Strohleute ein, führt die Firma aber wie gehabt, wenn auch hinter den Kulissen.«

»Genau.«

»Waren die anderen Unternehmen auch Immobilienfirmen?«

»Von den vieren, die wir gefunden haben, war eine eine Baufirma, bei den anderen drei handelte es sich um Wohnungsvermieter.«

»Ich verstehe. Erzählen Sie doch weiter«, bat Freddie.

»Also, hier ist die Liste ...« Sebastian las von einem Blatt vor. »›Trimco Ltd.‹, handelt unter dem Namen ›Westway Holiday Cottages‹, ›Ideal Ltd.‹, handelt unter dem Namen ›Hedgerow Holiday Homes‹ und ›Chardway Ltd.‹, handelt unter dem Namen ›St. Tropez Blue‹.« Sebastian nahm die Brille ab. »Die Kontaktperson meines Kumpels im Wirtschaftsministerium meinte, Betrug mit Ferienwohnungen sei überraschend häufig. Man braucht nur ein Büro mit zwei, drei Telefonen zu mieten, eine schöne, ansprechende Website zu gestalten und auf den üblichen Portalen Werbung zu schalten. Dann streicht man die Anzahlungen ein, und sechs Monate später, wenn man einen Stapel Schecks auf einem Konto auf der Isle of Man reingewaschen hat, erklärt man die Firma als insolvent und setzt sich mit den Einkünften ab. Dann fängt man woanders wieder von vorn an.«

»Und die armen gutgläubigen Kunden haben ihre Anzahlung verloren«, schloss Freddie.

»Genau. Mein Kumpel meint, das wäre bloß die Spitze des Eisbergs. Auf die Firmen ist er nur gestoßen, weil dieser Mr. Noakes Verwandte desselben Namens einsetzte. Bestimmt hat er das auch mit anderen Strohleuten gemacht. Sam zum Beispiel ist alleiniger Geschäftsführer der Montague Property Development Ltd.«

»Ja.« Freddie seufzte tief. »Oje.«

»Ganz Ihrer Meinung«, stimmte Sebastian ihm zu.

»Wo lebt dieser Noakes denn?«

»Das hat mein Kumpel leider noch nicht herausgefunden, aber es ist garantiert irgendwo außerhalb der Reichweite der britischen Justiz.«

»Tja, was sollen wir jetzt machen?«

»James will noch ein bisschen weiterrecherchieren – er hat Kontakte zur Polizei und möchte herausfinden, ob Mr. Noakes beim Betrugsdezernat als Person von besonderem Interesse geführt wird. Das ist gut möglich, aber wenn er sich ins Ausland abgesetzt hat, lohnen sich die Kosten für einen Auslieferungsantrag nicht, da er vergleichsweise ein eher kleiner Fisch ist und die Polizei in letzter Zeit finanziell sowieso unterversorgt ist. Wie auch immer, James sagte, dass er an der Sache dranbleibt – es ist eine gute Geschichte für seine Zeitung.«

»Ich weiß, dass dieser Noakes in England ist oder zumindest war – Posy sagte mir, dass Sam sich neulich mit ihm in Norfolk getroffen hat.«

»Ah ja.«

»Sollten wir das Posy nicht sagen? Ich meine, wenn er wieder dasselbe Spiel treibt – wenn er ›luxuriöse Seniorenwohnungen‹ in Admiral House bewirbt und Anzahlungen einsteckt, die sicher happig sein werden, und danach die Firma pleitegehen lässt, dann sollte sie das erfahren. Und was ist mit Sam? … Denken Sie, dass er das weiß?«

»Ich habe keine Ahnung. Ich nehme doch an, dass er sich über die geschäftliche Vergangenheit seines Finanziers erkundigt hat, aber …«

»Aber vielleicht wollte er es auch nicht so genau wissen«, brachte Freddie seinen Gedanken zu Ende. »Nach allem, was Posy mir von ihm erzählt hat, ist er kein Geschäftsmann. Aber offenbar versucht er verzweifelt, sich zu beweisen – sowohl seiner Frau als auch seiner Mutter gegenüber. Eine schreckliche Sache.«

»Leider haben Sie recht. Ich glaube, wir sollten warten, bis James mehr herausgefunden hat. Dann können wir entscheiden, wie wir weiter vorgehen sollen. Bis jetzt sind doch noch keine Verträge unterschrieben, oder?«

»Nein, aber Posys Notar hat den Vorvertrag gerade ausgefertigt«, sagte Freddie. »Sie hat mich gebeten, ihn durchzulesen.«

»Gut. Dann geben Sie ihn ihr erst zurück, wenn wir mehr wissen.«

»In Ordnung. Obwohl, wenn der Verkauf platzt, sind die Überlegungen hinfällig, ihr das andere zu sagen, worüber wir gesprochen haben. Es könnte Monate … Jahre dauern, bis sich ein Käufer für ihr Haus findet, und ich weiß nicht, wie lange Posy und ich uns noch treffen können, ohne dass ich ihr die Wahrheit sage. Sie lastet mir auf der Seele … Vergessen Sie Noakes«, sagte Freddie düster, »der eigentliche Betrüger bin ich.«

»Das Gefühl kann ich gut nachvollziehen, Freddie, aber geben wir James doch noch ein paar Tage Zeit und warten ab, was er alles herausfindet. Aber jetzt muss ich wirklich wieder nach Hause.«

»Natürlich.« Freddie erhob sich mit ihm, und gemeinsam gingen sie zur Haustür. »Ich kann Ihnen gar nicht genug für Ihre Hilfe danken, Sebastian.«

»Gern geschehen. Auf Wiedersehen, Freddie. Ich melde mich, sobald ich mehr weiß.«

Als Sebastian sich vom Cottage entfernte, überlegte er sich, dass er jedem Rezensenten, der die Handlung seiner Romane als unrealistisch kritisieren sollte, sofort den Hals umdrehen würde.

Kapitel 29

Amy blickte aufs graue, aufgewühlte Meer hinaus. Am Himmel rasten die Wolken vorbei, getrieben von einem heftigen Wind, der auch ihre Haare in alle Richtungen wehte. Er rauschte ihr in den Ohren, die Zeitung, die sie gekauft hatte, wurde ihr fast aus der Hand gerissen.

Sie ging zum Bushäuschen, wo es nach allem möglichen Widerlichen roch, setzte sich auf eine Bank und versuchte, ihre Gedanken zu ordnen.

Als Sam am vergangenen Abend nach Hause gekommen war, hatte er die Pläne für den Umbau der Scheune auf den Tisch gelegt.

»Ich hatte ein Treffen mit dem Gutachter, und er ist ziemlich zuversichtlich, dass die Baubehörde die Nutzungsänderung genehmigt. Beschwerde dagegen kann höchstens Admiral House einlegen, aber da das mir gehört, ist das natürlich kein Problem«, hatte er grinsend gesagt. Dann hatte er wieder von den Plänen des Architekten für das riesige Wohnzimmer geschwärmt mit der Gewölbedecke und den alten Dachbalken, dem Kamin und der modernen Küche, die sie einbauen würden.

Amy hatte sich bemüht, interessiert und aufgeregt zu wirken, aber sie wusste, dass es ihr nicht gelungen war, was Sam aufbrachte.

»Ich verstehe dich einfach nicht«, hatte er gesagt. »Ich dachte, du willst ein schönes Zuhause. Ich dachte, du würdest dich richtig darüber freuen.«

Später, im Bett, hatte Sam mit ihr schlafen wollen, doch allein seine Berührung war ihr unangenehm gewesen. Als er ihre Zurückhaltung bemerkte, war er wütend geworden, er hatte sich mit seinem vollen Gewicht auf sie gelegt, sodass sie sich nicht mehr bewegen konnte, und ihre Arme über dem Kopf aufs Bett gedrückt. Sie hatte ihn angeschrien, sie in Ruhe zu lassen, und das hatte er schließlich auch. Fluchend war er nach unten gegangen und hatte sich mit dem Rest der Whiskyflasche getröstet, die er am Abend gekauft hatte.

Jetzt schaute sie auf ihre Handgelenke und stellte fest, dass sich die zarte Haut an den Innenarmen von seinem Griff leicht lila verfärbt hatte.

Amy zog die Ärmel ihrer Bluse darüber, und Tränen brannten ihr in den Augen, als sie an die Zärtlichkeit und Achtsamkeit dachte, mit der Sebastian mit ihr geschlafen hatte.

Ihr wurde klar, dass Sam im Bett immer schon aggressiv gewesen war, vor allem nach ein paar Bieren – was sie damals für Leidenschaft gehalten hatte.

Es ist nicht normal, wenn er dir wehtut, Amy ...

Sie wünschte nur, sie könnte jemandem von Sams Jähzorn erzählen und davon, was er ihr im Lauf der Jahre angetan hatte – aber wem könnte sie sich schon anvertrauen? Außerdem passierte es meistens nur, wenn er zu viel getrunken hatte. Aber ... an diesem Morgen war etwas vorgefallen, was ihr wirklich zu denken gab. Sie hatte Sara oben für die Schule hergerichtet, als sie aus der Küche ein Klirren und dann Sam brüllen hörte. Sie war sofort nach unten gelaufen: Auf dem Boden hatte eine kaputte Butterdose gelegen, und Sam hatte Jake wie eine Lumpenpuppe geschüttelt. Sie hatte Sam angeschrien, Jake loszulassen, und hatte ihren kleinen Jungen in die Arme geschlossen. Er hatte gezittert vor Angst wegen des plötzlichen Wutausbruchs seines Vaters.

Auf der Fahrt zur Schule hatte sie Jake gefragt, ob Daddy so etwas schon einmal gemacht habe.

»Nicht so was, Mummy, obwohl er mich manchmal haut, wenn du nicht da bist und ich unartig bin.«

»Mich auch«, sagte Sara piepsend von der Rückbank. »Manchmal wird Daddy richtig wütend.«

Bedrückt fuhr sich Amy über die Stirn.

»O mein Gott, o mein Gott«, flüsterte sie niedergeschlagen. Wenn er grob zu ihr war, konnte sie damit umgehen, aber wenn er anfing, seine Wut an den Kindern auszulassen ...

Ihr wurde klar, dass es nichts damit zu tun hatte, wo sie wohnten, und nicht einmal damit, wie viel Geld sie hatten. Die schlichte Wahrheit lautete, dass sie überhaupt nicht mehr mit Sam zusammen sein wollte. Er konnte seine Aggression immer weniger beherrschen, und nach diesem Morgen wusste sie, dass sie etwas unternehmen musste.

Amy stand auf und ging zur Arbeit zurück. Eines war ihr klar geworden: Um ihrer Kinder willen musste sie von ihm weg.

Am Nachmittag sah sie in der *Gazette* die Anzeigen für Mietwohnungen durch. Es gab eine Reihe möblierter Feriencottages, die die Besitzer über den Winter vermieten wollten, meist zu einem sehr anständigen Preis. Das war zwar nicht ideal, weil sie dann zu Ostern, wenn die Feriensaison begann, wieder ausziehen müssten, aber zumindest würden sie erst einmal aus der Ferry Road und von Sam wegkommen.

Und Sebastian ... Ja, sie liebte ihn, aber sie verließ Sam nicht Sebastians wegen, sondern wegen ihrer und der Kinder Sicherheit.

Sie wartete, bis an der Rezeption etwas Ruhe einkehrte, dann wählte sie die Nummer, die sie aus der Zeitung notiert hatte.

»Guten Tag, ich rufe an wegen Ihrer Anzeige in der *Gazette*. Ist das Haus noch zu haben?«

»Ja, es ist noch nicht vermietet«, sagte eine volle Männerstimme.

»Ich habe zwei Kinder, wäre das ein Problem?«

»Nicht für mich, aber für Sie könnte der Platz vielleicht etwas eng werden.«

»Ich möchte nichts allzu Großes. Können Sie mir Näheres sagen?«

»Es gibt ein relativ großes Schlafzimmer mit eigener Dusche, eine kleine Küche, ein Bad und ein Wohnzimmer mit einer Galerie. Dort steht ein Schlafsofa, aber wenn es dauerhaft genützt werden soll, könnte ich auch ein richtiges Bett besorgen.«

»Das klingt perfekt«, sagte Amy begeistert. »Könnte ich es mir ansehen?«

»Natürlich. Wann würde es Ihnen passen?«

»Heute Abend gegen halb sechs?«

»Ja.« Er nannte ihr die Adresse, und sie schrieb sie auf. »Ich heiße Lennox, und Sie?«

»Ich ... ich bin Amy.« Sie wollte ihren Nachnamen nicht nennen. Die Montagues waren in Southwold bekannt. »Bis später, Mr. Lennox.«

Kaum hatte Freddie das Telefonat mit Amy beendet, läutete es wieder.

»Guten Tag, Sebastian. Was gibt's Neues?«

»Mein Kumpel James hat mich gerade angerufen. Offenbar hat das Betrugsdezernat tatsächlich Interesse, sich einmal mit Kenneth Noakes zu unterhalten.«

»Ah ja.«

»Wie James schon vermutet hat, hat Noakes sich aus England abgesetzt, bevor sie ihn festnehmen konnten. Ich habe gerade einen Anruf von einem Beamten im Betrugsdezernat bekommen. Sie möchten wissen, ob Mr. Noakes in näherer Zukunft in England sein wird.«

»Und woher sollen wir das erfahren?«

»Das dürfte Amy wissen. Also müssen wir uns schlaumachen.«

»Aber wie sollen wir das bitte schön anstellen, Sebastian?«

Freddie lachte kurz auf. »Ich bin nach Southwold gekommen, um ein beschauliches Leben zu führen, und nicht, um verdeckt für das Betrugsdezernat zu ermitteln!«

»Natürlich nicht. Es geht nur darum, die Ohren offen zu halten. Etwa, wenn Posy den Termin erwähnt, wann die Verträge unterschrieben werden sollen.«

»Warum hören sie nicht einfach Sams Handy ab?«

»Der Beamte, mit dem ich sprach, sagte, sie würden es zuerst gerne auf die einfache Art versuchen und Noakes überrumpeln, wenn er hier in England ist. Ich habe das Gefühl, dass sie ihn zwar gern festnehmen, wenn sie ihn erwischen, er aber nicht gerade ganz oben auf ihrer Liste steht. Für sie ist er ein nachrangiger Betrüger.«

»Aber ein großer für alle, die er reinlegt, und natürlich für unsere liebe Posy«, brummte Freddie verärgert. »Leider habe ich das in meinen Jahren als Anwalt nur allzu oft miterlebt. Die Polizei ist zu schlecht mit Leuten und Geld ausgestattet, und oft genug mussten sie einen mutmaßlich Schuldigen wegen einer Formsache auf freien Fuß setzen.«

»Na, wir tun unser Bestes. Sie hören wieder von mir. Bis dann, Freddie.«

»Auf Wiederhören, Sebastian.«

Amy stand vor einem hübschen Cottage in Fußnähe zum Hotel. Wie praktisch das wäre, dachte sie. Das Cottage stand am Ende eines Gässchens, und obwohl sie geglaubt hatte, Southwold wie ihre Westentasche zu kennen, hatte sie von diesem Haus nichts gewusst. Es war aus dem hiesigen Gestein gebaut und makellos in Schuss, der Hof war gefegt, der Messingklopfer frisch poliert. Sie betätigte ihn, die Tür ging auf, und ein Paar funkelnder Augen sah um die Ecke.

»Sie müssen Amy sein, nicht wahr?«, fragte er.

»Ja. Und Sie müssen Mr. Lennox sein.«

»In der Tat, aber bitte nennen Sie mich doch Freddie. Also, ich habe die Schlüssel dabei, wenn Sie möchten, können wir uns das Hopfenhaus, wie ich es nenne, gleich ansehen.«

Amy nickte und folgte Freddie über den gepflasterten Hof zu dem umgebauten Haus gegenüber dem Cottage. »Ich habe Sie ja am Telefon schon vorgewarnt, das Hopfenhaus ist nicht gerade geräumig. Vermutlich ist es für Sie schlicht zu klein«, sagte er und schloss die Tür auf.

Amy brauchte keine zwei Minuten, um das Häuschen zu erkunden. Freddie hatte recht, es war sehr klein, aber Amy fand es wunderschön. Es war liebevoll restauriert, jeder Zentimeter war sinnvoll genutzt, und wegen der hohen gewölbten Decke im Wohnzimmer empfand sie den Raum nicht als beengend.

»Gibt es auch einen Garten?«, fragte sie.

Freddie schüttelte den Kopf. »Leider nicht, aber Sie können gern meinen mitbenutzen, wenn das Wetter wieder freundlicher wird.«

»Ich gehe davon aus, dass es sowieso nur kurzfristig zu mieten ist, bis die Urlaubszeit wieder beginnt?«

»Mir wäre es lieber, wenn wir uns vorläufig auf eine monatliche Frist verständigen, sofern Sie Interesse haben. Wir müssen ja erst einmal herausfinden, ob wir miteinander zurechtkommen. Wie Sie sehen, werden wir buchstäblich Tür an Tür leben.« Er lächelte.

»Freddie, das Haus wäre wirklich ideal für uns, aber bitte sagen Sie ehrlich, wenn Ihnen ein Mieter ohne Kinder lieber wäre. Ich würde gern behaupten können, dass meine zwei still wie die Mäuschen sind und nie Ärger machen, aber leider sind sie ...«

»Kinder«, schloss er verständnisvoll. »Ich persönlich habe damit überhaupt kein Problem. Sollen wir nicht zu mir gehen und eine Tasse Tee trinken?«

Amy warf einen Blick auf die Uhr. »Gern, aber nur ganz kurz«, sagte sie, als sie ihm nach draußen und zu seinem Cottage folgte.

»Haben Sie auch Familie?«, fragte sie, als er ihr eine Tasse Tee reichte und sie sich im Wohnzimmer niederließen.
»Leider nicht. Wie ich gerade neulich einem Freund sagte, brauche ich an niemanden als mich selbst zu denken.«
»Also, Freddie, wann könnte ich einziehen, und wie viel Kaution verlangen Sie?«, fragte Amy.
»Ich glaube, die üblichen Konditionen sind einen Monat im Voraus. Und Sie können einziehen, wann immer Sie möchten.«
»Wäre übermorgen zu früh? Natürlich gebe ich Ihnen vorher die erste Monatsmiete und die Kaution.«
Freddie sah die Verzweiflung in ihrem Blick. »Das wäre bestens. Aber wie wär's, wenn Sie mir erst einmal eine Woche im Voraus bezahlen? Nennen wir's einen Versuchsballon, um herauszufinden, wie wir miteinander auskommen.«
»Wirklich?« Amys Augen glänzten vor Tränen. »Das ist wirklich sehr nett von Ihnen, Freddie.«
»Entschuldigen Sie meine Neugier, aber ich vermute, dass der Vater der Kinder nicht mit einzieht?«
»Nein. Wir, na ja, wir trennen uns gerade, aber ich arbeite im Feathers Hotel an der Rezeption, ich könnte Ihnen jederzeit eine Referenz von dort bringen.«
Schließlich fiel bei Freddie der Groschen. »Amy, sind Sie zufällig mit Posy Montague verwandt?«, fragte er.
»Äh, ja. Ich bin ihre Schwiegertochter.«
»Dachte ich's mir doch«, sagte er und nickte. »Sie sind Amy Montague, die Frau ihres Sohnes Sam. Sie haben zwei Kinder, und Sie arbeiten wie ein Pferd, um die Familie über Wasser zu halten. Posy sagt immer, dass Sie die reinste Wunderfrau sind.«
»Dann müssen Sie Freddie sein, Posys guter Bekannter«, sagte Amy, als auch ihr dämmerte, wer ihr gegenübersaß. »Oje!« Panisch blickte sie ihn an. »Wie peinlich. Freddie, die Sache ist, niemand weiß, dass ich Sam verlasse, nicht einmal er selbst, und Posy auch nicht.«

»Meine Liebe, keine Sorge – ich verspreche Ihnen, dass mir kein Wort über die Lippen kommt.«

Amy erhob sich, sie fühlte sich völlig durcheinander und gleichzeitig getröstet. Freddie war so freundlich – sie musste sich zusammenreißen, um nicht an seiner Schulter in Tränen auszubrechen und ihm ihr Herz auszuschütten. »Kann ich morgen die erste Wochenmiete vorbeibringen?«

»Eile mit Weile, Amy, meine Liebe. Im Moment haben Sie bestimmt viel am Hals.«

»Und, Freddie?« Amy drehte sich, in der Haustür stehend, noch einmal um und sah ihn flehentlich an.

Er legte einen Finger an die Lippen. »Ich schweige wie ein Grab, versprochen.«

»Ich ...« Amy zögerte. »Wissen Sie, ob Posy gerade zu Hause ist?«

»Nein, das ist sie nicht. Sie arbeitet noch in der Galerie. Heute Abend ist eine Vernissage, aber wenn Sie mit ihr sprechen möchten, kann sie sich bestimmt zehn Minuten Zeit nehmen.«

»Ich ... nein, es ist nicht nötig. Danke, Freddie.«

Freddie schloss die Tür hinter ihr, ging in den Wintergarten und schenkte sich einen großen Whisky ein.

»Und was jetzt?«, fragte er sich. Wieder zogen sich die Fäden der Familie Montague um ihn zusammen. Als Amy ihre Teetasse angehoben hatte, waren ihm die Blutergüsse um ihre Handgelenke aufgefallen. Aber wie konnte er Posy je sagen, dass ihr Sohn offenbar gewalttätig war? Vielleicht würde sie es als Verrat betrachten, dass er ihrer Schwiegertochter eine Zuflucht vor Sam bot.

»Posy, mein Liebling«, flüsterte Freddie in den klaren Abendhimmel über dem Wintergarten hinauf. »Soll es unser Schicksal sein, nie zusammenzukommen?«

Auf dem Heimweg mit den Kindern und im Wissen, dass Posy in der Galerie war, fuhr Amy nach Admiral House. Sie wollte

Sebastian sehen, ein paar Minuten die Sicherheit seiner Arme spüren, während sie ihm von ihrer folgenschweren Entscheidung erzählte. Sie stellte den Wagen vor dem Haus ab, drehte sich um und sah, dass Sara in ihrem Kindersitz eingeschlafen war.

»Jake, ich muss kurz mit Oma sprechen. Wartest du hier? Ich verspreche dir, dass ich gleich wieder da bin.«

Jake nickte, die Augen auf den Comic geheftet, den sie ihm gekauft hatte. Sie lief zur Küchentür und sauste die Treppe hinauf in das Zimmer, wo Sebastian arbeitete.

»Amy!« Er schaute von seinem Notebook auf und erhob sich.

»Ich kann nicht lang bleiben, die Kinder sind unten im Auto.« Sebastian zog sie an sich. »Mein Liebling, du hast mir so gefehlt«, flüsterte er an ihrem Hals.

»Heute Morgen ist etwas passiert, und ich habe eine Entscheidung getroffen. Ich habe ein Haus gefunden, wo die Kinder und ich wohnen können, und ich verlasse Sam. Das sage ich ihm morgen.«

Wie vom Donner gerührt sah Sebastian sie an. »Ist es unsensibel, wenn ich dir sage, wie glücklich ich darüber bin?«

»Wahrscheinlich schon, aber ich glaube, genau das will ich hören.«

»Mein Liebling, ich bin mehr als glücklich.« Er drückte sie an sich. »Ich verspreche dir, ich werde so viel für dich da sein, wie du möchtest.«

»Was anfangs nicht oft sein wird«, sagte sie mit einem Seufzen. »Das Haus, das ich gefunden habe, gehört Freddie, Posys gutem Freund. Er wohnt nebenan.«

Sebastian warf ihr einen ironischen Blick zu. »Na großartig. Ich wohne hier bei deiner zukünftigen Exschwiegermutter, und du mietest dir ein Haus Tür an Tür mit ihrem Freund.« Er lächelte. »Da könnten wir es gleich in der *Gazette* herausposaunen.«

»Ich weiß, aber ich glaube, dass Freddie sehr anständig und

auch diskret ist. Außerdem ist die Miete niedrig, das Haus sehr hübsch, und ich kann sofort einziehen.«

»Ja, Freddie ist wirklich ein anständiger Kerl, und du weißt, wenn nötig, kann ich dir finanziell unter die Arme greifen. Du brauchst es nur zu sagen.«

»Danke, Sebastian, aber ich muss das allein durchstehen. Ich will dir auch sagen, dass es nichts mit dir zu tun hat.«

»Wirklich gar nichts?«

»Ich ... Also, ich habe keine andere Wahl mehr.«

»Ich verstehe.«

»Ich müsste mich so entscheiden, selbst wenn es dich nicht gäbe.«

»Ah so.«

»Aber bitte sag kein Wort zu Posy, ja? Noch nicht.«

»Natürlich nicht.«

Als sich Amy erregt durchs Haar fuhr, sah er den Bluterguss an ihrem Handgelenk.

»Was ist da passiert?«, fragte er.

»Ich bin gestolpert und hingefallen und habe mich mit dem Handgelenk abgefangen. Ich muss jetzt wirklich los.«

»Amy, bitte sei vorsichtig, ja? Sam könnte ... wütend werden, wenn du es ihm sagst.«

»Ja, mach dir keine Sorgen. Heute Abend ist Sam nicht da, er trifft seinen Finanzier im Victoria, dem schicken Hotel in North Norfolk. Der Finanzier will ihm das Bargeld für die Anzahlung geben, damit sie in den nächsten Tag den Vorvertrag unterschreiben können.«

Perfekt!, dachte Sebastian.

»Heute Abend packe ich unsere Sachen«, fuhr Amy fort, »und lege sie ins Auto. Ich verlasse das Haus, sobald ich es ihm morgen früh gesagt habe.«

»Amy – hast du Angst vor Sam?«

»Angst vor ihm? Natürlich nicht. Ich weiß einfach, dass es ihn treffen wird, wenn ich es ihm sage. Ich rufe dich an, sobald ich bei Freddie bin.«

»Amy?«

»Ja?« Sie drehte sich noch einmal um.

»Denk einfach immer dran, ich liebe dich, und wenn du mich brauchst, ich bin hier. Ja?«

Sebastian sah durchs Fenster zu, wie Amy in ihr zerbeultes Auto stieg, den Motor anließ und die Auffahrt hinunter verschwand. Dann wählte er auf seinem Handy die Nummer, die er vom Betrugsdezernat bekommen hatte, um sie über Mr. Noakes' Aufenthaltsort an diesem Abend zu informieren. Wenn alles gut ging, würde Amy es Sam gar nicht zu sagen brauchen ...

Kapitel 30

Sobald die Kinder im Bett waren, packte Amy ihre eigene Kleidung in eine Tasche und verstaute sie zusammen mit ein paar Spielsachen der Kinder unter einer Decke im Kofferraum ihres Wagens. Dann ging sie ins Bett und versuchte einzuschlafen, aber zu guter Letzt gab sie es auf, ging in die Küche und machte sich eine Tasse Kaffee, woraufhin ihr Herz erst recht zu rasen begann.

»Beruhig dich, Amy«, redete sie sich gut zu, als die Dunkelheit der ersten Morgendämmerung wich. »Um der Kinder willen musst du ruhig bleiben.«

Sie versuchte, ihre Gedanken darauf zu richten, dass sie am Abend alle drei im gemütlichen Hopfenhaus in Sicherheit sein würden. Am liebsten hätte sie vor Erleichterung geweint, dass sie es gefunden hatte. Sie hatte es Freddie zwar nicht gesagt, aber das Haus war auch wegen der versteckten Lage so ideal. Außerdem, sollte Sam sie doch aufspüren, bräuchte sie nur um Hilfe zu rufen, und Freddie würde sie hören.

Um sieben weckte sie die Kinder und gab ihnen Frühstück. Sie bemühte sich, alles so normal wie möglich wirken zu lassen. Auf der Fahrt zur Schule hörte sie Jake zu, der ihr aus seinem Buch vorlas, während Sara von ihrem Engelskostüm für das Krippenspiel plapperte.

Als sie wieder zu Hause war, stopfte sie die Kleidung der Kinder in zwei Müllsäcke und legte sie zu den anderen Sachen in den

Kofferraum. Dann saß sie am Küchentisch, die Nerven zum Zerreißen gespannt. Kurz überlegte sie sich sogar, ob sie die Reste der Rotweinflasche leeren sollte, die auf dem Tisch stand. Laut der Wanduhr war es fast neun Uhr – noch eine Stunde, bis sie Sam zurückerwartete. Gerade fragte sie sich, ob sie nicht spazieren gehen sollte, als ihr Handy läutete.

»O mein Gott«, wisperte sie, als sie sah, dass es Sam war.

»Ja?«

»Amy, Gott sei Dank! Bitte, du musst mich abholen.«

»Bist du liegen geblieben?«

»Nein, ich … ich bin auf dem Polizeirevier in Wells. Ach, Amy …« Sam brach fast die Stimme. »Sie haben mich festgenommen.«

»Ich … Aber warum denn?«

»Ich kann jetzt nicht reden. Mein Anwalt hat Kaution beantragt, und ich brauche tausend Pfund. Kannst du Mum sagen, was passiert ist, und sie bitten, dir das Geld zu leihen? Ich muss jetzt Schluss machen. Ciao, mein Schatz, ich habe dich lieb.«

Damit war die Leitung tot. Amy starrte ihr Handy an, vor Schock konnte sie nicht klar denken. Als sie ihre Fassung etwas wiedergewonnen hatte, merkte sie, dass sie am ganzen Körper zitterte. Sie wählte Posys Nummer und erzählte ihr kurz von Sams Anruf und seiner Bitte.

»Ich fahre sofort in die Stadt und hebe das Geld ab, dann komme ich zu dir. Versuch, dich nicht zu sehr aufzuregen, Amy, ich bin mir sicher, dass es ein Missverständnis ist.«

Aber Amy wusste instinktiv, dass es kein Missverständnis war. Während sie am Küchentisch saß und auf Posy wartete, betrachtete sie unablässig einen Riss, der sich im Zickzack über die ganze Wand bis zum Boden hinzog.

»Ach, meine Liebe.« Bleich vor Schock stand Posy in der Tür. Amy ging mit ihr ins Wohnzimmer. »Was genau hat er dir denn gesagt?«

»Dass er festgenommen wurde und jetzt in Norfolk auf dem Polizeirevier ist, in Wells«, antwortete Amy mechanisch.

»Was kann er denn gemacht haben?«

»Ich habe absolut keine Ahnung«, sagte Amy tonlos.

»Vielleicht Alkohol am Steuer?«

»Denkbar.«

»Was, wenn er jemanden verletzt hat …?«

»Am besten fahre ich gleich hin, dann wissen wir mehr.«

»Soll ich mitkommen, zur moralischen Unterstützung?«

Amy dachte an die ganzen Sachen im Kofferraum und schüttelte den Kopf. »Ich komme schon zurecht, danke.«

»Also gut. Hier sind die tausend Pfund in bar.« Posy gab ihr ein Kuvert.

»Danke«, sagte Amy und verstaute es in ihrer Handtasche. »Ich melde mich, sobald ich etwas herausgefunden habe.«

Posy drückte Amy fest an sich. »Wenn du und die Kinder etwas braucht, ich bin für euch da.«

Auf der fast zweistündigen Fahrt nach Wells verdrängte Amy jeden weiteren Gedanken. Sie drehte den Sender Classic FM laut auf und konzentrierte sich auf die Straße.

In dem kleinen Polizeirevier angekommen, füllte Amy ein Formular aus und überreichte die tausend Pfund. Daraufhin wurde sie gebeten, sich in den Wartebereich zu setzen, der dankenswerterweise verwaist war.

Schließlich kam Sam. Er sah entsetzlich aus, leichenblass, die Haare strubbelig wie bei einem Kleinkind. Sie stand auf, und er fiel ihr um den Hals. »Gott sei Dank bist du hier, mein Schatz, Gott sei Dank.«

»Komm, lass uns verschwinden, ja?«, sagte sie sanft.

Als sie nach draußen gingen, hing Sam an ihrem Arm, als könnten ihn seine Beine nicht mehr tragen.

»Mein Auto steht noch beim Hotel«, sagte er, als er auf den Beifahrersitz sank und Amy den Motor startete.

»Okay. Sag mir, wie ich fahren soll.«

»Wir müssen zur Küstenstraße, dann sind es rund zehn Minuten zum Victoria. Du wirst dich daran erinnern.«

Als sie das Auto durch die engen Straßen von Wells steuerte und schließlich auf die Küstenstraße gelangte, erinnerte sich Amy tatsächlich an das letzte Mal, als sie zu dem schönen Hotel gefahren war. Über zehn Jahre war das mittlerweile her. Die Aufregung, die sie damals empfunden hatte, als Sam mit ihr die Küste entlanggefahren war, die Hoffnung, dass er ihr einen Heiratsantrag machen würde. Die hatte sich zwar nicht erfüllt, aber es war trotzdem ein traumhafter Abend gewesen. Damals hatte die Sonne vom Himmel gestrahlt. Heute hingen dunkle Wolken tief über dem Land und verhießen Regen. Auf dem Parkplatz fuhr Amy neben Sams Fiat.

»Schaffst du es auch, nach Hause zu fahren?«, fragte sie.

»Ich ... ja.«

»Ich aber nicht, bevor du mir nicht erzählt hast, was du getan haben sollst.«

»Ach Gott, Amy.« Sam schüttelte den Kopf, ohne sie anzusehen. »Ich bin eine einzige Enttäuschung für dich und die Kinder. Dabei habe ich dieses Mal wirklich geglaubt, dass ich es schaffe, dass ihr stolz auf mich sein könnt. Aber jetzt ist alles kaputt, alles. Was sollen wir bloß machen?«

»Das weiß ich nicht, bis du mir sagst, was passiert ist.«

»Es ist mein Geschäftspartner, Ken Noakes. Offenbar ist er ein Betrüger und Hochstapler ersten Ranges. Kurz gesagt zieht er Leute seit Jahren über den Tisch. Das Geld, mit dem er die Projekte unserer Immobilienfirma finanziert, ist, streng genommen, gestohlen. Oder zumindest gehört es Gläubigern. Wir saßen an der Hotelbar – Ken hatte die Hunderttausend in bar mitgebracht, damit wir heute die Vorverträge für Admiral House unterschreiben können –, da sind plötzlich zwei Polizisten in Zivil aufgetaucht und haben uns gebeten, sie zu begleiten, um einige Fragen

hinsichtlich ›betrügerischer Beschaffung von Geldern von ...‹«
Sam schüttelte den Kopf. »Ich kann mich nicht an die genaue Formulierung erinnern, dafür stand ich zu sehr unter Schock. Einer von ihnen hat mich in seinen Wagen gesetzt, Ken musste beim anderen mitfahren. Seitdem habe ich ihn nicht mehr gesehen.«

»Aber warum haben sie dich festgenommen, wenn es was mit Ken Noakes' früheren Geschäften zu tun hat?«

»Weil ich der alleinige Geschäftsführer seiner blöden Firma bin! Ken ist nur der Finanzier, sein Name steht nicht mal auf dem Briefkopf der Firma! Himmelherrgott! Woher hätte ich denn wissen sollen, dass sein Geld aus zwielichtigen Geschäften stammt?! Das Betrugsdezernat wollte einfach nicht glauben, dass ich nichts davon weiß.«

»Ach, Sam ...« Amy biss sich auf die Unterlippe. »Hast du es wirklich nicht gewusst?«

»Natürlich nicht! Verdammt, Amy«, fluchte er wütend, »ich mag ja alles Mögliche sein, aber ein Betrüger bin ich nicht. Also gut, ich habe ein paar Unternehmen in den Sand gesetzt, und glaub mir, sie haben alles umgewühlt nach Dreck, den ich da am Stecken haben könnte. Ein Punkt ist, dass ich Geschäfte gemacht habe, während die letzte Firma insolvent war, was auch verboten ist. Deswegen könnten sie mich auch drankriegen, aber der Anwalt, der bei mir war, denkt, dass sie vermutlich alle Anklagepunkte fallen lassen, wenn ich über Ken auspacke. Das Problem ist, ich weiß nichts, überhaupt nichts.« Jetzt schließlich sah Sam zu ihr. »Amy, du glaubst mir doch, oder?«

Trotz allem glaubte Amy ihm. Ihr Mann war kein Krimineller, nur verzweifelt und nicht besonders schlau.

»Natürlich. Lass uns reden, wenn wir zu Hause sind.«

»O mein Gott.« Sam schlug die Hände vors Gesicht. »Wie kann ich Mum je wieder unter die Augen treten? Der Verkauf von Admiral House ist gestorben, das ist wohl klar. Ich bin ein elender Versager. Alles, was ich je gemacht habe, war ein Flop, dabei habe ich mich so bemüht. Es tut mir so leid, Amy. Jetzt habe ich dich schon wieder enttäuscht.« Unvermittelt umklammerte er ihren Arm. »Versprich mir, dass du mich nicht verlässt. Ohne dich und die Kinder könnte ich ... würde ich ... könnte ich einfach nicht weitermachen.«

Amy brachte keine Antwort hervor.

»Versprich's mir, Amy, *bitte*. Ich liebe dich, wirklich.« Sam begann zu schluchzen. »Verlass mich nicht, bitte verlass mich nicht ...«, flehte er und hielt sich wie ein Kind an ihr fest.

»Ich verlasse dich nicht, Sam«, hörte Amy sich mit einer matten Stimme sagen, die nicht wie ihre klang.

»Versprichst du's?«

»Ich verspreche es.«

Als sie zu Hause ankamen, sagte Amy Sam, er solle duschen gehen. Zwanzig Minuten später kam er nach unten und sah wieder mehr wie er selbst aus.

»Ich fahre mal besser zu Admiral House und rede mit Mum. Zumindest eine Erklärung bin ich ihr schuldig.«

»Ja, mach das.« Amy faltete weiter Kleidung vom Trockengestell zusammen und legte sie in den Wäschekorb.

»Ich liebe dich, Amy, und es tut mir so unendlich leid. Irgendwie hole ich uns aus diesem Schlamassel heraus, das verspreche ich dir. Ciao, mein Schatz.«

Fünf Minuten nachdem Sam das Haus verlassen hatte, ging Amy zum Auto, trug alles, was sie im Kofferraum untergebracht hatte, ins Haus zurück und verstaute die Kleidung wieder in den entsprechenden Schubladen. Dann ging sie nach unten, holte den Zettel mit Freddies Telefonnummer aus ihrem Geldbeutel und wählte sie auf ihrem Handy.

»Ja, bitte?«

Seine unglaublich beruhigende Stimme drohte die merkwürdige Ruhe zu zerstören, die sich in ihr ausgebreitet hatte. Sie holte tief Luft.

»Guten Tag, Freddie, hier ist Amy Montague. Ich muss Ihnen sagen, dass etwas dazwischengekommen ist und ich heute doch nicht einziehen kann.«

»Das ist gar kein Problem, sagen Sie mir Bescheid, wann es Ihnen passt, Amy. Keine Eile.«

»Die Sache ist die, ich weiß überhaupt nicht, wann das sein wird, also wäre es am besten, wenn Sie einen anderen Mieter für das Hopfenhaus finden.«

»Ich verstehe. Amy, ist alles in Ordnung?«

»Nicht so ganz, aber Posy wird Ihnen bestimmt erzählen, was passiert ist. Ich ... ich muss jetzt Schluss machen, Freddie, aber haben Sie vielen Dank, Sie waren wirklich sehr hilfsbereit. Auf Wiedersehen.«

Sie beendete den Anruf, bevor sie in Tränen ausbrach. Dann, da Sam jeden Moment zurückkommen könnte, wählte sie Sebastians Nummer. Sie landete direkt auf der Mailbox.

»Ich bin's, Amy. Bitte triff mich heute um fünf am Bushäuschen an der Seepromenade.«

Amy steckte ihr Handy in ihre Tasche und ging nach oben, um ihre Arbeitsuniform anzuziehen.

Sebastian war bereits da, als Amy ankam. Er stand auf, um sie zu umarmen, aber sie wich zurück.

»Amy, ich weiß, was passiert ist. Posy hat es mir erzählt, sobald Sam fort war.«

»Ja«, sagte Amy mit tonloser Stimme. »Ich möchte dir sagen, dass ich bei Sam bleibe, weil ich seine Frau bin, die Mutter seiner Kinder und weil er mich braucht.«

Sebastian bemühte sich, seine Worte sorgsam zu wählen. »Mir ist klar, dass der heutige Tag ein Schock für dich war, und ich kann verstehen, dass du im Moment das Gefühl hast, ihn unterstützen zu müssen. Du brauchst etwas Zeit, natürlich brauchst du jetzt Zeit.«

»Nein, Sebastian, es ist mehr als das. Was wir getan haben – was ich getan habe –, war falsch. Ich bin Sams Frau, ich habe in der Kirche ein Gelöbnis abgelegt. Ich bin die Mutter seiner Kinder, und ... ich kann ihn nicht verlassen. Nie.«

»Willst du mir sagen, dass wir ... dass alles vorbei ist?«

»Ja. Ich habe mich für dieses Leben entschieden, und jetzt muss ich damit zurechtkommen. Sam geht es ganz furchtbar, und unabhängig von meinen Gefühlen muss ich ihm zur Seite stehen. Wenn er von uns wüsste – ich glaube, das wäre sein Ende. Er hat heute Morgen im Auto mehr oder weniger mit Selbstmord gedroht.«

»Das kann ich verstehen, aber mit der Zeit vielleicht ...«

»*Nein!* Sebastian, die Zeit wird nie kommen. Bitte glaub mir. Ich werde meinen Mann nicht verlassen, und deswegen wäre es nicht richtig, dich hinzuhalten. Such dir ein Leben mit einer Frau, die ungebunden ist, bitte«, sagte sie.

»Ich will kein Leben mit einer anderen Frau, ich will es mit dir. Ich liebe dich!«

»Es tut mir leid, Sebastian, aber es ist vorbei. Und jetzt muss ich gehen. Auf Wiedersehen.«

Amy machte kehrt und ging davon.

»Amy! Warte! Ich weiß, was er dir antut!«

Sie schüttelte den Kopf und ging immer weiter Richtung High Street. Sebastian sah ihr nach, bis sie um eine Ecke bog und außer Sichtweite verschwand. Er verfluchte sich. Das war alles seine Schuld. Hätte er dem Betrugsdezernat nicht gesteckt, wo Ken Noakes war, wären Amy und die Kinder mittlerweile in Freddies Cottage in Sicherheit. Im Versuch, Posy zu schützen, hatte er seine eigene – und Amys – Hoffnung auf ein gemeinsames Glück verspielt.

Sebastian setzte sich auf die Bank an der Promenade, legte das Gesicht in die Hände und weinte.

Posy

Tagpfauenauge
(Inachis ic)

London

Sommer 1958

Ich stand im Bus, eingezwängt zwischen einer Frau mit Kinderwagen und einem Jugendlichen, der nach kaltem Schweiß roch. Obwohl alle Fenster geöffnet waren, war es heißer als in jedem Gewächshaus, in dem ich je gearbeitet hatte. Ich war froh, als wir uns Baron's Court näherten. Ich drückte auf die Klingel und drängte mich durch die Menge, um hinten aus dem Bus zu steigen.

London im August war wirklich unangenehm, dachte ich und erinnerte mich sehnsüchtig an die schönen Sommertage in Cornwall. Die Stadt war nicht für die wenigen wirklich heißen Tage im Jahr gebaut, überlegte ich, als ich die Straße entlang zu unserem Wohnblock ging. Estelle und ich lebten im obersten Stock, was bedeutete, sechs Treppen hinaufzusteigen. Die Bewegung tat mir sicher gut, aber nicht, wenn es knapp dreißig Grad hatte. Schweißgebadet schloss ich die Wohnungstür auf und ging direkt in das kleine und ziemlich schäbige Badezimmer, um mir ein lauwarmes Bad einzulassen. Im Wohnzimmer roch es wie immer nach Zigarettenrauch, und ich öffnete das Fenster so weit wie möglich, um den Raum zu lüften. Dann machte ich mich daran, den Kaffeetisch abzuräumen, auf dem leere Bierflaschen, Gingläser und überquellende Aschenbecher herumstanden.

Während ich alles in die Küche trug und wahlweise ins Spülbecken stellte oder in den Mülleimer warf, fragte ich mich, ob es wirklich eine gute Idee gewesen war, bei Estelle einzuziehen. Unser Alltag verlief völlig konträr. Während ich jeden Morgen früh aufstand, um Punkt neun Uhr bei der Arbeit in Kew Gardens zu sein, konnte Estelle viel länger schlafen – ihr Unterricht in Covent Garden fing erst um elf an. Nachmittags kam sie nach Hause, um sich vor der Aufführung auszuruhen, und zu der brach sie auf, gerade wenn ich nach Hause kam. Bis um elf hatte ich dann Ruhe und legte mich, erschöpft von der Arbeit, ins Bett. Regelmäßig war ich gerade am Einschlafen, wenn die Wohnungstür aufging und Estelle mit einer Schar Bekannter, allesamt aus der Künstlerszene, nach Hause kam, um weiterzufeiern, nachdem die Bars rund ums Theater geschlossen hatten. Schlaflos lag ich dann da, während die Musik auf volle Lautstärke gedreht wurde. Früher einmal hatte ich Frank Sinatra geliebt, aber mittlerweile war er zu meinem Foltermeister geworden, wenn er mich mit seiner samtenen Stimme bis in die Morgenstunden wachhielt.

Nachdem ich im Wohnzimmer aufgeräumt und mich gefragt hatte, warum eigentlich Estelle nie auf die Idee kam, das zu machen, bevor sie ins Theater ging, zog ich mich aus und setzte mich in die Wanne. Sie war so klein, dass ich nur mit angezogenen Knien Platz darin hatte.

»Heute Abend gehe ich um acht ins Bett«, nahm ich mir vor. Schließlich stieg ich aus der Wanne und trocknete mich ab. Im Morgenrock machte ich mir einen überbackenen Käsetoast und setzte mich zum Essen aufs Sofa. *Bin ich langweilig, weil ich Keimlinge spannender finde als nächtliche Partys?*, fragte ich mich. Als ich mich vor einigen Tagen über den Lärm beschwert hatte, hatte Estelle gesagt, ich würde frühzeitig vergreisen.

»Schlafen kannst du, wenn du vierzig oder fünfzig bist, Posy-Herzchen. Genieß deine Jugend, solange du sie hast.« Und sie hatte noch einmal an dem Joint gezogen, den ein junger Mann ihr gereicht hatte. Ich war in mein Zimmer zurückgeschlichen und hatte mir Watte in die Ohren gesteckt.

Zumindest machte mir meine Arbeit Spaß. Mr. Hubbard, der neue Kustos des Herbariums, mochte mich offenbar gern und unterstützte mich sehr. Jeden Morgen erhielten wir aus aller Welt neue Pflanzen. Einige brachten die Sammler persönlich in besonderen Behältern vorbei, in denen die Pflanzen während der monatelangen Reisen über Berge und durch Dschungel aufbewahrt worden waren, um nicht einzugehen; andere wurden uns, in Kisten verpackt, von botanischen Gärten in Singapur, Australien oder Nord- oder Südamerika geschickt. Nachdem ich die Pflanzen eingehend nach kleinen Mitreisenden wie Läusen und Fliegen abgesucht hatte, studierte ich sie, machte an meinem kleinen Schreibtisch naturwissenschaftliche Zeichnungen von ihnen und fotografierte sie; den Film entwickelte ich dann selbst in der Dunkelkammer.

Ich lernte, die Pflanzen auf Archivpapier zu pressen und ihren Fundort, den Sammler, die Familie und die Gattung auf kleinen Etiketten zu vermerken. Die Notizen der Botaniker aus aller Welt zu entziffern, kostete die meiste Zeit, doch sie lieferten uns wichtige Informationen über die Bedürfnisse und die Pflege der Pflanzen. Sobald die Bögen mit den gepressten Pflanzen – die Belege, wie sie korrekt hießen – getrocknet waren, stellte ich sie in die hohen Schränke in der Mitte des Herbariums. Das war ein zweistöckiger Raum, der vor Belegen bereits überquoll. Einmal fragte ich meine Kollegin Alice, wie viele es insgesamt seien, und sie biss nachdenklich auf ihren Bleistift, ehe sie antwortete. »Vielleicht viereinhalb Millionen?«

Ich hätte mir keinen fantastischeren Arbeitsplatz wünschen können, und der Garten ringsum bildete einen dringend benötigten Ausgleich zum Trubel der Stadt.

Im Grunde bin ich ein Mädchen vom Lande, dachte ich mir, als ich gähnend meinen Teller und das Besteck abspülte und in mein Zimmer ging. »Mir fehlt Cambridge, und Jonny fehlt mir auch«, murmelte ich und legte mich ohne Zudecke auf die harte

Matratze – für ein Laken war es viel zu heiß. Immer noch schwitzend zog ich mein Nachthemd aus, sodass ich nackt dalag. Ich griff nach dem Buch auf meinem Nachttisch und versuchte zu lesen, aber ich war so erschöpft, dass ich bald einschlief, eingelullt von der ganz leichten Brise, die zum offenen Fenster hereinwehte.

Ein paar Stunden später kam ich wieder zu mir – die Wohnungstür fiel krachend ins Schloss, Gelächter hallte im schmalen Flur wider.

»O mein Gott«, stöhnte ich, als ich Frankie aus dem Grammofon röhren hörte. Durstig trank ich von dem Glas Wasser, das auf meinem Nachttisch stand, legte mich wieder hin, schloss die Augen und wünschte mir, ich könnte auch auf den Mond fliegen, wie Sinatra es sich von einem Mädchen erflehte. Zumindest hätte ich dort meine Ruhe.

»Einen Moment, ich gehe nur kurz ...«

Unvermittelt wurde die Tür zu meinem Zimmer geöffnet, und im Türrahmen stand ein Mann. Ich schrie auf und tastete noch nach einem Laken, um mich zu bedecken, als das Licht angeschaltet wurde.

»Verschwinden Sie!«, rief ich. Zwar konnte ich sein Gesicht kaum sehen, trotzdem erkannte ich schockiert, wer es war.

»Oh, bitte entschuldigen Sie, ich suche nach der Toilette«, sagte der Eindringling, fuhr sich durch sein dichtes, welliges Haar und starrte mich unentwegt an. Errötend zog ich das Laken enger um mich.

»Schon in Ordnung«, sagte ich atemlos. »Die Toilette ist am anderen Ende des Flurs.«

»Natürlich. Ich bitte nochmals um Verzeihung.« Er kniff die Augen zusammen und betrachtete mich noch eindringlicher. »Kennen wir uns nicht? Sie kommen mir sehr bekannt vor.«

»Bestimmt nicht«, sagte ich und wünschte mir nur, er würde verschwinden.

»Waren Sie zufällig in Cambridge?«
»Ja«, gestand ich seufzend. »Das stimmt.«
»Und hatten Sie eine Freundin, die Andrea hieß?«
»Ja.«
Er lächelte. »Gesichter vergesse ich nie. Andrea hat Sie zu einer meiner Partys mitgebracht – ich erinnere mich lebhaft daran. Sie trugen ein rotes Kleid.«
»Ja, das war ich«, sagte ich. Meine Augen hatten sich an das Dämmerlicht gewöhnt, und ich sah seine großen hellbraunen Augen.
»Tja«, sagte er lächelnd, »die Welt ist klein. Ich bin Freddie Lennox. Ich freue mich sehr, Sie wiederzusehen, Miss ...?«
»Posy Anderson.«
»Natürlich, jetzt fällt es mir wieder ein. Darf ich fragen, weshalb Sie sich wie Aschenputtel in dieser Kammer verstecken, während nebenan gefeiert wird?«
»Weil ich im Gegensatz zu den meisten Gästen einer geregelten Arbeit nachgehe.«
»Das klingt ernst«, sagte Freddie mit einem Lächeln. »Na, dann überlasse ich Sie wohl besser Ihrem Schönheitsschlaf. Es hat mich sehr gefreut, wieder Ihre Bekanntschaft zu machen, Posy. Gute Nacht.«
»Gute Nacht.«
Als er das Licht ausschaltete und die Tür hinter sich schloss, legte ich mich mit einem Seufzer der Erleichterung wieder ins Bett. Ich wusste noch, wie ich Andrea auf das Fest begleitet hatte – und ich erinnerte mich lebhaft an Freddie. Damals hatte ich ihn für den attraktivsten Mann gehalten, den ich je gesehen hatte, und völlig außer Reichweite für mich, sowohl wegen seines Aussehens als auch wegen seines Selbstvertrauens und der Tatsache, dass er im dritten Jahr war. Es überraschte mich, dass er sich an mich erinnerte, ich hatte damals nur kurz mit ihm gesprochen.
Während nebenan die Musik dröhnte, stellte ich mir vor, wie

Freddie, ein Glas in der Hand, sich nur wenige Meter von mir entfernt mit einer von Estelles ausgesprochen hübschen Freundinnen aus dem Ballett unterhielt. Ich griff nach der Watte, die ich in der Schublade aufbewahrte, riss zwei Bäusche ab und stopfte sie mir in die Ohren.

Am nächsten Morgen kam ich aus meinem Zimmer und seufzte angesichts des Durcheinanders im Wohnzimmer. Auf dem Boden lag jemand und jemand anderes auf dem Sofa, doch ich achtete nicht darauf, sondern ging in die Küche, um mir eine Tasse Tee und Toast zu machen. Den bestrich ich gerade mit Marmelade, als hinter mir eine vertraute Stimme erklang.

»Guten Morgen, Posy. Wie geht es Ihnen an diesem herrlichen Tag?«

Freddie stand in der Tür und sah mir zu.

»Sehr gut, danke«, sagte ich höflich und schnitt den Toast in zwei Hälften.

»Das sieht gut aus«, sagte er und deutete auf den Toast. »Kann ich auch eine Scheibe haben?«

»Bitte bedienen Sie sich«, sagte ich. »Ich fürchte, ich bin in Eile.« Mit meinem Tee und dem Teller ging ich zur Küchentür. Lächelnd trat er beiseite, um mich durchzulassen.

»Danke.«

»Ich muss sagen«, flüsterte er, als ich an ihm vorbeiging, »ohne Kleider haben Sie mir viel besser gefallen.«

Errötend hastete ich in mein Zimmer, setzte mich aufs Bett, aß den Toast und trank meinen Tee. Ich musste unbedingt mit Estelle über die Situation reden: Es ging wirklich nicht an, dass fremde Männer mich belästigten, während ich mir Frühstück machte. Ich griff nach meiner Handtasche und dem Aktenkoffer, schminkte mir die Lippen und brach auf.

»Wohin gehen Sie?«, fragte Freddie, als ich die Wohnungstür öffnete.

»Nach Kew Gardens.«

»Das ist ja sehr … botanisch«, antwortete er und folgte mir, als ich mich an den endlosen Abstieg die Stufen hinunter machte.

»Zum Vergnügen?«

»Nein, ich arbeite dort.«

»Sind Sie Gärtnerin?«

»Nein, Wissenschaftlerin.«

»Ach ja, natürlich. Das haben Sie mir ja damals schon erzählt. Sehr beeindruckend.«

Ich fragte mich, ob er sich über mich lustig machte, was er offenbar bemerkte, denn er fügte ein »wirklich« ans Ende seines Satzes an. »Ich habe in Cambridge Jura studiert.«

»Ach ja?«, erwiderte ich. Wir hatten das Ende der Treppe erreicht, und ich öffnete die Haustür.

»Ja, aber eigentlich möchte ich Schauspieler werden, deswegen versuche ich mein Glück in London.«

»Ah ja«, sagte ich, als wir auf den Bürgersteig traten. Er ging weiter neben mir her.

»Ich habe ein bisschen fürs Radio gearbeitet und hatte eine kleine Rolle in einem Fernsehspiel, aber das war's auch schon.«

»Nach allem, was Estelles Freunde mir sagen, geht es im Leben eines Schauspielers mehr um Glück als um Talent.«

»Wohl wahr«, stimmte Freddie zu. »Vielleicht wissen Sie ja noch, dass ich Andrea durch das Footlights kennengelernt habe.«

»Ja, ich weiß.«

»Das war der Hauptgrund, weshalb ich nach Cambridge gehen wollte. Die Stadt fehlt mir, Ihnen auch?«, fragte er, als wir meine Bushaltestelle erreichten.

»Ja, sehr. Aber wenn Sie mich jetzt entschuldigen, da kommt mein Bus, und ich muss wirklich zur Arbeit.«

»Natürlich, Posy, und ich muss nach Hause und mich salontauglich machen. Ich habe nachher einen Vorsprechtermin.«

»Viel Glück«, sagte ich und stieg in den Bus.

»Wann kommen Sie nach Hause?«, rief er mir nach, als der

Schaffner die Glocke betätigte, um den Busfahrer zu informieren, dass er losfahren konnte.

»Normalerweise gegen sechs«, rief ich zurück.

»Auf Wiedersehen, Posy, bis bald!«

An dem Tag war ich beim Zeichnen nicht so konzentriert wie sonst. Unwillentlich wanderten meine Gedanken immer wieder zu Freddies hinreißenden Augen und dem vollen, glänzenden Haar, das ich so gerne berühren wollte ...

»Posy, wirklich!«, ermahnte ich mich, als ich mittags im Garten meine Sandwiches aß. »Du bist verlobt, und er ist ein mittelloser Schauspieler. Jetzt reiß dich zusammen!«

Auf der Heimfahrt im Bus malte ich mir aus, wie er vor der Haustür stehen und auf mich warten würde, und rief mich auf dem Fußweg nach Hause wieder streng zur Ordnung. Fast wollte mich der Schlag treffen, als er dann tatsächlich dort stand und in einem Smokingjackett aus blauem Samt und einem Paisleyschal sehr auffällig vor meiner Haustür herumlungerte.

»Guten Abend, Posy. Ich wollte mich entschuldigen, dass ich gestern Nacht in Ihr Zimmer geplatzt bin.« Er reichte mir einen leicht verwelkten Blumenstrauß und eine braune Papiertüte. »Ich habe Gin und süßen Wermut mitgebracht. Haben Sie schon einmal Gin and It getrunken?«

»Ich glaube nicht, nein«, sagte ich und schloss die Haustür auf.

»Dann, liebe Posy, werden Sie heute Abend den ersten trinken. Wir feiern.«

»Ach ja?«

»Aber ja. Das Vorsprechen war ein Erfolg!«, sagte er und folgte mir die Treppe hinauf. »Ich habe eine Statistenrolle in einem Noël-Coward-Stück, das im Lyric an der Shaftesbury Avenue gegeben wird. Vier Sätze, Posy, unglaublich! Ist das nicht großartig?«

»Doch«, antwortete ich. Ich wusste nicht genau, was ich empfand. Weshalb war er hier? Denn für eine junge Frau wie mich konnte er sich doch unmöglich interessieren ... oder doch?

Schließlich erreichten wir den kleinen obersten Treppenabsatz, und ich öffnete die Tür. Freddie folgte mir in die Wohnung und sah sich im Wohnzimmer um, wo wie üblich die Überreste vom Feiern des Vorabends herumstanden.

»Du lieber Himmel, hier sieht es ja aus! Ich helfe Ihnen beim Aufräumen.«

Das tat er auch, was ich sehr nett von ihm fand, dann machte er uns beiden einen Gin and It.

»Prost«, sagte er und hob sein Glas. »Auf mich, dass ich in die Fußstapfen Oliviers trete.«

»Auf Sie«, sagte ich und trank einen Schluck des Cocktails, der wirklich sehr gut schmeckte.

»Wenn ich mich recht erinnere, kommen Sie ursprünglich aus Suffolk, genau wie ich. Fahren Sie noch oft dorthin?«

»Nie«, sagte ich mit einem Seufzen. »Ich war nicht mehr dort, seit ich neun war.«

»Schöne Landschaft«, meinte Freddie, »aber mir ist die Stadt viel lieber. Ihnen nicht auch?«

»Eigentlich nicht, nein. Ich mag weite, offene Flächen.«

»Ach ja?«

»Ja. Wenn ich das Geld habe, ziehe ich nach Richmond, ganz in der Nähe von Kew, wo es einen wunderschönen Park gibt.«

»Da war ich noch nie. Was halten Sie davon, wenn wir morgen dort ein Picknick machen?«

»Ich ... also ...« Mir fehlten die Worte.

»Haben Sie zu viel zu tun? Oder möchten Sie mir sagen, dass ich verschwinden und Sie in Ruhe lassen soll?«

Spätestens jetzt müsste ich ihm sagen, dass ich verlobt war, das wusste ich. Hätte ich einen Ring am Finger getragen, wäre es eindeutig und sehr viel einfacher gewesen. Aber da ich mit meinen Händen ständig in der Erde wühlte, bewahrte ich meinen schönen Verlobungsring in seinem Kästchen in der Nachttischschublade auf. Hin und her gerissen zögerte ich. Die »artige« Posy drängte mich zu sagen, was ich sagen sollte, die »böse« Posy weigerte sich, ebendiese Worte auszusprechen.

»Also?« Freddie blickte mich unverwandt an.

»Nein, ich habe nichts vor«, hörte ich eine trügerische Stimme sagen, die zufällig mir gehörte. »Das würde mir gefallen.«

Nach meinem zweiten Gin and It erklärte Freddie, er habe Hunger und werde aus den bescheidenen Vorräten in unserem Schrank etwas zubereiten. Einträchtig aßen wir Sardinen mit Butterbrot, während Freddie mich mit Geschichten aus seinem Leben in London unterhielt und von den berühmten Schauspielern, denen er begegnet war.

»Und jetzt«, sagte er schließlich, »sollte ich besser gehen, sonst verpasse ich noch den letzten Bus nach Clapham.«

Ich schaute auf die Uhr und konnte kaum glauben, dass es schon nach elf Uhr war.

»Das war ein höchst vergnüglicher Abend«, sagte er beim Aufstehen.

»Das stimmt«, pflichtete ich ihm bei und erhob mich ebenfalls. Vom Gin drehte sich alles ein wenig.

»Und ich muss es Ihnen einfach sagen, liebste Posy, Sie sind hinreißend, absolut hinreißend.«

Ehe ich wusste, wie mir geschah, hatte Freddie mich an sich gezogen und küsste mich. Ich fühlte mich wie im siebten Himmel. Mein Körper reagierte sofort, wie ich es von Jonny überhaupt nicht kannte. Ich war enttäuscht, als er die Umarmung löste.

»Jetzt muss ich aber wirklich gehen, sonst verbringe ich die Nacht noch auf einer Parkbank«, sagte er lächelnd. »Morgen stehe ich um Punkt zwölf Uhr wieder hier. Sie sind für das Essen zuständig, ich sorge für den Alkohol. Gute Nacht, meine Liebe.«

Nachdem er gegangen war, schwebte ich in mein Zimmer, zog mich aus und legte mich in einem köstlichen Nebel von Gin und Verlangen aufs Bett. Ich stellte mir vor, wie Freddies elegante Hände langsam über meine Brüste und meinen Bauch wanderten ... Als Estelle mit ihrem üblichen Schwarm Freunde heimkam, störte es mich kaum, und zumindest konnte ich am nächsten Tag etwas länger schlafen.

»Gute Nacht, liebster Freddie«, flüsterte ich und schloss die Augen.

Obwohl ich am nächsten Morgen mit dröhnenden Kopfschmerzen und einem entsetzlich schlechten Gewissen aufwachte, muss ich zu meiner Schande gestehen, dass nichts davon mich veranlasste, das Picknick mit Freddie im Park abzusagen. Wir saßen auf einer Decke im vertrockneten Gras und tranken Wein, und mein Kopf lag auf seiner Schulter.

Ich konnte einfach nicht glauben, wie selbstverständlich es sich anfühlte – vor allem, wenn ich daran dachte, dass Jonny und ich Monate gebraucht hatten, um uns körperlich wirklich wohl miteinander zu fühlen. Wir küssten uns viel, redeten wenig, und zu guter Letzt schliefen wir ein. Dann fuhren wir mit dem Bus in meine Wohnung zurück, und er begleitete mich nach oben. Wie üblich stand das Chaos des vergangenen Abends noch da, doch wir achteten nicht darauf und küssten uns weiter.

»Posy«, sagte er, als er meinen Hals mit den Lippen liebkoste, »am liebsten würde ich dich jetzt in dein Zimmer tragen und ...«

»Nein, Freddie!« Abrupt setzte ich mich auf, benommen vom vielen Wein und der Sonne, und sah ihn streng an. »Ein solches Mädchen bin ich nicht.«

»Das respektiere ich auch«, antwortete er und nickte. »Ich sage dir nur, dass es mich danach verlangt. Jedes Mal, wenn ich die Augen schließe, sehe ich dich wie eine Alabasterstatue der Aphrodite auf deinem Bett sitzen, lediglich mit einem Laken bedeckt.« Er lächelte.

»Weshalb möchtest du mich, Freddie? Du musst dir doch eine glamouröse Schauspielerin wünschen, keine biedere Naturwissenschaftlerin wie mich.«

»Du meine Güte, Posy, du bist alles andere als bieder. Was mir an dir unter anderem so gefällt, ist, dass du nicht weißt, wie hinreißend du bist. Du bist so natürlich«, sagte er, und sein Mund näherte sich meinem. »Eine Wohltat nach den Mädchen, die ich normalerweise kenne ...«

Ich rückte von ihm fort. »Also, ich bin in vieler Hinsicht ganz anders als sie. Bist du nur meines Körpers wegen hinter mir her?«, fragte ich kühn.

»Hinter dem bin ich auch her, doch, das habe ich dir ja auch schon gestanden. Aber es ist mehr als das. Weißt du, hinter dieser oberflächlichen Schauspielerfassade steckt im Grunde ein ziemlich ernsthafter Mensch. So viele Frauen, die ich kenne, sind seicht und haben keinen Verstand. Aber wenn der anfängliche Reiz verflogen ist, muss man doch in der Lage sein, sich zu unterhalten, oder nicht?«

»Ja, das finde ich auch.«

»Und du bist so intelligent, Posy. Es gefällt mir sehr, wenn du über Folientunnel und Kompost sprichst. Das erregt mich regelrecht.«

Beschwichtigt von seinen Worten erlaubte ich ihm, mich noch einmal zu küssen. Als er gegangen war, dachte ich mir, das Schlimmste, was passieren konnte«, war, dass er seinen Willen bekam und mich dann mit gebrochenem Herzen sitzenließ. Aber wenn ich für den Rest meines Lebens mit Jonny verheiratet sein würde, war es doch in Ordnung, mich vorher auf ein kleines Abenteuer einzulassen, oder nicht ...?

Im Handumdrehen war aus dem Sommer Herbst geworden, und meine Affäre mit Freddie ging immer noch weiter. Jonny schrieb mir jede Woche von seiner Basis in Aldershot und meinte, er werde bald Urlaub bekommen und könne mich ein Wochenende in London besuchen. Glücklich sprach er von dem Regiment, dem er sich anschließen werde – die 7. Gurkha Rifles –, und wo

»wir« stationiert sein würden, wenn er seine sechsmonatige Ausbildung zum Offiziersanwärter abgeschlossen haben würde. Er hoffe auf etwas Exotisches wie Malaya.

Plötzlich ging mir auf, dass ich die Zukunft noch überhaupt nicht richtig durchdacht hatte, aber jetzt, wo Jonny seine Militärausbildung absolvierte und für mich mein Traum in Erfüllung gegangen war, in Kew zu arbeiten, lebte ich unvermittelt in ihr. Wenn ich ihn heiratete, würde ich ihm folgen müssen, wo immer er hingeschickt wurde, und das bedeutete, meine eigenen Hoffnungen für die Zukunft zu begraben. Mit Freddie hingegen könnte ich in London bleiben und meine Laufbahn fortsetzen …

Freddies Stück lief, und ich hatte es mir angeschaut, ihn seine vier Sätze sagen sehen und ihm, als er sich verbeugte, stürmisch applaudiert. Wegen seiner abendlichen Vorstellungen sahen wir uns seltener, aber die Sonntage verbrachten wir immer miteinander.

»Hast du schon mit ihm geschlafen?«, fragte Estelle, als ich mich herrichtete, um ihn zum Lunch im Lyon's Corner House an der Charing Cross Road zu treffen.

»Aber Estelle, natürlich nicht«, antwortete ich, als ich mir vor dem Spiegel, der im Wohnzimmer über dem Sofa hing, die Lippen schminkte.

»Das überrascht mich. Ihr seht nämlich so aus.«

»Was meinst du damit?«

»Euer Umgang miteinander ist so vertraut.«

»Wir haben aber nicht miteinander geschlafen.«

»Du musst dich doch versucht fühlen, oder? Er ist so charmant«, drang Estelle weiter in mich. »Und was machst du mit Militär-Jonny?«

»Ich … Das weiß ich nicht.«

»Weiß Freddie von ihm und dass du verlobt bist?«

»Äh, nein.«

»Also ehrlich, Posy«, sagte Estelle lachend. »Da mache ich mir Sorgen wegen meiner Moral, und du betrügst deinen Verlobten!«

Auf dem Weg zum Lunch gingen mir Estelles Worte durch den Kopf. Ich wusste, dass sie recht hatte. In Gedanken rechtfertigte ich meine Affäre praktischerweise damit, dass wir noch nicht miteinander geschlafen hatten, aber ich wusste, dass ich mich damit selbst ebenso belog wie Freddie. Ich war bis über beide Ohren in ihn verliebt, das ließ sich nicht leugnen.

Ich musste Jonny sagen, dass es vorbei war. Alles andere wäre nicht fair.

Aber was, wenn Freddie dich verlässt ...?

Wenn, dachte ich mir, dann hätte ich es nur verdient, Jonny zu verlieren. Er war so gut und liebenswert und solide – der perfekte zukünftige Ehemann. Er wäre am Boden zerstört, wenn er wüsste, was seine Verlobte trieb.

Nach dem Lunch sagte ich Freddie, ich hätte Kopfweh, fuhr mit dem Bus nach Hause und setzte mich in mein Zimmer, um Jonny zu schreiben. Ich musste mindestens sechsmal neu anfangen, weil es mir so schwerfiel, die richtigen Worte zu finden. Aber schließlich faltete ich den Brief zusammen und steckte ihn ins Kuvert. Ich holte meinen Verlobungsring aus dem Kästchen, umwickelte ihn mit Watte und Klebeband und legte ihn zu dem Brief. Dann schloss ich den Umschlag, adressierte ihn an Jonnys Basis und klebte eine Marke darauf. Und bevor ich es mir anders überlegen konnte, ging ich zum Briefkasten, holte tief Luft und warf den Brief ein.

»Es tut mir wirklich sehr leid, lieber Jonny. Alles Gute.«

Drei Tage später ging ich mit Freddie ins Bett. Und all meine Bedenken, es könnte womöglich falsch gewesen sein, die Verlobung aufzukündigen, lösten sich in Luft auf angesichts der Gefühle, die Freddie in mir hervorrief. Das Ereignis fand in seiner Wohnung in Clapham statt. Hinterher lagen wir im Bett, rauchten und tranken Gin and It, was unser Lieblingsdrink geworden war.

»Du warst also keine Jungfrau mehr.« Freddies Hand wanderte

über meine Brust. »Ich dachte, du wärst es noch. Wer war der Glückliche?«

»Freddie, ich muss dir etwas gestehen«, sagte ich seufzend.

»Dann spuck's aus, Liebste. Habe ich einen Nebenbuhler?«

»Du hattest einen, ja. Ich war ... Als du und ich uns trafen, war ich verlobt, er heißt Jonny. Er macht gerade seine Militärausbildung, und, na ja, vor ein paar Tagen habe ich ihm geschrieben, dass ich die Verlobung auflöse und dass ich ihn nicht heiraten kann.«

»Meinetwegen?«

»Ja«, antwortete ich aufrichtig. »Aber jetzt bekomm bitte keinen Schreck, ja? Ich erwarte nicht, dass du und ich uns verloben, aber ich fand es richtig, es ihm zu sagen.«

»Du stilles Wasser, Posy«, sagte Freddie mit einem Lächeln. »Da habe ich die ganze Zeit gedacht, du wärst so lieb und unschuldig, und dabei gab es einen anderen.«

»Ja, ich weiß, ich habe mich schändlich verhalten, und ich entschuldige mich dafür. Ich habe ihn nicht gesehen, seit du und ich uns kennen, weil er auf seiner Basis ist. Ich bin dir nicht untreu geworden, Freddie.«

»Das ist also der Grund, weshalb du nicht mit mir schlafen wolltest?«

»Ja.«

»Ich für meinen Teil bin auf jeden Fall froh, dass es ihn nicht mehr gibt und deine moralischen Skrupel dir nicht mehr im Weg stehen.« Er zog mich an sich. »Sollen wir das Ganze zur Feier noch mal wiederholen?«

Ich war nur froh, dass mein Geständnis Freddie offenbar nicht verstörte. Ich hatte befürchtet, er könnte sich von mir unter Druck gesetzt fühlen, was ich natürlich überhaupt nicht wollte. Ich sagte mir, dass es auch andere Gründe gab, die Verlobung zu beenden, nicht zuletzt die Vorstellung, meine geliebte Arbeit aufgeben zu müssen. Aber wenn ich ehrlich war, wusste ich, dass ich Freddie, ohne zu überlegen, bis ans Ende der Welt folgen würde, wenn er mich darum bäte.

Nach dem ersten, himmlischen Mal im Bett zog ich mehr oder minder ganz zu Freddie. Ich erwartete ihn, wenn er vom Theater nach Hause kam, dann liebten wir uns bis in die frühen Morgenstunden, und ich schlief in seinen Armen ein. Das Erstaunliche war, dass ich trotz des wenigen Schlafs, den ich bekam, frisch und munter war, wenn ich morgens aufstand und nach Kew fuhr. In meiner Jugend hatte ich zahllose Liebesromane gelesen, aber erst jetzt verstand ich, was die Schriftsteller wirklich gemeint hatten. Ich war so glücklich wie nie zuvor im Leben.

Als ich Mitte Oktober meinen wöchentlichen Besuch in Baron's Court machte, um Kleidung zum Wechseln und meine Post zu holen, lag in meinem Zimmer ein Kuvert aus dickem Velinpapier mit einer italienischen Briefmarke darauf.

Maman, dachte ich, als ich es aufriss.

Ma chère Posy,
sehr viel Zeit ist vergangen, seit ich das letzte Mal schrieb, und ich hoffe, du kannst mir verzeihen. Das Leben war durch die Hochzeit eines von Alessandros Söhnen sehr hektisch. Herzlichen Glückwunsch zu deinem Abschluss in Cambridge. Ich bin stolz, eine so intelligente Tochter zu haben.

Posy, ich und Alessandro fliegen Anfang November nach London, und ich würde dich sehr gerne treffen. Wir steigen vom 1. bis zum 9. im Ritz ab, bitte ruf mich dort an, um mir mitzuteilen, wann du kommen kannst. Es war allzu lang, also bitte sag, dass du deine Maman sehen und ihren Mann kennenlernen wirst.
Alles Liebe,
Maman

Ich saß da, starrte auf den Brief und überlegte mir, dass ich Maman seit dreizehn Jahren nicht mehr gesehen hatte. Wie man es auch drehte und wendete, meine Mutter hatte mich im Stich gelassen. Auch wenn die erwachsene, vernünftige Seite in mir sagte, dass es besser gewesen war, in stabilen Verhältnissen bei meiner Großmutter in Cornwall aufzuwachsen, als durch Europa geschleppt zu werden, war der emotionale Teil von mir so verletzt und wütend wie jedes Kind, das von seiner Mutter verlassen worden war.

Auf der Busfahrt nach Clapham fragte ich mich, ob ich mit Freddie darüber sprechen sollte, und entschied mich dagegen. Ich könnte es nicht ertragen, wenn er mich tröstete, also sagte ich nichts. Allerdings merkte er, dass ich gedrückter Stimmung war.

»Liebste, was ist? Ich sehe dir an, dass etwas nicht in Ordnung ist.«

»Nichts, Freddie, ich habe nur Kopfweh, das ist alles.«

»Dann komm her und lass mich deine heiße Stirn streicheln.«

Ich schmiegte mich in seine Arme und fühlte mich getröstet.

»Weißt du was, mein Schatz, ich habe mir überlegt, ob du und ich uns nicht eine gemeinsame Wohnung suchen sollten. Dieses Einzelbett wird allmählich zum Ärgernis, findest du nicht?«

Ich sah zu ihm hoch. »Du meinst, wir sollen zusammenziehen?«

»Jetzt schau mich nicht so schockiert an, mein Schatz. Wir leben doch schon zusammen, nur inoffiziell.«

»Himmel, Freddie, ich weiß nicht, was meine Großmutter dazu sagen würde. Ich meine, es ist doch ein bisschen gewagt, oder nicht?«

»Wir leben in den Fünfzigerjahren, Posy, und glaub mir, viele andere machen es auch. Ich möchte, dass du eine anständige Küche hast und mir die ganzen leckeren Sachen kochen kannst, von denen du ständig erzählst«, sagte er mit einem Lächeln.

»Darf ich es mir überlegen?«
»Aber natürlich.« Freddie gab mir einen Kuss auf die Wange.
»Danke.«

Als Weihnachten 1958 näher rückte, hatte ich das Gefühl, dass mein Leben nicht wundervoller sein könnte. Nichts, wirklich gar nichts fehlte mir zum Glück: Ich hatte meine wunderbare Arbeit, und ich hatte Freddie, der mein ganzes Denken, meinen Körper und mein Herz ausfüllte. Fast ängstigte mich das Gefühl, denn so etwas konnte doch nicht von Dauer sein. Oder doch?

Davon beflügelt beschloss ich, Maman zu treffen, wenn sie in London war, allein schon aus Gründen der Höflichkeit. In der Woche, in der sie im Ritz sein wollte, rief ich dort an und wurde zu ihrem Dienstmädchen durchgestellt. Ich sagte ihr, ich könne Maman am kommenden Samstag zum Tee treffen. Dann ging ich zu Swan & Edgar am Piccadilly und kaufte mir ein schickes Kostüm, das ich auch zu allfälligen späteren Anlässen tragen konnte.

Als ich einige Tage später das Ritz betrat, fühlten sich meine Beine an, als bestünden sie aus Watte, und das Herz klopfte mir bis zum Hals.

»Kann ich Ihnen helfen, Madam?«, fragte der Oberkellner, der die prachtvolle Lounge überwachte, wo Tee serviert wurde.

»Ja, ich bin mit Graf und Gräfin d'Amici verabredet.«

»Ah ja, Madam, sie erwarten Sie bereits. Bitte folgen Sie mir.«

Während der Oberkellner mich durch die gut gekleideten Gäste führte, die an ihrem Tee nippten und kleine Sandwiches verspeisten, schaute ich umher, um schon vorher einen ersten Eindruck von meiner Mutter zu bekommen. Und da saß sie, perfekt geschminkt, das blonde Haar zu einem eleganten Chignon gesteckt. Sie sah genauso aus wie früher, abgesehen von der dreireihigen, cremig schimmernden Perlenkette um ihren Hals und einer Vielzahl funkelnder Diamanten an ihren Fingern und ums Handgelenk. Neben ihr saß ein sehr kleiner, kahlköpfiger Mann, der doppelt so alt wirkte wie sie, aber vielleicht hatte Maman sich ja auch nur außergewöhnlich gut gehalten.

»Liebe Posy, darf ich dir Alessandro vorstellen, deinen Stiefvater?«

»*Cara mia*, Sie sind ja noch schöner, als Ihre Mama gesagt hat. Ich fühle mich geehrt, Sie kennenzulernen.« Alessandro stand auf und nahm meine beiden Hände in seine, und überrascht stellte ich fest, dass ihm Tränen in den Augen standen. Ich hatte mir fest vorgenommen, ihn nicht zu mögen, aber seine Güte war nicht zu verkennen, und ich merkte, wie sehr er meiner Mutter ergeben war.

Während ich Gurkensandwiches aß und ein Glas Champagner nach dem anderen trank, unterhielt Alessandro mich mit Geschichten von ihrem Leben in Italien, von ihrem Palazzo und ihren sommerlichen Kreuzfahrten entlang der Amalfiküste.

»Ihre Mutter, sie ist – wie sagt man? – grrroßartig! Sie bringt Licht und Freude in mein Leben!«

Ich schaute auf meinen Teller, als er ihre Hand küsste. Maman strahlte ihn an, und da fiel mir auf, dass ich sie in Admiral House nie so hatte lächeln sehen.

»Du musst uns besuchen kommen!«, sagte Maman, nachdem die Kellner den Tisch abgeräumt hatten. »Weihnachten im Palazzo ist einfach wunderschön, und im nächsten Sommer fahren wir im Boot die Küste entlang und zeigen dir die Schätze Italiens.«

»Ich weiß nicht, ob ich von der Arbeit wegkann«, antwortete ich ausweichend.

»Aber du musst doch Urlaub bekommen«, sagte sie. »Ich ...« Maman drehte sich zu ihrem Mann. »*Amore mio*, könntest du mich einen Moment mit meiner Tochter allein lassen?«

»*Si, certo*.« Mit einem letzten Handkuss verließ Alessandro den Tisch.

Sobald wir allein waren, beugte sie sich zu mir. »Posy, ich weiß, ich habe einen Großteil deines Lebens versäumt ...«

»Maman, ich verstehe das schon, du brauchst dich nicht ...«
»Doch, das tue ich aber«, sagte sie heftig. »Du bist zu einer schönen, klugen und starken Frau herangewachsen, und leider hatte ich nur sehr wenig damit zu tun.« Kurz stockte ihr der Atem. »Es gibt so vieles, das ich dir gern erklären würde, aber ...« Sie schüttelte den Kopf. »Vergangenheit ist Vergangenheit, und es ist sinnlos, zurückzublicken.« Sie tätschelte meine Hand. »*Chérie*, bitte überleg dir, uns zu Weihnachten zu besuchen, ja?«

Beim Verlassen des Ritz war ich vom Champagner etwas beschwipst und fragte mich, ob ich meine Mutter womöglich doch falsch eingeschätzt hatte. Sie hatte sich so überzeugend gegeben, dass sie mir wirklich leidgetan hatte. Erst auf der Busfahrt nach Baron's Court verlor sich der Glanz ein wenig, und mir wurde klar, dass sie mich wieder einmal eingewickelt hatte und ich darauf hereingefallen war. Sie hatte sich so gut wie gar nicht nach meinem Leben erkundigt, abgesehen davon, wo ich arbeitete und wohnte. Ich war sogar bereit gewesen, ihr von Freddie und meiner Liebe zu ihm zu erzählen, aber das Thema war gar nicht zur Sprache gekommen. Die ganze Zeit hatte sie nur von ihrem mondänen Leben erzählt, bei dem sie und Alessandro zu dieser oder jener spektakulären Gala quer durch Europa jetteten. Ich brauchte einen Abend für mich. Ich rief Freddie bei sich zu Hause an und sagte, ich würde die Nacht bei mir verbringen. Dann saß ich in meinem Zimmer und trank Tee, um wieder nüchtern zu werden und nachzudenken.

Und dabei verhärtete sich mein Herz wieder. Ich beschloss, dass es nicht infrage kam, Weihnachten im Palazzo zu verbringen oder im nächsten Sommer mit ihnen zu verreisen ... Maman versuchte nicht, ihre Abwesenheit mir gegenüber wettzumachen, sie tat das alles nur, um ihr schlechtes Gewissen zu beruhigen, weil sie mich verlassen hatte.

»Posy, du hast die vergangenen dreizehn Jahre ohne sie

überlebt, dann wirst du auch die nächsten dreizehn überleben«, sagte ich mir und wischte mir brüsk die Tränen fort.

Es klopfte an der Tür, und Estelle schaute herein.

»Alles in Ordnung, Posy?«

Ich machte eine missmutige Geste.

»Kann ich dir helfen?«

»Ja. Glaubst du, dass man jemals aufhören kann, ein Elternteil zu lieben? Ich meine, selbst wenn sie einem schreckliche Sachen antun, ist die Liebe dann noch da?«

»Guter Gott, Posy, das ist eine tiefschürfende Frage.« Estelle setzte sich neben mich aufs Bett. »Andrea mit ihrem Literaturstudium wäre dir da wahrscheinlich eher eine Hilfe.«

»Aber Liebe ist doch nichts Mechanisches, oder? Sie ist nichts, das man messen kann. Sie ... ist einfach.«

»Ja, das stimmt natürlich, und was deine Frage betrifft, Posy – das weiß ich wirklich nicht. Ich meine, ich liebe meine Eltern sehr, also brauchte ich nie darüber nachzudenken, aber letztlich meine ich, dass man sich seine Freunde aussuchen kann, aber nicht die Familie. Man muss sie nicht zwingend mögen, aber wenn es um Liebe geht, vor allem die zur eigenen Mutter – vielleicht ist diese Liebe immer da, so unmöglich sie sich einem gegenüber auch verhält. Sie ist bedingungslos, oder nicht?«

»Ja, wahrscheinlich. Was ein Jammer ist, denn ich würde es vorziehen, sie nicht zu lieben.«

»Dann war das Treffen also schwierig?«

»Nein, es war perfekt.« Ich lächelte. »Genau das ist das Problem. Ich möchte einfach nicht, dass sie mich noch einmal im Stich lässt. Sie aber glaubt, sie könnte nach all den Jahren einfach wieder in mein Leben treten ... Sie hat mir doch glatt vorgeschlagen, mit ihr einen Einkaufsbummel zu machen!«

»Na ja, das könnte sich doch lohnen, Posy. Nach allem, was du gesagt hast, hat sie viel Geld.«

Estelle, die ewige Pragmatikerin, lächelte mich an.

»Ich will aber nicht gekauft werden, Estelle, doch genau das würde sie tun. Und dann würde sie glauben, dass alles gut ist und wir uns bestens verstehen.«

»Das kann ich nachvollziehen. Aber das Gute ist, dass sie in Italien lebt und sich nicht allzu oft bei dir melden wird. Aus den Augen, aus dem Sinn, heißt es schließlich.«

»Du findest also nicht, dass ich kleinlich bin?«

»Nein, überhaupt nicht. Sie hat dich mit acht Jahren im Stich gelassen, als du gerade deinen Vater verloren hattest. Ein paar hübsche Kleider dreizehn Jahre später sind kein Ausgleich dafür.«

»Danke, Estelle.« Ich drehte mich zu ihr. »Sie hat mir ein richtig schlechtes Gewissen gemacht, weil ich auf ihr Angebot, sie zu besuchen, nicht sofort eingegangen bin.«

»Du brauchst kein schlechtes Gewissen zu haben, Posy. Sie ist die Erwachsene, nicht du. So, und jetzt muss ich aber los, ich habe ein Rendezvous!«, sagte Estelle mit leuchtenden Augen.

»Du bist ja richtig aufgeregt! Ist er der erste Tänzer in Covent Garden?«

»Nein, und genau deswegen bin ich ja auch so aufgeregt. Ob du es glaubst oder nicht, er hat eine richtige Arbeit. Er macht in der City irgendetwas mit Aktien und Fonds. Er trägt einen Anzug, den ich ihm natürlich am liebsten vom Leib reißen würde, aber ich habe das Gefühl, dass er furchtbar anständig ist.«

»Du sagst also, dass er normal ist?«

»Herrlich normal«, sagte Estelle lachend und ging zur Tür. »Jetzt mache ich mich mal auf die Suche nach meinem züchtigsten Kleid.«

»Beim nächsten Mal musst du mir alles erzählen!«, rief ich ihr nach.

»Mach ich!«

»Und was wirst du über Weihnachten machen, Posy?«, fragte Freddie, als wir an einem Samstag zwischen seiner Vormittags- und Abendvorstellung in einem Café Tee tranken.

»Dasselbe wie immer – ich fahre nach Hause, zu meiner Großmutter in Cornwall«, sagte ich. »Und du?«

»Ach, ich werde die Feiertage wohl oder übel wieder bei meiner Mutter verbringen. Ich habe dir doch erzählt, dass sie es mit den Nerven hat, oder? Und Weihnachten und Neujahr sind für sie immer eine besonders schlimme Zeit. Aber zumindest habe ich dieses Jahr eine echte Ausrede! Ich brauche nur drei Tage bei ihr zu überstehen, weil wir gleich nach Weihnachten wieder spielen.«

Freddie sprach nie viel über sein Zuhause oder seine Kindheit (die offenbar schwierig gewesen war, wie ich dem wenigen entnahm, das er erzählt hatte), und obwohl ich ihm von Daddy vorgeschwärmt hatte und wie wunderbar er zu mir gewesen war, bevor er im Krieg gefallen war, hatte ich sonst kaum über meine Kindheit geredet. Wenn wir je auf das Thema zu sprechen kamen, meinte er, die Vergangenheit sei belanglos, wir sollten beide in die Zukunft blicken, was mir sehr zupasskam.

»Das heißt, du hast keine Zeit, nach Cornwall zu kommen?«

»Leider nicht, obwohl ich große Lust hätte. Dein Weihnachten klingt himmlisch.«

»Ach, es ist nichts Großartiges, Freddie, nur sehr ... weihnachtlich, glaube ich. Ich würde mich so freuen, wenn du meine Großmutter kennenlernst.«

»Ich verspreche dir, das mache ich auch, sobald dieses Stück abgesetzt wird«, sagte Freddie seufzend. »Ich habe die Nase voll davon, Posy, ehrlich. Stundenlang in meiner Garderobe herumzusitzen, nur um meine vier Sätze aufzusagen ... Und ich bin überzeugt, der blöde Schauspieler, für den ich die zweite Besetzung bin, wird absichtlich nicht krank. Alle anderen hat die Erkältung erwischt, die bei uns umgeht, nur ihn nicht. Ich hatte gehofft, Agenten in die Vorstellung einzuladen, um mich in der Rolle zu sehen.«

»Na ja, zumindest hast du ein Engagement, das ist doch etwas.«

»Ja, und damit verdiene ich so gut wie nichts«, sagte er düster.

»Im Ernst, Posy, ich überlege mir, das Handtuch zu werfen und ab nächsten September wieder zu studieren, um die Zulassung als Anwalt zu bekommen, wenn sich in den nächsten Monaten nichts tut. Ich meine, man kann nicht allein von Sardinen leben, oder?«

»Ich habe mein Gehalt, Freddie, und wir kommen doch über die Runden, oder nicht?«

»Natürlich. Aber auch wenn ich gern so tue, als wäre ich für Gleichberechtigung, und sage, es sei egal, wer von uns beiden das Geld verdient, bin ich mir nicht sicher, ob es mir wirklich gefällt, ausgehalten zu werden.«

»Aha«, sagte ich lächelnd. »Da kommt doch wieder der Traditionalist zum Vorschein.«

»Ja, das gebe ich auch unumwunden zu. Ich habe meinen Ausflug in die Theaterwelt unternommen, und zumindest kann ich sagen, dass ich es versucht habe. Aber um ehrlich zu sein, habe ich mir gerade heute Vormittag überlegt, dass ein Anwalt vor Gericht ja auch nichts anderes ist – der steht vor seinem Publikum und liefert eine Vorstellung ab. Der Unterschied ist, dass man da für seinen Einsatz richtig gut bezahlt wird, und eventuell tut man obendrein vielleicht sogar noch etwas Gutes. Schauspielen ist doch im Grunde ein sehr oberflächlicher Beruf, oder nicht? Ich meine, alles dreht sich um einen selbst.«

»Einerseits ja, aber andererseits bereitest du anderen Menschen damit auch eine große Freude – das Theater entführt sie für ein paar Stunden aus ihrem eigenen grauen Alltag.«

»Da hast du natürlich recht«, sagte er seufzend. »Vielleicht werde ich ja nur alt, aber eines Tages würde ich dir gern ein schönes Zuhause bieten und genug Geld, um zwei oder drei Kinder zu bekommen.«

Ich senkte den Blick, damit er nicht die Freude in meinen Augen bemerkte. Ich konnte mir nichts Schöneres vorstellen, als Freddie zu heiraten und den Rest meines Lebens mit ihm zu verbringen. Ich hatte mich sogar schon dabei ertappt, in Frauenzeitschriften mit Brautmoden zu blättern.

»Wir würden das zusammen schon gut hinbekommen, du und ich, oder?«, fragte er mit einem Lächeln.

»Ich glaube schon. Du ... würdest doch nicht erwarten, dass ich aufhöre zu arbeiten, oder?«

»Natürlich nicht! Ich meine, ich würde mir natürlich wünschen, dass du dir ein oder zwei Wochen freinimmst, wenn wir Kinder bekommen sollten, und ich müsste natürlich sehr viel mehr verdienen als du, aber ...«

Ich boxte Freddie scherzhaft gegen den Arm, ich wusste ja, dass er mich aufzog. Er schaute auf seine Uhr.

»Jetzt sollte ich aber besser wieder meine Gefängniszelle namens Garderobe aufsuchen, damit ich auch die verlangte halbe Stunde vor Vorstellungsbeginn da bin. Tschüss, Liebste, bis später in der Wohnung.«

Ich sah ihm nach, wie er zwischen den Tischen davonging; ein paar Frauen blickten auf, als er an ihnen vorbeikam. Er war wirklich außergewöhnlich attraktiv, und ich fragte mich zum zigsten Mal, wie in aller Welt es dazu gekommen war, dass er sich ausgerechnet für mich entschieden hatte.

Er ist einfach perfekt, dachte ich, als ich beschloss, die Regent Street entlangzulaufen und die weihnachtlich geschmückten Schaufenster der ganzen Warenhäuser zu betrachten. Die Straße war voller Menschen, die genau dasselbe im Sinn hatten, und die Maroniverkäufer machten ein Bombengeschäft.

»Heute Abend finde ich es himmlisch zu leben«, sagte ich der Marone, die ich mir in den Mund steckte, und dann lief ich los, um den Bus zu erwischen, der mich zu Freddies Wohnung in Clapham zurückbringen würde.

Der Abend, bevor ich mit dem Zug nach Cornwall fahren würde, war bittersüß. Sosehr ich mich darauf freute, Oma und Daisy zu sehen – jetzt erst wurde mir klar, dass Freddie und ich in den vergangenen Monaten kaum einen Abend getrennt verbracht hatten. Als Freddie an dem Tag vom Theater nach Hause kam und sich zu mir ins Bett legte, liebte er mich mit ganz besonderer Leidenschaft, erschien es mir.

»Mein Gott, du wirst mir grausam fehlen«, sagte er, als ich hinterher in seinen Armen lag. Er streichelte mir übers Haar.

»Posy, Liebste, willst du mich heiraten?«, flüsterte er mir ins Ohr.

»Ich ... Ist das dein Ernst?« Ich drehte den Kopf, damit ich ihn im flackernden Kerzenlicht richtig sehen konnte.

»Natürlich!« Freddie sah gekränkt drein. »Bei so etwas würde ich doch nicht scherzen. Also?«

»Und das soll alles sein? Du sinkst nicht vor mir auf die Knie?«, spöttelte ich. Mein Herz wollte vor Liebe und Aufregung schier zerspringen.

»Wenn Madam das wünschen, so sei's.«

Seufzend stand er auf und sank vor mir auf ein Knie. Dann nahm er meine Hand und schaute zu mir hoch, während ich auf der Matratze saß. »Liebste Posy, ich ...«

»Da das ein offizieller Heiratsantrag ist, solltest du meinen richtigen Namen verwenden.«

»Welchen richtigen Namen?«, fragte er stirnrunzelnd.

»Der, der auf meiner Geburtsurkunde steht, natürlich. Posy ist nur mein Spitzname.«

»Also gut. Und welcher Name steht auf deiner Geburtsurkunde?«

»Adriana Rose Anderson.«

»Adriana Anderson?« Scheinbar verwirrt wandte er den Blick von mir ab.

»Ich weiß, er ist furchtbar. Leider wurde ich nach meiner Mutter benannt. Aber du brauchst ihn ja nur zweimal zu verwenden – jetzt und dann am Hochzeitstag. Also ...?«

Freddie sah wieder zu mir und zuckte dann mit den Schultern, ziemlich bekümmert, wie mir schien.
»Ich ... Also, ich finde, du hast recht, Posy. Ich sollte das richtig machen. Bekleidet, zum Beispiel.« Er lachte nervös und richtete sich auf.
»Ach, Freddie, das war doch nur zum Spaß. Du brauchst doch nicht meinen richtigen Namen zu sagen.«
»Nein, wenn du nach Neujahr wiederkommst, dann ... dann arrangiere ich etwas.«
Er legte sich wieder neben mich, und ich blies die Kerze aus und schmiegte mich in seinen Arm.
»Du bist bekümmert«, flüsterte ich.
»Nein, gar nicht. Ich bin nur müde nach den zwei Vorstellungen.«
»Posy?«, fragte er mich, als ich gerade am Einschlafen war.
»Wie hieß das Haus, in dem du als Kind in Suffolk gelebt hast?«
»Admiral House«, sagte ich verschlafen. »Gute Nacht, liebster Freddie.«

Es war wunderschön, zu Hause bei Oma in Cornwall zu sein, und Weihnachten verging auf dieselbe traditionelle Art wie jedes Jahr.
»Und wann lerne ich deinen Freddie kennen?«, fragte Oma, als ich das Gespräch zum hundertsten Mal auf etwas zurückbrachte, das er gesagt oder getan hatte.
»Wenn das Stück in London abgesetzt wird. Er hat mir gesagt, dass er sich schon sehr darauf freut.«
»Na, du bist unverkennbar bis über beide Ohren verliebt, mein Schatz. Natürlich mache ich mir etwas Sorgen, weil er ein Schauspieler ist mit allem, was das mit sich bringt. Der zuverlässigste Beruf ist es nicht gerade, oder?«
»Freddie hat schon gesagt, dass er mit großer Wahrscheinlichkeit im September für seine Zulassung als Anwalt studieren wird.

Er möchte mich gut versorgen können, Oma, also mach dir deswegen bitte keine Sorgen.«

»Du glaubst also, dass er dich heiraten wird, Posy?«

»Aber ja, wir haben uns schon darüber unterhalten. Im Grunde ist er unglaublich traditionell.«

»Du hast es also nie bedauert, dass du die Verlobung mit Jonny gelöst hast?«

»Nein, Oma, kein einziges Mal.«

»Er war sehr nett, Posy. Er wäre dir ein guter Ehemann gewesen.«

»Das wird Freddie auch.«

»Wenn er dich heiratet.«

»Oma, er hat mich schon gefragt, zumindest inoffiziell.«

»Verzeih mir, Posy, ich mache mir einfach nur etwas Sorgen, weil du dich von Jonny getrennt hast und das vielleicht noch bereuen wirst. Ich kann den Reiz einer neuen Leidenschaft gut verstehen, aber meiner Ansicht nach währt Beständigkeit am längsten.«

»Oma, nur weil Freddie sein Glück als Schauspieler versucht, heißt das nicht, dass er ein unsteter Vogel ist. Wenn du ihn kennenlernst, wirst du das verstehen, das verspreche ich dir. So, und jetzt muss ich ins Bett, bevor der Weihnachtsmann kommt«, sagte ich lächelnd und gab ihr einen Kuss. »Gute Nacht, liebste Oma.«

Den ganzen ersten Weihnachtstag wartete ich auf Freddies versprochenen Anruf, aber aus irgendeinem Grund blieb er aus. Ich schob es auf eine Störung in der Telefonzentrale, schließlich wurden an diesem Tag unzählige Telefonate quer durchs ganze Land geführt, und unsere Leitung war nie die zuverlässigste gewesen.

Morgen ruft er ganz bestimmt an, tröstete ich mich, als ich mich an dem Abend ins Bett legte.

Am zweiten Feiertag besuchte ich vormittags Katie in dem kleinen Cottage, wo sie mit ihrem Mann und den beiden Kindern lebte.

»Sie sind entzückend«, sagte ich lächelnd, als Mary, die gerade gehen gelernt hatte, zu mir auf den Schoß kletterte, während Katie Jack, den Neugeborenen, stillte. »Ich kann gar nicht glauben, dass du schon zwei hast. Ich fühle mich noch nicht alt genug fürs Kinderkriegen.«

»Na ja, das gehört zur Ehe doch dazu, oder?« Katie zuckte mit den Achseln. »Aber es ist verdammt harte Arbeit. Ich wünschte, ich könnte endlich mal wieder eine Nacht durchschlafen.«

»Hilft Thomas dir mit den Kindern?«

»Machst du Witze?« Sie verdrehte die Augen. »Abends sitzt er meist im Pub.«

Auf dem Heimweg dachte ich, dass Katie nicht gerade ein Aushängeschild fürs Kinderkriegen war. Früher war sie immer so gepflegt gewesen, aber jetzt hatte sie ihr fettiges Haar mit einem Gummiband zusammengebunden und um elf Uhr vormittags noch im Morgenrock dagesessen.

Hoffentlich lasse ich mich nicht so gehen, wenn Freddie und ich Kinder haben, dachte ich, als ich das Herrenhaus betrat und in die Küche ging, wo Daisy ihren traditionellen Reste-Eintopf machte.

»Hat jemand für mich angerufen, während ich weg war, Daisy?«

»Nein, Miss Posy, tut mir leid.«

»Ah so. Kann ich dir helfen?«

»Nein, alles im Griff, danke.«

Oma hatte den Pfarrer und seine Frau zum Lunch eingeladen, aber ich war geistesabwesend und zermarterte mir den Kopf, weshalb Freddie nicht angerufen hatte, um mir verspätet frohe Weihnachten zu wünschen. Dann überlegte ich mir besorgt, dass ihm etwas zugestoßen sein könnte, dass er irgendwo ganz allein und mit Schmerzen im Krankenhaus liegen könnte ...

»Oma, kann ich bei Freddie in London anrufen? Ich mache mir Sorgen, weil ich nichts von ihm gehört habe.«

»Natürlich, mein Schatz«, sagte Oma.

Ich holte mein Adressbuch und wählte mit zitternden Fingern die Nummer. Es war ein Gemeinschaftstelefon, das im Hausflur stand und von allen drei Parteien in dem umgebauten Haus genutzt wurde.

»Bitte, jemand soll rangehen«, flüsterte ich. Ich wollte nur hören, dass ihm nichts fehlte.

»Ja, hier ist Clapham 6951.«

»Guten Tag, Alan, sind Sie das?«

»Ja.«

»Alan«, sagte ich zu Freddies Mitbewohner, »ich bin's, Posy. Ist Freddie da?«

»Nein. Ich dachte, Sie wüssten, dass er für zwei Tage zu seiner Mutter gefahren ist. Aber er sollte heute Abend nach der Vorstellung wieder hier sein.«

»Ich bin nur ein bisschen in Sorge, dass ihm etwas zugestoßen ist, weil ich nichts von ihm gehört habe. Könnten Sie ihm bitte einen Zettel hinlegen, dass er mich anrufen soll, sobald er heute Abend nach Hause kommt? Sagen Sie ihm, dass es völlig egal ist, wie spät es wird.«

»Das mache ich, Posy. Ich bin überzeugt, dass alles in bester Ordnung ist. Sie wissen doch, wie es zu Weihnachten ist.«

»Natürlich, Sie haben recht. Danke, Alan, und bis bald.«

»Auf Wiederhören, Posy.«

Als ich den Hörer auflegte, kam ich mir ziemlich dumm vor. Natürlich war Freddie nichts zugestoßen, wahrscheinlich hatte seine Mutter ihn nur mit Beschlag belegt. Zumindest würde ich später von ihm hören. Erleichtert kehrte ich zu Oma zurück, um mit ihr Karten zu spielen.

Obwohl ich bis lang nach Mitternacht auf der untersten Stufe gegenüber dem Tisch, auf dem das Telefon stand, sitzen blieb, um den Anruf auf keinen Fall zu verpassen, klingelte es nicht.

Bekümmert ging ich nach oben, während mir schreckliche Vorstellungen durch den Kopf geisterten. Freddie hatte bislang immer zurückgerufen. Nach einer schlaflosen Nacht wusste ich, dass ich es keine Stunde mehr hier aushalten würde. Bis Oma zum Frühstücken nach unten kam, hatte ich bereits gepackt und war aufbruchbereit.

»Es tut mir wirklich leid, Oma, aber eine meiner Freundinnen ist in London ins Krankenhaus gekommen, und ich möchte sie unbedingt besuchen. Offenbar schwebt sie zwischen Leben und Tod«, log ich.

»Wirklich? Ich habe das Telefon weder gestern Abend noch heute Morgen läuten hören.«

»Dann bin ich froh, dass ich dich nicht gestört habe, Oma.«

»Kommst du zu Silvester wieder her oder eher nicht?«

»Das kommt darauf an, wie es meiner Freundin geht. Ich melde mich so bald wie möglich. Aber jetzt muss ich mich sputen, wenn ich den Zug um neun erreichen will. Auf Wiedersehen, liebste Oma, und hoffentlich bis bald.«

»Gute Fahrt, Posy«, rief sie mir nach, als ich zur Haustür hinauslief. Bill wartete schon mit laufendem Motor im alten Ford, meinen Koffer hatte er bereits verstaut.

Ich wusste, dass meine Großmutter mir nicht glaubte, aber das war nicht zu ändern. Was immer Freddie zugestoßen war, ich konnte es einfach nicht ertragen, weitere fünf Tage im Ungewissen zu bleiben.

Endlich fuhr der Zug in Paddington ein, ich nahm die U-Bahn nach Baron's Court und stieg die vielen Stufen zu meiner Wohnung hinauf. Bevor ich zu Freddie fuhr, wollte ich noch meinen schweren Koffer dort abstellen und mich etwas frisch machen. Estelle hatte am Abend zuvor unverkennbar wieder gefeiert, im Wohnzimmer herrschte die übliche Unordnung. Ich achtete gar nicht darauf, ging zur Toilette und dann in mein Zimmer.

Und dort, auf meinem Kissen, lag ein Umschlag. Ich erkannte

Freddies Schrift sofort. Meine Finger zitterten so sehr, dass ich den Brief kaum öffnen konnte. Als ich zu lesen begann, verschwamm mir vor Tränen bereits der Blick.

Liebste Posy,
ich werde es kurz und schmerzlos halten. Als ich dir, wenige Stunden vor deiner Abreise nach Cornwall, einen Heiratsantrag machte, hast du wahrscheinlich gemerkt, dass ich danach etwas merkwürdiger Stimmung war. Vielleicht wurde mir, indem ich die Worte tatsächlich aussprach, klar, dass du und ich einfach nicht füreinander bestimmt sind. Auch wenn ich geglaubt hatte, ich wäre bereit, mich häuslich niederzulassen und eine Ehe einzugehen, stelle ich nun fest, dass das nicht stimmt. Liebste Posy, das hat ausschließlich etwas mit mir zu tun, nicht mit dir, aber ich versichere dir um deinetwillen, du musst mir glauben, dass keinerlei Möglichkeit einer Zukunft für uns besteht.
Es tut mir leid, so hart zu klingen, aber ich möchte, dass du mich so bald wie möglich vergisst und einen anderen Mann findest, der deiner wirklich würdig ist. Und ich bitte dich auch nicht um Vergebung, denn die habe ich nicht verdient.
Ich wünsche dir ein langes und glückliches Leben,
Freddie

Mein Atem ging in kurzen, hektischen Stößen, mein Herz pochte wie verrückt, um die Lunge mit genügend Sauerstoff zu versorgen. Ich steckte den Kopf zwischen die Beine, um gegen den Schwindel anzukämpfen und nicht in Ohnmacht zu fallen.

Das musste doch ein gemeiner Scherz sein? Kein Wort klang wie der Freddie, den ich gekannt und geliebt hatte. Es war, als hätte sich ein böser Dämon seiner Seele bemächtigt und ihn gezwungen, diese kalten, herzlosen Worte zu schreiben. Ich könnte die Zeilen hunderttausend Mal lesen, ich wusste, ich würde keine

Wärme darin finden. Genauso gut hätte er es bei einem »*Ich liebe dich nicht mehr*« belassen können.

Als der Schwindel nachließ, legte ich mich matt aufs Bett. Ich stand zu sehr unter Schock, um zu weinen. Ich konnte einfach nicht verstehen, was passiert sein sollte in der kurzen Zeit, nachdem wir uns geliebt und er mich gefragt hatte, ob ich ihn heiraten wolle, und seinem merkwürdigen Verhalten wenige Minuten danach. Offenbar musste er beim Aussprechen der Worte gemerkt haben, dass es für ihn doch nicht Liebe war. Außer, natürlich, dachte ich mir, und wieder fuhr mir ein Stich mitten durchs Herz, er hatte eine andere kennengelernt ...

Ja. Das war die einzige Erklärung für seinen plötzlichen Sinneswandel. Vielleicht die junge, hübsche Schauspielerin in seinem Stück? Ich war mir sicher gewesen, dass sie ihm ständig bewundernde Blicke zugeworfen hatte, als wir nach der Vorstellung einmal mit der gesamten Besetzung auf einen Drink ausgegangen waren. Oder das Mädchen von der Requisite mit seinen rabenschwarzen Haaren, dem Eyeliner und dem roten Lippenstift ...

»Hör auf, Posy«, sagte ich mir stöhnend, als ich den Kopf auf dem Kissen hin und her warf. Aus welchem Grund auch immer, die Worte auf dem Blatt Papier sagten mir, dass unsere Affäre aus und vorbei war, und die goldene Zukunft, die ich mir noch vor drei Tagen ausgemalt hatte, lag in Trümmern vor mir.

Ich stand auf und zerknüllte den Brief wütend zu einem Ball, dann trug ich ihn mit Fingerspitzen, als könnte er mich noch mehr verletzen, ins Wohnzimmer. Dort warf ich ihn in den Kamin, zündete ihn an und sah zu, wie er zu Asche verbrannte.

Vielleicht könnte ich so tun, als hätte ich ihn nicht bekommen, könnte heute Abend vor der Bühnentür stehen, als wäre nichts passiert ...

Nein, Posy, dann müsstest du nur dieselben Worte hören, die er dir geschrieben hat, und das würde den Schmerz noch vergrößern ...

Ich ging in die Küche, um nach Überresten von der Party des Vorabends zu suchen. Ich schüttete einen üppigen Schuss Gin in ein Glas, schenkte den Rest Wermut darauf und leerte es auf einen Zug. Dann machte ich mir noch einen Drink und danach noch einen – alles, um den Schmerz zu betäuben. Eine Stunde später fiel ich aufs Bett, mir drehte sich der Kopf, und kurz darauf beugte ich mich über die Bettkante und erbrach mich über den Boden. Es war mir egal, weil nichts mehr wichtig war. Meine goldene Zukunft mit dem Mann, den ich liebte, würde es nie geben. Nichts würde jemals wieder wichtig sein.

Admiral House
Dezember 2006

Europäische Stechpalme
(Ilex aquifolium)

Kapitel 31

Als Posy am Abend nach Sams Festnahme nach Hause kam, erschöpft von einer schlaflosen Nacht, in der sie über ihren Sohn nachgedacht hatte, und einem anstrengenden Tag in der Galerie, fand sie auf dem Küchentisch unter einer Flasche Champagner ein Kuvert liegen. Müde setzte sie sich und öffnete es.

Liebe Posy,
die Rohfassung des Buchs ist fertig, die Arbeit, deretwegen ich nach Admiral House gekommen bin, ist abgeschlossen. Entschuldigen Sie bitte vielmals, dass ich fortgehe, ohne mich persönlich von Ihnen zu verabschieden, aber meine Termine lassen mir leider keine andere Wahl. Anbei meine Miete bis Ende Dezember und etwas mehr für die vielen Flaschen Wein, die Sie freundlicherweise mit mir geteilt haben. Meine Adresse und Telefonnummer stehen oben auf diesem Brief. Wenn Sie je nach London kommen, melden Sie sich doch bitte, und ich lade Sie feudal zum Lunch ein.

Posy, Sie sind eine ganz besondere Frau. Sie verdienen alles Glück der Welt, und Ihre Familie kann sich glücklich schätzen, Sie zu haben. Aber denken Sie bisweilen bitte auch an sich selbst, ja?
Mit herzlichem Dank und vielen Grüßen,
Sebastian

PS: Ich werde Ihnen ein Exemplar des Romans schicken. Vielleicht erkennen Sie den einen oder anderen Teil Ihres schönen Hauses wieder!

Posy holte das Geld aus dem Kuvert und sah, dass Sebastian mindestens das Doppelte dessen beigelegt hatte, was er ihr schuldete. Tränen brannten ihr in den Augen. Abgesehen davon, dass er ihr fürchterlich fehlen würde, überraschte es sie, dass er so überstürzt und ohne jede Vorwarnung ausgezogen war.

Während Posy den Wasserkessel auf den Herd stellte, merkte sie, dass sich die Atmosphäre im Haus bereits verändert hatte. Obwohl Sebastian die meiste Zeit oben in seinem Zimmer verbracht hatte, hatte sich die Anwesenheit eines anderen Menschen doch bemerkbar gemacht. Jetzt war sie wieder allein. Normalerweise wäre das kein Problem, schließlich hatte sie viele Jahre allein hier gelebt. Doch an diesem Abend, wegen Sam und wegen der Blutflecken, die sie im Turm an der Wand gesehen hatte, war sie nicht nur allein, sondern einsam. Und sie brauchte jemanden zum Reden. Kurzerhand tätigte sie einen Anruf, packte den Auflauf, den sie am Morgen für Sebastian zum Abendessen gemacht hatte, und die Flasche Champagner in eine Tasche, verließ das Haus und fuhr zu Freddie.

»Herein mit dir, meine Liebe«, sagte Freddie, als er ihr die Tür öffnete.

»Danke, Freddie. Ich habe einen Auflauf mitgebracht. Er muss nur im Ofen aufgewärmt werden.«

»Köstlich«, sagte er lächelnd und nahm ihn ihr ab. »Bei mir hätte Rührei mit Toast auf der Speisekarte gestanden.«

»Ich störe dich auch nicht?«, fragte Posy und folgte ihm in die Küche.

»Überhaupt nicht.« Freddie warf einen Blick auf die Flasche. »Feiern wir?«

»Leider nicht, nein. Das ist ein Abschiedsgeschenk von Sebastian. Er ist aus heiterem Himmel ausgezogen.«
»Wirklich? Das erstaunt mich. Er kam mir so solide und zuverlässig vor, aber bei diesen Künstlern kann man nie wissen. Sollen wir sie öffnen?«
»Warum nicht?« Posy seufzte. »Der eignet sich zum Kummer-Ertränken genauso gut wie zum Feiern.«
»Also, ich öffne die Flasche, wenn du den Auflauf in den Ofen stellst. Dann kannst du mir erzählen, was passiert ist.«
»Es geht um Sam, Freddie. Er wurde gestern Abend im Victoria Hotel in Norfolk festgenommen, ihm wird Betrug zur Last gelegt.«
»Aha.« Freddie hoffte, sein Gesicht verriet nicht, dass er das bereits von Sebastian erfahren hatte. Er holte zwei Champagnergläser aus dem Schrank.
»Sie haben ihn auf Kaution freigelassen«, fuhr Posy fort, »und sein Anwalt glaubt, dass sie die Anklage fallenlassen, wenn er gegen seinen früheren Partner aussagt, aber das liegt im Ermessen des Staatsanwalts.«
»Das könnte eine ganze Weile dauern, Posy. Zumindest zu meiner Zeit gab es bei Fällen wie diesem einen gewaltigen Rückstau. Sein Partner war also nicht ganz lupenrein, oder wie?«
»Offenbar. Ich weiß nichts Genaueres, aber Tatsache ist, nicht nur wurde mein Sohn gestern Abend verhaftet, der Verkauf von Admiral House ist damit auch erst einmal hinfällig. Danke, Freddie«, fügte sie hinzu, als er ihr ein Glas Champagner reichte. »Ich weiß nicht so genau, worauf wir trinken sollen.«
»Vielleicht auf das Leben? Darauf, dass gestern Abend trotz allem niemand gestorben ist? Ich gehe davon aus, dass Sam mit einer Ermahnung vom Richter davonkommt. Es gibt einfach nicht genug Platz, um die ganzen kleinen Verbrecher wegzusperren, Posy.«

»Mein Sohn, ein Verbrecher.« Posy schauderte bei dem Gedanken. »Wird er vorbestraft sein?«

»Das ist möglich, aber es ist unsinnig, dir jetzt den Kopf darüber zu zerbrechen. Bis dahin vergeht noch viel Zeit. Auf dich, Posy.« Freddie hob sein Glas und trank einen Schluck.

Sie aßen den Auflauf am Tisch im Wintergarten. Posy bemerkte, dass Freddie stiller als sonst war.

»Kaffee?«, fragte er.

»Gern.«

Sie setzten sich mit ihren Tassen ins Wohnzimmer vor das Feuer.

»Ist alles in Ordnung, Freddie? Du wirkst gar nicht ... wie du selbst.«

»Ja, das stimmt, nicht wahr? Vielleicht, weil ich's nicht bin.«

»Magst du mir sagen, warum?«

Er blickte zu ihr, Trauer lag in seinen Augen. »Posy, ich ... also, ich weiß nicht, wie ich es dir sagen soll. Es gibt etwas, das ich dir erzählen muss. Ich habe gezögert und gezaudert, auf den richtigen Moment gewartet, aber ich habe das Gefühl, dass ich es jetzt nicht länger verschweigen kann. Etwas, das ich dir vielleicht vor fünfzig Jahren hätte sagen sollen, obwohl jetzt kaum der geeignete Zeitpunkt dafür ist.«

»Du meine Güte, Freddie, du wirkst ja schrecklich ernst. Wenn es damals mit einem anderen Mädchen zu tun hatte, dann mach dir keine Gedanken darüber. Das ist jetzt einfach schon zu lange her.«

»Nein, Posy, es ist leider nichts dergleichen.«

»Dann, bitte, spuck's aus. Im Moment erfahre ich, wie es scheint, sowieso nur schlechte Nachrichten, also kommt es auf eine mehr auch nicht an.«

Freddie erhob sich, ging zu Posy und nahm ihre Hand. »Ich fürchte, du wirst wahrscheinlich anderer Meinung sein, wenn ich dir gesagt habe, was ich zu erzählen habe. Aber vorher – weil es wirklich keine gute Zeit dafür gibt – möchte ich dir sagen, dass ich dich damals geliebt habe und dich heute noch liebe. Aber ich kann dieses entsetzliche Geheimnis nicht mehr für mich behalten.«

»Bitte, Freddie, jetzt machst du mir Angst. Sag's mir einfach, ja?«, drängte Posy.

»Also gut.« Freddie kehrte zu seinem Sessel zurück, trank einen Schluck Brandy und sagte: »Posy, es geht um deinen Vater.«

»Meinen Vater?« Posy runzelte die Stirn. »Was ist mit meinem Vater?«

»Posy, liebe Posy, ich fürchte, es gibt keine andere Art, es dir zu sagen: Dein Vater ist nicht bei einem Einsatz mit seiner Spitfire ums Leben gekommen, wie sie dir immer gesagt haben. Er ...« Freddie quälte sich, die richtigen Worte zu finden. »Also, er wurde des Mordes für schuldig befunden und ...« Er stockte und seufzte tief.

Posy starrte ihn fassungslos an. »Was, Freddie? Jetzt sag's doch einfach.«

»Er wurde für sein Verbrechen hingerichtet. Es tut mir so unendlich leid, aber glaub mir, das ist die Wahrheit.«

Posy schloss einen Moment die Augen, sie bekam keine Luft, ihr schwindelte. »Freddie, mein Lieber, das muss ein Missverständnis sein. Mein Vater wurde in seiner Spitfire abgeschossen. Er war ein Held, kein Mörder, das schwöre ich dir.«

»Nein, Posy, das haben sie dir gesagt, als du klein warst, aber es war gelogen.« Freddie ging zu dem kleinen Schreibtisch, der unter dem Fenster stand, und holte aus einer der Schubladen einen Aktenordner. »Hier steht alles.« Er schlug ihn auf und nahm die Fotokopie eines Zeitungsausschnitts heraus. »Hier, Posy, schau.«

Posy nahm das Blatt und erkannte das Gesicht ihres Vaters, dann las sie die Schlagzeile, die darüber stand.

LAWRENCE ANDERSON DES MORDES FÜR SCHULDIG BEFUNDEN!

»O mein Gott, o mein Gott…« Posy fiel das Blatt aus der Hand, es flatterte zu Boden. »Nein, das glaube ich nicht. Warum sollten mich alle belogen haben?«

»Hier, nimm einen Schluck Brandy.« Freddie wollte ihr ein Glas reichen, doch sie lehnte ab.

»Das kann ich nicht verstehen, Freddie. Warum hat mir das niemand gesagt?«, wiederholte sie.

»Sie wollten dich schützen. Du warst erst acht, und nach allem, was du mir erzählt hast, damals, als wir uns kennenlernten, und jetzt wieder, hast du ihn über alle Maßen geliebt.«

»Das habe ich auch, natürlich, er war mein Vater! Er war der sanftmütigste Mensch, wir haben immer zusammen Schmetterlinge gesammelt … Nie im Leben hätte er einen anderen Menschen umgebracht. Mein Gott!« Posy rang die Hände. »Warum hat er das gemacht?«

»Es war ein Verbrechen aus Leidenschaft, Posy. Zu Neujahr 1944 hat er Urlaub bekommen und fuhr nach Hause, um deine Mutter zu überraschen. Als er in Admiral House ankam, entdeckte er sie mit … einem anderen Mann, oben im Turm. In flagranti. Er hat unten eins seiner Jagdgewehre aus dem Schrank geholt und den Mann aus kürzester Entfernung vor der Wand erschossen.«

Posy schaute auf die Schwarz-Weiß-Aufnahme, die auf dem Boden lag. Sie zeigte ihren Vater, der eindeutig in Handschellen vom Gericht abgeführt wurde. Sie brachte kein Wort hervor, ebenso wenig konnte sie einen Gedanken fassen.

»Es tut mir so schrecklich leid, dir das zu erzählen, Posy.«

»Warum erzählst du es mir dann?« Sie sah zu ihm. »Warum denn bloß?«

»Es musste sein. Der Mann, den er getötet hat – er hieß Ralph Lennox … Er war mein Vater.«

Posy schloss die Augen, versuchte, ruhig zu bleiben und tief durchzuatmen. Ihr Verstand konnte, wollte das nicht aufnehmen.

Ralph ... Der Name hallte ihr durch den Kopf, als sie in Gedanken zu ihrer Kindheit zurückkehrte. Und da war er wieder. Onkel Ralph, der beste Freund ihres Vaters, der Mann, der ihr immer Schokolade mitgebracht hatte, wenn er ihre Mutter besuchte ... Freddies Vater.

»Posy, ist alles in Ordnung? Bitte, ich weiß, das muss ein entsetzlicher Schock sein. Aber verstehst du nicht? Ich musste dir alles erzählen, wenn unsere Beziehung eine Zukunft haben soll. Damals, vor all den Jahren, konnte ich es dir nicht sagen. Rückblickend denke ich, dass die Alarmglocken bei mir hätten läuten müssen, als ich deinen Nachnamen hörte und dass du ursprünglich aus Suffolk stammst. Aber ich war so hingerissen von dir, dass mich noch nicht mal eine Ahnung beschlich. Wer du wirklich warst, ist mir erst klar geworden, als ich um deine Hand anhielt und du mir deinen richtigen Namen sagtest. Ich wusste doch, wie sehr du deinen Vater geliebt hast und dass du glaubtest, er wäre bei einem Einsatz abgeschossen worden. Also blieb mir keine andere Wahl, als einfach aus deinem Leben zu verschwinden. Ich wusste, du wärst damals zerbrochen, wenn du erfahren hättest, wie und weshalb dein Vater gestorben ist, und ich wollte nicht derjenige sein, der es dir sagt. Was heißt, dass ich entweder feige war oder überfürsorglich ... was genau, das weiß ich nicht.« Freddie seufzte. »Aber ich hätte dich nicht heiraten können, ohne dass du es wusstest. Bitte, Posy, sag etwas.«

Posy öffnete die Augen und sah ihn an.

»Ich frage mich, wie du meinen Anblick ertragen kannst. Die Tochter des Mannes, der deinen Vater erschossen hat.«

»Guter Gott, Posy! Das hatte doch nichts mit dir zu tun. Das habe ich weder damals noch jetzt gedacht. Es war eine Laune des Schicksals, dass wir uns begegnet sind. Ich ... habe dich damals genauso geliebt wie jetzt, und ich bitte dich, mir zu verzeihen, dass ich dir nach all den Jahren die Wahrheit sage. Als wir uns wieder trafen, ging ich davon aus, dass du es wusstest, dass jemand im Ort mit dir darüber gesprochen hatte, weil du wieder in Suffolk in dem Haus lebtest, wo es passiert war, aber das war offensichtlich nicht der Fall.«

»Nein, das hat keiner.« Unvermittelt stand Posy auf. »Entschuldige, Freddie, aber ich muss jetzt nach Hause. Danke, dass du es mir gesagt hast, und ich verstehe auch, weshalb du es getan hast. Aber jetzt muss ich gehen.«

»Natürlich. Darf ich dich heimfahren, Posy? Du bist nicht in einem Zustand, um …«

»Nein, ich kann sehr gut selbst fahren.«

»Hier, bitte nimm den Ordner mit. Vielleicht möchtest du, wenn sich der erste Schock gelegt hat, nachlesen, was ich dir erzählt habe.« Freddie folgte ihr in den Flur, wo sie bereits in ihren Mantel schlüpfte, und reichte ihn ihr. »Es tut mir so unsäglich leid, Posy, ich möchte dir nicht wehtun. Ich hoffe, das weißt du. Aber ich musste …«

»Ja.« Posy hatte die Tür geöffnet. »Bitte lass mich. Gute Nacht, Freddie.«

Kapitel 32

Am zweiten Samstag im Dezember wurde Tammy beim Aufwachen bewusst, dass drei Wochen vergangen waren, seit sie Nicks Betrug herausgefunden hatte. Ihr kamen sie vor wie Monate. Obwohl sie sich vor Arbeit kaum retten konnte und gerade eine Assistentin eingestellt hatte, die in der Boutique die Stellung hielt, während sie auf der Suche nach Kleidern unterwegs war, konnte sie sich kaum, wenn überhaupt, am Erfolg ihres Geschäfts freuen. Ihr war auch klar, dass sie nach Southwold fahren und die alten Kleider aus Admiral House holen musste, aber wie sollte sie das durchstehen?

»Es geht ums Geschäft, Tammy, also reiß dich zusammen und fahr einfach hin«, sagte sie sich, als sie sich vormittags auf die vielen anstehenden Arbeiten in der Boutique zu konzentrieren versuchte. Schränke voll Vintage-Kleider wurden ihr nicht jeden Tag angeboten. Die Anzeige, die sie in die Zeitschrift *The Lady* gesetzt hatte, um Frauen eines gewissen Alters anzusprechen, sich gegen Bargeld von ihren Kleidern zu trennen, war nur bedingt auf Resonanz gestoßen. Als sie vergangene Nacht wach gelegen und versucht hatte, nicht an Nick zu denken, war ihr eine, wie sie glaubte, sehr gute Idee gekommen: Das eine Kleid, das Frauen fast immer aufbewahrten, war ihr Hochzeitskleid. Sie könnte in der Boutique ja eine Sektion für Brautmoden einrichten, für die sie nur die allerschönsten Vintage-Kleider erwarb.

»Hochzeit, ha!«, brummte sie und trank einen Schluck des mittlerweile lauwarmen Tees, den Meena ihr vor einer Weile hingestellt hatte.

Eigentlich war sie überrascht, dass Nick sich überhaupt nicht gemeldet hatte. Zwar wollte sie ihn nicht sehen – natürlich nicht –, aber sie hätte doch gerne die Genugtuung gehabt, ihm ins Gesicht zu sagen, was für ein Mistkerl er war. Er hatte sich nicht einmal bequemt, sie anzurufen, was die Situation noch schlimmer machte, und Tammy war mindestens ebenso wütend wie verletzt.

Außerdem ärgerte sie sich über jeden, der ihr je gesagt hatte, Nick sei ein anständiger Mann – in gewisser Hinsicht hatten die sie ja nur darin bestärkt, ihm zu vertrauen. Deswegen hatte sie sich vergraben und niemanden zurückgerufen, der an der Täuschung mitgewirkt hatte. Sie hatte Nicks Kleider und die anderen Sachen, die sich im Lauf der vergangenen zwei Monate von ihm in ihrem Haus angesammelt hatten, in Müllbeutel gestopft. Am liebsten hätte sie ja alles verbrannt, aber dann hatte sie die Säcke doch in die Boutique mitgenommen, um sie später bei Paul und Jane vor die Tür zu stellen. Sie würde nur kurz klingeln, damit sie die Säcke gleich fanden, und dann sofort verschwinden.

Und da sie schon dabei war, holte sie tief Luft und wählte Posys Nummer. Es läutete endlos, aber kein Anrufbeantworter ging an, auf dem sie eine Nachricht hinterlassen konnte. Seufzend versuchte sie es auf Amys Handy.

»Hier ist Sara«, piepste ein Stimmchen.

»Guten Tag, Sara. Ist deine Mummy da?«

»Ja, aber sie ist beim Waschen, weil, ich habe Ketchup auf meine Latzhose...«

»Ja, bitte?«

»Ist das Amy?«

»Ja, wer ist dort?«

»Tammy.«
»Ach, hi.« Amys Stimme klang matt und teilnahmslos. »Hast du meine Nachricht bekommen?«
»Ja, Amy, entschuldige, hier war so viel los, und ...«
»Du brauchst dich nicht zu entschuldigen. Ich wollte dich nur wissen lassen, dass ich Nick gesehen habe an dem Abend, nachdem du von Admiral House weggefahren bist. Er weiß, dass du seinen Wagen vor Evies Haus gesehen hast. Wenn es dir hilft, es ging ihm richtig schlecht.«
»Nur ein bisschen, aber danke.«
»Hast du von ihm gehört?«, fragte Amy zögernd.
»Nein, und ich will auch nicht darüber sprechen.«
»Ich verstehe.«
»Eigentlich rufe ich an, weil ich Posy erreichen möchte, um die Kleider ihrer Mutter abzuholen. Sie wird doch bald umziehen.«
»Nein, das wird sie nicht. Das hat sich alles zerschlagen, Tammy. Der Verkauf ist geplatzt.«
»Oje! Was ist denn passiert?«
»Das ... ist eine lange Geschichte.«
Tammy hörte Amy am anderen Ende seufzen. Sie klang so bedrückt, wie sie selbst sich fühlte.
»Ist bei dir alles in Ordnung?«
»Nein, aber ich komme schon klar.«
»Also, wenn ich Posy erreichen und mit ihr einen Termin vereinbaren kann, um die Kleider abzuholen, könnten du und ich uns doch zum Lunch treffen – was hältst du davon?«
»Das wäre schön«, antwortete Amy matt.
»Ist Posy in Admiral House?«
»Ich denke schon. Aus dem einen und anderen Grund habe ich sie seit über einer Woche nicht gesehen. Ich werde auch mal bei ihr anrufen, und wenn ich sie nicht erreiche, schaue ich bei ihr vorbei.«

»Danke, Amy. Lass uns doch in Kontakt bleiben. Ciao.«

»Ciao.«

»Frische Tasse Tee?« Meena steckte den Kopf zur Tür des Büros herein.

»Gern.« Sie hatte Meena sofort gesagt, dass es mit ihr und Nick vorbei war, damit sein Name in Zukunft nicht mehr erwähnt würde. Seitdem hatte Meena kein Wort über ihn verloren, aber Tammy merkte, dass sie sie noch liebevoller als sonst umsorgte. Eines Morgens war sie mit einem Strauß frischer Blumen erschienen, sie brachte köstlichen Kuchen mit, der ihren Appetit wecken sollte, und hatte ihr einen exquisiten Schal geschenkt, den sie selbst bestickt hatte, weil er, wie sie sagte, zu Tammys Augen passte.

Gestärkt von einer Tasse frischen Tee ging Tammy die nächste Dreiviertelstunde am Computer die Finanzen durch. Obwohl die Einnahmen ihre ursprünglichen Schätzungen überstiegen, blieb wenig davon übrig, wenn sie die Kosten für die neuen Waren einplante, die sie einkaufen musste, und dazu kamen der Lohn für Meena und für die Teilzeitassistentin.

»Ausgeben, um einzunehmen«, sagte sie sich. Dann verließ sie den Laden, um die zehn Minuten zu Paul und Jane zu fahren. Sie bemerkte, dass an den Bäumen am Sloane Square überall Weihnachtslichter brannten. Es sah schrecklich idyllisch aus, und sie hätte am liebsten jedes Birnchen einzeln vom Baum gerissen.

Sie parkte den Wagen, holte die Müllsäcke aus dem Kofferraum und stellte sie vor die Haustür. Dann klingelte sie und ging schnell davon, doch in dem Moment öffnete Paul bereits die Tür.

»Hi, Tam. Wolltest du gar nicht reinschauen?« Erstaunt betrachtete er die Säcke. »Was ist denn das? Eine Leiche?«

»Schön wär's. Das sind Nicks Sachen.«

»Ah so. Warum bringst du sie zu uns?«

»Weil er hier wohnt, oder nicht?«, sagte sie, immer noch aus sicherer Entfernung.

»Nein, nicht mehr. Er hat seine Habseligkeiten vor ein paar Tagen zusammengepackt und ist ausgezogen, Jane und ich waren auf dem Land. Er hat uns einen Zettel hingelegt und eine ziemlich gute Flasche Brandy dazugestellt, und seitdem haben wir nichts mehr von ihm gehört. Ehrlich gesagt waren wir davon ausgegangen, dass er ganz bei dir eingezogen ist.«
»Nein, ist er nicht.«
»Oh.« Paul sah verwundert drein. »Wo ist er dann?«
»Ich habe nicht die mindeste Ahnung.«
»Ich verstehe. Ein Glas Wein? Ich verspreche dir, die Luft ist Nick-rein. Und Janey ist bei einer Abendsession.«
»Na ja, warum nicht?«, sagte sie seufzend. Plötzlich hatte sie das dringende Bedürfnis nach einem Schluck Wein. Sie folgte Paul den Flur entlang zur Küche.

Er öffnete eine Flasche und schenkte ihnen beiden ein Glas ein.
»Tammy, was ist denn passiert?«
»Ist es schlimm, wenn ich mich nicht darüber auslasse?«
»Wenn du nicht willst, kein Problem«, meinte Paul. »Rückblickend muss ich sagen, dass ich alles reichlich seltsam fand. Gestern wollte ich bei ihm im Geschäft vorbeischauen, um zu hören, weshalb er uns so überstürzt verlassen hat, aber es war geschlossen. Dabei dachte ich, dass er es diese Woche eröffnen wollte.«
»Das wollte er auch«, stimmte Tammy zu.
Paul trank einen Schluck. »Also, wenn er weder bei uns noch bei dir und der Laden geschlossen ist, muss man davon ausgehen, dass er weggefahren ist.«
»Klingt nachvollziehbar.«
»Also, ich hoffe, es ist alles bei ihm in Ordnung.«
»Ich persönlich hoffe, dass er in der Hölle schmort.«
»Das heißt, ihr beide ...?«
»Aus und vorbei.« Tammy leerte ihr Glas. »Wie auch immer, danke für den Wein. Geht es Janey gut?«
»Sie blüht, wächst und gedeiht.« Paul strahlte.

»Sag ihr, es tut mir leid, dass ich mich nicht gemeldet habe, ich rufe sie morgen an«, bat Tammy, als sie durch den Flur zur Haustür ging.
»Tammy?«
»Ja?«
»Pass auf dich auf. Und meld dich wieder.«
»Mach ich. Danke, Paul.«

Kapitel 33

Nach dem Gespräch mit Tammy legte Amy das Handy beiseite und dachte, dass die Aussicht auf ein Treffen mit ihr zumindest einen Lichtblick darstellte inmitten der Trostlosigkeit, aus der ihr Leben momentan bestand. Sie ging ins Wohnzimmer zurück, wo Jake und Sara aufgeregt Schmuck über die unteren Zweige des ramponierten künstlichen Weihnachtsbaums hängten, den Amy am Vormittag aus dem Schuppen geholt hatte.

»Na, ihr beiden, soll ich etwas Schmuck an die oberen Zweige hängen?«, schlug sie vor und bemühte sich um der Kinder willen, fröhlich zu klingen.

»Nein, mir und Sara gefällt er so besser«, sagte Jake mit Nachdruck.

»Also gut«, meinte Amy. Schließlich war es ziemlich gleichgültig, wie der Baum aussah. Es war ja nicht so, als würden sie zu Weihnachten Besuch erwarten. »Jetzt koch ich uns unser Mittagessen«, sagte sie.

»Können wir danach mein Engelskostüm machen, Mummy? Das hast du mir versprochen«, bat Sara schüchtern.

»Natürlich.« Sie gab ihrer Tochter einen Kuss auf die goldenen Locken und überließ die beiden dem Baum. Sie legte Würstchen unter den Grill, dann versuchte sie wieder, Posy zu erreichen, aber niemand ging ans Telefon, weder auf dem Festnetz noch auf dem Handy. Sie ließ sich auf den Küchenstuhl fallen und legte den Kopf auf die Arme. Auch wenn die Kinder fordernd und laut waren und keine Ahnung von den Schwierigkeiten ihrer Eltern hatten, war Amy unendlich dankbar, sie zu haben. Sie sorgten dafür, dass sie ständig etwas zu tun hatte, und lenkten sie ab. Ohne die beiden, dachte sie, würde sie es wirklich nicht schaffen.

Die vergangenen zwei Wochen waren zweifellos die schlimmsten ihres Lebens gewesen. Sam hatte sich auf dem Sofa eingerichtet, sah von morgens bis spätnachts fern und sagte kein Wort, außer um ihre Fragen mit einem Ja oder Nein zu beantworten. Zaghaft hatte sie vorgeschlagen, er solle zum Arzt gehen, um sich Tabletten für seine Depression verschreiben zu lassen, aber er hatte überhaupt nicht darauf reagiert.

Als sie schließlich allen Mut zusammengenommen und ihm vorgeschlagen hatte, er könne sich vielleicht eine Arbeit suchen, die ihn auf andere Gedanken brächte und obendrein mit ihrer finanziellen Situation helfen würde, hatte er sie angesehen, als habe sie den Verstand verloren.

»Glaubst du wirklich, dass irgendjemand mich nehmen würde? Wo ich demnächst vor Gericht muss und in dem Zustand, in dem ich bin?«

»Sam, du weißt doch, dein Anwalt hat gesagt, dass sie dich höchstwahrscheinlich gar nicht anklagen werden. Ihnen ist klar geworden, dass du nichts von Ken Noakes und seiner Vergangenheit wusstest.«

»Sie können jederzeit ihre Meinung ändern, Amy. Der verdammte Staatsanwalt – und ich muss womöglich monatelang hier sitzen und einfach warten, bis sie sich entscheiden.«

»Essen!«, rief sie jetzt Sam und den Kindern aus der Küche zu. Sara und Jake kamen angehüpft und setzten sich an den Tisch.

»Amy, bring mir meins auf dem Tablett«, rief Sam aus dem Wohnzimmer zurück.

Nachdem Amy das getan hatte, setzte sie sich zu den Kindern, die sich gerade über den Weihnachtsmann unterhielten und was er ihnen bringen würde.

Bei ihrem fröhlichen Geplapper wurde ihr das Herz schwer. Für kostspielige Geschenke war einfach kein Geld da; sie hatte ihren Notgroschen angreifen müssen, bloß um jeden Tag etwas zu essen auf den Tisch zu stellen. Nach dem Abwasch ging sie ins Wohnzimmer, wo Sam immer noch auf dem Sofa herumlungerte, während sich die Kinder kabbelten, wer die letzte Kugel aufhängen durfte.

»Sam, hast du in letzter Zeit von deiner Mum gehört?«

»Was?!« Er schaute zu ihr hoch. »Bist du völlig durchgeknallt? Nach dem, was ich gemacht habe, wird sie garantiert kein Wort mehr mit mir reden.«

»Das stimmt nicht, und das weißt du auch. Als du nach deiner Verhaftung bei ihr warst, war sie sehr verständnisvoll.«

Sam zuckte nur mürrisch mit den Schultern und trank einen Schluck aus seiner Bierflasche.

»Ich habe es gerade noch einmal auf beiden Nummern probiert, aber sie geht nicht dran. Ich versuche es bei der Galerie«, sagte sie und ging wieder in die Küche. »Vielleicht macht sie wegen Weihnachten Überstunden.«

Nach einem kurzen Gespräch mit dem Inhaber nahm sie ihren Mantel vom Haken.

»Mr. Grieves hat gesagt, dass deine Mum vor zehn Tagen angerufen und sich krankgemeldet hat, und seitdem hat sie nichts mehr von sich hören lassen. Ich schaue jetzt bei ihr vorbei. Passt du inzwischen auf die Kinder auf?«

Vom Sofa kam als Reaktion nur das übliche Schulterzucken, und bevor sie vor Wut explodierte angesichts seines mangelnden Interesses an seiner Mutter – oder an irgendjemand anderem als sich selbst –, verließ sie das Haus.

Als sie die High Street entlangfuhr, versuchte sie, sich an den Lichterketten zu freuen, die die Schaufenster schmückten, und an dem vorfreudigen Treiben im Ort, wo alle Welt auf den Beinen war. Es tat ihr einfach gut, aus dem Haus zu kommen, selbst wenn sie sich Sorgen um Posy machte. Es sah ihrer Schwiegermutter gar nicht ähnlich, nicht mal vorbeizuschauen und Anrufe zu ignorieren. Und sie, Amy, war zu sehr mit ihren eigenen Schwierigkeiten beschäftigt gewesen, um es zu bemerken.

»Bitte, es soll alles gut bei Posy sein«, flüsterte sie in den dunkel werdenden Himmel.

Als sie vor Admiral House ankam, sah sie Posys Wagen in der Auffahrt stehen. Sie ging zur Küchentür und hoffte, dass ihre bangen Vorahnungen nur auf ihren eigenen Stress zurückzuführen waren und sich nicht bewahrheiten würden. In der Küche war es dunkel und ungewohnt still – das Radio, in dem sonst immer Radio 4 spielte und das häufig genug sich selbst unterhielt, war nicht eingeschaltet.

»Posy? Hier ist Amy. Wo bist du?«, rief sie, als sie ins Frühstückszimmer ging, das aber ebenfalls verwaist war.

Nachdem sie alle Räume im Erdgeschoss durchsucht hatte – einschließlich der Toilette –, ging sie, immer weiter Posys Namen rufend, nach oben. Die Tür zum großen Schlafzimmer war geschlossen. Sie klopfte an, vor ihrem geistigen Auge tauchten entsetzliche Bilder auf, was sie dahinter erwarten könnte. Als sie keine Antwort bekam, nahm sie allen Mut zusammen, öffnete die Tür und schrie vor Erleichterung fast auf, als sie feststellte, dass das Bett leer und ordentlich gemacht war. Dann schaute sie in allen anderen Räumen nach, blieb zögernd vor dem Zimmer stehen, in dem Sebastian gelebt und so zärtlich mit ihr geschlafen hatte ...

»Denk nicht dran!«, ermahnte sie sich streng und ging die nächste Treppe hinauf, um in den Räumen unter dem Dach nachzusehen. Doch auch dort traf sie niemanden an. Posy war eindeutig nicht zu Hause. Aber ihr Wagen stand da ...

Sie rannte die schier endlosen Stufen nach unten und durch die Gänge zur Küche, durch ihren Kopf wirbelten Bilder von Posy, die vor Tagen im Garten zusammengebrochen war und seitdem allein und mit Schmerzen dalag, oder schlimmer noch ...

»Guten Abend, Amy«, sagte eine vertraute Stimme, als sie die Küche betrat. Jetzt brannte Licht, und Posy stand in ihrer Barbourjacke am Herd, wärmte sich die Hände und wartete, dass der Wasserkessel kochte.

»O mein Gott! O mein Gott, Posy!«, keuchte Amy und ließ sich auf einen Stuhl fallen. »Ich dachte, du wärst ... du wärst ...«

»Tot?« Posy sah zu Amy und lächelte freudlos.

»Um ehrlich zu sein, ja. Wo bist du gewesen? Du bist nicht ans Telefon gegangen, du bist nicht bei der Arbeit gewesen ...«

»Ich war hier. Tee?«

»Sehr gern, danke.«

Amy musterte Posy. Äußerlich sah sie aus wie immer, aber irgendetwas hatte sich verändert. Es war, als wäre ihre ganze Lebensfreude – zu der nicht nur ihre Lust am Leben gehörte, sondern auch ihre Güte und ihre Fürsorge für alle in ihrer Umgebung – aus ihr gewichen.

»Bitte.« Posy stellte einen Becher vor Amy. »Leider habe ich nur gekaufte Kekse im Haus. Ich habe in letzter Zeit nicht gebacken.«

»Ich möchte keine, danke.«

Posy schenkte sich ebenfalls Tee ein, setzte sich aber nicht wie sonst zu ihr an den Tisch. »Bist du krank gewesen?«, fragte Amy zögerlich.

»Nein, ich bin wohlauf wie immer, danke«, antwortete Posy.

Amy merkte, dass sie nie zuvor ein Gespräch mit ihrer Schwiegermutter hatte in Gang bringen müssen, weil Posy es normalerweise gar nicht erwarten konnte zu erfahren, wie es allen ging. Mühsam suchte sie nach Worten.

»Was hast du gemacht?«

»Ich war meistens im Garten.«

»Schön.«

Dann herrschte Stille, und Amy wusste nicht, wie sie das Schweigen brechen sollte.

»Posy, ist es wegen Sam und allem, was passiert ist?«, fragte sie schließlich. »Es tut mir wirklich leid. Ich meine, du findest bestimmt einen anderen Käufer, und ...«

»Es hat nichts mit Sam zu tun, Amy. Ausnahmsweise einmal hat es etwas mit mir zu tun.«

»Ach. Ist es etwas, bei dem ich dir helfen kann?«

»Nein, meine Liebe, aber danke für dein Angebot. Ich musste einfach über etwas nachdenken, das ist alles.«

»Wegen des Hauses?«

»Ja, das ist wohl ein Teil davon.«

Amy trank von ihrem Tee und erkannte, dass sie nichts weiter von Posy erfahren würde.

»Tammy hat versucht, dich zu erreichen. Sie möchte gern kommen, um die alten Kleider deiner Mutter abzuholen.«

»Die habe ich in Kisten verpackt und in den Stall gestellt. Sag ihr, dass sie sie jederzeit abholen kann.«

Unvermittelt fuhr Posy merkwürdig schaudernd zusammen.

»Gut, dann mache ich das. Ich mag Tammy nämlich gern, und es ist ein Jammer, dass ... na ja.« Unfähig, die Situation auch nur einen Moment länger zu ertragen, stand Amy auf. »Ich sollte zusehen, dass ich wieder nach Hause komme, aber wenn ich irgendetwas tun kann, Posy, bitte melde dich.«

»Danke, meine Liebe. Grüß Sam und die Kinder.«

»Das mache ich.«

Amy stellte ihren Becher ins Spülbecken und ging zur Tür. Dann drehte sie sich noch einmal um und blickte Posy an.

»Wir lieben dich alle sehr. Auf Wiedersehen, Posy.«

»Auf Wiedersehen.«

Auf der Heimfahrt starrte Amy benommen auf die Straße. Bis jetzt war ihr nie klar gewesen, wie sehr sie Posy mit ihrer unentwegten Zuversicht und ihren praktischen, aber einfühlsamen Ratschlägen all die Jahre als Fels in der Brandung betrachtet hatte. Sie hielt am Supermarkt an und kaufte Nudeln und Kartoffeln zum

Backen, mit denen sie die Familie hoffentlich über die Runden bringen könnte, bis am Mittwoch ihr nächster Lohn ausbezahlt würde. Zum Schluss stellte sie noch einen Sechserpack Bier in ihren Korb und ging zur Kasse. Als sie darauf wartete, an die Reihe zu kommen, dachte Amy an Posys Gesichtsausdruck. Sie hatte ausgesehen, als sei sie innerlich zerbrochen.

Posy stand im Frühstückszimmer und sah den Rücklichtern von Amys Auto nach, das die Auffahrt hinunter verschwand. Gewissensbisse regten sich, dass sie nicht die übliche Posy gewesen war, aber im Moment war ihr das einfach nicht möglich. Letztlich wusste sie gar nicht, ob die »übliche« Posy tatsächlich sie war oder nicht bloß eine Person, die sie erschaffen und wie eine Strickjacke eng um sich geschlungen hatte, um die ängstliche, verwirrte Seele, die darin wohnte, zu verbergen.

Und jetzt, in den vergangenen zehn Tagen, war ihr diese Strickjacke abgestreift worden, mottenzerfressen, wie sie nach all den Jahren gewesen war. Nachdem Freddie es ihr gesagt und ihr den Ordner gegeben hatte, war sie irgendwie nach Hause gekommen, war die Treppe hinaufgestiegen und hatte sich ins Bett gelegt. Dort war sie fast drei Tage geblieben und nur aufgestanden, um zur Toilette zu gehen oder einen Schluck Wasser aus ihrem Zahnputzbecher zu trinken. Im Hintergrund hatte sie bisweilen das Telefon läuten hören, aber sie war nicht rangegangen.

Sie hatte viel Zeit damit verbracht, zur Decke zu starren, ohne sie wahrzunehmen, während ihr Gehirn versuchte, den Sinn dessen, was Freddie ihr gesagt hatte, zu verstehen. Da sich das als unmöglich erwies, hatte sie stattdessen viel geschlafen – vielleicht, dachte sie, war das die Art ihres Körpers, sie zu schützen, weil der Schmerz und der Schock allzu groß waren. Sie trauerte noch einmal um einen Vater, den sie nie richtig gekannt hatte, wie ihr nun klar wurde, und um eine Mutter, die sie nur allzu gut gekannt hatte.

Ein Mord aus Leidenschaft ... ein brutales Verbrechen ... Posy sagte sich, dass es beides gewesen war.

Was sie am meisten schmerzte, war der Verrat all dessen, was sie über sechzig Jahre lang von ihrem Vater geglaubt hatte. Aber es bestand nicht der geringste Zweifel, dass Freddie die Wahrheit gesagt hatte. Als sie schließlich den Mut gefunden hatte, den Ordner aufzuschlagen, prangten die Schlagzeilen vorne auf den Zeitungen.

»DAS NEUSTE VOM MORD IM SCHMETTERLINGSZIMMER!« ... »SPITFIRE-PILOT ERTAPPT EHEFRAU UND GELIEBTEN IN FLAGRANTI« ... »GALGEN FÜR KRIEGSHELD ANDERSON!«

Zuerst hatte sie den Ordner sofort wieder zugeklappt, die schlüpfrigen Details würden ihr nur noch mehr Schmerz bereiten. Freddie hatte ihr die Unterlagen zum Beweis gegeben, weil sie ihm an dem Abend einfach nicht hatte glauben können. In den folgenden Tagen war ihr klar geworden, dass alles zusammenpasste. Sie wusste, dass ihre wunderbare Großmutter alles in ihrer Macht Stehende getan hatte, um sie zu schützen: In dem entlegenen Teil von Cornwall hatte all die Jahre kaum Gefahr bestanden, sie könnte erfahren, dass ihr geliebter Vater wegen des Mordes an Onkel Ralph im Gefängnis saß und später hingerichtet wurde.

»Freddies Vater«, murmelte sie und konnte es noch immer nicht fassen.

Natürlich war in den Zeitungen von ihr als »Adriana Rose« gesprochen worden – eben der Name, der Freddie darauf gebracht hatte, wer sie wirklich war an dem Abend, als er ihr einen Heiratsantrag gemacht hatte. Davor hatte es keinen Anhaltspunkt gegeben, um »Posy«, das Mädchen, das in einem kleinen Dorf in der Nähe des Bodmin Moor aufgewachsen war, mit dem

Entsetzlichen zu verbinden, das weit weg in einem Turmzimmer in Suffolk passiert war.

Posy wünschte sich nur, sie könnte ihre Großmutter fragen, wie *sie* die Schande und den Schmerz ertragen hatte, dass ihr Sohn wegen Mordes vor Gericht gestellt und schließlich hingerichtet wurde. Bilder vom blassen, angestrengten Gesicht ihrer Oma kehrten zurück ... der Tag, als das Telegramm gekommen war – das ihr sagte, dass ihr Sohn einen anderen Menschen erschossen hatte – und wenige Stunden später ihre Mutter, und die vielen Male, die sie nach London gefahren war, vermutlich, um ihren Sohn zu besuchen und sich schließlich von ihm zu verabschieden ...

»Wie konnte sie Mamans Gesellschaft ertragen?«, fragte sie die Decke. Die Frau ihres Sohnes, deren Verhalten ihn dazu getrieben hatte, einen anderen Menschen zu töten.

In den alten Zeitungen las sie schließlich, seine Anwälte hätten geltend gemacht, dass Lawrence, nachdem er jahrelang sein Leben bei der Verteidigung seiner Heimat aufs Spiel gesetzt hatte, nicht bei vollem Verstand gewesen sei. Sie hatten um Milde gebeten gegenüber einem Kriegshelden, dessen Nerven zerrüttet gewesen waren durch die Todesgefahr, in die er sich Tag für Tag bei seinen Flügen über Europa begeben hatte. Der Prozess hatte das Land offenbar gespalten und die Medien mit reichlich Material versorgt, zumal die öffentliche Meinung hin und her schwankte.

Und was, wenn sie ihn nicht hingerichtet hätten? Wenn er stattdessen zu lebenslänglicher Haft verurteilt worden wäre?, fragte sie sich. *Hätten sie es mir dann gesagt ...?*

Am bittersten aber quälte sie, dass ihre Mutter das Land praktisch sofort verlassen und sich ein neues Leben aufgebaut hatte, als wäre das alte ein ungeliebtes Kleid – sie hatte es abgelegt und ein anderes übergestreift.

»Und mich hat sie zurückgelassen«, ergänzte sie laut, und

Tränen traten ihr wieder in die Augen. »Ach, Oma, warum bist du nicht da, damit ich mit dir reden kann?«

Schließlich hatte sie sich gezwungen aufzustehen und an dem einzigen Ort Zuflucht gesucht, der ihr Trost bieten konnte. Zum ersten Mal war sie froh, dass das Unkraut in den Beeten unabhängig von der Jahreszeit wucherte. Während sie es aus der Erde zog, wurden ihre Gedanken allmählich klarer, doch ihr gingen so viele Fragen durch den Kopf, dass sie vor Frustration fast verrückt wurde. Ihre Großmutter und Daisy lebten nicht mehr, und der einzige Mensch, der ihr helfen konnte, das Ganze zu verarbeiten, war derjenige, dem sie nie wieder unter die Augen treten konnte. Ihr Vater hatte seinen Vater ermordet und seine Kindheit zerstört, während sie ahnungslos durch ihre getänzelt war.

Schaudernd erinnerte sich Posy an die vielen Male, als sie Freddie von ihrem Vater vorgeschwärmt hatte, insbesondere in den ersten Monaten, und jetzt wurde ihr klar, dass das eigentliche Opfer in diesem Drama er war. Kein Wunder, dass er sie verlassen hatte, als er ihre wahre Identität erfahren hatte. Nicht Posy, die Frau, von der er einmal gesagt hatte, sie sei das Licht seines Lebens, sondern Adriana Rose, die Tochter des Mannes, der ihm seinen Vater genommen hatte.

Natürlich war er fünfzig Jahre später davon ausgegangen, dass irgendjemand ihr in der Zwischenzeit davon erzählt haben würde. Aber sie hatte es nie erfahren. Posy dachte noch einmal zurück an die ersten Monate, als sie mit ihrer jungen Familie und ihrem Mann nach Southwold zurückgekommen und in Admiral House eingezogen war. Sie forschte in ihrem Gedächtnis und erinnerte sich vage an den einen oder anderen merkwürdigen Blick von einigen Einheimischen. Damals hatte sie sich das damit erklärt, dass unvermittelt eine fremde Familie in dem kleinen Ort aufgetaucht war, aber rückblickend betrachtet war der wahre Grund ein völlig anderer.

Sie schämte sich sehr – behaftet mit der Vergangenheit, die ihr Vater ihr beschert hatte, einer Vergangenheit, die sie bis jetzt verfolgte und ihr Leben durch die Ironie des Schicksals an einem entscheidenden Punkt maßgeblich verändert hatte. Ohne seine Tat hätten Freddie und sie wie geplant geheiratet, hätten Kinder bekommen, ein glückliches Leben geführt ...

»Hasse ich meinen Vater?«, fragte sie den Handgrubber, mit dem sie in der leicht gefrorenen Erde nach den Wurzeln eines Unkrauts hackte.

Diese Frage hatte sie sich in den letzten Tagen immer und immer wieder gestellt, aber ihr Herz weigerte sich nach wie vor, eine Antwort darauf zu geben. Sie hoffte nur, dass sie nicht mehr zu lange darauf warten musste.

Posy trank ihren Becher Tee leer, lauschte auf die Stille um sie her und schauderte. Zu allem Überfluss lag der Verkauf des Hauses, das der Schauplatz der Tragödie gewesen war, auf Eis, womit ihre Chance, in unbelasteter Umgebung einen Neuanfang zu machen, in weite Ferne gerückt war. Kein Wunder, dass Freddie sie so gedrängt hatte auszuziehen. Wie er es ertragen hatte, auch nur in die Nähe des Hauses zu kommen, in dem sein Vater ermordet worden war, überstieg ihr Vorstellungsvermögen.

Aber nachdem sie nun zehn Tage lang ihre Wunden geleckt hatte, wurde Posy klar, dass sie das alles nur überstehen konnte, wenn sie in die Zukunft blickte. Sie könnte Admiral House öffentlich zum Verkauf anbieten und dann vielleicht ganz aus Southwold wegziehen. Aber was war mit ihren Enkelkindern, ihrer Arbeit, ihrem Leben hier? Mehrere ihrer Altersgenossen waren als Pensionäre in die südliche Sonne gezogen, aber sie war allein. Abgesehen davon wusste sie nur zu gut, dass die Vergangenheit einen begleitete, so weit man auch vor ihr davonlief. Womöglich waren ja das Haus und alles, was hier passiert war, ihr Schicksal: Vielleicht würde sie wie Charles Dickens' Miss Havisham und ihre verlorene Liebe bis zu ihrem Tod hier sitzen und mit Admiral House dahinsiechen ...

»Hör auf, Posy!«

Amys Besuch hatte den Bann gebrochen. Was sie mehr als alles andere entsetzte, war der Gedanke, als Opfer betrachtet zu werden.

»Du hast dich lang genug gehen lassen, jetzt reiß dich zusammen«, sagte sie sich. Allein sich vorzustellen, dass Amy nach Hause fuhr und ihrem Sohn erzählte, seine Mutter stehe vor einem Zusammenbruch, verlieh ihr neue Energie.

Damit drängte sich eine weitere Frage auf: Sollte sie ihren Jungs erzählen, was sie gerade über ihren Großvater erfahren hatte?

Nein, sagte ihr eine innere Stimme instinktiv.

»Doch«, sagte sie laut. Wohin hatte es *sie* denn gebracht, als Kind geschützt worden zu sein? Abgesehen davon waren die beiden erwachsen und hatten ihren Großvater nie gekannt. Doch, zu gegebener Zeit würde sie ihnen davon erzählen.

Sie ging zum Radio und schaltete es an. Dann suchte sie die Zutaten zusammen, um einen Kuchen zu backen, den sie morgen ihren Enkelkindern bringen würde.

Sie machte sich daran, Mehl in eine Schüssel zu sieben. Die Ordnung war wiederhergestellt. Zumindest für den Moment ...

»Wo bist du gewesen?«

Amy sah zu Sam, der drohend in der Wohnzimmertür schwankte. Sie merkte, dass er betrunken war, obwohl sie sich nicht vorstellen konnte, woher er das Geld für noch mehr Alkohol hatte. Er konnte doch unmöglich ihren Notgroschen gefunden haben, oder ...?

»Bei deiner Mutter, Sam. Ich mache mir Sorgen um sie. Sie ist gar nicht sie selbst.«

»Hast über mich hergezogen, was?«

»Nein, natürlich nicht. Ich habe dir doch gerade gesagt, ich mache mir Sorgen um sie«, wiederholte sie. »Haben die Kinder schon etwas zu essen bekommen?« Sie trug die Einkäufe in die Küche und stellte sie auf den Tisch.

»Es ist nichts zu essen da, Amy, das weißt du doch genau.« Sams Augen leuchteten auf, als er das Bier entdeckte. Er schnippte den Kronkorken von einer Flasche und trank einen großen Schluck. Amy verkniff sich die Bemerkung, er sehe aus, als habe er bereits genug getrunken, und ging ins Wohnzimmer, wo Jake und Sara gebannt vor einem Video saßen.

»Hi, ihr zwei«, sagte sie und gab ihnen einen Kuss. »Ich mache uns gleich Nudeln zum Abendessen. Es dauert nicht mehr lang, versprochen.«

»In Ordnung, Mummy.« Jake nahm den Blick gar nicht vom Fernseher.

Sie kehrte in die Küche zurück und begann zu kochen.

»Was gibt's?«, fragte Sam.

»Nudeln.«

»Nicht schon wieder Nudeln, verdammt! Was anderes habe ich die letzten zwei Wochen nicht bekommen!«

»Sam, für etwas anderes ist kein Geld da!«

»O doch, sehr wohl ist Geld da. Ich habe welches unten in deinem Schrank gefunden.«

»Das ist für die Weihnachtsgeschenke der Kinder, Sam! Das hast du doch nicht genommen, oder?«

»Das hast du doch nicht genommen, oder?«, äffte er sie gehässig nach. »Du vertraust mir wohl nicht, was? Ich habe gedacht, ich bin dein Mann, oder?« Er öffnete eine weitere Bierflasche.

»Du bist mein Mann, Sam, und du bist auch der Vater unserer Kinder. Du möchtest doch bestimmt, dass die beiden etwas zu Weihnachten bekommen, oder?«

»Klar will ich das, aber wieso stehen meine Wünsche immer an letzter Stelle, hä? Sag mir das mal!« Sam beugte sich von hinten über sie, als sie nach dem Wasserkocher mit heißem Wasser griff.

»Vorsicht, Sam, sonst verschütte ich es noch.«

Amy merkte an seinem Atem, dass er wirklich sehr betrunken war. Offenbar hatte er, als sie fort gewesen war, ihr Versteck gefunden und war zum Getränkeshop gegangen. Sie trug den Kocher zum Herd und füllte den Topf mit dem Wasser, dann kippte sie Nudeln hinein.

»Ich weiß, dass das nicht das einzige Geld im Haus ist, Amy.«

»Das stimmt nicht. Ich wünschte auch, es wäre noch mehr da, aber es gibt leider keins.«

»Du lügst.«

»Nein, Sam, ich lüge wirklich nicht.«

»Ich habe aber keine Lust, schon wieder Nudeln zu essen, verdammt! Ich will ein Takeaway und eine anständige Flasche Wein, also solltest du mir besser sagen, wo es ist.«

»Es ist nirgendwo mehr Geld, Sam, das schwöre ich dir.«

»Sag mir, wo es ist, Amy.«

Sam nahm den kochenden Topf vom Herd.

»Bitte, stell ihn wieder hin, sonst verschüttest du noch etwas!« Amy bekam es mit der Angst zu tun.

»Erst wenn du mir sagst, wo du das ganze andere Geld aufhebst!«

»Das kann ich nicht, weil keins mehr da ist, wirklich nicht!«

Das Nudelkochwasser schwappte auf den Küchenboden, als er auf sie zukam.

»Sam, zum letzten Mal, ich schwöre dir, da ist ...«

»Lügnerin!« Sam schleuderte den Topf in ihre Richtung. Der Inhalt schwappte wie eine kleine Woge auf sie zu, und sie schrie auf, als brühend heißes Wasser und Nudeln ihre Beine trafen, dann landete der Topf scheppernd auf dem Boden.

Sam packte sie torkelnd an der Schulter.

»Ich will nur wissen, wo du das Geld versteckt hast!«

»Ich ... Da ist keins!«, rief sie. Sie entwand sich seinem Griff und taumelte in den Flur, doch er erwischte sie hinten an der

Bluse, drehte sie um und presste sie gegen die Wand. Sie wollte ihn fortschieben und wehrte sich mit Händen und Füßen, doch er war zu stark.

»Sam, hör auf! Bitte!«

Jetzt lagen seine Hände um ihren Hals, sie wurde an der Wand nach oben gedrückt, ihre Füße fanden keinen Halt mehr.

»Amy, sag mir einfach, wo das Geld ist, mehr nicht ...«

Aber sie bekam keine Luft, um zu sprechen, ihre Augen traten hervor, ihr Mund stand offen im verzweifelten Versuch, Luft einzuatmen. Ihr drehte sich der Kopf, gleich würde sie die Besinnung verlieren.

Dann hörte sie aus der Nähe einen Schrei, plötzlich löste sich der Griff um ihren Hals. Sie rutschte die Wand hinunter und rang keuchend nach Luft. Blinzelnd sah sie auf, langsam nahm die Welt wieder Gestalt an. Über ihr stand Freddie Lennox, der einen sich wehrenden Sam festhielt.

»Mummy, was ist los?«

Verschwommen sah Amy Jake in der Wohnzimmertür stehen, die Arme um Sara geschlungen.

»Mein Schatz, Mummy kommt gleich zu euch«, brachte sie heiser hervor.

Mit einem Blick auf die Kinder schleuderte Freddie Sam zu Boden und stand mit wenigen Schritten neben den beiden. Er nahm sie fest bei der Hand und kam zu Amy zurück.

»Meine Liebe, können Sie aufstehen?«

»Ich glaube schon.« Amy bemühte sich, doch ihre Beine wollten ihr nicht gehorchen.

Sam taumelte auf sie zu.

»Was zum Teufel suchen Sie hier?«, lallte er.

»Unterstehen Sie sich, sich ihr zu nähern«, sagte Freddie eisig. »Wenn Sie Amy oder Ihre Kinder auch nur berühren, rufe ich sofort die Polizei. Also, Jake, nimm Sara an der Hand, während ich Mummy zum Auto helfe, ja?«

»Amy, warte! Wohin geht ihr?«, jammerte Sam, als Freddie die Kinder zur Haustür hinausschob und ihnen mit Amy folgte, die er mehr trug als stützte. »Amy! Ich ...«

Freddie zog die Tür hinter sich ins Schloss und führte alle zu seinem Wagen.

»Also, junge Frau«, sagte er, sobald sie darin saßen, »jetzt bringen wir Sie ins Krankenhaus.«

Amy schüttelte den Kopf. »N-nein, das ist nicht nötig. M-mir fehlt nichts. Er hat bloß kochendes Wasser über meine Beine geschüttet«, brachte sie hervor. Ihre Zähne klapperten vor Schock.

»Dann sollten wir das ansehen lassen«, sagte Freddie mit Nachdruck und startete den Wagen. »In Ordnung, ihr beiden?« Er drehte sich um und blickte in zwei verängstigte Augenpaare.

»Ich glaube schon«, antwortete Jake.

»Tapferes Kerlchen«, sagte Freddie mit einem Nicken und fuhr los, während Amy in unendlicher Erleichterung die Augen schloss.

Kapitel 34

Das Festnetztelefon klingelte, als Tammy am nächsten Abend gerade die Boutique verlassen wollte.

»Es ist Jane«, sagte Meena. »Sie klingt anders als sonst.«

»Okay.« Tammy nahm den Hörer entgegen. »Hi, Janey, ist alles in Ordnung?«

»So einigermaßen, aber ich muss dich dringend sprechen. Kannst du kurz vorbeikommen?«

»Natürlich«, sagte Tammy, obwohl sie sich fürchterlich müde fühlte.

»Danke, Tam. Bis gleich.«

Tammy verließ den Laden. Auf der Fahrt zum Gordon Place hoffte sie inbrünstig, dass es kein Abgang war. Beklommen läutete sie an der Tür.

Ihr wurde sofort geöffnet. »Wie schön, dich zu sehen. Danke, dass du gekommen bist.«

Tammy fand, dass Jane für jemanden, dem angeblich gerade etwas Schreckliches widerfahren war, sehr entspannt aussah.

»Was ist los?«

»Komm in die Küche. Ein Glas Wein?«, bot Jane ihr an.

»Gern.« Tammy nahm es entgegen. »Wie geht's dir und dem Kind?«

»Bestens.« Stolz strich Jane ihre Bluse glatt, um den kleinsten Ansatz eines Babybauchs zu offenbaren. »Und was machst du an Weihnachten?«

»Nähen.« Tammy musterte sie misstrauisch. »Janey, was geht hier vor sich?«

»Nichts, überhaupt nichts, wirklich ...«

Die Haustür wurde geöffnet und wieder geschlossen. Tammy hörte Männerstimmen, die sich der Küche näherten, und ihr Herz begann zu rasen. »Janey, nein ... bitte!« Wie ein in die Enge getriebenes Tier sah sie sich nach einem Fluchtweg um.

»Ich finde, das ist ein sehr guter Preis, und ich würde deiner Mutter raten, ihn zu akzeptieren«, sagte Paul, als er die Küche betrat.

Mit Nick.

Ihre Blicke begegneten sich. Dann sprachen sie beide gleichzeitig.

»Verdammt, Paul!«, fluchte Nick.

»Tausend Dank, Janey! Ich gehe.« Tammy drängte sich an ihm vorbei und bemerkte da erst ein kleines Mädchen von etwa neun oder zehn Jahren, das Nicks Hand hielt.

»Und?«, fragte Paul. »Soll ich die Vorstellung übernehmen, oder machst du das, Nick?«

Nick seufzte resigniert. »Tammy, das ist Clemmie. Meine Tochter.«

»Entschuldigung allseits, aber ich gehe.« Tammy zwängte sich an allen vorbei und ging zur Haustür. Das Blut rauschte ihr in den Ohren, sodass ihr schwindlig wurde. Sobald sie draußen stand, verfiel sie in einen Laufschritt, fort von allem, was sie weder wissen noch hören wollte.

»Wer war das, Daddy?«, fragte Clemmie. »Sie ist sehr hübsch.«

»Zum Himmel noch mal, Mann, jetzt lauf ihr schon nach!«, drängte Paul, als Nick Tammy nur nachstarrte. »Findest du nicht, dass du ihr wenigstens eine Erklärung schuldig bist?« Paul musste ihn förmlich zur Küche hinausschieben. »Wir passen auf Clemmie auf. Jetzt geh schon!«

Nick trat auf den Bürgersteig und sah Tammy die Straße

hinunterlaufen. Eine Weile folgte er ihr in seinem üblichen Tempo, ohne sie aus den Augen zu verlieren, er war sich noch immer unsicher. Plötzlich beschleunigte er seine Schritte. Paul hatte recht, er war Tammy eine Erklärung schuldig. Jetzt, wo die Karten auf dem Tisch lagen, konnte er wenigstens mit ihr reden.

Tammy lief blindlings Richtung Kensington Gardens, sie brauchte Luft und Platz um sich. Auf der ersten Bank, die sie im Park erreichte, ließ sie sich fallen. Als Nick einige Sekunden später neben ihr auftauchte, schrie sie vor Wut.

»Verschwinde!«

»Tam, ich kann gut verstehen, dass du mich nie wiedersehen willst, und es tut mir sehr leid, dass wir beide so grausam überlistet wurden. Ich schwöre, das war nicht meine Idee.«

Sie hatte den Kopf gesenkt, sodass sie nur seine Schuhe und den Saum seiner Jeans sah. Sie kniff die Augen zusammen, um auch deren Anblick auszublenden.

»Darf ich dir erzählen, was passiert ist? Dann gehe ich auch, ja?«, sagte Nick. »Also: Vor elf Jahren stellte ich in meinem Geschäft in Southwold eine junge Frau an, die Evie Newman hieß. Sie war tüchtig und lernbegierig. Wir verstanden uns sehr gut, und obwohl ich wusste, dass sie schon seit Langem einen Freund hatte, habe ich mich in sie ... verliebt, aber sie hat mir gegenüber nie eine Andeutung gemacht, dass sie meine Gefühle erwidert. Dann fuhren wir zusammen zu einer Auktion nach Frankreich. Abends haben wir uns in einer Bar maßlos betrunken, und in der Nacht sind wir miteinander ins Bett gegangen. Damals dachte ich, mein Traum wäre in Erfüllung gegangen. Ich habe ihr meine Gefühle gestanden und gesagt, dass ich sie liebe.«

Nick begann, beim Reden auf und ab zu gehen.

»Am nächsten Tag sind wir nach Hause gefahren, und ich ging davon aus, dass das der Anfang einer wunderbaren Liebesbeziehung war, aber sie ist mir nach Kräften ausgewichen. Ein paar Wochen später hat sie mir gesagt, dass sie schwanger ist. Brian, ihr Freund, hatte eine neue Stelle als Dozent in Leicester bekommen, und sie sind zusammen aus Southwold fortgezogen.«

Nick kickte einen Stein weg, der über den Boden flog.

»Es ist schwer zu erklären, was für eine Art Liebe ich für Evie empfand. Rückblickend ist mir klar, dass es keine gesunde Liebe war, sondern eher Besessenheit. Nachdem sie mir gesagt hatte, dass sie weggeht, konnte ich unmöglich weiter an dem Ort leben, wo ich so viele Erinnerungen an sie hatte, also habe ich das Geschäft verkauft und bin nach Australien gezogen. Darf ich mich setzen?«

Tammy zuckte mit den Achseln, und er nahm in einiger Entfernung von ihr auf der Bank Platz.

»Das nächste Mal sah ich Evie vor ein paar Monaten wieder, als ich meine Mutter in Southwold besuchte. Sie hatte mir geschrieben. Ich habe sie besucht, und sie hat mir erklärt, weshalb sie sich bei mir gemeldet hat. Hörst du mir noch zu?«

»Ja«, flüsterte Tammy.

»Es hatte mit Clemmie zu tun. Evie erzählte mir, dass die Beziehung mit Brian bald nach dem Umzug nach Leicester immer schlechter wurde, aber sie wusste nicht, warum. Kurz nach Clemmies Geburt gestand Brian ihr dann, dass er sich fünf Jahre zuvor hatte sterilisieren lassen. Er war gut fünfzehn Jahre älter als sie und hatte schon zwei Kinder, die bei ihrer Mutter lebten, von der er geschieden war. Sprich, er konnte unmöglich Clemmies Vater sein. Er hatte geglaubt, mit Evies Betrug klarkommen und Clemmie als seine Tochter großziehen zu können, aber es gelang ihm nicht. Wenig später ist er ausgezogen, und Clemmie wuchs auf, ohne zu wissen, wer ihr Vater war.«

Nick sah in Tammys ausdrucksloses Gesicht, bevor er fortfuhr.

»An dem Abend in Southwold fragte Evie mich, ob ich bereit wäre, einen Vaterschaftstest machen zu lassen, um festzustellen, ob ich tatsächlich der Vater war. Also habe ich das gemacht, und ehrlich gesagt habe ich insgeheim gebetet, er wäre negativ. Du und ich hatten uns gerade kennengelernt – wir hatten Pläne für die Zukunft, ich ...« Seufzend schüttelte Nick den Kopf. »Wie auch immer, das Ergebnis war positiv, die DNA-Marker haben mit Clemmies übereingestimmt. Ich bin ihr biologischer Vater.«

Tammy atmete langsam durch und versuchte, ruhig zu bleiben. »Warum hast du dich nicht gefreut? Du hast doch gerade gesagt, dass du Evie geliebt hast. Du musst gedacht haben, dass dein Traum schließlich doch in Erfüllung geht.«

»Früher einmal wäre das auch so gewesen, ja. Aber wie ich schon sagte, es war Besessenheit, keine eigentliche Liebe. Nicht wie die Liebe, die ich für dich empfinde. Außerdem ...«

»Was?«, drängte Tammy. Sie wollte diesen quälenden Albtraum einfach nur hinter sich bringen.

»Evie hat Leukämie und wird bald sterben. Sie hat mich um den Vaterschaftstest gebeten, damit Clemmie wenigstens einen leiblichen Elternteil hat. Und nach ihrem Tod vielleicht sogar eine richtige Familie. Deswegen ist sie nach Southwold zurückgezogen.«

»O mein Gott.« Tammy starrte Nick entsetzt an. »Das ist ja ... grauenhaft.«

»Ja, das stimmt. Sie ist erst einunddreißig – so alt wie du.«

Eine Weile saßen sie beide schweigend da.

»Nick«, sagte Tammy dann leise. »Entschuldige, dass ich dich das frage nach dem, was du mir gerade erzählt hast, aber bist du ... wieder mit ihr zusammen?«

»Nein, das schwöre ich dir. Ich habe ihr von dir erzählt, dass ich dich liebe und mir eine Zukunft mit dir wünsche.«

»Aber ...«, brachte sie schließlich hervor, »wenn Evie gesund wäre – würdest du dann mit ihr zusammen sein wollen?«

»Glaub mir, Tammy, darüber habe ich ewig nachgedacht. Die Antwort lautet nein. Du bist diejenige, die ich liebe, unabhängig davon, ob Evie wieder in mein Leben getreten wäre oder nicht. *Du* hast den Bann gebrochen. Ich war noch nie so glücklich, und dann ist das alles passiert, und ich ... ich ...«

Nick legte das Gesicht in die Hände, seine Schultern zitterten. Wider Willen legte sie ihre Hand auf seine und drückte sie.

»Verzeih mir, Tammy, dieses ganze Durcheinander. Es tut mir unendlich leid.«

»Nick, warum in aller Welt hast du mir nicht früher davon erzählt?«

»Weil ich für Evie da sein musste und auch Zeit brauchte, um Clemmie kennenzulernen, eine Beziehung mit ihr aufzubauen und herauszufinden, ob es überhaupt funktionieren würde, bevor ich dir von der Situation erzählte. Außerdem dachte ich, du würdest vermutlich glauben, dass ich wieder eine Affäre mit Evie hätte, und so war's dann ja auch. Ich bin davon ausgegangen, dass du mich verlassen würdest, wenn du die Wahrheit wüsstest. Wir kennen uns noch nicht so lange. Wie konnte ich dich da bitten, dich damit abzufinden, dass ich regelmäßig meine Exgeliebte und meine Tochter besuche?«

»Ich habe dein Auto vor ihrem Haus stehen sehen, als Amy und ich an dem Abend neulich dort vorbeifuhren.«

»Ich weiß, das hat Amy mir erzählt. Da war ich bei Evie und Clemmie. Ich habe die meisten Wochenenden bei ihnen verbracht. Nur damit du es weißt, Evie sagte, zu gegebener Zeit würde sie dich gerne kennenlernen.«

»Warum denn das?«

»Weil«, antwortete Nick seufzend, »sie wusste, dass du eines Tages womöglich Clemmies Stiefmutter sein würdest.«

»Ich verstehe.« Bei dem Gedanken bekam Tammy einen Kloß im Hals. »Na, es hätte geholfen, wenn du mir davon erzählt hättest, anstatt herumzudrucksen, bis ich die offensichtliche Schlussfolgerung gezogen habe. Du hast mir nicht vertraut, Nick, ebenso wenig wie meiner Liebe«, flüsterte sie.

»Ich weiß, und das tut mir unsäglich leid.«

»Wo bist du die letzten zwei Wochen gewesen?«, fragte sie.

»Paul sagte, du wärst bei ihnen ausgezogen.«

»Das stimmt. Ich habe meine Sachen in das neue Haus in Battersea gebracht, dann habe ich Clemmie vorzeitig aus der Schule geholt und bin zum Skifahren mit ihr nach Verbier geflogen. Wir mussten etwas Zeit zu zweit miteinander verbringen, ganz abgesehen davon, dass Clemmie auch einmal etwas Spaß haben sollte. Sie muss seit zwei Jahren mit ansehen, wie ihre Mutter vor ihren Augen dahinschwindet.«

»Das muss ihr das Herz brechen.«

»Das tut es auch. Evie hat vor gut zwei Jahren erfahren, dass sie Leukämie hat. Clemmie war praktisch diejenige, die sich während der Behandlung um sie gekümmert hat. Dann war sie ein Jahr symptomfrei, aber im Juni ist die Leukämie mit voller Wucht zurückgekehrt, und Evie wurde gesagt, dass sie nicht mehr allzu lange leben würde.«

»Clemmie weiß also, dass ihre Mutter sterben wird?«

»Ja, sie weiß es. Sie ist ein liebes Mädchen, Tammy, und unglaublich tapfer. Und natürlich bricht es ihr wegen ihrer Mum das Herz. Daran kann ich nichts ändern, aber zumindest kann ich für sie da sein und sie ablenken, während Evie ...« Nick zuckte mit den Schultern. »Seit wir aus Verbier zurück sind, suchen wir Möbel für ihr Zimmer in Battersea aus. Es ist wichtig, dass sie das Gefühl hat, ein Zuhause zu haben.«

»In dem Haus, bei dem du mich vor ein paar Wochen fragtest, ob ich mit dir dort leben wolle?«

»Ja.«

Tammy sah zu ihm und seufzte. »Wow. Da hast du dir ganz schön viel aufgebürdet. Hast du dir je überlegt, mir etwas davon zu sagen?«

»Ich ... ich weiß es nicht. Als die Vergangenheit förmlich in meine Gegenwart hereingebrochen ist, konnte ich alles nur schrittweise bewältigen, einen Tag nach dem anderen. Ich musste für Clemmie da sein, ich wusste nur nicht, wie ich es dir beibringen sollte.«

»Das kann ich verstehen.«
»Wirklich?«
»Ja.«
Nick drehte sich zu ihr, Tränen standen ihm in den Augen. Er nahm die Hand, die auf seiner lag, und drückte sie fest.
»Danke.«
So blieben sie lange Zeit sitzen, während Tammy versuchte, das, was er ihr gesagt hatte, zu verarbeiten.
»Nick?«
»Ja?«
»Kannst du mir bitte sagen, und zwar ehrlich, ob du noch etwas für Evie empfindest?«
»Ich ... Sie ist mir wichtig, Tammy, natürlich ist sie mir wichtig. Sie stirbt, dabei ist sie noch so jung, und das Leben ist so grausam. Aber ob ich sie liebe wie dich? Nein, ganz bestimmt nicht.«
»Wirklich ehrlich? Bitte, Nick, du musst ehrlich sein«, bat sie.
»Ehrlich.« Wieder drehte er sich zu ihr und lächelte. »Und jetzt, wegen deiner Reaktion auf das, was ich dir heute Abend gesagt habe, liebe ich dich noch mehr. Du bist eine wundervolle Frau. Wirklich. Die Frage ist, ob du dir vorstellen kannst, mit einem Mann zusammen zu sein, der aus heiterem Himmel eine neunjährige Tochter bekommen hat.«
»Ehrlich gesagt habe ich mir nie Gedanken über Kinder gemacht«, sagte sie.
»Ich mir auch nicht – bis ich dich kennenlernte.« Nick lächelte. »Aber jetzt habe ich eins, das schon fix und fertig ist und nicht von dir stammt, und ich könnte es wirklich verstehen, wenn du damit nicht zurechtkämst. Clemmie wird in den nächsten Monaten sehr viel Liebe brauchen. Ich muss für sie da sein, Tammy.«
»Das ist doch klar.«
»Aber klar ist auch, dass ich mir sehr wünsche, du wärst auch für sie da.«
»Ich ... o Gott, Nick, ich weiß nicht. Ich weiß einfach nicht,

ob ich der mütterliche Typ bin. Abgesehen davon würde Clemmie mich wahrscheinlich hassen, weil ich nie ihre richtige Mum sein werde.«

»Das glaube ich überhaupt nicht, Tam. Sie ist wirklich unglaublich lieb und vertrauensvoll. Bevor du und ich ... uns zerstritten haben, habe ich ihr von dir erzählt und gesagt, dass ich hoffe, wir würden eines Tages heiraten. Da hat sie gesagt, dass sie dich gern kennenlernen würde.«

»Wirklich?«

»Ja.«

Tammy sah ihn an und glaubte ihm. Plötzlich merkte sie, wie kalt ihr war.

»Nick, ich brauche etwas Zeit, um zu verdauen, was du mir gesagt hast.«

»Natürlich.«

»Ich meine, ich möchte wirklich nicht in Clemmies Leben auftauchen und dann wieder verschwinden, wenn ich feststelle, dass ich damit nicht zurechtkomme. Verstehst du?«

»Absolut.« Nick warf ihr ein mattes Lächeln zu. »Ich möchte dir noch mal sagen, dass ich dich liebe und mir über alle Maßen wünsche, dass es klappt. Aber wenn du das Gefühl hast, dass du es nicht willst und dich überfordert, kann ich das auch verstehen.«

»Danke.« Tammy stand auf und steckte die Hände zum Aufwärmen in die Taschen ihrer Lederjacke. »Ich melde mich bei dir, sobald ich kann. Tschüss, Nick.«

»Tschüss.«

Nick sah ihr nach, als sie davonging. Als sie an einer Laterne vorbeikam, schimmerte ihr Haar im Licht. Er schickte ein Stoßgebet gen Himmel, dann stand er auf, um zu seiner Tochter zurückzukehren.

Kapitel 35

»Guten Morgen, Sam. Ich bringe euch einen Kuchen vorbei.«
Posy betrachtete ihren Sohn, der ihr gerade die Tür geöffnet hatte. Er sah entsetzlich aus. Seine Augen waren rot gerändert, seine Haut war bleich und von einem leichten Schweißfilm überzogen, obwohl es im Haus eiskalt war, wie sie merkte, als er sie hineinbat. Sam ließ sich wieder aufs Sofa fallen. An einem Ende waren alle Kissen aufgehäuft, vermutlich hatte er also hier geschlafen. Auf dem Sofatisch standen Bierflaschen aufgereiht wie Kegeln, daneben eine halb leere Whiskyflasche.
»Ist Amy da?«
»Nein.«
»Wo ist sie?«
»Keine Ahnung, Mum.«
»Und die Kinder?«, fragte Posy.
»Bei Amy. Sie sind gestern Abend mit deinem Hausfreund verschwunden.«
»Freddie?«
»Genau der.«
»Er ist nicht mein Hausfreund, Sam, und was in aller Welt wollte er hier?«
»Frag mich.«
»Willst du mir damit sagen, dass Amy dich verlassen hat?«
»Vielleicht, ja. Ich meine, schau mich an und guck dich um.« Sam deutete auf den Raum. »Würdest du hierbleiben wollen?«

»Amy liebt dich, Sam. Sie würde dich nicht einfach so verlassen.« Posy wurde bewusst, dass sie immer noch den Kuchen in der Hand hielt, und schob ein paar Flaschen zur Seite, um ihn abstellen zu können. »Hast du getrunken?«, fragte sie überflüssigerweise.

»Eher meinen Kummer ertränkt.«

»Ich mache dir jetzt erst mal einen Kaffee. Dann kannst du mir genauer erzählen, was passiert ist.«

In der Küche lag auf dem Boden ein Topf, aus dem halb gare Nudeln wie Innereien quollen, darum herum eine große Wasserlache. Posy holte einen Lappen, wischte alles auf, fegte die Nudeln in den Topf zurück und warf sie in den Müll.

»Also, was ist passiert?«, fragte sie, als sie ins Wohnzimmer zurückkam und einen Becher Kaffee vor ihren Sohn stellte. »Dem Zustand der Küche nach zu urteilen, habt ihr euch gestritten.«

»Das haben wir auch, und dann ist sie mit den Kindern abgehauen.«

»Wohin?«

»Frag deinen Hausfreund. Er hat sie und die Kinder mitgenommen. Hat mir vorgeworfen, ich hätte sie misshandelt!« Sam sah zu seiner Mutter, Tränen traten ihm in die Augen. »Du weißt doch, Mum, so etwas würde ich nie tun. Wir haben uns einfach gestritten.«

Posy drehte sich der Kopf. Was Sam sagte, ergab keinen Sinn. Sie trank einen Schluck Kaffee und versuchte zu begreifen, was sie da hörte.

»Freddie hat dir vorgeworfen, du hättest Amy misshandelt?«

»Genau.« Sam nickte. »Lachhaft, oder?«

»Warum bist du ihnen dann nicht nach?«

»Ich habe doch keine Ahnung, wo er wohnt, oder?« Tränen traten ihm wieder in die blutunterlaufenen Augen. »Mum, ich liebe Amy, das weißt du doch. Ich würde ihr nie etwas antun und den Kindern auch nicht.«

»Ich glaube, du solltest dich jetzt mal etwas zusammenreißen, Sam. Trink den Kaffee, dann geh dich duschen. Du riechst wie eine Brauerei, genauso wie das ganze Zimmer. In der Zwischenzeit sehe ich zu, ob ich deine Frau und die Kinder finden kann.«

»Sie wird dir bloß wieder lauter Lügen auftischen, verstehst du das denn nicht? Ja, ich hatte ein paar Bier getrunken, und alles ist etwas hitzig geworden, aber ...«

»Sam, es reicht.« Posy stand auf. »Bis später.«

»Mum! Geh nicht! Komm zurück!«

Posy zog die Haustür hinter sich ins Schloss. Sams Flehen erinnerte sie daran, als sie ihn das erste Mal ins Internat gebracht hatte. Damals hatte es ihr das Herz zerrissen, und sie hatte die ganze Heimfahrt lang geweint. Aber jetzt war Sam achtunddreißig – verheiratet und Vater zweier Kinder.

Als sie in den Wagen stieg, schauderte sie unwillkürlich. Seine unendliche Selbstsüchtigkeit und sein ewiges Selbstmitleid, dazu sein ungewaschener, verkaterter Zustand gerade eben weckten im Gegensatz zu sonst nicht ihr mütterliches Mitgefühl. Mit Entsetzen musste sie sich eingestehen, dass sie ihren eigenen Sohn abstoßend fand.

Sie trommelte mit den Fingern aufs Lenkrad. Sie stand vor einem Dilemma. Der einzige Mensch, der laut Sam wusste, wo Amy und die Kinder steckten und was gestern Abend vorgefallen war, war zugleich der einzige Mensch, dem sie nie wieder unter die Augen treten konnte.

Sollte sie die Sache einfach auf sich beruhen lassen? Sich sagen, dass Amy und Sam ihren Streit selbst beilegen sollten? Schließlich ging deren Ehe sie nichts an.

Aber deine Enkelkinder schon ...

Es musste etwas wirklich Schlimmes passiert sein, dass Amy und die Kinder mit Freddie fortgegangen waren. Was immer es sein mochte, Posy wusste, dass sie es herausfinden musste, sonst würde sie keinen Frieden finden. Sie startete den Wagen und fuhr langsam Richtung Stadtmitte. Freddie musste sich täuschen, Sam konnte Amy doch unmöglich etwas zuleide getan haben. Oder? Ihr Ältester mochte ja vieles sein, aber gewalttätig hatte sie ihn nie erlebt. Sie fragte sich, ob er vielleicht am Rand eines Nervenzusammenbruchs stand und etwas Dummes machen würde, jetzt, wo er allein war ...

»Nein«, sagte sie laut. Was immer Sam war, sein Überlebensinstinkt funktionierte sehr gut, und letztlich war er wohl auch zu feige, um sich etwas anzutun. Sie parkte auf der High Street, ging mit flotten Schritten die Straße entlang und bog in das Gässchen ab, das zu Freddies Cottage führte. Dann läutete sie, bevor sie es sich anders überlegen konnte. Kurz darauf öffnete Freddie die Tür.

»Guten Tag, Posy.« Er lächelte fast unmerklich. »Wahrscheinlich bist du gekommen, um Amy und die Kinder zu sehen?«

»Ja. Aber vorher würde ich gern von dir erfahren, was genau du gestern Abend gesehen hast.« Posy hörte selbst, wie barsch sie klang, und fügte schuldbewusst hinzu: »Wenn du nichts dagegen hast.« Schließlich war das alles nicht Freddies Schuld.

»Natürlich, aber ich warne dich, glücklich wirst du darüber nicht sein«, antwortete er und führte sie ins Wohnzimmer.

»Sind sie hier?«

»Nein, nebenan im Hopfenhaus, meiner kleinen Mietwohnung.«

»Wie geht es ihnen? Ist alles ... in Ordnung?«

»Den Kindern geht es sehr gut. Vorhin waren sie hier und haben meinen Baum geschmückt, damit Amy ein bisschen schlafen konnte. Sie sind hinreißend, die beiden«, sagte Freddie mit einem Lächeln.

»Und Amy?«

»Ihre Verletzungen werden alle verheilen. Ich habe sie wegen der Verbrennungen auf ihren Oberschenkeln sofort in die Notaufnahme gefahren. Zum Glück hatte sie Jeans an, und das Wasser in dem Topf, den Sam nach ihr warf, hat nicht ganz gekocht. Also war es nicht so schlimm, wie es hätte sein können. Sie haben die Verbrennungen verarztet und ihr Schmerzmittel gegeben.«

»Er hat einen Topf kochendes Wasser nach ihr geworfen?«

»Offenbar ja. Ich bin erst dazugekommen, als es schon passiert war.«

Posy sah den Topf auf dem Küchenboden vor sich und schluckte schwer.

»Und was hast du gesehen?«

»Posy, ich ... Möchtest du nicht etwas trinken?«

»Nein, danke. Was hast du gesehen, Freddie? Sag's mir einfach.«

»Ich stand vor der Tür und habe von innen Schreie gehört. Als ich die Tür geöffnet habe, stand Sam im Flur mit den Händen um Amys Hals.«

»O mein Gott.« Posy ließ sich auf einen Sessel fallen.

»Posy, es tut mir wirklich leid. Ich ... ich hätte das nicht so direkt sagen sollen. Komm, ich hole dir einen Brandy.«

»Nein! Es ist schon in Ordnung, Freddie, ich bin nur ... Ich stehe einfach unter Schock. Wollte er ...« Posy schluckte wieder.

»Wollte er sie umbringen?«

Freddie zögerte. »Das weiß ich nicht. Er war einfach unglaublich betrunken.«

»Guter Gott, Freddie. Guter Gott.« Posy fasste sich an die Stirn.

»Hat sie Blutergüsse am Hals?«

»Ja, ich fürchte schon. Der Arzt im Krankenhaus wollte die Polizei verständigen, aber das hat Amy strikt abgelehnt. Und heute Morgen hat sie wieder gesagt, dass sie keine Anzeige erstatten möchte.«

Posy fand keine Worte, also blieb sie schweigend sitzen, die Hände auf dem Schoß fest verschränkt. Freddie trat zögernd näher.

»Es tut mir wirklich so leid. Das ist das Letzte, was du gebraucht hast nach dem, was ich dir sagen musste. Bitte, meine Liebe, sag mir, wie ich dir helfen kann.«

Sie sah zu ihm und schüttelte kaum merklich den Kopf. »Bitte entschuldige dich nicht, Freddie. Nichts davon ist deine Schuld ... das ganze Durcheinander in meinem Leben. Kannst du mich zu Amy bringen?«

»Natürlich.«

Posy folgte ihm zu seinem Cottage hinaus und über den Hof zum Hopfenhaus. Sie klopfte an die Tür, und Jake öffnete.

»Hi, Onkel Freddie.« Er grinste vergnügt. »Dürfen wir auf deinem Satellitenfernsehen wieder den Weihnachtskanal sehen?«

»Natürlich. Schläft Mummy gerade? Oma ist hier, um sie zu besuchen.«

»Hi, Oma. Mummy ist wach. Ich habe ihr ein Glas Wasser gemacht. Sie hat sich gestern Abend mit einem Topf verbrannt, und Daddy war ein bisschen betrunken und durfte nicht fahren, also haben Onkel Freddie und wir sie ins Krankenhaus gebracht.«

Sara war hinter ihrem Bruder in der Tür erschienen, ihr Mund war schokoladeverschmiert. »Hallo, Oma. Onkel Freddie ist mit uns in den Spielzeugladen gegangen und hat mir eine neue Puppe geschenkt«, sagte sie und streckte die Arme nach Posy aus.

Posy gelang es nur mit Mühe, nicht zu weinen, als sie ihre beiden Enkel an sich zog und fest umarmte. Sie dankte Gott für ihre Unschuld. Und Freddie für seine Güte.

»Dann kommt, ihr beiden, schauen wir doch ein bisschen fern. Ich glaube, in zehn Minuten beginnt *Die Muppets-Weihnachtsgeschichte*. Den Film liebe ich«, sagte Freddie und streckte die Hände nach den Kindern aus. Sobald Sara ihre neue Puppe geholt hatte, ließen sie sich von Freddie über den Hof in sein Cottage führen. Posy sah ihnen nach, dann betrat sie das Hopfenhaus. Amy saß auf dem Sofa, eine kleine Decke lag auf ihren Oberschenkeln.

»Das ist die Decke von Saras neuer Puppe. Sie findet, dass ich mich warm halten muss«, sagte Amy, als sie sie wegnahm. Darunter kamen drei große weiße Verbände zum Vorschein. Amy legte die Decke in die kleine Korbwiege zurück, die am Boden stand, dann sah sie beklommen zu Posy.

»Ach, meine Liebe, es tut mir so unendlich leid.« Posy ging zu ihr, setzte sich neben sie aufs Sofa und nahm ihre Hand. »Wie geht es dir?«

»Es geht schon. Der Arzt hat gesagt, dass wahrscheinlich keine Narben zurückbleiben, das ist natürlich gut, und er hat mir ein starkes Schmerzmittel gegeben.« Amy unterdrückte ein Gähnen. »Leider werde ich davon schrecklich müde. Entschuldige, Posy.«

»Mein liebes Kind, wofür um alles in der Welt entschuldigst du dich? Freddie hat mir erzählt, was er gestern Abend gesehen hat.« Jetzt, aus der Nähe, konnte Posy den dunklen Ring um Amys Hals sehen. Unwillkürlich schauderte sie.

»Ich ...« Amy schüttelte den Kopf und biss sich auf die Unterlippe. »Du darfst Sam keinen Vorwurf machen. Die letzten Wochen waren für ihn so schlimm, und er hatte einfach zu viel getrunken, und ...«

»Nein, Amy. Bitte versuch nicht, sein Verhalten zu entschuldigen. So etwas ist schlicht nicht entschuldbar. Er mag ja mein Sohn sein, aber seine Frau so zuzurichten, ich ...« Posy schüttelte den Kopf. »Eine Schande ist das, und lass mich dir eins sagen: Wenn du ihn anzeigen möchtest, begleite ich dich zur Polizei. Bitte, Amy, sag mir die Wahrheit: War das gestern das erste Mal, oder ist so etwas schon öfter vorgekommen?«

»Ich ... Nie so schlimm wie gestern Abend.« Amy seufzte.

»Also doch.«

Nach einer langen Pause nickte Amy. Die Bewegung tat ihr offensichtlich weh, denn sie zuckte zusammen und fasste sich an den Hals.

»Entschuldige, dass ich nicht gesehen habe, was direkt vor meiner Nase passiert.«

»Es ist ja nicht so oft vorgekommen, Posy, und nur wenn er betrunken war, aber in letzter Zeit ...«

»Es hätte nie vorkommen dürfen, Amy, überhaupt nie. Verstehst du? Es gibt keine Entschuldigung dafür, eine Frau zu schlagen. Keine einzige.«

»Aber ich ...« Amys Augen füllten sich mit Tränen. »Ich bin ihm keine gute Frau gewesen, Posy. Ich habe ... jemanden getroffen.«

»Sebastian?«

Schockiert sah Amy zu ihrer Schwiegermutter. »Ja. Woher weißt du das?«

»Das stand euch beiden ins Gesicht geschrieben. Hat Sam davon gewusst?«

»Nein, zumindest glaube ich das nicht. Er ging so in seinem neuen Unternehmen auf, aber ... verstehst du? Es ist nicht nur seine Schuld.«

»Doch, das ist es, Amy. Das musst du mir glauben«, sagte Posy mit Nachdruck. »Nach allem, was du mir erzählt hast, hat das angefangen, lange bevor du Sebastian kennengelernt hast, oder?«

»Ja.«

»Du darfst dir keine Vorwürfe machen, weil du anderweitig nach Zuwendung gesucht hast. Angesichts der Umstände ist es mehr als verständlich. Du bist auch nur ein Mensch, Amy, und nach allem, was du durchgemacht hast, also ...«

»Du verachtest mich also nicht?«

»Natürlich nicht.«

»Aber ... Ich habe ihn geliebt, Posy. Ich liebe ihn immer noch. Sebastian war so gut zu mir, so sanft, ich ...«

Amy begann zu schluchzen, und Posy nahm ihre Schwiegertochter vorsichtig in die Arme und streichelte ihr sacht übers blonde Haar. Als sie etwas ruhiger wurde, holte Posy aus der Tasche ihrer Jeans ein Taschentuch, das sie Amy reichte. Die putzte sich die Nase und setzte sich bequemer hin.

»Es tut mir leid, Posy.«

»Bitte hör auf, dich zu entschuldigen, meine Liebe. Das Leben ist ein mühseliges und chaotisches Unterfangen. Wir finden eine Lösung, glaub mir.«

»*Ich* muss eine Lösung finden, Posy. Du hast schon genug am Hals.«

»Was du mit ›am Hals‹ meinst, ist meine Familie, und das sind du und meine Enkelkinder.« Posy hatte nachgedacht, solange Amy geweint hatte. »Sam braucht dringend Hilfe, vielleicht hat er sie immer schon gebraucht ...«

»Was meinst du damit?«

»Wahrscheinlich, dass die Mutterliebe einen bisweilen daran hindert, die Realität zu sehen. Wie auch immer, möchtest du mit den Kindern zwischenzeitlich zu mir nach Admiral House ziehen?«

»Wenn du nichts dagegen hast, Freddie sagte, wir könnten eine Weile hierbleiben. Hier fühle ich mich sicherer, weil Sam nicht weiß, wo wir sind. Im Moment könnte ich es nicht ertragen, ihn zu sehen. Freddie ist ein wunderbarer Mensch, Posy. Er war so nett zu uns, und die Kinder haben ihn schon richtig ins Herz geschlossen. Du hast großes Glück.«

»Ja, er ist ein guter Mensch.«

»Du bist ihm unverkennbar sehr wichtig. Deswegen ist er ja gestern Abend überhaupt zu uns gekommen. Er wollte von mir wissen, wie es dir geht. Er hat sich Sorgen um dich gemacht, und ich mir auch. Ist bei dir alles in Ordnung, Posy?«

»Mir geht's gut, Amy, und ich möchte nur dafür sorgen, dass es dir auch gut geht. Ich muss sagen, diese Wohnung ist unglaublich gemütlich.«

»Sie ist wunderschön.« Zum ersten Mal lächelte Amy. »Sie ist ... eine richtige Zuflucht«, fügte sie hinzu.

»Genau das brauchst du im Moment. Jetzt möchte ich dich ein letztes Mal fragen: Bist du dir sicher, dass du Sam nicht anzeigen willst?«

»Absolut sicher. Ich möchte die ganze Sache einfach vergessen und verhindern, dass sie sich ewig hinzieht und Sam und ich vor Gericht landen.«

»Amy, das ist natürlich deine Entscheidung, aber irgendetwas muss mit ihm geschehen. Im Moment ist er eine Gefahr für jede Frau, der er begegnen könnte. Du weißt, dass du nicht zu ihm zurückkehren kannst, Amy, oder?«

»Wenn er aufhören würde zu trinken, Posy, könnte ich es mir vielleicht vorstellen. Immerhin ist er der Vater der Kinder.«

»Genau, und um der Kinder willen darfst du nicht zu ihm zurück. Wenn er dir gegenüber gewalttätig geworden ist, wie lang dauert es dann, bis er das bei Sara und Jake auch wird?«

Amy starrte in die Ferne, als erwäge sie etwas. Dann drehte sie sich wieder zu Posy. »Es ist schrecklich, aber selbst wenn er trocken werden würde – ich liebe ihn nicht mehr. Ich habe deswegen wirklich ein schlechtes Gewissen.«

»Weißt du, Amy«, sagte Posy nachdenklich, »wenn die erste Leidenschaft verflogen ist, muss man sich, wenn die Beziehung Bestand haben soll, die Liebe verdienen. Selbst ohne das, was ich jetzt weiß, war mir eigentlich klar, dass Sam das nicht getan hat.«

»Mein Gott, Posy, wie schaffst du es, deinen Sohn so ehrlich zu sehen? Das könnten die wenigsten Mütter.«

»Weil ich auf die harte Tour gelernt habe, dass man sich seine Freunde und seinen Partner aussuchen kann, aber nicht die Familie. Ich werde Sam immer lieben, das versteht sich von selbst, und ich werde auch versuchen, ihm so viel wie möglich zu helfen – wenn er denn meine Hilfe annimmt –, aber das heißt nicht, dass ich ihn im Moment wirklich mag. Um ehrlich zu sein, schäme ich mich für ihn, und zwar schon seit Jahren. Und ich habe durchaus meinen Teil dazu beigetragen, dass er so geworden ist, das ist mir klar. So«, sagte Posy seufzend, »das war mein Geständnis des Tages.«

Beide sahen eine Weile in die flackernden Flammen, dann drehte sich Posy lächelnd zu Amy. »Ich gebe dem Werbebild der

perfekten Familie die Schuld. Wir haben alle das Gefühl zu scheitern, weil unser Leben nie der heilen Welt entspricht, die im Film dargestellt wird, und auch nicht der Fassade, die wir der Welt präsentieren. Man weiß nie, was sich hinter geschlossenen Türen abspielt, und ich garantiere dir, dahinter sind die meisten Familien genauso kompliziert wie unsere. Aber jetzt, meine Liebe, glaube ich, wäre eine Tasse Tee genau das Richtige für uns.«
Sie stand auf und ging in die kleine, aber perfekt eingerichtete Küche.
»Posy?«
»Ja?«
»Danke. Für alles. Du bist der erstaunlichste Mensch, den ich kenne, und ich habe dich sehr lieb.«
»Danke, mein Schatz«, antwortete Posy. Tränen traten ihr in die Augen, als sie den Wasserkocher anschaltete. »Ich habe dich auch lieb.«

Eine Viertelstunde später verließ Posy das Hopfenhaus. Als sie den Hof überquerte, öffnete Freddie seine Haustür.
»Wie geht es ihr?«, fragte er.
»Sie ist sehr gefasst«, erwiderte Posy. »Wir haben uns darüber unterhalten, wie es für sie jetzt weitergeht.«
»Und?«
»Sie hat schließlich zugegeben, dass sie nicht zu Sam zurückkehren möchte, selbst wenn er sich und sein Leben auf die Reihe bekommt, aber sie hat Angst, es ihm zu sagen.«
»Sie darf nicht in seine Nähe kommen. Es tut mir leid, das so zu sagen, Posy, aber du hast nicht gesehen, was ich gestern Abend gesehen habe.«
»Natürlich nicht. Sie hat gesagt, dass du ihr angeboten hast, eine Weile im Hopfenhaus zu bleiben. Ich habe ihr vorgeschlagen, zu mir nach Admiral House zu ziehen, aber sie würde im Moment lieber hierbleiben. Sie sagt, hier fühlt sie sich sicher.«

»Gut. Das ist das Wichtigste. Sie und die Kinder können so lange hierbleiben, wie sie wollen.«

»Danke, Freddie. Du bist so gut. Aber jetzt«, sagte Posy seufzend, »muss ich mit Sam reden und etwas Kleidung und Spielsachen für Amy und die Kinder holen.«

»Ich komme mit, Posy. Du darfst nicht allein hinfahren.«

»Ich verstehe deine Befürchtung, aber wirklich, ich kenne meinen Sohn. Er ist jetzt in der Phase, in der er sich von der ganzen Welt schlecht behandelt fühlt, und nicht gefährlich.«

»Lass mich dich wenigstens fahren.«

»Ich glaube, du hast für meine Familie schon genug getan.«

»Und du, Posy? Wie geht es dir?«

»Ich kümmere mich um das, was zu erledigen ist. Jetzt muss ich aber wirklich los.« Sie wandte sich zum Gehen, aber Freddie hielt sie am Arm zurück.

»Wir müssen uns unterhalten.«

»Ich weiß, Freddie, aber bitte nicht jetzt. Es wird mir zu viel. Später.« Die Ahnung eines Lächelns erschien auf ihrem Gesicht, dann verschwand sie das Gässchen entlang.

Als sie an die Tür zu Amys und Sams Haus klopfte, bekam sie keine Antwort, also benutzte sie den Schlüssel, den die beiden ihr für Notfälle gegeben hatten. Sie suchte zuerst unten und dann oben nach ihrem Sohn, bis sie zu der Überzeugung gelangte, dass er nicht da war. Also stopfte sie alle Kleidungsstücke, die sie von Amy und den Kindern finden konnte, in zwei Reisetaschen, füllte einen Karton mit Spielsachen und stellte alles in den Kofferraum ihres Wagens. Gerade schloss sie ihn, als Sam die Straße entlang auf sie zukam.

»Hi, Mum, wie geht's Amy und den Kindern? Wo sind sie?«

Posy stellte erleichtert fest, dass ihr Sohn wenigstens nicht betrunken war. »Sollen wir reingehen und uns unterhalten?«

Sie ging ihm voraus ins Haus und weiter ins Wohnzimmer, wo sie sich setzte. Sam blieb stehen.

»Also? Wo sind sie?«, fragte er wieder.

»Das sage ich dir nicht.«

»Du sagst mir nicht, wo meine Frau und die Kinder sind?!«

»Sam, du hast Amy gestern Abend schlimm zugerichtet. Du kannst von Glück reden, dass sie sich dagegen entschieden hat, dich anzuzeigen. Die Ärzte bei der Notaufnahme haben ihr dringend dazu geraten.«

»Notaufnahme?« Sam sah erstaunt drein. »Ehrlich, Mum, das war ein Streit, der nur ein bisschen aus dem Ruder gelaufen ist.«

»Amy hat mehrere ernsthafte Verbrennungen an den Beinen und Blutergüsse am Hals, wo du sie gewürgt hast. Es gibt auch einen Augenzeugen, der vor Gericht bereitwillig aussagt, was er gesehen hat. Du würdest zweifellos wegen Körperverletzung angeklagt werden und mit großer Wahrscheinlichkeit im Gefängnis landen. Also«, Posy deutete auf den Stuhl ihr gegenüber, »schlage ich vor, dass du dich hinsetzt und dir anhörst, was ich zu sagen habe.«

Sam folgte der Aufforderung, er war leichenblass.

»Amy und die Kinder ziehen aus. Ihre Kleidung und die Spielsachen liegen bei mir im Kofferraum.«

»Sind sie bei dir?«

»Nein, sie sind an einem sicheren Ort, und ich warne dich, Sam. Solltest du dich Amy oder den Kindern bei der Arbeit oder in der Schule nähern, geht Amy sofort zur Polizei, also rate ich dir, dass du sie erst einmal in Ruhe lässt.«

»Aber was ist mit den Kindern? Ich habe ein Recht darauf, sie zu sehen.«

»Dazu wird es zu gegebener Zeit eine Einigung geben, aber zuerst einmal möchte ich mit dir reden.«

»Um mir zum x-ten Mal zu erzählen, wie sehr ich dich enttäuscht habe?«

»Das habe ich kein einziges Mal gesagt, Sam, und das weißt du auch. Ich habe dich bis zum Letzten unterstützt, ich habe dir sogar das Vorkaufsrecht für Admiral House eingeräumt, also hör auf mit deiner Weinerlichkeit und erzähl keinen Unsinn. Das, was gestern Abend passiert ist, ist eine völlig andere Sache, und ich gestehe, dass dein Verhalten mich schockiert und beschämt. Aber ich bin nach wie vor deine Mutter und liebe dich. Ich bin hier, um dir zu sagen, dass du Hilfe brauchst. Du hast eindeutig ein Alkoholproblem, dadurch wirst du so gewalttätig, dass du deine Frau misshandelst.«

»Aber wirklich, Mum, ich wollte Amy nicht wehtun, ich liebe sie.«

Posy überging die Bemerkung. »Mein Vorschlag ist, dass ich dir einen Aufenthalt in einer dieser Kliniken bezahle, wo sie dir helfen, deinen Alkoholkonsum und deine Aggressivität zu beherrschen. Aber ich bin nicht bereit, weiterhin deinen gegenwärtigen Lebenswandel zu finanzieren. Du bekommst keinen Penny mehr von mir, und ohne Amys Gehalt wirst du wahrscheinlich von Arbeitslosengeld leben müssen oder wie immer das heute heißt. Also, wofür entscheidest du dich?«

Sam starrte sie an, als hätte sie den Verstand verloren. »Mum, hör auf, bitte! Ich weiß, es war nicht richtig, was gestern Abend passiert ist, aber ich brauche doch nicht in die Klapse, um auszunüchtern! Heute bin ich nicht betrunken, oder? Schau mich an! Mir fehlt nichts.«

»Das glaube ich sofort, aber wenn du trinkst, neigst du offenbar dazu, gewalttätig zu werden. Wäre Freddie nicht gekommen, hättest du Amy gestern Abend umbringen können. Himmel, du hattest die Hände um ihren Hals!«

»Daran kann ich mich ehrlich nicht erinnern, Mum.«

»Deswegen ist es umso wichtiger, dass du dir helfen lässt. Sonst könntest du eines Tages wirklich noch jemanden umbringen. Sam, du musst erkennen, wie ernst es ist. Ein Zeuge hat gesehen, was du getan hast, und die Ärzte in der Notaufnahme auch. Sie könnten dich sogar wegen versuchten Mordes anklagen, sagt Freddie.«

»Was weiß der denn schon?«

»Eine ganze Menge, Sam. Er war früher Strafverteidiger. Wie dem auch sei.« Posy erhob sich. »Ich kann dir nur raten und dir die Hilfe anbieten, die du meiner Ansicht nach brauchst, aber ich zwinge dich zu nichts. Und jetzt muss ich gehen.« Sie steuerte auf die Tür zu.

»Mum! Wohin gehst du?«

»Ich bringe Amy und den Kindern ihre Sachen. Soll ich auch eine Entschuldigung von dir ausrichten? Bis jetzt habe ich von dir kein Wort davon gehört.«

»Ich ... na ja, klar tut es mir leid, aber ...«

»Kein Aber, Sam. Es ist Zeit, dass du anfängst, die Verantwortung für deine Handlungen zu übernehmen. Ruf mich an, wenn du eine Entscheidung getroffen hast. Auf Wiedersehen.«

Posy setzte sich in ihr Auto und zog die Tür zu. Hinter dem Lenkrad sitzend merkte sie, dass ihr Atem stoßweise ging und ihr die Hände zitterten. Sam stand in der Tür und starrte sie an. Bevor er in seinen Wagen springen und ihr zu Freddie folgen konnte, startete sie den Motor und fuhr davon.

Kapitel 36

»Du siehst erschöpft aus, meine Liebe«, sagte Freddie, als er Posy die Tür öffnete.

»Das bin ich auch. Es tut mir leid, dich schon wieder zu stören, aber Amy und die Kinder sind nicht im Hopfenhaus, und ihre Kleidung und die Spielsachen stehen vor der Tür.«

»Sie sind ja auch bei mir. Wir haben gerade gegessen.«

»Gut. Wenn du Amy sagen könntest, dass ich ...«

Plötzlich schwankte Posy, fast fürchtete sie, in Ohnmacht zu fallen.

Freddie hielt sie am Arm fest und führte sie ins Wohnzimmer.

»Setz dich. Ich hole dir einen Brandy und sage Jake und Sara, dass ihr Spielzeug gekommen ist. Da werden sie in Windeseile nach nebenan verschwinden.«

»Danke. Im Moment wären sie mir einfach zu viel.«

Freddie schloss die Tür hinter ihr, und Posy sah sich in dem wunderschönen, behaglichen Raum um. Das Feuer brannte hell im Kamin, die Lichter des Weihnachtsbaums spiegelten sich funkelnd im Fenster. Allmählich verlangsamte sich ihr Herzschlag, ihre Augenlider wurden schwer, und als Freddie mit einem Brandy hereinkam, war sie fast eingeschlafen.

»Die Luft ist rein. Sie sind alle ins Hopfenhaus gegangen. Hier«, sagte er. »Trink.«

»Lieber nicht, er würde mir direkt zu Kopf gehen. Ich habe seit dem Frühstück nichts mehr gegessen.«

»Dann bringe ich dir eine Schüssel von meinem Lammeintopf – Amy und die Kinder haben ihn verschlungen – und tausche den Brandy gegen ein Glas Weißwein. Ich bin gleich wieder da.«

Es war so lange her, dass sich jemand um sie gekümmert hatte – ihr etwas zu trinken gebracht und für sie gekocht hatte –, dass sie regelrecht rührselig wurde, während sie auf Freddie wartete.

»Hier, meine Liebe.« Freddie stellte ihr ein Tablett – mitsamt Leinenserviette und zwei winzigen Salz- und Pfefferstreuern – auf den Schoß. Das Glas Wein, das darauf stand, reichte er ihr. »Ich räume in der Küche auf. Nichts ist schlimmer, als wenn man sich beim Essen beobachtet fühlt.«

Er ist so rücksichtsvoll, dachte sie wieder, während sie den Eintopf aß. *Und so nett ...*

Als sie fertig war, trug sie das Tablett in die Küche.

»Besser?«, fragte Freddie. Er trocknete gerade einen Kochtopf ab.

»Viel besser, danke. Das war köstlich.«

»Danke. Aber lass dich nicht blenden. Meine Frau zog mich immer damit auf, dass ich nur zwei Rezepte hätte – eins zum Grillen im Sommer und den Eintopf im Winter! Sollen wir uns nach nebenan setzen?«

Posy sagte sich, dass sie eigentlich nach Hause fahren sollte, aber im Vergleich zu Admiral House war es hier so warm und behaglich, dass sie zustimmte. Freddie legte Holz im Kamin nach und ließ sich mit einem Brandy in den Sessel ihr gegenüber nieder.

»Wie lief's mit Sam?«

»Ich weiß es nicht. Ich habe ihm mein Angebot unterbreitet – dass ich ihm eine Behandlung seines Alkoholproblems in einer Klinik bezahle –, aber er will nicht wahrhaben, dass er Hilfe braucht.«

»Das tun Schlägertypen meiner Erfahrung nach nie. Immer

haben andere die Schuld, sie haben nichts verkehrt gemacht und so weiter.«

»Das ist interessant. Sam hat mich von der Schule oft angerufen und sich beschwert, wie seine Freunde ihn behandeln. Aber«, sagte sie seufzend, »hättest du etwas dagegen, wenn wir jetzt nicht mehr darüber reden? Zumindest nicht heute Abend. Amy und die Kinder sind nebenan in Sicherheit, und ich habe mein Möglichstes getan. Dank dir noch mal, Freddie. Du hättest mich gestern Abend anrufen sollen, ich hätte Amy doch zur Notaufnahme gefahren.«

Er sah sie zweifelnd an. »Hättest du abgehoben, wenn du gesehen hättest, dass ich es bin?«

»Nein, wahrscheinlich nicht.« Sie warf ihm ein kleines Lächeln zu.

»Das heißt, du bist wütend auf mich, dass ich dir erzählt habe, was vor all den Jahren wirklich passiert ist?«

»Nein, ich bin doch nicht wütend auf dich – weshalb sollte ich? Ich habe einfach Zeit gebraucht, um es zu verdauen. Das Bild meines Vaters, den ich jahrzehntelang auf einen Sockel gehoben habe, zu revidieren.«

»Wenn ich nicht wieder in dein Leben getreten wäre, hättest du es wahrscheinlich nie erfahren.«

»Und wäre das besser gewesen? Zu sterben, ohne die Wahrheit zu kennen? Nein, jetzt, wo ich mich wieder beruhigt habe, bin ich froh, dass du es mir gesagt hast.«

»Verstehst du jetzt, warum ich dich vor all den Jahren einfach verlassen musste?«

»Natürlich. Ich glaube kaum, dass deine Mutter die Frau deiner Wahl gebilligt hätte.« Posy seufzte. »Die Tochter des Mannes, der ihren Ehemann ermordet hat.«

»Den Ehemann, der sie jahrelang mit deiner Mutter betrogen hatte«, ergänzte Freddie leise. »Weißt du, nachdem mir klar geworden war, wer du bist, fiel mir ein, dass wir uns schon einmal begegnet waren, als wir noch ganz klein waren.«

»Ach ja?«

»Ja. Ich muss ungefähr fünf gewesen sein und du nicht älter als drei. Deine Eltern sind zu uns zu Besuch gekommen und haben dich mitgebracht. Ich weiß noch, dass ich mitten in der Nacht aufwachte und aus dem Schlafzimmer meiner Eltern ein Höllenspektakel hörte. Meine Mutter weinte hysterisch, und mein Vater versuchte, sie zu beruhigen. Rückblickend denke ich, wahrscheinlich hatte sie gemerkt, dass zwischen Vater und deiner Mutter etwas war.«

»Sogar ich kann mich erinnern, dass Onkel Ralph regelmäßig nach Admiral House kam, wenn Daddy nicht da war. Die Affäre muss jahrelang gegangen sein. Ich weiß auch noch, dass Daisy, unser Hausmädchen, etwas in der Art sagte, Maman wolle uns zu Weihnachten aus dem Haus haben, als wir beide zu meiner Großmutter geschickt wurden. Waren deine Eltern noch zusammen, als … es passierte?«, fragte sie.

»Zu der Zeit war ich schon auf dem Internat, aber ja, sie wohnten noch in einem Haus, auch wenn sie nicht unbedingt im selben Bett schliefen oder noch miteinander redeten. Die Ehe war eindeutig am Ende, aber meine Mutter war finanziell auf meinen Vater angewiesen, wie damals ja die meisten Frauen. Vielleicht hatte sie sich mit der Situation abgefunden, weil ihr keine andere Wahl blieb. Vielleicht auch«, ergänzte Freddie seufzend, »weil sie ihn liebte. Als er … starb, war sie am Boden zerstört. Sie ist nie darüber hinweggekommen und hat den Rest ihres Lebens als einsame, verbitterte Witwe verbracht. Ich weiß noch, ich habe dir damals erzählt, dass Weihnachten bei uns immer trostlos war. Und insbesondere Silvester, wie du dir vorstellen kannst.«

»Das glaube ich gern«, pflichtete Posy bei. »Ich frage mich, ob mein Vater es wohl wusste, bevor er … die beiden miteinander überraschte.«

»Wir Menschen haben eine erstaunliche Fähigkeit, Dinge, die wir nicht wahrhaben wollen, zu übersehen, Posy.«

»Da hast du allerdings recht. Schau mich und meinen Sohn an. Daddy hat meine Mutter abgöttisch geliebt. Falls er es vorher nicht geahnt hatte … als er sie in seinem Schmetterlingszimmer in flagranti ertappte, also … Ich kann verstehen, weshalb er es tat, so falsch es war.«

»Vor allem angesichts dessen, dass er gerade fünf Jahre lang sein Leben im Krieg aufs Spiel gesetzt hat. Was das mit seiner geistigen Verfassung angestellt haben muss …« Freddie schauderte. »Manche haben es nie verwunden.«

»Aber das ist trotzdem keine Entschuldigung dafür, jemanden kaltblütig zu ermorden.«

»Nein, aber es hätte beim Prozess berücksichtigt werden müssen. Ich finde nicht, dass er hätte hingerichtet werden sollen, und der Meinung waren viele andere auch.«

»Wie war es bei dir, Freddie? Haben sie dir die Wahrheit erzählt, was passiert ist?«

»Erst einmal nicht, nein. Ich erinnere mich nur, dass zwei Polizisten bei uns an der Haustür geklopft haben. Mir wurde gesagt, ich solle auf mein Zimmer gehen, und ein paar Sekunden später hörte ich meine Mutter schreien. Die Polizei ist gegangen, und meine Mutter kam zu mir ins Zimmer. Sie war hysterisch, was ja nicht weiter verwunderlich ist. Sie hat immer wieder gekreischt, dass mein Vater tot ist, bis unser Hausmädchen den Arzt gerufen hat. Er musste sie praktisch gewaltsam aus meinem Zimmer befördern und gab ihr wohl ein Beruhigungsmittel. Am nächsten Tag fuhr ich wieder aufs Internat, und da haben mich meine Mitschüler über all die pikanten Details aus der Zeitung aufgeklärt.«

»Ach, Freddie, das tut mir sehr leid. Du warst doch erst zehn. Das muss grauenhaft für dich gewesen sein.«

»Das war es auch, aber du bist wirklich die Letzte, die sich zu entschuldigen braucht, Posy. Das ist jetzt nun wirklich ein Beispiel für die Sünden der Vorväter«, sagte er mit einem matten Lächeln. »Aber ich wusste zumindest die Wahrheit, so grausam sie war, und musste nolens volens damit zurechtkommen. Das Tragischste daran war für mich der Moment, als ich erkannte, wer du warst und dass du es nicht wusstest. Du hattest so oft von deinem Vater gesprochen, immer mit so viel Liebe ... Ich brachte es einfach nicht über mich, dir das Herz zu brechen und die Wahrheit zu erzählen.«

»Ich wünschte, du hättest es getan.«

»Wirklich, Posy? Vielleicht lässt sich das rückblickend leicht sagen, aber ich weiß nicht, ob du mich wirklich hättest heiraten wollen, wenn du es einmal gewusst hättest. Es hätte dich überfordert. Oder nicht?«, fragte Freddie.

»Doch.« Posy seufzte schwer. »Aber als du mich verlassen hast, war ich untröstlich. Ich ... habe dich gehasst.«

»Das kann ich verstehen, aber was hätte ich sonst tun sollen?«

»Nichts. Jetzt weiß ich das. Damals habe ich beschlossen, dass es wahre Liebe nicht gibt und ich mein Leben als unverheiratete Mamsell verbringen würde.« Posy sah zu Freddie und lächelte traurig. »Mein Wunsch ist ja auch mehr oder minder in Erfüllung gegangen. Den Großteil meines Lebens habe ich allein verbracht, abgesehen von den dreizehn Jahren mit Jonny.«

»Wie ist es dazu gekommen, dass du ihn doch geheiratet hast, Posy? Ich meine, nachdem du ihm von mir erzählt und die Verlobung beendet hattest?«

»Wir trafen uns zufällig wieder auf einem Fest bei Andrea, ein paar Monate nachdem du mich verlassen hattest. Jonny hatte Urlaub – er hatte seine Ausbildung abgeschlossen und sollte wenig später zu seinem ersten Einsatz nach Übersee geschickt werden. Er fragte mich, wie es mir gehe, ob du und ich noch zusammen seien, und ich sagte ihm, dass es nicht geklappt habe. Eine Woche später bat er mich, mit ihm essen zu gehen, und ich nahm die Einladung an, ich hatte ja nichts anderes vor. Er sagte, er vergebe mir die Geschichte mit dir – es sei nur verständlich angesichts der langen Zeit, die er nicht für mich da gewesen sei.

Was überhaupt nicht stimmte – ich meine, dass es verständlich war.« Posy errötete. »Wir verabredeten uns wieder, und nachdem ich dir monatelang nachgetrauert hatte, tat es mir einfach gut, über seine Geschichten zumindest lächeln zu können. Ich fühlte mich wohl in seiner Gesellschaft, wie immer schon, und er gab mir das Gefühl, gebraucht und geliebt zu werden, was mir zu dem Zeitpunkt sehr fehlte. Als er mich dann fragte, ob ich es mir überlegen würde, ihn doch zu heiraten, sagte ich Ja. Ich wollte von den Erinnerungen an dich wegkommen, also habe ich meine Arbeit in Kew Gardens aufgegeben, habe etwas überstürzt geheiratet und Jonny zu seinem ersten Einsatz nach Zypern begleitet.«

»Warst du glücklich mit ihm?«

»Doch. Es war ein schönes Leben«, erzählte Posy. »Ich habe an einigen sehr interessanten Orten gelebt, unter anderem in Malaysia. Ich habe zwar nicht mehr gearbeitet, aber die Flora und Fauna im Dschungel waren atemberaubend.« Sie lächelte bei der Erinnerung. »Außerdem konnte ich mich immer noch meinen botanischen Zeichnungen widmen.«

»Hast du ihn geliebt?«

»Ja. Nicht mit derselben überwältigenden Leidenschaft wie dich, aber als er starb, habe ich aufrichtig getrauert. Er war ein guter Mensch und ein großartiger Vater für Sam. Es war unglaublich traurig, dass er Nick nicht mehr miterlebt hat, und auch, dass ihm keine Zeit geblieben war, das Leben als Zivilist in Admiral House zu genießen. Aber wie wir beide wissen, kann das Leben grausam sein. Ich habe gelernt, dass man jede Gelegenheit beim Schopf packen muss.«

»Ja, und da du das gerade sagst ...«, Freddie beugte sich vor und ergriff Posys Hand, »kannst du mir verzeihen?«

»Du meine Güte, Freddie, es gibt doch nichts zu verzeihen.«

»Kannst du ... Können wir dann noch einmal einen Versuch wagen? Ich meine, jetzt weißt du es, und ich glaube, zum ersten

Mal in unserer Beziehung gibt es nichts, das uns daran hindern würde, ein Paar zu sein.«

»Das stimmt«, pflichtete Posy ihm bei.

»Also?«

»Ich ... Ja, wir könnten es auf jeden Fall versuchen. Das heißt, wenn du möchtest.« Posy errötete.

»Ich möchte es nicht nur, ich kann es kaum erwarten. Ich liebe dich, Posy, immer schon. Lass uns nicht noch mehr Zeit verlieren, als wir ohnehin schon verloren haben. Wer weiß, wie lange uns noch bleibt? Wir sind es uns doch wirklich schuldig, ein bisschen Glück zu genießen, solange es geht, oder nicht?«

»Ach, Freddie, du weißt doch, wie kompliziert meine Familie ist, und ...«

»Alle Familien sind kompliziert, Posy, und lieber das, als einsam in einer Welt ohne Mitmenschen zu leben. Denn wie sich das anfühlt, wissen wir doch auch beide, oder nicht?«

»Nur zu gut, ja.« Unvermittelt gähnte Posy, die Ereignisse des Tages holten sie ein.

»Du bist völlig erschöpft, meine Liebe. Wir wär's, wenn du die Nacht hier verbringst?«

Sie betrachtete ihn schweigend, und er lachte leise.

»Du meine Güte, wofür hältst du mich denn?«

»Ich weiß genau, was du bist, Mr. Lennox«, antwortete sie und lächelte amüsiert. »Und wenn ich mich recht erinnere, hat es mir sehr gut gefallen.«

»Aber für heute Nacht habe ich ein behagliches Gästezimmer, in dem du gerne schlafen darfst, und ich verspreche dir, ich werde dich nicht kompromittieren.« Er stand auf und reichte ihr die Hand. »Komm, ich zeige es dir.«

»Danke. Ich bin wirklich zu müde, um nach Hause zu fahren.«

Posy nahm Freddies Hand, und er führte sie die Treppe hinauf zu einem schmalen Absatz. »So, und das ist dein Zimmer«, sagte er, öffnete eine Tür und schaltete das Licht an.

»Das ist ja entzückend«, sagte sie und nahm die beruhigenden Farben und den ganz leichten Geruch nach Farbe und neuem Teppichboden wahr, während er die dicken Vorhänge zuzog.
»Und so warm.«
»Schön, dass es dir gefällt. Darf ich dir eins meiner T-Shirts als Nachthemd anbieten?«
»Das wäre sehr nett«, antwortete sie.
»Ich bin gleich wieder da.« Und damit war er verschwunden.

Posy setzte sich aufs Bett und merkte nicht nur, wie bequem die Matratze war im Vergleich zu der alten aus Rosshaar, die bei ihr zu Hause auf dem Bett lag, sondern auch, wie wohl sie sich insgesamt hier in Freddies Cottage fühlte.

»Könnten wir nach allem, was passiert ist, tatsächlich eine Zukunft miteinander haben?«, fragte sie sich im Flüsterton. Nun ja, eigentlich gab es nichts, das sie daran hinderte, es zumindest zu versuchen, und was hatte sie schon zu verlieren? In Posy regte sich etwas, das sich fast wie eine Ahnung von Glück anfühlte.

Es klopfte dezent an der Tür, bevor Freddie mit einem T-Shirt und einem Becher hereinkam.

»Ich habe dir einen Kakao gemacht, meine Liebe. Der hilft dir vielleicht beim Einschlafen«, sagte er und stellte den Becher auf dem Nachttisch ab.

»Du bist lieb, Freddie. Danke.«

»Also, schlaf gut und träum süß.« Er umfasste ihr Gesicht mit den Händen und gab ihr einen leichten Kuss auf den Mund. Als sie sich ihm nicht entzog, küsste er sie wieder, dieses Mal richtig, und schlang die Arme um sie. Erregung überspülte Posy wie eine Woge.

»Jetzt sollte ich aber verschwinden, bevor ich mich vergesse«, sagte er lächelnd und richtete sich auf. »Gute Nacht.«

»Gute Nacht, Freddie.«

Posy schaltete das Licht aus und lag im bequemen Bett.

Hunderte Gedanken gingen ihr durch den Kopf. Es war ein ziemlich bewegter Tag gewesen.

»Wie schon Scarlett O'Hara bekanntermaßen sagte, darüber will ich morgen nachdenken«, sagte sie sich und schloss die Augen.

Kapitel 37

»Hi«, sagte Tammy zaghaft, als sie die Tür zu Nicks Geschäft öffnete. »Ich dachte, ich schaue auf dem Heimweg mal vorbei, wie du vorankommst.«

»Langsam, aber sicher wird's.« Er lächelte ihr zu und wuchtete eine Frisierkommode mit Spiegel aus den Dreißigerjahren durch den Verkaufsraum.

»Die ist ja traumhaft schön, Nick. Ich wünschte, ich hätte genug Geld, um sie zu kaufen.«

»Wenn ich sie gewinnbringend verkaufe, kann ich bestimmt eine ähnliche für dich finden.«

»Weißt du schon, wann du den Laden eröffnen wirst?«

»Ich warte, bis Clemmie nach Weihnachten wieder im Internat ist. Im Moment braucht sie mich zu viel.«

»Natürlich.«

Ein Schweigen lastete zwischen ihnen. Schließlich ging Nick zu ihr.

»Wie ist es dir ergangen?«

»Gut. Doch, gut. Ich habe viel nachgedacht.«

»Und …?«

Tammy sah die Hoffnung in Nicks Augen. »Und ich habe mir gedacht, dass ich Clemmie kennenlernen sollte.«

»Wirklich?«

»Ja. Ich verspreche nichts, Nick. Nur um zu sehen, wie wir miteinander klarkommen.«

»Natürlich. Also, eigentlich muss ich dringend meine Mutter besuchen und ihr alles erklären. Sie sollte wissen, dass sie eine Enkeltochter hat und was mit Evie ist, bevor es zu spät ist. Sie mochte sie sehr gern.«

»Ja, Nick, das solltest du.«

»Ich dachte, das könnte ich am Mittwoch machen. Wäre es für dich in Ordnung, an dem Tag auf sie aufzupassen?«

»Ich weiß nicht, Nick.« Tammy zog die Stirn kraus. »Ich werde im Laden sein. Was soll ich da mit ihr machen?«

»Du findest bestimmt etwas, um sie zu beschäftigen, Tam. Wenn nicht, dann bringe ich sie zu Jane und Paul.«

»Aber wenn du nach Southwold fährst, wird sie doch bestimmt ihre Mutter sehen wollen, oder nicht?«

»Evie ist momentan im Krankenhaus in Ipswich. Es geht ihr ziemlich schlecht. Sie hat eine Nierenentzündung, und sie versuchen, sie zu stabilisieren. Ich werde sie natürlich besuchen, aber sie möchte nicht, dass Clemmie sie in dem Zustand sieht.«

»Ich … Also gut. Wie schlecht geht es ihr denn? Ich meine …«

»Ob das das Ende ist?«, beendete Nick ihre unausgesprochene Frage. »Wer weiß? Es ist gut möglich, dass sie sich noch einmal aufrappelt, aber leider ist es nur eine Frage der Zeit, bis sie das nicht mehr kann.«

»O Gott, Nick, es ist so schrecklich. Natürlich werde ich auf Clemmie aufpassen«, willigte Tammy ein.

»Danke.« Nick drückte sie fest an sich. »Also, dann rufe ich jetzt Mum an, und dann sollte ich besser Clemmie bei Jane und Paul abholen. Sie war heute mit Jane bei einem Fotoshooting. Sie war ganz aufgeregt – es war ein Video für die neueste Single von irgendeiner Boyband, von der ich noch nie gehört hatte, sie aber schon.«

»Wow.« Tammy verdrehte die Augen. »Da wird sie es in der Boutique vergleichsweise furchtbar langweilig finden.«

»Bestimmt nicht. Also dann bis Mittwoch.«

»Bis dann. Tschüss, Nick.«

Tammy gab ihm einen Kuss und verließ das Geschäft. Als sie sich ins Auto setzte, seufzte sie schwer. »Worauf habe ich mich da bloß eingelassen?«, fragte sie sich, als sie den Motor anließ und nach Hause fuhr. Die Beziehung mit Nick war eine Sache, aber sein Kind mit zu übernehmen, eine ganze andere. Sie wusste nicht, ob sie auch nur einen Hauch Muttergefühle aufbringen konnte.

Und was, wenn sie mich nicht mag? Tammy biss sich auf die Unterlippe, während sie an einer Ampel wartete. Was mache ich dann? Abgesehen davon habe ich mein Geschäft, und ihre richtige Mum kann ich sowieso nie ersetzen, und ...

Vor ihrem Haus angekommen, stellte Tammy den Wagen ab und ging hinein. Sie schenkte sich ein großes Glas Weißwein aus dem Kühlschrank ein und trank einen Schluck. Es war sinnlos, sich darüber den Kopf zu zerbrechen. Sie würde einfach sehen müssen, wie es am Mittwoch lief.

»Hi, Tam. Da sind wir.«

Nick kam mit Clemmie an der Hand in die Boutique.

»Hi, Nick, hi, Clemmie.« Tammy strahlte das kleine Mädchen an und erhielt als Reaktion ein scheues Lächeln.

»Hi, Tammy.«

»Es wäre schön, wenn du mir heute helfen könntest.«

»Ich kann's versuchen«, meinte Clemmie, »aber ich habe noch nie in einem Geschäft gearbeitet.«

»Also ich bin dann weg. Ich melde mich, bevor ich in Southwold wegfahre, aber ich sollte gegen sechs wieder hier sein.«

»Kein Problem, Nick. Grüß deine Mutter von mir«, bat Tammy.

»Mach ich. Tschüss, Clemmie.« Nick gab seiner Tochter einen Kuss auf die seidigen Haare.

»Tschüss, Daddy«, sagte sie, als Nick mit einem Winken davonging.

»Und wen haben wir hier?« Meena tauchte aus dem Büro auf und eilte durch das Geschäft zu ihnen.

»Ich bin Clemmie. Es freut mich, Sie kennenzulernen.«

»Und ich bin Meena. Du hast ja wunderbare Manieren, Clemmie. Also, was würdest du dazu sagen, wenn du mit mir nach unten kommst, und wir machen für deine Mummy zu Weihnachten eine Kette? Ich habe Perlen in lauter verschiedenen Farben, und du kannst die aussuchen, die ihr am besten gefallen.«

»Das würde mir gefallen, danke.«

Seufzend sah Tammy ihnen nach. Meena hatte selbst einige Kinder großgezogen, sodass sie vollkommen ungezwungen mit ihnen umgehen konnte.

Zum Glück herrschte in der Boutique Hochbetrieb, und Tammy war den ganzen Vormittag mit Kundinnen beschäftigt. Angesichts der vielen bevorstehenden Weihnachtsfeiern verkaufte sie mehr als je zuvor.

Mittags kamen Meena und Clemmie wieder in den Verkaufsraum. »Wir gehen zum Feinkostladen. Möchten Sie auch etwas, Tammy?«

»Meinen üblichen Salat, das wäre schön, danke. Und eine Cola. Ich brauche das Koffein.« Sie sah Clemmie zu, die die Stangen mit den Kleidern entlangging.

»Deine Kleider sind so schön, Tammy«, sagte sie ergriffen.

»Danke, Clemmie. Ich ... Also, bis später.«

Tammy drehte sich um und ging ins Büro. Sie wusste selbst, wie unaufrichtig sie geklungen hatte. Dabei war *sie* die Erwachsene, aber sie hatte keine Ahnung, wie sie mit Clemmie reden sollte.

Zehn Minuten später waren die beiden mit dem Lunch wieder da, und sie setzten sich zum Essen zu dritt ins Büro.

»Ich mag Cola gern, aber ich darf keine trinken. Meine Mum sagt, dass einem davon die Zähne verfaulen«, sagte Clemmie, als Tammy einen Schluck aus ihrer Dose trank.

»Deine Mum hat recht«, sagte Tammy. »Cola ist ganz schlecht für die Zähne.«
»Aber Tammy, deine sehen perfekt aus«, sagte Clemmie, den Blick auf die Dose gerichtet.
»Möchtest du ein bisschen? Ein paar Schlucke werden dir nicht schaden, denke ich.«
»Ja, bitte, aber sag's Daddy nicht, sonst wird er vielleicht sauer.«
»Ich sage nichts, versprochen«, antwortete Tammy und schenkte etwas Cola in ein Glas. Die Glocke läutete und kündigte weitere Kundschaft an.
»Ich gehe«, erbot Meena sich. »Ihr zwei lasst euch euren Lunch schmecken.«
»Meena ist so nett«, sagte Clemmie. »Sie hat versprochen, dass sie das nächste Mal, wenn ich komme, ein Curry macht. Ich mag Currys gern, aber ich kenne sie nur vom Takeaway, nicht selbst gekocht.«
»Dann mach dich darauf gefasst, dass dir der Kopf explodiert. Ihre Currys sind sehr scharf.« Tammy lächelte, und Clemmie lachte.
»Daddy hat gesagt, dass du Model warst, bevor du den Laden hattest.«
»Ja, das stimmt.«
»Du hast schöne Haare, Tammy. Ich wünschte, meine wären auch so. Aber meine sind langweilig.«
»Das sind sie gar nicht. Sie sind sehr dicht und gerade, und sie glänzen wunderbar. Genau solche Haare wollte ich immer haben.«
»Ich wette, sie haben dich ständig frisiert, als du Model warst.«
»Ja, ständig, und ich konnte es nicht leiden.«
»Aber hat es dir Spaß gemacht, Model zu sein?«
»Zum Teil schon. Das Reisen hat mir gefallen, und die neuen Orte, die ich ständig gesehen habe, und manche Kleider, die ich tragen musste, waren himmlisch, aber im Grunde ist es richtig harte Arbeit.«

»Ich dachte, dass Models Prinzen heiraten.« Clemmie trank einen Schluck Cola und betrachtete Tammy sorgenvoll. »Warum bist du dann mit Daddy zusammen?«

»Weil ich ihn liebe«, antwortete sie mit einem Achselzucken.

»Ich hab ihn auch lieb. Als Mummy mir von ihm erzählt hat, wusste ich nicht, ob ich ihn mögen würde, aber jetzt bin ich richtig froh, dass er mein Dad ist. Kennst du Posy?«

»Ja, ich bin ihr einmal begegnet. Magst du sie?«

»Ja, sehr. Sie ist für jemand, der alt ist, sehr jung.« Clemmie biss von ihrem Baguette ab. »Weißt du, dass sie meine richtige Oma ist?«

»Ja.«

»Daddy fährt heute zu ihr, um ihr von mir zu erzählen. Ich bin gespannt, was sie sagt.«

»Sie wird begeistert sein, davon bin ich überzeugt. Deine Mum und sie waren früher gute Freundinnen; das hat dein Daddy mir erzählt.«

»Ich weiß. Daddy hat gesagt, dass ich auch einen Cousin und eine Cousine habe und einen Onkel und eine Tante. Ich habe noch nie eine Familie gehabt. Da waren immer nur ich und Mummy.«

Clemmie seufzte tief, und ihre Augen nahmen einen traurigen Ausdruck an. Instinktiv griff Tammy nach ihrer kleinen Hand. »Und sie und Daddy werden alle für dich da sein.«

»Ich glaube, sie könnte ganz bald sterben, Tammy. Ich habe Daddy auf dem Handy mit dem Arzt sprechen hören. Ich hoffe, ich kann sie vorher noch mal sehen. Ich möchte ...« Clemmie biss sich auf die Unterlippe, ihre Augen füllten sich mit Tränen. »Ich möchte Auf Wiedersehen zu ihr sagen.«

»Das kann ich gut verstehen. Komm her.« Tammy streckte die Arme aus, und Clemmie setzte sich zu ihr auf den Schoß. Sie streichelte ihr über das dunkle Haar und spürte einen Kloß im Hals. »Weißt du was, Clemmie? Ich finde, du bist der tapferste Mensch, den ich kenne.«

»Nein, das ist Mummy.«

»Ich kenne sie ja nicht, aber ich bin mir sicher, sie würde genau dasselbe sagen.«

»Manchmal ist es ganz schön schwer, tapfer zu sein, aber ich versuche es ihretwegen.«

»Sie muss sehr stolz auf dich sein, Clemmie. Ich wäre es, wenn du meine Tochter wärst.«

»Na ja, wenn du Daddy heiratest, bin ich doch deine Tochter, oder?«

»Ich ... ja. Ich werde die stolzeste Stiefmutter aller Zeiten sein, das garantiere ich dir«, sagte Tammy und kämpfte gegen die Tränen an. Ihr wurde bewusst, dass sie das ehrlich meinte. »Ich weiß, ich kann nie deine richtige Mum sein, aber ich hoffe, dass wir Freundinnen sein können.«

»Ja.« Clemmie nahm eine von Tammys Händen und betrachtete die Fingernägel. »Die Farbe gefällt mir richtig gut, Tammy. Darf ich meine auch so lackieren?«

»Natürlich. Der Lack ist in meiner Handtasche.« Tammy deutete darauf. »Nimm ihn doch raus, dann male ich sie dir gleich an.«

»Aber du hast doch Kunden.«

»Um die kümmert sich Meena. Ich mache kurz die Tür zu und sage ihr, dass wir in einer Besprechung sind.«

Sie zwinkerte Clemmie verschwörerisch zu, als sie von ihrem Schoß kletterte und nach der Handtasche griff. Lächelnd schloss sie die Tür.

»Hi, Mum, wie geht's dir?«, fragte Nick, als er in Admiral House die Küche betrat.

»Nick, mein Lieber! Wie geht es *dir*?«, fragte Posy, als sie den Holzlöffel beiseitelegte, mit dem sie die Suppe umgerührt hatte, und umarmte ihren Sohn.

»Mir geht's gut, Mum, ich muss nur ... ein bisschen mit dir reden, das ist alles.«

Posy sah Nicks ernste Miene. »Soll ich die Weinflasche öffnen, die im Kühlschrank steht?«

»Ich mache sie auf, aber für mich nur ein kleines Glas. Ich fahre später wieder nach London.«

»Wirklich? Ich hatte gehofft, du würdest über Nacht bleiben.«

»Das geht leider nicht«, sagte Nick, als er die Weinflasche aus dem Kühlschrank holte.

»Erwartet Tammy dich?«

»Ja. Mum, sollen wir uns setzen?« Nick kam mit der Flasche zum Tisch und schenkte die zwei Gläser ein, die Posy schon zum Mittagessen hingestellt hatte.

»Also, dann schieß los. Danach habe ich dir auch ein paar Sachen zu erzählen«, sagte Posy. »Wo warst du die vergangenen Wochen, Nick? Du bist nicht ans Handy gegangen.«

»Entschuldige, Mum, ich hätte dir Bescheid geben sollen, aber ... Ich hatte so viel anderes im Kopf. Ist bei dir alles in Ordnung?«

»Im Moment schon, aber das erzähle ich dir später. Jetzt berichte du erst mal, Nick.« Posy trank einen Schluck Wein, um ihre Nerven zu beruhigen. Sie hoffte nur, es wären nicht noch mehr schlechte Nachrichten – sie wusste nicht, wie viele sie noch verkraften konnte.

»Erinnerst du dich an Evie Newman?«

»Natürlich, Nick. Du weißt doch, wie gern ich sie hatte. Sie ist wieder nach Southwold gezogen, und ich habe einmal etwas mit ihrer Tochter unternommen – ein süßes kleines Ding –, aber Evie geht mir eindeutig aus dem Weg.«

»Na ja, wenn du gehört hast, was ich dir sagen will, wirst du den Grund wahrscheinlich verstehen, Mum.« Nick nahm einen Schluck von seinem Wein und versuchte dann, seiner Mutter so schonend wie möglich zu erläutern, was vorgefallen war.

»Ich verstehe.« Posy tat ihr Bestes, alles zu verarbeiten, was Nick ihr erzählt hatte. »Du meine Güte.« Sie blickte auf. »Du willst mir also sagen, dass Clemmie deine Tochter ist?«

»Ja, Mum, genau.«
»Was heißt, dass sie meine Enkeltochter ist?«
»Ja.«
»Ich ... Wie lang weißt du das schon?«
»Erst seitdem ich wieder in England bin.«
»Ist das der Grund, weshalb du nach Hause gekommen bist?«
»Nein, das war reiner Zufall. Evie hatte mir nach Australien geschrieben – sie hat mich durch mein Geschäft gefunden –, aber dann hast du ihr erzählt, dass ich hier war, also hat sie den Brief für mich in der Galerie abgegeben und mich gebeten, mich bei ihr zu melden.«
»Ich verstehe. Glaube ich zumindest. Aber warum gerade jetzt, Nick?« Posy runzelte die Stirn. »Warum hat sie zehn Jahre gewartet, um es dir zu sagen?«
»Mum, an der Stelle wird es leider traurig. Der Grund, weswegen sie sich bei mir gemeldet hat, ist, dass sie sehr krank ist. Sie hat Leukämie, und es sieht ganz so aus, als würde sie Weihnachten nicht mehr erleben. Es tut mir so leid, Mum, ich weiß doch, wie gern du sie hattest.« Nick griff über den Tisch hinweg nach der Hand seiner Mutter.
»Ach, wie fürchterlich! Diese hübsche Frau, und so jung ...« Posy kramte ein Taschentuch heraus und putzte sich die Nase. »Während ich mit meinen fast siebzig Jahren hier sitze, gesund und munter wie ein Fisch im Wasser. Das Leben ist einfach verdammt ungerecht! Aber weißt du, ich hätte ahnen können, dass etwas nicht stimmt. Als ich bei ihr war, um Clemmie abzuholen, sah sie entsetzlich aus.«
»Ich weiß, Mum. Es ist eine einzige Tragödie.«
Eine Weile saßen Mutter und Sohn schweigend da und hingen ihren Gedanken nach.
»Das heißt, Evie hat Clemmies wegen Kontakt mit dir aufgenommen«, sagte Posy schließlich. »Weil du ihr Vater bist.«
»Genau.«

»Evie hat ja keine Familie – sie war ja schon sehr früh Waise. Wie geht es Clemmie?«

»Sehr gut angesichts der Umstände, aber das hat auch viel damit zu tun, wie Evie sie erzogen hat. Sie ist so tapfer – das sind sie beide.«

»Versteht ihr euch, du und Clemmie?«

»Und wie! Mum, ich war so nervös, bevor ich sie das erste Mal sah, aber es hat sich von Anfang an ganz normal angefühlt, als würden wir uns immer schon kennen. Ich weiß, dass ich Evie nie ersetzen kann, darum versuche ich es auch gar nicht, aber ich bin für sie da, wann immer sie mich braucht.«

»Was ist mit Tammy? Wie kommt sie mit der Situation zurecht?«

»Leider habe ich das ziemlich vermasselt.« Nick zuckte schuldbewusst mit den Schultern. »Ich hatte so Angst, sie zu verlieren, dass ich nicht wusste, wie ich ihr von Clemmie erzählen sollte, also habe ich mich einfach aus dem Staub gemacht. Die Wahrheit habe ich ihr nur gesagt, weil Jane und Paul uns wieder zusammengebracht haben. Sie ist großartig damit umgegangen, Clemmie ist im Moment sogar bei ihr. Es ist seltsam, Mum, mehr als zehn Jahre war ich allein – länger, wenn man die Zeit mitzählt, die ich in Evie verliebt war –, und plötzlich habe ich, fast ohne mein Zutun, eine Familie.«

»Clemmie und auch Tammy sind zwei sehr ungewöhnliche Menschen, Nick. Ich hoffe, du weißt dein Glück zu schätzen.«

»Doch, das weiß ich. Tammy war sehr nervös, ob sie heute mit Clemmie zurechtkommt. Ich hoffe, es geht gut.«

»Davon bin ich überzeugt. Das beweist nur, wie sehr sie dich liebt, Nick.«

»Ich weiß, und ich werde wirklich alles tun, um ihr zu zeigen, wie dankbar ich ihr dafür bin.«

»Liebst du sie? Das Wiedersehen mit Evie muss doch viele Gefühle heraufbeschworen haben.«

»Das hat es auch – das tut es immer noch –, aber ich glaube, ich habe sie auf ein Podest gehoben. Was ich für Tammy empfinde, ist anders. Es fühlt sich …«, Nick suchte nach dem richtigen Wort, »real an. Sie fühlt sich real an.«

»Und was ist mit Evie? Wer kümmert sich um sie?«

»Im Moment ist sie im Krankenhaus in Ipswich. Aber wenn sie zu Hause ist, ist rund um die Uhr eine Schwester für sie da.«

»Ich wünschte nur, ich hätte es gewusst – ich hätte ihr helfen können. Aber sie hat mir deutlich zu verstehen gegeben, dass sie mich nicht sehen wollte.«

»Mum, es war ihr unangenehm. Aber jetzt, wo du es weißt, freut sie sich bestimmt, dass du offiziell eine Rolle in Clemmies Leben spielen kannst.«

»Aber natürlich, Nick. Bitte versichere ihr, dass ich für Clemmie da sein werde. So, und jetzt«, Posy räusperte sich und stand auf, »finde ich, dass wir essen sollten. Suppe?«

»Gern, Mum.«

Posy füllte zwei Suppenteller und legte etwas aufgewärmtes Brot aus dem Ofen dazu.

»Und?«, erkundigte sich Nick. »Was ist hier alles passiert?«

»Mehr als genug, fürchte ich, und nicht alles ist schön.«

»Sam?«, mutmaßte Nick.

»Ja«, antwortete sie und nahm Platz. »Aber lass uns essen, bevor die Suppe kalt wird. Ein erfreuliches Thema ist es nicht gerade.«

Beim anschließenden Kaffee berichtete Posy ihrem Sohn vom gescheiterten Verkauf von Admiral House.

»Es tut mir leid, das sagen zu müssen, aber es ist doch typisch. Werden sie ihn verklagen?«

»Wenn er gegen diesen Ken Noakes aussagt, was er sicher tun wird, kommt er höchstwahrscheinlich mit einer Verwarnung davon. Aber ich fürchte, da ist noch etwas, Nick, etwas viel Gravierenderes.«

Mit schwerem Herzen erzählte Posy Nick, dass sein Bruder seine Frau misshandelt hatte.

»Trotzdem weigert er sich, in eine Klinik zu gehen und sich behandeln zu lassen. Er glaubt nicht, dass er ein Problem hat.«

»Aber er hat eins, Mum«, bestätigte Nick mit Nachdruck. »Das hätte ich dir schon vor Jahren sagen können. Er hat mich als Kind nichts als schikaniert und drangsaliert.«

Alle Farbe wich aus Posys Gesicht.

»Es tut mir wirklich leid, Mum. Das zu hören muss schrecklich für dich sein, aber es ist wichtig, dass du weißt, Amy ist kein Einzelfall. Im Internat hat er auch andere Jungen geschlagen, aber irgendwie hat er es immer so hingedreht, dass er nicht bestraft wurde.«

»Nick, ich bin sprachlos. Hat er dir sehr wehgetan?«

»Alle Brüder streiten sich, und du weißt, ich war kein aggressiver Typ, also habe ich nicht zurückgeschlagen. Aber das fand ein Ende, als ich dreizehn war und größer und kräftiger als er. Da habe ich ihm ein paar Schläge verpasst, die er nie vergessen wird. Danach ließ er mich in Ruhe.«

»Das hätte ich doch sehen müssen ... Warum hast du mir nichts davon gesagt, Nick?«

»Ich hatte zu viel Angst, dass er sich rächt. So machen Schulhoftyrannen es doch immer. Amy sollte ihn anzeigen, das hätte Sam mehr als verdient. Mum, ist alles in Ordnung?«

»Ehrlich gesagt, nein. Das ist doch klar. Ich meine, in eurer Kindheit habe ich mich manchmal gefragt, ob Sams wildes Gebaren vielleicht eine Reaktion darauf wäre, dass er so früh seinen Vater verloren hatte. Aber nie hätte ich ihm diese Bösartigkeit zugetraut. Und jetzt zu erfahren, dass du deine Kindheit in Angst und Schrecken vor deinem Bruder verbracht hast ... Ich habe das Gefühl, eine entsetzliche Mutter gewesen zu sein. Ich hätte die Anzeichen erkennen und dich beschützen müssen, Nick, aber ich habe versagt.«

»Wirklich, Mum, mein Leben war nie in Gefahr, und du warst – du bist – eine wunderbare Mutter und Großmutter.«

»Himmel!« Posy griff wieder nach ihrem Taschentuch. »Seit einiger Zeit hat das Leben es wirklich in sich. Aber ich will mich hier nicht in Selbstmitleid ergehen – Evies Schicksal relativiert alles. Ich kann nur sagen, dass es mir unendlich leidtut, nicht gesehen zu haben, was Sam mit dir gemacht hat.«

»Hör mal, Mum«, sagte Nick. »Wie wär's, wenn du Sam mir überlässt? Ich fahre auf dem Weg ins Krankenhaus bei ihm vorbei und versuche, ihn zu überzeugen, dass er in eine Reha-Klinik geht.«

Posy sah ihn fragend an. »Das klingt ominös. Du wirst aber nicht auf ihn losgehen, oder?«

»Hör mal, Mum, natürlich nicht! Eher geht er auf mich los. Du hast schon genug gemacht, überlass das mir.«

»Danke, Nick. Bitte sag ihm, dass es zu seinem eigenen Besten ist.«

»Das werde ich. So, und jetzt sollte ich besser los.« Nick stand auf. »Hättest du etwas dagegen, wenn Clemmie und ich eine Weile hier in Admiral House wohnen? Dann hätten wir es nicht so weit zum Krankenhaus für den Fall, dass etwas passiert.«

»Natürlich nicht, Nick, im Gegenteil, das würde mich sehr freuen. Aber was ist mit deiner Arbeit?«

»Die muss bis nach Neujahr warten. Ausnahmsweise einmal haben die wirklich wichtigen Dinge Vorrang.« Er lächelte.

»Ich bin jederzeit für Clemmie da, wann immer sie mich braucht. Für Evie natürlich auch. Bitte grüß sie ganz lieb von mir, ja?«

»Natürlich, Mum. Und wenn wir mehr Zeit haben, müssen wir uns noch mal über Admiral House unterhalten.«

»Ja, das stimmt. Ich stehe wieder ganz am Anfang, aber das soll im Moment die geringste deiner Sorgen sein. Und um dir zum Schluss noch etwas Positives zu erzählen, Nick. Ich … Es gibt jemanden, den ich dir gerne vorstellen möchte«, sagte sie, als sie ihn zur Tür begleitete.

»Wirklich? Einen ›er‹?« Nick musste schmunzeln, als er sah, dass seine Mutter errötete.

»Ja, er heißt Freddie, und er ist der liebste Mensch, den ich kenne.«

»Das klingt ernst, Mum.«

»Vielleicht ist es das auch«, meinte Posy. »Ich habe ihn vor vielen, vielen Jahren kennengelernt, und jetzt haben wir uns vor Kurzem wiedergesehen. Er ist nach Southwold gezogen.«

»Macht er dich glücklich?«

»Ja.« Posy nickte. »Sehr.«

»Dann freue ich mich für dich, Mum, und zwar von Herzen. Du bist schon viel zu lang allein.«

»Und du auch.« Posy küsste ihn herzlich. »Tschüss, Nick, und bitte melde dich, wenn du mit Sam gesprochen hast.«

»Mache ich. Ciao, Mum.«

Drei Stunden später, bereits auf der Rückfahrt nach London, rief Nick bei seiner Mutter an. Sie hob beim zweiten Läuten ab. »Hi, Mum. Alles in Ordnung?«

»Ja. Und bei dir?«

Nick hörte die Beklommenheit, die in ihrer Stimme mitschwang.

»Alles bestens, und mit Sam auch. Wir haben uns unterhalten, und er hat zugestimmt, eine Reha zu machen. Wir haben eine Klinik rausgesucht und gleich dort angerufen, und ich hole ihn morgen ab und liefere ihn ein.«

»Ach, das ist ja großartig! War er ... Ich meine, wie hat er es aufgenommen?«

»Ich glaube, nach ein paar Tagen allein in dem entsetzlichen Haus und ohne Geld, um sich was zu trinken zu kaufen, hat er Vernunft angenommen«, antwortete Nick diplomatisch. Er wollte seiner Mutter nichts von der Aggressivität erzählen, mit der Sam anfänglich reagiert hatte, ebenso wenig davon, wie er ihn dazu gebracht hatte, in die Reha einzuwilligen.

»Was ist mit den Kosten? Ich habe mir im Internet eine Klinik angesehen, und sie sind doch sehr teuer.«

»Mach dir keine Sorgen, Mum, das bezahle ich.«

»Danke, mein Schatz. Ich habe mir solche Sorgen um ihn gemacht. Aber viel wichtiger – wie geht es Evie?«

»Sie ist sehr schwach. Sie bekommt Unmengen Medikamente, deswegen hat sie, als ich da war, die meiste Zeit geschlafen. Ich habe sie von dir gegrüßt, und wenn du nichts dagegen hast, komme ich nächste Woche wirklich mit Clemmie nach Admiral House. Ich glaube, wir sollten in der Nähe sein. Evie hat auch gesagt, dass sie Tammy kennenlernen möchte, also kommt sie vielleicht auch mit.«

»Umso schöner, mein Schatz. Ach, es tut mir für euch alle so unendlich leid.«

»Danke. Ich gebe dir noch Bescheid, wann wir kommen. Ich glaube, je früher, desto besser.«

»In Ordnung. Fahr vorsichtig, Nick, und danke für alles.«

»Mach ich. Pass auf dich auf, Mum. Ciao.«

Nick lächelte, als er den Anruf beendete. Selbst wenn er schon Rentner wäre, würde seine Mutter ihn noch bitten, vorsichtig zu fahren. Er machte sich Vorwürfe, ihr von Sam erzählt zu haben; er hatte ja gewusst, dass es sie treffen würde. Aber jetzt verstand sie wenigstens, weshalb er seinem Bruder nie richtig nahegestanden hatte.

Auf der Fahrt nach Chelsea wanderten Nicks Gedanken wieder zu Tammy und Clemmie. Gerade als er das Krankenhaus verließ, hatte Tammy ihm gesimst, dass sie mit Clemmie zu sich nach Hause ging und sie sich eine Pizza bestellen wollten. Das klang vielversprechend, dachte er.

»Hi, mein Schatz«, sagte er, als Clemmie die Tür zu Tammys Haus öffnete.

»Hi, Daddy«, antwortete sie, und ihre Augen funkelten. »Wir warten auf die Pizza. Dir haben wir auch eine bestellt.«

»Danke«, sagte er und ging in die Küche. Tammy stellte gerade drei Teller auf den Tisch. »Schönen Tag gehabt?«

»Ja«, sagte Clemmie mit Nachdruck und streckte ihre Hände aus, damit er ihre Nägel bewunderte. »Tammy hat sie mir lackiert. Wie findest du das?«

Nick sah auf die leuchtend türkisblaue Farbe und nickte. »Sehr schick.«

»Das ist das schönste Haus, das ich je gesehen habe, Daddy, findest du nicht auch?«, sagte Clemmie. »Es ist wie ein Puppenhaus für Erwachsene. Können wir hier wohnen anstatt in Battersea?«

»Ich glaube, es wäre für uns zu dritt ein bisschen klein, aber ja, es ist wirklich sehr schön. Hi, Tammy.« Nick gab ihr einen sanften Kuss auf die Wange. »Wie geht's?«

»Alles bestens.« Tammy lächelte. »Wir haben uns einen schönen Tag gemacht, Clemmie, oder?«

»Ja. Wir wollten beim Pizzaessen Tammys alte Barbie-Videos angucken, aber wahrscheinlich hast du keine Lust dazu, oder?«

»Das können wir gern machen, Clemmie. Was immer du möchtest.«

»Ach, das brauchen wir gar nicht. Tammy hat nämlich gesagt, dass ich mal bei ihr übernachten darf. Wie geht es Mummy?«

»Ganz in Ordnung, ich soll dich von ihr grüßen.« Tammy deutete fragend auf das Glas, in das sie sich Wein einschenkte, und er nickte. »Posy, deine Großmutter, habe ich auch gesehen. Sie hat gefragt, ob wir nicht eine Weile bei ihr wohnen möchten. Dann wären wir näher bei Mummy.«

»Kann Tammy auch mitkommen?«

»Natürlich. Wenn sie nicht in der Boutique gebraucht wird.«

»Ich kann Meena bestimmt ein paar Tage allein lassen«, sagte Tammy und reichte Nick ein Glas Wein.

Es läutete an der Tür, und Clemmie ging, um die Pizzas in Empfang zu nehmen.

»Wir war's heute?«, fragte Nick im Flüsterton. Tammy schüttelte den Kopf. »Nick, deine Tochter ist einfach unglaublich. Ich habe sie schon richtig ins Herz geschlossen.« Unwillkürlich traten Nick bei ihren Worten Tränen in die Augen. Mühsam schluckte er sie hinunter. »Wirklich?« Tammy drückte seine Hand. »Ja, wirklich.«

Kapitel 38

»Also, Amy, Nick hat Sam gestern zur Reha gefahren. Was sagst du dazu?«, fragte Posy, als sie im Hopfenhaus zusammen eine Tasse Tee tranken.

»Um ehrlich zu sein, bin ich erleichtert. Zumindest weiß ich jetzt, dass er nicht plötzlich auftauchen wird, wenn ich morgen wieder zur Arbeit gehe. Davor hatte ich Angst.«

»Ich wollte dir auch sagen, dass ich Nick am Wochenende gesehen habe. Er hat mir erzählt, dass Sam in ihrer Kindheit schrecklich aggressiv ihm gegenüber war. Es ist wichtig für dich zu wissen, dass es nichts mit dir zu tun hatte, dass Sam schon anderen gegenüber gewalttätig geworden ist. Du kannst dir vorstellen, wie sehr ich mich schäme, nicht gesehen zu haben, was direkt vor meiner Nase passierte – weder bei dir noch bei ihm.«

»Ich kann dir versichern, Posy, Sam hat immer dafür gesorgt, dass niemand es merkt«, sagte Amy mit einem Seufzen.

»Willst du wegen der Scheidung zu einem Anwalt gehen?«

»Irgendwann schon, aber vielleicht warte ich noch, bis er aus der Reha kommt. Eine schmutzige Scheidung wird es nicht werden, schließlich gibt es nichts, worüber wir uns streiten könnten, abgesehen von den Kindern.«

»Du wirst sehr vorsichtig sein müssen, Amy. Wenn Sam sich nicht drastisch ändert, wäre es einfach nicht sicher, ihn mit den beiden allein zu lassen.«

»Ich weiß. Aber ich hoffe, dass er, wenn er herauskommt, ein anderer Mensch sein wird. Weißt du, wie lange er dort bleiben wird?«

»Mindestens sechs Wochen, sagte Nick, dann beurteilen die Ärzte, wie er sich macht. Und jetzt muss ich los – nachher kommt Nick mit Tammy und Clemmie.«

»Clemmie? Evies Tochter?«

»Genau. Und Nicks Tochter. Sara und Jake haben eine Cousine bekommen.«

Amy starrte Posy erstaunt an. »Clemmie ist Nicks Tochter?«

»Ja. Leider ist Evie sehr krank. Sie hat sich vor ein paar Wochen aus heiterem Himmel bei Nick gemeldet, um es ihm zu sagen.«

»Das ist also der Grund, weswegen Tammy und ich sein Auto vor ihrem Haus gesehen haben. Tammy war überzeugt, dass sie eine Affäre haben. Sie war außer sich. Aber wenn sie heute mitkommt, heißt das offenbar, dass sie sich wieder versöhnt haben.«

»Ja, das stimmt, und ich freue mich für sie alle. Obwohl sie zu mir kommen, um näher am Krankenhaus zu sein. Evie bleibt nicht mehr viel Zeit. Jetzt muss ich aber wirklich los. Vielleicht möchtest du mit den Kindern in den nächsten Tagen mal abends zum Essen kommen?«

»Das wäre sehr schön, Posy. Danke für alles, du bist einfach unglaublich.«

»Unsinn. Wenn ich wirklich unglaublich wäre, wäre diese ganze Sache mit Sam nie passiert. Aber jetzt muss ich sausen.«

Posy ging über den Hof, als sich die Tür zu Freddies Cottage öffnete.

»Posy, meine Liebe, hast du Zeit für eine Tasse Tee?«

»Leider nicht, Freddie.«

»Für eine Umarmung?«

»Für die habe ich immer Zeit«, antwortete sie, als Freddie sie an sich zog und sie zum ersten Mal an diesem Tag tief durchatmete.

»Ich weiß, dass du viel zu tun hast, aber ist in deinem Terminkalender irgendwann diese Woche vielleicht noch Platz für ein Mittag- oder Abendessen mit mir?«

»Natürlich, Freddie, du weißt doch, wie gerne ich dich sehen möchte. Es ist einfach viel los, weil Nick, Clemmie und Tammy ein paar Tage bei mir bleiben, aber du musst vorbeikommen und sie alle kennenlernen.«

»Ja, das würde mir gefallen. Aber bitte, Liebste, übernimm dich nicht, ja?«

»Ich tue mein Bestes, Freddie, versprochen.«

»Gut«, sagte er, als Posy sich aus seiner Umarmung löste. »Erinnre dich bisweilen daran, dass du weit über das Renteneintrittsalter hinaus bist und jedes Recht der Welt hast, dir bei allem etwas Zeit zu lassen.«

»Das mache ich«, sagte sie und küsste ihn auf die Wange. »Tschüss, Freddie, bis bald.«

Auf der Heimfahrt nach Admiral House erlaubte sie sich, nur ein paar Sekunden lang, alles andere auszublenden und an Freddie und die Verheißung von Glück zu denken, die er in ihr Leben gebracht hatte. Sie hoffte, dass sie bald Zeit haben würde, das auch zu genießen, doch im Moment galten ihre Gedanken nur Evie und ihrer Tochter.

Zu Hause angekommen, bezog sie die Betten für ihre Gäste, backte einen Kuchen für Clemmie und bereitete für das Abendessen einen Fischauflauf zu. Als es dämmerte, machte sie einen flotten Gang durch den Garten, um sich etwas zu beruhigen und frische Luft zu schnappen. Vor dem Turm blieb sie stehen und sah zum oberen Zimmer hinauf, dessen Fenster teilweise hinter Efeu verschwanden.

Nachdenklich kehrte sie ins Haus zurück. Dann holte sie ihr Handy hervor und ging die Nummern durch. Sie zögerte kurz, holte tief Luft und wählte.

»Guten Abend, Posy«, sagte die tiefe, melodische Stimme nach

zweimaligem Klingeln.»Was verschafft mir die Ehre? Ist alles in Ordnung?«
»›Alles‹ ist so kompliziert wie eh und je, Sebastian«, sagte Posy und lächelte. »Aber ich werd's überleben. Wie geht es Ihnen?«
»Ähnlich wie Ihnen. Ich vermeide es nach allen Regeln der Kunst, mich an den Schreibtisch zu setzen und das Buch abzuschließen, schaue bei zahllosen Weihnachtsfeiern vorbei, auf die ich eigentlich gar keine Lust habe, aber nein, ich kann nicht klagen, danke.«
»Sebastian, ich weiß nicht, ob Sie mir vielleicht bei einer Sache helfen können.«
»Wenn es in meiner Macht steht, Posy, jederzeit, das wissen Sie doch.«
»Freddie hat mir gesagt, dass er sich mit Ihnen über … meinen Vater unterhalten hat.«
»Ja, das stimmt. Ich gehe davon aus, dass er es Ihnen gesagt hat.«
»Ja. Es war natürlich ein furchtbarer Schock, das können Sie sich ja denken, aber allmählich komme ich darüber hinweg. Es bleibt einem ja nichts anderes übrig, nicht wahr?«
»Leider haben Sie recht. Aber wenn jemand über etwas Derartiges hinwegkommen kann, Posy, dann Sie. Sie sind die stärkste Frau, die ich kenne. Das habe ich auch zu Freddie gesagt, als er mich fragte, ob er es Ihnen erzählen soll. Er hat sich unendlich Sorgen gemacht, Sie könnten es nicht verkraften. Er hat Sie wirklich sehr gern, Posy.«
»Und ich ihn. Zwischen uns ist jetzt alles gut.«
»Das freut mich sehr«, antwortete Sebastian. »Nach all den Jahren haben Sie es beide verdient.«
»Danke, lieber Sebastian. Auf die eine oder andere Art war das Leben in den letzten Wochen wirklich sehr bewegt. Was die Sache mit meinem Vater betrifft – ich habe hin und her überlegt, wie ich meinen Frieden machen kann mit dem, was passiert ist, und mit ihm.«

»Und mit allem abschließen?«

»Genau. Mir ist auch eine Möglichkeit eingefallen.«

»Sehr schön. Dann sagen Sie doch, wie ich Ihnen helfen kann.«

Das tat Posy.

»Ich verstehe«, sagte Sebastian nach einer Pause. »Also, ich kann bei meiner Kontaktperson im Innenministerium anrufen. Er hat mir bei der Recherche zu *Die Schattenfelder* geholfen und sollte mir einen Tipp geben können. Ich habe keine Ahnung, ob das üblich ist oder nicht.«

»Vielleicht können Sie zumindest herausfinden, wo er liegt, Sebastian. Das wäre schon etwas.«

»Natürlich. Ich lasse von mir hören, sobald ich etwas erfahre, dann können Sie weitersehen.«

»Danke, Sebastian, das ist wirklich sehr nett von Ihnen. Aber jetzt muss ich Schluss machen, sonst verbrennt noch der Fischauflauf.«

»Der Duft zieht bis zu mir herüber! Ihre Küche war mein Verderben, Posy. Seitdem schmeckt mir kein Takeaway mehr. Ich melde mich so bald wie möglich. Ciao.«

Posy legte das Handy fort und sah nach dem Fischauflauf.

»Nick, mein Schatz.« Posy gab ihrem Sohn einen innigen Kuss, als er zur Küche hereinkam.

»Guten Tag, Mum, hier riecht es köstlich, wie immer.« Lächelnd drehte er sich zu Clemmie, die seine Hand sehr fest hielt. »Deine Oma macht den allerbesten Schokoladenkuchen überhaupt.«

»Guten Abend, Clemmie«, sagte Posy, als sie zu dem kleinen Mädchen mit dem blassen Gesicht blickte, das seiner Mutter so ähnlich sah. »Darf ich dich umarmen?«

»Ja, Posy ... Oma, meine ich.« Sie errötete.

»Ich weiß, das ist ganz schön verwirrend, stimmt's?« Sie drückte die Kleine an sich. »Aber es ist doch toll, dass wir verwandt sind, oder nicht?«

»Ich glaube schon«, flüsterte Clemmie schüchtern.

»Zieh dir doch den Mantel aus, dann gebe ich dir ein Stück von dem Schokokuchen, von dem dein Daddy gesprochen hat. Nach der Fahrt musst du doch einen Riesenhunger haben.«

»Guten Abend, Posy«, sagte Tammy, die die Küche als Letzte betrat.

»Meine Liebe, wie schön, dich wiederzusehen. Ich setze mal den Wasserkessel auf.« Posy nahm ihn vom Herd und füllte ihn mit Wasser. »Wie war die Fahrt?«

»Ganz gut, und wir haben's vor dem Stoßverkehr geschafft«, sagte Nick, während er Clemmie ein Stück Kuchen abschnitt.

»Wenn du das gegessen hast, Clemmie, zeige ich dir dein Zimmer. In dem hat dein Daddy als Kind geschlafen«, sagte Posy.

»Das Haus ist so groß, Oma.« Clemmie schaute sich in der Küche um. »Wie ein Schloss.«

»Ja, es ist sehr groß, und es braucht viele Leute, die es füllen«, sagte Posy lächelnd.

»Du hast Glück gehabt, als Kind hier zu leben, Daddy«, meinte Clemmie, als sie den Kuchen in kleine Stückchen brach und sich eins anmutig in den Mund steckte.

»Da gebe ich dir recht.«

»Sollen wir den Tee im Frühstückszimmer trinken?«, schlug Posy vor. »Ich habe Feuer gemacht.«

Eine halbe Stunde später war Tammy mit Clemmie nach oben gegangen, damit sie beide auspacken konnten, und Posy saß allein mit ihrem Sohn vor dem Kamin.

»Hast du etwas Neues aus dem Krankenhaus gehört?«

»Unverändert, fürchte ich. Ich fahre morgen mit Tammy zu ihr, Evie möchte sie kennenlernen. Kannst du so lange auf Clemmie aufpassen?«

»Natürlich. Sie kann für ein paar Stunden in die Galerie mitkommen. Wie geht es ihr?«

»Sie weiß, dass ihre Mutter noch im Krankenhaus ist. Evie

wollte sie eigentlich erst wiedersehen, wenn sie wieder zu Hause ist, aber ich glaube, dafür ist es zu spät.« Nick seufzte. »Ich wünschte bloß, es wäre nicht bald Weihnachten – durch die festliche Stimmung überall wird alles noch schlimmer.«

»Na, wir werden auf jeden Fall unser Bestes tun, damit Clemmie sich hier wohlfühlt. Morgen Nachmittag kommt der Weihnachtsbaum, da kann sie mir beim Schmücken helfen.«

»Und vielleicht kannst du auch Evie besuchen fahren, je nachdem, wie es ihr geht.«

»Natürlich, mein Schatz. So, jetzt sollte ich das Gemüse aufsetzen, das es zum Fischauflauf gibt.«

Nach dem Essen ging Nick mit Clemmie nach oben, um sie bettfertig zu machen, während Tammy und Posy in der Küche Geschirr spülten.

»Amy sagte, du hättest herausgefunden, dass Nick Evie besucht hat«, begann Posy vorsichtig.

»Ja.«

»Es spricht für dein großes Herz, dass du bereit bist, ihn und Clemmie zu unterstützen.«

»Ich liebe ihn, Posy«, erwiderte Tammy schlicht. »Zugegeben, ich war mir alles andere als sicher, ob ich Clemmie eine gute Ersatzmutter sein könnte – bis letzte Woche wusste ich nicht, ob ich auch nur ansatzweise Muttergefühle aufbringen könnte, und ich hatte richtig Angst, wie Clemmie und ich zurechtkommen würden. Aber sie war unglaublich, Posy. Es war, als wüsste sie, dass ich schrecklich nervös war, und sie hätte es mir nicht leichter machen können, mich in sie zu verlieben. Sie ist hinreißend, und es erschreckt mich regelrecht, wie viel Sorgen ich mir jetzt schon um sie mache.«

»Genau das musst du Evie sagen, wenn du sie morgen siehst, Tammy.«

»Mir graut davor, Posy.« Tammy seufzte. »Glaubst du wirklich, dass sie das hören möchte? Wird sie nicht das Gefühl bekommen, ich möchte ihr ihr Kind wegnehmen?«

»Ich glaube, sie möchte genau das hören, Tammy. Für sie zählt jetzt nur noch, dass ihre Kleine geliebt und behütet wird. Oder zumindest würde es mir an ihrer Stelle so gehen.«

»Ich kann mit solchen Situationen überhaupt nicht umgehen«, gestand Tammy. »Wahrscheinlich werde ich die ganze Zeit weinen.«

»Du hast geglaubt, du hättest nicht das Zeug zur Mutter, Tammy, dabei sieht jeder, dass du das wunderbar machst. Du bürdest dir eine große Verantwortung auf, und du kannst nur jeden Tag aufs Neue versuchen, ihr gerecht zu werden. Ich auf jeden Fall bin überglücklich, dass du für meinen Sohn und meine Enkeltochter da bist, und ich bin mir sicher, dass es Evie, wenn sie dich getroffen hat, genauso geht.«

»Danke, Posy, deine Unterstützung hilft mir sehr. Und jetzt«, sagte Tammy und trocknete sich die Hände, »sollte ich Clemmie wohl besser Gute Nacht sagen.«

Tammy war übel, als Nick mit ihr durch die Station zu Evies Zimmer ging. Krankenhäuser machten ihr panische Angst – die ganzen piepsenden und surrenden Geräte, die das Leben, mit dem sie verbunden waren, überwachten.

»Sie liegt dort.« Nick deutete auf eine Tür.

»O mein Gott.« Tammy umklammerte seinen Arm. »Ich weiß nicht, ob ich das schaffe, Nick, ich ...«

»Natürlich schaffst du das, mein Schatz, das weiß ich. Sie schläft sowieso die meiste Zeit, und ich bin ja bei dir. Also mach dir keine Gedanken, in Ordnung?« Er hob ihr Kinn an, damit sie ihm in die Augen blicken musste.

»In Ordnung. Entschuldige.«

Nick schob die Tür auf, und sie betraten den Raum. Tammy betrachtete die winzige blasse Gestalt, die im Bett lag. Durch die ganzen Geräte, die um Evie herumstanden, wirkte sie ganz klein – und kaum älter als ihre Tochter.

»Setz dich dahin«, flüsterte Nick und deutete auf einen Stuhl. Tammy saß neben Nick und schaute unverwandt auf den Apparat, der Evies regelmäßigen Herzschlag überwachte. Es war für sie unvorstellbar, dass eine Frau in ihrem Alter innerhalb von wenigen Tagen einfach nicht mehr existieren sollte. Tammy schluckte schwer. Was für ein Recht hatte sie zu weinen, wo sie sich auf den Rest ihres Lebens mit dem Mann freute, den sie liebte, und mit Evies geliebter Tochter?

Nach einer ganzen Weile zuckten Evies lange Wimpern, sie öffnete die Augen.

Sofort griff Nick nach Evies Hand.

»Guten Tag, Evie. Hier ist Nick. Hast du gut geschlafen?«

Evies Mund verzog sich millimeterweise zur Ahnung eines Lächelns, sie nickte kaum merklich.

Er holte aus seiner Jackentasche eine Karte, auf die Clemmie am Vormittag lauter rote Herzchen gemalt hatte. »Die soll ich dir von Clemmie geben.« Nick stellte sie vor Evie, damit sie sie sehen konnte. »Soll ich dir vorlesen, was sie geschrieben hat?«

Wieder ein fast unmerkliches Nicken.

»›Allerliebste Mummy, du fehlst mir und ich habe dich gaaanz, gaaanz schrecklich lieb. Sag Daddy, wann ich dich besuchen kommen darf. Liebe Grüße, Clemmie.‹«

Tammy sah eine Träne in Evies Augenwinkel treten und hörte sie schlucken.

»Evie, ich habe Tammy mitgebracht, sie sitzt gleich neben mir.«

Langsam drehte Evie den Kopf und betrachtete Tammy eine Weile. Tammy spürte, dass sie vor Verlegenheit rot wurde.

»Hi, Evie, ich bin Tammy. Ich freue mich so, dich kennenzulernen.«

Evie lächelte und fuhr sich mit der Zunge über die Lippen. »Ich mich auch«, flüsterte sie. Schwach streckte sie den Arm in ihre Richtung aus und öffnete die Hand. Tammy umfasste sie sanft.

»Du bist sehr schön, wie Nick gesagt hat.«

»Bei Frauen hat er einen guten Geschmack«, sagte Tammy lächelnd und drückte Evie die Hand.

»Ja.« Dann schwieg Evie eine Weile, als sammle sie Kraft, um weiterzusprechen. »Hast du ... Clemmie kennengelernt?«

»Ja. Sie ist einfach hinreißend, Evie. Wirklich, du hast sie ganz wunderbar erzogen. Ich ...« Tammy schluckte schwer. »Du musst so stolz auf sie sein.«

»Ja, sehr.«

Langsam fielen Evie die Lider wieder zu. Eine Schwester steckte den Kopf zur Tür herein.

»Guten Tag allseits, ich kontrolliere nur kurz Evies Medikamente«, sagte sie munter, als sie ein Klemmbrett vom Fußende des Betts nahm. Tammy fragte sich, wie in aller Welt die Schwester es schaffte, in dieser Umgebung noch zu lächeln.

»Alles in Ordnung«, bestätigte sie. »Bis später.«

Evie schlief weiter. Nick drehte sich zu Tammy. »Du machst das großartig«, sagte er. »Wie wär's mit einer Tasse Tee? Solange sie schläft, hole ich uns eine aus dem Café.«

Am liebsten hätte Tammy ihn gebeten zu bleiben und gesagt, ohne ihn schaffe sie das nicht, aber sie schwieg. Sie fragte sich, wie wohl Meena im Laden zurechtkam, und dachte daran, dass ihre Kleider langsam knapp wurden, und dann sah sie zu Evie und erkannte, dass nichts davon wichtig war. Worauf es ankam, war einzig, dass sie sich so gut wie möglich um das Kind dieser Frau vor ihr kümmerte.

»Tammy?«

Evies Stimme riss sie aus ihren Gedanken.

»Ja?«

»Wo ist Nick?«

»Er holt Tee, aber er ist gleich wieder da.«

»Nein, es ist gut, dass wir allein sind. Ich ... möchte dir sagen, dass ich froh bin, dass du für Clemmie da sein wirst. Nick ist ...«,

Evie schluckte, was ihr sichtlich Schmerzen bereitete, »er ist wundervoll, aber er ist ein Mann, verstehst du?«

»Ja, ich weiß«, erwiderte Tammy lächelnd.

»Clemmie braucht eine Frau um sich, eine Mutter. Ist das ... ist das für dich in Ordnung?«

»Ach, Evie, das ist völlig in Ordnung! Erst gestern Abend habe ich Posy erzählt, dass ich dachte, ich wäre kein mütterlicher Typ. Aber dann habe ich Clemmie gesehen, und ich ... ich habe mich richtig in sie verliebt. Ich könnte sie schon jetzt mit Fürsorge überschütten.«

»Das ist gut, da bin ich froh.« Evie nickte. »Ich weiß ... ich habe nicht mehr viel Zeit. Ich will Clemmie sehen. Mich ... verabschieden.« Sie biss sich auf die Lippe.

»Wann soll sie denn kommen?«

»So bald ... so bald wie möglich.«

»Gut, das richte ich Nick aus.«

»Kümmerst du dich an meiner statt um sie? Hab sie für mich lieb ...«

»Das verspreche ich dir, Evie.«

»Danke.«

Evies Augen fielen zu, gerade als Nick den Tee hereinbrachte.

»Alles in Ordnung, Tammy?«, fragte er, als er sich wieder neben sie setzte und ihr einen Styroporbecher mit Tee reichte. Sacht wischte er ihr eine Träne fort, die ihr über die Wange rann.

»Sie sagte, sie möchte Clemmie sehen, um ... um sich zu verabschieden. So bald wie möglich.«

»Okay.« Nick trank einen Schluck Tee, dann saßen sie schweigend da, während Evie schlief. Vierzig Minuten später schlief sie noch immer, und Nick bedeutete Tammy, dass sie gehen sollten.

»Auf dem Weg zurück vom Café habe ich mit dem Arzt gesprochen«, sagte er, als sie durch die Station gingen. »Ich fahre dich jetzt nach Hause und komme mit Clemmie heute Abend wieder her. Evie hat recht, es bleibt nicht mehr viel Zeit.«

»In Ordnung«, sagte Tammy.

»Mum soll auch mitkommen, dann kann sie Clemmie hinterher nach Hause fahren, und ich bleibe hier bei Evie«, fuhr er fort. Sie traten durch die Flügeltür ins Freie, und Tammy atmete die frische Luft ein. »Ich möchte nicht, dass sie allein ist, wenn ...«

»Natürlich, Nick. Ich und Posy sind für Clemmie da, also kannst du für Evie da sein«, sagte sie, als sie in seinen Wagen stiegen.

»Das macht dir wirklich nichts aus?«

»Natürlich nicht. Warum auch?«

»Manchen Frauen würde es schon etwas ausmachen«, sagte Nick und ließ den Motor an. »Immerhin habe ich sie früher einmal geliebt, und mir ist klar, dass diese ganze Situation nicht gerade ideal ist für den Anfang unserer Beziehung.«

»Bitte, Nick, jetzt hör auf damit. Wenn ich nicht für dich und Clemmie da sein wollte, dann wäre ich nicht hier, in Ordnung? Evie braucht dich jetzt mehr als ich.«

»Danke, Tammy.« Er warf ihr ein mattes Lächeln zu. »Es war gut, dass du sie heute gesehen hast. Was hat sie noch gesagt?«

»Sie ...«, Tammy schluckte schwer, »sie hat mich gebeten, sich an ihrer Stelle um Clemmie zu kümmern. Ich habe ihr gesagt, dass ich mein Bestes tun werde.«

»Das tust du doch schon, mein Schatz, und dafür kann ich dir gar nicht genug danken.«

Nachdem Nick, Clemmie und Posy zum Krankenhaus aufgebrochen waren, schenkte Tammy sich gerade ein großes Glas Wein ein, als sie Autoscheinwerfer die Auffahrt heraufkommen sah.

»Wer kann das denn sein?«, fragte sie sich halb laut, als der Wagen vor die hintere Küchentür fuhr.

Sie äugte zum Fenster hinaus und sah Amy auf die Tür zukommen.

»Jemand da?«, rief Amy, als sie sie öffnete.

»Ich!« Tammy gab Amy einen herzlichen Kuss auf die Wange. »Wie schön, dich zu sehen. Ich dachte, Posy hätte dir gesagt, dass sie heute Abend mit Nick und Clemmie ins Krankenhaus fährt.«

»Das hat sie auch, aber ich wollte dich sehen, und Freddie sagte, dass er für mich auf die Kinder aufpasst. Er ist wirklich fantastisch – kennst du ihn?«

»Nein, wer ist er denn?«

»Posys Kavalier. Aber auch mein Retter in der Not. Er ist wirklich ein ganz besonderer Mensch, und im Ernst, wenn Posy ihn nicht will, dann überlege *ich* mir, ihn zu heiraten.« Sie grinste. »Ist noch Wein da?«

»Klar.« Tammy schenkte ihr ein Glas ein. »Wow, Amy«, sagte sie, als sie es ihr reichte. »Nick hat mir erzählt, was du in letzter Zeit alles durchgemacht hast, aber du siehst richtig gut aus.«

»Jetzt, wo ich den Schock ein bisschen überwunden habe, geht es mir allmählich auch besser. Wahrscheinlich ist es einfach die Erleichterung zu wissen, dass Sam mir nichts antun kann, dass sich nicht im nächsten Moment der Schlüssel im Schloss dreht ... Prost.«

Sie stießen an.

»Du hättest etwas sagen sollen, Amy. Ich hätte wirklich alles getan, um dir zu helfen.«

»Ich weiß, aber ich hatte einfach zu große Angst, dass er das nur wieder an mir auslässt. Er hätte sowieso alles geleugnet. Du hast ihn ja kennengelernt. Wenn er seinen Charme spielen lässt, hat man keine Chance.«

»Also, mich hat er nicht beeindruckt«, sagte Tammy kopfschüttelnd. »Ich kenne solche Typen.«

»Ach ja?« Amy warf ihr einen fragenden Blick zu und setzte sich an den Küchentisch.

»Leider. Zu meinem Glück hatte ich keine Kinder und war

finanziell unabhängig mit einem Job, bei dem ich durch die Welt gereist bin. Ich konnte entkommen, im Gegensatz zu dir. Also kann ich mir ein bisschen vorstellen, was du mitgemacht hast. Es geht um Kontrolle, hat meine Therapeutin mir hinterher erklärt. Kleine Männer, die sich nur groß fühlen, wenn sie ihre Frauen mit Wut und Aggression unterdrücken. Wie auch immer, Prost darauf, dass er weg ist.«

»Aber leider nicht sehr lang. Womöglich bleibt er nur sechs Wochen in der Reha.« Amy schauderte. »Was mich zu der Sache bringt, über die ich mit dir sprechen wollte. Posy hat mir erzählt, dass Sam Nick schon als Kind verprügelt hat. Dann habe ich mich länger mit Freddie unterhalten, der früher Strafverteidiger für Kriminalfälle war, und ich ... Also, ich möchte ihn wegen Körperverletzung anzeigen.«

»Ah ja. Und wie geht es dir damit?«

»Ich habe panische Angst und ein schlechtes Gewissen, ich fühle mich illoyal ...« Amy zuckte mit den Achseln. »Aber wie Freddie und auch Posy sagten, wenn ich es nicht mache, rastet Sam bei der nächsten Frau möglicherweise wieder genauso aus. Den Vorwurf möchte ich mir nicht machen müssen. Was meinst du?«

»Ich finde das unglaublich mutig von dir, Amy, und ja, ich glaube auch, dass du es tun solltest.«

»Freddie glaubt nicht, dass Sam zu einer längeren Gefängnisstrafe verurteilt werden würde. Allein schon die Tatsache, dass er eine Reha macht, um seine Alkoholsucht und seine Gewalttätigkeit in den Griff zu bekommen, beweist dem Richter ja, dass er bereit ist, Verantwortung für sein Handeln zu übernehmen. Er könnte sogar mit einer Bewährungsstrafe davonkommen, aber darum geht es mir gar nicht. Ich möchte einfach, dass das Ganze aktenkundig wird, damit es schwarz auf weiß dasteht, sollte er rückfällig werden. Mir graut davor – mich im Gerichtssaal hinzustellen und gegen meinen Mann auszusagen ...« Amy schauderte wieder.«Aber er hätte mich an dem Abend umbringen können, und ich will nicht dafür verantwortlich sein, dass es einer anderen Frau genauso ergeht.«

»Es ist gut, dass du es so siehst, und wir werden dich alle dabei unterstützen, das verspreche ich dir. Im Ernst, Amy, ich bin stolz auf dich. So viele Frauen haben verständlicherweise zu große Angst davor, den Mann, der sie misshandelt, vor Gericht zu bringen, vor allem, wenn es ihr Ehemann oder ihr Partner ist. Aber wenn mehr von uns Frauen das tun würden, würde den Männern vielleicht klar werden, dass sie damit nicht mehr ungeschoren davonkommen.« Tammy griff über den Tisch hinweg nach Amys Hand und drückte sie. »Mach's für uns alle, Amy, aber vor allem, mach's für dich und deine süßen Kinder.«

»Ich werde auf jeden Fall bis nach Weihnachten damit warten – in der Familie Montague gibt es im Moment weiß Gott genügend andere Schwierigkeiten, aber danke für deine Unterstützung, Tammy.« Amys Augen glänzten vor Tränen, und sie trank einen großen Schluck Wein. »Aber jetzt lass uns über etwas anderes reden, ja? Wie geht's Evie?«

»Leider gar nicht gut. Ich war heute bei ihr.«

»Und?«

»Ich musste ständig an mich halten, um nicht loszuheulen. Es ist einfach entsetzlich, Amy. Clemmie ist jetzt im Krankenhaus, um sich von Evie zu verabschieden.«

»Das Leben ist wirklich grausam. Der arme Nick und die arme Clemmie.«

»Ich weiß. Und Nick geht so gut mit ihr um, so fürsorglich und liebevoll.«

»Nick ist ein guter Kerl, Tammy. Du darfst nicht glauben, dass er und Evie ...«

»Nein, das glaube ich auch nicht mehr, Amy. Ich freue mich einfach für Evie, dass er jetzt bei ihr ist.«

»Wie können zwei Brüder nur so unterschiedlich sein?«, fragte

Amy mit einem Seufzen. »Wie's aussieht, habe ich mir einfach den Falschen ausgesucht.«

Tammy trank einen Schluck von ihrem Wein und warf einen Seitenblick zu Amy hinüber. »Hast du in letzter Zeit von Sebastian gehört?«

»Nein. Weshalb sollte ich?«

»Weil ihr bei meiner Party ... na ja, es sah aus, als wärt ihr zusammen, wenn ich ganz ehrlich sein darf.«

»Tja, das waren wir auch, eine Zeit lang. Ich wollte Sam sogar schon verlassen, aber dann ist er wegen des Betrugs mit Admiral House festgenommen worden. Als sie ihn dann auf Kaution gehen ließen, wusste ich, dass ich es nicht schaffe. Ich habe Sebastian gesagt, dass ich ihn nie mehr wiedersehen will.«

»Ah ja. Und ist es wirklich vorbei? Sogar jetzt, nachdem du Sam verlassen hast?«

Amy starrte in die Ferne. »Ich sage meinem Herzen ständig, dass es aus und vorbei ist, aber es will nicht auf mich hören. Wie auch immer, ich hatte meine Chance, und jetzt ist sie vorüber. Außerdem muss ich mich im Moment wirklich auf die Kinder konzentrieren. Durch die ganze Geschichte haben sie von einem Tag auf den anderen ihren Vater verloren.«

»Du willst Sebastian also nicht sagen, dass du Sam verlassen hast?«

»Nein«, bekräftigte Amy. »Wie auch immer, er hat wahrscheinlich schon eine andere. Ich war für ihn nur ein netter Zeitvertreib hier in Southwold.«

»Nach dem zu urteilen, was ich gesehen habe, kam es mir wie sehr viel mehr vor, Amy.«

»Tammy, entschuldige, können wir das Thema sein lassen?«

»Entschuldige, natürlich. Wie geht's den Kindern?«

»Denen geht es sehr gut, danke.« Amys Gesicht hellte sich auf. »Sie finden ihr neues Zuhause einfach klasse und lieben ihren neuen Babysitter namens Freddie. Er verwöhnt sie nach Strich und Faden. Ach, wisst ihr, du und Nick, schon, was ihr an Weihnachten macht?«

»Ich glaube, das hängt ganz von Evie ab. Wir haben noch keine konkreten Pläne.«

»Natürlich. Ich freue mich so, dass ihr trotz der Schwierigkeiten wieder zusammengefunden habt, Tammy. Übrigens, willkommen im Kreis der Mütter.« Amy lächelte, und sie stießen noch einmal an.

»Ich weiß. Es ist ein ganzes Stück früher, als ich es mir vorgestellt hätte, aber Clemmie ist so ein liebes Mädchen. Außerdem sind mir bei ihr die Wehen erspart geblieben.«

»Wohl wahr.« Amy lachte kurz auf. »Obwohl das bestimmt noch kommt. Wohnt du und Nick schon zusammen?«

»Nein. Clemmie braucht Zeit, um sich an die Situation zu gewöhnen. Aber ich glaube, dass ich nach Weihnachten zu ihnen in Nicks neues Haus in Battersea ziehen werde.«

»Ich hoffe sehr, dass ihr heiratet, Tammy. Es wäre schön, ein Fest zu haben, auf das wir uns alle freuen können.«

»Eins nach dem anderen, aber ja, das wünsche ich mir auch, und für Clemmie wäre es wahrscheinlich auch gut. Allerdings sollte ich wohl warten, bis er mir einen Antrag macht«, sagte Tammy lachend. »Irgendwie haben wir bei allem die Reihenfolge etwas durcheinandergebracht.«

»Tja, so ist das wohl bei Familien heutzutage. Übrigens, hat Posy schon entschieden, was sie wegen Admiral House unternehmen will?«

»Wir haben uns heute Vormittag kurz darüber unterhalten – ich glaube, sie will es im Januar wieder zum Verkauf anbieten.«

»Es ist wirklich traurig – das Haus ist seit dreihundert Jahren im Besitz ihrer Familie. Und es ist so schön. Sebastian hat sich richtig verliebt, und ich mag es sowieso sehr gern. Bevor es verkauft wird, muss ich es wirklich malen. Ich habe mir überlegt, dass ich Posy das Bild zum siebzigsten Geburtstag schenken könnte.«

»Posy ist siebzig?«, fragte Tammy verblüfft. »Wow! Ich habe sie für zehn Jahre jünger gehalten.«

»Ich weiß. Mit ihrer Energie stellt sie uns alle in den Schatten. Aber jetzt sollte ich wirklich gehen und Freddie erlösen, er hat sich heute zum zwölften Mal *Die Muppets-Weihnachtsgeschichte* angesehen. Es war schön, dich zu sehen, Tammy, und wenn du Zeit hast, schau doch bei mir vorbei. Ich wohne gleich um die Ecke von der High Street, aber wenn du vorher anrufst, erkläre ich dir, wie du hinfindest. Und bring Clemmie mit, dann kann sie gleich ihren frechen Cousin und ihre nicht minder freche Cousine kennenlernen.«

»Wenn ich Zeit habe, mache ich das gern. Es war wirklich schön, dich zu sehen, Amy.« Tammy stand auf und umarmte sie kurz. »Pass auf dich auf, ja?«

»Jetzt kann ich sagen, dass ich das tue, Tammy. Ciao.«

Kapitel 39

Am folgenden Nachmittag machte Tammy mit Clemmie und Posy gerade einen Rundgang durch den Garten, als das Handy in ihrer Tasche läutete.

»Entschuldigt, ihr beiden, ich bin gleich wieder da«, sagte sie laut und gab Posy über Clemmies Kopf hinweg zu verstehen, dass Nick am Apparat war. Posy nickte und ging mit Clemmie weiter, damit Tammy ungestört reden konnte.

»Ja, bitte?«

»Tammy, hier ist Nick. Evie ist vor zwanzig Minuten gestorben.« Sie hörte die Erschöpfung und die Leere in seiner Stimme.

»Ach, Nick, das tut mir so unendlich leid.«

»Danke. Ich muss hier leider noch einigen Papierkram erledigen, aber sobald ich das gemacht habe, fahre ich nach Hause. Bitte sag Clemmie noch nichts, ja? Ich glaube, sie sollte es von mir erfahren.«

»Aber natürlich. Mach's gut, mein Schatz. Ich liebe dich.«

Tammy betrachtete den Garten, über dem zarter Dunst hing, und atmete den behaglichen Geruch von Holzfeuer ein. Posy schnitt gerade Stechpalmenzweige von einem Strauch, während Clemmie ihr die Leiter hielt. Tammy ging zu ihnen, und als Posy hinunterstieg, sah sie fragend zu ihr, und Tammy schüttelte ganz leicht den Kopf. Posy nickte.

»Ich glaube, ich habe endlich ein Familienmitglied gefunden, das meine Leidenschaft fürs Gärtnern teilt, oder was meinst du, Clemmie?«, fragte Posy lächelnd.

»Ja! Ich mag Blumen und Pflanzen, und wenn sie im Frühling wieder rauskommen, bringt Oma mir alles über sie bei.«

»Darauf kannst du wetten! Und jetzt – sollen wir ins Haus gehen und uns eine heiße Schokolade machen und dazu ein Stück Kuchen essen? Hier draußen wird es allmählich sehr kalt und dunkel.«

Als sie zum Haus zurückkehrten, blickte Tammy in den Himmel, wo schon die ersten Sterne funkelten.

Leb wohl, Evie. Ich verspreche dir, ich tue mein Bestes, mich um deine Tochter zu kümmern ...

Nick kam eine Stunde später nach Hause, er sah blass und erschöpft aus. Er ging mit Clemmie ins Frühstückszimmer, wo sie und Posy den Weihnachtsbaum aufgestellt hatten, und schloss die Tür hinter sich.

»Ein Glas Wein wäre jetzt genau das Richtige«, sagte Posy düster und holte die Flasche aus dem Kühlschrank. »Für dich wahrscheinlich auch, oder?«

»Gern, Posy.«

Schweigend saßen die beiden Frauen am Tisch und hingen ihren Gedanken nach.

»Ich war etwas jünger als Clemmie, als mein Vater starb«, sagte Posy nach einer Weile. »Im Unterschied zu ihr war ich zwar überhaupt nicht darauf vorbereitet, aber trotzdem. So viel ihre Mutter auch getan hat, um ihr zu helfen, mit der Nachricht zurechtzukommen, es wird nicht leicht für sie sein. Sie wird am Boden zerstört sein. Bis jetzt war das alles noch vage Zukunft, aber jetzt ist es Realität geworden.«

»Wie ist dein Vater denn gestorben, Posy?«

»Das, Tammy, ist ein lange Geschichte.« Posy lächelte traurig. »Vor Kurzem ist etwas passiert, und ich hatte das Gefühl, ich würde ihn ein zweites Mal verlieren.«

Die Tür zum Frühstückszimmer ging auf, und Nick erschien mit Clemmie auf dem Arm. Ihr Kopf lag an seiner Schulter.

»Sie hat gesagt, sie möchte zu dir, Mum«, sagte er und trug sie zu ihr.

Bei dem kurzen Blick, den Tammy auf Clemmies tränenüberströmtes Gesicht bekam, wurde ihr das Herz schwer vor Liebe. Nick gab ihr die Hand, während Posy sich Clemmie auf den Schoß setzte.

»Ist von dem Wein noch etwas da?«, fragte er.

Tammy holte die Flasche und ein weiteres Glas, dann verließen sie zusammen den Raum.

»Wie hat sie's aufgenommen?«

»Relativ gefasst. Sie hat mir gesagt, dass Evie sich gestern von ihr verabschiedet hat«, berichtete er, als sie sich im Frühstückszimmer vor das Feuer setzten. »Aber sie ist natürlich unendlich traurig.«

»Das ist doch klar.«

»Ich habe ihr gesagt, dass Mummy friedlich eingeschlafen ist. Was auch stimmt. Evie ist irgendwann einfach nicht mehr aufgewacht. Es war besser so, Tammy, sie hatte so große Schmerzen. Ich …«

Nick begann zu weinen, und Tammy zog ihn an sich, und er schluchzte leise an ihrer Schulter.

»Es tut mir so leid, so unendlich leid«, flüsterte Tammy.

Nick löste sich aus ihrer Umarmung und trocknete sich die Tränen an seinem Pullover. »Entschuldige, dass ich dir etwas vorweine, Tammy. Ich muss mich um Clemmies willen zusammenreißen. Es wird einiges zu organisieren geben – Evies Beisetzung, zum Beispiel –, sie hat sich etwas Schlichtes hier in der Kirche vorgestellt. Und dann ihr Haus in Southwold – sie hat natürlich alles Clemmie hinterlassen. Sie meinte, es wäre wahrscheinlich am besten, es zu verkaufen und das Geld für ihre Ausbildung und ein Studium anzulegen.«

»Das hat alles noch etwas Zeit, Nick. Das Wichtigste ist jetzt, dass wir uns alle um Clemmie kümmern.«

»Ja.« Nick lächelte matt. »Danke, dass du so großartig bist. Es tut mir so leid, Tammy, ich ...«

»Sei still, Nick. Darum geht es bei Liebe doch, oder nicht? Dass man in schlechten Zeiten zusammenhält.«

»Na, hoffen wir mal, dass es auch gute Zeiten geben wird.«

»Ganz bestimmt, Nick, das verspreche ich dir«, sagte Tammy mit Nachdruck.

Evies Beerdigung fand eine Woche später an einem nasskalten, grauen Tag statt. Anschließend trafen sich die wenigen Trauergäste in Admiral House zu einem Glas Glühwein und Posys selbst gebackenen Mince Pies.

»Ich bin sehr stolz auf sie«, sagte Posy zu Nick, als sie Clemmie beobachteten, die mit ihren neu gefundenen Cousins auf dem Küchenboden saß. »Sie scheint sich sehr gut einzupassen. Habt ihr schon entschieden, ob sie weiter aufs Internat gehen soll?«

»Wir haben darüber gesprochen, und Clemmie sagt, dass sie zumindest vorläufig dort bleiben möchte. Sie hat viele Freundinnen gefunden, außerdem bedeutet es Normalität, was für sie im Moment sehr wichtig ist«, antwortete Nick.

»Guten Tag, Posy«, sagte Marie, die sich zu ihnen gesellte. »Hi, Nick.«

»Hi, Marie, danke, dass Sie gekommen sind«, antwortete er höflich.

»Aber das ist doch selbstverständlich. Evie und ich waren an der Schule sehr eng befreundet. Die ganzen Träume, die wir hatten ...« Marie schüttelte den Kopf. »Wer hätte gedacht, dass Evies Zukunft so endet.«

»Ich weiß, es ist sehr traurig«, sagte Posy seufzend.

»Mir ist klar, dass es nicht ganz der richtige Augenblick ist, aber haben Sie sich schon überlegt, was Sie mit Admiral House machen möchten?«, fragte Marie.

»Nicht so ganz, meine Liebe, nein, aber wenn, dann erfahren Sie als Erste davon«, antwortete Posy etwas irritiert.

»Ich schaue demnächst bei Ihnen vorbei«, sagte Nick. »Ich würde mich gerne mit Ihnen darüber unterhalten, Evies Haus nach Weihnachten zu verkaufen.«

»Sehr schön. Dafür einen Käufer zu finden, sollte überhaupt kein Problem sein. Clemmie wird danach vermutlich mehr Geld haben als jeder andere von uns. Rufen Sie mich einfach an, wenn's für Sie passt.« Und mit einem Nicken ging sie davon.

Nick bemerkte Posys Miene. »Mum, das Leben geht weiter«, sagte er. »So ist die Welt nun mal.«

»Ich weiß. Das tat sie auch, als ich meinen Vater verlor.« Posy drehte sich nach Freddie um, der in seinem dunklen Anzug sehr schick aussah. Er war in ein Gespräch mit Tammy vertieft.

»Er wirkt sehr nett«, sagte Nick mit einem breiten Lächeln.

»Das ist er auch. Ich fühle mich vom Glück gesegnet.«

»Es ist auch Zeit geworden, dass du endlich jemanden hast, der sich um dich kümmert.«

»Ich hoffe, dass wir uns umeinander kümmern.« Posy lächelte. »Irgendwann einmal erzähle ich dir von ihm und warum wir nicht schon vor vielen Jahren zusammengekommen sind. Übrigens, Nick, habt ihr euch schon Gedanken wegen Weihnachten gemacht?«

»Ich habe gestern Abend mit Tammy und Clemmie darüber gesprochen, und wir würden gerne hier bei dir feiern, wenn das in Ordnung ist.«

»Aber selbstverständlich, Nick. Freddie, Amy und die Kinder werden sowieso hier sein. Für sie ist es auch schwierig – das erste Weihnachten ohne ihren Vater. Aber wir werden es uns so schön machen, wie es uns möglich ist.«

In den Tiefen ihrer Handtasche läutete ihr Handy. »Entschuldige, Nick, das sollte ich annehmen.«

»Natürlich.«

»Ja, bitte?«

»Posy, hier ist Sebastian.«
»Guten Tag, Sebastian. Wie schön, Sie zu hören.«
»Kommt mein Anruf ungelegen?«
»Nein, gar nicht.« Posy verließ die Küche und schloss die Tür hinter sich, um ihn besser zu verstehen. »Und, haben Sie Glück gehabt?«
»Erstaunlicherweise ja. Ihr Vater liegt in einem unmarkierten Grab auf dem Gelände von Pentonville Prison.«
»Unmarkiert?«
»Nun ja, es gibt keinen Grabstein, es liegen nur ein paar Angaben vor, wo genau auf dem Gelände er begraben wurde.«
»Ah ja. Kann ich es denn besuchen?«
»Tja, üblich ist es nicht, aber mein Ansprechpartner hat das eine oder andere gute Wort eingelegt, und ja, Sie können es besuchen. Wäre Ihnen Freitag recht?«
»Selbst wenn nicht, ich bin zur Stelle. Sebastian?«
»Ja?«
»Würden Sie mich begleiten?«
»Natürlich. Aber würden Sie nicht lieber jemanden aus Ihrer Familie mitnehmen?«
»Nein, ganz bestimmt nicht. Meine Söhne wissen noch gar nichts davon.«
»Also gut. Ich hätte zwar nie gedacht, dass ich so etwas zu Ihnen sagen würde, Posy, aber dann treffe ich Sie am Freitag um vierzehn Uhr vorm Gefängnis.«
»Perfekt. Ich danke Ihnen tausendfach.«
»Kein Problem, Posy. Also, dann bis Freitag.«
Posy brauchte einen Moment, um sich wieder zu sammeln. Welche Ironie, dachte sie, dass sie die Grabstelle ihres Vaters genau in dem Moment entdeckte, als sie einen anderen Menschen beerdigten, der vor seiner Zeit gestorben war.
Sie atmete tief durch und kehrte in die Küche zurück.

Kapitel 40

»Guten Tag, Posy. Alles klar?« Sebastian begrüßte sie mit einem freundlichen Lächeln.

»So weit wie möglich, ja.«

»Sind Sie wirklich sicher, dass Sie das machen wollen? Ich meine, es ist ziemlich trostlos«, sagte er und deutete auf das abweisende Gebäude vor ihnen.

»Absolut sicher.«

»Na, dann wollen wir mal.« Sebastian betätigte den Summer und nannte ihre Namen, dann öffnete sich das Gefängnistor mit einem Klicken.

Eine Viertelstunde später wurden sie von einer Gefängnisbeamtin in den Hof geführt.

»Laut den Koordinaten wurde Ihr Vater dort drüben beigesetzt«, sagte sie, als sie über das Gras – und, wie Posy vermutete, zahlreiche Tote – zu einer Stelle ganz in der Nähe der hohen Gefängnismauer gingen.

»Also«, sagte die Beamtin und warf einen Blick auf den Ausdruck, den sie mitgebracht hatte. Sie deutete auf einen flachen Grashügel zu ihrer Linken. »Das ist es.«

»Danke.«

»Soll ich mitkommen?«, fragte Sebastian.

»Nein, danke. Es dauert nicht lange.«

Posy näherte sich dem flachen Hügel, auf den die Beamtin gedeutet hatte, das Herz klopfte ihr wie wild in der Brust. Dann stand sie davor. Als sie feststellte, dass nichts darauf hinwies, wer ihr Vater gewesen war, traten ihr Tränen in die Augen.

»Guten Tag, Daddy«, flüsterte sie. »Es tut mir so leid, dass du an diesem schrecklichen Ort liegst. Du hättest etwas Besseres verdient.«

Während Posy dort stand, wurde ihr zum ersten Mal bewusst, dass ihrem Vater der Auftrag erteilt worden war, Menschen zu töten, als er mit seiner Spitfire mitten in den Krieg hineingeflogen war. Dafür war er mehrfach ausgezeichnet und zum Helden erklärt worden. Und hier lag er inmitten Hunderter anderer verurteilter Verbrecher, weil er einem Mann, der ihn grausam hintergangen hatte, das Leben genommen hatte.

»Du solltest nicht hier liegen, Daddy, und ich möchte dir sagen, dass ich dir verzeihe. Und dass ich dich immer lieben werde.«

Sie öffnete den Beutel, den sie mitgebracht hatte, und holte das Sträußchen heraus, das sie eigens für ihn gebunden hatte – ätherisch weiße Christrosen und dazwischen glänzendes Stechpalmenlaub mit zahlreichen roten Beeren.

Sie legte es auf den Hügel, schloss die Augen und sprach ein Gebet.

Sebastian und die Beamtin sahen ihr aus respektvoller Entfernung zu.

»Weiß sie, dass im selben Grab noch zwei andere liegen?«

»Nein, und das braucht sie auch nicht zu wissen«, flüsterte Sebastian mit Nachdruck, während Posy sich bekreuzigte und zu ihnen zurückkehrte.

»Fertig?«, fragte er.

»Ja, danke.«

Nachdem sie das Gefängnis verlassen hatten, wandte Sebastian sich zu ihr. »Jetzt, wo das vorbei ist – was halten Sie davon, wenn wir in ein Taxi springen und bei Fortnum's vorbeischauen?«

»Ich wüsste nichts, was mir jetzt besser gefallen würde,

Sebastian«, sagte Posy mit einem Lächeln. »Schauen wir zu, dass wir fortkommen.«

Eine halbe Stunde später saßen sie in der festlichen Atmosphäre des Fountain Room bei Fortnum & Mason. Sebastian hatte jedem von ihnen ein Glas Champagner bestellt.

»Auf Ihren Vater, Posy. Und auf Sie.« Er stieß mit ihr an, und beide tranken einen Schluck. »Wie geht es Ihnen jetzt, nachdem Sie gesehen haben, wo er begraben ist? Besser oder schlechter?«

»Eindeutig besser«, antwortete Posy und nickte bekräftigend, während sie sich ein Gurkensandwich nahm. »So schrecklich alles war, irgendwann muss es ein Ende finden. Ich habe mich von ihm verabschiedet.«

»Das war sehr mutig von Ihnen, Posy.«

»Ich bin einfach froh, dass ich es gemacht habe, und ich danke Ihnen wirklich von Herzen für Ihre Hilfe dabei. Aber jetzt erzählen Sie doch von sich – wie läuft die Arbeit an Ihrem Buch?«

»Ach, langsam, aber sicher geht es voran. Anfang Februar gebe ich das Manuskript ab.«

»Und was machen Sie an Weihnachten?«

»Nichts.« Sebastian zuckte mit den Schultern. »Ich nutze die Zeit, wenn alle anderen Plumpudding essen, um in Ruhe zu arbeiten.«

»Das klingt ziemlich trübsinnig, wenn ich das mal so sagen darf.«

»Wahrscheinlich haben Sie recht, aber es ist mir allemal lieber, als Weihnachten mit meiner Mutter und dem entsetzlichen Mann zu verbringen, den sie nach dem Tod meines Vaters vor ein paar Jahren geheiratet hat. Weihnachten ist etwas für Familien, und da ich keine habe, ist es eben so.«

»Würden Sie sich in dem Fall überlegen, mit meiner Familie in Admiral House zu feiern?«

»Posy, das ist wirklich sehr nett von Ihnen, aber ich glaube nicht, dass Ihre Familie mich dabeihaben möchte.«

»Wieso?«

»Ach«, brummelte Sebastian, als er Butter auf einen Scone strich, »weil ich ein Außenstehender bin.«

»Um ehrlich zu sein, glaube ich, dass meine Familie sich sehr freuen würde, Sebastian. Insbesondere eine Person.«

»Wer soll das sein?«

Posy warf ihm einen Seitenblick zu und griff nach einem weiteren Sandwich. »Amy natürlich.«

Sebastian wurde rot bis unter die Haarwurzeln.

»Jetzt sagen Sie mir bitte nicht, Sie hätten keine Ahnung, wovon ich spreche, Sebastian, weil das gelogen wäre. Und von Lügen habe ich in meinem Leben mehr als genug gehört.«

»Also gut, dann nicht.« Er trank einen großen Schluck von seinem Champagner. »Woher wissen Sie das?«

»Das stand Ihnen beiden ins Gesicht geschrieben.«

»Das ist schon möglich, aber Amy hat mir gesagt, dass sie Sam nie verlassen wird.«

»Woraufhin Sie sang- und klanglos aus Admiral House verschwunden sind.«

»Ja. Verzeihen Sie mir, Posy, eigentlich müssen Sie richtig sauer auf mich sein. Sam ist Ihr Sohn, und ...«

»Sebastian, Amy hat ihn verlassen. Er hat sie brutal misshandelt, und nur dank Freddie ist es nicht so schlimm ausgegangen, wie es hätte sein können. Er ist im Moment in einer Klinik in Essex, um sich wegen seines Alkoholproblems und seiner Aggressivität behandeln zu lassen.«

»O mein Gott, Posy.« Sebastian schüttelte den Kopf. »Ich bin ... also, ehrlich gesagt weiß ich nicht, was ich bin. Erschüttert, wäre wahrscheinlich annähernd richtig.«

»Hatten Sie jemals einen Verdacht, dass Amy misshandelt wurde, Sebastian?«

»Ich ... Ja, aber ich war mir nicht sicher. Sie hatte blaue Flecken an merkwürdigen Stellen ...«

»Sie brauchen gar nicht so prüde zu sein, Sebastian. Ich frage mich oft, warum die jüngere Generation gegenüber der älteren so um den heißen Brei herumredet, wenn es um Sex geht, dabei haben wir doch mit solchen Dingen gemeinhin sehr viel mehr Erfahrung als sie. Wie auch immer, Amy wird nicht zu Sam zurückkehren, selbst wenn er die Klinik als neuer Mensch verlässt.«

»Ich muss sagen, da bin ich erleichtert. Sie ist ein so guter Mensch, und sie hat wenig Freude im Leben gehabt.«

»Das stimmt, ja. Sebastian, lieben Sie sie?«

»Ja, Posy, doch, ich liebe sie. Wäre ich mir nicht sicher gewesen, als ich wegging, dann wüsste ich es spätestens jetzt ganz genau. Obwohl sie mir gesagt hat, dass ich mir keinerlei Hoffnung machen soll, habe ich im vergangenen Monat an nichts anderes gedacht. Das ist ehrlich gesagt auch der Grund, weshalb ich mit dem Schreiben nicht so recht vorankomme. Ich ... na ja«, er seufzte, »ich denke einfach die ganze Zeit an sie.«

»Also, wie wär's, wenn Sie Weihnachten zu uns kämen?«, wiederholte Posy die Einladung.

»Ich weiß es nicht.« Er musterte sie eingehend über den Tisch hinweg. »Wenn ich ehrlich bin, kann ich nicht ganz verstehen, weshalb Sie die Frau Ihres Sohnes wieder in die Arme ihres Geliebten treiben möchten.«

»Weil ich realistisch bin, Sebastian. Nicht nur Amy hat eine schwere Zeit hinter sich, Sie auch. So viele Menschen erleben nie ihr Happy End – ich habe fünfzig Jahre gebraucht, um meins zu finden. Wenn es also in meiner Macht steht, das bei anderen zu befördern, dann tue ich es. Amy braucht Sie und meine Enkelkinder auch.«

»Aber was ist mit Sam?«

»Keine Mutter gibt gern zu, dass sie einen Tunichtgut in die Welt gesetzt hat, aber das ist er wohl. Weil ich das nicht wahrhaben wollte, hat Nick in seiner Kindheit furchtbar gelitten, und Amy, die mir sehr nahesteht, hätte es fast das Leben gekostet.

In den letzten Tagen habe ich mich gefragt, ob es in den Genen liegt – schließlich hat mein Vater seinen besten Freund getötet.«
»Posy, das ist eine völlig andere Sache. Das war ein Verbrechen aus Leidenschaft. Wäre es in Frankreich passiert, wäre er wahrscheinlich ehrenhalber begnadigt worden.« Sebastian lächelte.
»Wahrscheinlich haben Sie recht. So habe ich mir das noch nie überlegt. Natürlich mache ich mir Vorwürfe wegen Sams Verhalten. Habe ich etwas falsch gemacht – oder nicht gemacht? War es eine Reaktion darauf, dass er seinen Vater so früh verloren hat? Aber solche Überlegungen führen zu nichts.«
»Das stimmt, Posy. Zumindest sind Amy und die Kinder jetzt in Sicherheit.«
»Ich möchte auch, dass sie glücklich sind. Möchten Sie nicht kommen, Sebastian? Freddie wird da sein, und mein Sohn Nick und Tammy auch.«
»Das ist wirklich sehr nett von Ihnen, Posy, aber darf ich mir mit meiner Antwort etwas Zeit lassen?«
»Natürlich. So, und jetzt erzähle ich Ihnen die ergreifende Geschichte, wie ich zu einem weiteren Enkelkind gekommen bin ...«

»Endlich allein!«, rief Freddie, als er Posy auf der Türschwelle zu seinem Cottage an sich zog. »Komm herein! Ich habe das Gefühl, als hätte ich dich seit Wochen nicht für mich allein gehabt«, sagte er und führte sie ins Wohnzimmer, wo auf dem Sofatisch ein Tablett mit einer Flasche Champagner und zwei Gläsern stand.
»Du meine Güte, was gibt es denn zu feiern?«
»Gar nichts, außer dass es bald Weihnachten ist und, wichtiger noch, dass unsere Herzen noch in unserer Brust schlagen. In unserem Alter sollte man keinen besonderen Anlass brauchen, um Champagner zu trinken.«
»Ich habe gestern auch schon Champagner bekommen.«
»Ach ja? Wo war das?«, fragte Freddie, als er die Flasche öffnete, die zwei Gläser füllte und ihr eines reichte.

»Bei Fortnum's. Ich war mit Sebastian dort zum Tee.«
»Ich verstehe! Habe ich etwa einen Nebenbuhler?«
»Wenn ich dreißig Jahre jünger wäre, dann ja«, sagte Posy lächelnd. »Prost.«
»Prost.« Freddie hob sein Glas. »Wie geht's ihm?«
»Ganz gut, und er lässt dich grüßen. Ich habe gehört, dass du ihn in unser Melodrama eingeweiht hast.«
»In der Tat, und ich bin ihm dankbar für den guten Rat, den er mir gegeben hat. Aber was mich mehr interessiert – weshalb hast du ihn bei Fortnum's getroffen?«
»Ich hatte ihn gebeten, das Grab meines Vaters ausfindig zu machen, und das habe ich gestern besucht.«
»Ich verstehe. Wo ist es?«
»Im Pentonville Prison, und bevor du fragst, ja, es hätte nicht trostloser sein können. Aber es hat seinen Zweck erfüllt, und jetzt habe ich wirklich das Gefühl, in die Zukunft blicken zu können.«
»Dann freue ich mich für dich, Posy, obwohl ich dich wirklich jederzeit begleitet hätte, wenn du mich gefragt hättest.«
»Das war etwas, das ich allein machen musste, Freddie. Ich hoffe, das kannst du verstehen.«
»Doch, das kann ich.«
»Ich habe Sebastian zu Weihnachten eingeladen.«
»Wirklich? Dann freue ich mich, ihn zu sehen. In deiner Familie sind Männer mittlerweile in der Minderzahl.«
»Er und Amy hatten eine Affäre, als Sebastian bei mir in Admiral House gewohnt hat.«
»Wirklich? Hast du davon gewusst?«
»Nun ja, zumindest hatte ich den Verdacht. Er ist ein wunderbarer Mensch, Freddie. Genau das, was Amy verdient.«
»An dir ist ja eine richtige Kupplerin verloren gegangen!«
»Nach allem, was in den vergangenen Wochen passiert ist, sind wir doch beide der Meinung, dass das Leben einfach zu kurz ist.

Wir haben ein ganzes glückliches Leben miteinander verpasst, und ich möchte nicht, dass es Amy und Sebastian ebenso ergeht.«

»Ich muss ja sagen«, meinte Freddie lächelnd, »das finde ich sehr großzügig von dir in Anbetracht von Sam.«

»Na ja, wenn man bedenkt, dass Sam mich vor zwei Tagen aus der Reha angerufen und mir erzählt hat, er habe eine Frau kennengelernt, der er nähergekommen ist, bezweifle ich, dass er allzu lang allein sein wird. Sie heißt Heather und ist ebenfalls wegen ihrer Alkoholsucht dort. Offenbar weiß sie von seinem Alkoholproblem und auch von seiner Aggressivität, und sie unterstützt ihn. Angesichts der Umstände klang er sehr zuversichtlich. Und nüchtern natürlich.«

»Das sind ja wirklich erfreuliche Nachrichten.«

»Das stimmt, ja, und was Amy und Sebastian betrifft – ich habe nur eine Einladung ausgesprochen. Wie's weitergeht, liegt an ihnen.«

»Genau. So, und hättest du jetzt Lust, etwas zu essen? Ich fürchte, es ist wieder mein Eintopf.«

Freddie hatte in der Küche die Kerzen angezündet, und Posy setzte sich, während er die Teller füllte.

»Posy, meine Liebe, ich muss dir ein Geständnis machen.«

»Ach, du meine Güte, Freddie.« Posys Herzschlag beschleunigte sich. »Ich weiß nicht, ob ich noch mehr schlechte Nachrichten verkrafte. Worum geht es denn?«

»Um ehrlich zu sein, um Sams Verhaftung. Vor einer Weile hatte ich mich mit Sebastian über diesen Ken Noakes unterhalten. Ich hatte irgendwie ein ungutes Gefühl wegen dieses Kerls, und ich fragte Sebastian, ob er noch Kontakte aus seiner Zeit als Journalist hatte, um etwas in Noakes' Vergangenheit zu wühlen. Und wir sind tatsächlich fündig geworden. Dann hat das Betrugsdezernat Kontakt mit Sebastian aufgenommen, um zu erfahren, wo sich Mr. Noakes aufhält. So kam es dazu, dass er verhaftet wurde und dein Sohn gleich dazu.«

»Ich verstehe. Na ja …«, sagte sie nach einer Weile, »wenigstens ist es nicht so schlimm, wie ich erwartet habe. Eigentlich müsste ich dir ja sogar danken.«

»Findest du?« Besorgt beobachtete Freddie ihre Miene.

»Aber ja! Weiß der Himmel, was passiert wäre, wenn du und Sebastian nicht eingegriffen hättet. Sam wäre immer weiter abgerutscht, und jetzt bekommt er wenigstens die Hilfe, die er braucht. Wenn ich mir dann auch noch vorstelle, dass Admiral House diesem schrecklichen Mann in die Hände gefallen wäre … Durch euch ist alles ans Tageslicht gekommen. Schmerzhaft, aber notwendig.«

»Das heißt, du vergibst mir?«

»Es gibt nichts zu vergeben, Freddie. Wirklich nicht.«

»Gott sei Dank. Nachdem ich all die Jahre dieses furchtbare Geheimnis mit mir herumgetragen habe, wollte ich nichts mehr vor dir verborgen halten. Aber jetzt – wie geht es Clemmie?«

»Erstaunlich gut, und sie ist ganz aufgeregt wegen Weihnachten. Sie sind für ein paar Tage nach London zurückgefahren und kommen Heiligabend wieder. Ich möchte, dass es für sie ein ganz besonders schönes Fest wird.«

»Das wird dir bestimmt gelingen, Posy. Aber was ist mit Admiral House?«

»Das kann bis nach Weihnachten warten«, sagte Posy mit Nachdruck.

»Natürlich. So, und jetzt lass es dir schmecken.«

Nach dem Essen gingen sie ins Wohnzimmer zurück und saßen mit einem Glas Brandy vor dem Feuer.

»Hoffen wir, dass das Leben im neuen Jahr ruhiger wird«, sagte Freddie.

»Ja, und ich möchte dir danken für deinen Einsatz. Du hast ja nicht nur mich unterstützt, sondern auch die ganze Familie. Du warst einfach großartig, Freddie. Alle lieben dich.«

»Wirklich?«

»Ja. Als ich dich ihnen vorstellte, kam ich mir vor wie ein kleines Kind, das die Zustimmung seiner Eltern sucht. Die Zustimmung der Familie ist so wichtig, findest du nicht?«

»Doch, das stimmt, und es freut mich, dass ich die Prüfung bestanden habe.«

»Das hast du, Freddie. Aber jetzt muss ich mich verabschieden. Die letzten Tage waren doch ziemlich anstrengend.«

»Posy?« Freddie stand auf und ging zu ihr, nahm sie an der Hand und zog sie hoch. »Magst du nicht bleiben?«

»Ich ...«

»Bitte«, sagte er. Dann küsste er sie, und als er sie zehn Minuten später nach oben führte, störte es sie gar nicht mehr, dass ihr Körper fast siebzig Jahre alt war, denn das war seiner auch.

Kapitel 41

»Amy, hättest du etwas dagegen, einen alten Freund von mir in Halesworth am Bahnhof abzuholen? Wir kommen von unseren Mince Pies hier nicht weg, oder, Clemmie?«

»Nein«, stimmte Clemmie zu und löffelte konzentriert weiter Füllmasse in die kleinen Mürbteigförmchen.

»Natürlich kann ich das machen. Wen denn?«

»Ach, er heißt George. Ich schicke ihm eine SMS, dass er nach einer schönen Blondine Ausschau halten soll«, sagte Posy lächelnd.

Freddie, der am Tisch saß, verdrehte belustigt die Augen.

»In Ordnung. Schaust du bitte immer mal wieder nach den Kindern? Sie sind im Frühstückszimmer und versuchen zu erraten, was in den Geschenken unterm Weihnachtsbaum ist.«

»Dann sollte ich wohl besser aufpassen, dass sie sie nicht öffnen«, sagte Clemmie, wischte sich die Hände an der Schürze ab und verließ die Küche.

»George, ah ja?«, sagte Freddie, der sich hinter Posy gestellt hatte und ihr die Schultern massierte.

»So heißt der Held in Sebastians Buch«, sagte sie achselzuckend. »Ein anderer Name ist mir auf die Schnelle nicht eingefallen.«

»So, so. Kann ich etwas tun?«

»Gerne. Du kannst den Tisch decken. Tammy und Nick sind oben und packen die letzten Geschenke ein. Die Kinder bekommen dieses Jahr regelrechte Berge.«

»Also«, sagte Freddie und holte das Besteck aus der Anrichte, »ich habe mir überlegt...«

»Was?«, fragte Posy und schob das Blech Mince Pies in den Ofen.

»Ob ich dich, wenn dieser Wahnsinn vorbei ist, für zwei Wochen entführen könnte. Du hättest dir einen Urlaub mehr als verdient, Posy.«

»Ich würde ja schon gern, aber...«

»Kein Aber, Posy. Ich bin überzeugt, dass alle zwei Wochen ohne dich auskommen können. Wir sollten uns auch einmal etwas Zeit für uns gönnen, Liebste.« Mit dem Besteck in den Händen gab er ihr einen Kuss auf die Wange. »Ich habe an den Fernen Osten gedacht. Vielleicht Malaysia?«

»Himmel! Dahin würde ich so gerne noch einmal fahren, Freddie.«

»Gut. Dann tun wir das doch, solange es noch geht.«

»Da hast du recht«, stimmte Posy ihm zu. »Das würde mir so gut gefallen.«

Dann kamen die drei Kinder in die Küche, und Posy richtete ihre Aufmerksamkeit auf sie.

Amy stand am Bahnsteig und rieb die Hände zum Wärmen aneinander. Der Zug hatte eine Viertelstunde Verspätung, und es war eiskalt. Endlich fuhr er in den Bahnhof ein, und Passagiere ergossen sich auf den Bahnsteig, beladen mit Taschen, aus denen Weihnachtsgeschenke ragten. Amy ließ den Blick über die Menschenmenge schweifen und hoffte nur, dass Posys SMS angekommen war, denn sonst würde sie diesen George nie finden. Langsam leerte sich der Bahnsteig, und Amy wollte gerade gehen, um ihr Handy aus dem Auto zu holen und Posy anzurufen, als sie in einigen Metern Entfernung eine große Gestalt stehen sah.

Sie schluckte und fragte sich, ob sie halluzinierte, aber nein, es war Sebastian. Langsam kam er auf sie zu.

»Guten Tag, Amy.«

»Guten Tag. Ich muss jetzt leider sofort zum Auto, weil ich jemanden namens George abholen soll, einen Freund von Posy, und ...«

»Das bin ich«, sagte er lächelnd.

Schweigend starrte Amy ihn an.

»Wenn du mir nicht glaubst, dann ruf sie an.«

»Aber warum ...?«

»Weil sie einer der erstaunlichsten Menschen ist, denen ich je begegnet bin, aber wenn du nicht möchtest, dass ich dabei bin, dann fahre ich mit dem nächsten Zug nach London zurück. Möchtest du mich dabeihaben, Amy?«

»Du meinst, zu Weihnachten?«

»Na ja, das mit dem Umtauschen könnte ein bisschen schwierig werden«, sagte er grinsend. »Also vielleicht etwas länger.«

»Ich ...« Amy drehte sich alles.

»Weißt du – Posy hat mir alles erzählt, und es tut mir sehr leid, dass du das mit Sam alles durchmachen musstest. Ehrlich gesagt würde ich ihn am liebsten eigenhändig erwürgen, aber ich bezweifle, dass das etwas bringt, also versuche ich, mich zu beherrschen. Und jetzt – könntest du vielleicht zu einer Entscheidung kommen, bevor wir beide erfrieren?«

Amy konnte ihn nicht richtig sehen, weil ihre Augen in Tränen schwammen. Ihr Herz, das sie seit Sebastians Abreise hinter Schloss und Riegel gehalten hatte, wollte schier bersten.

»Na ja«, sagte sie und schluckte. »Du bist Posys Gast, und sie hat gesagt, ich soll dich nach Hause fahren.«

»Aber bist du dir sicher, dass du das auch möchtest?«

»Ja, da bin ich mir sicher.«

»Dann lass uns gehen.« Er streckte die Hand aus, und sie nahm sie. Dann gingen sie gemeinsam zum verwaisten Bahnhof hinaus.

Sechs Monate später

Teerose
(Rosa odorata)

Kapitel 42

Posy saß vor dem Spiegel ihrer Frisierkommode und tuschte sich die Wimpern. Dann schminkte sie sich die Lippen mit dem neuen Stift, den sie sich eigens für diesen Abend gekauft hatte, rieb die Farbe aber sofort wieder weg.

»Viel zu grell für eine alte Schachtel wie dich, Posy«, tadelte sie sich.

Durchs offene Fenster hörte sie das kleine Orchester, das auf der Terrasse die Instrumente stimmte. Die Caterer waren in der Küche beschäftigt, und ihre Familie hatte ihr bereits vor drei Stunden verboten, sie zu betreten.

Sie trat ans Fenster und sah hinaus. Es war ein herrlicher, milder Juniabend, genau wie bei dem letzten großen Fest, das kurz nach ihrem siebten Geburtstag hier gefeiert worden war. Sie hatte sich verstohlen auf die Treppe zum Garten hinunter gesetzt in der Hoffnung, nicht entdeckt und ins Bett geschickt zu werden, und ihr Vater war, eine Zigarette in der Hand, zu ihr gekommen.

»Versprich mir, Posy, wenn du die Liebe findest, dann halt sie fest und lass sie nie wieder los.«

Seine Worte klangen ihr in den Ohren, und sie hoffte nur, dass er den heutigen Abend gutheißen würde.

Freddie und sie hatten am Tag zuvor in aller Stille, nur im Kreis der Familie, auf dem Standesamt geheiratet. Heute Abend – ihrem siebzigsten Geburtstag – aber würden sie feiern.

Posy setzte sich auf die Bettkante, um die Schuhe anzuziehen. Sie hatten Kitten Heels und waren furchtbar unbequem, aber sie konnte ja an ihrem großen Abend kaum Gummistiefel tragen, wie Clemmie gesagt hatte, als sie mit ihr einkaufen gegangen war, um ein zu ihrem Outfit passendes Paar zu finden.

Das Kleid hatte Tammy besorgt – eine schimmernd cremefarbene Kreation aus den Dreißigerjahren, die die kleinen Beulen und Dellen des Alters verbarg, ohne dass sie darin aussah wie ein Schiff unter vollen Segeln.

Es klopfte an der Tür.

»Wer ist da?«

»Tammy und Clemmie«, rief Clemmie. »Wir haben die Blumen für dein Haar.«

»Kommt herein!«

Sie traten ein. Tammy sah atemberaubend aus in einem smaragdgrünen langen Futteralkleid, Clemmie trug einen messingfarbenen Taft, der ihren Teint perfekt zur Geltung brachte.

»Ihr seht beide wunderschön aus«, sagte Posy lächelnd.

»Du auch, Oma – ich meine, du siehst überhaupt nicht aus wie eine«, entgegnete Clemmie mit einem Lachen.

»Heute Abend fühle ich mich auch nicht wie eine«, bestätigte Posy.

»Hier, ein Glas Champagner zur Beruhigung der Nerven. Soll ich dir die Blumen ins Haar stecken?«, fragte Tammy.

»Ja, bitte.« Posy trank einen Schluck Champagner und setzte sich wieder an die Frisierkommode. Auf Freddies Wunsch hin hatte sie sich das Haar wachsen lassen, sodass es ihr jetzt in weichen Wellen ums Gesicht fiel.

»So«, sagte Tammy, nachdem sie die zwei cremefarbenen Rosenknospen, frisch aus dem Garten gepflückt, in ihrem Haar befestigt hatte.

»Wie kommen die Caterer voran? Haben sie die Getränke schon aufgebaut?«

»Oma, hör auf, dir Sorgen zu machen. Sie kümmern sich um alles.«
»Bitte glaub mir, Posy, alles läuft bestens«, beruhigte Tammy sie. »Brauchst du noch etwas? Die ersten Gäste sind schon gekommen, und die Jungs haben Aufstellung bezogen, um sie zu begrüßen. Wir sollten auch wieder nach unten gehen.«
»Nein, mir fehlt nichts, danke. Kommt her, ihr zwei Hübschen, und lasst euch von mir einen Kuss geben.« Posy streckte die Hände nach ihnen aus, doch rasch nahm Clemmie ihre Linke und hielt sie Tammy hin.
»Schau, Tammy. Posy hat jetzt zwei Ringe am Finger und du nur einen.«
»Freches Gör«, tadelte Tammy sie. »Du möchtest ja nur noch einmal Brautjungfer sein und ein schönes Kleid tragen.«
»Ich möchte, dass du und Daddy heiratet, damit wir eine richtige Familie sind.«
»Bald, das verspreche ich dir, Clemmie. Aber jetzt sollten wir doch erst einmal Posy ihre eigene Hochzeit und ihren Geburtstag feiern lassen, meinst du nicht?«
Tammy rollte über Clemmies Kopf hinweg amüsiert mit den Augen, während Posy ihrer Enkeltochter einen Kuss gab.
»Jetzt ab mit dir, mein Fräulein. Ich bin bald bei euch.«
»Freddie holt dich in einer Viertelstunde.«
»Danke, Tammy. Ich fühle mich richtig verwöhnt.«
»Das hast du dir aber auch wirklich verdient, Posy. Du hast für uns alle so viel getan, jetzt bist du an der Reihe.«
Die beiden verließen den Raum, und Posy trank noch einen Schluck Champagner und setzte sich auf die Fensterbank, um heimlich die Gäste zu beobachten, die auf der Terrasse unter ihr standen.
Es klopfte wieder an der Tür.
»Herein.«
Dieses Mal war es Amy, die in ihrem türkisfarbenen Seidenkleid himmlisch aussah.

»Ich wollte dir nur viel Glück für heute Abend wünschen, Posy.«

»Danke, meine Liebe. Du siehst traumhaft aus. Es ist wirklich ein Abend der Neuanfänge, nicht wahr?«

»Ja, das stimmt, Posy. Aber ich verspreche dir, wenn Sebastian und ich in Admiral House wohnen, wirst du jederzeit willkommen sein.«

»Das weiß ich, mein Schatz. Danke. Das Haus muss renoviert werden, und es braucht eine Familie, die es mit Leben füllt. Ich bin Sebastian so dankbar, dass er bereit ist, das zu übernehmen.«

»Es wird mindestens noch ein Jahr dauern, bis wir einziehen können, weil so viel gemacht werden muss. Aber ich verspreche dir, gut für das Haus zu sorgen, wenn du im Gegenzug versprichst, uns mit dem Garten zu helfen. Ich wüsste nicht, wo ich anfangen sollte.«

»Dann wirst du das lernen müssen, und ich zeige es dir gern, wenn wir von den Flitterwochen zurück sind.«

»Du hast auch wirklich nichts dagegen, oder?«

»Natürlich nicht. Schließlich sind Jake und Sara meine Enkelkinder. Sie sind Montagues, so bleibt das Haus in der Familie.«

»Ich … Hast du von Sam gehört?«, fragte Amy zaghaft.

»Ja, er hat mich vorhin angerufen, um mir einen schönen Abend zu wünschen.«

»Das freut mich.« Beklommen sah Amy zu Posy. »Wie klang er?«

»Erstaunlich guter Dinge. Er wohnt immer noch bei Heather – das ist die Frau, die er in der Reha kennengelernt hat – in ihrem Haus in Wiltshire. Er hat gesagt, dass sie sich überlegen, nach dem Prozess eventuell ins Ausland zu gehen, abhängig natürlich vom Urteil. Heather hat offenbar viel Geld, und was ich aus den Telefonaten mit ihm heraushöre, sorgt sie dafür, dass er nicht vom rechten Pfad abkommt. Vom Alkohol ist er auf jeden Fall weg –

Heather ist seit der Reha trocken, und sie schleppt Sam zweimal die Woche zu AA-Treffen.« Posy lächelte traurig.

»Es tut mir leid, dass er nicht zur Hochzeit und auch nicht zum Fest heute Abend kommen wollte«, sagte Amy seufzend. »Vielleicht ist es Sebastians wegen. Nicht nur, weil er und ich jetzt zusammen sind, sondern auch weil Sebastian dem Betrugsdezernat geholfen hat, ihm und Ken Noakes auf die Schliche zu kommen. Ich fühle mich grässlich, weil er seine Hand dabei im Spiel hatte, aber ... ach, Posy, ich bin trotzdem so froh, dass er es getan hat. Sam brauchte wirklich dringend Hilfe.«

»Es ist schon gut so, wie es ist. Nichts im Leben ist perfekt, meine Liebe.« Posy erhob sich. »So, und jetzt reden wir von etwas Schönerem. Ich möchte, dass du dich heute Abend amüsierst.«

»Das werde ich bestimmt. Ach, dort steht dein Geburtstagsgeschenk. Es ist von uns allen. Mach's auf, wenn du Zeit hast.«

»Das werde ich«, sagte Posy, als Amy auf ein großes, in braunes Papier gewickeltes Rechteck deutete, das an der Wand lehnte. »Danke, mein Schatz.«

»Es ist nichts im Vergleich zu dem, was du für mich getan hast.« Amy ging zu Posy und umarmte sie. »Du bist wirklich unglaublich. So, und jetzt gehe ich wieder nach unten. Viel Spaß heute Abend.«

»Den werde ich haben, ganz bestimmt.«

Posy sah Amy nach, als sie den Raum verließ, dann holte sie das braune Paket und setzte sich damit aufs Bett, dachte an Sam und trauerte darum, dass er nicht da war. Sie hoffte nur, dass er in seinem neuen Leben glücklicher werden würde, aber irgendwie bezweifelte sie das. Wenn sie eines gelernt hatte, dann, dass kein Mensch sich grundlegend veränderte.

»Nicht jetzt, Posy«, flüsterte sie und betrachtete das Paket in ihrem Schoß. Dann riss sie das Papier auf und sah die Rückseite einer Leinwand, drehte sie um, und vor Überraschung stockte ihr der Atem – es war ein Gemälde von Admiral House.

Amy hatte den rückwärtigen Blick gewählt, im Vordergrund die Terrasse, die zu ihrem Garten hinabführte. Da waren der Schmetterlingsgarten, der französische Garten, die Rosen und der Weidenweg, alles wunderschön in üppiger Blütenpracht festgehalten.

Tränen traten ihr in die Augen, und sie schluckte schwer, damit nicht ihr Make-up zerlief. Das war *ihr* Beitrag zu Admiral House, und sie wusste, es gab Menschen, die den Garten auch weiterhin hegen und pflegen würden. Sie würde Sebastian und Amy vorschlagen, einen Gärtner einzustellen – diesem Gemälde nach zu urteilen, hatte Amy viel zu viel Talent, um ihre Tage beim Kompostieren zu verbringen.

Wieder klopfte es an der Tür, und Freddie trat ins Zimmer – ein Bild von einem Mann in seinem Smoking.

»Guten Abend, Liebste«, sagte er lächelnd, als Posy aufstand. »Du siehst hinreißend aus.«

Er breitete die Arme aus, und sie schmiegte sich an ihn.

»Wie geht's dir?«, fragte er.

»Ich bin nervös.«

»Und traurig, weil dies dein letztes Fest in Admiral House ist?«

»Eigentlich nicht, nein«, antwortete sie.

»Das überrascht mich.«

»Ach, ich habe in den letzten Monaten etwas gelernt.«

»Was?«

»Dass es bei einem Zuhause nicht um Steine und Mörtel geht«, sagte sie lächelnd. »Zu Hause ist hier, in deinen Armen.«

Freddie sah zu ihr hinunter. »Du meine Güte, Mrs. Lennox, das ist ja eine sehr romantische Feststellung.«

»Wahrscheinlich werde ich im Alter rührselig, aber ich meine es so. Im Ernst.«

Er gab ihr einen Kuss auf die Stirn. »Ich verspreche dir, meinetwegen wirst du diese Arme nie verlassen müssen. Und wenn du das Gefühl hast, in einem größeren Haus wohnen und einen

Garten haben zu wollen, dann können wir uns nach den Flitterwochen nach etwas anderem umsehen.«

»Nein, Freddie, dein Cottage ist perfekt, wirklich. Der ideale Stützpunkt, zu dem wir von unseren vielen Reisen zurückkehren können.«

»Das sehen wir noch. Ein Hilferuf von einem Mitglied deiner Familie, und du setzt dich in den nächsten Flieger«, sagte er mit einem Lachen. »Aber so soll es ja auch sein. Ich liebe dich, Mrs. Lennox.«

»Ich liebe dich auch.«

Es klopfte wieder an der Tür, und Freddie und Posy traten rasch auseinander, doch da stand Nick bereits im Raum.

»Ehrlich«, sagte er und grinste, »ich komme mir vor, als würde ich zwei Teenager im Schlafzimmer bei etwas ertappen, das sie eigentlich nicht tun dürfen. Bist du so weit, Mum? Alle versammeln sich gerade in der Halle.«

»Ich glaube schon, ja.«

Mit glänzenden Augen drehte sie sich zu Freddie.

»Weißt du, jetzt zieht wieder Leben ins Haus ein.«

Freddie nickte. »Ich weiß, Liebste, ich weiß.« Und damit führte er sie zur Tür hinaus.

Posy stand oben auf der Treppe, ihr Mann und ihr Sohn rechts und links neben ihr. Über ihr funkelte der Kronleuchter, als sie in die Halle unter sich blickte. Ein Meer von Gesichtern verschwamm vor ihren Augen. Darunter waren auch die ihrer geliebten Familie – eine neue Generation, der sie das Leben geschenkt hatte und die voll Hoffnung in die Zukunft blickte.

Jemand begann zu klatschen, die anderen Gäste fielen ein, und schließlich füllte der Jubel die ganze Halle.

Posy hängte sich bei Freddie und Nick ein und ging so zu ihnen die Treppe hinunter.

Wenn Ihnen
»*Das Schmetterlingszimmer*«
gefallen hat, werden Sie auch dieses Buch lieben!

LESEPROBE

Auch als E-Book erhältlich.

»*Die Geschichten aus Lucinda Rileys Feder
gehören definitiv zu den schönsten, besten,
glücklichsten Leseerlebnissen der Welt!*«
literaturmarkt.info

»Wir sind alle in der Gosse, aber manche von uns blicken hinauf zu den Sternen.«

Oscar Wilde

Personen

»Atlantis«

Pa Salt	Adoptivvater der Schwestern (verstorben)
Marina (Ma)	Mutterersatz der Schwestern
Claudia	Haushälterin von »Atlantis«
Georg Hoffman	Pa Salts Anwalt
Christian	Skipper

Die Schwestern d'Aplièse

Maia
Ally (Alkyone)
Star (Asterope)
CeCe (Celaeno)
Tiggy (Taygeta)
Elektra
Merope (fehlt)

LESEPROBE

MAIA
Juni 2007

)

Erstes Viertel
13; 16; 21

LESEPROBE

I

Nie werde ich vergessen, wo ich war und was ich tat, als ich hörte, dass mein Vater gestorben war.

Ich saß im hübschen Garten des Londoner Stadthauses einer alten Schulfreundin, eine Ausgabe von Margaret Atwoods *Die Penelopiade* aufgeschlagen, jedoch ungelesen auf dem Schoß, und genoss die Junisonne, während Jenny ihren kleinen Sohn vom Kindergarten abholte.

Was für eine gute Idee es doch gewesen war, nach London zu kommen!, dachte ich gerade in dieser angenehm ruhigen Atmosphäre und betrachtete die bunten Blüten der Clematis, denen die Hebamme Sonne auf die Welt half, als das Handy klingelte und ich auf dem Display die Nummer von Marina sah.

»Hallo, Ma, wie geht's?«, fragte ich und hoffte, dass mir die entspannte Stimmung anzuhören war.

»Maia ...«

Marinas Zögern verriet mir, dass sich etwas Schlimmes ereignet hatte.

»Ich weiß leider nicht, wie ich es dir anders sagen soll: Dein Vater hatte gestern Nachmittag hier zu Hause einen Herzinfarkt und ist heute in den frühen Morgenstunden ... von uns gegangen.«

Ich schwieg; lächerliche Gedanken schossen mir durch den Kopf, zum Beispiel der, dass Marina sich aus irgendeinem Grund einen geschmacklosen Scherz erlaubte.

»Du als älteste der Schwestern erfährst es zuerst. Und ich wollte dich fragen, ob du es den andern selbst sagen oder das lieber mir überlassen möchtest.«

»Ich ...« Als mir klar zu werden begann, dass Marina, meine geliebte Marina, die Frau, die wie eine Mutter für mich war, so etwas nicht behaupten würde, wenn es nicht tatsächlich geschehen wäre, geriet meine Welt aus dem Lot.

»Maia, bitte sprich mit mir. Das ist der schrecklichste Anruf, den ich je erledigen musste, aber was soll ich machen? Der Himmel allein weiß, wie die andern es aufnehmen werden.«

Da erst hörte ich den Schmerz in *ihrer* Stimme und tat, was ich am besten konnte: trösten.

»Klar sag ich's den andern, wenn du das möchtest, obwohl ich nicht weiß, wo sie alle sind. Trainiert Ally nicht gerade für eine Segelregatta?«

Als wir darüber diskutierten, wo meine jüngeren Schwestern sich aufhielten, als wollten wir sie zu einer Geburtstagsparty zusammenrufen, nicht zur Trauerfeier für unseren Vater, bekam die Unterhaltung etwas Surreales.

»Wann soll die Beisetzung stattfinden? Elektra ist in Los Angeles und Ally irgendwo auf hoher See, also dürfte nächste Woche der früheste Zeitpunkt sein«, schlug ich vor.

»Tja ...« Ich hörte Marinas Zögern. »Das besprechen wir, wenn du zu Hause bist. Es besteht keine Eile. Falls du wie geplant noch ein paar Tage in London bleiben möchtest, geht das in Ordnung. Hier kannst du ohnehin nichts mehr tun ...« Sie klang traurig.

»Ma, *natürlich* setze ich mich in den nächsten Flieger nach Genf, den ich kriegen kann! Ich ruf gleich bei der Fluggesellschaft an und bemühe mich dann, die andern zu erreichen.«

»Es tut mir ja so leid, *chérie*«, seufzte Marina. »Ich weiß, wie sehr du ihn geliebt hast.«

»Ja«, sagte ich, und plötzlich verließ mich die merkwürdige Ruhe, die ich bis dahin empfunden hatte. »Ich melde mich später noch mal, sobald ich weiß, wann genau ich komme.«

»Pass auf dich auf, Maia. Das war bestimmt ein schrecklicher Schock für dich.«

Ich beendete das Gespräch, und bevor das Gewitter in meinem Herzen losbrechen konnte, ging ich nach oben in mein Zimmer, um die Fluggesellschaft zu kontaktieren. In der Warteschleife betrachtete ich das Bett, in dem ich morgens an einem, wie ich meinte, ganz normalen Tag aufgewacht war. Und dankte Gott dafür, dass Menschen nicht die Fähigkeit besitzen, in die Zukunft zu blicken.

Die Frau von der Airline war alles andere als hilfsbereit; während sie mich über ausgebuchte Flüge und Stornogebühren informierte und mich nach meiner Kreditkartennummer fragte, spürte ich, dass meine emotionalen Dämme bald brechen würden. Als sie mir endlich widerwillig einen Platz im Vier-Uhr-Flug nach Genf reserviert hatte, was bedeutete, dass ich sofort meine Siebensachen packen und ein Taxi nach Heathrow nehmen musste, starrte ich vom Bett aus die Blümchentapete so lange an, bis das Muster vor meinen Augen zu verschwimmen begann.

»Er ist fort«, flüsterte ich, »für immer. Ich werde ihn nie wieder sehen.«

Zu meiner Verwunderung bekam ich keinen Weinkrampf. Ich saß nur benommen da und wälzte praktische Fragen. Mir graute davor, meinen fünf Schwestern Bescheid zu sagen, und ich überlegte, welche ich zuerst anrufen sollte. Natürlich entschied ich mich für Tiggy, die zweitjüngste von uns sechsen, zu der ich immer die engste Beziehung gehabt hatte und die momentan in einem Zentrum für verwaistes und krankes Rotwild in den schottischen Highlands arbeitete.

Mit zitternden Fingern scrollte ich mein Telefonverzeichnis herunter und wählte ihre Nummer. Als sich ihre Mailbox meldete, bat ich sie lediglich, mich so schnell wie möglich zurückzurufen.

Und die anderen? Mir war klar, dass ihre Reaktion unterschiedlich ausfallen würde, von äußerlicher Gleichgültigkeit bis zu dramatischen Gefühlsausbrüchen.

LESEPROBE

Da ich nicht wusste, wie sehr mir selbst meine Trauer anzuhören wäre, wenn ich mit ihnen redete, entschied ich mich für die feige Lösung und schickte allen eine SMS mit der Bitte, sich baldmöglichst mit mir in Verbindung zu setzen. Dann packte ich hastig meine Tasche und ging die schmale Treppe zur Küche hinunter, um Jenny eine Nachricht zu hinterlassen, in der ich ihr erklärte, warum ich so überstürzt hatte aufbrechen müssen.

Anschließend verließ ich das Haus und folgte mit schnellen Schritten der halbmondförmigen, baumbestandenen Straße in Chelsea, um ein Taxi zu rufen. Wie an einem ganz normalen Tag. Ich glaube, ich sagte sogar lächelnd Hallo zu jemandem, der seinen Hund spazieren führte.

Es konnte ja auch niemand wissen, was ich gerade erfahren hatte, dachte ich, als ich in der belebten King's Road in ein Taxi stieg und den Fahrer bat, mich nach Heathrow zu bringen.

Fünf Stunden später, die Sonne stand schon tief über dem Genfer See, kam ich an unserer privaten Landestelle an, wo Christian mich in unserem schnittigen Riva-Motorboot erwartete. Seiner Miene nach zu urteilen, wusste er Bescheid.

»Wie geht es Ihnen, Mademoiselle Maia?«, erkundigte er sich voller Mitgefühl, als er mir an Bord half.

»Ich bin froh, dass ich hier bin«, antwortete ich ausweichend und nahm auf der gepolsterten cremefarbenen Lederbank am Heck Platz. Sonst saß ich, wenn wir die zwanzig Minuten nach Hause brausten, vorne bei Christian, doch heute hatte ich das Bedürfnis, hinten allein zu sein. Als Christian den starken Motor anließ, spiegelte sich die Sonne glitzernd in den Fenstern der prächtigen Häuser am Ufer des Genfer Sees. Bei diesen Fahrten hatte ich oft das Gefühl gehabt, in ein Märchenland, in eine surreale Welt, einzutauchen, die nichts mit der Wirklichkeit zu tun hatte.

In die Welt von Pa Salt.

Als ich an den Kosenamen meines Vaters dachte, den ich als

Kind erfunden hatte, spürte ich zum ersten Mal, wie meine Augen feucht wurden. Er war immer gern gesegelt, und wenn er in unser Haus am See zu mir zurückkehrte, hatte er oft nach frischer Meerluft gerochen. Der Name war ihm geblieben, auch meine jüngeren Schwestern hatten ihn verwendet.

Während der warme Wind mir durch die Haare wehte, musste ich an all die Fahrten denken, die ich schon zu »Atlantis«, Pa Salts Märchenschloss, unternommen hatte. Da es auf einer Landzunge vor halbmondförmigem, steil ansteigendem, gebirgigem Terrain lag, war es vom Land nicht zu erreichen; man musste mit dem Boot hinfahren. Die nächsten Nachbarn lebten Kilometer entfernt am Seeufer, sodass »Atlantis« unser eigenes kleines Reich war, losgelöst vom Rest der Welt. Alles dort war magisch ... als führten Pa Salt und wir, seine Töchter, ein verzaubertes Leben.

Pa Salt hatte uns samt und sonders als Babys ausgewählt, in unterschiedlichen Winkeln der Erde adoptiert und nach Hause gebracht, wo wir fortan unter seinem Schutz lebten. Wir waren alle, wie Pa gern sagte, besonders und unterschiedlich ... eben *seine* Mädchen. Er hatte uns nach den Plejaden, dem Siebengestirn, seinem Lieblingssternhaufen, benannt. Und ich, Maia, war die Erste und Älteste.

Als Kind hatte ich ihn manchmal in sein mit einer Glaskuppel ausgestattetes Observatorium oben auf dem Haus begleiten dürfen. Dort hatte er mich mit seinen großen, kräftigen Händen hochgehoben, damit ich durch das Teleskop den Nachthimmel betrachten konnte.

»Da sind sie«, hatte er dann gesagt und das Teleskop für mich justiert. »Schau dir den wunderschön leuchtenden Stern an, nach dem du benannt bist, Maia.«

Und ich hatte ihn tatsächlich gesehen. Während er mir die Geschichten erzählte, die meinem eigenen und den Namen meiner Schwestern zugrunde lagen, hatte ich kaum zugehört, sondern einfach nur das Gefühl seiner Arme um meinen Körper genossen, diesen seltenen, ganz besonderen Augenblick, in dem ich ihn ganz für mich hatte.

Marina, die ich in meiner Jugend für meine Mutter gehalten hatte – ich verkürzte ihren Namen sogar auf »Ma« –, entpuppte sich irgendwann als besseres Kindermädchen, das Pa eingestellt hatte, um auf mich aufzupassen, weil er so oft verreisen musste. Doch natürlich war Marina für uns Schwestern sehr viel mehr. Sie wischte uns die Tränen aus dem Gesicht, schalt uns, wenn wir nicht anständig aßen, und steuerte uns umsichtig durch die schwierige Zeit der Pubertät. Sie war einfach immer da. Bestimmt hätte ich Ma auch nicht mehr geliebt, wenn sie meine leibliche Mutter gewesen wäre.

In den ersten drei Jahren meiner Kindheit hatten Marina und ich allein in unserem Märchenschloss am Genfer See gelebt, während Pa Salt geschäftlich auf den sieben Weltmeeren unterwegs war. Dann waren eine nach der anderen meine Schwestern dazugekommen.

Pa hatte mir von seinen Reisen immer ein Geschenk mitgebracht. Wenn ich das Motorboot herannahen hörte, war ich über die weiten Rasenflächen und zwischen den Bäumen hindurch zur Anlegestelle gerannt, um ihn zu begrüßen. Wie jedes Kind war ich neugierig gewesen, welche Überraschungen sich in seinen Taschen verbargen. Und einmal, nachdem er mir ein fein geschnitztes Rentier aus Holz überreicht hatte, das, wie er mir versicherte, aus der Werkstatt des heiligen Nikolaus am Nordpol stammte, war eine Frau in Schwesterntracht hinter ihm aufgetaucht, in den Armen ein Bündel, das sich bewegte.

»Diesmal habe ich dir ein ganz besonderes Geschenk mitgebracht, Maia. Eine Schwester.« Er hatte mich lächelnd hochgehoben. »Nun wirst du dich nicht mehr einsam fühlen, wenn ich wieder auf Reisen bin.«

Danach hatte das Leben sich verändert. Die Kinderschwester verschwand nach ein paar Wochen, und fortan kümmerte sich

Marina um die Kleine. Damals begriff ich nicht, wieso dieses rotgesichtige, kreischende Ding, das oft ziemlich unangenehm roch und die Aufmerksamkeit von mir ablenkte, ein Geschenk sein sollte. Bis Alkyone – benannt nach dem zweiten Stern des Siebengestirns – mich eines Morgens beim Frühstück von ihrem Kinderstuhl aus anlächelte.

»Sie erkennt mich«, sagte ich verwundert zu Marina, die sie fütterte.

»Natürlich, Maia. Du bist ihre große Schwester, zu der sie aufblicken kann. Es wird deine Aufgabe sein, ihr all die Dinge beizubringen, die du bereits kannst.«

Später war sie mir wie ein Schatten überallhin gefolgt, was mir einerseits gefiel, mich andererseits jedoch auch nervte.

»Maia, warte!«, forderte sie lauthals, wenn sie hinter mir hertapste.

Obwohl Ally – wie ich sie nannte – ursprünglich eher ein unwillkommener Eindringling in mein Traumreich »Atlantis« gewesen war, hätte ich mir keine liebenswertere Gefährtin wünschen können. Sie weinte selten und neigte nicht zu Jähzornausbrüchen wie andere Kinder in ihrem Alter. Mit ihren rotgoldenen Locken und den großen blauen Augen bezauberte Ally alle Menschen, auch unseren Vater. Wenn Pa Salt von seinen langen Reisen nach Hause zurückkehrte, strahlte er bei ihrem Anblick wie bei mir nur selten. Und während ich Fremden gegenüber schüchtern und zurückhaltend war, entzückte Ally sie mit ihrer offenen, vertrauensvollen Art.

Außerdem gehörte sie zu den Kindern, denen alles leichtzufallen schien – besonders Musik und sämtliche Wassersportarten. Ich erinnere mich, wie Pa ihr das Schwimmen in unserem großen Swimmingpool beibrachte. Während ich Mühe hatte, mich über Wasser zu halten, und es hasste unterzutauchen, fühlte meine kleine Schwester sich darin ganz in ihrem Element. Und während ich sogar auf der *Titan*, Pas riesiger ozeantauglicher Jacht, manchmal schon auf dem Genfer See fast seekrank wurde, bettelte Ally ihn an, mit ihr im Laser von unserer privaten Anlegestelle hinauszufahren. Ich kauerte mich im Heck des Boots zusammen, wenn Pa und Ally es in Höchstgeschwindigkeit über das spiegelglatte Wasser lenkten. Diese Leidenschaft schuf eine innere Verbindung zwischen ihnen, die mir verwehrt blieb.

Obwohl Ally am Conservatoire de Musique de Genève Musik studierte und eine begabte Flötistin war, die gut und gern Berufsmusikerin hätte werden können, hatte sie sich nach dem Abschluss des Konservatoriums für eine Laufbahn als Seglerin entschieden. Sie nahm regelmäßig an Regatten teil und hatte die Schweiz schon mehrfach international vertreten.

Als Ally fast drei war, hatte Pa unsere nächste Schwester gebracht, die er nach einem weiteren Stern des Siebengestirns Asterope nannte.

»Aber wir werden ›Star‹ zu ihr sagen«, hatte Pa Marina, Ally und mir lächelnd erklärt, als wir die Kleine in ihrem Körbchen betrachteten.

Weil ich inzwischen jeden Morgen Unterricht von einem Privatlehrer erhielt, wirkte sich das Eintreffen meiner neuen Schwester weniger stark auf mich aus als das von Ally. Genau wie sechs Monate später, als sich ein zwölf Wochen altes Mädchen namens Celaeno, was Ally sofort zu CeCe abkürzte, zu uns gesellte.

Der Altersunterschied zwischen Star und CeCe betrug lediglich drei Monate, sodass die beiden einander von Anfang an sehr nahestanden. Sie waren wie Zwillinge und kommunizierten in ihrer eigenen Babysprache, von der sie einiges sogar ins Erwachsenenalter retteten. Star und CeCe lebten in ihrer eigenen kleinen Welt, und auch jetzt, da sie beide über zwanzig waren, änderte sich daran nichts. CeCe, die Jüngere der beiden, deren stämmiger Körper und nussbraune Haut in deutlichem Kontrast zu der gertenschlanken blassen Star standen, übernahm immer die Führung.

Im folgenden Jahr traf ein weiteres kleines Mädchen ein.

Taygeta – der ich ihrer kurzen dunklen Haare wegen, die wirr von ihrem winzigen Kopf abstanden wie bei dem Igel in Beatrix Potters Geschichte, den Spitznamen »Tiggy« gab.

Mit meinen sieben Jahren fühlte ich mich sofort zu Tiggy hingezogen. Sie war die Zarteste von uns allen, als Kind ständig krank, jedoch schon damals durch kaum etwas zu erschüttern und anspruchslos. Als Pa wenige Monate später ein kleines Mädchen namens Elektra mit nach Hause brachte, bat die erschöpfte Marina mich gelegentlich, auf Tiggy aufzupassen, die oft an fiebrigen Kehlkopfentzündungen litt. Und als schließlich Asthma diagnostiziert wurde, schob man sie nur noch selten im Kinderwagen nach draußen in die kalte Luft und den dichten Nebel des Genfer Winters.

Elektra war die jüngste der Schwestern, und obwohl ich inzwischen an Babys und ihre Bedürfnisse gewöhnt war, fand ich sie ziemlich anstrengend. Sie machte ihrem Namen alle Ehre, weil sie tatsächlich elektrisch wirkte. Ihre Stimmungen, die von einer Sekunde zur nächsten von fröhlich auf traurig wechselten und umgekehrt, führten dazu, dass unser bis dahin so ruhiges Zuhause nun von spitzen Schreien widerhallte. Ihre Jähzornanfälle bildeten die Hintergrundmusik meiner Kindheit, und auch später schwächte sich ihr feuriges Temperament nicht ab.

Ally, Tiggy und ich nannten sie insgeheim »Tricky«. Wir behandelten sie wie ein rohes Ei, weil wir keine ihrer Launen provozieren wollten. Ich muss zugeben, dass es Momente gab, in denen ich sie für die Unruhe, die sie nach »Atlantis« brachte, hasste.

Doch wenn Elektra erfuhr, dass eine von uns Probleme hatte, half sie als Erste, denn ihre Großzügigkeit war genauso stark ausgeprägt wie ihr Egoismus.

Nach Elektra warteten alle auf die siebte Schwester. Schließlich hatte Pa Salt uns nach dem Siebengestirn benannt, und ohne sie waren wir nicht vollständig. Wir wussten sogar schon ihren Namen – »Merope« – und waren gespannt, wie sie sein würde. Doch

LESEPROBE

die Jahre gingen ins Land, ohne dass Pa weitere Babys nach Hause gebracht hätte.

Ich erinnere mich noch gut an den Tag, an dem ich mit Vater im Observatorium eine Sonnenfinsternis beobachten wollte. Ich war vierzehn Jahre alt und fast schon eine Frau. Pa Salt hatte mir erklärt, dass eine Sonnenfinsternis immer einen wesentlichen Augenblick für die Menschen darstellte und Veränderungen einläutete.

»Pa«, hatte ich gefragt, »bringst du uns noch irgendwann eine siebte Schwester?«

Sein starker, schützender Körper war plötzlich erstarrt, als würde das Gewicht der Welt auf seinen Schultern lasten. Obwohl er sich nicht zu mir umdrehte, weil er damit beschäftigt war, das Teleskop auszurichten, merkte ich, dass ich ihn aus der Fassung gebracht hatte.

»Nein, Maia. Leider konnte ich sie nicht finden.«

Als die dichte Fichtenhecke, die unser Anwesen vor neugierigen Blicken schützte, in Sicht kam und ich Marina auf der Anlegestelle warten sah, wurde mir endgültig bewusst, wie schrecklich der Verlust von Pa war.

Des Weiteren wurde mir klar, dass der Mann, der dieses Reich für uns Prinzessinnen geschaffen hatte, den Zauber nun nicht mehr aufrechterhalten konnte.

II

Marina legte mir tröstend die Arme um die Schultern, als ich vom Boot auf die Anlegestelle kletterte. Dann gingen wir schweigend zwischen den Bäumen hindurch und über die weiten, ansteigenden Rasenflächen zum Haus. Im Juni, wenn in den kunstvoll angelegten Gärten alles blühte und die Bewohner dazu verführte, verborgene Pfade und geheime Grotten zu erkunden, war es hier am schönsten.

Das Gebäude selbst, im ausgehenden achtzehnten Jahrhundert im Louis-quinze-Stil erbaut, vermittelte den Eindruck von Eleganz und Größe. Es hatte vier Stockwerke, deren massige roséfarbene Mauern von hohen Fenstern durchbrochen und von einem steilen roten Dach mit Türmen an jeder Ecke gekrönt wurden. Im Innern war es mit allem modernen Luxus sowie mit hochflorigen Teppichen und behaglichen, dick gepolsterten Sofas ausgestattet. Wir Mädchen und Marina schliefen im obersten Stockwerk, von wo aus man über die Baumwipfel einen atemberaubenden Blick auf den See hatte.

Mir fiel auf, wie erschöpft Marina wirkte. Sie hatte dunkle Ringe unter den freundlichen braunen Augen, und um ihren sonst so oft lächelnden Mund lag ein angespannter Zug. Sie musste mittlerweile Mitte sechzig sein, was man ihr allerdings nicht ansah. Mit ihren markanten Zügen, ihrer Körpergröße und der stets makellosen Kleidung war sie eine attraktive Frau; ihre angeborene Eleganz verriet ihre französische Herkunft. Ich erinnerte mich, dass sie die seidigen dunklen Haare in meiner Kindheit und Jugend offen getragen hatte, nun hingegen schlang sie sie im Nacken zu einem Knoten.

Mir gingen tausend Fragen durch den Kopf, von denen ich eine sofort beantwortet wissen wollte.

»Warum hast du mich nicht gleich informiert, als Pa den Herzinfarkt hatte?«, erkundigte ich mich, als wir das Haus und das Wohnzimmer mit der hohen Decke betraten, von dem aus die große geflieste Terrasse mit Pflanztrögen voll roter und gelber Kapuzinerkresse zu sehen war.

»Maia, glaube mir, ich habe ihn angefleht, es dir und euch allen sagen zu dürfen, aber meine Bitte hat ihm solchen Kummer bereitet, dass ich ihm lieber seinen Willen gelassen habe.«

Mir war klar, dass ihr die Hände gebunden gewesen waren. Er war der König und Marina bestenfalls seine loyale Hofdame, schlimmstenfalls jedoch seine Bedienstete, die seine Anordnungen befolgen musste.

»Ma, wo ist er jetzt?«, fragte ich. »Oben in seinem Zimmer? Soll ich zu ihm raufgehen?«

»Nein, *chérie,* er ist nicht oben. Möchtest du einen Tee, bevor ich dir mehr erzähle?«

»Offen gestanden wäre mir ein starker Gin Tonic lieber«, antwortete ich und sank auf eines der riesigen Sofas.

»Ich bitte Claudia, ihn dir zu machen. Angesichts der Umstände werde ich mich dir ausnahmsweise anschließen.«

Ich sah Marina nach, wie sie den Raum auf der Suche nach unserer Haushälterin Claudia verließ, die genauso lange wie Marina in »Atlantis« war, aus Deutschland stammte und hinter deren mürrischer Miene sich ein Herz aus Gold verbarg. Wie wir alle hatte sie Pa Salt verehrt. Ich fragte mich, was nun, da Pa nicht mehr da war, aus ihr, Marina und »Atlantis« werden würde.

Was das bedeutete, war noch immer nicht richtig bei mir angekommen, denn Pa war immer »nicht da«, ständig auf Achse, zu irgendwelchen Projekten unterwegs, und Personal und Familie

LESEPROBE

wussten nicht, womit er sich seinen Lebensunterhalt verdiente. Einmal hatte ich ihn danach gefragt, weil meine Freundin Jenny, die die Schulferien bei uns verbrachte, von unserem feudalen Lebensstil beeindruckt gewesen war.

»Dein Vater muss fabelhaft reich sein«, hatte sie voller Ehrfurcht bemerkt, als wir auf dem Flughafen La Môle bei Saint-Tropez aus Pas Privatjet gestiegen waren. Der Chauffeur hatte auf dem Rollfeld gewartet, um uns zum Hafen zu bringen, wo wir an Bord der *Titan*, unserer prächtigen Jacht, gehen und unsere alljährliche Kreuzfahrt durchs Mittelmeer beginnen sollten.

Da ich kein anderes Leben kannte, war es mir nie ungewöhnlich vorgekommen. Wir Mädchen waren anfangs alle von einem Privatlehrer zu Hause unterrichtet worden, und erst mit dreizehn im Internat wurde mir klar, wie sehr sich unser Leben von dem anderer Jugendlicher unterschied.

Einmal hatte ich Pa gefragt, was genau er tue, um uns all den Luxus ermöglichen zu können.

Er hatte mich mit einem für ihn typischen geheimnisvollen Blick bedacht und gelächelt. »Ich bin so etwas wie ein Zauberer.«

Was mir, wie von ihm beabsichtigt, nichts verriet.

Später hatte ich gemerkt, dass Pa Salt in der Tat ein Meister der Illusion und nichts so war, wie es auf den ersten Blick erschien.

Als Marina mit zwei Gin Tonics ins Wohnzimmer zurückkehrte, wurde mir klar, dass ich mit dreiunddreißig Jahren keine Ahnung hatte, wer mein Vater außerhalb der Welt von »Atlantis« gewesen war. Und ich fragte mich, ob ich es nun endlich herausfinden würde.

»Da wären wir«, sagte Marina und gab mir ein Glas. »Auf deinen Vater.« Sie hob das ihre. »Gott hab ihn selig.«

»Ja, auf Pa Salt. Möge er in Frieden ruhen.«

Marina trank einen großen Schluck, bevor sie das Glas auf den Tisch stellte und meine Hand mit besorgter Miene in die ihre nahm. »Maia, ich muss dir etwas sagen.«

»Was?«

»Du hast mich vorhin gefragt, ob dein Vater noch im Haus ist. Nein, er ist bereits zur letzten Ruhe gebettet. Es war sein Wunsch, dass das sofort geschehen und keines von euch Mädchen anwesend sein sollte.«

Ich sah sie an, als hätte sie den Verstand verloren. »Ma, du hast mir doch erst vor ein paar Stunden gesagt, dass er heute in den frühen Morgenstunden gestorben ist! Wie konnte die Beisetzung so schnell organisiert werden? Und *warum*?«

»Dein Vater hat darauf bestanden, dass er sofort nach seinem Tod mit dem Jet zur Jacht geflogen wird, wo man ihn in einen Bleisarg legen sollte, der offenbar schon viele Jahre auf der *Titan* bereitstand. Und mit der Jacht sollte er auf die offene See hinausgebracht werden. Angesichts seiner Liebe zum Wasser wundert es mich nicht, dass er sich eine Seebestattung gewünscht hat. Seinen Töchtern wollte er den Kummer ersparen, sie mit ansehen zu müssen.«

Ich stöhnte entsetzt auf. »Er hätte sich doch denken können, dass wir uns alle von ihm verabschieden wollen. Wie konnte er das tun? Was soll ich nun den andern sagen?«

»*Chérie*, du und ich, wir leben am längsten in diesem Haus, und wir wissen beide, dass dein Vater immer einsame Entscheidungen getroffen hat. Er wollte wohl genau so beigesetzt werden, wie er gelebt hat, nämlich im Stillen«, seufzte sie.

»Und alles unter Kontrolle haben«, fügte ich ein wenig verärgert hinzu. »Mir kommt es fast so vor, als hätte er den Menschen, die ihn liebten, nicht zugetraut, das Richtige für ihn zu tun.«

»Egal. Ich kann nur hoffen, dass ihr euch immer an den liebevollen Vater erinnern werdet, der er war. Eines weiß ich jedenfalls sicher: Ihr Mädchen wart sein Ein und Alles.«

»Doch wer von uns kannte ihn schon wirklich?«, fragte ich frustriert. »Hat ein Arzt seinen Tod offiziell festgestellt? Hast du eine Todesbescheinigung? Kann ich die sehen?«

»Der Arzt hat sich bei mir nach seinen persönlichen Daten, dem Ort und Jahr seiner Geburt, erkundigt. Ich habe ihm gesagt, dass ich nur seine Angestellte war und über diese Dinge keine klare Auskunft geben kann. Am Ende habe ich ihn an Georg Hoffman, den Anwalt, verwiesen, der alle juristischen Dinge für deinen Vater regelt.«

»Aber *warum* hat er aus allem ein solches Geheimnis gemacht, Ma? Während des Flugs ist mir bewusst geworden, dass ich mich an keine Freunde erinnern kann, die er nach ›Atlantis‹ mitgebracht hat. Auf der Jacht war er hin und wieder mit einem Geschäftspartner in seinem Arbeitszimmer, doch richtige Einladungen hat er nie gegeben.«

»Er wollte Familien- und Geschäftsleben getrennt halten und sich zu Hause voll und ganz auf seine Töchter konzentrieren.«

»Auf die Töchter, die er adoptiert und aus allen Teilen der Welt hierhergebracht hat. Warum, Ma, warum?«

Marinas Blick verriet mir nichts.

»Als Kind akzeptiert man sein Leben, wie es ist«, fuhr ich fort. »Doch wir wissen beide, dass es äußerst ungewöhnlich, wenn nicht sogar merkwürdig ist, wenn ein alleinstehender Mann mittleren Alters sechs Mädchen im Babyalter adoptiert und in die Schweiz bringt, um sie aufzuziehen.«

»Dein Vater war eben ein ungewöhnlicher Mensch. Dass er bedürftigen Waisenkindern die Chance auf ein besseres Leben gegeben hat, ist doch nichts Schlechtes, oder? Viele Reiche adoptieren Kinder, wenn sie keine eigenen haben.«

»Aber normalerweise sind sie verheiratet. Ma, weißt du, ob Pa jemals eine Freundin hatte? Jemanden, den er liebte? Ich habe ihn in dreiunddreißig Jahren niemals in Gesellschaft einer Frau gesehen.«

»*Chérie,* ich kann verstehen, dass dir nun, da dein Vater nicht mehr unter uns weilt, viele Fragen durch den Kopf gehen, die du ihm gern gestellt hättest, aber ich kann dir nicht helfen. Außerdem ist jetzt auch nicht der geeignete Moment«, fügte Marina sanft hinzu. »Wir sollten uns lieber an das erinnern, was er für jede Einzelne von uns war, und ihn als den liebevollen Menschen im Gedächtnis behalten, als den wir ihn hier in ›Atlantis‹ kannten. Dein Vater war über achtzig und hatte ein langes und erfülltes Leben hinter sich.«

»Noch vor drei Wochen war er mit dem Laser draußen auf dem See und ist auf dem Boot herumgelaufen wie ein junger Mann. Ich kann nicht glauben, dass er sterbenskrank war.«

»Zum Glück ist er nicht wie viele andere seines Alters einen langsamen, qualvollen Tod gestorben. Ich empfinde es als Segen, dass du und die anderen Mädchen ihn als einen sportlichen, gesunden Mann in Erinnerung behalten werdet. Bestimmt hätte er sich genau das gewünscht.«

»Hat er am Ende leiden müssen?«, fragte ich vorsichtig, obwohl ich wusste, dass Marina mir das niemals verraten würde.

»Nein. Er wusste, was kommen würde, und ich denke, er hatte seinen Frieden mit Gott gemacht. Ich glaube sogar, dass er froh über das Ende war.«

»Wie um Himmels willen soll ich es den andern beibringen, dass Vater nicht mehr ist? Und dass es nicht einmal einen Leichnam gibt, den wir beisetzen können? Sie werden genau wie ich das Gefühl haben, dass er sich einfach in Luft aufgelöst hat.«

»Das hat euer Vater vor seinem Tod bedacht. Sein Anwalt Georg Hoffman hat sich heute mit mir in Verbindung gesetzt. Ich versichere dir, dass jede von euch die Chance bekommen wird, sich von ihm zu verabschieden.«

»Sogar im Tod hat Pa alles unter Kontrolle«, sagte ich seufzend. »Ich hab den fünfen auf die Mailbox gesprochen, aber noch von keiner eine Antwort erhalten.«

»Georg Hoffman wird sich auf den Weg hierher machen, sobald alle da sind. Bitte, Maia, frag mich nicht, was er euch sagen wird, denn ich habe keine Ahnung. Ich habe Claudia gebeten, Suppe

zu kochen. Wahrscheinlich hast du seit heute Morgen nichts gegessen. Möchtest du sie zum Pavillon mitnehmen oder die Nacht lieber hier im Haus verbringen?«
»Ich esse die Suppe hier und gehe dann, wenn es dir nichts ausmacht, hinüber. Ich will allein sein.«
»Natürlich.« Marina umarmte mich. »Ich kann mir denken, was für ein furchtbarer Schock das für dich gewesen sein muss. Es tut mir leid, dass du wieder einmal die Last der Verantwortung für euch alle tragen musst, aber er hat mich gebeten, dich als Erste zu benachrichtigen. Vielleicht tröstet dich das. Soll ich Claudia jetzt bitten, die Suppe warm zu machen? Ich glaube, wir könnten beide etwas zu essen vertragen.«

Nach dem Essen sagte ich der erschöpften Marina, dass sie schlafen gehen könne, und gab ihr einen Gutenachtkuss. Bevor ich das Haus verließ, warf ich im obersten Stockwerk einen Blick in die Zimmer meiner Schwestern. Sie sahen alle genau so aus, wie sie sie verlassen hatten, und spiegelten ihre jeweiligen Persönlichkeiten. Wenn sie hierher zurückkehrten wie Vögel ins Nest, schienen sie wie ich nichts verändern zu wollen.

Ich öffnete die Tür zu meinem alten Zimmer, trat an das Regal, in dem ich meine wertvollsten Kindheitsschätze aufbewahrte, und nahm eine alte Porzellanpuppe in die Hand, die Pa mir geschenkt hatte, als ich klein war. Wie immer hatte er eine märchenhafte Geschichte darum gesponnen, nämlich dass die Puppe einmal einer jungen russischen Gräfin gehört und sich in ihrem kalten Moskauer Palast einsam gefühlt habe, als ihre Herrin erwachsen geworden sei und sie vergessen habe. Und er hatte mir gesagt, dass sie Leonora heiße und eine neue liebevolle Besitzerin suche.

Ich setzte die Puppe ins Regal zurück und holte die Schachtel heraus, in der sich Pas Geschenk zu meinem sechzehnten Geburtstag befand, eine Kette.
»Das ist ein Mondstein, Maia«, hatte er mir erklärt, als ich den

bläulich schimmernden und mit winzigen Brillanten eingefassten Stein betrachtete. »Er ist älter als ich und hat eine sehr interessante Geschichte. Vielleicht erzähle ich sie dir eines Tages. Momentan erscheint dir die Kette wahrscheinlich noch ein wenig zu erwachsen, aber eines Tages wird sie dir, glaube ich, sehr gut stehen.«

Pa hatte recht gehabt. Seinerzeit hatten mir wie meinen Schulfreundinnen billige Silberreifen und große Kreuze an Lederbändern gefallen. Den Mondstein hatte ich nie getragen.

Doch nun würde ich ihn anlegen.

Ich trat an den Spiegel, schloss den winzigen Verschluss des zarten Goldkettchens und betrachtete es. Vielleicht bildete ich mir das nur ein, aber der Stein schien auf meiner Haut zu leuchten. Als ich zum Fenster ging, um auf die blinkenden Lichter des Genfer Sees hinauszublicken, berührten meine Finger ihn unwillkürlich.

»Ruhe in Frieden, geliebter Pa Salt«, flüsterte ich.

Bevor mich Erinnerungen an die Kindheit überkommen konnten, verließ ich hastig das Zimmer, das ich früher bewohnt hatte, und lief aus dem Haus und über den schmalen Pfad zu meinem jetzigen Domizil in etwa zweihundert Meter Entfernung.

Die vordere Tür zum Pavillon war nie verschlossen; angesichts der Hightechsicherung des gesamten Anwesens war es unwahrscheinlich, dass sich jemand mit meinen wenigen Habseligkeiten davonmachen würde.

Als ich den Pavillon betrat, sah ich, dass Claudia die Lampen im Wohnbereich für mich eingeschaltet hatte. Ich sank niedergeschlagen aufs Sofa.

Als einzige der Schwestern war ich niemals flügge geworden.

LESEPROBE

III

Als mein Handy um zwei Uhr morgens klingelte, lag ich noch wach und grübelte darüber nach, warum ich nicht in der Lage war, über Pas Tod zu weinen. Beim Anblick von Tiggys Nummer auf dem Display bekam ich ein flaues Gefühl im Magen.

»Hallo?«

»Maia, tut mir leid, dass ich so spät anrufe, aber ich hab deine Nachricht gerade erst gekriegt. Wir haben hier kein zuverlässiges Signal. Du hörst dich nicht gut an. Was ist los?«

Der Klang von Tiggys geliebter Stimme taute die Ränder des Eisbrockens auf, zu dem mein Herz geworden zu sein schien.

»Bei mir ist alles in Ordnung, aber ...«

»Pa Salt?«

»Ja«, presste ich hervor. »Woher weißt du das?«

»Heute Morgen hatte ich im Moor bei der Suche nach einem jungen Reh, das wir vor ein paar Wochen markiert haben, plötzlich ein merkwürdiges Gefühl. Als ich es tot gefunden habe, musste ich an Pa denken. Ist er ...?«

»Tiggy, er ist heute gestorben. Nein, inzwischen gestern«, korrigierte ich mich.

»Wie bitte? Was ist passiert? War's ein Segelunfall? Ich hab ihm erst neulich gesagt, dass er mit dem Laser nicht mehr allein rausfahren soll.«

»Nein, er hatte hier im Haus einen Herzinfarkt.«

»Warst du bei ihm? Musste er leiden?« Tiggy brach die Stimme. »Den Gedanken könnte ich nicht ertragen.«

»Nein, Tiggy, ich war ein paar Tage bei meiner Freundin Jenny in London.« Ich holte Luft. »Pa hatte mich dazu überredet. Er meinte, es würde mir guttun, mal ein bisschen von ›Atlantis‹ wegzukommen.«

»Oje, wie schrecklich für dich, Maia. Du bist so selten fort, und wenn du dann tatsächlich mal wegfährst …«

»Ja, genau.«

»Glaubst du, er hat es geahnt und wollte dir den Kummer ersparen?«

Tiggy sprach den Gedanken aus, der mir in den vergangenen Stunden durch den Kopf gegangen war.

»Nein, das war wohl Schicksal. Mach dir mal keine Sorgen um mich, mir ist eher mulmig wegen dir. Alles in Ordnung? Ich wünschte, ich wäre bei dir und könnte dich in den Arm nehmen.«

»Ehrlich gesagt weiß ich gar nicht so richtig, was ich empfinde, weil alles noch ein bisschen unwirklich ist. Vielleicht ändert sich das, wenn ich nach Hause komme. Ich versuche, für morgen einen Platz in einem Flieger zu ergattern. Hast du es den andern schon gesagt?«

»Ich habe ihnen Nachrichten hinterlassen und sie gebeten, mich sofort zurückzurufen.«

»Ich bin so schnell wie möglich bei dir, Maia, und helfe dir. Vermutlich gibt es viel zu tun wegen der Beerdigung.«

Ich schaffte es nicht, ihr zu sagen, dass unser Vater bereits in seinem feuchten Grab ruhte. »Ich bin froh, wenn du kommst. Aber versuch jetzt zu schlafen, Tiggy. Und falls du jemanden zum Reden brauchst: Ich bin da.«

»Danke.« Sie war den Tränen nahe, das hörte ich. »Maia, du weißt, dass er nicht ganz von uns gegangen ist. Die Seele verschwindet nicht, sie bewegt sich einfach auf eine andere Ebene.«

»Das hoffe ich. Gute Nacht, Tiggy.«

»Halt die Ohren steif, Maia. Wir sehen uns morgen.«

Nachdem ich das Gespräch beendet hatte, sank ich erschöpft

aufs Bett zurück. Ich hätte mir gewünscht, Tiggys Glauben an das Weiterleben der Seele zu teilen. Doch leider fiel mir kein einziger karmischer Grund ein, warum Pa Salt die Erde verlassen haben sollte.

Möglicherweise hatte ich früher einmal tatsächlich geglaubt, dass es einen Gott gibt oder zumindest eine Macht, die das Verständnis des Menschen übersteigt. Doch irgendwann war mir dieser Trost abhandengekommen.

Und ich wusste sogar, wann das geschehen war.

Wenn ich nur lernen könnte, wieder etwas zu *empfinden*, statt nur wie ein Roboter zu funktionieren!, dachte ich. Dann wäre viel gewonnen. Dass ich nicht mit den angemessenen Gefühlen auf Pas Tod reagieren konnte, zeigte mir deutlich meine Probleme.

Immerhin schien ich nach wie vor andere trösten zu können. Alle meine Schwestern betrachteten mich als ihren Fels in der Brandung, denn ich war die pragmatische, vernünftige Maia, »die Starke«, wie Marina es ausdrückte.

Doch tief in meinem Innern wusste ich, dass ich mehr Angst hatte als sie. Während meine Schwestern flügge geworden und hinaus in die Welt gegangen waren, hatte ich mich hinter der Ausrede in »Atlantis« verschanzt, dass Pa mich im Alter brauchen würde. Dabei war mir mein Beruf zupassgekommen, der weder Gesellschaft noch Ortswechsel erforderte.

Und Ironie des Schicksals: Trotz der Leere in meinem Privatleben bewegte ich mich in fiktionalen, oft romantischen Welten, wenn ich Romane vom Russischen oder Portugiesischen in meine Muttersprache, das Französische, übersetzte.

Pa war meine Gabe, wie ein Papagei die Sprachen, in denen er mit mir redete, nachzuahmen, als Erstem aufgefallen. Und er hatte Freude daran gehabt, von der einen in die andere zu wechseln, um herauszufinden, ob ich ihm folgen konnte. Mit zwölf Jahren beherrschte ich bereits Französisch, Deutsch und Englisch und verstand Latein, Griechisch, Russisch, Italienisch und Portugiesisch.

LESEPROBE

Sprachen waren meine Leidenschaft, eine fortwährende Herausforderung, weil ich mich darin immer weiter verbessern konnte, egal, wie gut ich bereits war. Sie faszinierten mich sowohl in der geschriebenen als auch in der gesprochenen Form. Als dann der Moment gekommen war, meine Studienfächer zu wählen, hatte ich nicht lange überlegen müssen.

Ich hatte Pa nur gefragt, auf welche Sprachen ich mich konzentrieren solle.

»Natürlich ist es deine Entscheidung, Maia, aber vielleicht solltest du die nehmen, die du im Moment am wenigsten gut beherrschst, weil du dann an der Uni drei oder vier Jahre Zeit hast, daran zu arbeiten«, hatte er geantwortet.

»Ich weiß es nicht, Pa«, hatte ich geseufzt. »Sie liegen mir alle am Herzen. Deswegen frage ich dich.«

»Gehen wir das Problem rational an. In den kommenden dreißig Jahren wird sich die globale Ökonomie drastisch verändern. Deshalb würde ich, wenn ich du wäre und bereits drei der großen westlichen Sprachen beherrschte, versuchen, meinen Horizont zu erweitern und mich in der Welt umsehen.«

»Du meinst in Ländern wie China oder Russland?«

»Ja, und Indien und Brasilien. In Gebieten mit riesigen Rohstoffvorräten und faszinierender Kultur.«

»Russisch und Portugiesisch haben mir großen Spaß gemacht. Portugiesisch ist eine sehr …«, ich hatte nach dem passenden Wort gesucht, »… ausdrucksstarke Sprache.«

»Siehst du.« Pa hatte erfreut gelächelt. »Warum studierst du nicht beide Sprachen? Bei deiner Begabung schaffst du das spielend. Maia, ich verspreche dir: Wenn du eine oder sogar alle zwei beherrschst, steht dir vieles offen. Noch erkennen nur wenige Menschen, was sich in der Zukunft tun wird. Die Welt ist dabei, sich zu verändern, und du wirst an vorderster Front stehen.«

Ich tappte mit trockenem Mund in die Küche, um mir ein Glas Wasser zu holen. Dabei musste ich an Pas Hoffnung denken, dass ich mit meiner Sprachbegabung selbstbewusst in die neue Zeit aufbrechen würde. Auch ich hatte das gehofft, weil ich mir nichts sehnlicher wünschte, als ihn stolz auf mich zu machen. Doch wie so viele Menschen hatte auch mich das Leben von meinem geplanten Weg abgebracht. Statt mich in die weite Welt hinauszukatapultieren, erlaubten meine Fähigkeiten es mir, einfach in meinem Zuhause der Kindheit zu bleiben.

Meine Schwestern neckten mich wegen meines Einsiedlerdaseins, wenn sie von irgendwoher hereinflatterten, und erklärten mir, dass ich aufpassen müsse, keine alte Jungfer zu werden, denn wie sollte ich jemals jemanden kennenlernen, wenn ich mich weigerte, »Atlantis« zu verlassen?

»Du bist so schön, Maia, aber du bleibst hier und nutzt diese Schönheit nicht«, hatte Ally bei unserem letzten Treffen gemeint.

Tatsächlich war mein Äußeres auffällig, das spiegelte sich in den Beinamen, die wir Schwestern seit der Kindheit aufgrund unserer Persönlichkeiten trugen:

Maia, die Schöne; Ally, die Anführerin; Star, die Friedensstifterin; CeCe, die Pragmatikerin; Tiggy, die Fürsorgliche; Elektra, die Temperamentvolle.

Die Frage war nur, ob die Gaben, die wir mitbekommen hatten, uns Erfolg und Zufriedenheit bringen würden.

Einige meiner Schwestern waren noch zu jung und hatten zu wenig Lebenserfahrung, um das beurteilen zu können. Ich selbst wusste jedoch, dass meine Schönheit mir die schmerzlichste Erfahrung meines Lebens beschert hatte, weil ich zu naiv gewesen war, die Macht zu begreifen, die sie mir verlieh. Was dazu geführt hatte, dass ich sie und mich jetzt versteckte.

Pa hatte mich in letzter Zeit, wenn er mich im Pavillon besuchte, oft gefragt, ob ich glücklich sei.

»Natürlich«, hatte ich jedes Mal geantwortet, weil es keinen

Grund gab, es nicht zu sein. Ich lebte in unmittelbarer Nähe zweier Menschen, die mich liebten. Und auf den ersten Blick stand mir die Welt tatsächlich offen. Ich hatte keinerlei Verpflichtungen oder Verantwortung ...
Obwohl ich mich danach sehnte.

Schmunzelnd erinnerte ich mich, wie Pa mich zwei Wochen zuvor ermutigt hatte, meine Schulfreundin Jenny in London zu besuchen. Weil ich mein ganzes Erwachsenendasein das Gefühl gehabt hatte, ihn zu enttäuschen, war ich auf seinen Vorschlag eingegangen. Denn selbst wenn ich nie wirklich »normal« sein konnte, hoffte ich, dass er mich dafür halten würde, wenn ich seinem Wunsch entsprach.

So war ich also nach London gefahren ... und hatte nun feststellen müssen, dass er »Atlantis« ebenfalls den Rücken gekehrt hatte. Für immer.

Inzwischen war es vier Uhr morgens. Ich kehrte in mein Zimmer zurück und legte mich ins Bett, um endlich zu schlafen. Aber als mir klar wurde, dass ich Pa nun nicht mehr als Ausrede für mein Einsiedlerleben vorschieben konnte, begann mein Puls zu rasen. Möglicherweise würde »Atlantis« verkauft werden. Mir – und soweit ich wusste, auch meinen Schwestern – gegenüber hatte Pa niemals erwähnt, was nach seinem Tod geschehen würde.

Noch bis ein paar Stunden zuvor war Pa Salt allmächtig und allgegenwärtig gewesen, eine Naturgewalt, die uns sicher im Griff hatte.

Pa hatte uns gern seine »goldenen Äpfel« genannt, reif und rund, die nur darauf warteten, gepflückt zu werden. Doch nun hatte jemand den Ast geschüttelt, und wir waren alle auf den Boden gefallen, ohne dass jemand uns aufgefangen hätte.

Als es an der Tür zum Pavillon klopfte, fuhr ich, benommen von der Schlaftablette, die ich schließlich im Morgengrauen genommen hatte, hoch. Die Uhr im Flur sagte mir, dass es bereits nach elf war.

Vor der Tür stand mit besorgter Miene Marina. »Guten Morgen, Maia. Ich habe versucht, dich über Festnetz und Handy zu erreichen, aber du bist nicht rangegangen. Deswegen wollte ich nachsehen, ob alles in Ordnung ist.«
»Sorry, ich hab eine Schlaftablette genommen und nichts gehört. Komm doch rein«, sagte ich verlegen.
»Werd erst mal richtig wach. Und könntest du, wenn du geduscht und angezogen bist, rüber ins Haus kommen? Tiggy hat angerufen. Wir können sie heute so gegen fünf erwarten. Sie hat Star, CeCe und Elektra erreicht, die ebenfalls auf dem Weg hierher sind. Hast du schon was von Ally gehört?«
»Ich muss auf meinem Handy nachschauen. Wenn nicht, ruf ich sie noch mal an.«
»Bist du okay? Du siehst nicht gut aus, Maia.«
»Doch, danke, Ma. Ich komm dann später rüber.«

Ich schloss die Haustür, ging ins Bad und wusch mir mit kaltem Wasser das Gesicht, um vollends wach zu werden. Als ich mich im Spiegel betrachtete, wurde mir klar, warum Marina mich gefragt hatte, ob ich okay sei. Über Nacht hatten sich Fältchen um meine Augen eingegraben, und darunter befanden sich tiefe dunkle Ringe. Die sonst glänzenden dunkelbraunen Haare hingen schlaff und fettig herunter. Und meine Haut, die normalerweise makellos honigbraun war und kaum Make-up benötigte, wirkte aufgedunsen und blass.

»Im Moment bin ich nicht gerade die Schönheit der Familie«, murmelte ich meinem Spiegelbild zu, bevor ich in den zerwühlten Laken nach meinem Handy suchte. Als ich es schließlich unter der Bettdecke fand, sah ich, dass acht Anrufe in Abwesenheit eingegangen waren. Ich hörte die Stimmen meiner Schwestern, die alle ungläubig und schockiert klangen. Die Einzige, die nach wie vor nicht reagiert hatte, war Ally. Ich sprach ihr noch einmal auf die Mailbox und bat sie, sich so schnell wie möglich mit mir in Verbindung zu setzen.

LESEPROBE

Im Haus lüfteten Marina und Claudia die Zimmer meiner Schwestern und wechselten das Bettzeug. Marina wirkte trotz ihrer Trauer über den Verlust von Pa glücklich darüber, dass ihre Mädchen zu ihr zurückkehrten, denn inzwischen war es ein seltenes Ereignis, wenn wir alle zusammenkamen. Das letzte Mal war das im Juli geschehen, elf Monate zuvor, auf Pas Jacht, vor der griechischen Küste. An Weihnachten waren nur vier von uns zu Hause gewesen, da Star und CeCe sich im Fernen Osten aufhielten.

»Ich habe Christian mit dem Boot losgeschickt, die bestellten Lebensmittel holen«, erklärte Marina mir, als ich ihr nach unten folgte. »Das Essen hat sich zu einer schwierigen Sache entwickelt. Tiggy ist Veganerin, und der Himmel allein weiß, welche schicke Diät Elektra wieder macht«, brummte sie. Ein Teil von ihr hatte bestimmt Freude an dem Chaos, weil es sie an die Zeit erinnerte, in der wir sie alle noch gebraucht hatten. »Claudia backt schon seit Stunden. Und ich hab mir gedacht, wir machen heute Abend einfach nur Pasta und Salat. Das mögt ihr alle.«

»Weißt du, wann Elektra kommt?«, fragte ich, als wir die Küche erreichten, wo der köstliche Geruch von Claudias Kuchen mich an meine Kindheit erinnerte.

»Wahrscheinlich erst in den frühen Morgenstunden. Sie hat einen Platz in einer Maschine von L. A. nach Paris ergattert, und von dort aus fliegt sie nach Genf.«

»Wie hat sie geklungen?«

»Sie hat geweint«, antwortete Marina. »Hysterisch.«

»Und Star und CeCe?«

»Wie üblich hat CeCe das Heft in die Hand genommen. Mit Star habe ich gar nicht gesprochen. CeCe klang ziemlich durch den Wind, die Arme. Sie sind erst vor zehn Tagen aus Vietnam zurückgekommen. Nimm dir frisches Brot, Maia. Bestimmt hast du heute noch nichts gegessen.« Sie gab mir eine mit Butter und Orangenmarmelade bestrichene Scheibe.

LESEPROBE

»Danke. Keine Ahnung, wie sie das verarbeiten«, murmelte ich und biss von dem Brot ab.

»Sie werden alle auf ihre jeweilige Art reagieren«, meinte Marina weise.

»Sie glauben, dass sie zu Pas Beisetzung nach Hause kommen«, bemerkte ich seufzend. »Trotz des Kummers wäre sie eine Art Abschluss gewesen, ein Moment, in dem wir sein Leben feiern, ihn zur letzten Ruhe betten und anschließend einen Neuanfang hätten wagen können. Doch jetzt werden sie nur feststellen, dass ihr Vater weg ist.«

»Tja, Maia, so ist es nun mal.«

»Gibt es keine Freunde oder Geschäftspartner, die wir informieren sollten?«

»Das übernimmt Georg Hoffman. Er hat sich heute Morgen noch einmal erkundigt, wann alle hier sein würden. Ich habe ihm versprochen, ihm Bescheid zu geben, sobald es uns gelungen wäre, Kontakt zu Ally aufzunehmen. Vielleicht kann er Licht in die rätselhaften Gedankengänge eures Vaters bringen.«

»Falls das überhaupt jemand kann.«

»Darf ich dich jetzt allein lassen? Ich muss vor der Ankunft deiner Schwestern noch tausend Sachen erledigen.«

»Natürlich. Danke, Ma. Ich wüsste nicht, was wir alle ohne dich tun würden.«

»Und ich nicht, was ich ohne euch machen würde«, entgegnete sie, tätschelte meine Schulter und verließ die Küche.

IV

Kurz nach fünf Uhr nachmittags, nachdem ich ziellos im Garten herumgeschlendert war und dann versucht hatte, mich auf meine Übersetzung zu konzentrieren, um mich von Gedanken an Pas Tod abzulenken, hörte ich, wie das Motorboot anlegte. Erleichtert darüber, dass Tiggy endlich da war und ich nun mit meiner Grübelei wenigstens nicht mehr allein wäre, rannte ich hinunter, um sie zu begrüßen.

Ich beobachtete, wie sie anmutig aus dem Boot stieg. Pa hatte ihr, als sie klein war, geraten, Ballettunterricht zu nehmen, denn Tiggy ging nicht, sie schwebte. Die Bewegungen ihres schlanken, geschmeidigen Körpers wirkten so leicht, als würden ihre Füße den Boden überhaupt nicht berühren, und ihre großen sanften Augen und die dichten Wimpern, die ihr herzförmiges Gesicht beherrschten, verliehen ihr etwas Entrücktes. Plötzlich fiel mir ihre Ähnlichkeit mit den jungen Rehen, um die sie sich so aufopfernd kümmerte, auf.

»Maia, Liebes«, begrüßte sie mich und streckte die Arme nach mir aus.

Wir standen eine Weile stumm da. Als sie sich von mir löste, sah ich, dass sie Tränen in den Augen hatte.

»Wie geht es dir?«, erkundigte sie sich.

»Ich bin erschüttert und irgendwie benommen ... und dir?«

»Ähnlich. Ich hab's noch gar nicht richtig begriffen«, antwortete sie, als wir, die Arme umeinander geschlungen, zum Haus gingen.

Auf der Terrasse blieb Tiggy unvermittelt stehen.

LESEPROBE

»Ist Pa …?« Sie deutete aufs Haus. »Wenn ja, brauche ich ein paar Minuten, um mich innerlich vorzubereiten.«

»Nein, Tiggy, er ist nicht mehr im Haus.«

»Ach. Sie haben ihn schon …« Sie verstummte.

»Lass uns reingehen und Tee trinken, dann erklär ich dir alles.«

»Ich habe versucht, ihn zu spüren, ich meine, seine Seele«, seufzte Tiggy. »Aber da war nichts, einfach nichts.«

»Vielleicht ist es noch zu früh«, versuchte ich sie zu trösten. »Ich spüre auch nichts«, fügte ich hinzu, als wir die Küche betraten.

Claudia wandte sich von der Spüle aus Tiggy, die wohl immer ihr Liebling gewesen war, mit einem mitfühlenden Blick zu.

»Ist das nicht schrecklich?«, fragte Tiggy, trat zu der Haushälterin und drückte sie. Sie war die Einzige von uns, die sich traute, Claudia körperlich so nahe zu kommen.

»Ja«, antwortete Claudia. »Gehen Sie mal ins Wohnzimmer. Ich bringe Ihnen den Tee.«

»Wo ist Ma?«, erkundigte sich Tiggy, während wir uns auf den Weg machten.

»Oben. Sie richtet eure Zimmer. Wahrscheinlich wollte sie uns die Möglichkeit geben, ein paar Minuten allein miteinander zu verbringen«, erklärte ich, als wir uns setzten.

»Sie war hier? Ich meine, als Pa gestorben ist?«

»Ja.«

»Warum hat sie uns dann nicht eher Bescheid gegeben?«, fragte Tiggy genau wie zuvor ich.

In der folgenden halben Stunde beantwortete ich all jene Fragen, die ich Marina tags zuvor selbst gestellt hatte, und teilte Tiggy mit, dass Pa bereits in einem Bleisarg auf dem Meeresgrund liege. Zu meiner Verwunderung zuckte sie nur mit den Achseln.

»Er wollte, dass sein Körper an dem Ort ruht, den er liebte. Irgendwie bin ich froh, dass ich ihn nicht … *leblos* gesehen habe, weil ich ihn nun so im Gedächtnis behalten kann, wie er immer war.«

Es überraschte mich, dass Tiggy, die Sensibelste von uns, durch den Tod von Pa nicht so betroffen wirkte, wie ich befürchtet hatte. Im Gegenteil: Ihre dichten kastanienbraunen Haare glänzten, und ihre riesigen braunen Augen mit dem unschuldigen, immer ein wenig erstaunten Ausdruck leuchteten sogar. Tiggys Ruhe gab mir Hoffnung, dass meine anderen Schwestern genauso gelassen reagieren würden wie sie.

»Du siehst toll aus, Tiggy. Die schottische Luft scheint dir zu bekommen.«

»O ja«, bestätigte sie. »Nach all den Jahren, die ich als Kind drinnen bleiben musste, habe ich jetzt das Gefühl, endlich in die Wildnis entlassen worden zu sein. Ich liebe meinen Job, auch wenn die Arbeit hart und das Cottage, in dem ich wohne, spartanisch ist. Dort gibt's nicht mal ein Klo.«

»Wow.« Ich bewunderte ihre Bereitschaft, für ihre Leidenschaft alle Behaglichkeit aufzugeben. »Dann gefällt's dir dort besser als in dem Labor des Servion-Zoo?«

»Klar.« Tiggy hob eine Augenbraue. »Das war zwar ein toller Job, doch ich konnte nur die genetischen Anlagen der Tiere untersuchen und hatte nichts mit ihnen selbst zu tun. Wahrscheinlich hältst du mich für verrückt, weil ich die Chance auf eine große Karriere aufgegeben habe, um für Peanuts durch die Highlands zu streifen, aber das ist mir nun mal lieber.«

Tiggy bedachte Claudia, als diese ein Tablett auf dem niedrigen Tischchen vor uns abstellte und den Raum wieder verließ, mit einem lächelnden Blick.

»Ich halte dich nicht für verrückt, Tiggy. Nein, ich kann deine Entscheidung sogar sehr gut verstehen.«

»Bis zu dem Anruf gestern Abend war ich sehr glücklich.«

»Weil du deine Berufung gefunden hast.«

»Ja, und noch etwas anderes ...« Sie wurde rot. »Aber das erzähle ich dir später. Wann kommen die andern?«

»CeCe und Star müssten heute Abend so gegen sieben hier sein, und Elektra wird in den frühen Morgenstunden eintreffen«, antwortete ich und schenkte uns Tee ein.

»Wie hat sie's aufgenommen?«, erkundigte sich Tiggy. »Nein, sag nichts. Ich kann's mir vorstellen.«

»Ma hat mit ihr gesprochen. Sie meint, sie hätte einen Heulkrampf bekommen.«

»Also alles wie erwartet.« Tiggy nahm einen Schluck Tee. Dann seufzte sie plötzlich, und das Leuchten verschwand aus ihren Augen. »Es ist alles so merkwürdig. Ich habe das Gefühl, als könnte Pa jeden Moment reinkommen. Aber das ist natürlich Unsinn.«

»Ja.« Ich nickte traurig.

»Sollten wir nicht irgendwas machen?« Unvermittelt erhob Tiggy sich vom Sofa und trat ans Fenster. »*Irgendwas?*«

»Wenn alle da sind, will Pas Anwalt herkommen, um uns die wichtigen Dinge zu erklären, doch bis dahin ...«, ich zuckte resigniert mit den Achseln, »... können wir nur auf die andern warten.«

Tiggy presste die Stirn gegen die Fensterscheibe. »Keine von uns scheint ihn richtig gekannt zu haben«, stellte sie mit leiser Stimme fest.

»Den Eindruck habe ich auch«, pflichtete ich ihr bei.

»Maia, darf ich dich noch was fragen?«

»Ja, klar.«

»Hast du je überlegt, woher du stammst? Ich meine, wer deine leiblichen Eltern waren?«

»Natürlich, Tiggy, aber Pa war mein Ein und Alles, mein Vater. Deswegen musste – oder wollte – ich mir darüber keine Gedanken machen.«

»Du meinst, du hättest ein schlechtes Gewissen, wenn du versuchen würdest, mehr herauszufinden?«

»Möglich. Pa ist mir immer genug gewesen, und ich könnte mir keinen liebevolleren oder fürsorglicheren Vater vorstellen.«

»Ja, ihr zwei hattet eine besonders enge Bindung. Vielleicht ist das beim ersten Kind so.«

»Jede der Schwestern hatte eine ganz besondere Beziehung zu ihm. Er hat uns alle geliebt.«

»Ich weiß, dass er mich geliebt hat«, erklärte Tiggy ruhig. »Doch das hält mich nicht davon ab zu überlegen, woher ich komme. Ich habe mit dem Gedanken gespielt, ihn danach zu fragen, es dann aber nicht getan, weil ich ihn nicht aus der Fassung bringen wollte. Und jetzt ist es zu spät.« Sie gähnte. »Macht's dir was aus, wenn ich in mein Zimmer gehe und mich ein bisschen ausruhe? Vielleicht macht sich jetzt verspätet der Schock bemerkbar, und außerdem habe ich seit Wochen keinen freien Tag gehabt. Plötzlich bin ich hundemüde.«

»Nein. Leg dich ruhig hin, Tiggy.« Ich sah ihr nach, wie sie durch den Raum zur Tür schwebte.

»Bis später.«

»Schlaf gut«, rief ich ihr nach, obwohl ich mich irgendwie ärgerte. Vielleicht lag es an mir, aber mein Gefühl, dass Tiggy das, was um sie herum vorging, in ihrer vergeistigten Art nie ganz an sich heranließ, war unvermittelt stärker als sonst. Ich wusste nicht so genau, was ich von ihr erwartete; schließlich hatte ich Angst vor der Reaktion meiner Schwestern gehabt und hätte eigentlich froh sein sollen, dass Tiggy so ruhig geblieben war.

Lag der wahre Grund meiner Unzufriedenheit am Ende darin, dass alle meine Schwestern ein Leben jenseits von Pa Salt und ihrem Elternhaus hatten, während er und »Atlantis« für mich der einzige Lebensinhalt gewesen waren?

Ich begrüßte Star und CeCe, die das Motorboot kurz nach sieben Uhr verließen. CeCe, die Körperkontakt nicht sonderlich mochte, gestattete mir immerhin eine kurze Umarmung.

»Schreckliche Neuigkeiten, Maia«, stellte sie fest. »Star ist ziemlich durch den Wind.«

»Das kann ich mir vorstellen«, sagte ich und sah zu Star hinüber, die, noch blasser als sonst, hinter ihrer Schwester stand.

»Wie geht's dir, Liebes?«, fragte ich und streckte die Arme nach ihr aus.

»Furchtbar«, flüsterte sie und legte ihren Kopf mit der dichten Mähne, die die Farbe von Mondlicht hatte, ein paar Sekunden an meine Schulter.

»Wenigstens sind wir alle wieder zusammen«, bemerkte ich, als Star zu CeCe zurückkehrte, die schützend den Arm um sie legte.

»Was steht jetzt an?«, erkundigte sich CeCe, während wir zu dritt zum Haus hinaufgingen.

Auch ihnen erläuterte ich im Wohnzimmer die Umstände von Pas Tod und seinen Wunsch, ohne uns begraben zu werden.

»Wer hat Pa eigentlich am Ende ins Meer gestoßen?«, fragte CeCe so rational, wie nur Schwester Nummer vier sein konnte.

»Keine Ahnung, aber das können wir sicher rausfinden. Vermutlich jemand von der *Titan*.«

»Und wo? In der Nähe von Saint-Tropez, wo die Jacht vor Anker lag, oder sind sie aufs offene Meer hinausgefahren? Bestimmt war es so«, meinte CeCe.

Star und ich waren entsetzt über ihr Bedürfnis, all diese Einzelheiten zu erfahren.

»Ma sagt, er wurde in einem Bleisarg beigesetzt, der sich an Bord der *Titan* befand. Wo, weiß ich nicht«, antwortete ich in der Hoffnung, dass CeCe nun Ruhe geben würde.

»Der Anwalt wird uns erklären, was in Pa Salts Testament steht, oder?«, fuhr sie fort.

»Ich denke schon.«

»Wahrscheinlich stehen wir jetzt mittellos da«, sagte sie achselzuckend. »Ihr wisst ja, wie wichtig es ihm immer war, dass wir uns unseren Lebensunterhalt selbst verdienen können. Ich traue ihm zu, dass er sein gesamtes Vermögen einer karitativen Organisation hinterlassen hat.«

Obwohl ich CeCes bisweilen etwas taktlose Art kannte und ahnte, dass sie damit ihren Schmerz zu kaschieren versuchte, verlor ich allmählich die Geduld. Ohne auf ihre Äußerung zu reagieren, wandte ich mich Star zu, die schweigend neben ihrer Schwester auf dem Sofa saß.

»Wie geht es dir?«, erkundigte ich mich sanft.

»Ich ...«

»Sie hat wie wir alle einen Schock erlitten«, fiel CeCe ihr ins Wort. »Aber gemeinsam kriegen wir das schon hin, was?« Sie streckte ihre kräftige braun gebrannte Hand nach den blassen Fingern von Star aus. »Schade, denn ich hätte sehr gute Neuigkeiten für Pa gehabt.«

»Und zwar?«, fragte ich.

»Ich habe ab September für ein Jahr einen Platz in einem Kurs am Royal College of Art in London.«

»Das ist ja wunderbar, CeCe«, sagte ich. Obwohl ich mit meinem eher konservativen Kunstgeschmack ihre merkwürdigen »Installationen«, wie sie sie nannte, niemals wirklich begriffen hatte, beglückwünschte ich sie.

»Wir freuen uns sehr, nicht?«

»Ja«, pflichtete Star ihr artig bei, obwohl ihre Unterlippe bebte.

»Wir gehen nach London. Vorausgesetzt, der Anwalt von Pa teilt uns mit, dass dafür genug Geld da ist.«

»Also wirklich, CeCe«, rügte ich sie, »jetzt ist echt nicht der richtige Moment für solche Gedanken.«

»Maia, du kennst mich. Ich habe Pa sehr geliebt. Er war ein Genie und hat mich und meine Arbeit gefördert.«

Kurz flackerten Verletzlichkeit und vielleicht sogar ein wenig Angst in CeCes haselnussbraun gesprenkelten Augen auf.

»Ja, er war tatsächlich einzigartig«, pflichtete ich ihr bei.

»Komm, Star, wir gehen rauf und packen unsere Sachen aus«, forderte CeCe ihre Schwester auf. »Wann gibt's Abendessen, Maia? Wir könnten was zu futtern vertragen.«

»Ich sage Claudia, dass sie was herrichten soll. Bis Elektra kommt, dauert's, und von Ally hab ich immer noch nichts gehört.«

»Bis später«, sagte CeCe und stand auf. Star tat es ihr gleich.

LESEPROBE

»Wenn ich irgendwas machen kann, musst du's nur sagen, das weißt du«, erklärte sie mit einem traurigen Lächeln.

Wieder allein, dachte ich über meine Schwestern drei und vier nach. Marina und ich hatten uns oft über die beiden unterhalten, weil wir uns Sorgen machten, dass Star sich aus Bequemlichkeit hinter der starken Persönlichkeit von CeCe versteckte.

»Star scheint keinen eigenen Willen zu haben«, hatte ich ein ums andere Mal festgestellt. »Ich habe keine Ahnung, was sie denkt. Das ist doch bestimmt nicht gesund, oder?«

Marina hatte mir beigepflichtet, doch als ich Pa Salt meine Sorgen gestand, hatte dieser nur mit einem geheimnisvollen Lächeln erklärt, ich solle mir keine Gedanken machen.

»Eines Tages wird Star ihre Flügel ausbreiten und wie der herrliche Engel, der sie ist, losfliegen. Wart's ab.«

Das hatte mich nicht getröstet, denn trotz CeCes augenscheinlicher Selbstsicherheit lag auf der Hand, dass die Abhängigkeit der beiden Schwestern wechselseitig war. Und wenn Star eines Tages tatsächlich das tat, was Pa prophezeit hatte, war CeCe ohne sie verloren, das stand fest.

Das Abendessen verlief in trister Atmosphäre, weil meine drei Schwestern noch damit beschäftigt waren, sich wieder zu Hause einzugewöhnen, und alles uns an unseren Verlust erinnerte. Marina, die sich sehr bemühte, die Stimmung zu heben, schien nicht so recht zu wissen, wie sie es anstellen sollte. Sie erkundigte sich fröhlich nach unser aller Leben, aber die Erinnerung an Pa Salt trieb uns immer wieder Tränen in die Augen, und irgendwann versiegte die Unterhaltung ganz.

»Ich bin froh, wenn Ally kommt und wir endlich hören können, was Pa Salt uns sagen wollte«, seufzte Tiggy. »Wenn ihr mich entschuldigen würdet: Ich möchte mich hinlegen.«

Sie verabschiedete sich mit einem Kuss von uns allen, und wenige Minuten später folgten CeCe und Star ihr.

LESEPROBE

»Oje«, seufzte Marina, als wir beide allein am Tisch zurückblieben. »Sie sind am Boden zerstört. Und ich bin ganz Tiggys Meinung: Je eher Ally da ist, desto schneller können wir in die Zukunft blicken.«

»Per Handy scheint man sie nicht erreichen zu können«, stellte ich fest. »Ma, du bist bestimmt hundemüde. Geh ins Bett. Ich bleibe auf und warte, bis Elektra kommt.«

»Bist du sicher, *chérie*?«

»Ja, ganz sicher«, antwortete ich, weil ich wusste, wie schwer sich Marina immer mit meiner jüngsten Schwester getan hatte.

»Danke, Maia.« Ohne zu widersprechen, erhob sie sich, drückte mir sanft einen Kuss auf die Stirn und verließ die Küche.

Die folgende halbe Stunde half ich Claudia beim Aufräumen, weil ich dankbar war, mir das Warten auf Elektra mit einer sinnvollen Tätigkeit verkürzen zu können. An Claudias Schweigsamkeit war ich gewöhnt, und an jenem Abend empfand ich die Stille sogar als tröstlich.

»Soll ich die Türen zuschließen, Miss Maia?«, fragte sie mich.

»Sie haben einen langen Tag hinter sich. Gehen Sie schlafen. Ich kümmere mich schon darum.«

»Wie Sie meinen. Gute Nacht«, sagte sie und verließ die Küche.

Weil ich wusste, dass es noch Stunden dauern würde, bis Elektra einträfe, und ich nach wie vor munter war, wanderte ich durchs Haus und landete irgendwann vor Pa Salts Arbeitszimmer. Als ich die Klinke der Tür herunterdrücken wollte, musste ich feststellen, dass diese verschlossen war.

Das wunderte und irritierte mich – zu seinen Lebzeiten hatte sie für uns Mädchen immer offen gestanden. Er war nie zu beschäftigt gewesen, um mich nicht mit einem freundlichen Lächeln hereinzuwinken, und ich hatte mich stets gern in seinem Arbeitszimmer aufgehalten, in dem sich seine Persönlichkeit zu konzentrieren schien. Obwohl auf seinem Schreibtisch Computer standen und an der Wand ein großer Bildschirm für Videokonferenzen mit der ganzen Welt hing, wanderte mein Blick immer zu seinen privaten Schätzen auf den Regalen hinter ihm.

Es handelte sich um schlichte Objekte, die er bei seinen Reisen um die Welt gesammelt hatte; darunter befanden sich eine fein gearbeitete Madonnenminiatur in einem Goldrahmen, die in meiner Hand Platz hatte, eine alte Geige, ein abgegriffener Lederbeutel und ein zerfleddertes Buch von einem englischen Dichter, dessen Namen ich nicht kannte. Keine Raritäten oder Wertgegenstände, nur einfach Dinge, die ihm etwas bedeuteten.

Obwohl Pa unser Zuhause bestimmt mit kostbaren Antiquitäten hätte ausstatten können, fand sich darin nicht viel Teures. Er schien keinen ausgeprägten Hang zum Materiellen zu haben. Über wohlhabende Zeitgenossen, die exorbitante Summen für berühmte Kunstwerke zahlten und diese am Ende aus Angst vor Dieben in ihren Tresoren verwahrten, hatte er sich sogar lustig gemacht.

»Kunst sollte für alle sichtbar sein«, hatte er mir erklärt. »Denn sie ist ein Seelengeschenk des Malers. Was vor den Blicken anderer verborgen werden muss, ist wertlos.«

Als ich bemerkte, dass er einen Privatjet und eine große Luxusjacht besitze, hatte er die Stirn gerunzelt.

»Maia, ist dir denn nicht klar, dass das Transportmittel sind, reine Mittel zum Zweck? Wenn sie morgen in Flammen aufgingen, könnte ich leicht neue erwerben. Mir reichen meine sechs menschlichen Kunstwerke, meine Töchter. Ihr seid mir das Einzige auf Erden, was sich wertzuschätzen lohnt, weil ihr alle unersetzlich seid. Menschen, die man liebt, lassen sich nicht ersetzen. Das darfst du nie vergessen, Maia.«

Das hatte ich nicht. Nur zu einem wesentlichen Zeitpunkt hatte ich mich leider nicht daran erinnert.

Ich entfernte mich emotional mit leeren Händen von Pa Salts Arbeitszimmer und ging ins Wohnzimmer. Warum der Raum verschlossen gewesen war, würde ich Marina am folgenden Tag fragen, dachte ich, als ich ein Foto betrachtete, das einige Jahre zuvor an Bord der *Titan* gemacht worden war und Pa, umgeben von uns Schwestern, am Geländer der Jacht zeigte. Er grinste breit, wirkte entspannt, der Meereswind wehte ihm die vollen grauen Haare aus dem Gesicht, und sein nach wie vor straffer, muskulöser Körper war von der Sonne gebräunt.

»Wer *warst* du?«, fragte ich das Bild stirnrunzelnd, bevor ich aus Langeweile den Fernseher einschaltete und herumzappte, bis ich eine Nachrichtensendung fand. Wie üblich ging es um Krieg, Leid und Zerstörung, und ich wollte gerade weiterschalten, als der Sprecher verkündete, dass die Leiche von Kreeg Eszu, einem berühmten Industriemagnaten, der einen riesigen internationalen IT-Konzern leitete, in der Bucht einer griechischen Insel angeschwemmt worden war.

Ich lauschte, die Fernbedienung in der Hand, als der Sprecher erklärte, die Familie habe bekanntgegeben, dass bei Kreeg Eszu kurz zuvor eine unheilbare Krebserkrankung diagnostiziert worden sei. Man mutmaße, dass er sich deswegen das Leben genommen habe.

Mein Puls beschleunigte sich. Nicht nur, weil mein Vater ebenfalls beschlossen hatte, die Ewigkeit auf dem Meeresgrund zu verbringen, sondern auch, weil diese Geschichte in direkter Verbindung zu *mir* stand ...

Der Nachrichtensprecher erwähnte außerdem, dass Kreegs Sohn Zed, der seinem Vater schon einige Jahre assistiert hatte, mit sofortiger Wirkung die Leitung von Athenian Holdings übernehmen würde. Als auf dem Bildschirm sein Foto erschien, schloss ich unwillkürlich die Augen.

»O Gott«, stöhnte ich und fragte mich, warum das Schicksal mich ausgerechnet jetzt an den Mann erinnerte, den ich in den vergangenen vierzehn Jahren verzweifelt zu vergessen versucht hatte.

LESEPROBE

Offenbar hatten wir beide unsere Väter innerhalb weniger Stunden an ein ziemlich feuchtes Grab verloren.

Ich erhob mich und lief im Raum hin und her, um das Bild von seinem Gesicht loszuwerden – das mir noch attraktiver erschien, als ich es in Erinnerung gehabt hatte.

Vergiss nicht, wie viel Leid er dir zugefügt hat, Maia, ermahnte ich mich. *Es ist vorbei, schon lange. Denk nicht an ihn ...*

Doch als ich müde seufzend aufs Sofa zurücksank, wusste ich, dass es niemals vorbei sein würde.

Unsere Leseempfehlung

680 Seiten
Auch als E-Book
und Hörbuch
erhältlich

Als der berühmte Schauspieler Sir James Harris in London stirbt, trauert das ganze Land. Die junge Journalistin Joanna Haslam begegnet auf der Beerdigung einer alten Dame, die ihr ein Bündel vergilbter Dokumente übergibt – darunter auch das Fragment eines Liebesbriefs voller mysteriöser Andeutungen. Doch wer waren die beiden Liebenden? Joanna beginnt zu recherchieren, doch noch kann sie nicht ahnen, dass sie sich damit auf eine gefährlich Mission begibt, die auch ihr Herz in Aufruhr versetzt – denn Marcus Harris, der Enkel von Sir James Harris, ist ein ebenso charismatischer wie undurchschaubarer Mann ...

www.goldmann-verlag.de
www.facebook.com/goldmannverlag

Unsere Leseempfehlung

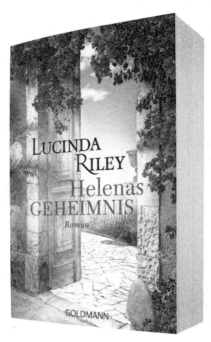

608 Seiten
Auch als E-Book
und Hörbuch
erhältlich

Viele Jahre sind vergangen, seit Helena Beaumont einen wunderbaren Sommer auf Zypern verbracht und dort ihre erste große Liebe erlebt hat. Nun kehrt sie zum ersten Mal, um dort mit ihrer Familie die Ferien zu verbringen. Unbeschwerte Tage sollen es werden, doch schon bei ihrer Ankunft empfindet Helena ein vages Unbehagen. Sie allein weiß, dass die Idylle bedroht ist – denn es gibt Ereignisse in ihrer Vergangenheit, über die sie stets eisern geschwiegen hat. Als sie dann plötzlich ihrer Jugendliebe Alexis gegenübersteht, ahnt sie, dass diese Begegnung erst der Anfang einer Verkettung von Ereignissen ist, die ihrer aller Leben auf eine harte Bewährungsprobe stellt ...

www.goldmann-verlag.de
www.facebook.com/goldmannverlag

GOLDMANN
Lesen erleben